afluentes

MOSES ISEGAWA

Crónicas abisinias

EDICIONES B
GRUPO ZETA

Barcelona • Bogotá • Buenos Aires • Caracas • Madrid • México D.F. • Montevideo • Quito • Santiago de Chile

Título original: *Abessijnse Kronieken*

Traducción: Luis Ogg

1.ª edición: mayo 2000

© 1998 Moses Isegawa
© Ediciones B, S.A., 2000
  Bailén, 84 - 08009 Barcelona (España)
  www.edicionesb.com

Publicado originalmente por De Bezige Bij, Amsterdam, Holanda.

Esta edición publicada por acuerdo con Linda Michaels Limited,
International Literary Agents.

Esta obra ha sido publicada con la ayuda a la traducción de la Fundación
para la Producción y Traducción de Literatura Neerlandesa.

Printed in Spain
ISBN: 84-406-8903-9
Depósito legal: B. 23.366-2000
Impreso por LIBERDÚPLEX, S.L.
Constitució, 19 - 08014 Barcelona

MOSES ISEGAWA

Crónicas abisinias

Traducción de Luis Ogg

Lista de personajes principales

MUGESI
Narrador y personaje principal.

SERENITY
Padre de Mugesi (también llamado Sere o Mpanama).

CANDADO
Madre de Mugesi (nombre real: Nakkazi; también llamada Doncella y sor Pedro).

EL ABUELO
Padre de Serenity; antiguo jefe de la aldea.

LA ABUELA
Hermana del abuelo y tía de Serenity.

TIIDA
Hermana mayor de Serenity (también llamada Miss Jabón Sunlight).

DOCTOR SAIF AMIR SSALI
Esposo de Tiida.

NAKATU
Hermana de Serenity.

HACHI ALI
Segundo esposo de Nakatu.

KAWAYIDA
Hermanastro de Serenity.

LWANDEKA
Hermana de Candado.

KASAWO
Hermana de Candado.

MBALE
Hermano de Candado.

KAZIKO
Concubina de Serenity.

NAKIBUKA
Tía de Candado y amante de Serenity.

HACHI GIMBI
Vecino de Serenity y Candado en Kampala.

LUSANANI
Esposa más joven de Hachi Gimbi, amante de Mugesi.

EL GALÁN
Cliente de Candado (nombre real: Mbaziira).

LWENDO
Amigo de Mugesi en el seminario.

PADRE KAANDERS
Bibliotecario del seminario.

PADRE MINDI
Prefecto del seminario.

PADRE LAGEAU
Sucesor del padre Mindi.

JO NAKABIRI
Amante de Mugesi en Kampala.

EVA Y MAGDELEIN
Amantes de Mugesi en Holanda.

PRIMERA PARTE

... 1971: los años de la aldea

Mientras desaparecía entre las mandíbulas del enorme cocodrilo, tres últimas imágenes pasaban como un relámpago por la mente de Serenity: un búfalo medio podrido lleno de agujeros de los que salían ristras de gusanos y enjambres de moscas; su amante de antaño, la tía de su esposa perdida; y la misteriosa mujer que, en su infancia, lo había curado de su obsesión por las mujeres altas.

Las pocas personas que habían conocido a mi padre de joven y que aún vivían cuando yo era pequeño recordaban que, hasta que tuvo siete años, se acercaba corriendo a casi cualquier mujer alta que pasara y le decía con voz trémula y esperanzada: «Bienvenida a casa, mamá. Has estado tanto tiempo fuera que temía que nunca volvieses.» Entonces la mujer sonreía sorprendida, le acariciaba la cabeza y lo miraba mientras él se retorcía las manos, antes de aclararle que se equivocaba.

Las mujeres de la finca de su padre trataron de quitarle esa costumbre; lo asustaban —de acuerdo con el testimonio de varios aldeanos— diciéndole que algún día se dirigiría a un fantasma disfrazado de mujer alta, que se lo llevaría y lo metería en un profundo hoyo abierto en la tierra. Menos inútil habría sido intentar sacar agua de una piedra. Mi padre siguió corriendo, obstinado, tras las mujeres altas, para llevarse cada vez la misma desilusión.

Hasta que, en una calurosa tarde de 1940, se acercó a una que no sonrió ni le acarició la cabeza. Sin dignarse a mirarlo siquiera, lo tomó por los hombros y lo hizo a un lado. Con ello, esa misteriosa mujer que lo curó de su obsesión ocupó por siempre un lugar en su vida. Nunca más volvió a correr en pos de las mujeres altas ni quiso hablar de ello, ni siquiera cuando la abuela, en realidad su única tía paterna, le prometió caramelos. Se encerró en un grueso capullo y rechazó cualquier esfuerzo por consolarlo. En su cara apareció una expresión de desapego afable e introvertido tan permanente que todos empezaron a llamarlo Serenity, aunque los aldeanos se referían a él como Sere. Irónicamente, éste es también el nombre de una planta de espinas negras que, en jardines cubiertos de maleza o en los matorrales, se engancha a la ropa y a los flancos de los animales.

La madre de Serenity, que en los pensamientos de éste había adoptado el aspecto de todas aquellas mujeres desconocidas, lo abandonó cuando él tenía tres años; dijo que iba a las tiendas lejanas que había al otro lado de Mpande Hill, donde se hacían las compras importantes, y nunca más volvió. La mujer dejó también dos niñas, ambas mayores que Sere, que se habían adaptado, resignadas, a la nueva situación y no demostraban el obsesivo interés de Serenity por las mujeres altas.

En un mundo perfecto, Sere habría sido el hijo mayor, porque todos deseaban un varón para el abuelo, en aquella época futuro jefe del distrito. Sin embargo sólo nacían niñas, dos de las cuales murieron poco después del parto en circunstancias que olían a desesperación materna. Cuando Sere vino al mundo, su madre decidió marcharse porque todos esperaban que diese a luz otro niño, ya que un solo hijo era como una vela encendida en medio de una corriente de aire. La tensión llegó a un punto crítico cuando se supo que volvía a estar embarazada. Se especuló mucho: ¿sería niña o niño? ¿Conseguiría sobrevivir? ¿Sería hijo del abuelo o del hombre de quien estaba perdidamente enamorada? Antes de que nadie consiguiera averiguarlo, ella decidió irse. Pero no tuvo suerte: cuando llevaba tres meses de su nueva vida, se le desgarró la matriz y se desangró, camino del hospital, en el asiento trasero de un *Mini* desvencijado.

Mientras tanto, Serenity se encerraba cada vez más en su capullo, evitaba a sus tías, a sus primos y primas y a las sustitutas de su madre, de quienes pensaba que lo odiaban porque era el heredero de las tierras de su padre, entre las que se contaban algunas hectáreas de fértiles campos del clan. El nacimiento de Kawayida, su hermanastro, hijo de una concubina de su padre, una mujer musulmana, no atenuó su distanciamiento. Según el derecho de sucesión, Kawayida apenas significaba una amenaza para Sere, por lo que todo seguía como antes. Para evadirse de los fantasmas que le rondaban por la cabeza y del ambiente enrarecido que reinaba en la finca de su padre, Sere vagaba por las aldeas de los alrededores. Pasaba muchas horas en casa del Violinista, un hombre de pies grandes, risa franca y un fuerte olor a cebolla, que solía darle una serenata al abuelo los fines de semana que éste estaba en casa.

Serenity no lograba comprender por qué el Violinista andaba con las piernas abiertas. Habría sido muy descortés plantearle la cuestión directamente y Serenity temía que, si se lo preguntaba a los hijos de aquel hombre, ellos se lo dirían a su padre, quien a su vez iría con el cuento al suyo, y acabarían por castigarlo. De modo que resolvió probar con su tía:

—¿Por qué el Violinista tiene pechos entre las piernas?

—¿Quién ha dicho que el Violinista tiene pechos entre las piernas?

—¿Nunca le ha llamado la atención cómo anda?

—¿Y cómo anda?

—Con las piernas abiertas, como si tuviera dos frutos del pan bajo la túnica. —A continuación hizo una demostración muy exagerada de la forma de caminar del hombre.

—Es curioso, pero nunca me ha llamado la atención —comentó la abuela haciéndose la tonta, como solían hacer los adultos cuando se encontraban en una situación delicada.

—¿Cómo es posible que no se haya fijado? Tiene unos pechos enormes entre las piernas, tía.

—El Violinista no tiene pechos entre las piernas, sino una enfermedad. Sufre de *mpanama*.

No se sabe cómo, las hermanas de Serenity se enteraron de todo aquello y no pudieron evitar contarles a sus amigas y compañeras de colegio de la aldea la historia del Violinista que tenía pechos y del pequeño payaso que lo imitaba con gestos absurdos. La consecuencia fue que, cuando no había personas mayores cerca, se burlaban de Serenity usando alegremente el mote de Mpanama, una palabra que tenía el repugnante y pegajoso sonido de una boñiga al caer sobre el suelo duro desde el trasero de una vaca medio estreñida. Una vez más, Serenity se curó de una obsesión fascinante, si bien continuó yendo a la casa del Violinista con la vaga esperanza de sorprenderlo meando o, mejor aún, acuclillado en el retrete, porque se moría por saber si los pechos de aquel pobre hombre eran tan grandes y suaves como los de las mujeres de la finca de su padre.

Aparte de estas secretas fantasías, Serenity también quería aprender a tocar el violín. Le encantaban los lamentos, gemidos, suspiros y chillidos monocordes que el Violinista arrancaba a su pequeño instrumento. Las visitas del Violinista al abuelo eran el momento culminante de la semana, y su música lo único que Sere escuchaba con placer, sin estar obligado o influido por adultos ni muchachos de su edad. Sí, quería aprender a tocar el violín, apoyar el instrumento orgullosamente sobre su hombro, afinar la única cuerda con ayuda de un trozo de cera y, sobre todo, atraer a mujeres desconocidas a su círculo mágico y retenerlas cuanto se le antojase. En la escuela era conocido por sus preciosos dibujos de violines. Sin embargo, su deseo no llegó a cumplirse. El abuelo, que era católico, debió ceder su escaño a un rival protestante tras una campaña caracterizada por el fanatismo religioso.

A finales de la década de los cincuenta, cuando el abuelo ya había perdido su poder político, y con ello lo más importante de su vida, su familia mermó, ya que parientes, amigos y vividores se fueron marchando, de uno en uno o en pequeños grupos. Desaparecieron las mujeres, y el Violinista se llevó su talento a otras regiones. En la época en que yo tenía la misma edad que Serenity cuando corría tras las mujeres altas, el abuelo vivía solo en una casa que en ocasiones compartía con un pariente o una mujer, por no mencionar algunas ratas, arañas y una serpiente que mudaba la piel detrás de los sacos de café.

La abuela, la única de sus hermanas que aún no había muerto, también vivía sola, a tres campos de fútbol de distancia. La casa de soltero de Serenity, una vivienda modesta en una parcela que el abuelo y la abuela le habían regalado, estaba entre las dos fincas. Era una casa vacía, sin vida, que de vez en cuando se sacudía el sopor de la decadencia cuando la limpiaban en honor de algún invitado o sencillamente para mitigar los daños causados por la carcoma y otros bichos destructivos. Sólo cobraba vida plenamente cuando iban a alojarse las hermanas de Serenity y el tío Kawayida, y quedaba iluminada por los rayos dorados de los faroles de tormenta; entonces las vigas vibraban con las voces y las risotadas, y el humo del fuego donde se calentaba el agua del baño tejía en el techo largas y espectaculares guirnaldas que despertaban recuerdos lejanos, tan convincentes como mi propia infancia.

El éxodo de mujeres, parientes, amigos y vividores que suelen merodear por la finca de un hombre importante había dejado un inquietante vacío, debido a lo cual la finca estaba rodeada de un halo de gloriosa nostalgia. Una nostalgia que salvó las décadas de los cincuenta y los sesenta y nos proporcionó relatos preservados, pulidos y embellecidos por la memoria. Toda alma desaparecida se había convertido en una aparición, envuelta en palabras por la lengua oracular del abuelo y la abuela, conjurada desde el vacío y usada para insuflar un poco de la vida de otros tiempos en nuestra modesta existencia actual. La potestad de esos fantasmas nostálgicos de los relatos de añoranza sólo se veía interrumpida cuando los personajes, como muertos en vida, decidían enfrentarse a las peligrosas colinas de Mpande Hill y a los traicioneros pantanos de papiros para ir a presentar su caso en persona. El Violinista nunca volvió, pero siguió ejerciendo una gran influencia, porque el abuelo lo inmortalizaba con lamentables versiones de sus canciones, con las que obsequiaba a su séquito durante el afeitado, la inspección de su *shamba* de café o sus cavilaciones en la sombra, cuando se preguntaba cómo conseguir una chica joven con el alma vieja que lo ayudara a pasar sus últimos días.

A finales de la década de los sesenta a nadie se esperaba con mayor expectación que a tío Kawayida; ese hombre era un mago, una fuente inagotable de cuentos fascinantes y a veces aterradores, un extraordinario narrador dotado de una inusitada paciencia, que respondía a mis preguntas, a menudo incómodas, con una expresión alentadora en la cara. Cuando mi tío permanecía alejado por demasiado tiempo, yo me impacientaba y empezaba a calcular en qué días y en qué meses era más probable que viniera. Cuando según mis conjeturas se acercaba el momento, trepaba a mi árbol favorito, el árbol del pan más alto de las tres fincas, que ofrecía un panorama del cementerio familiar, y entonces dirigía la mirada a lo lejos, a Mpande Hill, conocida como la Montaña de la Virilidad. Si tenía suerte lo veía en su moto, un águila de vientre azul enmarcada por rayos plateados, descender por la célebre pendiente escarpada y desaparecer entre las plantas en forma de paraguas del pantano de papiros que se extendía a sus pies. Con la frase «tío Kawayida, tío Kawayida» en los labios me deslizaba rápidamente por el tronco del árbol, mientras las ramas secas y afiladas me pinchaban la piel, y corría al patio de la abuela para darle la buena nueva, con el olor dulzón e hipnotizado de los frutos del pan en la nariz.

El tío Kawayida tomaba lectura de los contadores para la empresa de energía del Estado, y a continuación calculaba cuánto debían pagar los usuarios cada mes. Gracias a haber viajado mucho, y creo que también a su fecunda imaginación, hablaba de mujeres que trataban de persuadirlo con zalamerías de que diese una lectura más baja, y de hombres que, con el fin de impedir que realizara su trabajo, lo acusaban de coquetear con sus mujeres y lo amenazaban con propinarle una paliza. Nos dejaba perplejos con relatos de casitas en los arrabales, en las que vivían diez personas en situación de extrema pobreza, sin intimidad alguna, donde los padres follaban en presencia de sus hijos, que en esos casos fingían dormir. Contaba historias de mujeres a las que hacían abortar en garajes. Allí metían tallos afilados de plantas o radios de ruedas de bicicleta en el útero de esposas adúlteras o hijas casquivanas, quienes en ocasiones pagaban su error con una hemorragia fatal. Hablaba de hombres que pegaban a sus mujeres con cables eléctricos, palos, botas o valiéndose de los puños, tras lo cual las obligaban a prepararles la comida o a follar con ellos; y de mujeres que bebían y peleaban como hombres, que les cortaban el cuello a sus esposos con botellines de cerveza rotos y luego les vaciaban los bolsillos. En aquellos lugares había niños salvajes que no iban a la escuela y llevaban una vida de delincuentes: robaban, atracaban, saqueaban y a veces incluso asesinaban, y también niños de gente rica a los que llevaban al colegio en coche y que se burlaban de los maestros y escribían cartas de amor en clase. Había asimismo personas que apenas tenían para subsistir, que comían, con suerte, una vez al día después de una larga jornada de trabajo, y aficionados al fútbol que daban la vida por su equipo y se enzarzaban en peleas de dimensiones heroicas con los seguidores del contrincante, en el transcurso de las cuales empleaban piedras, botellas llenas de orina, paquetes de mierda, garrotes e incluso armas de fuego, hasta el punto de que tenía que intervenir la policía, que los dispersaba con gases lacrimógenos, cuando no a balazos. Vivían en ese mundo hombres y mujeres, fieles feligreses, católicos y protestantes, que veneraban al diablo y le ofrecían sacrificios cruentos en el transcurso de orgías nocturnas; y gente de toda clase de creencias religiosas que de forma ritual arrojaba gallinas desplumadas y decapitadas, lagartijas muertas, vísceras de rana y otros despojos en jardines, tiendas o cruces de caminos. En una ocasión nos contó que habían soltado en la calle un cordero despellejado cargado de oscuras maldiciones y cubierto de nubes de moscas hambrientas. Recuerdo la historia del hombre que estaba liado con tres hermanas, primero con la que se había casado, luego con la que le seguía en edad, que había ido a cuidar de los niños durante un embarazo particularmente difícil de aquélla, y finalmente con la menor, que asistiría a un colegio de renombre y necesitaba un lugar donde alojarse. Como suele ocurrir con los relatos de este tipo, tenía un final abierto, que permitía distintas interpretaciones y conjeturas.

Cuando venía el tío Kawayida, me las ingeniaba para que mi presencia en la casa fuese imprescindible, a fin de que no me enviaran a hacer algún recado. Pero cuando tenía la sensación de que iba a contar una historia particularmente jugosa acerca de alguno de nuestros parientes o conocidos, me iba a jugar fuera sin esperar a que el abuelo me echase, y de inmediato volvía a entrar, a hurtadillas, me escondía detrás de la cocina y aguzaba el oído. A menudo, sin embargo, ocurría que el abuelo y la abuela estaban tan abstraídos en el relato que se olvidaban de mí o sencillamente hacían caso omiso de mi capacidad de entendimiento y aun de mi existencia, y yo escuchaba absorto como si el futuro de toda la aldea dependiera de ello.

El tío Kawayida estimuló de tal manera mi imaginación que yo quería verificar algunas de sus historias visitando los lugares y a los personajes de que hablaba. ¿Qué clase de padres eran, por ejemplo, los que hacían no sé qué en la cama mientras sus hijos simulaban roncar en el suelo? ¿Eran católicos? Si no lo eran, ¿permitían el protestantismo, el islam o la religión tradicional un comportamiento tan pagano? ¿Se trataba de gente culta y bien educada? Incapaz de refrenar mi tremenda curiosidad y mis dudas, le suplicaba al tío Kawayida que me llevara con él, aunque sólo fuese una vez, pero siempre rehusaba hacerlo, y el abuelo y la abuela lo apoyaban. Nada me molestaba más, no obstante, que sus vagas excusas. Más tarde descubrí la verdadera razón de su negativa: la mujer de Kawayida, que procedía de una gran familia polígama, estaba peleada con mi madre, Candado, cuyo hogar era profundamente católico, y ni el tío Kawayida ni el abuelo o la abuela estaban dispuestos a correr el riesgo de enemistarse con ella por haber enviado a su hijo a la casa de una mujer a la que tanto detestaba y desaprobaba.

La tirantez entre las dos esposas había hecho que los dos hermanos se distanciasen. Candado despreciaba a la mujer de Kawayida porque, en su opinión, no podía haber moral ni redención alguna en un hogar con treinta niñas y diez niños nacidos de otras tantas «madres putas» en un ambiente de pecado eterno. La mujer de Kawayida menospreciaba a Candado por su origen humilde y porque echaba mano con demasiada rapidez de la rama de guayabo que hacía las veces de látigo; en cierta ocasión un primo describió sus métodos disciplinarios con las siguientes palabras: «Pega a sus hijos como si fueran tambores.» También se acusaba a Candado de obstaculizar el éxito de Kawayida al prohibir a Serenity que ayudara a su hermano a obtener préstamos del banco y de personas acomodadas. Kawayida tenía la ambición de montar un negocio y de ese modo ganar y gastar su propio dinero, pero no disponía de capital y necesitaba a alguien fiable como avalador, su hermano por ejemplo. La verdad es que Serenity, que le había procurado a Kawayida el empleo que tenía, no veía futuro en el comercio al por menor y, por motivos personales, incluso lo aborrecía y negaba su apoyo a cualquiera que se embarcase en él. Si se considera que era muy lacónico al respecto, sus enemigos siempre podían explicar a su gusto el punto de vista de Sere.

En esa época, los dos hermanos sólo se veían en bodas y entierros, o cuando retransmitían algún combate de Muhammad Ali. Kawayida nos contaba los detalles de estas peleas sentado en las alas del águila de vientre azul, arrojando saliva al hablar y adornando el relato con los artificios de su imaginación. La abuela escuchaba las detalladas crónicas de estos legendarios enfrentamientos con idéntica ironía a la que había demostrado ante las revelaciones de Sere sobre los pechos del Violinista, y la misma risa burlona que había dedicado al famoso andar de pato de éste. Kawayida repasaba con nosotros el ostentoso arsenal de directos, ganchos y fintas de Muhammad Ali con el mismo placer que ponía en sus narraciones. La abuela lo llamaba a sus espaldas «Ali», mote que no tuvo aceptación porque, aparte de nosotros, sólo otra familia, los Stefano, sabía algo de los éxitos del boxeador norteamericano, y no comprendían qué interés podíamos sentir por tan desmadejado sustituto.

La tía Tiida, la mayor de las hermanas de Serenity, era la menos popular de las personas que nos visitaban a lo largo del año, aun cuando se trataba de un personaje imponente. Cuando venía, todo el mundo se ponía nervioso, sobre todo al principio. Para refrenar algo la arrogancia de su hija mayor, el abuelo la trataba con un entusiasmo tan magnánimo como en cierto modo burlón. La abuela, por el contrario, opinaba que no existía mejor arma para combatir la soberbia que la franqueza, y la recibía con una indiferencia que compensaba ampliamente la arrogancia de Tiida. Ambas estrategias eran en vano, porque en cuanto Tiida había abierto sus bolsas, se las ingeniaba para someterlo todo a su voluntad. Siempre me daba la impresión de que recibíamos la visita de un inspector de sanidad de paisano.

Tiida era como un ejemplar de una especie animal en peligro de extinción que se jugaba el tipo entrando en contacto con nuestro atrasado entorno pueblerino. Nunca se presentaba sin anunciarse. Días antes de la llegada de Miss Jabón Sunlight, que era como se la conocía, había que airear y barrer la casa de Serenity y fumigar la cama con insecticida. Mi misión consistía en matar las numerosas arañas, quitar y recoger las telarañas y destruir los huevos. También tapaba las galerías que las termitas habían hecho en puertas y ventanas, y con un cuchillo rascaba las cagadas de murciélago de suelos y alféizares. Luego sahumaba el retrete con manojos de hojas secas de plátano, algo que detestaba, porque me recordaba la primera paliza que me había propinado Candado.

Cuando estaba con nosotros Miss Jabón Sunlight se bañaba cuatro veces al día, y yo debía encargarme de que tuviera agua suficiente para sus abluciones rituales. Eso no era ninguna bicoca en un lugar donde un baño al día bastaba y algunos se limitaban, durante la semana, a lavarse de prisa y corriendo los pies, las axilas y la entrepierna. No es de sorprender, pues, que los aldeanos la llamaran Miss Jabón Sunlight o Miss Pulcritud. A Tiida no le complacía el primer mote, por su alusión a los olores y también porque la otra maniática del aseo personal que había en la aldea, una azafata descendiente de la familia Stefano, no había recibido más apodo que el de Miss Aeroplano.

Al contrario que Miss Aeroplano, sin embargo, Tiida era muy elegante, atractiva y elocuente, y a pesar de su pedantería me sentía orgulloso en su presencia. Si la Virgen María hubiera sido negra,

Tiida habría afirmado tranquilamente que eran hermanas. Por la noche la veía envuelta en tenues nubes de muselina, contemplaba su camisón blanco, que se agitaba levemente al viento, sus finos dedos entrelazados sobre el vientre, su largo cuello inclinado en la dirección en que los sueños confluían con la realidad. Mi veneración hacia ella no duró mucho, y el motivo fueron las conversaciones del abuelo y la abuela después del almuerzo. Tiida no había llegado virgen a la noche de bodas sino que la había desflorado un tipo de la aldea con el que no contrajo matrimonio porque ya estaba casado. Ese hombre tenía una hija, famosa por sentarse en la acera con las piernas abiertas y sin ropa interior. El abuelo estaba enfadado con él porque había puesto en peligro las posibilidades de matrimonio de su hija. Todavía recuerdo que en una ocasión la tía Tiida me preguntó si aquel hombre aún estaba casado con la misma fea mujer. Respondí que sí, y soltó una carcajada triunfal. Quise decirle que sabía su secreto, pero eso era cosa de mayores. Yo no podía hacer insinuaciones impunemente. Mientras, con los ojos empañados por el vaho que producía el agua de su baño, me preguntaba qué aspecto debía de haber tenido en la época en que los hombres la rechazaban porque ya no era virgen. ¿Cómo se habría defendido? Imaginaba que al hombre que la repudiase lo tildaría de impotente y añadiría que semejante preferencia por las mujeres castas era una soberana estupidez.

Estaba claro que Tiida se casaría con un médico. Un médico que, al cabo de los años, resultó ser un practicante. La abuela la hizo rabiar más de una vez.

—No es un médico de verdad, ¿eh? —le preguntaba por enésima vez—. No puede recetarme ninguna medicina para mi azúcar.

—Usted y su azúcar —respondía Tiida, irritada—, como si alguien pudiera echársela en el té y beberlo.

—No te enfades, Tiida, pero toda la culpa es tuya. ¿Por qué nos viniste con el cuento de que era médico?

—Un practicante con su experiencia vale tanto como un médico. También lleva una chaqueta blanca inmaculada, ¿no? ¿Quién es capaz de advertir la diferencia?

—¡Di mejor que tú eres incapaz de hacerlo!

—Admitirá al menos que mi marido no es ningún tonto. Aprovecha cualquier ocasión para prosperar en la vida. No puede afirmarse lo mismo de los hombres que han entrado por matrimonio en nuestra familia.

—De acuerdo, pero de otra forma también lo habríamos aceptado. No hacía falta que presumiera tanto.

—No le gustan las medias tintas.

—Ya se nota, ya. —La abuela se echó a reír—. Pobrecito. Desde luego, si se casa con Miss Jabón Sunlight es que no le gustan las medias tintas.

—Ya está bien, tía —dijo Tiida, nerviosa.

Cuando las visitas de la tía Tiida tocaban a su fin y se marchaba envuelta en una nube de perfume, por extraño que parezca me invadía una sensación de vacío; probablemente añoraba la mirada escrutadora del inspector de sanidad.

En esa ocasión pasó un año sin que volviéramos a saber de ella. El abuelo la echaba de menos, más que nada porque se parecía mucho a su madre. Era la única hija que despertaba en él vagos recuerdos de un amor que había terminado cuando aún quedaban muchas preguntas sin responder, un amor que había desaparecido con el líquido amniótico y la sangre vertida en el asiento trasero de un Mini desvencijado. No pasaba día sin que hablase de Tiida.

Fue el tío Kawayida, claro está, quien resolvió el misterio de la larga ausencia de Tiida: ¡el doctor Ssali, el marido protestante de Tiida, se había convertido al islam! En la década de los sesenta eso suponía un considerable paso atrás, porque en el terreno político los cristianos ocupaban el primer escalón: los protestantes recibían la mejor parte del pastel, los católicos las sobras y los musulmanes tenían que conformarse con las migajas. Ese cambio, tan extraño como radical, despertó en el abuelo los fantasmas de la derrota que le había infligido su rival protestante. Asombrado, exclamó: «¡Imposible! ¿Cómo ha sido capaz!» El pobre ya veía a su hija precipitarse en el abismo, al igual que le había ocurrido a él. Ahora que al médico le estaba permitido casarse con cuatro mujeres, Tiida tendría tres rivales, con todas las envidias y maldades que eso comportaba. Si hubiera estado en su mano, el propio abuelo en persona la habría ayudado a divorciarse.

Tampoco a mí me parecía que Tiida fuera una mujer que tolerase compartir a su marido. Sin duda, pronto regresaría a casa. Para ella, todas esas tonterías sobre convertirse a otra religión no eran más que patrañas, y además la lealtad no constituía una de sus características. A cada momento yo esperaba ver descender por Mpande Hill el coche repleto de sus valiosas bolsas de piel. Pero nunca ocurrió. Todos nos equivocamos: Tiida se quedó junto a su esposo.

La menor de las preocupaciones del converso, sin embargo, era tomar otras tres mujeres en un futuro próximo o cuando las ranas criasen pelo, y la causa de ello había que buscarla en el sufrimiento que le producía la herida ulcerosa de la circuncisión. Su pene se había vuelto extremadamente sensible y difícil de manipular, y algo tan elemental como orinar, por ejemplo, suponía una experiencia penosa para la que había que armarse de valor. Además, al menor roce con la túnica o la camisa hacía que se pegaran a la herida hilitos o pelos pubianos, lo que aumentaba su sufrimiento. A veces se formaba en el borde de aquélla una costra que cubría la llaga ardiente, y el doctor Ssali pensaba, esperanzado, que al fin estaba sanando; pero entonces, como si el diablo jugara con él, tenía una erección nocturna y la costra volvía a resquebrajarse. Orinar se convertía de nuevo en un verdadero suplicio, otra vez se pegaban hilitos a la herida, y se le saltaban las lágrimas cuando se aplicaba la pomada cicatrizante. Se afeitaba el pubis regularmente, pero cuando el vello volvía a crecer le producía una comezón insoportable alrededor de la úlcera. Se hizo análisis de sangre para comprobar si sufría septicemia o alguna forma de cáncer, con resultados siempre negativos. Gozaba de perfecta salud, y la pertinaz inflamación sin duda había que adjudicarla a la edad, aunque sólo tenía cuarenta años.

Por si todo eso fuera poco, llegaron las moscas. Una mañana Tiida salió de la casa y soltó el grito de su vida. Los dos aguacates que crecían en el patio trasero estaban cubiertos de moscas, verdes y tan grandes como semillas de café. El cubo en que llevaba la colada se le cayó al suelo. El doctor Ssali fue hasta la puerta y se puso tenso ante lo que vio. Aquello era un acto terrorista. Apestaba como si al pie de los árboles se pudriera una cabra o un cerdo. La mera idea de la descomposición hizo que Tiida vomitara sobre la ropa que acababa de lavar. Ssali, que la había enviado a que averiguase el origen de aquel hedor, decidió hacerlo por sí mismo. Con las piernas abiertas, se acercó trabajosamente a los aguacates. En el suelo había un montón de tripas de gallina.

Normalmente, las moscas se hubieran posado sobre éstas o, en todo caso, en las ramas más bajas, pero en ese momento parecían haber tomado posesión de la totalidad de las copas. El doctor sintió náuseas, volvió a su dormitorio y mandó a un trabajador a que cavara un agujero en el suelo y enterrase las vísceras. Las moscas desaparecieron hacia el atardecer.

Al cabo de cuatro días, Tiida volvió a verlas. En esa ocasión enterraron un montón de tripas de perro, y las moscas se fueron. Una semana más tarde enterraron otro montón de tripas de perro. La cosa empezaba a ser preocupante. Alguien se dedicaba a matar perros para que la desgracia cayera sobre ellos, como si los tiempos no fueran ya lo bastante difíciles. Que se sacrificasen cabras y ovejas, de acuerdo, ¡pero perros! Y para que no quedase duda acerca del animal de que se trataba, dejaban la cabeza sobre las vísceras. Aquello era un aviso, y sólo podía proceder de una persona: la madre del hombre que le había vendido al doctor Ssali el terreno en el que se había construido su casa.

Cinco años antes había comprado unas tierras con la intención de criar ganado. En aquella época no sabía nada de las diferencias que existían en el seno de la familia del propietario. La venta se había hecho con honradez, sin que mediara soborno alguno. Los problemas habían surgido justo después de que la transacción se cerrara oficialmente. La madre del hombre que le había vendido las tierras se presentó y afirmó que su hijo había robado los derechos sobre aquéllas y modificado el testamento de su esposo en beneficio de sus propios y codiciosos intereses. Las acusaciones fueron desestimadas por el tribunal, y la mujer amenazó al doctor Ssali con pelear a muerte por lo que, según ella, le pertenecía. El que hubiese elegido precisamente ese momento para lanzar el ataque fastidiaba sobremanera al convaleciente musulmán. ¿Acaso pensaba que después de que lo circuncidaran estaría demasiado débil para responder a su agresión y le devolvería las tierras sin más? Envió una delegación de paz, pero ella la despidió de inmediato, ofendida porque la creyera capaz de sacrificar perros a los dioses del terrorismo.

Ssali contrató a un vigilante para intentar descubrir quién llevaba las tripas y las cabezas, pero todo fue en vano. El terrorista siguió haciendo de las suyas. Había quien afirmaba que se trataba de una maldición, de un castigo impuesto por algún pariente difunto para vengarse de Ssali por haberse convertido éste al islam. El hombre ya no sabía qué hacer. Durante semanas lo intentó todo, pero las cabezas seguían apareciendo, y las costras de su herida continuaban abriéndose. La presencia de aquellas moscas era una ofensa para su condición de médico. ¡Él, que dedicaba su vida a luchar contra la corrupción de los cuerpos!

Por si no bastara, algunos buscaban significados religiosos a la maldición de las cabezas, las tripas y las moscas. Afirmaban que habían aparecido durante siete días (otros decían que seis), tras el renacimiento del doctor como Saif Amir Ssali. En muchos pueblos, el siete era un número maldito. Por otra parte, el seis era el guarismo de que se componía la cifra 666, la del anticristo. Así pues, Ssali se había convertido en un ser a medio camino entre una maldición andante y un demonio, y se merecía el terror a que estaba sometido. Como antiguo cristiano, no podían traerle totalmente sin cuidado tantas desgracias, de modo que, para asegurarse, les pidió a algunos jeques y a un par de imanes famosos que rezaran e hiciesen una ofrenda por él. Dos días después aparecieron una cabeza y un montón de tripas nuevas. Evidentemente, se trataba de un plan tendiente a expulsarlo de su casa y de sus tierras.

Al mismo tiempo, le acometió un nuevo temor: la posibilidad de que Tiida lo dejase. Se devanaba los sesos intentando decidir si debía planteárselo, pero no debía hacerlo abiertamente, no fuera a ofenderse por dudar de ella. Además, si todo eran imaginaciones suyas y Tiida no había pensando ni por un instante en abandonarlo, corría el riesgo de darle la idea. ¿Cuánto tiempo más aguantaría ella esa situación? ¿Aceptaría una mujer que se bañaba cuatro veces al día vivir en una casa mancillada con despojos de perro? Parecía inconcebible.

La gente decía que los conversos de cierta edad eran más propensos a sufrir cáncer de pene, pero ¿hasta cuándo podía durar todo eso? Los compañeros de colegio de sus hijos ya se burlaban de ellos y empleaban frases como «hombre de las moscas», «pene enfermo» y «padrecito en camisón».

El asedio de las moscas me impresionó mucho. Aquel hombre debía de sentirse literalmente cubierto de mierda. ¡Qué cambio más radical! El doctor Ssali nos había visitado en dos ocasiones; en ambas presentaba ese aspecto de un auténtico médico y se había quedado a tomar el té. Primero tuve que lavar las tazas tres veces, con los brazos hundidos hasta los codos en el agua caliente y espumosa. Desde el banco en que se había sentado nos miraba en silencio a la abuela y a mí, como si fuéramos transparentes. Llevaba pantalones grises, camisa blanca, corbata azul y zapatos negros, relucientes. Tenía un reloj de oro que hendía el aire como un cuchillo amarillo cuando levantaba la mano para tocarse el pelo, impecablemente peinado. Tiida no cabía en sí de orgullo. Se metía en todo y lo miraba, de vez en cuando, como si solicitara su tácita aprobación. Debí de secar la bandeja más de seis veces, y las cucharillas al menos cuatro. Siempre quedaba una manchita o una gotita. En un intento de romper el hielo, ella exclamó:

—¡El doctor Ssali tiene un estómago tan sensible!

Más tarde pensé que habría sido mejor decir que lo que tenía sensible era el pene. Catorce meses después de que lo hubiesen circuncidado, la herida por fin sanó. Pero eso no significó el fin de sus problemas. Le negaron el premio que tanto había ansiado, una de las cosas por las que había sido capaz de aguantar tanto sufrimiento. El representante del comité para la conversión le hizo saber que ya no tenía derecho a un Peugeot flamante porque no había cumplido con todos los requisitos del contrato. Los que se habían convertido junto con él, le explicó, habían hecho proselitismo por todo el país durante el año transcurrido desde entonces, arengando a la gente en mezquitas, escuelas, parques y ateneos populares, en aras de la difusión del islam. Él no lo había hecho porque lo habían tenido que tratar en el hospital. El comité correría con los gastos, y se le ofreció un premio de consolación: una escúter de 125 centímetros cúbicos.

—Pero ustedes me lo habían prometido, jeque —dijo en tono de súplica.

—Fíjese en este montón de facturas médicas. Y no ha mantenido usted su palabra; no ha participado en la *yihad*.

—Eso no ha sido culpa mía.

—Tampoco nuestra. ¿Acaso quiere organizar una gira de proselitismo en solitario?

—Debo volver al trabajo.

—No olvide su casquete; hay que llevarlo a todas partes. Siéntase orgulloso de su nueva religión, Saif.

Según se contaba una y otra vez, cuando Ssali fue a buscar su recompensa, se encontró con una Vespa italiana, decididamente femenina. Yo pensaba que la historia no debía de acabar ahí, pero el tío Kawayida nunca volvió sobre ella. Traté de persuadir al abuelo de que me contara el final, pero me echó. Cuando Tiida vino a casa, levantó un muro en torno a ella y se negó a revelar más detalles de sus desgracias. Entonces desistí.

Había trepado al árbol con la esperanza de vislumbrar al águila de vientre azul, cuando vi que un coche se dirigía a casa de la abuela. El alma se me cayó a los pies. La gente que venía a vernos en coche solía quedarse demasiado tiempo y, entretanto, ocupaba mucho sitio, perturbaba nuestra vida cotidiana y me impacientaba. Las personas con niños eran las peores: daban por sentado que yo cuidaría de los críos mientras ellos salían, como si no tuviera nada mejor que hacer. Los mocosos se cagaban y se meaban encima, gateaban por todas partes y luego yo era el responsable de su seguridad. Y cuando se marchaban, los padres ni siquiera me lo agradecían, por no hablar de darme una propina.

Mientras bajaba lentamente del árbol, me preguntaba cuántos niños habrían traído aquellos visitantes. ¡Ay, me repugnaba la idea de todos esos pañales puestos en remojo en el cubo u ondeando al sol en el tendedero!

Cuando llegué a la casa, el coche ya no estaba allí. En el patio había dos maletas grandes y varias cajas de cartón llenas de cosas. Me sentí todavía más abatido. Era evidente que aquella mujer pensaba quedarse mucho tiempo, trastornar nuestra existencia y, sobre todo, mandar. ¡Otra vez! Se trataba de la tía Nakatu, la otra hermana de Serenity. Era baja, oscura, con un cuerpo extraordinariamente macizo y rechoncho, y sumamente enérgica. Tenía una voz suave, melodiosa, más adecuada para cantar que para impartir órdenes; quizás ésa fuese la razón por la que debía repetirlo todo dos veces antes de que se ejecutaran sus mandatos. Era la única hija de la familia que se había casado por la iglesia. En su foto de bodas aparecía más imponente aún; la enorme cantidad de tul y la cola de tres metros del vestido le conferían un aspecto recio y majestuoso. Su marido era muy alto, y me figuraba que para hablar con ella tendría que agacharse, a menos que quisiese gritar. Mientras me encontraba frente a aquella rolliza personita y pronunciaba las obligadas palabras de bienvenida, intentaba imaginar cómo se desarrollarían los acontecimientos durante su estancia. Por suerte no había traído niños, así que yo no tendría que vigilar que nadie se llevase a la boca orugas, ciempiés o gusanos.

Cuando mi abuelo llegó a casa tras visitar a un conocido, las noticias que recibió lo entristecieron. Apreciaba mucho al marido de Nakatu, con quien había establecido un vínculo relacionado con la bicicleta Raleigh nueva que aquél le había dado antes de la boda. El abuelo aún iba en esa bicicleta. Al oír la nueva dirigió la mirada hacia los árboles, como si temiese que su yerno apareciera de repente y le reclamara la bicicleta. Nakatu había abandonado a su marido y no pensaba volver junto a él.

El abuelo me ordenó que me fuese, pero yo, como solía hacer, volví a entrar a hurtadillas. El matrimonio de Nakatu había durado casi diez años. Al abuelo le irritaba el que ella se negara en redondo a volver. Como arreglo se ofreció a invitar al marido a fin de oír las dos versiones de la historia. Pero Nakatu se mantuvo en sus trece y declaró que no pensaba cambiar de idea ni aunque invitara al Papa en persona. Afirmaba una y otra vez que la concubina de su marido había intentado asesinarla.

—Todo empezó con pesadillas. En cuanto cerraba los ojos comenzaba a soñar con leones que me rodeaban y me despedazaban. Decidí dormir con la luz encendida, porque así tenía menos pesadillas. Finalmente consulté a una vidente, quien me explicó que la responsable era una concubina que pretendía suplantarme. Cuando la concubina comprendió que no me iría, intentó que me atropellaran.

—Hay mucho borracho y mucho loco en la carretera.

—Empecé a tener dolores de estómago y migrañas, que desaparecían cuando dormía fuera de mi casa, pero que volvían en cuanto lo hacía bajo mi techo. Esa mujer quiere echarme y, en lo que a mí respecta, ahora puede hacer lo que le venga en gana.

—¿Tiene un hijo con ella? —preguntó el abuelo.

—No que yo sepa, aunque supongo que, con todas las enfermedades que padezco, no me endilgaría el hijo de otra.

El abuelo no parecía muy conforme con esa vaga respuesta. Según su experiencia, solían ser las concubinas con hijos quienes iniciaban campañas de terror para que se reconociera a sus vástagos y obtener los mismos derechos que ellos. La madre de Kawayida había empleado trucos similares. Había planeado convertirse en la esposa oficial después de la muerte de la madre de Serenity, pero el abuelo no se había mostrado dispuesto a otorgarle ese rango. Por el contrario, su hijo sí que fue reconocido y recibido en la familia. Sospecho que el abuelo, aun cuando había tenido un hijo con ella, se avergonzaba de sus incisivos prominentes.

—¿No te parece extraño que una mujer sin hijos te expulse de tu casa y te aleje de tu marido?

—Esta conducta no está reservada a las mujeres que tienen hijos. Puede que sí los quiera en cuanto viva en la casa —dijo la abuela, quien, aquejada de amenorrea y esterilidad, había visto cómo su matrimonio se iba a pique cuando una joven la suplantó y le dio a su marido seis hijos. Con su experiencia le cerró la boca al abuelo, que masculló algo ininteligible y luego sólo dijo:

—Todas mis hijas han hecho un mal matrimonio.

En otras palabras: Candado tenía razón. Había dicho que en la familia de Serenity abundaban los matrimonios fracasados. Normalmente, al abuelo le habría importado un bledo un comentario así, pero su nuera no era alguien a quien se pudiera dejar de lado. Había intentado mantenerla alejada de la casa de su hijo, pero no lo había conseguido. La observación que acababa de hacer le dolía porque ella misma mantenía a su hijo atrapado en un matrimonio desgraciado, y no había indicio de que la cosa cambiase. Al abuelo no le gustaba: era demasiado cabezota. En cambio, admiraba su sentido del compromiso, una cualidad que, a su modo de ver, no le vendría mal a Nakatu.

Aún no se habían acabado las preocupaciones del abuelo. Nakatu sólo se quedó dos días. Se fue a visitar a su hermana Tiida. Yo estaba encantado con su marcha. El abuelo y la abuela no entendían nada.

Al cabo de un mes estaba de regreso, con una nueva petición de matrimonio en el bolsillo. Se había encontrado con Hachi Ali, un antiguo amigo de la escuela, que le llevaba diez años, y se había enamorado de él. No quedaba del todo claro si le había echado el ojo hacía tiempo o si se trataba de un sentimiento completamente nuevo. A juzgar por su expresión, no obstante, no cabía duda de que Nakatu quería casarse con ese ex futbolista, que había demostrado ser tan hábil en los negocios como en el campo de juego. Mientras tanto, el abuelo había escrito dos cartas al esposo de Nakatu, sin obtener respuesta. Temía que acabara enemistándose con él por razones de familia, lo que en nada beneficiaría su propia reputación. Quería evitar cualquier disparate, pero ¿por qué el esposo de Nakatu no se mostraba dispuesto a dar una explicación? El abuelo no se paró a pensar en ello; tenía un problema mucho más acuciante: se sentía llamado a poner fin a la reciente invasión musulmana.

—Esto está yendo demasiado lejos. ¡Hay que pararles los pies! —chillaba—. Fíjate en el marido de Tiida; ¿qué ha conseguido?: ¡llagas en la polla y una montaña de tripas en su jardín! ¿Por qué las mujeres nunca aprendéis? Seguro que pensaste: «Mi hermana tiene algo especial, y ahora yo quiero lo mismo.»

—Si me permite que se lo diga, es usted quien ha empezado con esta invasión —señaló Nakatu—. La madre de Kawayida también es nuestra madre, y es musulmana. Puedo asegurarle que Tiida y su marido son muy felices. Compartir preocupaciones los ha acercado aún más. La loca que mandaba arrojar cabezas de perro a su jardín ha confesado y ha retirado la reclamación sobre sus tierras. Ssali se ha vuelto mejor persona. Ya no es el fantasmón arrogante de antes.

—¿Por eso has decidido probar las maravillas del islam eligiendo a un musulmán? Reflexiona por un momento: has abandonado a tu marido, según aseguras, a causa de las actividades maliciosas de su concubina, y ahora te dispones a casarte con un hombre a quien le está permitido tener cuatro esposas. ¿Por qué?

—Hachi Ali no se casará con nadie más. Le basto yo.

—¡Qué necias sois las mujeres! Soy capaz de imaginar que Ssali no se case por segunda vez, porque ha recibido una educación, pero ¿qué impedirá que Hachi Ali haga lo que le venga en gana? ¿Eres virgen todavía o te crees que lo eres?

—Si anduviera detrás de las vírgenes no se habría fijado en mí. Ya está cansado de chiquillas que aún tienen que aprenderlo todo. Preocúpese de sus otros hijos; yo ya sé lo que me hago.

—¡De modo que se trata de un musulmán cansado de chicas musulmanas y que, para variar, quiere probar con una mujer cristiana!

—Estoy enamorada. Soy lo bastante mayor para saberlo. También sé que ocurrirá algo especial. Lo intuyo.

En efecto, ocurrió algo especial: después de ocho años de esterilidad quedó embarazada. El abuelo bendijo el matrimonio, pero sin saber que Nakatu también quería convertirse. Cuando se enteró de ese detalle ya había perdido toda esperanza.

—Supongo que no te circuncidarán, ¿verdad? —preguntó en un intento de sonar gracioso.

—¿Has oído hablar alguna vez de una circuncisión femenina? —dijo Nakatu entre risas.

—De acuerdo. Cásate. Si tu marido te necesitara hace tiempo que habría venido a buscarte.

Así fue como la tía Rose Mary Nakatu se convirtió en la tía Hadiya Hamsa Nakatu. A los seis meses de haber abandonado la casa de su primer marido, se celebró el nuevo matrimonio. Muy pocos parientes asistieron a la ceremonia, y entre ellos se encontraba Serenity, que llevaba muchos años evitando cualquier drama familiar.

Era un Serenity maduro, el «Serenity crisálida», como lo llamaba Nakatu de vez en cuando. La retirada siempre había sido su mejor forma de ataque, y, después de todo el jaleo que había precedido a su propio matrimonio con Pedro Candado Nakaza Nakaze Nakazi Nakazo Nakazu, había decidido estarse calladito. Había visitado una vez a Tiida, cuando el período de las tripas y las llagas estaba tocando a su fin. Era la clase de cuñado que nunca se metía en nada ni mediaba en peleas conyugales a menos que se lo pidieran. Fue el primer miembro de la familia que se dirigió a su hermana Nakatu llamándola «Hadiya Hamsa».

De soltero, Serenity había tenido sus propias dificultades, como librarse de Kaziko, por ejemplo. Había convivido con ella y tenido una hija a finales de la década de los cincuenta, y más tarde había decidido echarla para casarse con otra. Kaziko, una auténtica palurda a pesar de sus largas piernas y su bello rostro, era de esas mujeres que siempre esperan órdenes e instrucciones precisas de sus esposos, dispuestos en todo momento a complacer y obedecer. Para un hombre que durante toda su vida había tenido que sortear los escollos traicioneros y las peligrosas profundidades de las mujeres que rodeaban a su padre, eso era angustiante. Se sentía vigilado, analizado, manipulado por Kaziko; en resumidas cuentas, como un río obstruido por plantas de papiro. Eso lo ponía nervioso e irascible. Quería ser él quien manipulase, pero ella no paraba de incordiarlo con cuestiones domésticas. Él estaba por encima de cosas como el gobierno de la casa, y Kaziko no parecía comprenderlo. En lugar de pedir consejo a otros, le preguntaba si debía comprar esto o aquello, si debía cocinar así o asá, ese día o al siguiente. Y lo peor de todo: trataba de adivinar sus pensamientos, qué le gustaba y qué le desagradaba, cosas ambas que él prefería guardar para sí.

Kaziko era cariñosa y amable, pero superficial y corta de miras; era buena en la cama, muy buena en la cocina y excelente en el jardín. En resumidas cuentas: el tipo de mujer que a muchos hombres les gustaría como concubina o segunda esposa; pero a Serenity ni se le ocurría pensar en la poligamia, al menos por entonces. Buscaba un imposible: una mujer independiente, reservada, que tomara decisiones por sí misma y fuera buena en la cama, en la cocina y en el hogar. Una mujer que lo dejara en paz cuando tenía que estudiar y hacer planes para el futuro, que no lo distrajera con asuntos que consideraba por debajo de su dignidad.

Cuando Serenity finalmente le contó al abuelo que quería echar a Kaziko, aquél lo autorizó de inmediato, porque suponía que su hijo le encargaría que le buscase una sustituta adecuada. Los matrimonios de conveniencia iban desapareciendo, pero aún no se habían eliminado del todo. Además, al abuelo se le presentaba una oportunidad magnífica para mostrarse interesado en los asuntos de su hijo. Ya era hora de darle unos cuantos consejos útiles sobre el modo en que debía comportarse como hombre y marido. Había que tapar unos cuantos agujeros que permanecían abiertos desde la época en que era jefe, y había tenido pocas oportunidades de hablar con Serenity. Como hombre respetuoso de las tradiciones, tendería a su hijo la mano de la amistad y la camaradería. Había llegado la hora de presentarlo al clan como posible líder de éste, o en todo caso como uno de sus líderes. Los nuevos clanes necesitaban gente instruida al frente de ellos. Serenity, con su experiencia como maestro de escuela, podría relacionarse bien con los otros jefes, por lo general comerciantes y gente similar. Si gustaba a los ancianos y a los miembros relevantes del clan, Serenity tendría una buena oportunidad de hacerse cargo de la administración de las tierras del clan. Al abuelo le daría una gran satisfacción el que éstas quedaran en manos de la familia.

—Me parece muy bien que por fin te hayas decidido a casarte oficialmente. Es señal de madurez y resolución. Un antiguo colega mío tiene una hija casadera bien educada, culta, atractiva, ideal para tu temperamento. Nos costará un riñón en arras, pero juntos lo conseguiremos, muchacho. Cumpliré con las exigencias. Y bien, ¿qué te parece?

—Eh...

—Y, ¿sabes, hijo mío?, algunas personas dan a la religión mucha más importancia que nosotros. Después de todo lo que ha pasado en nuestra familia... La chica procede de un hogar protestante, pero su madre es una renegada de la Iglesia católica. Tal vez consigamos que se convierta, aunque los protestantes no se pasan tan fácilmente al catolicismo. Sin embargo, no tiene la menor importancia. Has de procurar casarte con una mujer de buena familia, y la de ésta es excelente. Siempre podremos superar las diferencias.

Serenity quedó totalmente abrumado por la verborrea de su padre y se sintió como si se hundiese en el lodo. La casa de ladrillo y tejado verde del viejo pareció desmoronarse, fundirse y derramarse sobre él hasta tragárselo.

A menudo Serenity había deseado que la casa de su padre realmente se hundiera. Nunca le había gustado. Había dado albergue a demasiadas personas a las que no quería ni comprendía, y que no lo habían querido ni comprendido. Sonaba a hueco a causa de los gritos, suspiros, lamentos y cuchicheos de todas esas mujeres, algunas con hijos, otras sin ellos, que la habían poblado en tiempos de abundancia. En ella había presenciado cosas rarísimas, como echar unos polvos misteriosos en las cazuelas, depositar hojas secas sobre las brasas del carbón de leña mientras se pronunciaban fórmulas mágicas, o susurrar conjuros y contraconjuros en la oscuridad. Entre aquellas paredes se habían producido conspiraciones y venganzas, ataques y defensas que involucraban a miembros masculinos y femeninos de la familia. En las paredes retumbaba el sonido producido por las peleas, unas veces enconadas y otras cómicas, entre gorrones y amigos, y entre parientes codiciosos y parientes políticos rivales. El tejado verde soportaba el peso de las maldiciones de forasteros a los que no se había tratado con equidad, o para quienes ésta llegaba tarde porque en la finca del gran jefe había gente que, intencionadamente o no, impedía que entraran y éste los recibiese en audiencia.

En la época de la caída en desgracia del abuelo, cuando el espíritu de la década de los cincuenta casi había alcanzado su punto culminante, la casa no era más que un templo poblado de ladrones en el que cada uno hacía sus propios negocios, todos rivalizaban y se fraguaban los planes más diversos. Era un auténtico manicomio donde nadie daba una a derechas, aunque creyeran que llevaban las riendas de sus vidas, y el abuelo se encontraba en la misma posición que sus inquilinos: tenía que luchar por un lugar donde dormir, trataba de molestar lo menos posible y contraía compromisos sospechosos con la esperanza de que, finalmente, todo volvería a su cauce.

Para entonces, Serenity ya no comía en la casa; quería evitar las intrigas, la envidia, la falsa alegría y los frágiles estados de ánimo que enrarecían el ambiente. Lo que buscaba en la casa del Violinista, con sus platos desportillados, sus tazones abollados y sus hijos que se paseaban desnudos, era libertad de espíritu. En la casa del Violinista, rodeado de niños cubiertos de mocos y de mierda, se sentía a gusto, aceptado, pues nadie lo miraba como si fuese a robar algo.

Su madre acababa de desaparecer y él, que la echaba mucho de menos, creía que volvería en cualquier momento. Pero después de la bendición de aquella mujer misteriosa, después de que recuperase la serenidad, no volvió a pensar en su madre y llenó el vacío a fuerza de desapego y de soñar con tener una formación escolar y musical.

Cuando llegó a la pubertad, esperó que alguien le dijera algo de su madre, o le contase las cosas que una madre le cuenta a su hijo. Como nadie dijo nada, ni siquiera sus tías, que de acuerdo con la tradición debían hacerse cargo de su educación sexual, se resignó y mostró un desapego aún mayor. Sus padres se convirtieron para él en sombras que flotaban hacia los indefinidos bordes de un abismo insondable. Por la misma época, un buen amigo suyo perdió a sus progenitores en un espectacular accidente de autocar en el que la mitad de los pasajeros murieron y la otra mitad resultaron heridos, salvo el chófer, que salió ileso. Serenity creyó entonces que sus padres le habían hecho un favor al evitarle un dolor así. De pronto se sentía el chófer, en medio de chatarra y un baño de sangre, pero indemne; rodeado de gritos y lamentaciones, pero sano y salvo.

En ocasiones se detenía a mirar el esbelto naranjo, con sus delgadas ramas llenas de hojas, espinas cortas y pequeñas bolitas verdes. Se aseguraba que había sido el árbol preferido de su difunta madre, pero ¡qué pocas cosas evocaba en Serenity! Lo dejaba totalmente frío, igual que un templo profanado o una gruta saqueada. Miles de veces había barrido las hojas caídas, junto con las de la acacia, el árbol del pan y el mango, y las había quemado sin sentir nada.

Una tormenta sacudía el tupido bosque de cafetos que rodeaba la casa. Los vio desarraigarse, caer, quebrarse como paja, volar por encima de la aldea y, finalmente, ir a parar al pantano de papiros que se extendía al pie de Mpande Hill. ¿Cuántos sacos de café había cosechado en su vida? ¿Cuántas avispas lo habían picado mientras lo hacía? ¿Cuántos litros de sudor y lágrimas se habían filtrado en el suelo de aquella *shamba* de café? Muchísimos. Bien es cierto que la producción de café había pagado su educación hasta la escuela de magisterio, pero también había ayudado a superar muchas catástrofes económicas innecesarias a personajes inútiles como las mujeres de su padre. Habían venido muchas, en su mayoría se habían hartado de comer y todas habían seguido su camino hacia árboles más duraderos que los de su padre. Un gran número de ellas se había cobijado bajo el paraguas del clan para obtener algún beneficio, por pequeño que fuese, de la tierra de éste y había permanecido allí hasta la caída en desgracia de su padre. Serenity deseaba en ese momento que la tormenta desmenuzara toda la tierra del clan y la arrastrase como un río caudaloso y turbulento hacia el pantano. Deseaba que la tormenta dejara tras de sí cráteres traicioneros y barrancos mortales en los que los hombres cayeran y se rompieran la crisma. Deseaba que lo que quedara fuese tan estéril que nadie más quisiera saber nada de aquella tierra. Quería que otra familia se hiciera cargo de las parcelas del clan y de todos sus problemas. ¿Y la religión? A juicio de Serenity había sido una cuestión de pura justicia el que su padre perdiera el poder a causa de su fe católica, cuyas obligaciones litúrgicas nunca cumplía. No le habría importado que la misma tormenta arrancase la poderosa iglesia de su juventud y dispersara los restos hasta los bosques cercanos. El campanario de chapa ondulada de Ndere Hill le traía a la memoria todas las misas inútiles, todas las oraciones malgastadas por el regreso de su madre y toda la energía derrochada en asuntos religiosos. El campanario también le recordaba a la Virgen María: le había suplicado que lo visitara, que se convirtiera en su madre. Ella se había negado. No quiso enjugar sus lágrimas, ese par de lágrimas amargas que alguna vez había vertido. Por eso deseaba que la iglesia y el campanario fuesen destruidos.

En la nueva vida con que Serenity soñaba no existía espacio para la hija de un jefe que comerciaba con su valiosa ascendencia, su aspecto o sus buenos modales. Esa persona, a la que nunca había visto y a la que no deseaba ver, por muchas cualidades que tuviera, no aparecía en sus sueños. Sin embargo, alguien esperaba: una nueva estrella, un vino nuevo, la nueva Doncella, la llave de la libertad, el éxito y la felicidad. Con ella a su lado se vería libre de cualquier obligación para con su padre, sus demás parientes y el clan. Ella haría de intermediaria entre él y todo lo que odiaba de su familia.

—Padre —balbuceó—, ya tengo a alguien.

—¿La conozco? —El abuelo vaciló, esperando que no se tratara de una de esas tontainas de la aldea; llevaba toda la vida temiendo que su hijo se presentara cualquier día con una de ellas. ¿Acaso Serenity había olvidado cuáles eran sus prioridades? Cerró los ojos por un instante.

—No, padre. Es nueva. Vive en otra región.

—¿Ya has pedido su mano?

—Todavía no, padre.

—Eso no suena nada bien, hijo. No puedes construir castillos en el aire. ¿Conoces su ascendencia, su educación, su temperamento? ¿Cómo sabes que no sufre de epilepsia o que no está poseída por los malos espíritus?

En el mundo ideal de Serenity nadie prometía nada, sencillamente lo llevaba a cabo. No soportaba las promesas y desconfiaba de las personas que las hacían. Acerca de la Doncella, tenía un buen presentimiento. Estaba seguro de que no debía preocuparse por nada. Si ella le hubiera prometido que se casaría con él, se habría sentido intranquilo.

—No te preocupes, padre.

—¿Qué descendencia vas a traer a la familia, muchacho? —exclamó el abuelo, furioso.

Serenity sabía a qué se refería. Al viejo le gustaban las mujeres altas y elegantes, de cintura de avispa pero con un culo y unas tetas firmes, por no mencionar unos incisivos como Dios manda. Todas las mujeres del abuelo se parecían y tenían figura similar. De ahí que también valorase en los demás una elección coherente. Constituía una demostración de carácter. Creía que los hombres se enamoraban de una sola mujer que se presentaba bajo diferentes disfraces.

Serenity se sentía inquieto. La Doncella, su nueva estrella, tenía un aspecto totalmente distinto: era esbelta, la clase de mujer que al hacerse mayor se secaba y arrugaba en lugar de ensancharse. En cierto modo se parecía a la abuela, su tía, si bien era algo más sensible, ambiciosa, testaruda y distante.

—Hay cosas que deben dejarse en manos del azar o de Dios —dijo Serenity en lugar de pedirle a su padre que se limitara a confiar en él.

—Trato de mostrarme comprensivo, hijo mío, pero todas esas vaguedades no resultan muy convincentes a mis experimentados oídos.

Te aconsejo seriamente que medites en mi propuesta. Arreglaré un encuentro con la chica; quizá de ese modo comprendas a qué me refiero.

—No es necesario, padre.

Semejante frase, que sonó como un estridente toque de clarín, marcó la primera victoria importante de Serenity sobre su padre. Y el riesgo que asumía, el hecho de que confiara plenamente en su intuición en lo que a la Doncella se refería, hacía más agradable la victoria. Estaba radiante. Ahora se trataba de la Doncella y de él. Se lo jugaba todo a una carta. Eso le producía vértigo y, a la vez, lo hacía feliz.

—¿Has pensado en las tierras de nuestro clan y a tu introducción en los círculos del clan?

Otro toque de clarín:

—Primero quiero concentrarme en la boda, padre.

—Tu sabrás, hijo mío —repuso el abuelo, y dejó escapar un profundo suspiro. Estaba claro que Serenity se había propuesto seguir su propio camino y que nada ni nadie lo detendría. Renunció a disuadirlo. Había hecho todo lo que estaba en su mano. Un hombre era juzgado por el modo en que cuidaba y educaba a sus hijos. Serenity no tenía nada que reprocharle. Quizá sólo debiera decir algo más acerca de la difunta madre del chico.

—Recuerda bien esto, hijo mío: tu madre fue el gran amor de mi vida, pero todo salió al revés. Imagino que hizo lo que consideraba correcto; sin embargo, fue una lástima que no se confiara a nadie. Si me hubiera hecho saber de algún modo qué pasaba en su interior, me habría esforzado para que la vida le resultara más fácil. Ocultó sus sentimientos ante todos, con resultados catastróficos. Yo tenía la intención de envejecer a su lado. No pasa un solo día sin que piense en ella. Tú tienes una excelente ocasión de conseguir que todo sea mejor para ti y para tu familia. No la desaproveches.

Serenity había conquistado su independencia. La tempestad en la *shamba* de café amainó. Oyó piar y gorjear a los pájaros. Vio volar en lo alto aves migratorias negras que venían del hemisferio norte. Llevaba toda la vida observándolas, y las esperaba al comienzo de cada estación. Eran sus aves de buen augurio. Algún día iría tras ellas, pensaba, y volaría siguiendo la misma ruta que ellas cuando regresaban al norte. Ahora sólo había en la aldea una persona capaz de seguir el vuelo de las aves: la chica de Stefano, Miss Aeroplano, la azafata. Serenity soñaba con ser la segunda persona de la aldea capaz de hacerlo.

A diferencia de la mayoría de los futuros novios, Serenity apenas pensaba en si su boda sería un gran éxito o un estrepitoso fracaso. La perspectiva de su matrimonio ejercía sobre él un efecto más insidioso: roía la corteza de su indiferencia y afectaba a su sosiego, revelando el odio, el desprecio y el miedo profundos que sentía hacia los tenderos y las tiendas en general. Pasara lo que pasara, no lograría escapar a las garras de esos fantasmas.

Tendría que comprar ropa y zapatos nuevos, por no hablar de utensilios domésticos y de innumerables cosas más. Debería ir de compras durante horas, y los fantasmas lo acompañarían de tienda en tienda. Los tenderos lo tocarían, lo palparían, lo evaluarían, lo marearían con su aliento a curry o ajo, se embolsarían su dinero y le sonreirían hipócritamente. Pero los calaría a todos. Otros muchos, alineados como él, entrarían en otras tantas tiendas y saldrían con otras tantas cosas para regalarle, acompañadas de felicitaciones. Esas cosas serían su trampolín hacia las turbulentas aguas del matrimonio, la paternidad y la responsabilidad propia de los adultos. ¡Ojalá hubiera un modo mejor de expresar esos deseos y propósitos!

Tiendas y tenderos habían convertido su vida en un infierno gélido lleno de habitaciones en penumbra. ¿Cuántas veces, siendo niño, había recibido una paliza por negarse a ir a determinada tienda, o por haber ido demasiado tarde, cuando ya estaba cerrada? ¿Cuántas veces había sido castigado por enviar en su lugar a otros, que en más de una ocasión robaban el dinero o las compras o sólo volvían con la mitad de lo que se les había pedido? Su mayor problema había sido no poder explicar a nadie por qué detestaba ir de compras o lo temía incluso. Se avergonzaba de su propio miedo.

Y, sin embargo, no tenía vuelta de hoja: las tiendas no eran sitio para él. No confiaba en ningún tendero y jamás se le había pasado por la cabeza que ellos confiaran en él. Consideraba a los asiáticos y a los escasos africanos que poseían un comercio, así como a los invisibles proveedores y fabricantes, una tribu de caníbales dispuestos a despedazar a la gente con sus argucias. Los consideraba atracadores bien vestidos listos para sacar de entre las ropas un cuchillo y hacer trizas a la gente por lo poquito que poseía y lo mucho que no tenían. Los consideraba verdaderos demonios que minaban eternamente la paz, la tranquilidad y la salud espiritual de la humanidad.

Nadie atinaba a entender el que sacos de azúcar, sal o judías y paquetes de caramelos, cerillas o cuadernos le inspiraran un temor tan grande. Era un hecho, no obstante, que la visión de todas esas cosas provocaba en él inseguridad y pánico. Parecían manifestar una indiferencia mucho mayor, profunda e intensa que la suya propia; hacían que se sintiese un ser insignificante. Las mercaderías exhibían un valor, un atractivo y una indispensabilidad tan profundos que no soportaba el que las cuidasen y protegiesen como lo hacían.

Era la diabólica fascinación de las mercancías lo que le había arrebatado a su madre. Si no hubieran sido tan apetecibles, y si los tenderos no las hubieran adornado tanto, razonaba, su madre aún existiría. Los objetos de valor, los tenderos y el hombre de quien su madre se había enamorado se habían puesto de acuerdo para apartarla de su lado, con la tácita colaboración de ella misma. El hombre que se la había arrebatado la había conocido en la tienda, le había comprado cosas, le había prometido que le compraría todavía más, y con ello había sellado el destino de Serenity. ¿Cómo podía éste, en consecuencia, dominarse, fingir indiferencia, cuando se hallaba entre las mandíbulas de ese hatajo de conjurados? ¿Cómo podía hacer caso omiso de todo eso si era incapaz de señalar con el dedo ni a un solo conspirador, vivo o muerto, que hubiese propiciado que su vida quedara hecha trizas? De modo que, de niño, cuando se encontraba cerca de una tienda, sentía un nudo en el estómago, se echaba a temblar y no le salían las palabras. En ocasiones, tras hacer un viaje de kilómetros, olvidaba qué había ido a comprar. En otras, se equivocaba de marca o de producto, lo que le causaba problemas en casa. ¿Cómo era posible, le preguntaban, que él siempre se confundiese y las niñas no? ¿Había cagado los sesos en el retrete? ¿O lo hacía aposta, para fastidiarlos a todos?

Serenity, nacido en 1933, el año en que amplias regiones del país, incluido el pueblo natal de su Doncella, habían sido asoladas por una plaga de langostas, había soñado a menudo con desterrar a todos los tenderos a una isla deshabitada del océano Índico y abandonarlos allí, así como con destruir todas las tiendas y arrojar los escombros en las aguas del lago Victoria. Para celebrar su triunfo, plantaría en cada solar mangos y árboles del pan.

Sin embargo, con el tiempo, su seguridad había aumentado, aunque no había resultado fácil. Actualmente dominaba mejor sus nervios y, en caso de emergencia, podía aferrarse al mostrador o meter una mano en el bolsillo y extraer una impecable lista de la compra con la que arrancar al tendero una sonrisa desdentada.

La pregunta del abuelo acerca de si la futura novia de Serenity no se encontraría poseída por los malos espíritus bien podría haber estado originada en un presentimiento o una señal telepática. A la postre, pareció una nubecilla que salía de las ventanas de la nariz del dragón de tres cabezas que rondaba la familia de la Doncella.

La primera cabeza escupía el veneno corrosivo del catolicismo ultraconservador, ese que corta de raíz cualquier esfuerzo personal, glorifica la pobreza y el trabajo infatigable, aplaude la resignación, aborrece la política y sólo le interesa alcanzar el paraíso. La segunda cabeza exhalaba una obediencia incondicional, del tipo de toda autoridad procede de Dios. Y la tercera cabeza echaba el humo de una brutalidad hereditaria de la que también era víctima la Doncella, junto con la tendencia a defender posturas insostenibles, como la visión católica del aborto, los anticonceptivos y el celibato.

El abuelo podría haberse ahorrado sus preocupaciones: Serenity estaba dispuesto a afrontar la lucha como fuera. Desde su idealismo, alentado por la independencia y el autodominio de la Doncella, se creía capaz de hacer frente a cualquier problema relacionado con las mujeres y apagar cuanto incendio familiar se produjera. Un par de mujeres lo habían hecho temblar, y sus pelotas habían estado a punto de arder por culpa de dos muchachas, pero la intensidad y profundidad de esas experiencias no podían compararse con lo que la Doncella despertaba en él. Ese flujo violento que como un magma bullía en lo más profundo de su ser era lo que Serenity entendía por amor, y éste lo colmaba tanto, que se atrevía a ir mucho más lejos de lo que lo había hecho con Kaziko.

Los parientes del novio debían realizar dos importantes visitas a la casa de la novia, o por lo menos eso creía recordar Serenity. Mientras los dos Peugeot alquilados, de un blanco resplandeciente, repletos de hombres con túnicas blancas, chaquetas y zapatos negros, subían por las montañas y cruzaban los valles, él sentía la cabeza llena de langostas. Las veía en el aire, tan apretadas como judías en una lata, volando, posándose en el suelo, tragando, cagando, cagando y tragando. Mientras las langostas posadas en el suelo lo engullían todo hasta dejarlo pelado y cubierto de excrementos, las langostas que volaban lo hacían rumbo a regiones intactas para asolarlas.

La aldea de la Doncella se alzaba junto a una cadena montañosa que recordaba los pezones hinchados de una loba o la espalda de un cocodrilo monstruoso. Estaba rodeada por un bosque, que la nube de langostas de 1933 había dejado desnudo, y dividida en dos por un camino de ferralita que en la estación de las lluvias se convertía en lodazal de color rojo. El erosionado sendero que penetraba en la aldea atravesaba campos de taro y granjas separadas por cientos de metros. Cuarenta y dos años después de la plaga de langostas, el pueblo volvería a quedar arrasado y cubierto de excrementos, pero por el momento todavía presentaba su aspecto habitual, un tanto triste y aun así tranquilizador, como el Violinista y sus «pechos», se dijo Serenity. Plátanos y cafetos resistían heroicamente el sol, los primeros meciéndose suavemente al viento, tal que si quisieran llamar la atención; los últimos inmóviles, como si pretendieran mostrar lo inflexibles que eran. En la entrada de la aldea había unas pocas tiendas míseras, de techado herrumbroso, especializadas en la venta de queroseno, cerillas, jabón y sal. Algunos ojos curiosos observaron a los chóferes quitar el polvo rojo que cubría los coches y a los miembros de la comitiva alisarse la ropa y arreglarse el peinado. El brillo de los coches parecía intensificar el mordisqueo de las langostas en el pecho de Serenity. Al fin y al cabo era él a quien iban a sopesar, evaluar, examinar, aprobar o rechazar. En la casa paterna de la Doncella reinaba un ambiente formal, que se manifestaba en las túnicas blancas y las diversas clases de chaquetas que llevaban los hombres, así como en los *busutis* de manga corta, largos hasta los tobillos, que lucían las mujeres. Los anfitriones estaban alineados en el patio, como figuras de cerámica en una bandeja resplandeciente. La *shamba* de café, libre de hierbajos, que se extendía al fondo parecía el decorado recientemente pintado de una vieja obra de teatro ensayada hasta la saciedad. Pero la manifiesta opulencia de los huéspedes, con sus coches relucientes, contribuía a que la casa paterna de la Doncella, al igual que toda la aldea, ofreciese un aspecto desolado con sus paredes desconchadas, que parecían datar del siglo anterior, y su techado, rojo de orín, de chapa ondulada.

Los huéspedes se habían instalado cómodamente en sofás cubiertos con telas blancas para conferirles un aspecto uniforme y disimular la diversidad de procedencias y propietarios. Las mujeres estaban sentadas en esteras multicolores que, en combinación con los tonos marrones, verdes y rojos de sus *busutis*, contradecía la seriedad de la ocasión. Un collar aquí, unas cuantas pulseras allí, una perla o un reloj de imitación de oro se encargaban de añadir una nota de alegría.

Las penalidades de la vida y de la fe habían dejado profundas huellas en la casa de los padres de la Doncella, las cuales recordaban las cicatrices tribales, en otro tiempo corrientes en el norte del país. El padre era bajo pero robusto, y franco a juzgar por la expresión de su rostro. La madre era alta y delgada, y su semblante revelaba un gran aplomo y tenacidad. No había forma de saber si los zapatos que calzaban estaban desgastados, pero aun así, el interés que este hecho hubiese suscitado habría palidecido ante el retrato enmarcado de la Sagrada Familia, cuyas caras rosadas aparecían rodeadas por una aureola. El niño Jesús tenía un aire demasiado serio para su edad, y la Virgen María, envuelta en ropajes voluminosos, presentaba unos rasgos más bien fofos. San José estaba detrás de su mujer y su hijo con la eterna túnica roja que lo hacía parecer un anarquista y la taciturna mirada del marido entrado en años que ha sido engañado y está demasiado cohibido para pedirle a su esposa, mucho más joven que él, que le rinda cuentas por su desliz. Cualquier frivolidad quedaba definitivamente descartada por la imagen de un Jesús crucificado, agonizante y cubierto de sangre, colgada en un lugar destacado frente a la puerta.

En la presente ocasión no se esperaba de Serenity que hablara mucho, y, de hecho, apenas si abrió la boca, porque había llevado a alguien que abogaría por su causa ante la familia y los amigos de la Doncella. Mientras este portavoz cumplía con su cometido, los miembros de la familia de la Doncella estudiaban a Serenity detenidamente pero con discreción. Él, entretanto, miraba alrededor pero se cuidaba de levantar la vista al techo, a través del cual se observaban, aquí y allá, retazos de cielo del tamaño de una moneda; una persona educada y correcta como él no ponía en evidencia a sus anfitriones. Gran parte del tiempo mantenía los ojos fijos en la comida o las bebidas que consumía o fingía consumir. En ocasiones tosía o se aclaraba la garganta, pero nunca tan fuerte como para atraer innecesariamente hacia sí la atención de los demás. Lo que no podía, bajo ningún concepto, era limpiarse las uñas o escarbarse los dientes, ni aun cuando tuviese entre los incisivos un pedazo de carne del tamaño de un meñique. En ese caso debía disculparse, levantarse, recogerse la túnica y salir, y otro tanto si deseaba hurgarse la nariz, tirarse un pedo, eructar o rascarse un sobaco o la entrepierna. También le estaba vedado deleitarse con el mujerío. No debía dirigirles directamente la palabra, ni tampoco contradecir o corregir a cualquier miembro de su familia política. En conjunto, se esperaba de él que se comportase como una oveja camino del matadero o, por lo menos, como un lobo con piel de cordero.

Mientras guardaba las apariencias, varias cosas se le hicieron evidentes. La primera, que sus cuñados no le impresionaban ni se sentía intimidado por ellos. La segunda, que trataría a las hermanas de la Doncella y a los parientes de ésta del mismo modo que lo trataran a él. Y, por último, que una de las tías por parte paterna era una belleza, si mal no recordaba de cuando se la habían presentado. Debía de tener la misma edad que Serenity, poco más o menos, y no había bajado ni apartado la vista cuando la penetrante mirada de él la había obligado a alzarla. Su cara era algo ovalada, en lugar de redonda y mofletuda como las del resto de la familia, y debido a sus grandes ojos claros, su frente despejada y su cabello alisado, que llevaba recogido demasiado apretado, tenía un aspecto muy llamativo. Su largo cuello, ladeado sutilmente, le hacía recordar a su hermana Tiida. También se parecía, muy lejanamente, a la Doncella, acaso por la forma de la boca o la distancia entre ésta y la nariz, no sabría decirlo. Su sonrisa, que había visto por dos veces, en ambas dedicada a otro miembro de la familia, semejaba el destello de un coco al abrirse, y sus dientes blancos como el granizo parecían relucir en su rostro oscuro. Para asegurarse de que él también había llamado su atención, Serenity mantuvo por largo rato los ojos apartados de ella y miró otras cosas, poniendo especial interés en las bebidas, tras lo cual rompió el hechizo al advertir que ella lo miraba por encima del borde de su vaso. Cuando quiso intentarlo por tercera vez descubrió que el lugar que había ocupado estaba vacío. No volvió a mostrarse hasta su marcha.

La Doncella sólo había aparecido una vez para dar la bienvenida a los huéspedes. Ora la veía en el jardín, ora entre los cafetos, sumida en lo que en ese instante ocupara sus pensamientos. No había sucumbido a la tensión de la visita. Al respecto debía admitirse que los católicos sabían cómo formar el carácter de una persona y afilarlo igual que un cuchillo a una piedra milenaria.

Pasó una semana antes de que se desvaneciera la sensación de irrealidad que había provocado en Serenity el ser objeto de semejante atención; pero para cuando era inminente la segunda visita a su novia, estaba tan relajado que incluso deseaba que llegase el momento. Mientras tanto, se sentía como un maestro acaudalado, fastuoso, dirigiéndose a un grupo de alumnos bien educados, pero menesterosos. Las langostas en sus tripas y pecho, que tanto lo habían atormentado la vez anterior, habían desaparecido. En esta oportunidad confiaba plenamente en lo que estaba en situación de ofrecer a sus anfitriones. En aquella región central del país las mujeres eran baratas, a diferencia de lo que ocurría en los pueblos del oeste y del norte, que tenían ganado y donde el precio de una novia podía ascender a cien vacas. Allí, en cambio, se pedían calabazas de cerveza, piezas de tela, latas de queroseno, gallinas para los sacrificios, una pequeña cantidad de dinero y unas cuantas bagatelas más. El sentimiento dominante que invadía a Serenity en ese día en que se establecería el valor de la Doncella y se haría efectivo el pago, era que la familia de aquélla no tenía por qué rechazar un poco de ayuda económica, por lo menos si su fe lo permitía. Además, no les costaría trabajo obtenerla; sencillamente debían pedir un buen precio por la muchacha.

Sin embargo, al abuelo y a Serenity les esperaba una grata sorpresa: los padres de la novia no tenían la intención de enriquecerse a costa de su hija. Pidieron poco. Tan ignominiosamente poco, de hecho, que al séquito del novio, tras retirarse hacia los dos Peugeot, relucientes como estrafalarias cajas de caudales, para deliberar, no le quedó más remedio que decidirse por una muestra desusada de generosidad.

El abuelo propuso ofrecer una vaca con un ternero, pero Serenity quería dar algo cuya prioridad saltaba a la vista: un techado nuevo. Al mismo tiempo, éste poseía un valor permanente, porque no podía ser víctima de la *nagana* o cualquier otra enfermedad fatal para el ganado. Padre e hijo no se pusieron de acuerdo. Para salir del atolladero se decidió llamar al hermano mayor de la novia, Mbale. Éste, que como víctima de las goteras había tenido en su juventud la pesadilla recurrente de que un mal día despertarían en una casa sin techo, se puso del lado de Serenity. A continuación se le encomendó la tarea de informar a su familia, discretamente, de la oferta. Los padres de la Doncella se opusieron a semejante profanación del templo del sagrado matrimonio. Su hija no era una vaca que se vendiera a mayor gloria del dios Dinero. Pero el resto de la familia se lanzó con todas sus fuerzas a la controversia. ¿Quién de ellos no había sentido un miedo atroz a las visitas durante la estación de las lluvias? ¿Quién no había pensado en un momento u otro en ayudar a la familia y reparar el techado, por la fuerza de ser necesario? Aquélla era la ocasión de obtener por fin la nueva techumbre. Después, cuando hubiera pasado la boda, sería demasiado tarde.

La oferta fue sometida a votación y finalmente aceptada. Lo más interesante fue ver a Mbale y algunos más, que sabían mucho de tejados y del precio de planchas onduladas, clavos, vigas, salarios y esa clase de cosas, calcular cuánto dinero se necesitaría para acabar la obra lo antes posible. Los padres de la Doncella, desesperados ante su incapacidad para expulsar a los mercaderes del templo, no pudieron resistir por más tiempo la mirada apenada del Jesús crucificado y abandonaron la casa. Dieron un largo y sombrío paseo y lamentaron la infame profanación del sagrado matrimonio por el dios Dinero.

Serenity disfrutó de la escena. Por primera vez desde que tenía memoria no sentía rabia hacia los tenderos. Ya veía el nuevo techo reluciendo al sol. Todo marchaba a pedir de boca: el espíritu del campanario de plancha ondulada que había querido destruir entraba en aquella casa y estaba a punto de hacer cisco el ultracatolicismo de la familia. No se trataba en este caso de un campanario, pero el techado tendría una fuerza similar. Sería una muestra del poder pagano de su dios Dinero, gracias al cual unos extraños en ropa de trabajo sudada invadirían la casa, echarían abajo el techado podrido y lo llenarían todo de herrumbre, clavos torcidos y vigas corroídas. La Virgen María, con sus promesas y su olor mortuorios, quedaría sepultada bajo los escombros. El techado nuevo se alzaría como símbolo de la nueva Virgen, la Doncella, y su vino nuevo. Se colocaría sobre la vieja casa, al igual que la vieja vida de los moradores de ésta recibiría un nuevo estímulo, una nueva fuerza y el fulgor de un nuevo sueño. Serenity se sentía enormemente satisfecho ante el montón de billetes para la reforma. No era como esos novios que incumplían sus muchas promesas alegando que habían perdido la memoria. Todo empezaría a tiempo. Era un hombre de acción, no de promesas.

La Doncella observaba a los techadores, oía sus comentarios obscenos y se irritaba porque caía orín en el aceite de mantequilla que su tía le aplicaba por todo el cuerpo a fin de ponerlo en condiciones óptimas para la boda. Se trataba de aceite de mantequilla casero, que olía vagamente a leche, porque daba mejores resultados que los productos industriales. Hacía que la piel se pusiera más morena, brillante y tensa alrededor del hueso. Al igual que a la mayoría de las muchachas campesinas que no habían crecido entre vacas, a la Doncella le desagradaba el olor de la leche, y en ocasiones hasta le producía náuseas. Además, le preocupaba el que impregnase su traje de novia y la ropa de su lecho nupcial. La primera impresión tenía que ser perfecta. Nada debía interponerse entre ella y su cónyuge. La asaltó el temor de que las hierbas del baño no disimularan por completo aquel olor, pero aun cuando esos ataques de pánico eran corrientes en ella, consiguió dominarse. Quería seguir controlando cuanto ocurría a su alrededor; sin embargo, ¿cómo hacerlo con todo ese ruido y bajo las miradas lujuriosas de los techadores? ¿Cómo seguir siendo el centro de atención con tantos parientes en todas partes, tantos amigos de los parientes, tantos extraños, aldeanos y gente a la que apenas conocía? Pululaban en torno a ella, daban voces, impartían órdenes y se comportaban como si estuvieran al cabo de la calle en cuestiones de etiqueta, tradición y religión. Los aldeanos que se hallaban en deuda con sus padres, así como los que nada les debían, se ofrecían a echar una mano, sin importar si era necesario o no, contribuyendo de ese modo al caos reinante. Pero lo más desagradable era que la religión había quedado relegada al último lugar. Nadie rezaba las oraciones de la mañana ni las de la noche. Todo el mundo se abandonaba a sus placeres, y eso parecía ser lo único que importaba. Sus padres habían renunciado a intentar imponer el rezo antes de la comida o moderar el trasiego de cerveza casera. En resumen: dominaba el diablo, cuando ese período debería haberse dedicado a Dios. Y ella no hacía nada por cambiar el estado de cosas.

En su aturdimiento físico y mental, la novia comenzó a obsesionarse con su futuro suegro y experimentó algo próximo al bochorno. No le gustaba ese hombre. Todas las vibraciones que procedían de él eran malas. Tenían personalidades opuestas y, sin embargo, sería su vecina durante los próximos años. ¿Cómo conseguiría aguantarlo? Le preocupaba también la tía de Serenity, que vivía en la finca del padre de éste. Tampoco le gustaba. ¿A quién podía gustarle una mujer que padecía de amenorrea y sólo había tenido la menstruación tres veces en su vida? Esa clase de mujeres a menudo eran brujas que inspiraban miedo a todo el mundo. Solían ser muy influyentes y ocasionar muchas desgracias, aun sin desearlo. Por no mencionar que había tenido ese sueño del búfalo. ¿Qué debía pensar al respecto? Más aún, ¿cómo pensar en algo cuando no tenía el control sobre nada y se sentía tan terriblemente confusa?

Podría haber cancelado la boda, claro está, pero ¿quién había oído que una muchacha campesina hiciera semejante cosa, sobre todo después de lo que había pasado? ¿Quién la escucharía? ¿Qué argucias podría aducir, la hipersensibilidad y los nervios de una futura novia? Sabía que nadie se lo tragaría. Y además no quería cancelar la boda, aunque pudiera. Era su fiesta, su día al sol. Toda la impotencia y el sadismo que experimentaba ante Serenity, ante sí misma, ante los techadores, ante Mbale y san Juan Crisóstomo, ante el mundo, no eran más que un modo de acostumbrarse a su nueva posición en la vida, a su nuevo poder, a sus nuevas expectativas y sus nuevos sueños.

Serenity estaba en el séptimo cielo; la familia de la Doncella temblaba bajo los mazazos de su autoridad, y después de lo que ella le había hecho pasar, su éxito era más dulce aún.

Debido a que siempre se valía de intermediarios y mandaba a

otros a transmitir sus mensajes y negocios en su lugar cuando de cuestiones amorosas se trataba, estar en vilo durante cierto tiempo no era algo nuevo para él. Pero en esta ocasión la ausencia y el enigmático silencio de sus mediadores ya duraba demasiado. Llevaba noventa noches sin pegar ojo, y durante la mitad de ellas había temido haberse equivocado. Sudoroso, se había planteado inclusive dirigirse a su padre para que reconsiderase la posibilidad de que se casara con aquella hija de un jefe a la que de modo tan arrogante había desdeñado. ¿Lo habría rechazado la Doncella y se habría escabullido a hurtadillas? Ésa solía ser la forma en que la gente, a fin de evitar afrentas capaces de herir los sentimientos y la dignidad, hacía saber que no debían abrigarse esperanzas. Serenity siempre había preferido que le dieran las malas noticias sin rodeos; al principio el dolor era intenso, pero pronto se desvanecía en las brumas del destino o ardía en las llamas de una nueva oportunidad. Serenity no era un conquistador y, a diferencia de su padre, tenía un miedo cerval a ser rechazado. Por eso siempre empleaba mediadores. Se veía a sí mismo como un cocodrilo, que ahorra sus fuerzas a la espera de que se acerque la presa. Semejante actitud lo hacía insensible al sentimiento de culpabilidad que asaltaba a algunos conquistadores cuando rompían una relación. Partía del supuesto de que su presa lo había visto venir. La propia Doncella se le había ofrecido, y la intensidad del deseo que había despertado en él, unida a la deferencia con que la había tratado, debería haber disipado todas esas dudas de ella. Entonces, ¿por qué lo torturaba así?

Mientras las noches lo oprimían y el miedo y el dolor penetraban hasta la última fibra de su ser, Serenity repasó una vez más su conversación preliminar con la Doncella. No cabía duda de que no le había impuesto su presencia. La atracción había sido mutua. Además, se había mostrado muy respetuoso. No lo había anunciado a los cuatro vientos ni había dicho nada para halagar su amor propio. En resumidas cuentas, le había dado la impresión de que el juicio de ella era lo único que importaba. ¿Por qué, entonces, ese silencio atroz? Un punto débil del sistema de tercería era que la respuesta a muchas preguntas tardaba en llegar. ¿Cuánto tiempo se suponía que tendría que esperar todavía? Mientras, los días se hacían eternos. Su paciencia, su comprensión y su esperanza se iban convirtiendo poco a poco en enfado y frustración. Cuando el dolor se hizo demasiado intenso, consideró incluso la posibilidad de renunciar a su novia. Sería capaz de soportarlo, puesto que ya había vivido varios fracasos en su vida; no sería una experiencia nueva para él. Haría regresar a su mediador, tomaría la firme decisión de no volver a ver a la Doncella y se refugiaría de nuevo en los brazos de su padre. Sin embargo, le concedió aún tres días con sus tres noches. Y, como si la muchacha, tras leer sus pensamientos, hubiera sabido dónde estaban sus límites, al cabo de dos días recibió noticias de ella.

La Doncella había considerado imprescindible encargar nueve novenas seguidas a san Judas Tadeo y rezar pidiendo confirmación de que Serenity era el hombre adecuado para ella, porque el matrimonio debía ser para siempre y el divorcio estaba fuera de toda consideración. Había pedido fuerzas para vencer las posibles jugarretas de Kaziko, y superar las dificultades que le deparaba el destino, así como salud y felicidad, doce hijos sanos, temerosos de Dios, y las energías suficientes para educarlos bien. Debido a su concepto de la seriedad y la santidad del matrimonio, había perdido por completo la noción del tiempo. Si hubiese rezado diez novenas más, no se habría dado ni cuenta. En su opinión, un hombre que había vivido en pecado merecía todo el tiempo que el Señor precisara para escuchar las plegarias que ella le dirigiese. Aparte de que debía recibir algún tipo de castigo si se pretendía que alcanzase el grado de pureza necesario para casarse con una virgen.

Serenity estaba enormemente contento con la respuesta afirmativa a su petición de matrimonio. Su sueño seguía vivo. A fin de celebrar la victoria y comenzar su nueva existencia con buen pie, decidió dejar una huella duradera en la casa paterna de la Doncella: el techado nuevo. Su novia nunca sabría cuánto significaban para Serenity esas flamantes y relucientes planchas de hierro que él siempre contemplaría con satisfacción. Marcaban el final de su tortura y de la lucha por el poder que mantenía con su padre; rebosaban de promesas futuras.

Amigos y parientes, gentes de la aldea y forasteros llegaban de cerca y de lejos para asistir a la boda del hijo del antiguo jefe de la región. La casa del abuelo, la casa de soltero de Serenity, la de la abuela y las chozas de paja construidas con motivo de la fiesta estaban repletas de huéspedes. Durante tres días hubo un enorme ajetreo, que alcanzaría su punto culminante el sábado, cuando la novia pisara la casa del novio para la santa unión. Prometía ser la boda de la década en la región. El abuelo se encargó de que todo funcionara a la perfección y hubiera bebida y comida suficientes. Chispas descomunales saltaban de las hogueras e iluminaba la noche con su fulgor. Se oía el fragor de los cantos, tamborileos, bailes, discusiones, discursos, riñas y unas cuantas actividades humanas más que no pueden mencionarse aquí. El olor a cerveza, carne y plátanos asados despertaba recuerdos que se remontaban a cuando el abuelo todavía era jefe y cada semana se organizaba un festín en su casa. Así había sido y así, en opinión de muchos, debería seguir siendo, aunque lo más probable era que ya no volviese a ser. Los tibios dedos de la nostalgia acariciaban el corazón de los mayores, conferían a los olores, sonidos y hogueras valores ancestrales que con los años se habían convertido en completas incertidumbres. Muchos añoraban las bodas del pasado, cuando los hombres se comportaban como tales y una novia aún debía ser virgen para casarse y seguir casada.

Muchos recordaban también las bodas de Tiida y de Nakatu. El enlace de una hija era un acontecimiento muy serio, porque por entonces significaba que un miembro de la familia abandonaba el seno de ésta y se entregaba a otra para darle vida y felicidad. La celebración, por lo tanto, era sobria, y desde luego no duraba toda la noche. ¿Quién podía celebrar nada cuando los hijos que la nueva esposa engendrara llevarían el nombre de otro clan? Pero en esta ocasión, como siempre que un hijo llevaba a casa a una novia, llegaba alguien que enriquecería con su descendencia a la familia y al clan. Por eso la noche tenía un intenso matiz sexual, un fondo lascivo, una alegría audaz. Era como si todos fueran a casarse con la novia, a desflorarla y a hincar el diente en su carne virginal, inmaculada. Ése era el motivo por el que se embriagaban con cerveza, contaban chistes picantes y entonaban canciones obscenas mientras meneaban con desvergüenza las caderas.

Para el abuelo constituía casi una repetición de su propia despedida de soltero. Su nombre se pronunciaba en torno a todas las hogueras. Aquí y allá se lo alababa. Un tambor viejo y agrietado dejaba oír de vez en cuando el ritmo de la canción del clan de la Ardilla. Miembros y dirigentes destacados de éste hablaban de él, especulaban sobre la duración de su cargo como administrador de las tierras comunitarias y sopesaban las posibilidades de que Serenity se convirtiera en su sucesor. La política del clan era el tema oficioso de la noche y lo sería al día siguiente, el de la boda. Luego de que la Doncella fuese desvirgada, su carácter y su fertilidad serían los nuevos episodios del drama sobre su ingreso en esa casa y ese clan.

El casamiento de mis padres se celebró en una vieja iglesia católica elegida por mis abuelos maternos. Allí, entre los gruesos muros de la iglesia, a la débil luz de colores que caía por las vidrieras emplomadas sobre un lúgubre Cristo, que observaba la venturosa ceremonia desde su morbosa cruz; allí, entre nubecillas de acre incienso, que eclipsaban todos los aromas de leche y de los baños de hierbas y perfumes a los que habían tenido que someterse todos; allí, acompañados por la sonrisa alegre y los murmullos siseantes de los testigos de ambas partes, Serenity y sor Pedro Candado fueron declarados marido y mujer.

La mayoría de los parientes de la novia no se presentaron en el templo ni en su nueva casa porque, tras insistir en viajar en grupo, habían rechazado el autocar que les había ofrecido el abuelo. La vieja furgoneta que decidieron alquilar se les escacharró, y el desvencijado camión con que la sustituyeron tuvo dos pinchazos, pero sólo llevaban una rueda de repuesto. Las furgonetas en distintos grados de deterioro, que alquilaron sucesivamente, con grandes muestras de ingenio, sólo tenían capacidad para transportar a los miembros más destacados de la familia, que, por supuesto, eran muchos menos que los de la otra parte, quienes además de automóviles disponían de dos autobuses Albion en buen estado de mantenimiento.

Hacia el atardecer, la pareja de recién casados llegó en un Mercedes negro de diez años de antigüedad al bullicioso lugar donde se celebraba la fiesta. Los presentes rodearon el coche, le arrancaron los caros adornos florales y, ansiosos, miraron dentro para vislumbrar a la novia, envuelta en nubes de tul. Se necesitó cierto tiempo para liberar a la pareja del interior del vehículo, que, por cierto, pertenecía al jefe con cuya hija el abuelo, Tiida, Nakatu, Kawayida y algunos parientes cercanos más habrían preferido que Serenity se casara. Finalmente, la novia, con una diadema blanca en la cabeza, en una mano un ramo de orquídeas y en la otra la de Serenity, atravesó el mar de gritos, palmadas, batir de tambores, cantos y miradas ávidas. Apenas fue consciente de que el novio se hallaba a su lado, vestido con un traje negro de solapa estrecha, camisa blanca, corbata oscura y zapatos negros en punta. Llevaba el pelo cortado al rape, debido a lo cual su figura parecía más alta y delgada, su cabeza notablemente pequeña y sus orejas las de una ardilla.

La pareja subió a una tarima de madera y fue ubicada en dos butacas. Todo estaba cubierto de telas blancas, no tanto para encubrir la diversidad de diseño o de propietarios, sino para conseguir un efecto de uniformidad y una sensación de pureza nupcial. Durante las atronadoras ovaciones permanecieron sentados bajo un reluciente farol de plata que se mecía suavemente por encima de sus cabezas, rodeado de mariposas nocturnas. La pareja fue examinada con tal detenimiento que Candado comenzó a sentirse transparente, hipnotizada y mareada, por no mencionar la opresión que le producían en el pecho las evoluciones de los bailarines, tan intensa que temió desmayarse. Al ritmo lúgubre, excitante, del gran tambor,

aquéllos realizaban con el vientre los movimientos más paganos, espeluznantes y desvergonzados que ella hubiera visto jamás. Sus me-
neos de caderas parecían ir en aumento y volverse cada vez más obscenos y descarados en sus alusiones, debido a los fajines de crin de
colobo que abultaban de modo grotesco sus traseros. Hombres y
mujeres giraban, sacudían la pelvis, se agitaban y temblaban en una
especie de frenesí sexual, con las piernas exageradamente abiertas,
como si montaran una bicicleta demasiado alta. Meneando las caderas y tocando apenas el suelo con los pies, los bailarines, untados de
arriba abajo con aceite, avanzaron hacia los postes de la carpa, justo
delante de la pareja, a los que se agarraron para empezar a girar en
torno a ellos con convulsiones diabólicas y lúbricas. Los invitados a
la fiesta, que gemían como perros a los que estuvieran torturando,
enloquecieron por completo. Algunos se aferraron a los postes y
comenzaron a simular que copulaban con ellos, prorrumpiendo en
frenéticos gritos de alegría, con lo que la carpa se puso a temblar.

La Doncella se habría tapado los ojos si no hubiese sido por la
diadema y los guantes. Tuvo la sensación de que la vergüenza que le
producían aquellos movimientos lascivos la agarraba como un par
de manos vigorosas. La multitud la folló, la violó, la desvirgó, ríos
de sangre fluyeron de sus genitales y fueron lamidos con ansia. Por
un instante deseó morir, pero aquélla era su boda, su fiesta, su paso
a la nueva vida, a la misión trascendental con que llevaba tanto tiempo soñando. Invocó a Jesús crucificado, todo él sangre, todo él llagas y dolor. Cerró los ojos y, cuando volvió a abrirlos, los bailarines
habían desaparecido.

Llegó el momento de los discursos. El abuelo, vestido con una
túnica blanca y un abrigo negro, dio la bienvenida a todos los presentes, les agradeció el honor que representaba para la familia el que hubieran asistido a la boda y les rogó que se quedaran hasta el amanecer.
Se cedió el turno a otros oradores, pero ninguno tenía mucho que
decir. La mayoría de ellos, más que pronunciar discursos, soltaban
sermones. Trataban de despertar y espolear a la multitud hablándole
de fidelidad, lealtad, tolerancia o respeto a los mayores, pero casi nadie les hacía caso. Todas esas palabras fueron disparadas a la novia y

a los demás oyentes como si de cartuchos de fogueo se tratara. Candado se sentía igual que un celacanto al que izaran desde el fondo del océano para meterlo en una pecera de laboratorio y exhibirlo en público. Debía luchar contra la ansiedad, la enajenación, la furia y la impaciencia. Es cierto que había deseado atraer la atención de todos, pero de pronto era como si la lluvia se hubiese transformado en diluvio y estuviera a punto de ahogarse. ¿Qué miraba la gente con tanta curiosidad? ¿Su cara? ¿El tul o la diadema? ¿Eso le ocurría sólo a ella o pasaba en todas las bodas? ¿Acaso había provocado Serenity un escándalo y ahora la gente se preguntaba cómo se las arreglaría la novia? ¿O sencillamente no eran más que imaginaciones suyas? ¿Por qué, por qué todos la miraban de ese modo? Cristo...

Lo siguiente que vio fue el pastel de bodas y el reluciente cuchillo de plata. Su dama de honor le propinó un fuerte codazo. Candado se levantó y siguió a Serenity. Él trató de ayudarla con la cola del vestido, pero al hacerlo le hizo perder el equilibrio. Con los ojos puestos en la escalerilla, la tarta y el novio a la vez, tropezó como si la hubiesen empujado.

La diadema salió disparada de su cabeza, pero Serenity reaccionó a tiempo e impidió que cayera al suelo, y la dama de honor volvió a colocarla hábilmente en su lugar. Mientras la concurrencia soltaba gritos de júbilo y el tambor acometía unos compases impetuosos, la novia, algo aturdida, se dispuso a cortar el pastel.

De inmediato la rodeó una turba de chiquillos que tendían las manos hacia ella, las niñas extasiadas, los niños con expresión de curiosidad. De repente todos se parecían a la hija de Kaziko, la mujer a quien Serenity había repudiado, y empezaron a burlarse de la Doncella, a despreciarla públicamente por haber suplantado a su madre. Decidió entonces que Kaziko tenía la culpa de que el autocar y el camión que deberían haber transportado a su familia se hubieran averiado. Se sintió acorralada, rodeada de niños dispuestos a apedrearla y de adultos que disfrutarían con ello. Después de la ignominia de la danza obscena y la desfloración colectiva, todo se reducía a eso: ¡morir a manos de la malvada hija de Kaziko! ¿Por qué aquellas criaturas diabólicas le dirigían una sonrisa amable e inocente! La dama de honor acudió en su ayuda, quitándole el plato de la mano y repartiendo pastel entre los niños que, dada la cercanía de sus padres, se mostraban educados y obedientes.

Por el desenfreno con que los invitados reaccionaban ante los bailarines y el fragor de los tambores, se habría dicho que hasta el pastel se les había subido a la cabeza. Toda la carpa vibraba con los gritos, las palmas y los silbidos. En medio de aquellas muestras de arrebato, la novia fue arrastrada rápidamente fuera de allí.

Serenity se sentía nervioso, confuso, preocupado. Era la primera vez en mucho tiempo que estaba tan cerca de su novia, y un temor vago y a la vez muy real se había apoderado de él. Su valor, su virilidad, su dominio sobre sí habían alcanzado su punto más bajo. ¡Erecciones! Sin duda debían de producirlas en una fábrica lejana, en el hemisferio de donde procedían los cuervos negros, sus pájaros de buen augurio. La chispa que con todo cuidado había encendido, la explosión en los testículos con que había soñado, parecían haber pasado sin pena ni gloria. En ese momento se encontraba en su dormitorio de soltero, la habitación que había sido testigo de sus encuentros sexuales más o menos afortunados. Entre esas paredes sofocantes había vivido con Kaziko orgasmos magníficos y otros decepcionantes. En el bochorno de esa estancia había engendrado a su hija, que Dios la protegiera. Fuera de ella, en la habitación de huéspedes, esa misma hija había venido al mundo bajo la supervisión de la abuela. Los gemidos de las amantes de su hermano Kawayida parecían mezclarse con los suspiros de las esposas de éste y conferían al lugar, tan familiar para él, una atmósfera extraña y amenazadora. Sabía que era muy importante decapitar a todas esas hidras fantasmales que merodeaban por la habitación, verlas retorcerse, agonizantes, y esperar a que un espíritu nuevo tomara posesión de él. Mientras no fuese así, allí sólo habría desgracias. ¡Ojalá se hubiera casado en la casa de un amigo, en un terreno neutral que el pasado hubiera dejado intacto!

Mientras esperaba a que la Doncella se desprendiera de las preocupaciones, los tormentos, los temores y la suciedad del día de su boda, recordó, por desgracia, las odiosas últimas palabras de Kaziko: «Repudias a tu Eva, a tu propia costilla. Si yo no te basto, ¿por qué no nos tomas a las dos? Me encargaré de que comprendas que cometes un error...» ¿Había sido una amenaza auténtica o un mero farol? ¡Qué perturbadora vaguedad!

Serenity sintió un nudo en el estómago: ¡la mujer con la que meses atrás, durante las negociaciones para el matrimonio, había cruzado miradas significativas estaba introduciendo a su novia en la habitación! Se le secó la garganta y comenzaron a temblarle las manos. ¿Se trataba de una treta? No consiguió articular palabra, aun cuando se le presentaba la oportunidad de ver realizado el sueño de muchos hombres: tener a su disposición dos mujeres voluptuosas que se ocuparan de él. No podía ser verdad: ¿quién habría elegido a esa mujer como acompañante de la Doncella en su noche de bodas?

La función de aquélla consistía en auxiliar a la pareja en los aspectos esenciales de la unión conyugal, si es que necesitaban ayuda. Había ambicionado esa tarea, no tanto porque le quedaría un juego de sábanas en el caso de que la Doncella fuera realmente doncella, ni por el honor que suponía, sino por razones mucho más personales. El novio era un hombre interesante, con estudios, cuya amistad o contactos podrían proporcionarle ciertas ventajas. Hacía años que no quedaba prendada de alguien la primera vez, o el primer par de veces, que lo veía, pero aquel hombre semejaba la reencarnación de un amor de adolescencia, un profesor del que, por admiración, se había enamorado perdidamente y a quien había intentado llevarse a la cama de todos los modos posibles. Gracias a Dios, había resultado un chapado a la antigua y mucho más sensato que ella. Ahora deseaba hacer a Serenity objeto de esa clase de admiración.

El primer encuentro íntimo de mis padres fue, en muchos aspectos, un anticipo de lo que sería su matrimonio. Serenity quería que la tía de la Doncella saliera del dormitorio; sólo así se apaciguarían un tanto las hordas de langostas que roían su pecho y sus entrañas.

Aparte de que él ya no era virgen y no necesitaba la ayuda de nadie. La mujer se sometió y abandonó la habitación con la vista baja. Pero pronto hubo de volver, porque cada vez que Serenity tocaba a la Doncella, ésta lo apartaba de su lado.

Para la muchacha, Serenity era la personificación del hatajo de lujuriosos desvergonzados que la habían ofendido con sus obscenos movimientos de cadera. No estaba dispuesta a aceptarlo como representante de todos ellos. Recordó la doctrina de san Juan Crisóstomo: «La belleza física no es más que moco...» En el convento donde había estado llamaban a lo que él planeaba hacerle el «gargajo sagrado». ¡La sola palabra le producía náuseas!

La tía de la Doncella, a quien no afectaban las palabras de san Juan Crisóstomo ni sus efectos tardíos, restableció el orden señalando de forma reiterada la importancia del «santo» ritual. Gargajo sagrado o demoníaco, el acto debía consumarse. Serenity, el pene a medias erecto, se removió un poco bajo el ojo vigilante de la mujer con la que una vez había cruzado miradas cargadas de significado, y notó que le raspaba el pubis de su novia, quien recientemente había aprendido a manejar la navaja de afeitar y hacía tres días se lo había rasurado. En el convento siempre se arrancaban uno a uno esos pelos diabólicos no tanto por hacer menos áspera aquella pelambrera, sino por la mortificación que el hecho llevaba aparejada. Mientras los muelles chirriantes de la cama empezaban a afectarle los nervios tanto como la roedura de las langostas en el pecho, Serenity, se sentía cada vez más enfadado y frustrado. La deprimente inutilidad de sus afanes se veía incrementada por la indiferencia, imposible de disimular, de su novia y las miradas que la acompañante de ésta dirigía a partes de su cuerpo que nunca exponía ante extraños.

La situación se volvió tan penosa, tan desesperadamente insoportable (dentro de la habitación reinaba la misma inactividad que fuera, donde los tamborileros estaban comiendo), que la tía de la Doncella se vio obligada a ir más allá de la mera supervisión y decidió intervenir. Al fin y al cabo, era responsable de que el acto se consumara. En el tono más cortés y afectuoso que Serenity había oído esa semana, propuso hacer una breve pausa. Cuando Serenity se levantó de la cama, le rozó el hombro para señalarle una silla en la que había una cerveza dispuesta para él. Ese roce fue la llave que la mente del novio había buscado durante todo el día: la cámara frigorífica en que su virilidad había estado congelada se abrió al fin y los temores del pasado se esfumaron. Sintió un inmenso alivio y alcanzó un estado de deliciosa despreocupación que creció hasta el extremo de que no pudo evitar preguntarse, mientras se bebía la cerveza, si no se debería únicamente a que se había librado de la ansiedad que lo atenazaba. ¿Empezaba a degenerar en deseo por la tía de su novia? La idea de que quizá abrigase esa clase de sentimientos hacia ella lo turbó por un instante, y sintió que sus pies eran succionados por un lodo en el que no quería hundirse. Resultaba tentador considerar a la novia y a su tía como partes complementarias de un carácter, de una persona. Si la Doncella era la seria, decidida, ambiciosa, egoísta, su tía debía de ser la juguetona, alegre, sensual. Nunca antes se había visto enfrentado a tal dilema, y rogó que sólo fuese producto de su imaginación, las alucinaciones de un novio extenuado, exhausto.

La tía de la Doncella le susurró algo al oído, pero Serenity no lo oyó. Temblaba hasta la médula cuando volvió a sentir la mano de ella en el hombro. Un estremecimiento recorrió su cuerpo, como si hubiera recibido la coz de una mula. La mujer se sentó y su brillante rodilla marrón oscuro captó la luz dorada y lo hizo sentirse aturdido y mareado a causa del deseo reprimido. Cuando ella le tocó el muslo su cuerpo experimentó sensaciones maravillosas. Si el destino de aquellas tres personas no se selló allí mismo, sí fue allí, en todo caso, donde sus vidas confluyeron como otros tantos ríos que descenderían por una montaña escarpada y, luego de unirse, se abrieran camino hacia el amargo mar que se extendía allende la bruma.

Serenity volvió en sí rejuvenecido, fuerte, lascivo. Se raspó de nuevo con el pubis rasurado, pero apenas si le importó. Las paredes encaladas y los manteles y sábanas blancos parecían temblar y ondear. Necesitó hacer acopio de toda su virilidad, porque su mujer tenía el himen de mil mujeres. Jadeó hasta perder casi el aliento, sudó por cada poro de su cuerpo, pero estaba decidido a perforar aquel himen, aunque fuera correoso como una piel sin curtir.

Rodeado de paredes agrietadas e inclinadas, ratones chillones y sábanas susurrantes, Serenity quebró al fin la barrera de la Doncella, que era toda ella músculos relucientes. Brotaron tres rubíes muy grandes, dos medianos y uno muy pequeño. La tía los felicitó con una sonrisa, contenta de que la muchacha no se hubiera rasgado el himen trepando a los árboles, montando en bicicleta o jugando con objetos cortantes. La sábana manchada fue llevada rápidamente para que uno o dos parientes de ambas partes la examinaran. Serenity, que estaba radiante de felicidad, regaló a la familia dc la novia una cabra grande y bien cebada, tal como mandaba la tradición.

Tras cambiarse de ropa, Candado volvió a la tarima con expresión de apenas disimulado sufrimiento, y sin lucir la diadema. Los bailarines prosiguieron con sus contoneos. Los tamborileros y los cantantes se habían preparado para una de las sesiones más largas de la noche. Los invitados estaban frenéticos por lo que les esperaba. Al final todos bailarían y cantarían, los jóvenes soltarían tacos y se divertirían ruidosamente a la caza de un polvo rápido o de una riña, y los viejecitos que aún quedaban se retirarían para dejar el campo libre a los desenfrenos juveniles. Los tamborileros y los violinistas tocaban sus instrumentos con enorme ahínco, estimulados por la comida, la cerveza y los gritos de aliento del público. La novia no paraba de enviarlos a todos al infierno, aunque sólo fuera por las miradas equívocas que le dirigían. Los más avispados estaban al corriente de que había llegado virgen al matrimonio, y las fantasías embriagadoras de sangre y sexo los enardecían aún más, si cabe.

Serenity se sentía parte de la multitud, y experimentaba una alegría y una confianza en sí mismo tales, que hacía caso omiso del ardor de los profundos cortes que se había hecho en el glande. Disfrutaba de la atención que le dispensaban y las felicitaciones que recibía: amigos, parientes y desconocidos subían a la tarima para estrecharle la mano y susurrarle unas palabras al oído. La extremada cortesía con que lo hacían le recordaba cuando su padre se hallaba en la cima de su poder. En ese momento consideró incluso la posibilidad de presentarse como candidato al cargo de administrador de las tierras del clan. Era un sueño que distaba mucho de la imagen de sus sonrientes alumnos de dientes separados durante un desfile o en el campo de fútbol. Se vio arrastrado de pronto a un mitin acalorado, con altavoces que resonaban, políticos que gritaban y una muchedumbre aturdida ante las promesas de una vida mejor. La independencia estaba a la vuelta de la esquina y algo que provenía de la muchedumbre imaginaria le dijo que no tenía que desaprovechar la ocasión que se le presentaba. De todos aquellos tambores, cantos, bailes y obsequiosos cumplidos sacó una conclusión: no debía dejar escapar la oportunidad de hacer carrera.

Dos bailarinas subieron a la tarima, meneando las caderas y bailando la danza del vientre, con las piernas abiertas para acometer uno de esos movimientos espectaculares que desgarrarían los músculos de cualquier aficionado. Serenity se levantó y se acercó a las bailarinas, que le dirigieron sonrisas lascivas. Restregaron las caderas contra él como si estuvieran en el momento más ardiente de la cópula mientras temblaban y lo agarraban por los brazos. Luego levantaron una pierna, igual que perros que se dispusieran a mear, y se marcharon entre convulsiones. La novia los fulminaba a todos con la mirada, en especial a Serenity, porque éste se quitó la chaqueta, se la ató a la cintura, siguió a las bailarinas y estuvo a punto de caer de bruces en la paja que había delante de la tarima. No se le daba bien el baile, era demasiado patoso y poco elegante, pero, en vista de que se trataba del novio, del hombre responsable de todos esos excesos, la multitud lo animaba. Se mecía sobre una nueva ola, en la embriaguez de una vitalidad audaz que nunca había experimentado. No sabía con certeza de dónde procedía ese fuego, pero no quería pensar demasiado en ello por temor a perderlo o a que desapareciese. Mientras seguía saltando, esperaba que guardase alguna relación con los rubíes y ninguna con los mágicos dedos que había sentido en su hombro. La multitud lo engulló. Empezaron a echarle cerveza encima, a meterle dinero en los bolsillos y a alzarlo en vilo. Todos los tambores parecían retumbar en su cabeza. También el abuelo estaba eufórico. Andaba dando tumbos como un danzarín borracho. Tiida y Nakatu bailaban y gritaban. La abuela agitaba un pañuelo al ritmo de la música.

La última persona de la que tuvo consciencia fue Nakibuka, la tía que había acompañado a su novia, quien lo desnudó, lavó su cuerpo cubierto de vómitos y suciedad y, finalmente, lo acostó.

Las bodas eran famosas por su anticlímax y, ateniéndose a las señales que había alrededor de la casa de Serenity, aquélla había concluido con una pequeña catástrofe. Había tantos vómitos por todas partes, fuera de la carpa, en la galería y en el camino, que si no hubiera sido una exageración Serenity habría pensado que algún bromista había pagado a la gente para que devolviese adrede. Ahí estaban todos los plátanos asados, toda la carne magra, todos los estómagos de vaca y toda la cerveza, apenas digeridos. Los retretes y sus inmediaciones eran zona catastrófica. Serenity jamás había visto tales cantidades de mierda, y los rastros verde amarillentos de diarrea le producían náuseas. Si de esa pródiga diseminación de heces no era culpable una manada de hipopótamos, la cerveza de plátano que había consumido la concurrencia debía de estar decididamente en malas condiciones. Recordó de repente que, como solía ocurrir en estos acontecimientos, eran muchos, y de procedencias diversas, quienes se habían ocupado de llevar la bebida, y a nadie se le había ocurrido hacer una lista con sus nombres. Además, ¿de qué habría servido?, se preguntó, preocupado.

Limpiar toda aquella suciedad les llevaría algunos días, pero no faltaban los voluntarios. Por suerte, nadie se quejó de la cerveza ni de la comida, y en la semana siguiente no se produjo la muerte de ninguno de los que habían asistido a la boda. ¡Así que no había sido una conjura, después de todo! ¡Nadie había envenenado la bebida o la comida con hígado de hiena! ¡Qué alivio!

En una jerarquía social en que la familia del marido estaba por encima de la esposa, toda mujer que quisiera llevar la casa a su manera debía tomar las riendas con firmeza desde el primer día de casada. Para empezar, debía dejar claro de inmediato ante su familia política, sin que quedase la menor sombra de duda, que en su nuevo hogar, donde aún se advertían las secuelas de la boda, las cosas iban a ser muy diferentes a partir de ese momento. Y exactamente eso fue lo que hizo Candado con su expresión de pesadumbre y su actitud taciturna. Los parientes de Serenity advirtieron enseguida que los huéspedes madrugadores que esperaban un trozo de pastel de boda, algo de beber, un buen desayuno o quizás un tentempié al mediodía..., servido, por supuesto, con una sonrisa radiante, no eran bien recibidos. Los parientes de Serenity pronto se sintieron muy incómodos en el silencio cada vez más penoso de la sala de estar, frente a aquella novia tan poco comunicativa. Algunos incluso dijeron entre suspiros que Serenity debería haberse casado con Nakibuka, que por lo menos era alegre y locuaz, y tenía una sonrisa cariñosa para todo el mundo. Pronto descubrieron que no debían pasar por la casa de Serenity en ausencia de éste, lo que ocurría con bastante frecuencia, porque, aparte de sus obligaciones escolares, que había retomado, tenía mucho que hacer.

Las hermanas de Serenity, Tiida y Nakatu, ambas muy experimentadas en lo que a asuntos matrimoniales se refería, descubrieron enseguida que su hermano se había casado con una mujer que las mantendría alejadas de él. Al igual que muchos otros parientes, se marcharon tras ayudar a limpiar las montañas de mierda y los charcos de vómito, devolver las sillas y los bancos que les habían prestado y echar una mano para desarmar la carpa. Tiida resumió sus sentimientos del modo siguiente: «Esa mujer es tan inaccesible como Mpande Hill.»

Nakatu admitió enseguida que ella había pensado lo mismo. Las dos estuvieron de acuerdo también en que los montones de mierda y los charcos de vómito eran un signo de fertilidad. Presentían que Candado procrearía más que ellas. No pretendían rivalizar con su hermano menor, pero seguía siendo una muestra de influencia el ir a la casa paterna, con ocasión de una boda, un entierro o una reunión del clan, seguido de una ristra de niños. Tiida había dejado de concebir: el doctor Ssali tenía una nariz y un estómago demasiado sensibles para soportar por más tiempo pañales alrededor de él. Aparte de que tampoco tenía fuerzas para aguantar los berreos de los niños cuando volvía a casa después de una dura jornada en el hospital. Su deseo era tener dos hijos, pero Tiida acabó por darle cuatro, claro que luego de mucho suplicar. Nakatu sólo tenía dos, los gemelos, y temía que le hubieran dañado algo por dentro, porque a pesar de los desesperados y calculados intentos, hacía ocho años que no quedaba embarazada. Debido a su irrealizado deseo de tener hijos, no le alegraba mucho la supuesta fertilidad de su nueva cuñada. En esa época aún no había conocido a Hachi Ali y su semen milagroso. Pero tampoco después cambió sustancialmente su opinión sobre Candado, y de hecho le alegraba el que fuese tan huraña; así, por lo menos, no tenía que inventar excusas para no relacionarse con ella.

Por otra parte, tampoco podía decirse que Candado echara de menos la compañía de sus cuñadas. Tiida se le antojaba la menos mala de las dos: le parecía activa, de esas personas que siempre tratan de mejorar. Lo triste era que invariablemente mejoraba en la dirección equivocada. Candado la compadecía por su orgullo y vanidad imperdonables. Una mujer que se bañaba cuatro veces al día, que se molestaba por todo y se jactaba de su váter, su cuarto de baño de mármol y la elevada posición de su marido, era una chalada y más digna de compasión que de otra cosa. Si Tiida no hubiera sido su cuñada, Candado habría intentado ayudarla a superar sus defectos y a que comprendiese que la soberbia denotaba falta de conocimiento de uno mismo y que debería esforzarse por vencerla. Cuánto le habría gustado inculcarle que la belleza, y en particular cuando era de la clase que Tiida pulía cuatro veces al día, era moco, sangre, hiel, gargajo... Le habría refregado por las narices los escritos de san Juan Crisóstomo y, de ser necesario, hasta habría echado mano del látigo para obligarla a asimilarlos. Pero a ninguna mujer le estaba permitido señalarles las faltas a las hermanas de su marido; éstas eran intocables y estaban condenadas a hundirse en su propia miseria.

Desde el trono de su nueva riqueza, Candado veía a Nakatu con desdén. Para ella, era poco más que un piojo. Le daba náuseas la inseguridad de Nakatu, que se ponía en evidencia cuando hablaba machaconamente de su marido, tan alto y listo, y de la bicicleta Raleigh que le había dado al abuelo, con su cháchara sobre sus sanísimos gemelos. La inseguridad era signo de debilidad, de un carácter que no se había templado con una educación disciplinada, temerosa de Dios. ¿Qué habían estado haciendo los sacerdotes y los catequistas de esa región, de esa parroquia? ¿Acaso lo habían dejado todo en manos del diablo, que les había sorbido el seso y los había convertido en esa especie de vainas vacías, inseguras? Nakatu era una persona tan indecisa que Candado tenía la certeza de que caería en todas las tentaciones, hasta la de acostarse y casarse con un musulmán, y que incluso sería capaz de convertirse al islam. También estaba convencida de que consultaba a hechiceros, quienes le predecían que quedaría embarazada, se comían sus gallinas, le quitaban el dinero y acallaban su conciencia con ritos disparatados, que allanaban el camino hacia su condenación eterna. Candado ya veía a Nakatu bailar desnuda alrededor de una hoguera y bañarse en toda clase de porquerías: sangre y orina de animales, o lo que esos hechiceros prescribieran. La veía beber brebajes hechos a base de hiel de salamandra, huevos de serpiente o esperma de león. Hasta veía cómo se la follaba un hechicero circuncidado que sólo deseaba su dinero y su cuerpo. ¡El alma de su cuñada clamaba por un buen exorcismo! ¡Cómo le gustaría expulsar a todos esos demonios! Ya se veía a sí misma ayunando y encerrándola durante días; entrando en la habitación repleta de demonios, desnudándola, azotándola con un látigo y ordenando al diablo que abandonara el cuerpo de Nakatu. Se veía sentada a su lado hasta que todos los demonios hubieran salido, uno a uno. Finalmente, le administraría lavativas de agua bendita, la bautizaría por segunda vez y dejaría que se marchara. Pero a ninguna mujer le estaba permitido señalarles las faltas a las hermanas de su marido; éstas eran intocables y estaban condenadas a hundirse en su propia miseria.

Para poner coto cuanto antes a la injerencia del abuelo y la abuela en sus asuntos, Candado preparó un estallido de furia sublime, estratégico. Como se ha dicho, el abuelo no le gustaba. Era la única persona ante la que se sentía insegura e incómoda. ¿Qué se había creído? Temía constantemente que restituyera a Kaziko su anterior posición en cuanto tuviera oportunidad de hacerlo, o que espoleara el machismo de su hijo hasta el punto de que éste decidiese tomar una segunda esposa. Para evitar esta situación, pariría un hijo cuanto antes, el primero de los muchos que seguirían. Sabía que sería invencible y que estaría en posición de someterlo todo a su voluntad en cuanto hubiera dado a luz a una docena de descendientes por lo menos. Sería el mejor modo de hacer desaparecer de la cara del viejo esa insoportable expresión de autocomplacencia propia de alguien que hubiera curado a otro de la lepra. Claro que si allí había una leprosa no podía ser más que ella, y su lepra era la pobreza. ¿No le había advertido ese hombre a su hijo que hacía un mal matrimonio? ¿No se trataba acaso del hombre que de manera tan poco cristiana había dudado de la calidad de sus genes? Como buena católica debía perdonar setenta veces siete, y ya lo había hecho, pero nunca lo olvidaría.

Con el tiempo lo obligaría a tragarse sus palabras. En los años venideros extinguiría el brillo que aparecía en sus ojos cada vez que la miraba. Todavía bajaba la cabeza en su presencia, todavía se humillaba, como correspondía a una buena nuera; y permanecía de rodillas mientras él le dirigía la palabra y le formulaba esa pregunta que tanto la enfurecía: «¿Estás bien, muchacha?» ¿Qué se creía ese viejo chocho, que acababa de operarla una pandilla de cirujanos borrachos, que padecía del corazón o que acababa de sanar de una hernia fastidiosa? ¿Acaso se le habían metido en la cabeza ideas raras debido a sus rubíes y a la cabra que Serenity le había regalado a su familia? ¿O creía que su hijo estaba tan bien dotado como una cebra y que cada vez que Serenity la follaba tenían que hacerla volver en sí con cubos de agua fría y luego ponerle algunos puntos de sutura? Le hubiera gustado leerle la cartilla al abuelo y decirle que su hijo era más bien mediocre en la cama y que debería acostumbrarse a períodos regulares en dique seco. Para empezar, no accedería a tener

relaciones sexuales en sábado y domingo, en festividades religiosas importantes, en San Pedro y San Juan Crisóstomo, durante
la cuaresma, durante Semana Santa y durante sus embarazos. De
modo que, si el viejo creía haber criado una cebra, o si Kaziko se lo
había hecho creer, por ejemplo, susurrando mentiras a los oídos de
Nakatu, ella corregiría ese malentendido. También era posible, por
cierto, que el propio Serenity fanfarroneara.

Todavía se arrodillaba como una nuera decente, e incluso sonreía cuando el abuelo la llamaba «muchacha». ¡Muchacha! Siempre
había odiado esa palabra. Nunca había dado importancia a algo tan
estúpido como la edad y, de todos modos, siempre había querido
ser mayor de lo que era.

De manera que ese viejo, a quien con toda justicia hacía años que
habían despojado de su poder, aún hablaba con la autoridad de un
déspota y daba siempre a sus palabras un leve matiz de bendición o
una inflexión ofensiva, como si dijese: «Eres una campesina, pero
gracias a Dios el trabajo duro no te ha convertido en una burra de
carga.» También había cierto tono de condescendencia y de duda en
la palabra «muchacha». Sabía que tanto para sí como para los demás
el abuelo sólo quería mujeres grandes, y ella no era precisamente la
mujer más alta del mundo. Tampoco tenía las caderas tan anchas, de
esas que son signo de fertilidad, ni una piel de elefante, de modo que
algún día le demostraría que a ella no había que tomarla a broma.
Pero, por el momento, al levantarse y ver los dos pequeños hoyos
que sus rodillas habían dejado en el suelo, sólo murmuraba: «¡Señor, Señor, Señor, qué bajo he caído! ¿Por cuánto tiempo más me
compararán con putas y mujeres ordinarias?»

Como todas las almas manifiestamente indefensas, Serenity hubo de tragar mucho en el curso de los años. Eso se debía a que gran
número de gente, aun después de que se mudaran a la ciudad, siguió
dudando de que su matrimonio no acabase en fracaso y de la aptitud
de su mujer. Durante muchas tardes bochornosas en las que soplaba
sobre el campo una brisa suave que mecía las copas de los bananos

como si así quisiera sacarlos de su sopor, el abuelo y la abuela, con el estómago lleno después de una buena comida y la cafetera silbando en el fuego, analizaban detenidamente la situación. De pronto, el abuelo cambiaba de tema y decía:

—Nunca debería haberse casado con esa chica. No está bien que el hijo de un jefe se deje engatusar por una simple campesina.

—Él la eligió —decía entonces la abuela—, y mientras se las apañen medianamente bien... Por otra parte, la madre de Sere era hija de un jefe, y ya ves cómo acabó.

—Eso es otra cosa. Esa mujer debía de tener una lombriz en el cerebro: no lograba encontrar sosiego. Creía que todo el mundo giraba alrededor de ella. Le di la mejor seda y la mejor carne de cabra, la traté lo mejor que pude, y aun así me engañó con un cabronazo inútil. ¡Hasta abandonó a sus hijos por ese patán!

—No le prestaste suficiente atención. Era la más joven de tus esposas en una leonera llena de hembras rudas que habían pasado por todo lo imaginable.

—¡Venga ya, hermana! Era mi mujer favorita. ¿Qué más podía pedir? Si lo pienso bien, tendría que haber enviado a la policía a buscarla y obligarla a regresar a casa. Nunca debería haber permitido que se quedara a pasar una sola noche con aquel cabrón.

—¿Qué ocurre?, ¿tienes miedo de perder a tu hijo igual que la perdiste a ella?

—A Sere no le interesa el clan. Se ha casado con una mujer que merecería ser la esposa del Papa o del arzobispo. ¿Te parece absurdo que tema haberlo perdido?

—Míralo de este modo —decía la abuela—: primero Sere tuvo una mujer que, al tiempo que lo temía, lo ponía en un pedestal. ¿Qué no habría hecho Kaziko por él? Le dio una hija y le habría dado muchos hijos más, pero la ha repudiado y se ha casado con esa mujer. No te preocupes por él. Preocúpate más bien por su hija, nuestra nieta, a la que hace tanto que no vemos. Tengo la sensación de que esa mujer se la dará a otro hombre, sólo para complacerlo o para fastidiar a Sere. ¿Cuándo ha visto Sere por última vez a su hija? Piensa en ello.

—Me gustaba Kaziko; por lo menos sabía cómo tratar a la gente. No tenía estudios, pero ahora Sere tampoco es que se haya casado con una médica o una abogada. No, se ha casado con una doctora en catolicismo. —El abuelo soltó una carcajada y prosiguió—: He intentado que se interesase por su primogénita, pero cada vez que empiezo a hablar de ella, él cambia de tema. ¿Qué más puedo hacer?

—Yo que tú buscaría una jovencita o una mujer decente capaz de cuidar de ti. Y no pensaría demasiado en un hijo que se ha casado con una doctora en catolicismo.

—Las jovencitas sólo son un estorbo. Al segundo día de estar en tu casa se van en busca de chicos de su edad, con los que pillan una gonorrea, y luego esperan que tú pagues las facturas del médico. Y en cuanto a las mujeres mayores, por lo general sus fracasos anteriores las han convertido en unas neuróticas.

—En cualquier caso, no me preocuparía demasiado de alguien que se ha casado con una mujer que debería ser la esposa del Papa. —La abuela rió—. Y ahora que me ha encomendado su primer hijo, por muy bruscamente que lo hiciera, sólo puedo desearle lo mejor.

—La mujer de Sere es una víbora.

—Tú ve con cuidado con las chicas solteras que andan contoneándose... —La abuela emitió una risilla elocuente.

Cuarenta y cinco días después de haber desflorado a su novia, dio comienzo la primera sequía sexual de Serenity: el médico confirmó que ella estaba embarazada de mí. Como prueba complementaria, Candado vomitó abundantemente cada mañana durante semanas y empezó a mordisquear la arcilla salada de la zona pantanosa que se extendía al pie de Mpande Hill.

Serenity insufló nueva vida a su sueño de abandonar la aldea, como si con ello pudiera contener sus impulsos sexuales reprimidos, y escribió solicitudes de empleo a instituciones estatales a fin de obtener un trabajo en la ciudad. Como consecuencia de la ola de africanización, incontables negocios y empresas cuyos propietarios eran asiáticos o europeos pasaron a manos de gentes del país. Serenity tenía muchas esperanzas cifradas en este proceso. Pero once meses después de la boda aun no lo habían convocado para ninguna entrevista de trabajo. Y entonces nací yo.

Llovió tanto aquella semana, y en especial aquel día, que el pantano creció y pareció fragmentarse en varios pantanos menores y peligrosos. Se produjeron inundaciones, a causa de las cuales se hundieron los acueductos, y el Ford Zephyr azul que Serenity había alquilado para trasladar a su mujer al hospital de Ndere fue tapado por las aguas. Mientras Candado paría, el chófer tuvo que subirse al techo del coche y agarrarse con fuerza a la baca para no ser arrastrado por el vendaval. El agua seguía subiendo, y el chófer empezó a gritar su última voluntad, convencido de que no saldría de aquélla con vida. Pero al cabo de dos horas el viento amainó, dejó de llover y el pobre hombre dio las gracias a sus dioses por haberlo salvado.

La abuela me cortó el cordón umbilical con una cuchilla de afeitar nueva, de la marca Wilkinson. Candado me impuso los nombres de Juan Crisóstomo Noel, el último de ellos a pesar de que no estábamos en Navidad. Serenity eligió un par de apelativos del arsenal del clan de la Ardilla. Además, me asignó la seria obligación de vengar al abuelo convirtiéndome algún día en abogado. Y para dejar constancia de ello, también decidió darme el nombre de Muwaabi, que significa «acusador» o «fiscal». Igual hubiera podido llamarme Venganza. Por su parte, el abuelo, que en su juventud no había podido estudiar para abogado porque sólo les estaba permitido a los blancos, me llamó Mugesi, «brillante» o «inteligente», el único nombre que conservé cuando consideré llegado el momento de desprenderme de todo ese lastre inútil de nombres. La abuela no me puso apelativo alguno, pero me reclamó para sí desde el nacimiento y anunció mi futuro papel como auxiliar de comadrona y «mascota» de parturientas (las embarazadas, con la esperanza de tener hijos varones, preferían una mascota masculina).

Candado abominó de la arrogancia de semejante pretensión y odió a la anciana por su actitud, pero no pudo hacer nada para evitarlo, ya que ésta era quien había cortado mi cordón umbilical. Recordó entonces los sueños de la abuela sobre búfalos y cocodrilos, y empezó a creer, cada vez con mayor firmeza, que no gozaba de su confianza. Los hechos se habían desarrollado de la siguiente manera: una semana antes de que Serenity presentase a Candado a su familia como su prometida, la abuela había tenido, según se contaba, dos breves sueños. En el primero había visto a Candado de pie en un arenal, y detrás de ella a un búfalo. En el segundo, Serenity observaba a un enorme cocodrilo en el fondo de una hondonada. La abuela se negó a hablar de estos sueños. Candado le pidió entonces a su prometido que le explicase qué significaban. Él basó su interpretación en determinados símbolos totémicos. Candado pertenecía al tótem de los elefantes. El búfalo, uno de los gigantes del bosque, era una especie de equivalente del elefante, y representaba el poder totémico. El que estuviese en la arena constituía un signo de su indomabilidad, señaló para terminar.

El segundo sueño lo explicó más o menos de la misma manera. El cocodrilo representaba un poder extraordinario cuyas características eran el tacto, la paciencia, el conocimiento de uno mismo, el instinto territorial y una larga vida (ciento cincuenta millones de años en la cadena evolutiva). Como la abuela no había soñado con una ardilla sino con un cocodrilo, Serenity había llegado a la conclusión de que su matrimonio era un contrato entre iguales. Su esposa (el búfalo) sería el agresor; y él (el cocodrilo) el estratega, la voz de la prudencia, y el sentido común.

Candado, mucho más suspicaz, era menos optimista al respecto. Las mujeres que fraguaban esa clase de sueños, como las brujas en tiempos de la Inquisición, solían traerse algo entre manos. Estaba segura de que la abuela trataba de hacerle chantaje y utilizaba esos sueños para mantener a Serenity sujeto a su voluntad. Las madres a las que les costaba dejar partir a sus hijos solían hacer esas cosas. Claro que la abuela no era la madre de Serenity, pero sin duda debía de considerarse su sustituta, concluyó Candado. ¿Por qué un búfalo y no un elefante? Y ya puestos, ¿por qué la arena? En la arena costaba avanzar; por lo tanto, se trataba de un mal augurio. Aunque quizá se tratara, razonó, de que la abuela era la arena y quería dificultar su avance, oponerse a ella y hacer de su matrimonio un infierno.

La convicción de que Serenity procedía de una familia cuyos miembros eran estrafalarios, cuando no abiertamente retorcidos, caló en su corazón. En primer lugar estaba la verdadera madre de él, esa puta de quien se sospechaba que había matado a dos de sus propias hijas recién nacidas; que había quedado embarazada de otro hombre; que había escapado a su propia maraña de ignominia dándose a la fuga, y que había muerto en el oprobio. Luego estaba el padre, ese pagano que afirmaba ser católico pero tenía mujeres por todas partes y había engendrado un bastardo, Kawayida, probablemente uno de los muchos hijos a los que había desheredado, o uno de los muchos que había perdido en el laberinto de relaciones extramatrimoniales. Tampoco debía olvidarse de esas dos hermanas de Serenity, una presa de su estupidez y su vanidad, y la otra cargada con el peso de su volubilidad, el culto al diablo, la brujería y la desidia religiosa. ¿Y qué decir de aquella tía rara, que había padecido toda su vida de amenorrea, que ayudaba en los partos, prescribía hierbas y fraguaba sueños esotéricos que no se atrevía a interpretar? En vista de que la Iglesia ya no autorizaba la quema de brujas, lo único que podía hacer Candado era vigilar estrechamente a esa mujer y mantenerla alejada de su casa, de su vida y de la de sus futuros hijos.

Puesto que Candado no tenía en la aldea amigas con las que cotillear, los rumores que la involucraban comenzaron a proliferar como las malas hierbas en el bosque después de un incendio. La gente no la comprendía, y como nadie obtenía la información que deseaba, muchos empezaron a darse a sí mismos respuestas a las preguntas que se planteaban acerca de ella. El resultado fue que Candado empezó a sentir una gran aversión por el lugar y sus habitantes. Se sentía aprisionada entre el abuelo y la abuela, en tanto que el ambiente en la casa de Serenity, debido a su ubicación céntrica, era tan angustiador como un acantilado para alguien que sufriese de vértigo. Sentía que la vigilaban, que ojos invisibles la empujaban en dirección al abismo que se abría a los lados de la casa. Para empeorar la situación, la abuela no podía reprimir el impulso de presentarse ante la puerta principal con la expresión de alguien que hubiera ido a pedir algo prestado pero ni recordara el qué. Candado hacía entonces como si estuviese concentrada en algo y no la viera. Hasta que de pronto, con rabia contenida, se volvía, miraba fijamente a la abuela y decía:

—Bienvenida, tía, ¿a qué debemos esta inesperada visita?

—No es una visita inesperada —contestaba la abuela, serena—, sino de cortesía, propia de una mujer chapada a la antigua como yo.

Más tarde, cuando la hostilidad entre ambas se hizo evidente y ninguna se cuidaba de ocultarla, solía añadir:

—Una vieja que viene a echarle un vistazo a su esposo.

Las abuelas a menudo llamaban, en broma, «esposo» a sus nietos, porque cuando éstos eran, como yo, fieles a la tradición, se ocupaban de protegerlas a la muerte de sus verdaderos maridos. Candado toleraba, aunque con enorme dificultad, esta abominable muestra de paganismo en su casa, sobre todo porque no podía hacer nada por impedirlo.

Paralizada e impotente como una langosta a la que le hubiesen arrancado las patas, descargaba su odio, entre otros, en mí: porque había nacido ese día de tormenta, durante esa semana de lluvias torrenciales, y con ello había contribuido a que su mayor enemiga estuviera en condiciones de ejercer un firme control sobre su hogar. Pese a todo, sin embargo, esas escaramuzas no eran más que un anticipo de los enfrentamientos épicos que se producirían más tarde en la cargada atmósfera de la ciudad.

Candado comprendió muy pronto que difícilmente lograría ganar una guerra contra el chismorreo. A esas alturas ya se afirmaba que debía fundamentalmente a la brujería la posición de que gozaba. Como era consciente de que los murmuradores podían ocasionarle mucho más daño todavía, intentaba por todos los medios mantenerse alejada de ellos y conservaba la boca cerrada, aun cuando tuviese ocasión de darle un buen repaso a más de uno de aquellos «paganos». El resultado era que sentía una ansiedad tan creciente como peligrosa y quería mudarse lo antes posible. Ella era el vino nuevo, y por lo tanto necesitaba odres nuevos. Pero tenía miedo de que en los odres viejos, en los cuales la habían vertido el día de su boda, se estropeara antes de tener oportunidad de romperlos.

Cuando estaba sola en casa, le parecía que acabaría aplastada bajo el peso de sus viejos fantasmas, sus viejos secretos, sus viejas envidias y su viejo odio. Cuando entraba en el dormitorio, la abrumaba el olor a leche agria, mezclado con el hedor de los muchos años de juergas de soltero de Serenity, por lo que tomaba nuevamente conciencia de que había beneficiado su sagrado himen en un lecho impuro. Esa cama, con todos sus muelles chirriadores, parecía desprender el olor pecaminoso de la úlcera purulenta que lo infectaba todo. Le crispaba el que le hubiese permitido convertirla en una víctima. Aquel lecho era la prueba palmaria de que Serenity no había llegado virgen al matrimonio, y que su condición de pecador que ha caído en lo más bajo se perpetuaba en esa hija suya, de la que nunca hablaba, pero que se encontraba en algún lugar del campo burlándose de ella y de sus hijos. Candado se alegraba de que el fruto del pecado fuera una niña sin derechos a la herencia, pero temblaba ante la idea de que esa niña, un día, extendiese el pecado a sus propios hijos, con toda probabilidad también extramatrimoniales.

Candado recordaba a menudo los días anteriores a la boda. Volvía a ver a la tía Nakibuka untarle el cuerpo con aceite de mantequilla y ordenarle que se estuviera quieta, que no se moviera, porque el aceite debía penetrar profundamente en su piel bajo el sol ardiente. Y mientras ella tenía que soportar esa peste y ese calor que la había llevado al borde de la deshidratación, Serenity se había limitado a tomar un baño e ir al barbero. Ella hubiera querido empujarlo a una tina de aceite hirviendo y arrancarle a todas las mujeres de su piel y de sus pensamientos. Hubiera querido usar jabón fundido, tan caliente como plomo líquido, para cauterizar todos los pecados que taponaban sus poros y hacerle rezar muchas oraciones y aplicarle muchas lavativas de agua bendita. Entonces, y sólo entonces, habría estado listo para desflorar a alguien. Pero era demasiado tarde. En este momento sólo percibía el hedor acumulado tras diez años de pecado. Tenía que dejar esa casa donde el vicio se había enseñoreado, aunque sólo fuera por sus hijos. Le había dado tiempo más que suficiente para que encontrase una solución. Ya era hora de que lo amenazase con derruir ese lugar hediondo y mancillado.

—¿Cuándo nos iremos de aquí? —le preguntó desde su estera roja. Observaba a Serenity, que comía plátanos asados con carne, ¿o eran batatas con pescado?

—Hago lo que puedo —contestó él sin mirarla. Estaba satisfecho con el modo en que ella llevaba la casa, pero le molestaba que lo importunaran con temas importantes durante la comida. Algunas mujeres, como Kaziko, solían mencionarlos cuando estaban en la cama; Candado lo hacía en el transcurso del almuerzo o de la cena. En ambos casos, la elección del momento le irritaba, porque sugería una debilidad por parte de él—. Espero que me llamen para una entrevista de trabajo.

—Llevas mucho tiempo esperando eso, casi dos años; quizá la oficina de correos pierda tus cartas, o a lo mejor alguien de la escuela las intercepta.

—Lo investigaré —dijo él, consternado por la irónica idea de que una empresa en la que le gustaría trabajar se pusiera en su contra. ¿Cuántas cartas de solicitud había enviado ya a la Unión Postal? Innumerables.

Me miró mientras yo trataba en vano de tragar un trocito de carne. Otros dos hijos y tendría tres, pensó. Después se concentraría en el trabajo y se encargaría de ganar el dinero suficiente para enviarlos a un buen colegio. ¿Qué otra cosa podía hacer un padre?

En medio de sus fantasías cayó en la cuenta de que su vida sexual había entrado por segunda vez en dique seco. ¡Los vómitos y los lametazos a la arcilla habían vuelto a empezar! Su plan originario, que consistía en que tuviesen un hijo cada tres años, a fin de espaciar la carga económica, había fracasado. Miró fijamente la pared y entendió de pronto por qué su mujer seguía insistiendo tanto en lo de su empleo: el 9 de octubre de 1962, día de la Independencia, había pasado sin que lo advirtieran, mecido en un mar calmo sólo alterado por la pelea del abuelo con un par de tipos de los bajos fondos. A Serenity le parecía que el viejo hablaba más de la cuenta. ¿Por qué sacaba de sus casillas a gente mucho más peligrosa que él? «He de largarme de aquí antes de que sea demasiado tarde», pensó Serenity.

—¿Te llamaron la semana pasada por una entrevista de trabajo?, ¿y el mes pasado?, ¿y los anteriores? —preguntó Candado, que tenía restos de arcilla en las encías. La última vez, el pantano de donde procedía esa arcilla se había vuelto contra ella y se había tragado el coche que debía llevarla a ella y a su hijo nonato, al hospital. ¿Qué estaría tramando en esta ocasión? ¿La castigaría con un aborto o un hijo muerto por haberle robado la arcilla?

Serenity se preguntaba qué anticonceptivo preferiría: un preservativo, el diafragma, el método tradicional...

—Iré cuanto antes a la ciudad a informarme —musitó para sí.

Oh, Candado le estaba hablando...

—En cualquier caso, no tengo ninguna intención de criar a mis hijos aquí —le advirtió ella no sin cierta aspereza, y la última palabra sonó como un terrón de arcilla que cayese en un pozo.

—Lo sé —repuso él, y por un instante le pareció que la palabra «hijos» no se refería a tres pequeños individuos, sino a una multitud. Se levantó. Tenía que ir, sin falta, a lavar su bicicleta, que estaba cubierta de barro.

Echó dos trapos en un cubo, fijó éste en el portaequipajes y pedaleó hasta el arroyo que discurría al otro lado de la aldea. En la misma dirección, cinco kilómetros más allá, estaban la iglesia, el hospital de los misioneros y la escuela. Pasó por delante de la casa de Dedos y las de otros dos. Desde los patios embarrados lo saludaban niños con los pies descalzos y mugrientos, cuya barriguita asomaba por la camisa abierta. Le trajeron a la mente su escuela, que era más pobre que la escuela católica de Ndere Hill y debía luchar duramente para competir con otras mejores. Ya era hora de decir adiós a todo eso. Había dado a la escuela seis años de su vida y le parecía más que suficiente. Creía que debía marcharse antes de que se hiciera demasiado viejo y ya fuera tarde. Algunos de sus colegas habían desperdiciado la ocasión, habían envejecido y estaban atascados como camiones en un barrizal.

—¡Los hijos los da Dios! —había exclamado su mujer, enfadada cuando él planteó la cuestión de los anticonceptivos—. ¿Sabes cuánta gente los desea pero no puede tenerlos? Piensa en tu tía, y por una vez pondré a tu familia como ejemplo. Ella nunca sabrá lo que es la alegría de la maternidad, aunque ayuda a nacer a casi todos los niños de los alrededores.

—¡Ya basta! —exclamó él en tono categórico. Más tarde pensó que había dejado escapar una ocasión de oro. Debería haber actuado con más firmeza y haber dicho, sin rodeos, que no estaba dispuesto a engendrar hijos para compensar el que otros no pudieran hacerlo. Ahora tendría que esperar una nueva oportunidad para expresar su punto de vista. En cualquier caso, resultaría bastante más fácil cuando viviesen en la ciudad. Allí la vida era más cara, lo que constituía un buen argumento para esperar un poco más de tiempo entre un hijo y el siguiente y no traer al mundo más de los que pudieran criarse sin problemas. Pero incluso en la ciudad supondría una ardua tarea el convencerla, e incluso se preguntaba si lo conseguiría.

Serenity había mirado una y otra vez las fotos de la boda y se había preguntado qué era lo que le desagradaba tanto en la cara de su esposa. Estaba con los pies metidos en el agua turbia del arroyo, que se filtraba entre los juncos, fluía a través del bosquecillo y, finalmente, desembocaba en el pantano de papiros al otro lado de Mpande Hill, y de repente creyó descubrir el motivo. Su novia no aparecía riendo en ninguna foto, sólo en un par de ellas mostraba una especie de mueca, como si tuviera termitas en las bragas. La única persona que reía en todas las fotos era Nakibuka, la tía de Candado, la mujer que los había ayudado a consumar su unión matrimonial y se había abierto paso en la vida de Serenity con aquel mágico golpecito en el hombro. Sonreía segura, cariñosa e invencible, como si se tratara de su propia boda y ésta significase el triunfo final sobre las amantes anteriores de su marido. El furor que lo había hecho bajar a toda prisa de la tarima hacia la pista de baile y dejar que otros bailarines simularan que se lo follaban mientras se olvidaba por completo de sí mismo, volvió a hacer presa en él. Rió agradecido. Durante la luna de miel, Nakibuka le había contado la vida de Candado, sin pasar nada por alto. Había oído relatos más agradables. Y, ahora que conocía el pasado de su mujer, empezaba a dudar, cada vez más seriamente, de que aceptara usar anticonceptivos.

Serenity estaba seguro de que la expresión huraña de su mujer era una protesta constante contra la injusticia que encerraba el que no se le aplicase el derecho de primogenitura. Sus padres se habían desentendido de ella inmediatamente después de que naciera su hermano menor, Mbale, y lo verdaderamente irónico era que precisamente Mbale había actuado como mediador y la había entregado a su marido en nombre de toda la familia. Y no sólo eso, sino que Serenity debía dirigirse a él si su esposa hacía algo que no le gustaba. El nacimiento de tres hermanos más había significado que Candado tenía que hacer todo el trabajo duro en el campo, preparar todas las comidas, encargarse de todas las coladas y recoger la leña, porque debía aprender cómo se llevaba un hogar. Había aprendido que las mujeres eran las primeras en levantarse y las últimas en acostarse. Todos esos chicos, todos esos hombres en ciernes, habían nacido en rápida sucesión, y ella tenía que lavarlos, darles de comer, llevarlos a la escuela, sacarles los piojos, las pulgas y las garrapatas y protegerlos de los perros rabiosos. Por eso, poco a poco fue pareciéndose al pantano de Mpande Hill: paulatinamente se había llenado con el agua asquerosa del odio, encenagado con la arcilla de la tenacidad y cubierto con el papiro verde oscuro de la obediencia y el estoicismo. Su espalda cedía bajo el peso de los fardos de patatas, casava o leña que los chicos se negaban a llevar. El pelo y la ropa le apestaban a comida y a lavavajillas. Tenía los ojos enrojecidos por las muchas preocupaciones y el escaso descanso nocturno.

Las dos niñas, Kasawo y Lwandeka, llegaron muy tarde para ella. La veían como a la novia olvidada: demasiado joven para ser su madre y demasiado vieja para ser su hermana; demasiado gafe para compartir sus secretos y demasiado enigmática para servir de algo.

Se mantuvieron, pues, alejadas de ella y sólo se ocupaban de los chicos de su edad. Sus padres nunca le daban la razón y siempre la trataban con severidad: para que se acostumbrara al trabajo sucio y aprendiese a sobrellevar las cargas más pesadas. Incluso en la elección de su nombre habían seguido el mismo principio. De todo el arsenal de nombres del clan habían tomado Nakkazi, que significa «mujer fuerte o robusta». Al principio ella se había sentido orgullosa de ese nombre, hasta que tuvo edad suficiente para ir a la escuela. Allí el nombre resultó ser el sueño de cualquiera con ganas de mortificar, porque significaba cosas muy diferentes con sólo cambiar un par de letras. Nakaza, Nakaze, Nakazi, Nakazo, Nakazu designaban, respectivamente, el vello pubiano de las mujeres, el coño seco, la mierda de mujer, el palo para golpear a la esposa y el comadreo. De modo que cualquiera que quisiera fastidiarla lo tenía muy fácil. Al final de la primera semana, sin embargo, se encontró una guayaba en la cartera, como si quienes la escarnecían quisieran hacer las paces. El hecho comenzó a repetirse puntualmente. Al principio se comía las guayabas sin lavarlas, hasta que un día descubrió que antes de metérsela en la cartera escupían sobre ella o se la frotaban entre las nalgas.

Cuando tenía un momento libre se iba al jardín y se sentaba bajo los guayabos. Sumida en sus pensamientos, acariciaba los troncos lisos y contemplaba absorta los frutos duros. La superficie de aquellos le recordaba el tacto de sus manos, y eso le fascinaba tanto que no podía dejar de acariciarlos. Hubiera cambiado gustosa todos sus motes por el de Nakapeela (el guayabo hembra), pero nadie le dio ese gusto. Cuando a causa de los chicos que se metían con ella se quejó a sus padres por el nombre que le habían puesto, tuvo que rezar un rosario y pedir perdón setenta veces siete. En esa época empezó a soñar que sus brazos eran troncos de guayabo con los que castigaba a quienes la mortificaban.

Finalmente, buscó refugio en el convento, donde pasó a llamarse sor Pedro, otro apelativo que le fue impuesto, ya que hubiera preferido el de sor Juan Crisóstomo, como símbolo de su aversión por el cuerpo y su glorificación del espíritu y del alma; pero ése era ya el nombre de la madre superiora, y no podía haber dos Juan Crisóstomo en el convento. Además, se consideraba una muestra de gran soberbia que quisiera llamarse precisamente como ese santo, puesto que sabía que quien estaba por encima de ella había sido llamada y elegida para llevar su manto. Tras excusarse ante la madre superiora, se contentó con san Pedro, un impulsivo hombre de acción que, a pesar de sus defectos, había llegado a ser el primer Papa.

La situación pronto cambió en su favor: desde detrás de los frescos muros del convento veía con placer que sus hermanos, abandonados a su suerte, araban bajo la lluvia la durísima tierra, asediados por las plagas, burlados por períodos de sequía y abatidos por malas cosechas. Sabía que no llegarían muy lejos y que nunca conseguirían salir de la aldea. Bajo la protección del hábito, también veía que las jóvenes esposas de aquéllos se extenuaban trabajando en el campo, cocinando, lavando y pariendo. Con la cara cubierta de barro, se enfrentaban a un futuro incierto, azotados por las constantes crisis económicas y con unos hijos llenos de parásitos. Era su venganza. En cuanto disponía de un instante pensaba con satisfacción en la suerte que habían corrido sus hermanos. Lo único que, en su adversidad, les quedaba era la agotadora ascensión hasta el convento y una vez allí, a merced del sol abrasador y con el sombrero en la mano, suplicarle ayuda. Ahora tenía el poder de conceder o denegar auxilio a la gente. Así, de vez en cuando le estaba dado percibir el sagrado olor de la victoria que despedía el rosal de su condición de monja. En esos momentos no sentía el dolor de las espinas.

Por entonces, sin embargo, sor Pedro tenía un grave problema, que recordaba a diario en sus oraciones. Era su único defecto, la única debilidad que estaba dispuesta a admitir. En ciertos momentos sentía como si unas manos gigantescas la introdujeran en una burbuja que se hundía y era arrastrada por corrientes traicioneras entre amenazadores arrecifes de coral. En esos momentos quedaba fuera del alcance de todo el mundo, Dios y ella misma incluidos. En el interior de aquella esfera que viajaba a velocidades increíbles se alternaban cambios de humor, ataques de pánico y emociones violentas que escapan a su control. Y entonces, de pronto, se sentía un águila sin alas que cayera del cielo como una piedra. Para cuando volvía a tomar conciencia de sus posaderas, sus axilas y su olfato, solía ser demasiado tarde y sólo podía mirar, asombrada, las consecuencias.

Todo había empezado un día, mucho tiempo atrás, en que había decidido devolver los golpes. Tomó un palo grueso y le pegó un garrotazo en el hombro a su hermano menor, Mbale. Él cayó al suelo, y ella siguió atizándole, y no se habría detenido si dos hombres de la aldea no le hubieran quitado el palo y la hubiesen hecho a un lado. Ésta era una de las razones por las que sus padres se alegraron de que se sintiera llamada a entrar en un convento, porque un campesino —y con toda probabilidad su futuro marido lo sería— la dejaría lisiada e incluso quizá la matase si lo trataba de ese modo.

Pasados los años, esos accesos de ira, como los llamaba ella, sólo se presentaban muy de vez en cuando. En general, los provocaba algún incidente con los alumnos. La gravedad de la infracción no importaba: un niño que le partía la nariz a otro, o que transgredía las reglas del jardín conventual o llegaba tarde a la iglesia podía provocar su cólera con la misma facilidad. De pronto oía ruidos, se sentía levantada en vilo y el mundo se esfumaba en torno a ella; entonces empezaba a sudar y despedía un olor a limón por cada poro de su cuerpo.

Era sobre todo el efecto purificador de esos accesos de ira lo que intrigaba y desasosegaba a sor Pedro, tan desapasionada por lo demás. El estallido consumía toda su ansiedad, como si de un fuego sagrado se tratara, y por un instante se sentía dichosa. En esos momentos no oía a los niños chillar o lloriquear, sino una orquesta atronadora, todo giraba a su alrededor y ella se convertía en el centro de un mundo primigenio furioso e infernal.

Para dominar el miedo que le provocaban esos ataques, se había convencido a sí misma de que lo que ocurría en esos momentos era una revelación, que Dios había encendido en su interior una luz sagrada, y que todo formaba parte de un plan divino que ella, en su simplicidad, aún no comprendía. De modo que rezaba por el esclarecimiento de ese enigma místico. Y ayunaba. Llevaba una tira de yute sobre la piel desnuda. Trabajaba más que las demás monjas, dando de comer a los cerdos, limpiando sus chiqueros, oliendo su mierda. Lavaba los retretes del convento y desinfectaba todos los cuartos de baño. Todo el mundo la elogiaba, y la llama parecía apagarse sin mayores consecuencias.

Pero cuando dedicaba menos tiempo a sus oraciones y moderaba el trabajo, descubría no sólo que la llama aún ardía, sino que su propósito seguía siendo un misterio. Se dirigió a las Sagradas Escrituras. Elías había aniquilado a cuatrocientos cincuenta profetas de Baal; Jesús había fustigado a los mercaderes que habían convertido el templo en una cueva de ladrones; Dios había enviado serpientes contra su pueblo y había dejado morir a miles de personas para aplacar su cólera; pero ¿cuál era el sentido de esa llama si ella no era más que una simple monja?

Por fin llegó a la conclusión de que se trataba de un medio para poner a prueba la firmeza de su carácter y de su vocación. Empezó a desear que le sobrevinieran los ataques, a fin de combatirlos. Como muestra de respeto a la lucidez de su nueva interpretación, perdonaba a los niños sus diabluras y se contentaba con una advertencia, y si en ocasiones imponía castigos, éstos eran leves, como recoger paja para las escobas, rastrillar las hojas de mango del patio o ayudar a la cocinera a fregar los peroles. Sin embargo, pronto cayó nuevamente en la cuenta de que la letra con sangre entra, por lo que volvió a repartir golpes como nadie, a pesar de que, a diferencia de antes, trataba de contenerse un poco. Sólo lo conseguía en parte. Lo que ocurría era que los niños que recibían el primer golpe salían mejor parados, y a los que les llegaba el turno al final —cuando se presentaba la alucinación del águila como una piedra que caía— las pasaban moradas, como si de ese modo ella pretendiera compensar su debilidad inicial. Los niños pronto llegaron a la conclusión de que sor Pedro estaba cada vez peor, porque si todos debían ser castigados por la misma infracción, ¿cómo era que a unos les pegaba más fuerte que a otros?

En cierta ocasión en que debía vigilar durante la clase de religión, sucedió lo inevitable. Hirió a siete niños de tal gravedad que sor Juan Crisóstomo, en un intento de evitar una querella y mantener el asunto fuera de las repugnantes manos de los anticlericales y de quienes sólo buscaban escándalos, prometió a los airados padres que tomaría de inmediato las medidas necesarias. A las pocas horas, le quitó el hábito a sor Pedro y la envió de regreso, sin rodeos, al mundo que ella tanto odiaba y despreciaba.

La monja deshonrada cayó de rodillas y suplicó y juró que nunca más tocaría a un niño, pero fue en vano. En su desesperación, adujo incluso que no tenía adónde ir. A lo que la madre superiora contestó:

—Todo el mundo tiene adónde ir. No lo olvides: incluso los zorros cuentan con una madriguera.

Paralizada por la vergüenza y ciega de ira, sor Pedro buscó refugio en la casa de Mbale, el hermano al que había estado a punto de matar a palos.

Al cabo de pocos días, el tejado de chapa ondulada de la casa de Mbale crujía por la fuerza volcánica de la depresión de su hermana, que se encerró en el cuarto de huéspedes con un bidón de agua y un cuenco de plástico y se negó a salir. También se negaba a comer y se mantenía viva con dos vasos de agua al día. Se pasaba las horas llorando y rezando, y por la noche se dormía agotada. Para mortificarse se tendía en el suelo desnudo, arañaba la tierra hasta que le sangraban los dedos, pedía a la Muerte que viniera a buscarla y golpeaba a las puertas del cielo con amargas novenas a san Judas Tadeo, consuelo y sostén de los desesperados. Cada mañana garabateaba un mensaje en un trozo de papel para que supieran que aún seguía con vida, de modo que nadie tuviera que preocuparse por ella ni tratara de interrumpir sus oraciones y mortificaciones.

Al séptimo día, Mbale llamó a su puerta, pues quería hablarle, pero ella lo despachó. Él amenazó con echar la puerta abajo con un martillo, y ella contestó que si lo hacía lo lamentaría el resto de su vida. Temeroso de que realmente se mortificara hasta morir, Mbale se fue a buscar a su tía, una persona bonachona que quizá lograse ayudarlo valiéndose de su don de gentes. Llegaron el noveno día y encontraron a la antigua sor Pedro en la galería, donde, lavada, comida y ataviada con un vestido azul, estaba tranquilamente sentada en una silla de mimbre. Un par de gallinas le picoteaban las uñas de los pies, que tomaban por granos de maíz. Candado se mostró de acuerdo en irse con su tía, quien le encontró un empleo como archivera en una modesta empresa algodonera situada en una pequeña ciudad cercana.

Sor Pedro, como todavía se llamaba a sí misma, asistió por primera vez a una boda por la simple razón de que quería salir un rato de la casa de su tía. Lo único que esperaba era que por la noche la aversión que le producían el meneo de caderas de los bailarines y la conducta irreverente de la gente le hiciera encontrar el camino de regreso. No miraba a nadie. No bebía. No participaba en el festejo. Hubiera preferido flotar por encima de la gente, ser invisible y observar cómo aquel hatajo de estúpidos caían en el oprobio al regodearse en su lascivia. Estaba fuera de la carpa donde se celebraba la fiesta, con los brazos cruzados, contemplándolo todo y dejando que el ruido, el griterío y el fragor de los tambores le pasaran por encima como el agua sobre una roca. Hasta que una cara captó su atención por un instante. Desapareció, volvió a aparecer. Era la cara de un joven tan perdido, según todos los indicios, como ella. Parecía temblar, estremecerse, tal que si fuera testigo de un milagro. Al mirarla detenidamente, él descubrió que la muchacha que lo miraba irradiaba una nostalgia sublime y una soledad absoluta, y quedó prendado de la misteriosa energía que surgía de su frágil pecho. La manera, manifiestamente sensata, con que contemplaba las mil y una insensateces que ocurrían a su alrededor lo conmovía hasta el punto de que le resultaba imposible apartar los ojos de ella. Fue esa repentina conciencia de sus fuerzas, fuerzas que Candado creía haber dejado entre los fríos muros del convento, lo que la hizo estremecerse y casi sentirse al borde del pánico. Temerosa de que un segundo joven que se había puesto al lado del primero percibiera que estaba por perder el control sobre sí, se volvió y se mezcló con la excitada multitud.

El joven Serenity se oyó jurar, sin poder evitar que le castañetearan los dientes, que no dejaría piedra sobre piedra hasta conquistar a esa mujer o ser conquistado por ella. Sentía que el barro se hundía bajo sus pies y que las langostas le roían el estómago. ¿Qué le depararía el futuro? La muchacha no respondía al modelo de belleza que su padre apreciaba, pero aun así estaba firmemente decidido a seguir adelante. Abrumado por la soledad que manifestaba —o, mejor dicho, por su propia soledad intensificada por la de ella—, no participó del desenfreno en que había derivado la fiesta. Ella se había esfumado de repente, como por ensalmo. Oyó reír a su amigo. Éste sí conocía a la chica, así como a su tía, y en su opinión no era recomendable: demasiado impetuosa y con una peligrosa tendencia a tomárselo todo a la tremenda. Si Serenity no le hubiera lanzado una mirada de reconvención, habría empezado a hacer bromas horribles sobre su carácter arisco y, quizá, sobre su aspecto.

Durante días, Serenity fue incapaz de apartar de su memoria la imagen de la ex monja. Trataba, sin éxito, de imaginar su rostro y su figura. En la boda sólo había bebido una cerveza, pero se sentía como si lo que le ocurría fuese el producto de las alucinaciones de un borrachín. Las advertencias de su amigo y su evidente falta de entusiasmo lo habían desconcertado. Lo único que lo alentaba era la intuición de hallarse en el buen camino. Su amigo, según le había asegurado con cierto cinismo, estaba dispuesto a ayudarlo. La tía de la ex monja había advertido el llamativo cambio operado en la cara de su sobrina. Los rasgos desencajados, consumidos por el débil fuego de la revelación que se estaba desarrollando, habían sido sustituidos por muestras de la excitación apenas encubierta que siente alguien en cuya vida están a punto de producirse grandes cambios. La tía reaccionó con calculado asombro cuando oyó las nuevas, porque no conocía al joven, pero se alegró por su sobrina, que necesitaba recuperar la ilusión.

Aquel hombre daba sentido, por primera vez, al nombre de Pedro. Ella era la piedra sobre la que se edificaría una nueva familia, una nueva iglesia. Ya sentía los postes hundirse en el suelo. Ya veía alzarse el edificio, cambiar el color del firmamento ante su fastuosidad. Para eso la habían echado del convento; el fin de su existencia como monja había hecho posible esa resurrección. En su rostro podía percibirse lo que todo eso significaba para ella.

Mientras el mediador de Serenity y el hermano de Candado negociaban durante semanas, ella no abrigaba la menor sombra de duda sobre su futuro papel en la vida. Sólo necesitaba la aprobación de Dios y el compromiso de Serenity; claro que todavía quedaba la cuestión de la hija de éste, nacida en el pecado como fruto de su relación con una concubina, pero de eso se encargaría san Judas. Noventa días después ya nada se interponía en su camino.

Serenity dejó escapar un suspiro al pensar en los noventa días infernales durante los cuales se había preguntado con temor si Candado rechazaría su petición de matrimonio. Su vida transcurría según un esquema fijo. Parecía como si siempre fuera la última persona en enterarse de los asuntos que le incumbían, y demasiado tarde, cuando ya no había forma de cambiarlo. ¿Qué hacer con el pasado de su esposa? El que con el tiempo hubiera llegado a saberlo todo acerca de ella lo había llevado a mostrarse comprensivo, a pesar de que quizás hubiera sido mejor no serlo. Para empezar, cuando se negó a emplear métodos anticonceptivos, él no insistió.

Entretanto había oscurecido y el pantano empezaba a despedir un hedor que flotaba como un manto húmedo sobre el valle. Era una mezcla de olores de limo, pescado, plantas en putrefacción, flores silvestres y ranas. Mosquitos y otros insectos empezaban a concentrar sus ataques en el intruso que estaba lavando la bicicleta. Pedaleó de regreso a casa sin prestar atención a nada. Los árboles y arbustos que crecían a los lados del sendero adoptaban formas fantasmales y dimensiones grotescas que despertaban en él recuerdos de relatos de su juventud acerca de fantasmas, brujas y magia. La casa de su padre se hallaba envuelta en una oscuridad total. Todavía era temprano para encontrar al viejo: salía con amigos e iba en busca de compañía femenina. Los tiempos en que el lugar era un hervidero de gente y nunca había menos de veinte huéspedes parecían demasiado lejanos para evocarlos. Era como si una tormenta terrible los hubiera arrastrado a todos al pantano y allí hubiesen quedado atrapados, con la cabeza bajo el agua turbia, hasta perecer ahogados, dejando tras de sí aquel enorme y hueco caparazón en el que aún resonaban las melodías del Violinista.

Al acercarse a la cama vio por la ventana a su mujer, que observaba algo inclinada sobre la mesa. Había llegado una carta de la ciudad, con el sello de la Unión Postal ugandesa: ¡tenían un puesto para él! La década de los sesenta sería la mejor época de su vida: ¡estaba casado, tenía un hijo y muy pronto se mudaría a la ciudad!

Por fin el vino nuevo había destrozado los viejos odres de la aldea. Cuanto podíamos llevarnos —pertenencias personales, fotos, regalos de boda, todo lo necesario para empezar de nuevo en la ciudad— fue convertido en bultos y fardos manejables y metido en cajas convenientemente aseguradas con cinta adhesiva o cuerdas. Grandes cajones de madera engulleron la casa como por ensalmo. Pronto sólo quedó en su sitio la desvencijada cama y, aquí y allá, algunos trastos viejos. Aquella marea de actividad me tragaba igual que a un náufrago, y por mucho que agitaba los brazos era incapaz de aferrarme a nada. Una riada de personas entraba en la casa, cada vez más vacía, para beber té o cerveza y desearles a mis padres la mejor de las suertes.

Llegó un camión de mudanzas, color amarillo vómito, que acabó por devorarlo todo. Sólo entonces tomé conciencia de que nos íbamos. De repente, cuando alguien gritaba, resonaba un eco en la casa. Pero ¿por qué no me vestían para el viaje? A pesar de la lluvia se había reunido una pequeña multitud delante de la puerta, a una prudente distancia de los gruesos neumáticos del camión que, cuando giraban, despedían barro en todas direcciones. En ese momento me dijeron que yo me quedaba.

Serenity trepó a la cabina. Cuando Candado se volvió, dispuesta a subir también, la agarré por el vestido, ensuciándoselo. Ella se echó hacia atrás y, en un acto reflejo, me propinó una fuerte bofetada. Caí de espaldas en el lodo y, en señal de protesta, me revolqué en él. Me puse a lanzar patadas en derredor y oí que el chófer decía, con su voz grave, que despedirse siempre era endiabladamente difícil. Candado, cuyo vestido estaba manchado de barro, levantó un pie. Vi el destello de una suela amarillenta acercarse a mí, y pensé que su intención era darme una patada en la cara. Serenity gritó algo y Candado pareció despertar de un sueño. Apoyó el pie en el estribo de acero del camión y subió a la cabina con ayuda de Serenity. La visión de la suela relampagueante me había serenado. Estaba sentado en el fango, aspirando los gases del tubo de escape. El camión gruñía y se quejaba igual que un animal herido. Para cuando volví a abrir los ojos, había desaparecido. Como testimonio de su presencia sólo quedaba la doble huella de los neumáticos, que poco a poco iba llenándose de agua.

Yo estaba cubierto de barro como un cochinillo que hubiera retozado a placer. Comenzó a llover. La abuela vino a buscarme, me levantó del suelo, sucio y todo como estaba, y me llevó a su casa. No era la primera vez que acudía en mi ayuda o me veía sufrir. Ella había sido el único testigo de la primera paliza que me había dado Candado después de que, por pura curiosidad infantil, yo metiera las narices con excesiva insistencia en asuntos de adultos. Todo tenía que ver con los niños: me intrigaba de dónde venían. Ella no quería decírmelo, pero como yo sabía que ella lo sabía, decidí investigar. Para empezar, ese día la seguí hasta el retrete.

Cuando la puerta estaba cerrada, entre ésta y el suelo quedaba un hueco de más de treinta centímetros. Me acerqué a rastras, con la barbilla pegada a los hierbajos, oí gemidos y una fuerte pedorrera, y de pronto, iluminadas por una luz llena de motas de polvo, vi unas formas marrones caer en el agujero rectangular. En algún lugar de la parte carnosa y peluda que había debajo de la barriga creí distinguir algo rosado que se semejaba a los agujeros de la nariz. Consideré el hecho una prueba de que mis indagaciones iban en la dirección correcta. ¡Estaba presenciando el nacimiento de un niño! Me acometió el impulso de precipitarme dentro del retrete y advertir a Candado de lo que estaba a punto de ocurrir, pero la curiosidad me mantenía clavado en el suelo. Aunque el polen de la hierba se me metía en la nariz, logré contener un acceso de estornudos. «Si el niño cae en ese agujero, habrá que pescarlo de inmediato», pensé. La mera idea de hundir la mano en aquella porquería me producía escalofríos. ¿Por qué Candado no se apartaba un poco de ese agujero mortífero? ¿Acaso quería que el niño cayera entre los gusanos, que se meterían por cada orificio de su cuerpo? Candado se puso a gemir con mayor fuerza aún, como si le doliera mucho. Yo cerré los ojos para no ver cómo un ser humano moría ahogado en excrementos. ¿Así que ése era el motivo por el que se mostraba tan misteriosa acerca del modo en que nacían los niños?

De repente oí su voz y noté que el suelo temblaba debajo de mí.

—¡Ya te enseñaré a espiar a la gente! —gritó.

Eché a correr. Interrumpimos a dos gallinas que se disputaban una larga lombriz. De pronto me sentí exactamente igual que esa lombriz: para mí, el juego había terminado. Traté de explicarle lo ocurrido, pero Candado estaba fuera de sí y no paraba de dar golpes a diestro y siniestro con el látigo de guayabo. ¿Por qué no venía nadie en mi auxilio si yo chillaba como un cerdo al que estuvieran castrando?

Entonces apareció la abuela. En el borde del campo de batalla, con aires de suficiencia, los brazos cruzados, al aguardo de que alguien reparara en su presencia. Yo quería que me quitase de encima a Candado, pero la abuela permanecía inmóvil, como si le dijera a ésta: «¿No se te ocurre nada mejor que hacer?», que era lo que yo le preguntaba a ella en silencio.

Candado, que percibió que algo extraño sucedía, dejó de pegarme, un tanto confusa por que la hubiesen pillado en pleno ataque de furia. Me escabullí, sorbiéndome los mocos, y me oculté detrás de la abuela. El brillo desapareció de los ojos de Candado, y aunque todavía siguieron unas cuantas amenazas más, yo sabía que estaba seguro. Cubierto de magulladuras, pero seguro.

Mi nueva situación, ahora que el camión se había ido, me alegraba. Había conseguido librarme de los amenazadores arrebatos de cólera de Candado, al menos por el momento. El que me hubiese revolcado tan teatralmente en el barro no había sido tanto porque me abandonara como por no haber sido informado antes de mi liberación.

La época más hermosa de mi vida empezó donde suele terminar para la mayoría de las personas: entre bebés. De repente me vi metido en un ambiente de adultos, donde me sentía a gusto. Pronto me encontré entre padres y madres muy atareados animando a sus bebés a nacer. Me enteré de los secretos de los mayores, a los que vi en momentos de vulnerabilidad, algo inimaginable para los chicos de mi edad. Conocí a mujeres supersticiosas que me trataban como a un pequeño príncipe porque creían que, en mi calidad de mascota, debían agradecerme el que sus anhelados hijos varones hubiesen venido al mundo sin complicaciones. Casi sin darme cuenta me vi involucrado en la vida de un montón de bebés, tanto nacidos en nuestra aldea como en aldeas vecinas, y comprendí que tenía poder sobre la vida y la muerte, porque podría darle a una embarazada determinadas hierbas que le provocarían o evitarían un aborto, o que ayudarían a crecer al feto. Era una sensación nueva, tan abrumadora como insoportable.

Dada mi condición de asistente de comadrona, además de mascota de parturientas, me hallaba presente cuando las mujeres embarazadas visitaban a la abuela y hablaban de su estado. Describían cómo se sentían, cuántas veces y cuánto vomitaban y lo mal que olían los vómitos. Daban descripciones coloridas de sus accesos de fiebre, de sus dolores de espalda, de lo mucho que orinaban, de sus almorranas, su estreñimiento, sus tobillos hinchados y su acidez de estómago. Hablaban de su apetito, sus miedos, sus expectativas y preguntaban hasta cuántas semanas antes del parto podían tener relaciones sexuales. Cuando se llegaba a este último tema siempre me enviaban a algún recado, pero a menudo me quedaba a escuchar detrás de la puerta. A veces, las mujeres tenían que enseñarle la barriga a la abuela. Yo deseaba tocar esos bombos de piel tensa, pero sabía que nunca me lo permitirían. La abuela los acariciaba, les daba masajes, los palpaba, al tiempo que aconsejaba a las mujeres. Cuando el caso reclamaba un reconocimiento más detallado, se llevaba a la mujer detrás de la casa, y entonces las oía susurrar o reír o disputar. Luego aparecían otra vez y la mujer volvía a sujetarse el cinto o se colocaba bien la falda.

Para las hierbas que daba a las mujeres, la abuela recorría el bosque, el jardín, los matorrales y el pantano, de donde regresaba con toda clase de hojas, cortezas y raíces. Yo la acompañaba con un cesto o una bolsa y la observaba trabajar. Hábil y con mucho cuidado arrancaba las hojas, eliminaba las que estaban marchitas y dejaba las que comenzaban a brotar, a fin de que la planta no sufriera. Sólo en raras ocasiones arrancaba una planta entera, y esto se producía cuando, aparte del tallo y las hojas, también necesitaba las raíces como medicina. Para la corteza empleaba un cuchillo o un raspador, con el que rascaba la capa exterior, que pronto volvería a crecer. Siempre que dañaba raíces o tallos, los cubría con tierra o los ligaba con hojas de plátano. Yo a menudo me impacientaba y decía que los árboles ya sabrían cuidar de sí mismos, pero la abuela insistía en que obteníamos provecho de ellos y era nuestra obligación tratarlos bien.

Nuestra aldea, Mpande Hill y el pantano siempre me recordaban a un pulpo gigante: la montaña era la cabeza y el pantano los largos y sinuosos tentáculos que rodeaban el poblado. El pantano propiamente dicho, tal como se veía cuando uno se aproximaba a él, parecía una gran serpiente a la que nos acercáramos sigilosamente tratando de mantenernos a una distancia prudente de su peligrosa cabeza. El agua, a veces cristalina, a veces negra, verde o marrón, siempre estaba fría y llena de vida: libélulas, renacuajos, pececillos, sanguijuelas, ristras de huevos de rana y plantas con raíces descoloridas que semejaban una larga melena de la que alguien estuviera tirando. Mientras vadeábamos las aguas someras hacíamos todo lo posible por evitar los bordes afilados de los juncos y las plantas venenosas. Ésta era la parte menos agradable de la expedición, ya que, como las hierbas que necesitábamos crecían en las partes más profundas y en ocasiones peligrosas del pantano, por acceder a ellas terminábamos con la ropa mojada y la piel cubierta de rasguños, por no mencionar las sanguijuelas que se agarraban a nuestra carne.

Algunas de las plantas que recogíamos debían ingerirse crudas; otras se machacaban hasta obtener una pasta que se aplicaba en el vientre, la espalda y las articulaciones, y las había que se echaban en el agua del baño, con raíces, renacuajos, barro y todo. El resto se secaba al sol y se guardaba en bolsitas de plástico para usarlo en el futuro. La hierba más importante era la que servía para ensanchar la pelvis, lo que facilitaba el parto. Las mujeres tenían que tomar un baño de esta hierba dos o tres veces al día mientras durase el embarazo y bebérsela en una infusión. A eso se le llamaba «romper huesos». La abuela avisaba muy seriamente sobre las consecuencias de no «romper» la cantidad suficiente: los bebés podían asfixiarse o sufrir malformaciones, e incluso la madre corría el riesgo de morir.

Aparte de las hierbas, la abuela también recomendaba a sus pacientes que siguieran una dieta saludable: mucha carne, pescado, huevos, habas de soja y verduras. En esa época las mujeres empezaban a acostumbrarse a comer pollo, pescado sin escamas y huevos. Esos alimentos, desdeñados y menospreciados hasta entonces, eran privativos de los hombres. Una mujer orgullosa y bien educada se rebajaba como mucho a prepararlos, pero nunca se los llevaba a la boca. La abuela trató de que eso cambiara.

Tiida fue la primera que prestó oídos al consejo de la abuela. Las mujeres conservadoras decían de ella que roía huesos de pollo y sorbía baba de huevo igual que un hombre, y que seguro que sus hijos nacerían cubiertos de plumas y con alitas en lugar de brazos. Se mofó de esos comentarios, así como de los hombres codiciosos que aún les negaban esas exquisiteces a sus mujeres e hijas. Al contrario de lo que todos esperaban, Tiida no parió bebés plumosos y alados, y sus descendientes resultaron sanísimos. Aquello hizo que las mujeres quedaran más o menos convencidas, salvo una minoría de escépticas. Entre ellas se encontraba la tía Nakatu, quien por un motivo u otro fue incapaz de quebrantar el tabú. Había probado un par de veces la carne de pollo, pero decía que no olía bien.

Éstos eran los aspectos atractivos del negocio de los bebés.

Las dificultades empezaban cuando llegaba el momento de parir. Esos engendros de niños siempre elegían las horas más intempestivas para nacer: llegaban demasiado pronto o demasiado tarde, a medianoche o a primera hora de la mañana, durante la estación de las lluvias o en Navidad. A algunos incluso parecía divertirles complicar aún más las cosas: habían empezado las contracciones, la madre ya había roto aguas, pero ellos se negaban a aparecer durante horas y a veces días. Cuando esto ocurría, la abuela y yo solíamos enterarnos de que muchas de esas mujeres no habían tomado, o al menos no en la cantidad suficiente, los baños o infusiones de hierbas que ayudaban a ensanchar la pelvis. «¿Cuántas veces has roto huesos?», preguntaba la abuela con severidad. Por lo general, de sus labios, contraídos en un rictus de temor, escapaban respuestas que confirmaban nuestras sospechas. Luego, cuando oíamos a una mujer de ésas chillar por miedo a morir, nos decíamos por dentro que se merecía cada punzada de dolor. Pero eso no nos servía de consuelo, porque el bebé debía salir como fuera.

En el momento del nacimiento no se me permitía estar presente. Solía irme cuando la mujer se tendía de espaldas con una almohada bajo la cabeza, las piernas abiertas con las rodillas levantadas bajo la sábana, la cara bañada en sudor y una expresión de pánico en los ojos, mientras la abuela, que en esos momentos era una diosa, una sacerdotisa cuyos gestos y suspiros lo decían todo, trataba de impedir que fuese presa de un ataque de histeria. Cuando chascaba los dedos, yo abandonaba el campo de batalla con un olor acre en la nariz, la cara desencajada de la mujer grabada en la mente y el sonido de su voz silbándome en los oídos, y trataba de calcular sus probabilidades de supervivencia.

Las primeras veces que acompañé a la abuela estaba muerto de miedo, porque tenía la certeza de que la mujer no conseguiría sobrevivir. Temblaba y notaba una opresión en el pecho. Cada parturienta gemía de una manera distinta, y con algunas no podía evitar sentir que si morían, mis manos, las manos de mis hijos y las de los hijos de éstos quedarían manchadas con su sangre. Los hombres, abatidos y callados como haces de leña atados con fuerza, no contribuían a tranquilizarme precisamente. Parecían estar atentos a cada cambio de tono e intensidad en los violentos gritos de sus esposas, y preparados para agarrarme por las solapas si aquéllas llegaban a exhalar su último suspiro. La mitad de mis pensamientos iban dirigidos a la mujer, y trataba de imaginarme su suplicio y el esfuerzo que haría; con la otra mitad buscaba la vía de escape más segura. Pero a veces todo duraba tanto que los chillidos de la mujer se desvanecían como las volutas de humo en el cielo de la noche, y yo me adormilaba, me dormía y volvía a despertar, asustado por sus gritos.

Entonces me marchaba un momento afuera, donde casi siempre me golpeaba el hedor de los excrementos de vaca o de cerdo, o de los meados de las cabras, según la clase de animales que criara la familia en cuestión. Durante los días lluviosos, las pocilgas, que rebosaban de porquería, apestaban a distancia, y aún peor que los corrales y los establos anegados. Debido a este tufo y a la mierda líquida que sistemáticamente debía vadear, no sentía un gran aprecio por los animales.

Cuando un parto se desarrollaba sin inconvenientes, todo el mundo salía beneficiado, ya que si las cosas se torcían y la mujer tenía que ser trasladada en el último momento al hospital, cuando ya se veía la cabecita del bebé o ya aparecía una piernecita, la tensión y las preocupaciones nos desquiciaban a todos. Sólo había un coche en la aldea, y era de un vástago de la familia Stefano. Eso convertía al hombre en el habitante más afortunado, aunque el vehículo soliera estar averiado. A menudo se paraba de repente, en medio del camino, y entonces nos llamaban para empujar.

La permanente inseguridad que representaba ese coche significaba que alguien debía tratar de alquilar a toda prisa una furgoneta para trasladar a la parturienta al hospital. Porque una parturienta a la que ya le asomaba la cabeza o una piernecita del bebé era incapaz, desde luego, de ir en bicicleta. Por otra parte, si bien en la mayoría de estos casos algún médico ya había advertido de antemano contra la conveniencia de que la mujer diese a luz en su casa, siempre había razones suficientes para hacer caso omiso de tales observaciones.

El cambio que experimentaban los adultos cuando sufrían ataques agudos de dolor me fascinaba y atemorizaba a un tiempo. Mujeres que habitualmente trabajaban como condenadas, que se afanaban en el campo, iban a buscar agua, cargaban montañas de leña y lavaban montones de ropa, se convertían de pronto en una piltrafa quejumbrosa, volvían la cabeza a un lado y a otro, daban golpes a diestro y siniestro, se les doblaban las piernas, perdían todo control sobre sí. Me recordaban a un perro atacado por un enjambre de abejas o a un frágil barquito de papel en un pantano azotado por la tormenta.

Era igual de fascinante ver a las mujeres cuando su bebé había nacido. De repente parecían olvidarse de todo el dolor y todo el pánico, para dejar paso a la alegría, al alivio y la felicidad. Las veía reír, dichosas, verter lágrimas de alegría, como si aquello por lo que acababan de pasar sólo hubiese sido una broma, un juego.

El bebé, motivo de tanto revuelo, yacía allí, reluciente como un monito cubierto de grasa o un lechoncito untado con petróleo, todo él arrugas, piel violácea, unido todavía al feo cordón umbilical, que se hinchaba con cada respiración. Aquello significaba que nuestra tarea había tocado a su fin, y olvidábamos rápidamente todo el sueño perdido, toda la intranquilidad, toda la ansiedad, toda la sangre de gallos decapitados, degollados o enterrados vivos ofrecida por los hechiceros como sacrificio.

El primer parto en el que participé fue el más difícil y el más memorable. Nos despertaron poco después de medianoche. Había llovido y soplaba un viento fuerte, seco y frío que hacía repicar las chapas onduladas y gemir las ramas de los árboles. Debido al tiempo de perros que hacía, mi cama resultaba más cálida aún, y la idea de seguir durmiendo era extraordinariamente seductora. Cuando oí al hombre dar voces deseé que el viento se lo llevara y lo incrustase en una zanja hasta que amaneciera. Pero era de la clase de personas a las que nada detiene, de esas que se comportan como la leche al hervir.

La abuela me llamó un par de veces, y yo hice como si durmiera, igual que esos niños del relato de Kawayida que oyen follar a sus padres. Cuando me zarandeó, simulé despertar asustado de un sueño profundo. Ambos reímos, pero allí se acabó la diversión. Ella ya había visto en un par de ocasiones a la mujer en cuestión. Era bajita y delgada y su vientre parecía un saco de patatas atado a su cuerpo menudo. ¿Por qué no había ido al hospital? Le deseé la muerte, pero retiré mi maldición, porque de todas formas habríamos tenido que presentarnos.

El recadero, un adolescente corpulento de gruesas pantorrillas, había venido en bicicleta, pero la abuela se negó a sentarse atrás, a pesar de que él era un hábil ciclista (transportaba con frecuencia sacos de café hasta lo alto de Mpande Hill, donde se encontraba el tostadero, y participaba en las carreras suicidas colina abajo, en las que sólo se disponía de los talones descalzos para frenar). Yo recorrí parte del trayecto sentado a horcajadas en el portaequipajes, pero el zarandeo fue tal que decidí seguir a pie. Cuando llegamos, estábamos cubiertos de barro. Me había hecho una herida en un dedo del pie con un pedrusco; sin embargo, debido al revuelo que reinaba en nuestro lugar de destino, no quedó tiempo para la autoconmiseración.

El padre del chico, un tipo oscuro y corpulento que no paraba de temblar y al que le castañeteaban los dientes, trataba de contener las lágrimas. La mujer gimoteaba muy débilmente, como si estuviese echando mano de sus últimas fuerzas, lo que resultaba mucho más aterrador que los gritos vitales, poderosos, que oiría en misiones posteriores. Aquél era el gimoteo de una mujer que llevaba dentro un niño muerto, pesado como una piedra. Era el quejido de un perro apaleado hasta morir a merced de una pandilla de chicos por haber robado huevos o una gallina o por haber mordido a alguien. Y, por si fuera poco, ¡llamaba a un cura! Eché una mirada a la habitación y vi sus ojos desorbitados, percibí las prolongadas contracciones y algo más que no logré identificar, y me retiré. La abuela tardó dos horas en traer al niñito al mundo. Debería haber sido un bulto grande, barrigudo, pero era pequeño como un puño. Pasamos el resto de la noche con la familia. Por la mañana el diminuto bebé nos despertó con un chillido tal que la abuela no cabía en sí de orgullo.

En la aldea había un leproso que se llamaba Dedos. Era un hombre simpático, amable, ingenuo. Yo no le temía, como no temía a la mayoría de los adultos, pero las cicatrices de su enfermedad me hacían estremecer. Los rosados y pálidos muñones allí donde habían estado los dedos me revolvían el estómago. Cuando me tocaba o me propinaba un golpecito en la cabeza al darme recuerdos para el abuelo y la abuela, se me ponía carne de gallina. En ese momento me quedaba quieto, sin apartarme, porque no quería ofenderlo, pero mientras tanto rogaba para que ocurriera algo drástico que pusiera fin a mi suplicio. Dedos era un hombre generoso. A veces, si topaba conmigo a la salida de la escuela, me invitaba a su casa y allí me daba grandes mangos amarillos y jugosas cañas de azúcar color violeta. Sus hijos jugaban tranquilamente en el jardín. No podía rechazar aquellos regalos; habría sido una descortesía por mi parte. Así que me los comía con el arrojo que da la desesperación, como el adulto que creía ser. Pero en cuanto me marchaba de allí, me metía los dedos en la garganta. Tenía que devolver toda aquella lepra, todas aquellas bacterias, todo aquel jugo. El hecho de que su mujer y sus hijos no presentasen señal alguna de la enfermedad no me tranquilizaba. Era muy posible que la lepra sólo se transmitiera a personas ajenas a la familia.

La mujer de Dedos volvía a estar embarazada, y a mí nadie me quitaba de la cabeza que en esta ocasión sucedería lo inevitable: la suerte de nuestro leproso no podía ser eterna. Imploré que el parto tuviera lugar en el hospital, entre enfermeras y comadronas, que dispondrían de las medicinas adecuadas para combatir la enfermedad. Cada vez que veía a la mujer, la observaba por partes: empezaba por la cabeza o los pies y dejaba que mis ojos fuera lentamente hacia abajo o hacia arriba, con la esperanza de que ya no estuviese encinta para cuando llegara al abdomen. Sin embargo, su tripa no hacía más que crecer. Sólo en una oportunidad me pidió una hierba determinada, y le di de dos clases, ambas capaces de provocar un parto prematuro. No tenía la mínima posibilidad.

Una tarde nos mandaron llamar. Me había pasado el día pensando en trepar a mi árbol favorito y estar ojo avizor por si veía la moto del tío Kawayida, el águila del vientre azul. Me moría por oír los relatos del tío. ¿Por qué me habría demorado tanto? Ya no podría trepar al árbol. Peor todavía: la abuela envió al recadero de regreso para que avisara de que salíamos hacia allá.

—No ayudaré a traer al mundo a un bebé sin dedos.

La abuela dio un respingo.

—¿Quién te ha dicho eso?

—Sólo hay que mirar las manos de su padre.

—Está curado. Por eso ha vuelto a vivir en la aldea.

—¿Usted no teme contagiarse?

—No.

—Pues yo sí. Si estuviera totalmente curado le habrían vuelto a crecer los dedos, ¿no? —dije, muy seguro de mí.

—Tonto. Los dedos nunca vuelven a crecer, y si te cortas uno al pelar un fruto del pan con el cuchillo, se acabó lo que se daba. En ese caso serías igual que él, y los niños pequeños empezarían a pensar cosas raras de ti.

—De todos modos, no pienso ir.

—Anda, ve a buscar la bolsa y comprueba que estén en ella las navajas de afeitar. A ver si con tus absurdas preguntas todavía eres el culpable de que algo salga mal.

El niño que nació tenía todos sus dedos y no presentaba ningún agujero en la cara o la barriga. Yo estaba convencido de que al cabo de pocos meses comenzarían a aparecer los primeros síntomas. Espiaba a la familia. Mientras tanto, me salió un forúnculo, algo que padecían con frecuencia el abuelo y Serenity. De inmediato tuve unas pesadillas terribles. Los dedos de los pies y de las manos se me pudrían a ojos vistas y se me caían en la cama. Nuestro vecino leproso se inclinaba hacia mí y me preguntaba cómo me sentía al no tener dedos. Se echaba a reír, y el eco de sus carcajadas resonaba en el oscuro pasillo. Yo despertaba bañado en sudor, convencido de haber perdido los sentidos del olfato y del tacto. ¡Qué alivio comprobar al cabo de un instante que todo seguía en su lugar!

De vez en cuando nos tocaba enfrentarnos a casos engorrosos relacionados con los cuidados posteriores al alumbramiento. El ombligo de un bebé corría el riesgo de ulcerarse, y cuando esto ocurría segregaba un asqueroso pus verde amarillento, lo que preocupaba seriamente a los jóvenes e inexpertos padres. La abuela les prescribía unas hierbas e insistía en que debían tomarse la higiene más en serio. En ocasiones, cuando una mujer no se abría lo suficiente por abajo durante el parto, era necesario efectuarle un corte, lo que a menudo, al igual que había sucedido con el sensible pene del doctor Ssali, suponía un largo proceso de curación. Algunas sangraban durante semanas debido a que los puntos de sutura no acababan de cerrar, y eso les causaba muchas molestias al sentarse o al andar. Había mujeres que, hartas del dolor, le pedían a la abuela que les sacara los puntos y dirigiera todo su poder curativo a que la herida sanase. Esto, por supuesto, era una idea ridícula, y la abuela intentaba explicarles a qué quedaría reducida su vida sexual si accedía a semejante petición. Para ello llegaba a citar una cancioncilla que solían cantar los hombres y en la que se hacía referencia a ciertas mujeres, a quienes llamaban «baldes», cuyas partes eran tan amplias que en ellas podía crecer un árbol. Con frecuencia lograba convencer a las mujeres de que tenían que regresar al hospital para que las cosieran de nuevo.

En 1971, cerca ya del fin de nuestra trayectoria profesional, habíamos ayudado a traer al mundo a más de cincuenta niños, diez de los cuales habían muerto: tres en el parto y siete en los meses que siguieron a éste, principalmente de sarampión. También habían muerto cuatro mujeres, durante o poco después del alumbramiento; a tres de ellas los médicos del hospital de los misioneros les habían aconsejado que no volvieran a quedar embarazadas. La cuarta sufrió un accidente extraño que tuvo consecuencias muy desagradables para nosotros.

El marido de la difunta se arrojó sobre la abuela blandiendo un *panga* durante uno de los arrebatos de cólera más terribles que yo había presenciado hasta entonces. Pero la abuela hizo la mejor interpretación de su vida: no contrajo un músculo e incluso volvió la cabeza, ofreciendo su cuello al cuchillo relampagueante. Cuando el hombre levantó el arma, yo cerré los ojos. ¿Qué le cortaría?, ¿la cabeza o el brazo? Ya veía la cabeza de la abuela rodar por el patio y a todos perdidos de sangre, como en una escena que sería inmortalizada en alguna canción. En ese momento me meé encima.

Nadie sabe qué hizo que el hombre se calmara de repente. Acaso fuera la intrepidez de la abuela, o quizás un milagro. Tal vez el hombre fuese incapaz de asesinar a nadie y el *panga* no constituyera más que un signo de cobardía. Tenía fama de pendenciero. En una ocasión lo había visto pelear con otro hombre. Nunca había dado muestras de que su mujer le importara mucho, y habíamos oído que le pegaba con frecuencia. Supongo que ella murió de meningitis, de agotamiento o de algo así, o es probable incluso que a consecuencia de los malos tratos a que él la sometía. Comoquiera que fuere, yo había sentido demasiado miedo por la abuela para que me importara.

En 1967, cuando tenía seis años, probé suerte por primera vez con la enseñanza. El estado de excepción de 1966 había pasado sin consecuencias graves para nuestra región. La escuela todavía estaba en lo alto de Ndere Hill y se había librado de los actos de violencia. Serenity también había asistido a esa escuela, al igual que Tiida, Nakatu y un par de miembros más de la familia. Cada mañana, los niños de las aldeas pasaban camino de Ndere Hill para abrevar en las fuentes del conocimiento. Cuando uno estaba en lo alto de la colina y veía aparecer a esos cientos de criaturas de todas las edades entre la lechosa niebla matinal, soltando nubecillas de vaho por la boca, haciendo resonar sus plumieres y arrastrando los pies sobre la grava, pensaba por un instante que se trataba de una plaga apocalíptica de langostas enviada por alguna deidad furiosa.

Me incorporé a las filas de estos seres de camisa verde y lamenté mi caída desde el pedestal de mi posición al abismo del anonimato. Como recompensa por esta degradación, tenía que caminar cinco kilómetros cada día y aceptar las toses y los estornudos debidos al frío. Para aliviar mi aflicción, fantaseaba cada mañana con el imponente campanario de Ndere Hill. A veces lo veía relucir al sol; otras lo contemplaba, soñoliento, a través de los jirones de niebla; en ocasiones sencillamente parecía haber desaparecido, como si se hubiera caído, por lo que me preguntaba cuán grande se vería en el suelo. Pero siempre estaba allí, impresionante en su majestuosidad, poderoso, inviolable. Tenía cincuenta y cinco años, cinco menos que la iglesia a cuya sombra se alzaba nuestra escuela.

Tanto la iglesia como el campanario habían sido construidos por un sacerdote francés. Inmediatamente después de que hubiera coronado el campanario con una cruz negra, algunas mujeres que lo consideraban capaz de cosas sobrenaturales lo habían visto volar, como si se tratara de un ángel, un ave o un Nuestro Señor Jesucristo. De ese modo cumplía con su promesa de realizar un gran milagro en honor de la conclusión del templo. Se había comprometido a ello después de que la torre se derrumbara por dos veces, hasta que tuvo la idea de emplear chapas onduladas en lugar de ladrillos. La gente había empezado a aplaudir y a cantar *Hosanna en las alturas* en cuanto lo vio planear por el aire con los brazos y las piernas extendidos, el hábito blanco hinchado por el viento como una vela y el martillo colgando peligrosamente del cinturón. Fue el catequista quien se dio cuenta de lo que ocurría en realidad. Él y otro hombre tomaron de inmediato por las muñecas a su superior a fin de amortiguar la caída de éste. El padre Lule (una adaptación local del apellido Roulet) dio por tierra con tal fuerza que rompió las cuatro manos que trataban de salvarlo. Se quebró la espalda, parte de su cerebro quedó desparramada por el suelo, y murió sin pronunciar palabra. La escalera, que con el revuelo todos habían olvidado, llegó después del padre Lule, mató a una mujer y le rompió la pierna a su hija. Dos meses más tarde, un catequista de una de las pedanías menores cayó del púlpito y se rompió la columna, la pelvis y un brazo. Algunos afirmaron que estaba borracho; otros, que siempre había padecido de vértigo. Pero la mayoría de la gente creía que todas aquellas muertes y desgracias estaban relacionadas, porque un edificio grande siempre exigía una ofrenda de sangre antes de su inauguración. No se había inmolado a ningún toro en honor de la iglesia ni del campanario, por lo que, se decía, aquélla había decidido llevar a cabo sus propios sacrificios.

Antes de pisar una casa nueva, a menudo se mataba una cabra y se rociaban las paredes con su sangre. Si uno no podía permitirse una cabra, con un par de gallos era suficiente. El dueño del coche del pueblo había sacrificado un gallo en honor del vehículo, que por otra parte estaba siempre averiado; le cortó la cabeza y tiró el cuerpo al techo del coche. El gallo decapitado se deslizó por el parabrisas en medio de un aleteo espectacular y se desangró sobre el capó.

Cuando le pregunté al abuelo si era verdad que la iglesia había matado al sacerdote, a la mujer y al catequista y había herido a los demás, me dijo:

—¿Qué creerías si a: fueras un católico fanático; b: un escéptico, o c: un pagano?

—La verdad tiene muchas caras —concluí, tras pensar por un instante.

—Serías un buen abogado —repuso él.

En la escuela tenía que competir con otros alumnos. Se me daba bien. Ya me sabía de memoria las tablas de multiplicar y aunque tenía una letra horrible, sabía leer y escribir aceptablemente.

Los alumnos menos listos se veían a menudo en apuros, pero los inteligentes también. Los chicos mayores, algunos con una barbita incipiente, me pasaban cartitas que debía responder y luego devolver. El maestro sólo me pilló una vez, y recibí una tunda. Los chicos mayores —los «abuelos»— nos ponían a cada uno un mote. A mí me bautizaron Semilla del Diablo, porque, según el Estúpido A, sólo los diablos se sabían de memoria, tan pequeños, las tablas de multiplicar y no cometían faltas de ortografía. Escribió «Semiya del Diavlo» en un papelito y lo pegó a mi mesa con un gargajo enorme y pringoso de jugo de fruto del pan. Me castigaron, pero la monja hizo un comentario acerca de la abominable ortografía del autor, lo cual me consoló un poco.

Intenté convencer al Estúpido B, otro chico mayor, de que castigara de mi parte al Estúpido A, pero se negó. El Estúpido A era conocido por sus represalias. Podía encerrarte en un armario hasta que pedías perdón de rodillas, o sentarse sobre tu barriga y escupirte a la cara, o meterte la cabeza en una olla con restos de gachas, o amenazar con romperte las piernas durante un partido de fútbol. Todos le teníamos miedo.

Una mañana oí a un maestro joven decirle a otro que chinchar era puro chantaje. Decidí comprobar si era verdad. Fui al aula antes de que se presentara el maestro y dije: «Mi abuela es una hechicera. Si a medianoche le pido que tire una oruga al fuego, bastará con que pronuncie una sola palabra para que al que ha pegado en mi pupitre ese papel que pone "Semiya del Diavlo" se le cubra la picha de pelo y nunca se le empine.» Me escupí tres veces en las manos y me froté la ingle. Se produjo un silencio amenazador. A mediodía, el culpable me condujo detrás de los lavabos, por lo que me temí lo peor, pero confesó. Lo dejé sudar un rato, y los sobacos empezaron a olerle. Llegamos a un acuerdo. Acababa de conseguir mi primer guardaespaldas.

Había llegado el turno de las niñas, quienes por no tener una picha que pudiera convertirse en oruga, se creían inmunes. Gritaban «Semiya del Diavlo», reían y se iban corriendo. El Estúpido A les quitaba los libros, les llenaba de papel las canastas de baloncesto, e incluso llegó a amenazar a algunas, pero sin éxito.

Una mañana me rodearon seis chicas. Tomé un puñado de hierbas mágicas, me escupí en las palmas y me dirigí a la cabecilla, una muchacha fuerte y robusta con unos pechos tan grandes como mi cabeza.

—Sales con un tipo —dije, echándome un farol—. Parirás a una criatura sin brazos ni piernas y en lugar de leche te saldrá pus.

Contra lo que me esperaba, no me atacaron ni me insultaron. Biberón, que así llamábamos a la muchacha, quedó chafada como un pedazo de arcilla bajo una rueda de molino. Se echó a llorar. Me entró pánico. Corrí hacia el muro de la iglesia, pero antes de que lograse llegar a él me atrapó el mismísimo director de la escuela. Me sujetó por la muñeca y me empujó hacia el corrillo de intrigantes. Yo alegué defensa propia y expliqué que no había querido herir a nadie. Biberón se comportó de un modo ridículo: no podía dejar de llorar. El director le puso un palo en la mano y le ordenó que me pegara, pero ella lo arrojó al suelo como si fuera una oruga gruesa y peluda. El director me despachó tras soltarme una reprimenda y advertirme que nunca debía amenazar a nadie en relación con su pene o sus pechos, no sin antes atizarme un par de bastonazos. Yo estaba furioso.

Había pensado que la abuela se pondría de mi parte y desaprobaría a las chicas que me había humillado, pero me equivocaba:

—Nunca debes rebajarte poniéndote a su nivel, ¿me oyes?

—¡Rebajarme! Una muchacha que es lo bastante grande para haberme parido empieza a chincharme y, si yo me desquito, ¡resulta que me rebajo a su nivel!

—Seguro que no me has contado toda la historia —concluyó ella. En eso tenía razón. Me había saltado la parte de la hechicera.

Durante los primeros años en la escuela, una persona me causó una profunda impresión: Santo, el loco del pueblo. Era tranquilo, inofensivo y furtivo como una sombra. Siempre vestía camisa blanca, muy limpia, y pantalones caqui, y nunca apestaba como el Estúpido A. En ocasiones hablaba solo, mientras se contaba los dedos de la mano como si estuviera resolviendo un problema matemático. Nadie se metía con él, lo que constituía un milagro, teniendo en cuenta que corrían por ahí chicos mayores, como el Estúpido A, que se aburrían soberanamente. Los maestros nos habían avisado de las fatales consecuencias que le esperaban a cualquiera que fuese sorprendido incordiando a Santo: una tunda de palos y el trabajito de desenterrar con una azada dos gruesos tocones de mango.

Envidiábamos la letra de Santo, bonita e inclinada, y sus dotes para las matemáticas. Los maestros decían a menudo que recibiríamos un premio si escribíamos la mitad de bien de lo que lo hacía Santo. Antes de irnos a casa borrábamos todas las pizarras. Pero cada mañana encontrábamos escrita en cada una de ellas la invocación «Kirie eleisón, Kirie eleisón, Christe eleisón». La ortografía siempre era impecable, y la presentación, la misma. Se decía que

Santo era un genio y que se había vuelto loco poco antes de marcharse a Roma para estudiar en la universidad. Estaba predestinado a ser el primer sacerdote de nuestra región. Los festejos por su marcha habían durado cinco días. El padre Mulo (una deformación del apellido Moreau), el sucesor del padre Lule, sería el encargado de llevarlo al aeropuerto. Esa mañana un incendio despertó a toda la aldea. Santo había echado queroseno sobre el equipaje, la cama y las cortinas y les había prendido fuego. A partir de entonces no volvió a pronunciar palabra. Todos los intentos por hacerlo hablar, torturas incluidas, fracasaron.

A veces, cuando venía a la escuela a comer gachas, algunos chicos, desesperados ya, le daban papelitos llenos de sumas difíciles. En ocasiones los ayudaba (pero también podía ocurrir que se llevara los papelitos a la boca y se pusiese a masticarlos). Los más listos dejaban problemas complicados escritos en la pizarra, y a la mañana siguiente aparecían resueltos; claro que esto era tener mucha suerte, porque a menudo la respuesta sólo llegaba al cabo de unos días.

En varias ocasiones me levanté temprano y corrí a la escuela con la esperanza de sorprenderlo mientras escribía la invocación o en el momento en que salía por la ventana. Nunca lo conseguí. Jamás logré resolver ese misterio ni averiguar si tenía una llave de reserva o sencillamente entraba por la ventana, como mucha gente creía.

El trabajo de comadrona descendió mucho en la época en que iba a la escuela primaria. El índice de natalidad bajaba drásticamente en las aldeas. La mayoría de los jóvenes habían sucumbido a los dudosos encantos de las ciudades, tanto grandes como pequeñas. Yo no se lo podía reprochar. Cuando volvían estaban considerablemente cambiados; se los veía mayores, más ricos y listos, y sabían un montón de chistes verdes. En cualquier caso, aquellos desterrados no me impresionaban. Eran una pálida imitación del tío Kawayida y sus anécdotas no podían compararse con los emocionantes relatos de éste. Yo ya no prestaba atención a sus habladurías, y por ello pasaba mucho tiempo jugando en la antigua casa de Serenity, en lo alto de los árboles y por toda la aldea. Con frecuencia trepaba a mi árbol favorito y oteaba el horizonte. A veces miraba a escondidas a la gente recolectar cañas de papiro, que usaban para cubrir los suelos o los techados. Los espiaba mientras permanecían metidos en el agua, a pesar de las sanguijuelas y las culebras, cortando papiros y vigilando de no cortarse con ellos, ya que eran tan afilados como las cuchillas de afeitar de la abuela. Me encantaba mirar hacia Mpande Hill. De vez en cuanto, se celebraba allí uno de esos descensos suicidas en bicicleta organizados por los chicos duros de las aldeas. Solían ganarlas aquellos que transportaban sacos de café al tostadero, porque eran los únicos que sabían frenar valiéndose de los talones descalzos. Cierta vez participé en una de esas carreras; iba en el portaequipaje de un amigo, y por poco me cuesta un pie. No permitieron que interviniese en otra, porque tenían miedo de que la ira del abuelo cayera sobre ellos.

Al cabo de un tiempo insoportablemente largo, vi por fin el águila del vientre azul bajar zumbando otra vez por la montaña.

—¡Tío Kawayida, tío Kawayida, tío Kawayidaaa! —grité. Rápidamente tomé la llave de la casa de Serenity y entré. Barrí todas las habitaciones con una escoba de paja. Mientras aireaba el lugar, oí que fuera rugía el motor de una moto. Había llegado el tío Kawayida, pero traía malas noticias.

Su suegro, el señor Kavule, había muerto. El tío Kawayida estaba melancólico y callado, por eso imaginé que había querido mucho al difunto. A la mañana siguiente se fue con el abuelo. Volvieron asqueados.

El hombre había sucumbido a un cáncer y olía tan mal como el cadáver de un elefante, pero aún no lo habían enterrado, porque en su testamento había exigido un velatorio de cuatro días, y la última voluntad de un muerto debía cumplirse como fuera. Los restos mortales se hallaban en la salita de la casa. Cuando soplaba viento, la peste que corría tumbaba a media aldea. Todos pasaban hambre, porque el hedor era tan fuerte que no importaba lo poco que uno comiese, acababa vomitándolo, con bilis y todo. El muerto dejaba un número récord de hijos: cuarenta, treinta hembras y diez varones. El abuelo se preguntaba en voz alta de dónde habría sacado aquel hombre todas esas mujeres maravillosas con las que engendrar semejantes beldades, porque como mínimo veinte de ellas eran más hermosas de lo que suele considerarse posible, e incluso las menos agraciadas resultaban un encanto, en opinión de mucha gente. La mujer de Kawayida destacaba por su belleza: era más bien alta, elegante, con la piel marrón y, como único defecto, unas orejas quizá demasiado grandes. El lamento general era que las chicas no habían recibido precisamente la mejor educación. Por lo general, se limitaban a decir lo primero que les pasaba por la cabeza, y algunas tenían fama de casquivanas. De las treinta, sólo nueve se casaron.

—Cantidad, cantidad, cantidad —dijo el abuelo una tarde, meneando la cabeza, pesaroso—. Son bonitas, lo cual es una suerte, pero tienen la desgracia de saber bien poco.

Ésa fue la única vez que lo oí aludir a la mujer de Kawayida.

Mientras tanto, nos habíamos acostumbrado a que la política fuese una enfermedad que, en nuestra familia, sólo afectaba al abuelo. La impresión general era que él provocaba problemas y castigos para expiar un par de errores que había cometido en sus tiempos de jefe. El Día de la Independencia, el 9 de octubre de 1962, se había peleado con unos cuantos gamberros simpatizantes del gobierno, quienes le asestaron un navajazo, bien que superficial, y le partieron un diente. En 1966, cuando se abolió la Constitución y se proclamó el estado de excepción, volvió a meterse en problemas. Esta vez ocurrió en una aldea alejada donde los soldados habían apaleado a unas cuantas personas por contravenir el toque de queda. Cuando salió en defensa de éstas, lo arrojaron a un estercolero. Semanas después, los habitantes de la misma aldea lo invitaron a mediar entre ellos y los soldados. La abuela le pidió que no accediera, pero él no le hizo caso. En esa ocasión le dispararon mientras regresaba a casa, y como recordatorio conservó una bala alojada en la pierna durante el resto de su vida.

Por todo ello el mundo pareció volverse del revés cuando la política decidió tomarla con la abuela. La noche del 25 de enero de 1971, el general Idi Amin, apoyado por sus amigos británicos e israelíes, tomó el poder mediante un golpe militar. Luego derrocó a su antiguo benefactor, Milton Obote, el primer ministro que había llevado al país a la independencia para después abolir la Constitución. El general Amin ofreció dieciocho argumentos para justificar su golpe, entre ellos la corrupción, los encarcelamientos sin juicio previo, la ausencia de libertad de expresión y la mala gestión económica.

En las aldeas se bailó, se cantó y se celebró de muy diversas maneras. Yo, sinceramente, no sabía qué pensar. Por una u otra confusa razón, aquella noche dormí en la vivienda del abuelo. Nos despertó un incendio. El intenso calor nos condujo sin dilación a la casa de la abuela, que se había transformado en una canoa hueca varada en un embravecido mar de llamas rosadas, azules y rojas. Oscilaba horriblemente y daba vueltas como una peonza en aquel mar de fuego. Puertas y ventanas se desplomaban rendidas para ser devoradas por la gigantesca hoguera. Las planchas de hierro se combaban como si murieran de dolor y se enroscaban hasta formar embudos grotescos. Las vigas, debilitadas por la conflagración, se rompieron y el resto del techado se vino abajo. Las mujeres miraban aquel infierno boquiabiertas y con los brazos levantados y dejaban escapar gritos ahogados. Los hombres miraban con impotencia, paralizados, mudos. En mi mente se agolpaba una mezcla de palabras que me obstruía la boca y me condenaba a un dolor sofocante, silencioso, semejante al de un bulldog apaleado. Tras ser comadrona durante cuarenta años, la abuela terminaba devorada por las llamas.

Sólo podía imaginarme a una persona capaz de hacer aquello: el hombre que había intentado cortarle la cabeza. El golpe de Estado le proporcionaba una coartada perfecta. Sentí que algo caliente y húmedo me bajaba por las piernas. Por segunda vez desde que tenía uso de razón me meé encima.

Mi vida estaba patas arriba.

SEGUNDA PARTE

La ciudad

La bulliciosa cuenca en forma de riñón que servía de parada de taxis había sido originariamente una colina volcánica. Tras entrar en erupción por última vez, se había formado ese valle cóncavo, y los viejos valles se habían convertido en las siete colinas redondas que formaban el núcleo de la ciudad.

Si uno se ponía en el borde de la cuenca y aspiraba el tufo del célebre mercado de Owino o los gases de los tubos de escape de los incontables vehículos, parecía exactamente como si todos los relatos del tío Kawayida hubieran sido revueltos hasta conseguir una mezcla abigarrada que fluyera igual que un ácido corrosivo. Desgastado lentamente por innumerables pies y neumáticos, y vibrando bajo la riada eterna de viajeros, vagos, mercachifles, encantadores de serpientes y toda clase de individuos estrambóticos, el asfalto recordaba épocas anteriores, antes de que secaran los pantanos, desviaran las aguas de la cuenca, talaran los árboles, quemaran la vegetación y los animales fueran expulsados o exterminados.

El olor del antiguo fuego volcánico que ascendía de la cuenca, la calina producida por el sol abrasador y el barullo de vehículos y espíritus del presente y del pasado, convertían aquella plaza en un crisol de sueños polvorientos, ambiciones minadas, sangre derramada y carne humana lacerada, y en uno de los lugares más impresionantes de la ciudad. Hinchaba el pecho ante aquella mezcla trepidante de movimiento, sueños y caos, y las piernas me temblaban sin que pudiese evitarlo debido a la energía que parecían emanar todas las cosas. Era consciente de los acontecimientos tan formidables como horrorosos atrapados en el asfalto, los cuales asomaban de vez en cuando la cabeza igual que hongos venenosos y mostraban un atisbo del pasado e incluso del futuro. Tenía la sensación de que allí presentiría grandes acontecimientos históricos; bastaba para ello con mirar la multitud de saqueadores, vendedores ambulantes, mozos de cuerda, ligones, mendigos y demás almas anónimas. Por eso, cada vez que iba a ese lugar se me antojaba la primera: de repente, cuando uno menos lo esperaba podía ocurrir lo que llevaba deseando desde hacía tiempo.

En la cuenca tuve ocasión de presenciar, por fin, un nacimiento de verdad. El sol comenzaba a iluminar el mundo y yo estaba oliendo el espantoso hedor del mercado cuando de pronto apareció tambaleándose, como surgida de la nada, una mujer. El humo del escape de una furgoneta que se alejaba hizo que la falda se le subiera, revelando por un instante la dilatada caverna de la que se escurrían un bebé tras otro. Fue como si los cincuenta niños que había dejado atrás en las aldeas me hubiesen seguido hasta allí para aparecer ante mí en una desmesurada explosión de nacimientos, fastidiarme con su caca y su pis y torturarme con el inevitable poder de su presencia.

La mujer soltó un grito tan desgarrador que en la cuenca se produjo un silencio escalofriante; sus contracciones eran tan violentas que su cara adoptó esa dignidad cenicienta de quien está a punto de desmayarse. El silencio fue roto por voces que llamaban en demanda de una comadrona, un médico o alguien capaz de hacer algo. No me moví, no sólo porque no podía hacerlo, sino porque no quería. Aún pesaba sobre mí el abrupto final de mi carrera como auxiliar de comadrona, a partir del cual mi vida parecía ir cada vez peor. En ese momento, un muro de espaldas y un bosque de piernas hicieron desaparecer de mi vista la impresionante escena del alumbramiento a cielo abierto. Vi el líquido amniótico correr mezclado con sangre en torno a los pies y abrir surcos en la arena hacia los agujeros del pavimento y pegarse a suelas y neumáticos.

Pasaron varios minutos antes de que volviese a reparar en las deterioradas estructuras que rodeaban la cuenca. El contorno irregular de aquella hilera de reliquias agrietadas y roídas por el paso del tiempo me recordaban una dentadura arruinada a la que le faltasen unas cuantas piezas. Las paredes desconchadas, las ventanas polvorientas, los techados herrumbrosos y el aire de decrepitud que allí reinaba me producían una gran decepción. La monotonía de aquella ciudad pretenciosa y la falta de imaginación puesta de manifiesto por quienes la habían construido me obligaban a recordar con nostalgia los pantanos, las aldeas y las colinas de mi región natal. Los arquitectos que habían llenado la ciudad e incluso el país con semejantes adefesios debían de haber sido unos tremendos inútiles y víctimas, sin duda, de una forma grave de malaria cerebral o sopor tropical que afectaba sus escasas facultades.

A cierta distancia, deformada por efecto de la reverberación, se alzaba la silueta del estadio Nakivubo, escenario de muchos partidos de fútbol retransmitidos por radio, con su enorme y sucio trasero, cubierto de meadas y grafitos, dirigido hacia el núcleo urbano. Su focos, aglutinados como las ventosas de un pulpo colosal, permanecían al acecho sobre el contaminado río Nakivubo, cuyas aguas, encajonadas en hormigón, servían sobre todo para arrojar a ellas perros y gatos muertos. Muy por encima del estadio se hallaba la mezquita del Alto Consejo Musulmán en Old Kampala Hill. Con su deslucido brillo beige, todavía conservaba algo del antiguo esplendor árabe, aunque estaba condenada a contemplar un barrio de chabolas, donde vivían los asiáticos más pobres.

En la colina siguiente estaba la catedral católica de Lubaga, oculta tras altos y esbeltos árboles y su propia historia grandilocuente. Las torres gemelas lanzaban miradas desafiantes hacia las cúpulas en forma de pecho de mujer de la iglesia protestante de Namirembe. Su rivalidad databa de 1877 y 1879, cuando llegaron a Uganda los primeros misioneros protestantes y católicos, y había sido la causa de que en aquellas colinas y valles se derramara sangre inútilmente en el transcurso de enfrentamientos religiosos y políticos. En su busca de aliados, ambas confesiones se habían dirigido periódicamente a paganos y musulmanes. Esa parte de la ciudad, con sus templos, sus hospitales y sus escuelas, era conocida como el barrio de la Misericordia.

Nakasero Hill se elevaba de la cuenca y se extendía hacia el norte. Por ella discurrían carreteras asfaltadas bordeadas de edificaciones en forma de caja. Allí vivían los mayoristas y tenderos que debían luchar para mantenerse a flote en el agobiador mundo de los negocios. Sus tendajos semejaban contenedores que hubieran sido arrojados a la playa tras un naufragio: expuestos al sol abrasador, corroídos por la lluvia ácida y sometidos por dentro a ese abandono semivoluntario en que se sienten a gusto los piratas varados. En un nivel más alto, como si mirase por encima del hombro a los contenedores y sus habitantes, se encontraban el Tribunal Supremo, algunos edificios de dependencias judiciales de menor importancia y una comisaría. También había unas pocas viviendas de oficiales del ejército, cuyos Jeeps se pedorreaban ante las ventanas de aquellos guardianes de la ley. Una tensión formidable parecía filtrarse desde esa colina hacia la cuenca. Cuando me hallaba en el borde, ésta aguzaba el oído en un intento de percibir algún terremoto en ciernes. Pero lo único que oía eran los gritos desaforados de los mozos de cuerda, el murmullo afónico de los adivinos desdentados y el canturreo desganado de los encantadores de serpientes. Hasta que mi atención se veía atraída por la llamada aguda del almuédano, el aullido férreo de las sirenas y el ronquido de los Jeeps del ejército que se dirigían hacia Nakasero Hill. Sin embargo, el crujido irrefrenable de las líneas de falla sobre las que se asentaban esas colinas altaneras superaría en intensidad el sonido de las sirenas. Con toda mi fuerza de voluntad trataba de obligar a las fallas a desplazar y enterrar las colinas, volver los valles cabeza abajo y enviar a lo alto un hongo gigantesco que lo hiciera saltar todo por los aires. A Serenity y a Candado, de cuya presencia tiránica y asfixiante había huido por un rato a fin de poder respirar e imaginar que me vengaba de ellos, les deseaba la misma suerte que habían corrido los animales que en otro tiempo recorrían esos valles.

Según su propio criterio, los dos déspotas eran muy afortunados. De la oscuridad provincial de la aldea de Serenity se habían mudado a una ostentosa casa de estilo asiático, con tejado rojo. Había tela metálica en las ventanas de la parte delantera, porque los asiáticos sentían un miedo cerval hacia los ladrones. La puerta principal, que se usaba rara vez, se encontraba en lo alto de doce escalones anchos, por lo que la construcción ofrecía el aspecto de una lóbrega pagoda.

La sala de estar se encontraba repleta de tresillos, cosas de los bebés y toda clase de objetos, cubiertos permanentemente de polvo. La casa parecía haber encogido desde que la habitaba una familia rigurosamente católica que amenazaba con multiplicarse de manera imparable. El patio trasero formaba parte de un conjunto más grande, en el que las vidas, historias y religiones de los vecinos se veían comprimidas en una suerte de íntimo espacio público. A mí aquello me transmitía la abrumadora sensación de hallarme en el patio de una cárcel, una cárcel donde imperaba un régimen dictatorial que consideraba el enclaustramiento la forma más elevada de disciplina y educación.

Para Serenity la vida en la ciudad significaba un notable ascenso en la escala social, porque aquel barrio había sido hasta hacía poco un área segregada en la que los africanos podían, a lo sumo, trabajar como criados o jardineros, pero no vivir. En aquellos días, a esa parte del centro de Kampala se la conocía como la Pequeña Bombay. Serenity había nadado durante un tiempo en la abundancia que suponía tener sólo tres descendientes, gracias a lo cual había conseguido empezar a ahorrar para un coche y disfrutar de la garantía de una existencia apacible. Sin embargo, pronto vio que el dragón de tres cabezas del catolicismo, con el que había topado por primera vez en la casa paterna de Candado, hacía trizas sus sueños. La influencia del Cristo crucificado que colgaba en la pared de la casa de sus suegros, ya a salvo de las amenazas de un techado con goteras, empezaba a hacerse cada vez más perceptible en su propia vida. El aliento del dragón había quemado la finísima capa de barniz de los sueños de Serenity, que estaba en camino de engendrar tantos hijos como el funcionario asiático que había vivido en aquella pagoda antes que él. Hasta el momento tenía seis, incluida una pareja de mellizos, y muchas preocupaciones. Temía el futuro y desconfiaba del presente. Yo admiraba lo rápidamente que todo se le escapaba de las manos.

Serenity delegaba el mando de la casa en Candado, su ejecutora, para librarse de las molestas cuestiones domésticas. Le gustaba resolver las cosas a cierta distancia, como si reservara toda su energía para una tarea más importante y, a fin de conservar la autoridad, prefería enterarse lo menos posible de lo que hacía su mujer. En su fuero interno pensaba que ésta se merecía todos los problemas que padecía; al fin y al cabo, ¿no era ella quien había querido tener tantos hijos? Aunque no paraba de buscar salidas a su angustiosa situación, Serenity era demasiado orgulloso para tirar la toalla y largarse, y lo suficientemente razonable para comprender que también era responsable de la magnitud de su familia. Pero trataba de recordar dónde y cuándo había perdido su ascendiente y se había rendido a Candado. Ésta había adoptado desde el principio una actitud irreductible y rechazado cualquier forma de acuerdo o negociación. Las tensiones derivadas de la nueva vida en la ciudad habían actuado a su favor, y Serenity acabó por perder, casi sin advertirlo, la batalla de los anticonceptivos y, ya puestos, la guerra entera. Como consecuencia de ello aparecieron profundas arrugas en su frente, que le conferían el aspecto, hosco y cómico a la vez, de un tirano atormentado.

Candado se había convertido en una mujer nueva. Tenía más confianza en sí misma y era más implacable porque ya no debía vigilar quién estaba presente cuando imponía las leyes en la casa. La rigurosa ordenancista que moraba en su interior emergió sin ataduras, y reforzó su recientemente adquirida condición con un ritual inédito. Cada mañana, todos sus hijos debían adularla con una genuflexión. Tras levantarme, tenía que entrar en su dormitorio, que compartía con Serenity, ponerme de rodillas y darle los buenos días. O, si no, la buscaba en el patio, que era donde más tiempo pasaba, me hincaba sobre el hormigón rugoso del suelo y pronunciaba el repulsivo saludo. La idea de verme obligado a llamar «madre» a esa mujer me daba náuseas, y el hecho de tener que decir cada día lo que, para mí, era una mentira, hizo que entrase en contacto con las fantasías y alucinaciones del poder, lo que también agudizó nuestros conflictos.

Mientras miraba despreciativamente a la ardilla rastrera que estaba junto a sus pies calzados con sandalias, ella unas veces reaccionaba y otras no ante el forzoso saludo. Si no reaccionaba significaba que interiormente había rechazado mi ofrenda, y, por lo tanto, debía intentarlo otra vez, y otra, hasta que lo hiciera bien. Entretanto, se elevaba por encima de mí, dándose aires, en el cielo matinal, el cabello peinado hacia atrás, tan tirante que parecía un cubreteteras.

—No te oigo —musitaba y miraba hacia arriba como si rogara por una intervención divina.

Para un hombre posternado que se moría de impaciencia por levantarse y sustraerse a las miradas compasivas de los vecinos, aquello era para volverse loco. No es que estuviese sorda o algo así, no; había oído muy bien el saludo, pero el tono en que había sido pronunciado no había halagado lo suficiente su tiránico ego. El tono correcto era el que expresaba un sometimiento total a su poder, un agradecimiento servil por cada nimiedad que hubiese hecho por uno. Sólo cuando se acertaba con el tono correcto, ella correspondía al saludo y el humillado podía levantarse. Para mis hermanitos y hermanitas, nacidos en la ciudad, eso carecía de importancia, pero para mí, un espíritu libre del campo que jamás se había arrodillado ante nadie y había visto a sus pies a más de una madre agradecida, semejante ceremonia era difícil de tragar. Le costó a Candado un montón de látigos de guayabo meterme en vereda.

Yo detestaba, sobre todo, tener que cumplir con el ritual de veneración en el patio, porque no me gustaba que la tercera y más joven esposa del vecino me viera de rodillas. Cuando sabía que me estaba mirando me sentía como un pajarito desvalido que esperara con el pico abierto y la lengüecita trémula a que su madre le dejara caer un gusano en la garganta. Desde el principio vi a Sauya Lusanani, la vecina en cuestión, como hermana y amante a la vez, y la personificación del espíritu de la ciudad. Estaba convencido de que todo iría bien si ella se ponía de mi parte, y que en ese caso mis planes de venganza tendrían éxito. Era el adulto más joven de cuantos me rodeaban, con quien podía tratar, y, dada la precariedad de mi situación, deseaba fervientemente relacionarme con ella, pero me preguntaba, consternado si se presentaría alguna vez la ocasión. Ella era musulmana y, probablemente me rechazase por mi condición de católico. En mi desesperación, me decía que me convertiría de inmediato si ésa era la única manera de tenerla. Solo me amedrentaba la circuncisión: ¿no habría algún modo de convertirse sin necesidad de circuncidarse? Porque ¿cómo iba a dejar que me circuncidasen cuando se sabía que podía producir un cáncer de pene? ¿Acaso no había aprendido nada del calvario del doctor Ssali? Además, estaba seguro de que si lo hacía, Candado me desheredaría y presionaría a Serenity para que no pagara más mi colegio. Y entonces, ¿cómo conseguiría llegar a ser abogado?

De noche pensaba en el vecino, Hachi Gimbi, y sus tres mujeres. Me preguntaba si en ese momento estaría acostado con Lusanani. ¿Cómo haría para desbancarlo? Saltaba a la vista que ese hombre no se merecía a una chica tan bonita. Para ella era más bien un padre o, mejor aún, un abuelo. Tenía una barba larga y espesa que confería a su boca un aspecto ruin. Sus cejas hirsutas ensombrecían unos ojillos porcinos, ridículamente pequeños en aquella cara enorme y regordeta. Ese hombre se merecía más que yo que Candado le diese una buena tunda, porque, a su edad, repudiaba a algunas mujeres para así casarse con otras más jóvenes. Seguí pensando en maneras de introducirme en su casa y quitarle a Lusanani. Era consciente de que costaría tiempo y esfuerzo, pero quería tenerla a toda costa.

Como muchas mujeres que tienen un gran número de hijos en un período muy corto de tiempo, Candado aborrecía las obligaciones de tipo higiénico que ese hecho comportaba. Aparte de que no tenía ganas de vigilar las deposiciones de sus hijos, odiaba lavar las montañas de pañales y sábanas que ensuciaban. Para ella mi llegada fue una bendición de la que supo sacar un enorme provecho. De pronto me convertí en el inspector de cacas de la familia. Cada mañana, mi sentido del olfato era arrasado por un alud de excrementos y mis ojos eran obsequiados con cagarrutas de los más diversos colores y texturas. En la aldea me había sentido muy por encima de esa clase de obligaciones terrenas y había dejado que los hijos de los huéspedes se revolcaran en su propia mierda. A las supersticiosas madres que la abuela y yo teníamos como clientas no se les ocurría que yo debiera limpiarles el culo a sus hijos. Pero en la ciudad me vi obligado a pagar por mis privilegios anteriores.

Como si tuviera que recuperar todas las noches en blanco que pasé a causa del velatorio de la abuela, esos días dormía muy profundamente y me costaba despertar. Candado no lo soportaba y tenía un amplio repertorio de métodos para despabilarme. Me agarraba por los hombros y me zarandeaba, me vociferaba al oído, me arrojaba agua fría o usaba su instrumento preferido: el látigo de guayabo. Cada día de la semana aplicaba un método distinto. Los días que me echaba agua fría o me despertaba a latigazos, apenas me resultaba posible saludarla del modo adecuado. Por eso, en tales ocasiones solía pasar muchos minutos arrodillado ante ella.

Cada mañana mi principal tarea era despertar a los cagones, sentarlos en fila, con el espacio suficiente entre ellos para que no peleasen mientras defecaban, porque debían dejar sus montones humeantes exactamente en medio del periódico sobre el que les hacía acuclillarse. Para evitar que los efluvios me llegaran directamente a la cara, siempre me ponía a cierta distancia y desde allí llamaba al orden a cualquiera cuyo recto amenazara con desviarse de la diana. Los suspiros, gemidos y quejidos diferían poco de los que le había oído emitir a Candado el día en que llegó a su fin mi investigación sobre la procedencia de los niños. Cuando faltaba poco para que se acabara la hora de cagar, rasgaba tiras de papel de periódico; entonces los que habían acabado me llamaban y yo les limpiaba el culo, con cuidado de no ensuciarles con caca los cojoncetes o los chochitos, porque si ocurría eso tenía, además, que lavarlos, para lo cual carecía de tiempo y paciencia.

Candado no confiaba en mí. Siempre estaba al acecho, por lo general en algún punto estratégico en un extremo del patio. Su presencia era para los cagones una advertencia categórica de que no se portaran mal, y su mirada amenazadora me daba una idea de lo que me esperaba si, en un intento vano de venganza, limpiaba con excesiva rudeza los culos de sus hijos. Se mantenía rondando a distancia hasta haberse convencido de que yo cumplía con mi tarea de la forma debida y mis manos no cedían a la tentación de hacer alguna vil jugarreta. Después se marchaba en silencio.

Cuando todos los culos estaban limpios, los cagones entraban y me dejaban solo con sus apestosas deposiciones. Si los periódicos no se habían humedecido demasiado, podía plegarlos rápidamente con las cagadas y los meados dentro. Conducir aquellos paquetes a su destino final era una tarea que ejecutaba con la mayor prontitud, porque luego quedaba libre para ir a la escuela. Sin embargo, en ocasiones los periódicos estaban empapados y se deshacían por el camino. Cuando tal cosa ocurría, me ponía rojo de ira, pero el hedor hacía que ésta se desvaneciera de inmediato. Envolvía otra vez todo con nuevas hojas de periódico, me llevaba deprisa los paquetes y respiraba aliviado mientras me dirigía con premura a realizar mi siguiente labor.

Mientras me lavaba intentaba darme ánimos pensando en Miss Jabón Sunlight, la tía Tiida, que se bañaba cuatro veces al día. Primero visualizaba su perfil, y para cuando tenía presente toda su figura, había terminado.

El desayuno siempre me producía náuseas. Después de ver, oler y recoger todos aquellos excrementos, era exactamente como si se hubieran transformado en la comida que tenía ante mí. Por razones obvias, pronto fui incapaz de comer huevos revueltos o aguacate, pero como a los cagones les encantaban, yo utilizaba mis raciones para comprar sus favores. Rivalizaban por ellas con cautela, dirigiéndome miradas implorantes y significativas. Si alguno de ellos me había pillado el día anterior haciendo algo que no nos estaba permitido, fingía no haber visto nada, seguro de que yo obraría en consecuencia. Yo no hacía caso de los ruegos de los demás y pagaba el soborno al cagón en cuestión. Uno o dos listillos se ofrecieron voluntarios para realizar alguna tarea para mí. Espiaban a los otros y me informaban. Puesto que mi vida dependía de ellos como la del escalador de la resistencia de sus cuerdas, hacía todo lo posible por ganarme y conservar su simpatía.

La escuela era un verdadero paraíso para mí: allí competía con mis iguales y me esforzaba al máximo para ser el mejor. Era el único lugar donde recibía halagos de parte de los adultos y me pedían ayuda compañeros de clase que se arredraban ante los exámenes como yo ante los montones de mierda que debía hacer desaparecer cada mañana. Con una sonrisa afable, observaba la frente cubierta de sudor de aquellos chicos mayores que yo y las manchas húmedas que aparecían en sus axilas, pero sólo me sentía realmente bien cuando demostraba ser más listo que ellos. Entonces el corazón se me llenaba de gozo al percibir el dulce olor de la victoria.

El tiempo pasaba volando en la escuela, y cuando sonaba el último timbrazo no podía evitar angustiarme por las desagradables tareas que me esperaban en casa. En mi imaginación, volvía a ver los espantosos pañales cagados, flotando en el agua sucia, entre cagarrutas, como cocodrilos saciados. ¿Qué habría estado haciendo esa bruja todo el día?, me preguntaba, y le daba una patada al balde, pero no demasiado fuerte, para no volcarlo o hacerme daño en el pie.

Después de haber intentado comprender en la escuela la ley de Arquímedes, haber sentido la fuerza de los tifones de Asia, cabalgado por las pampas de Suramérica, subido a lo alto de los rascacielos de Nueva York, admirado los viñedos de Francia y escalado las cimas nevadas de África, aquella tarea sucia y despreciable me resultaba insoportable. En esa época no había nada que me repugnara más que ese invento diabólico: el pañal.

Procurando mantener la cara apartada, los pescaba uno a uno del agua llena de excrementos, los sostenía entre el pulgar y el índice y los sacudía para eliminar los restos de mierda de los pliegues más profundos. Aquella tarea se me hacía eterna, porque la tela, muy desgastada por el uso, seguía cubierta de manchas, y por más que me pasase la vida frotando no conseguiría eliminarlas. Casi me hacían desesperar, y a ello colaboraba Candado, porque no pocas veces me obligaba a poner en remojo pañales ya secos y almidonados, y me los hacía lavar de nuevo, porque en su opinión no estaban lo bastante limpios. «Vas a seguir lavando hasta que yo te diga que pares», decía entonces, y regresaba a su puesto de mando. Éste se hallaba en la habitación contigua a la sala de estar. Candado se pasaba todo el día allí, inclinada sobre la máquina de coser Singer y recibiendo a sus clientes.

Cuando desde detrás de la tina oía el murmullo del pedal y el zumbido de la aguja hasta que ambos sonidos eran indistinguibles, solía imaginarme que se le quedaba atrapado el pie o que la aguja le atravesaba un dedo. Todas las llamadas de auxilio quedaban tapadas por el ruido, y cuanto más me asqueaba mi faena, más sufría ella. Luego iba a ver si andaba cerca el Galán, un veinteañero granujiento y arrogante que debía su apodo a que era la única persona en la ciudad que conseguía hacer reír a Candado. Solía pasar al mediodía, fanfarroneando como un héroe naval; asomaba la nariz en el puesto de mando y entraba para ver trabajar a Candado. Unas veces llevaba ropa que había que arreglar; otras sólo iba a recoger algo o charlar un rato. Cuando él aparecía, me acercaba de puntillas a la puerta y trataba de escuchar lo que decían. Conversaban sobre todo del pasado. Candado le hablaba de su casa paterna, de la época que había pasado en el convento, de su boda y cosas así.

El Galán la escuchaba con una sonrisa irónica, hacía comentarios desdeñosamente críticos cuando oía algo que no le agradaba y premiaba con una carcajada y frases de elogio aquello que encontraba gracioso o interesante. Por lo general merodeaba por la vida de ella como un cazador furtivo amable pero insolente. Lo sorprendente era que a Candado le gustase tanto. Los oía reír, el Galán eufórico, Candado con cautela, como si colara un líquido precioso con una tela de algodón. Al principio no sabía qué hacer con ese granujiento que trataba a Candado con la displicencia con que se examina la ropa de segunda mano. Lo observaba cuando entraba en el patio, a grandes zancadas, los brazos separados del cuerpo, sacando pecho, emitiendo al respirar un sonido semejante al glugluteo de un pavo que topa con una hembra en su camino, y me quedaba asombrado y a la vez paralizado. Semejaba un arma fantástica, gigantesca, que yo aún tenía que aprender a manejar y con la que debía ser extremadamente prudente.

Al principio hacía caso omiso de él, volvía la cabeza cuando llegaba y sólo le hablaba si me preguntaba algo. Pero al cabo de un tiempo, ya lo miraba y lo saludaba con cortesía. Él me devolvía el saludo, altanero y descarado como un gallo, arrugaba la nariz ante la visión de la mierda que flotaba en la tina o cubría mis manos, y entraba en la casa dando saltos atléticos. Una vez dentro, se quedaba a hablar largo rato con Candado. Lusanani, que en una ocasión me había abordado para preguntarme si Candado era mi verdadera madre, se acercaba de vez en cuando al extremo del patio, el lugar donde se colocaba aquélla para inspeccionar las sesiones de defecación, y entonces charlábamos.

—No es tu verdadera madre, ¿verdad? —decía con la cabeza ladeada.

Al principio eso me irritaba, hasta que se me ocurrió devolverle la pregunta:

—¿Hachi es tu verdadero marido?

Soltó una risita. Reíamos como camaradas, como personas que reconocían mutuamente sus problemas. Cuando la miraba, trataba de imaginarme cómo había transcurrido su primer embarazo y cómo había nacido el bebé. Tenía un cuerpo joven, ágil y vigoroso. A veces me sentía tentado de arrojarme sobre ella y meterle la mano por debajo del vestido y acariciarla. Sin embargo, no me pasaba inadvertido que yo era demasiado joven para eso y que Lusanani se negaría a desnudarse para mí si se lo pidiera. Cuando me asaltaba la imagen de Hachi Gimbi tendido sobre ella, jadeando, gimoteando y sudando, los odiaba a los dos. Empezaba a desear que, en el camino de regreso a su casa, a él se le pinchara una rueda, cayese de la motocicleta y se diera un porrazo contra el asfalto, preferiblemente delante de un camión que avanzaba a toda marcha, de modo que su boquita se cerrara para siempre. En otra ocasión imaginé que caía desde lo alto de un edificio y se estrellaba como el hermano Lule. Si estuviera muerto, Lusanani sería mía, pensaba, y yo no tendría que quitar la mierda a los pañales ni hacer otras cosas que me fastidiaban.

Mientras tanto, hablábamos de la ciudad y de la parada de taxis y de los asiáticos en sus tendajos y de los soldados en sus Jeeps y de los niños de su casa. Siempre empezábamos algo nerviosos, tartamudeábamos hasta que nos tranquilizábamos y finalmente empezábamos a repetirnos como una pareja de ancianos. A menudo Lusanani advertía demasiado tarde la presencia de Candado, que cuando aquélla se iba comenzaba a azotarme los muslos y las piernas con su látigo de guayabo. Yo la miraba con los ojos como platos, decepcionado al comprobar que el pie no le había quedado atrapado bajo el pedal de la máquina de coser ni la aguja le había atravesado el dedo y mucho menos se había quedado afónica de tanto gritar sin que nadie le hiciese caso.

Candado, sin embargo, interpretaba mi mirada de otro modo. Leía en ella desvergüenza y tomaba los ojos abiertos con que soportaba el dolor como una muestra de mi negativa a aceptar su autoridad.

—¡Malditos paletos! Esa vieja bruja te ha malcriado, pero yo te enseñaré a comportarte —gritaba, y me hacía temblar como un búfalo que, furioso, intentara espantar las aves que pisoteaban las heridas de su lomo.

Lamenté que despidiesen a Nantongo, nuestra criada, la primera y última concesión de Candado al vertiginoso mundo de los símbolos de estatus. Ningún hogar estaba completo sin una criada. Cuando Nantongo todavía trabajaba para nosotros, yo tenía menos preocupaciones: ella barría, cocinaba, se encargaba de la colada; en resumidas cuentas, lo hacía todo. Durante el breve período entre mi llegada y su partida, llevaba las faenas de la casa al completo. Lavaba las sábanas de Candado, que tenían el tamaño de un campo de fútbol. Frotaba y escurría las blancas telas de algodón con tanto ahínco que temí que acabara por convertirse en una versión femenina de Dedos. Con la eficiencia estoica de una máquina, lavaba los pañales y las prendas de los niños. Sus frágiles dedos siempre estaban en movimiento, doblándose y extendiéndose como un ciempiés medio zumbado. Siempre tenía la espalda encorvada bajo una u otra carga. No obstante, su expresión era en todo momento franca, amable, sin rastros de amargura, como si pensase que todo aquel trajín sólo era pasajero. «Tu madre es el mayor enemigo de sí misma», me dijo en una oportunidad, convencida, quizá, de que eso lo explicaba todo. Esperé una aclaración más detallada, que no llegó, y para no parecer estúpido fingí que no sabía de qué me hablaba.

La única ventaja perceptible de la marcha de Nantongo fue que disminuyeron las andanadas de improperios de Candado, que la criticaba continuamente y no paraba de soltarle monsergas en un tono más humillante que quejumbroso.

—Nunca consigues quitar las manchas de mis sábanas. Te bebes toda la leche del bebé. Te pones mis vestidos antes de lavarlos. Babeas en la salsa cuando vas de la cocina al comedor. Maltratas a mis hijos, los descuidas, los pellizcas, los amenazas...

—¿No se me permite replicar cuando me insultan?

—No me contradigas. ¡Qué te parece! ¡Contradice a su patrona! ¡Criatura desagradecida! ¿Acaso crees que a alguien le interesa cómo es tu boca por dentro o quiere contarte las muelas? Enseñas malas costumbres a mis hijos. ¿Cómo puedo tolerar que sigas bajo mi techo? Miras a todo el mundo como si fueras a morderle la cabeza. ¿Es que allí de donde vienes no te han enseñado a respetar a tus superiores?

—Ejem, señora...

—¡Ya vuelves a enseñar los dientes! ¡No me muestres el paladar! Haz el favor de escuchar a la voz de la autoridad. ¿Qué hombre querrá casarse con una chica que no tiene modales y traga como una cortacésped?

¡Yo, yo, yo!, me hubiera gustado gritar. ¡Y otros también! Había visto a hombres cortejar a mujeres cojas y tullidas. Había visto a hombres enamorados de mujeres tuertas. La madre del tío Kawayida, sin ir más lejos, tenía los dientes salidos. Y eso sólo era la punta del iceberg.

Pero enseguida fue evidente que lo que pretendía Candado no

era demostrar su conocimiento de los hombres, sino despedir a Nantongo.

—¿Te acuerdas de cuando llegaste aquí por primera vez? Llorabas. Estabas dispuesta a todo con tal de tener trabajo y un techo que te cobijara. Te lo he dado todo y ni siquiera eres capaz de prepararme una comida decente.

La situación llegó a su punto culminante cuando a Nantongo se le cayó de la bandeja una taza que pretendía guardar en el armario. Nunca he visto a nadie lamentarse tanto como a Candado por esa estúpida tacita de porcelana con el borde descascarillado y el fondo manchado y rayado. Era una taza barata que nunca habría llegado a ser antigua ni valiosa, pero aun así fue motivo de que se armase un jaleo tremendo.

—¡Lo sabía! ¡Sabía que eras capaz de algo así! ¿Y cuál será el próximo paso, Nantongo? ¿Provocarnos botulismo o algo peor? ¡No cuesta nada conseguir raticida en la tienda! ¡Incluso lo tenemos en casa!

La cara de Candado se contrajo en un rictus de cólera a todas luces simulado. La chica se volvió, la miró desafiante y, con una sonrisa, dejó caer todas las tazas, que se hicieron añicos contra el suelo de hormigón.

—¡Oh, oh, oh! —se lamentó Candado, mientras se golpeaba los muslos con las palmas de las manos y contemplaba los pedazos desparramados. Y entonces apareció en su cara una expresión que denotaba la clara intención de infligir severas lesiones corporales.

Nantongo se apartó de un salto, ágil como un antílope, y musitó:

—Señora, le he permitido que me dijese cuanto quisiera, pero nunca le permitiré que me toque.

Candado se quedó paralizada por la virulencia contenida de las palabras de Nantongo. Por un instante dudó si pronunciar todavía una elegía por sus cacharros, o romperle el pescuezo a aquella muchacha insolente. Para salvar la poca autoridad que le quedaba, la echó:

—¡Estás despedida!

A la mañana siguiente, Nantongo se había marchado. Toda la porcelana restante fue guardada en cajas, y nos dieron a cada uno un vaso de plástico.

En esa época, Serenity había adoptado la actitud de un dictador benévolo. No se valía de la violencia para obtener lo que quería, sino de amenazas veladas. Jamás expresaba abiertamente su ira; antes bien, lo hacía mediante advertencias apenas murmuradas. Escuchaba los informes sobre el mal comportamiento de alguno de sus hijos igual que un cocodrilo adormilado escucha las moscas revolotear sobre su cabeza. Aparentaba, de un modo indirecto, apoyar el proceder de su ejecutora, salvo en las ocasiones en que éste resultaba excesivo. Cuando reparó en que Nantongo se había marchado, no pronunció palabra. A su modo de ver, Nantongo sólo era una onda en la superficie de una charca. Dejó que la onda se propagara hasta la orilla de la charca, donde se desvanecería imperceptiblemente. Tras la marcha de Nantongo, yo fui la siguiente víctima de Candado, pero Serenity hacía como si nunca se enterara de nada relacionado conmigo.

Con sus pantalones almidonados, del mismo color que la camisa, y una cartera de piel en la mano, entraba por la verja y saludaba a los vecinos igual que un general amable que se encontrara de vacaciones. Si el patio estaba limpio, sin porquería ni excrementos, asentía con la cabeza y entraba en la casa. Si en la escuela te habías esforzado y no habían llegado notas ni quejas de los maestros, te dejaba en paz. Por lo general, se retiraba con sus libros, o se cambiaba y se iba a la gasolinera para charlar un rato con Hachi Gimbi y otros dos amigos, observar el tráfico, repasar la actualidad del mundo o jugar a las cartas.

Los cuatro comentaban la situación después de la Independencia, la abolición de la primera Constitución, el estado de excepción de 1966, el golpe de 1971, el futuro del país, de Amin, de los musulmanes, los católicos, los protestantes y los forasteros. Cuando empezaban a aburrirse, hablaban de sus recuerdos de juventud, su carrera profesional, sus sueños o lo que se les ocurriera.

De camino al pozo, yo pasaba por delante de la gasolinera de Total, cuyos tres surtidores semejaban estatuas descabezadas; la tienda que había detrás de la gasolinera brillaba iluminada por la luz de neón y las tapas brillantes de las latas de aceite; el foso cuadrado, en el que algunos mecánicos grasientos estaban tendidos de espaldas para revisar la parte de abajo de los coches, parecía una fosa común. Los cuatro amigos, que encarnaban todos los privilegios masculinos, se dejaban adormecer tranquilamente por los gases de los tubos de escape, el polvo en suspensión y el paso chirriante del tiempo. A veces los veía concentrados en su partida de cartas, o los oía contar qué se sentía al tocar a determinada mujer o ante la primera sonrisa de un niño. Y en ocasiones los oía reír por un chiste verde.

El ambiente en las tiendas africanas cercanas cambiaba constantemente. El aire vibraba con la música de los altavoces en las galerías. En primer término se oían discusiones acaloradas, carcajadas y las palmadas en los hombros con que se premiaba una buena broma o un comentario ingenioso. A veces estallaban los gritos y las palabras ofensivas de una discusión que se había salido de madre, para regocijo de los espectadores ociosos. Otras actuaba un acróbata, un contorsionista o un músico que rasgueaba las cuerdas destempladas de una guitarra desvencijada. Tampoco era extraño percibir el murmullo de una riña en la que los cuerpos musculosos de los contendientes brillaban por el esfuerzo, entre jadeos y las voces de ánimo del entusiasmado gentío. Solía ocurrir también que alguien dijese maravillas de una medicina milagrosa, capaz, tras una sola toma, de curar la caída del cabello, el mal aliento, la esterilidad, la adversidad y la eyaculación precoz.

Nunca me quedaba mucho rato allí; debía ir rápidamente al pozo para poner los bidones en la fila y esperar mi turno. Era una bomba británica, anticuada, pesada, con una gruesa asa de madera y una boca ancha, imposible de manejar en ayunas y predestinada a resistir un siglo más. El asa siempre olía a grasa con que se la untaba para desalentar a la omnipresente carcoma.

Cuando había junto a la bomba una chica atractiva, como Lusanani, y te colocabas unos pocos pasos detrás de ella, al verla levantar
los brazos e inclinarse hacia delante, hasta que su cara quedaba por
debajo del asa, deseabas que siguiera bombeando eternamente, porque el espectáculo de aquel cuerpo en plena pugna despertaba en tu
espíritu fantasías lujuriosas. El talle esbelto, la ropa interior, que se
adivinaba bajo el vestido, los muslos, las pantorrillas y las piernas,
tensos por el vehemente movimiento de bombeo, actuaban como
un combustible sobre mi ánimo ardiente. Cuando miraba las nalgas
de Lusanani, que se apretaban bajo la tela y volvían a relajarse, y sus
bragas, que se tensaban cuando se inclinaba sobre el asa, sabía que
había una parte adulta de mí que la deseaba y que acabaría por apre-
sar su espíritu y llevármelo a la etapa siguiente del viaje de mi vida.
Me sentía predestinado.

De camino a casa, mientras los coches pasaban a toda velocidad
y de vez en cuando se paraban en la gasolinera, la figura de Hachi
Gimbi, con su casquete blanco y su barba característica, me sacaba
de mis casillas. Parecía estudiarme, como si intentase leer mis pensamientos.

Esta sensación se veía intensificada por el hecho de que entre los
adivinos había muchos musulmanes. Todo el mundo sabía que el
Corán era un libro poderoso, lleno de magia, bendiciones y maldiciones. Se había dicho que Hachi Gimbi estaba al corriente de lo
que yo pensaba de su mujer y cómo deseaba que él desapareciese y
me la dejara, y que esperaba a pillarme con las manos en la masa. Yo
suponía que si aún no había hecho nada al respecto se debía a que
era amigo de mi padre y no quería precipitarse sin tener pruebas
concretas. Cuando nos encontrábamos, o cuando me enviaban a su
casa con algún recado, yo temblaba, pues temía que me confrontase
con mis pecaminosos pensamientos. Sin embargo, eso nunca ocurrió. Curiosamente, se mostraba contento de verme, lo que me des-
orientaba, si bien no modificaba mis sentimientos ni mis pensamientos hacia Lusanani.

Debido a la dictadura a que estaba sometido y, sobre todo, a la imposibilidad de decir lo que quería, creía ser el único que sufría en silencio, pero el incidente de la tinta roja me demostró que no era así. Mal que bien me había adaptado al callejón sin salida que representaba para mí la casa paterna. Había aprendido a mantener la boca cerrada, a no decir nada, ni siquiera cuando un moco colgaba de la barbilla de Serenity o Candado y amenazaba con caer en su taza de té o en el cuenco de la sopa. Se trataba de un nuevo sentimiento de autoprotección —algo que nunca había necesitado en la aldea—, que me avisaba, mediante un cosquilleo en la garganta, cuando estaba a punto de hacer una declaración peligrosa. Adquirí la costumbre de apartar la vista. Sin duda era mejor eso que el que me tiraran por encima la sopa o el té que hubiese intentado salvar de los mocos. No entendía en absoluto por qué los déspotas se mostraban tan sensibles ante semejantes trivialidades.

Una mañana, cuando hacía mi genuflexión en el patio, me llamó la atención algo que se destacaba en el trasero de Candado, bajo la ropa, como si se hubiera metido una botella de tinta Quink en el culo. Sabía que no podía tratarse de una broma, ya que si Candado tenía el mínimo sentido del humor, seguro que no era de esa clase. ¿De qué se trataba pues? El bulto era demasiado llamativo para no reparar en él. ¿Qué pasaba? Agradablemente sorprendido por esa bufonada poco habitual, me sentí de pronto más animado y conseguí adoptar a la primera el tono correcto. Candado, que esperaba la resistencia habitual, se quedó pasmada ante mi docilidad. Cumplí rápidamente con mis obligaciones diarias, me lavé y me dispuse a salir rumbo a la escuela.

Candado se encargaba de la administración de la casa, y en vista de que unos días antes yo le había pedido dinero a Serenity a fin de comprar unos cuadernos, tenía que presentarme ante ella para que me lo diese. Éste era el procedimiento normal, porque Serenity nos había pedido que fuésemos previsores. «El dinero no crece en los árboles», solía decir como aviso de que necesitaba tiempo para reunirlo.

Encontré a Candado en la salita. Cuando le expliqué lo que quería, se volvió sin responder y entró en el dormitorio, donde había dejado el monedero. Entonces la vi: ¡una mancha grande como la boca de un bebé y roja como un rubí! No lograba apartar los ojos de su trasero. No es que no hubiera visto sangre antes, de hecho la había visto bastante a menudo, y también sabía cómo olía. Llegué a la conclusión de que alguien que acostumbraba a ser tan cuidadoso debía de estar en grave peligro si sangraba de aquella manera. Abrí la boca para advertirle de la presencia de la mancha, pero finalmente decidí tragarme las palabras y me limité a carraspear. Era insensato llamar la atención sobre algo a un dictador antes de que te hubiese dado lo que necesitabas: corría el peligro de que Candado, por vergüenza, se negara a entregarme el dinero. No podía permitirme meterme en problemas y arruinar un día de escuela por hacer algo cuyas consecuencias eran imprevisibles. ¿No me había callado siempre los secretos de tía Tiida? ¿No sabía perfectamente que el silencio era oro? ¿Tenía demasiada importancia ese nuevo secreto como para guardármelo? Creía que no.

Estaba eufórico: al fin contaba con algo con lo que hacer chantaje a mi enemiga. En el futuro podría usar el secreto contra ella. Estaba seguro de que aquélla era mi oportunidad de conseguir que dejara de maltratarme; pero ¿cómo enfocar el asunto? Era sangre de verdad, sangre despótica. Tenía que aguantar un rato más, mientras pensaba un plan magistral para poner fin a mi desdicha. Por mí ya podía ensuciar toda la casa, o marcar con ella las fechas señaladas en el calendario. Eso al menos haría que todo el mundo se diera cuenta de que los tiranos sangraban igual que cualquier ser humano.

La próxima vez le llegaría el turno a Serenity, quien sin duda sangraba por delante: cerca de la bragueta. Por mí, ya podía regar el patio, el retrete y todo el barrio con su sangre, o pintar de rojo la moto color verde limón de Hachi Gimbi, la gasolinera y los coches que pasaran.

Cuando recibí el dinero hice todo lo posible por evitar retroceder cuando me tocara, para no delatarme. Suponía que los dedos le olerían a sangre y que a causa de ello el dinero apestaría. Advertí que estaban húmedos y fríos, lo que me preocupó un poco, porque la abuela me había dicho que cuando alguien padecía de anemia, tenía las manos y los pies fríos; pero ¿hasta qué punto era grave la anemia de esa mujer? Por lo que se veía, no tanto como para morir antes de que yo volviera de las clases, o al menos eso me pareció. Olfateé el dinero: olía estupendamente.

De camino a la escuela traté de imaginar qué ocurría bajo las bragas de Candado. ¿Estaría sangrando como un gallo al que le hubiesen cortado la cabeza? En caso de que así fuese, ¡vaya hueso duro de roer habría resultado si sufría una hemorragia y se comportaba como si todo estuviera bajo control! Esta vez sí que habría podido quejarse con motivo, al contrario de lo que hacía cuando todavía estaba Nantongo, pero no decía ni mu. Las mujeres embarazadas tenían pánico a las hemorragias y pedían auxilio a la menor señal de ellas, pero esa mujer se comportaba como si fuera insensible al dolor. Yo pensaba en los gallos, que soltaban patadas y tenían convulsiones mientras se desangraban; ¿acaso Candado fingía indiferencia? Concluí que, en efecto, el dolor le era ajeno, por eso, sin duda, echaba mano con tanta rapidez del látigo de guayabo. De inmediato me picó la curiosidad. Quería descubrir si Candado era en efecto incapaz de sentir dolor. ¿Qué le parecería eso al Galán? Quizás ése fuese el motivo por el que la encontraba tan atractiva.

Durante todo el día tuve la sensación de que la fortuna había empezado a sonreírme. Contesté muy bien en clase y en el recreo encontré un billete de diez chelines entre la hierba, detrás del aula más cercana al patio. Era una suerte extraordinaria, porque casi nunca encontraba nada.

Estudié detenidamente el billete para asegurarme de que no lo había puesto allí adrede alguien aquejado de forúnculos o alguna otra enfermedad contagiosa, porque a principios de la década de los setenta diez chelines eran un montón de dinero. Candado me habría despellejado si hubiese perdido semejante suma, y Serenity probablemente también.

Para celebrarlo, llamé a dos amigos y los invité a bocadillos y refrescos. Mientras los saboreaba, traté de resolver dónde ocultar el resto de mi botín. Habría compartido mi suerte con los dos cagones más leales, pero temía que se entusiasmaran tanto que acabasen por delatarme. Bajo una dictadura no era prudente mostrarse excesivamente generoso.

La jornada escolar transcurrió con la rapidez con que pasan las nubes de lluvia durante un huracán. A causa de la euforia que me embargaba había olvidado pensar cómo usaría mis nuevos conocimientos contra Candado, y en el camino de regreso a casa apenas si pensé en ello. No obstante, me sentía estupendamente cuando llegué, convencido, sin sombra de duda de mi capacidad intelectual y mi fortuna.

La Candado con que me encontré al entrar en el patio hizo que mi euforia se desvaneciese: parecía un castillo con el foso lleno de pirañas y el puente levadizo alzado. ¡De manera que no se había desangrado, después de todo! ¡De manera que no había dejado manchas por todas partes, ni siquiera en los momentos más angustiosos! Sin embargo, se la veía tan nerviosa que su fachada amenazaba con derrumbarse en cualquier momento.

En ese instante, como convocada por dioses solícitos, llegó una clienta, a la que sin duda aquéllos le habían endosado la difícil tarea de distender el ambiente glacial que reinaba en la casa. Tras sacar a Candado de las frías profundidades de su sufrimiento solitario, ésta le preguntó cómo se encontraba, cómo estaban sus hijos, si la furgoneta de su marido ya funcionaba y si... Sentí que mi presencia allí sobraba.

Las mujeres de ciudad, como la recién llegada, se movían en su propio mundo, incluidas las embarazadas o las que eran feas. Esa mujer, cuya barriga, muslos y nalgas mostraban las huellas de los muchos partos, era de la clase que, en la aldea, nos habría atosigado, a la abuela y a mí, pidiéndonos filtros de amor y amuletos de dudosa efectividad, a los que aquellas que se sentían inseguras recurrían para recuperar el ardor de otros tiempos. Pero allí, en la ciudad, no consideraba digno de echarle siquiera una mirada al terror de la escuela, vestido con pantalones cortos, cuyos cuadernos, forrados con periódicos viejos, lucían las marcas rojas que distinguían los trabajos sobresalientes.

Candado siguió colmando a la mujer de gentilezas. Se levantó y enseñó, por primera vez esa tarde, su espalda. Se encaminaba hacia el puesto de mando para tomarle las medidas a la mujer. Vi la mancha. ¿Era nueva o la misma de la mañana? Se me antojó mayor, más peligrosa, y sin duda requería atención inmediata.

De repente perdí el control sobre las palabras que había encerrado y atrincherado en mi mente. Parecían hartas del silencio cobarde que había guardado durante todo el día, y salieron como niños deformes que nacieran de nalgas.

—Se muere —me oí decir—. ¿No sabe que lleva sangrando desde la mañana..., mamá?

Más palabras amenazaban con salir, pero las retuve tapándome la boca con las manos. Candado se detuvo, rígida, agachó la cabeza y luego la levantó como si una mano gigantesca tirase de ella. Hizo una pirueta con la agilidad y gracia de los bailarines del día de su boda. Su rostro se crispó, y miles de arrugas se formaron en él. Con ojos desorbitados, la clienta reaccionó como si se hubiera pronunciado una sentencia de muerte, pero de inmediato reparó en la mancha seca, y en su rostro apareció una expresión maliciosa. Candado se percató de que le miraba el trasero, y como si le sobreviniera toda la vergüenza que había sentido de niña y de monja, perdió por completo los estribos. Algo semejante a un árbol hendido por el rayo me alcanzó con tal fuerza que tuve la sensación de que se apagaba la luz.

Recuperé el conocimiento horas después, con un fuerte dolor de cabeza y un ojo hinchado. No se mencionó una sola palabra sobre el incidente. De ello aprendí que en una dictadura, por mor del orden público y la armonía doméstica, era mejor no mencionar cuestiones embarazosas del pasado. En una dictadura, el presente y el ayer son unos gemelos siameses que más vale no separar. Todo aquel que en semejante régimen tenga necesidad de una conciencia histórica debe cultivarla sólo para sí en una cueva subterránea, donde tan repugnante espectáculo no hiera la sensibilidad del populacho.

Por el momento me desahogué con las patatas que debía prepa-

rar para la cena, que ese día eran duras como piedras. Serenity callaba. Candado me lanzó una mirada de advertencia con la que quería
decir que no me había perdonado ni olvidaría lo que le había hecho.

Durante las semanas que siguieron me esforcé por preparar los
mejores platos de mi repertorio, porque cada mañana me asaltaba la
imagen de la ropa manchada de sangre de Candado. Como tenía
miedo de que su sangre fuese a parar a la comida si ésta cocinaba, yo
realizaba todas las tareas relacionadas con ella con el fanatismo propio de un converso. Puesto que me dejó en paz por una temporada,
supuse que tomaba mi entusiasmo como un cambio de actitud que
respondía a lo mucho que me arrepentía de mi acción.

Sin embargo, a causa de las escalofriantes pesadillas que tenía
por la noche, empecé a sospechar que Candado había sustituido las
torturas físicas por un martirio espiritual. Me visitaba le efigie en
madera de Jesús crucificado. En la iglesia, en los devocionarios y los
rosarios había visto innumerables veces a Jesús crucificado, pero
éste quedó sujeto de inmediato a la prodigiosa mutabilidad de los
sueños. De pronto ya no era Jesús, sino Candado quien estaba cla-
vada en la cruz. La piel aparecía en carne viva y la sangre goteaba
sobre las piedras que mantenían erguido el repulsivo símbolo. Yo
era el único que presenciaba su suplicio. La expresión lúgubre de su
cara iba dirigida a provocar en mí un sentimiento de culpabilidad
eterno: yo era su supuesto asesino. Otras noches aparecía disfrazada
de Virgen María, con una túnica blanca, una cinta azul en la cintura, un globo terráqueo en las manos y los pies ocultos entre nubes.
Luego era torturada y crucificada, con túnica y todo, y empezaba a
sangrar abundantemente.

Aunque yo intentaba dar una explicación racional a esos sueños
y estaba dispuesto a admitir la posibilidad de que mi imaginación se
hubiera desbocado, no conseguía librarme de la sensación de que
era Candado quien provocaba esas pesadillas.

Por las mañanas, cuando debía saludarla de rodillas, buscaba en
su cara indicios de que se había vestido de Virgen María o disfrazado de Jesús. Sin embargo, no daba muestras de emoción alguna ni
de estar al corriente de mis terrores nocturnos. Condenado a cargar

cada noche con una visión sangrienta, me preguntaba qué podía hacer para romper el ciclo. Quería dejarle claro que no sacaba ningún provecho de todas esas bobadas sobre la culpa: ya era demasiado tarde para eso. También quería explicarle que era preferible que colaboráramos como compañeros adultos a que malgastásemos nuestras fuerzas en un enfrentamiento estéril.

Comencé a sospechar que era una de esas personas que, poseídas por espíritus ancestrales, se sentaban sobre el fuego, corrían desnudas, trepaban a los árboles y sufrían accesos de cólera diabólica en el transcurso de los cuales destrozaban cuanto caía en sus manos, para negarlo todo no bien los espíritus las abandonaban. La abuela me habría ayudado a confirmar mis sospechas, o, por lo menos, a disiparlas. Decidí contárselo todo a Lusanani, pero entonces las pesadillas empezaron a ser menos frecuentes, hasta que finalmente desaparecieron por completo.

Como resultado de esos miedos nocturnos nunca más volví a dormir profundamente sino que mi sueño se hizo ligero, y despertaba antes de que Candado me gritara, me arrojase agua fría por encima o me azotara con el látigo de guayabo. Volví al ritmo propio de la aldea, donde la tranquilidad diaria alternaba con la repentina llegada de un bebé. Por la noche me encantaba permanecer echado en la cama, despierto, y pensar que en torno a mí el mundo dormía plácidamente. Me daba la sensación de vivir en otro huso horario, en otro hemisferio, en un lugar donde la gente se despertaba cuando en el que habitaba Candado se acostaba, en un lugar donde se ponían el pijama cuando en aquél se vestían para ir a la escuela.

A veces me asaltaba el impulso de levantarme de la cama y salir a caminar, dirigirme hacia las avenidas oscuras y recorrer furtivamente callejones que apestaban a orines. Sólo una vez sentí deseos de buscar el camino que conducía a la parada de taxis y contemplarla, vacía, a medianoche. Quería calcular sus dimensiones reales, cruzarla de un extremo a otro y llenarla con mis fantasías. En la oscuridad acechaban salteadores. La noche misteriosa ocultaba toda clase de peligros. La atmósfera de la ciudad era tensa a causa de los soldados que patrullaban en busca de diversión nocturna y aventuras prohibidas. El cielo estaba a reventar con las almas de la gente asesinada antes y durante el golpe de Estado, o en vísperas de la Independencia, cuando la política se había puesto su máscara más espantosa y se había vuelto cada vez más sanguinaria. La noche estaba poblada de espíritus que aún olían a tierra, espíritus en busca del siguiente mundo, espíritus que se despedían sin conocerse, espíritus que vagaban flotando para entrever por última vez a sus seres amados, y, por fin, espíritus que mortificaban a sus seres amados con garras de murciélago. La abuela era uno de esos espíritus, de modo que lo mejor sería que yo pasase la noche siempre en el mismo lugar, por si me buscaba, para que pudiera olerme, por si se daba el caso de que quisiera aparecérseme.

De espaldas en la cama, pensaba primero en ella y luego en los déspotas con su intrigante avenencia y su falta de alegría y pasión. Acostumbrado como estaba a las vehementes discusiones de sobremesa que sostenían el abuelo y la abuela, en las cuales cada razonamiento y cada palabra tenían importancia por sí mismos, la ñoña unanimidad de aquellos dictadores se me antojaba primitiva hasta la náusea. Ambos parecían tener acceso telepático a los pensamientos del otro y extraer de él la información precisa, de modo que no necesitaban hablar. El que dejaran a todo el mundo en la incertidumbre acerca de sus opiniones e ideas debía de ser un truco fraguado para conservar el poder. ¿Podían ser dos déspotas tan perfectamente avenidos? Era posible, pero también, quizá hubiese algo que yo ignoraba, algo que tenía delante de las narices pero que por mi inexperiencia o mi ceguera era incapaz de ver.

Esta última contingencia se convirtió en una obsesión para mí. Mis especulaciones nocturnas acerca de ello llegaron hasta tal extremo que una noche creí que soñaba cuando en realidad estaba oyendo una discusión, como si fuese testigo de una de esas peleas que se producen a menudo en las tiendas africanas. ¿O acaso me encontraba en el arenal que había detrás del patio de la escuela, donde se entrenaban los saltadores de longitud y los matones que no paraban de enredarse en trifulcas para demostrar su supremacía?

Pero mientras las palabras zumbaban en el aire, que parecía vibrar a causa de una enemistad largamente reprimida y frustrada, caí en la cuenta de que era testigo, por casualidad, de algo muy diferente. Salté de la cama. Los cagones, sumidos en un sueño infantil, casi angelical, se tiraban pedos, roncaban suavemente y gemían con inocencia, como si lamentaran que mi descubrimiento les pasase inadvertido. Entré de puntillas en la salita, que aun olía al pescado que habíamos comido para cenar. Me atreví a ir más allá de los aparatosos sillones verdes y el rincón del comedor donde Serenity siempre comía solo y nos vigilaba, y pronto estuve delante de la puerta que conducía al lugar de donde surgían las andanadas. Por lo general, esa puerta estaba entornada para que, desde el santuario que era el dormitorio de Candado, se percibieran los gritos nocturnos de los cagones. En ese momento estaba algo más abierta, y oí a mis padres arrojarse el uno al cuello del otro mientras suponían que todo el mundo dormía. Se trataba de una costumbre nocturna que habían adquirido ya en la aldea y con la que al parecer habían decidido continuar en la corte en que tenían lugar sus riñas domésticas.

Mientras estaba al borde de aquel cráter hirviente se me ocurrieron varias posibilidades. ¿Habría sacado uno de los dos un arma de la salita o de la cocina y, en su afán asesino, habría olvidado cerrar la puerta? Y, en caso de que así fuera, ¿en qué situación se encontraba en ese momento la otra parte? Me pregunté cuánto tiempo llevarían así. ¿Habría decidido Serenity por fin llamar al orden a su ejecutora? ¿O sería Candado quien repartía esos golpes certeros? Yo temblaba. Reaccioné cuando oí ruido de cristales rotos y objetos arrojados al aire, jadeos y suspiros. Una cortina de oscuridad me separaba de los acontecimientos que se desarrollaban en la habitación de los déspotas, pero la mera idea de que éstos se pegaran, arañaran y estrangularan me producía una excitación próxima al vértigo. Cuando acabó el ruido, noté, para mi asombro, que el motivo de la pelea era el Galán.

Recordé de repente que lo había visto sentado en un taburete, con un brazo sobre la mesa adornada con figuras de violetas, mientras Candado cosía dos trozos de tela que debían convertirse en un vestido. Él esbozó una sonrisa y a Candado le brillaron los ojos como yo nunca había visto. Parecía hallarse en el séptimo cielo. Nadie, vivo o muerto, salvo el Galán, había conseguido nada semejante en ella.

En virtud de eso comprendí que Serenity se sintiera celoso y herido por aquellas visitas. Ya imaginaba los chismes asquerosos que tendría que oír. En eso, la gente de la ciudad no se diferenciaba de los aldeanos. También les gustaban las murmuraciones, sólo que éstos eran aún más indiscretos. Debido a su fracasada tentativa de matrimonio con Kaziko, Serenity tenía la sensación de que su mujer hacía lo que le daba la gana con Boy, como él llamaba al Galán, para hacerle sentir qué ocurría cuando se cambiaban los papeles. La presunta venganza y los celos inoportunos habían juntado al cocodrilo y al búfalo en un mismo foso de arena traicionera.

—Quieres a ese chico, ¿no? —preguntó Serenity con voz temblorosa, ofreciendo su vulnerable vientre de cocodrilo a los terribles cuernos del búfalo.

—No del modo que insinúas —contestó Candado en tono gélido—. Sencillamente me gusta que esté aquí. —Las últimas palabras sonaron más cálidas.

—¿Por qué no puedes decirme la verdad sobre ese Boy? No soy tonto como crees.

—Te digo la verdad. Sólo es un cliente que, casualmente, me hace reír con sus comentarios.

Serenity sintió renacer sus viejos prejuicios sobre las tiendas y los tenderos, y se preguntó por qué diablos había accedido a los pedidos de su esposa y le había regalado una máquina de coser, atrayendo así a su casa el diabólico comercio y a esos malditos clientes.

—¿Qué... qué... qué comentarios? —Empezó a tartamudear, como antes, cuando lo enviaban a la tienda y no encontraba a nadie que quisiera ir en su lugar.

—Halagüeños. Admira el modo en que con unos simples retales de algodón soy capaz de hacer unos vestidos magníficos.

Yo estaba apoyado contra el marco de la puerta. Casi se me doblaban las rodillas. De pronto resultaba que Candado, una mujer que hacía ya muchos años había desterrado de su vocabulario la palabra «halagüeño» para sustituirla por la palabra «amenaza», ¡necesitaba que la halagasen! ¡Y lo necesitaba tanto que incluso aceptaba que lo hiciese un pelma como el Galán, justamente el único ser, bípedo o cuadrúpedo, capaz de oponerse a Candado y a sus opiniones, de rechazarla o de hacerle cumplidos! Me asombraba lo mucho que me había equivocado con respecto a Candado, pero aun así me sentía satisfecho, pues a pesar de su indiferencia ante las hemorragias y de la rapidez con que echaba mano del látigo de guayabo, no parecía del todo insensible al dolor. ¡Podría herirla!

—¡Ah! ¿Así que conmigo no te ríes y yo no valoro tu trabajo, a pesar de la libertad que te doy?

—Eso es otra cosa —contestó ella, un poco más amablemente pero sin ocultar su impaciencia. Lo que no expresó con palabras fue lo que sentía cuando estaba con el Galán: cierta pureza, una inocencia libre de la tensión habitual entre hombres y mujeres. Lo único que el Galán deseaba de ella era la fuerza curativa de sus conversaciones. Las zalamerías que le dirigía procedían de algo que a lo que más se parecía era a un amor platónico propio de la edad del pavo, pero que a ella le procuraba una alegría que nunca antes había experimentado.

—¿Qué quieres decir con eso? —preguntó Serenity con ira contenida.

—Si hay mujeres que te pueden hacer reír a ti, también hay hombres jóvenes que pueden hacer reír a una mujer casada. Sé que hay muchas mujeres que esperan que me ocurra algo a fin de correr hasta aquí a ocupar mi lugar, pero para que lo sepas: ya puedes seguir criando bastardos, que nunca tendrán un lugar en esta casa.

A Serenity le molestaba que se sacara a colación la hija de Kaziko, tanto como tener que defenderse siempre. Hacía tiempo que había dejado claro que sus problemas económicos le impedían ir detrás de otras mujeres; ¿por qué, entonces, volvía ella a mencionar ese tema?

Lo que Candado no le había dicho era que aún sufría pesadillas relacionadas con su casamiento, en las que veía a los hijos del diablo de Kaziko tender la mano hacia sendos trozos de pastel, que se convertían en piedras con que la lapidaban por haber suplantado a su madre. Empezaba a dudar de que el hijo de Kaziko fuera realmente una niña. En su sueño, Candado siempre estaba rodeada de chicos que juraban ser los herederos de Serenity, como verdaderos primogénitos de su casa. Deseaba que la tranquilizaran asegurándole que el hijo de Kaziko era una niña, pero no sabía cómo plantearlo sin delatarse.

—¿Por qué sacas ese tema? —preguntó Serenity.

Frente a ese hombre cultivado que, lo sabía muy bien, se burlaría de unos sueños en que una niña se convertía en una horda de chicos que la lapidaban, se sintió en un brete. De manera que recurrió a las bravuconadas y amenazas, que eran lo que mejor dominaban.

—Hachi Gimbi puede enseñarte cómo hacerte polígamo, pero esa lacra nunca manchará esta casa.

—No te metas con Hachi. Es amigo mío, no tuyo.

—Jamás compartiré una casa con otra mujer.

—Empiezo a estar hasta la coronilla de todas esas estupideces. Si es así como pretendes librarte del sentimiento de culpa por lo que haces con ese chico, dilo y luego cállate. No tengo ganas de escuchar esas tonterías toda la noche. He de madrugar para ir al trabajo.

—¿Cómo puedes confiar en esos musulmanes? ¿Intentan convertirte al islam o al régimen de Amin?

—¡Te he advertido que dejaras de decir tonterías! Hachi es mi amigo. Vete con tu paranoia a otra parte, o mejor aun, dásela a Boy y dile que la arroje a un pozo. Están chismorreando sobre nosotros y ya me tildan de cornudo. Creen que ese muchacho te ha sorbido el seso y te domina por completo.

—Eso no quiero oírtelo decir nunca más. ¡Nunca! —vociferó ella. Los muelles de la cama chirriaron mientras se volvía de lado, enfadada.

—Y yo no quiero que la gente hable mal de mí ni de ti. Somos un modelo de familia. No puedes acabar en unos minutos con la reputación que nos hemos hecho en años.

—Él sólo coquetea conmigo; ¿por qué habría de preocuparme por los pensamientos sucios de la gente?

—¡Coquetear! ¡En mi casa! ¡Junto a mi máquina de coser! ¿Qué hace, te canta canciones? Dile que pare. Que se busque a otra costurera. ¡No quiero volver a verlo aquí!

Todo aquello era información en bruto; tenía que asimilarlo y descubrir si se podía sacar algún provecho de ella. Empezaba a aburrirme. Ya pensaba incluso en volver a la cama, porque para una noche había tenido más que suficiente.

—Tú tampoco te libras. Según tú, yo también estaba celosa cuando despedí a la muchacha.

—Nunca he sostenido tal cosa —replicó él, somnoliento.

—No te quitaba el ojo de encima.

—Ella sólo quería que dejaras de tiranizarla. Yo apenas si la miraba.

—Y ya no podía confiar en que se comportase como es debido con Mugezi —dijo Candado de pronto.

—Por cierto, ¿qué pasa entre vosotros dos?

—Los niños deben ser obedientes, y él no lo es. Se cree el hombre de la casa. Tú te desentiendes de él, pero no te preocupes: ya lo meteré en cintura. No quiero, de ningún modo, que se convierta en uno de esos hombres que roban, torturan y asesinan a la gente. Su abuela lo malcrió, y yo me ocuparé de remediar el daño. Nunca confié en esa mujer.

Se me doblaron las rodillas y a punto estuve de caer contra la puerta.

—Cállate; te estás excediendo. —La voz de Serenity me recordó el aullido de un perro en celo atormentado por el olor inalcanzable del sexo.

¡Robar! ¡Asesinar! ¡Torturar! ¿Quién me torturaba a diario hasta casi matarme? ¿Quién me martirizaba cada día con insultos, el hedor de la mierda y el escozor de los verdugones ardientes que me producía el látigo de guayabo? ¿Quién atentaba contra mi integridad mental para malear mi espíritu hasta convertirme en un engranaje? Acababa de desencadenarse una guerra. No me hacía ilusiones de ganarla, pero estaba firmemente decidido a vender muy caro el pellejo. El extraordinario dominio de uno mismo que se necesitaba para aprovechar al máximo los conocimientos recientemente adquiridos me hizo temblar de miedo. ¿Cómo haría para mirar a los ojos a mis padres, saludarlos y obedecerlos como si no supiera nada?

—Has de prometerme que no me dejarás sola en la difícil tarea de doblegar a ese chico. Debemos redimirlo de la maldad del mundo.

—Pero si ya ayudo, ¿o has olvidado quién paga la escuela?

—Me refiero a ayudarme físicamente, con medidas disciplinarias.

—Te ayudaré, y también me encargaré de que Boy no venga más por aquí.

—Ya te he dicho que entre él y yo no hay nada. —Candado estaba furiosa, porque Serenity había mezclado dos asuntos completamente diferentes.

—¿Llamas «nada» a coquetear en mi casa?

—Ese chico recorre kilómetros para conseguirme clientes, y no me cobra ni un céntimo por ello. Sin él apenas tendría trabajo. ¿Qué haría sin su ayuda y sus contactos? Si le impides venir, nadie saldrá beneficiado.

—Pues si no lo haces tú, lo haré yo.

—Veo que insistes.

—Es una orden.

Ya no podía asimilar más información. El eco de las voces me llegaba como si procediese de una cueva lejana. Recordaba el zumbido de abejas agonizantes. Me daba igual lo que ocurriera. Ya no me importaba que él le rompiese un brazo o una pierna o que ella le destrozara las rodillas o se las acariciara.

Mi estancia en la ciudad había sido hasta entonces un único intento calculado de meterme en cintura, menoscabar mi autoestima y machacar todos los brotes de mi personalidad en el mortero de la convención. Me daban órdenes sin ninguna explicación. Se dirigían a mí en un tono humillante, me leían la cartilla con el desdén propio de los déspotas, me pegaban. Yo sólo valía para lavar pañales, cocinar, ir a buscar agua y hacer todo aquello que a Candado no le apetecía. En otras palabras: el potro de tortura crujía y giraba, realizando lentamente su tarea de desbravecerme.

Mi descubrimiento nocturno me había enseñado una cosa: tenía que actuar con la cautela que demostraban los déspotas en su conspiración contra mí. Debía atacar con el sigilo del leopardo y borrar mis huellas, así como mantener ocultas las garras. Tenía que combatir su fuego con mi propio fuego, de manera tal que ellos se quemaran mutuamente sin que la casa ardiese. Debía actuar con la taimada tozudez del cerdo.

Cuando en la aldea alguien compraba un lechón y no quería que escapara en el camino a casa, lo metía en un saco de yute y lo inmovilizaba. Sin embargo, algunos lechones trataban de escapar cuando la puerta de la pocilga estaba entreabierta o si la cuerda con que se los sujetaba por las patas no había sido bien atada. Escapaban no tanto para volver al lugar del que procedían como para vengarse de que alguien los hubiera condenado al aburrimiento del cautiverio. Los cerdos que huían se desquitaban comiéndose la cosecha de los vecinos. Algunas marranas esperaban un poco más de tiempo: cuando debían ser montadas por los verracos, se fugaban y había que perseguirlas por toda la aldea. Cuando al fin se las atrapaba y eran llevadas de nuevo allí donde se encontraban los machos, meneaban de tal manera el culo que se desperdiciaba casi todo el esperma. Yo estaba decidido a aplicar algunas de las lecciones que había aprendido de los cerdos.

Estuve intranquilo durante días. No podía dormir y tampoco me atrevía a volver a espiar. Una sensación de ansiedad me oprimía el pecho y me estrujaba las tripas, quitándome el apetito. De camino a casa al salir de la escuela pasaba por la parada de taxis y miraba las furgonetas, a los viajeros, a los gorrones, a los encantadores de serpientes, a los adivinos, a los cantantes y a los espíritus desarraigados. Me empujaban chicos de mi edad que vendían por las calles pilas, ropa interior, libretas, cepillos de dientes y mercancías por el estilo. Me perseguían carteristas que creían que llevaba dinero para mis gastos o para la compra. En una ocasión me abordó un falso adivino que prometió predecirme el futuro y darme su bendición si tenía dinero para pagar sus servicios. Vi a estafadores conducir a campesinos analfabetos hacia los autobuses equivocados, los comerciantes equivocados o los lugares equivocados. Vi a los compinches de esos estafadores hacerse pasar por chóferes, tenderos o detectives. Vi cómo esos campesinos cándidos se dejaban timar sin sospechar nada. Vi a mujeres vestidas de forma provocativa pasar moviendo el culo, guiñando un ojo y haciendo todo lo posible por atraer la mirada de los hombres. Vi a mujeres que parecían perdidas y no tenían el valor de preguntar por el camino.

Concluí que en el país había cada vez más ratas, a pesar de la gran variedad de venenos y trampas. En la aldea solíamos abrir las pilas viejas, mezclar con pescado el grafito que contenían, a fin de mitigar el olor de éste, y luego meterlo en una ratonera o detrás de los sacos de café para que las ratas se lo comieran y muriesen. Ante mí había líquidos, granos y polvos para matar alimañas. Yo disponía del dinero necesario para comprar el veneno con que acabar con esa rata gigantesca llamada Candado. Sólo me inquietaba el instinto de supervivencia de las ratas. A menudo se desentendían del tósigo. ¿Y si Candado, en lugar de comérselo, se lo daba a uno de los cagones? Mi conciencia no lo soportaría, y tal vez tampoco fuese capaz de aceptar la muerte de Candado. Aparte de que también había que tener en cuenta a la policía. Candado sólo salía de casa para ir a misa, y no sería difícil descubrir que había sido envenenada por alguien de su círculo familiar.

Miraba las serpientes, en particular las relucientes cobras, que bailaban, se enroscaban e hinchaban el cuello cuando los encantadores desdentados silbaban o hacían sonar su instrumento. El brillo de las escamas y los anteojos negros me hacían temblar de ganas de comprar una y meterla en la cama de Candado. Aquellas serpientes no tenían colmillos, por lo que eran inofensivas, pero ante una sola de ellas el objeto de mis planes se llevaría un susto lo bastante grande para morir de un ataque al corazón. Sin embargo, por algún motivo no veía cómo eso me procuraría más libertad o más derechos. Así que seguía adelante.

Me asombraba que la ciudad siempre pareciera estar ardiendo: un sol intenso, abrasador, se derramaba lentamente, como magma, sobre sus habitantes. Percibí el olor de la lluvia cercana. El cielo se oscureció. Sobre los edificios que se recortaban en el horizonte, cuya silueta semejaba una dentadura cariada, negros nubarrones se cernían igual que buitres hambrientos. No dejaban ver el sol, el alminar y las catedrales en las colinas, a lo lejos. Comenzó a soplar un viento frío y húmedo que ponía la carne de gallina. Cayó del cielo una cortina de agua. Todo se volvió gris y la gente echó a correr en busca de refugio.

Desde la cima de Nakasero Hill bajaba hasta el casco urbano un aluvión en el que se arremolinaba la cólera de los impotentes tribunales de justicia y la fuerza destructiva de un ejército sediento de sangre. El río Nakivubo se desbordó, cubriendo de porquería las orillas y las calles. El agua arrastró serpientes, algunos perros y tortugas, y a un borrachín atontado. El rugido de las aguas se sumó al estruendo de los carros de combate, los lanzacohetes y las tropas que intervinieron en el golpe del 21 de enero de 1971. Idi Amin estaba en la cresta de la ola.

Con el general de mi parte podría aplastar a los déspotas como si fueran nueces en un mortero. Vi a los soldados calados hasta los huesos luchar contra el oleaje mientras escoltaban a un alto oficial. En sus caras inexpresivas se percibía un fatalismo total, una resignación absoluta y una obediencia ilimitada al dios de la guerra. Llegado el momento se trataba de la cabeza de uno o la de ellos. El aire temblaba por la magnitud de su poder mortífero, al igual que había temblado una vez cuando una mujer dio a luz sobre el asfalto.

Si yo consiguiera alcanzar una entrega semejante y el valor de la abuela en el momento en que vio destellar el *panga*, no necesitaría veneno alguno. Bastaría con dirigirme a un soldado de guardia e informarle de que Candado y Serenity eran simpatizantes de Obote. Entonces los irían a buscar, los obligarían a subir a un Jeep y los llevarían a los barracones, para luego molerlos a culatazos o a golpes de látigo de piel de rinoceronte y romperles todos los dientes. Allí les pasarían cosas que el tío Kawayida no mencionaba en sus relatos; pero si llamaba a los soldados no actuaría con el sigilo del leopardo.

Si quería, podía unirme al Servicio de Seguridad del Estado, la organización cuya tarea era vigilarlo todo y denunciar a los enemigos del gobierno, reales o potenciales. Por ser funcionario del Servicio de Seguridad del Estado, me darían la tarjeta roja y ya nadie se atrevería a hacerme nada. Se la enseñaría a mis maestros, a Serenity, a Candado o a cualquiera que me llevase la contraria. Armado con ella estaría en condiciones de atemorizar a Candado y enseñarle qué se siente al ser sojuzgado. También podría reclamar a Lusanani y fugarme con ella, sin que Hachi Gimbi, ni quien fuera, consiguiese evitarlo. Lo único que me retenía era el hecho de que el poder acabaría por destrozarme, ahora que no había ninguna abuela que cuidase de mí. El poder me tentaría con fusiles, cuchillos y amenazas, y a la larga terminaría convertido en un loco muy peligroso. Pero tampoco así atacaría con el sigilo del leopardo. De modo que también me guardé en la manga esa posibilidad.

No, lo mejor que podía hacer, y lo más seguro, era elegir a Amin como mi protector. Se trataba de un hombre realista, que nunca ponía la otra mejilla. Respondía al amor con amor, al odio con odio, a la guerra con la guerra. Era orgulloso, casi arrogante, pero si se lo juzgaba por sus hechos —lo lejos que había llegado y lo mucho que había sufrido para conseguirlo por culpa de los británicos y sus compatriotas—, se justificaba que lo fuese. A diferencia de la mayoría de los africanos, no temía decir lo que pensaba, porque, al igual que a mí, no le daban miedo las represalias. Era la represalia en persona.

El Día de la Independencia había hecho una demostración de su poder. El sonido de címbalos, tubas, flautines y clarinetes rasgaba el aire. Gracias al regalo de su presencia se habían separado las aguas del mar de sangre, sudor y lágrimas, los corazones temerosos habían sido confortados y los espíritus dubitativos habían hallado sosiego. Había pronunciado palabras sabias y establecido las bases de su autoridad. Las ballenas de la tiranía habían rugido en su interior. Cuando él bramaba, temblaban sus enemigos. Cuando reía, era un aire de tormenta hendido por los filos del relámpago. Cuando premiaba a sus secuaces, superaba al multiplicador de panes y peces, y multiplicaba coches, casas, altos cargos y dinero. Sí, lo sabía: él era el bebé que, como en un relámpago, había visto nacer sobre el asfalto. Él era el niño que había venido al mundo para alzarse como una montaña, para fluir como mil ríos y morir miles de muertes. Mi segundo ángel de la guarda al fin se había encarnado.

Me apresuré a volver a casa a buen paso.

TERCERA PARTE

Amin, el padrino

Cuando tenía siete años me había convertido en el miembro más destacado del auditorio del abuelo. Escuchaba sus disertaciones sobre política y retenía los puntos más importantes, sin comprenderlos. Por último, en una especie de juego de preguntas y respuestas, me hacía defender las posturas de británicos, asiáticos y africanos, respectivamente, acerca de determinadas cuestiones nacionales. Yo sería el abogado que él hubiera querido ser y tal vez incluso el político, en vista de que ése parecía el destino de muchos abogados; en definitiva, yo era su minisustituto ideal. Después de años de análisis políticos, el abuelo había llegado a la conclusión de que el Estado moderno era un polvorín que estaba a punto de saltar por los aires en una sucesión de fuertes explosiones. Para él se trataba de una casa construida sobre la arena; la arena traicionera de la desigualdad, la lucha y la explotación. En secreto, el abuelo esperaba con ilusión el día en que todo ardiera, porque creía que sólo entonces surgiría de las cenizas un orden verdaderamente nuevo.

En las consideraciones políticas del abuelo, la ciudad desempeñaba un papel de la mayor importancia. Cuando él era joven, la capital, Kampala, estaba repartida entre europeos y asiáticos. Los africanos de las aldeas iban a la ciudad para trabajar, por lo general en empleos de muy baja categoría, después de lo cual volvían, de noche, a sus aldeas. Gracias al gobierno británico, la vida estaba regida por la segregación racial. Primero, los británicos habían sometido la parte central del país mediante el emplazamiento de soldados asiáticos. Los jefes protestantes de esas regiones capitanearon luego los ejércitos que conquistaron el resto del país. Para gobernar el territorio que los soldados asiáticos habían ayudado a anexionar, trajeron a funcionarios y comerciantes asiáticos; los jefes protestantes obtuvieron, a su vez, una posición dominante en las tierras que habían ocupado. Así fue como se plantó la semilla de las luchas tribales modernas.

Cuando el abuelo entró en contacto con la injusticia racial del sistema colonial al no ser admitido en la facultad de Derecho, decidió defenderse. En la década de los cuarenta, tras hacer campaña, llegó a subjefe del distrito, y en la de los cincuenta, a jefe. Desde esa posición podía tener una visión global de cómo funcionaba el sistema y el mejor modo de combatirlo desde dentro. Los británicos estaban seguros en la cumbre del poder, separados de los africanos por los asiáticos, quienes a su vez disfrutaban de su papel de figuras intermedias sin necesidad de mancharse las manos. Mientras tanto, el abuelo era responsable de dos cosas que detestaba: recaudar los impuestos que hacían funcionar la maquinaria gubernamental, y reclutar a los jóvenes que eran enviados a morir en los campos de batalla de la Segunda Guerra Mundial, cuyos nombres apenas sabían pronunciar. Su único hermano de la misma madre se presentó voluntario. Le entusiasmaba la idea de disparar contra blancos, sobre todo si eran soldados británicos, porque en una ocasión éstos lo habían desnudado y azotado por holgazanear cerca del Club Británico. El abuelo trató de disuadirlo y le pidió que se quedara para luchar por los cambios necesarios, pero fue inútil. Durante la guerra, el abuelo estuvo del lado de Alemania. En realidad, consideraba la contienda un asunto europeo que no le importaba, algo así como un extraño partido de fútbol. Los equipos británico y alemán continuaban allí donde los habían dejado en 1918. Y como a él no le gustaba el equipo británico, que personificaba el poder colonial, apoyaba a sus principales contrincantes. Las noticias del frente tardaban muchísimo tiempo en llegar y, cuando lo hacían, solían ser breves, malas e incompletas. Miles de jóvenes volvieron «en un sobre», lo que significaba que sus familias se enteraban por medio de una carta de que habían muerto en el frente. Muchos de aquellos a quienes el abuelo había reclutado regresaron de ese modo. Él, entretanto, esperaba el sobre de su hermano, pero éste no llegaba. Terminó la guerra, los veteranos retornaron a casa, y siguió sin recibir noticia alguna de aquél. Mientras, apoyaba el boicot económico contra los asiáticos, que se había generalizado. Era su manera de superar la pérdida de su hermano y vengar, de algún modo, a los soldados que habían vuelto «en un sobre». Pero entonces, durante la campaña del boicot, su hermano se presentó sin previo aviso. Había perdido una pierna en Birmania tras pisar una mina. También había perdido el habla, por lo que no contó nada de sus experiencias en el frente. Pasó el resto de sus días sumido en los miasmas de su propio espíritu.

El mayor éxito del boicot fue el debilitamiento del dominio asiático sobre el comercio, ya que algunos tostaderos de café y fábricas de algodón pasaron a manos africanas.

Sin embargo, la ruina le pisaba los talones al éxito: alguien acusó al abuelo de llevar a cabo actividades antigubernamentales, entre ellas boicotear el esfuerzo bélico. Se dictó un auto de procesamiento contra él. Sus intentos de que lo nombrasen nuevo jefe terminaron en una aplastante derrota frente a un rival protestante. Su caída ya era imparable; la vida se le deshacía entre las manos. En realidad, había empezado a hacerlo a fines de la década de los treinta, cuando la favorita de sus mujeres murió poco después de que la sedujera otro hombre, como consecuencia de lo cual Serenity, Tiida y Nakatu quedaron huérfanos. Años después, en la década de los cincuenta, cuando la campaña de boicot lo estaba poniendo todo patas arriba, su hogar acabó de desmoronarse: parientes, mujeres y amigos se marcharon, y si no hubiera sido por la abuela se habría hundido del todo.

Se acercaba la década de los sesenta y la presión política iba en aumento. El Imperio británico tenía los días contados y la agitación se había extendido a cada uno de sus rincones. Los británicos se disponían a huir de la casa en llamas a la que ellos mismos habían prendido fuego. Al abuelo aquello no le gustaba; hubiera preferido verlos pagar por el modo en que habían dividido al pueblo, provocado el enfrentamiento entre las tribus, esquilmado la economía y puesto en marcha todos los desastres que todavía le esperaban al país. En política llevaban la voz cantante los protestantes, y mientras que los pueblos del norte controlaban el ejército, la policía y las prisiones, los del centro y el sur estaban formados principalmente por campesinos y funcionarios. Así pues, había demasiadas líneas de fractura como para que no se produjera, más tarde o más temprano, un terremoto.

En esa época, el abuelo se había convertido más en un observador que en un participante tanto con respecto a la política nacional como a la regional. Todavía intervenía, aquí y allá, en algún pequeño mitin, donde exponía su preferencia por el apartidismo, lo cual sonaba raro a un público de neófitos a quienes se les había prometido el oro y el moro si votaban por uno u otro partido. La elite local se había lanzado al ruedo de la confrontación política. Los asiáticos se mantenían al margen, satisfechos con el control que ejercían sobre el noventa por ciento del comercio y su papel soberano como gallina de los huevos de oro. Después de sesenta y ocho años de dominio británico, durante los cuales la mayoría de los africanos habían sido meros espectadores de la vida político-económica, el abuelo no encontraba muchas razones para ser optimista. Sólo veía barriles de pólvora a punto de explotar.

Antes de la Independencia, la violencia política se manifestaba en la tala tanto de plátanos como de cafetos pertenecientes a los seguidores de los partidos rivales. Esto corroboraba la convicción del abuelo de que una casa construida sobre la desigualdad, la lucha y la explotación se hundiría de forma inevitable, y probablemente antes de lo que se pensaba. La prueba, según él, de que su teoría era acertada la tuvo cuando recibió un navajazo al ser agredido por un grupo de fanáticos, furiosos por sus críticas al triunfante Congreso del Pueblo de Uganda, partido de tendencia protestante dirigido por norteños. La certeza de que estaba en lo cierto propició su pronta recuperación y acentuó su tozudez y su estoicismo. La explosión era inminente, pero también la erección de una nueva casa en la que todos tendrían parte. La casa vieja, construida sobre la base del dominio británico, la colaboración asiática y la lucha tribal africana, carecía de dueño. Nadie se sentía seguro en ella. Era una casa de la que se había hecho uso y abuso para satisfacer intereses mezquinos. Estaba podrida hasta los cimientos, y había que derrumbarla. En la época en que me explicaba estas cosas yo creía que en su mayor parte se las inventaba. Pero no era así.

El abuelo hablaba por experiencia. El haber perdido el poder, y con él a sus mujeres, parientes y gorrones, le había abierto los ojos. Ya no tenía influencia política, pero se había liberado de los fantasmas de la autoridad y de los parásitos que vivían a costa de él. Su casa había sido una isla asediada por ladrones a la que los intereses contrapuestos, las desavenencias y la envidia habían echado a perder, un hogar sin alegría del que apenas sí sabía lo que ocurría entre sus paredes. Vivía aterrado a causa de las intrigas, la hipocresía y la codicia, y la tensión se respiraba hasta en las ramas de los árboles y el olor de la tierra de su plantación. Se obsesionaba por el rendimiento de su cosecha de café, sólo para que luego los codiciosos gorrones la destrozaran con sus zarpas.

En la cumbre de su poder, cuando lo acosaban los aduladores, apenas conseguía que alguien le dijera la verdad, y advertía que en cuanto llegaba a casa todos se ponían una máscara. Cada palabra pronunciada era como una flecha o una bala, pero había que apuntar bien, porque en aquella lucha por obtener sus favores, su dinero y su posición no se podían malgastar proyectiles. El abuelo no creía que el país se hundiera del mismo modo repentino en que se había desintegrado su hogar. Llevaría tiempo, lo sabía.

En 1966, cuatro años después de la Independencia, la Constitución fue abolida temporalmente y se proclamó el estado de excepción en Uganda central. Por primera vez en la historia del país, soldados armados entraron en la aldea. El abuelo creyó que el momento en que el edificio nacional sería pasto de las llamas había llegado. Atizó el fuego valiéndose del aceite de su elocuencia. Con comparaciones mordaces les hizo ver a los idiotas en política que se hallaban en una situación desesperada. Actuaba con el valor de un hombre que sabía que el destino estaba de su parte.

Cuando los cabrones lo sumergieron en un abrevadero, creyó que le había llegado la hora y que su muerte avivaría las llamas hasta que éstas alcanzasen las vigas. Sin embargo, lo dejaron marchar, y no pudo evitar sentir que acababa de perder una ocasión histórica. Más tarde, cuando los aldeanos volvieron a pedirle que los ayudara para hacer frente a la violencia militar, lo consideró una oportunidad de oro para cumplir con su misión. De camino a casa después de una asamblea turbulenta, le dispararon. Rogó que la muerte se lo llevara, pero sólo le habían dado en una pierna, y la esperada bala que lo convertiría en un mártir nacional, no llegó. Cuando abrió los ojos se encontró con que estaba en una cama del Hospital de Ndere Hill, sin ningún soldado que lo vigilase, y se sintió apenado. Era evidente que todavía faltaban algunos años para que en el país se produjera el anhelado ajuste de cuentas, y temía perdérselo.

El golpe de Estado del general Idi Amin pilló al abuelo por sorpresa. O se había equivocado de medio a medio o todo era un capricho del destino. Él había esperado que el entonces presidente, Milton Obote, condujera el país al comunismo o al socialismo, que las empresas asiáticas fueran nacionalizadas y que, como consecuencia de ello, Gran Bretaña interviniera militarmente para defender sus intereses económicos. Obote se opondría con la ayuda de rusos o chinos, y sería depuesto en nombre del anticomunismo. Pero antes de que eso ocurriera Amin ya se había hecho con el poder, y la abuela había muerto en un misterioso incendio.

Aturdido por la pena y la incertidumbre, y obligado a arreglárselas solo, sin su consejera favorita, antagonista y hermana, el abuelo renunció por el momento a sus cavilaciones y monólogos políticos. En su fuero interno empezó a preguntarse, cada vez con mayor frecuencia, si acaso Amin no sería el hombre que todos esperaban, el que provocaría la explosión siguiente, o la serie de explosiones. Los saqueadores británicos habían dejado la escena política a los bandidos locales y trataban, con el apoyo de sus hombres de paja asiáticos, de influir a distancia en la economía del país. ¿Era Amin la persona que haría pedazos toda esa estructura corrupta?

La noticia de que los asiáticos, sin excepción, debían abandonar el país en el plazo de noventa días arrancó al abuelo de las profundidades de su aflicción. «Ahora verás —se dijo—. Un par de explosiones más y la casa estará en ruinas. Entonces empezará la reconstrucción.» Se permitió sentirse optimista. Creía que Amin cumpliría con sus promesas y que realmente regresaría a los cuarteles una vez restablecido el orden. El abuelo empezó a ir a la taberna. La situación era demasiado excitante como para quedarse en casa lloriqueando por el pasado mientras el futuro resplandecía en el horizonte. La gente cantaba las alabanzas de Amin. Los pesados grilletes de las empresas asiáticas empezaban a caer y para los africanos se abría el camino hacia los bastiones del poder económico. El jolgorio general sofocaba las voces aprensivas. Nadie quería estropear con sus dudas la euforia generalizada. Llevaban tanto tiempo esperando algo así que todos querían embeberse de ello en su forma más pura. El abuelo hacía caso omiso de los rumores sobre los malos tratos a que eran sometidos los empresarios asiáticos. Su mente ya estaba un escalón más arriba, una explosión más allá, porque lo que se había iniciado tenía que llevarse adelante hasta su fin lógico (o ilógico). Amin tenía cojones, eso estaba claro. La cuestión ahora era cómo los usaría la próxima vez.

En noviembre de 1972 los asiáticos empezaron a marcharse. El abuelo no los echaría de menos, porque no tenía amigos entre ellos. Aunque las compras grandes siempre las hacía en la misma tienda, donde el dueño, un asiático, lo atendía con cortesía, ahí se terminaba la relación, sellada con el tintineo del dinero. Había visto las tiendas de asiáticos abrir y prosperar. También había visto otras a las que no les había ido tan bien, pero en cualquier caso se trataba de un asunto ajeno a los africanos.

Los templos asiáticos quedaban poco a poco desolados y sin fieles. Los colegios asiáticos admitirían en adelante a todo el mundo.

Caras nuevas irrumpirían en los clubes asiáticos y se harían cargo de las instalaciones deportivas. Los asiáticos formaban un colectivo demasiado influyente como para simpatizar con ellos, pero el abuelo no podía evitar pensar en los ancianos. ¿Qué harían esos hombres y mujeres de edad con sus cuerpos achacosos? ¿Qué diablos habría hecho él si hubiese estado en su lugar? ¿Qué habría hecho la abuela? ¿Qué habría dicho y sentido? No conseguía imaginar siquiera cómo se las arreglarían esos viejos en Inglaterra, un lugar al que él nunca había querido ir porque, razonaba, si los británicos le echaban a perder el futuro en su propio país, ¿qué no le esperaría en el de ellos, donde aún tenían más poder, más autoridad y mayor margen de maniobra?

El abuelo veía reventar a la comunidad asiática como un fruto del pan que cayera sobre un suelo de hormigón. Los había ricos y pobres, educados e ignorantes, aristócratas e intocables, indios y goanos. ¿Cómo les iría a los intocables, despreciados y discriminados por su propio pueblo, en Inglaterra, cuando muchos eran más negros que los africanos? Si el abuelo hubiese estado en el lugar de Amin habría dejado que los viejos eligieran si querían irse o quedarse. Habría sido una medida razonable. Ya había ocurrido antes en el país. Cuando los jefes de Uganda central fueron desterrados de las regiones a las que habían ido para ayudar a establecer el dominio británico, la gente que quiso se marchó con ellos, y los demás se quedaron.

Pero en este caso eran todos los asiáticos quienes se iban. Ya circulaban rumores sobre suicidios: gente que se prendía fuego, se envenenaba, se ahorcaba. El abuelo se alegraba de que por una vez los británicos no tuvieran escapatoria. Amin les enviaba a miles de asiáticos, entre ellos muchos a quienes previamente habían negado la entrada en Inglaterra mediante el sistema de cuotas de inmigración. La ironía del asunto era que los oficiales británicos habían apoyado a Amin y, por lo tanto, Inglaterra tenía responsabilidad en el golpe. Ahora los cabrones estaban pagando por ello. Los británicos habían decidido marginar a cierto número de oficiales africanos de mérito, al tiempo que alimentaban la hidra, y ya era demasiado tarde para cortar las numerosas cabezas de ésta. Estaban sufriendo las consecuencias del racismo y la codicia que ellos mismos habían propiciado.

Por temor a lo que pudiese pasar, el abuelo se aprovechó de las liquidaciones en las tiendas que había detrás de Mpande Hill. Compró un saco de cincuenta kilos de azúcar, una lata de diez litros de aceite, otra de veinte litros de queroseno y cemento para reparar las tumbas agrietadas del cementerio familiar, cerca de mi árbol predilecto. Al abuelo no se le escapaba que Amin era el cabecilla de una banda de ladrones, un capo mafioso, un hombre que, en otras circunstancias, habría construido un imperio económico tan grande como el Barclay's Bank, porque poseía los arrestos, la suerte y el tesón implacable de un canalla afortunado. Sin embargo, lo que de verdad molestaba al abuelo era que Amin tenía demasiado poder y era excesivamente imprevisible. Nadie parecía en condiciones de estimar de qué era capaz. El futuro no era en absoluto tranquilizador.

El abuelo recordaba que, tras mudarse a la ciudad, Serenity se había mostrado preocupado por la situación que reinaba después de la Independencia. La segregación racial estaba en su apogeo, las barriadas de chabolas crecían de forma alarmante y la vida se desarrollaba en espacios estrictamente separados, con tabiques entre razas, clases y tribus. El antiguo maestro rural había quedado atónito ante la atmósfera de agresividad que lo rodeaba.

Los blancos se habían retirado a sus fortalezas de mármol, sus privilegios y su poder elitista y corporativo. En su propio país gozaban de la protección que les brindaban las ojivas nucleares, y aquí de la de los buques de guerra emplazados en el océano Índico. Eran pececillos de colores en acuarios transportables, y la gente los miraba cuando pasaban por la calle de camino a sus colegios, clubes, o empleos de categoría. Serenity sentía el aguijón de la envidia hundírsele en la carne.

Los asiáticos, que en la Pequeña Bombay tenían sus propias casas señoriales, sus colegios y hospitales, seguían siendo un misterio para los africanos y, sin duda, un enigma para el antiguo maestro, que recorría la ciudad con los zapatos enfangados. El asiático a quien mejor conocía era su jefe de departamento, un hombre que con voz chillona impartía órdenes, mandatos y encargos. Lo único que sabía de su vida privada era que tenía diez hijos y que sus padres procedían de Gujarat, donde él nunca había estado.

Serenity estaba escandalizado por el repugnante espectáculo de la segregación tribal. Todos los soldados que veía eran oriundos del norte de Uganda, y como tales altos y oscuros. La policía estaba compuesta por una mezcla de norteños y orientales. Existía una enemistad manifiesta hacia la gente de las regiones centrales, de donde él procedía, y cuando se encontraba con soldados armados experimentaba una opresión en el pecho y el estómago. Lo miraban con envidia porque era funcionario, tenía un empleo mejor que el de ellos, un sueldo más alto y mayor seguridad. Entonces se sentía una víctima potencial de la frustración, la codicia y el encono tribal. Criado en el decoro del medio rural, Serenity no acababa de acostumbrarse a esa clase de odio en gran escala. La arrogancia desesperada con que las personas de su misma tribu trataban de defenderse de las acusaciones de colaboracionismo lo asustaba: Serenity sencillamente no sabía qué era la arrogancia. Había conseguido sobrevivir a fuerza de no llamar la atención. Evitaba los conflictos, era cauteloso a la hora de expresar sus opiniones y procuraba que la gente no se fijase en él. A pesar de ello, de pronto era como si se encontrase en un escenario, observado por un público hostil, obligado a interpretar papeles por los que nunca había sentido el menor interés. En realidad, todos parecían estar en el mismo escenario, representando personajes adjudicados por el destino o por extraños. No podía evitar pensar que se hallaba ante un peligro inminente.

Los africanos ocupaban el nivel más bajo de aquel sistema, y apenas los unía su aversión común hacia los asiáticos y los europeos, y su pasado, en el que habían construido castillos y habían caído de los andamios de casas señoriales que nunca habían habitado. «Raza» significaba «clase», y ésta todavía estaba determinada por aquélla. Los africanos querían salir del fondo fangoso de la charca para respirar aire fresco. La mayoría creía que el tiempo estaba de su parte, lo que, en cierto sentido, era cierto. Pero Serenity no quería esperar mientras las cuentas se amontonaban. Lo que quería era un futuro sin preocupaciones, un empleo mejor y peregrinar hacia el país al que migraban cada año los pájaros negros. En aquel torbellino de rivalidades, odio e inseguridad, vacilaba y dudaba. ¿Cómo conseguiría ganar el dinero suficiente para dar a sus hijos la mejor educación posible y que aún le quedara un poco para sí?

La elite que había ocupado la escena política después de la Independencia poseía lo que él deseaba, pero las tensiones a que se veía expuesta lo aterraban, así como la sangre y el fango que habían tenido que vadear para obtenerlo. Así lo hacían los sinvergüenzas marrulleros. Su vecino y amigo Hachi Gimbi solía afirmar que se avecinaban cambios, pero Serenity se preguntaba en qué mejoraría su situación. Los cambios favorables eran para aquellos dispuestos a mancharse las manos de sangre, y él no estaba tan desesperado para llegar a eso.

Serenity siempre se había mostrado precavido y miedoso frente a la autoridad, y Amin le resultaba particularmente terrorífico. Un hombre que había alcanzado el poder mediante un golpe de Estado, que tenía autoridad sobre miles de soldados y no se amedrentaba ante la muerte, era de temer. Agudizaba el contraste entre la ley como código, la ley como fenómeno social y la ley como arma. En ese momento la ley era, sin duda, un arma: las redadas indiscriminadas y las detenciones arbitrarias estaban a la orden del día, lo cual resultaba verdaderamente alarmante. El principal consuelo de Serenity era que Hachi Gimbi, debido a su condición de musulmán, tenía contactos y era amigo de personas que conocían a figuras influyentes. Le había prometido que lo ayudaría si tenía problemas con el ejército o la policía.

Ante la noticia de la expulsión de los asiáticos Serenity se sintió eufórico. La esperanza se olía en el aire y el horizonte reverberaba con los cambios y las nuevas posibilidades. La idea de que su sueño infantil se había hecho realidad lo anonadó. Los comerciantes, que con su conjura habían arruinado su infancia y le habían amargado la vida, ¡tenían que irse! ¡Su sueño había concluido, irremediablemente dañado! Sabía que los asiáticos no se marcharían sin oponer resistencia: las gallinas de los huevos de oro dan picotazos, aletean y, si pueden, rompen los huevos. De repente, sin embargo, todo había tomado otro cariz: los abusos, las difamaciones, el odio, el miedo, las posiciones dominantes y de monopolio flotaban en el aire igual que nubes tóxicas. Ni el bien ni el mal podían ya salvar a los asiáticos.

A Serenity le extrañaba que los británicos no quisieran recibir en su tierra a los asiáticos después de todo lo que éstos habían hecho por ellos, después de todo el dinero que habían ganado para ellos, después de los cientos de años que Inglaterra se había aprovechado de la India. Por primera vez en su vida, Serenity se dio cuenta de lo valioso que es pertenecer a una nación, lo importante que es tener una patria, un lugar adonde ir. Acudió a su memoria el modo en que habían expulsado a Candado del convento, salvo que ahora se trataba de una prueba mucho más dura para aquellos a quienes afectaba. Si observaba las lágrimas, el miedo y el dolor, comprendía que había sobrevalorado la naturaleza y el alcance del poder de los asiáticos.

Corrían muchos rumores acerca de asiáticos que se quitaban la vida, que vendían cuanto poseían, que echaban sal en el depósito de gasolina de los coches, que lo regalaban todo. Aquí y allá había mercados de baratillo, y delante de la embajada británica se formaba una larga cola de expulsados que esperaban, nerviosos, obtener papeles para viajar. Las filas interminables de asiáticos indefensos y confusos bajo el sol abrasador hizo que Serenity desconfiara aún más del concepto de poder.

Una noche, Serenity llegó a casa con un televisor en blanco y negro marca Toshiba, de plástico color beige, que al cabo de dos horas de estar encendido empezó a apestar a cuero chamuscado y pescado podrido. Si apagabas el aparato, el hedor disminuía, pero cuando volvías a encenderlo, a los quince minutos olía tan mal como antes. Esa pestilencia siempre me intrigaba, porque no me estaba permitido ver la televisión. Candado y Serenity opinaban que podía causar daños irreparables en un espíritu proclive, de por sí, al pecado, y estimularía mi innata rebeldía. Los déspotas encargaron a los cagones que me delatasen si la miraba en su ausencia.

Debido a esa prohibición sólo oía de segunda mano las noticias de todo lo que pasaba. Los cagones me describían a grandes rasgos lo que hacían los héroes de los dibujos animados, los boxeadores, las estrellas de cine y los trapecistas coreanos, y yo me imaginaba los detalles. Mientras oía las carcajadas de los cagones y sus codazos para conseguir un lugar cerca del aparato, trataba de hacerme una idea de lo que ocurría en la pantalla. A veces se escapaba un pedo maloliente de algún trasero anónimo, lo que suscitaba mutuas acusaciones. Yo sonreía para mis adentros cuando entonces oía a Candado chillar y amenazar al culpable con el infierno y la condenación eterna.

Lo que más me fastidiaba era tener que perderme cómo se estaba escribiendo la historia de nuestro país. No podía ver a Amin anunciar sus decretos, tal como había esperado cuando me enteré de que la tecnología había entrado en nuestra pagoda. Deseaba ver su cara, su postura, su expresión mientras las proclamas que influirían en la vida de millones de personas, como si de fórmulas mágicas se tratase, salían de su cuerpo. Tenía visiones de un Moisés nervioso que golpeaba con su báculo las aguas para abrir un camino a los hijos de Israel. ¿En qué se diferenciaba Amin de aquella figura bíblica?

De vez en cuando entraba en la salita para hacer como que buscaba algo, y echaba una mirada furtiva al televisor. La cara de Amin llenaba la pantalla, y comprobé que si sentía el menor temor, si tenía la mínima idea del peso de sus decisiones, no lo demostraba. Su aspecto era el de un soberano, un mago que confiara plenamente en su varita mágica todopoderosa.

Después del televisor, Serenity decidió comprarse un castillo en el aire: adquirió la biblioteca completa de un asiático desesperado que, tras ser rechazado por británicos, canadienses y norteamericanos, se disponía a marchar a Pakistán. El castillo en el aire tenía su propia historia violenta: la mitad de la colección había pertenecido a un hombre que semanas antes había ingerido matarratas, se había abierto las venas y se había desangrado sobre sus libros, por lo que había entre ellos bastantes ejemplares sucios que debían ser quemados. Las nuevas adquisiciones de Serenity llegaron en la furgoneta amarilla de Correos con la que también se había mudado a la ciudad. El chófer aún lucía patillas al estilo Elvis, y cuando se quejó de que las cajas pesaban demasiado, su voz retumbó como si gritara a través de una gruesa vasija de arcilla.

Serenity trabó conocimiento con Oliver Twist, Madame Defarge y otras figuras de la selva de Dickens. Pero su corazón se sentía atraído por la selva norteamericana. Los escritores estadounidenses, con su fascinación por los emigrantes y su obsesión por el dinero, el éxito y el poder, lo arrastraban a un mundo de ensueño donde unos simpáticos bribones lo conseguían todo. Cómodamente instalados en sus áticos, cerraban tratos, bebían champán, participaban en orgías con esculturales ninfómanas y se entregaban a toda clase de desenfrenos. Apostaban, conducían coches deportivos, viajaban en sus propios aviones y emprendían lujuriosos cruceros por el mar Caribe. Serenity se lo tragaba todo, le daba vueltas y más vueltas en la cabeza, y el que nada de todo eso le fuera concedido lo ponía furioso.

Fue un duro golpe para Serenity darse cuenta de que el carácter no era un bloque inquebrantable que parara de moverse cuando uno pasaba de los veinte, tenía mujer e hijos y se hallaba bajo la vigilancia de amigos, parientes, colegas, conocidos y extraños. Se sentía a punto de estallar a causa de la tensión sexual acumulada. Liberado por la turbulencia de los acontecimientos recientes, la tentación le bullía en el cuerpo como la fiebre que produce la malaria. Ya no recordaba cuándo había estado por última vez en la cama con una mujer que lo excitase con su sensualidad y belleza; no conseguía recordar un cuerpo que fuera hermoso, oliese bien y dejara ebrio de satisfacción sensual al tocarlo.

¿Y qué pensar del Galán? ¿Era acaso la reencarnación del hombre que había seducido a su madre y la había conducido a la muerte?

De no ser así, ¿qué representaba entonces? ¿Juventud, libertad, coqueteo inocente, o amor sin obligaciones? Serenity se acordó por un instante de sus propios días de soltero, cuando iba a la caza de mujeres sexualmente insatisfechas. Había sido libre de ir y venir, aún no tenía responsabilidades, podía dar y tomar lo que quería, y no hacía falta que pensara en el futuro. Se propuso vigilar muy de cerca a Boy. Al mismo tiempo recordó a la tía de su mujer el día de la boda: surgía ante él de entre las tumbas de las oportunidades desaprovechadas con la gracia altanera de una diosa aburrida.

La inminente partida de los asiáticos ocasionaba discusiones acaloradas en muchas oficinas. Fue por entonces cuando cayó en la trampa que le tendió uno de sus colegas más fastidiosos.

—¿Tú crees que todos los asiáticos se irán? —le planteó, pinchándolo.

—Sí.

—¿Te atreverías, a pesar de ser católico, a apostar dinero para corroborar lo que dices? Algunos creemos que eres un farsante, y que cuando llega la hora de la verdad te largas a la chita callando.

—Los asiáticos tienen que irse. Amin habla en serio.

—Amin no puede hacer algo así. La economía se irá al traste. Los británicos lo bombardearán desde el aire. No va a correr el riesgo de un embargo. Además, le tiene miedo a Estados Unidos; hay buques de guerra norteamericanos aquí cerca, en el océano Índico. Apuesto a que retira su orden antes de un mes. Amin sólo quiere amedrentar a esa gente para que todos sepan quién es el amo. Seguro que lo que intenta es conseguir más dinero de Gran Bretaña y Estados Unidos.

¿Por qué Gran Bretaña y Estados Unidos no conseguirían detener a Amin? ¿Por qué no cedería Amin? Serenity carecía de una respuesta concluyente para ello. Sólo podía guiarse por su presentimiento. La guerra fría y la lucha contra el comunismo hacían estragos; ¿podría confiar en su presentimiento? Decidió arriesgar el pellejo.

—Gran Bretaña y Estados Unidos no se meterán —dijo valientemente.

—Cagarán encima de Amin hasta que se asfixie y ceda.

—Pues me parece que no.

—Lo atacarán con tal dureza que hasta llamará a los pocos asiáticos que ya se han ido para pedirles que vuelvan.

—Pues me parece que no —repitió Serenity con determinación.

—Te daré quinientos dólares si resulta que tienes razón, y tú me darás quinientos dólares si pierdes. —El hombre se lamió el índice, se lo pasó por el gaznate y lo levantó, expectante, en gesto de juramento.

Todos fijaron la atención en Serenity. Quinientos dólares era un montón de dinero para un funcionario: si perdía tendría problemas durante meses. Debería volver a deshacerse de sus libros y su televisor. ¿Por qué claudicaba ante ese bravucón? ¿Por amor propio? ¿Por la emoción que se experimentaba al sentirse al borde del abismo? ¿Por hacer lo que la gente hacía en los libros y no sufrir castigo alguno? La cabeza le daba vueltas. Golpeó la mesa: una vez para aceptar el desafío, dos veces para manifestar su hastío, tres veces para hacerle la corte a la Fortuna. De pronto vio, con horror, que el bravucón sacaba del bolsillo un amarillento contrato escrito a máquina. De modo que lo tenía preparado... Serenity firmó el papel y un testigo lo guardó.

Por miedo a perder la apuesta y a que Amin cambiara de idea, Serenity empezó a perorar ante Candado sobre política internacional, incluidos el estado de la economía mundial y los puntos fuertes y débiles del capitalismo occidental, temas que a ella casi le daban arcadas. Candado sólo escuchaba el torrente de palabras porque habían acordado no romper jamás el sagrado código de la armonía despótica en presencia de los niños. Al ahondar en las turbias aguas de la guerra fría, con su pragmatismo, su polarización y la disputa por África, Serenity esperaba que el destino percibiera el temblor de su voz, el miedo que anidaba en su pecho y el ardor de sus tripas, y tomase partido por él.

Candado, por el contrario, hubiera preferido contestar a la exasperante cháchara de su marido con un buen latigazo. Pero él seguía hablando, y con ello debilitaba el poder secreto del silencio despótico. Incluso cometió el imperdonable pecado de interrumpir al locutor que daba las noticias y aun las oraciones vespertinas y el santo rosario, trastornando así la paz de espíritu de Candado, exactamente igual que lo habían hecho los bailarines en su boda con sus diabólicos movimientos de pelvis.

El desconsiderado, obsesivo ataque de Serenity a su bienestar espiritual le recordaba otra cuestión de la mayor importancia: su sagrado deber de meterme en vereda. Ya estaba construyendo el escenario para su primera victoria importante. Tenía una lista de mis delitos, que enumeraba cada vez que mi comportamiento le disgustaba. En tales ocasiones su voz adoptaba un tono de lamento beligerante que presagiaba una desgracia. Sin embargo, en esa época muchos de mis pecados quedaron impunes. Si bien ella informaba regularmente de mis delitos a Serenity, éste, por desgracia para ella, estaba tan absorto en las consecuencias de la apuesta, que al parecer había olvidado su compromiso de aplicar de inmediato castigos corporales. Y cuanto más la decepcionaba él, tanto más decidida estaba a acelerar la llegada del día de mi perdición. Empezó a informar cada noche, a la misma hora, poco antes de las noticias importantes, las de las ocho, cuando las apestosas travesuras de la tele interrumpían por un momento los monólogos políticos de Serenity.

Una tarde, cuando la mayoría de los asiáticos se había ido ya y el bravucón de la oficina hubo pagado cien dólares a Serenity, que nunca recibió más, volvió a presentarse la furgoneta color amarillo vómito de Correos. Esta vez aparecieron una nevera, un horno, un enorme somier, una caja de cubreteteras negros, que resultaron ser unas tan magníficas como anticuadas pelucas afro, y algunos trastos más, entre otros algo que me fascinó. Tenía dos patas, era rectangular como una valla publicitaria y presentaba una superficie tan lisa y brillante que uno podía verse la cara en él. Observé con atención las manos peludas del chófer para comprobar si sus palmas se mojaban al entrar en contacto con la reluciente extensión. Conteniendo el aliento, esperaba que se frotara las manos en su mono caqui, pero no lo hizo. Me puse muy cerca de Serenity para intentar tocar aquel objeto y satisfacer así mi curiosidad, pero él se limitó a mascullar una de sus habituales amenazas truncadas:

—Si lo tocas con tus manotas...

Por el respeto con que trataban las nuevas adquisiciones deduje que eran cosas valiosas, más incluso que el hediondo Toshiba o los nuevos zapatos de ante de Serenity. Apenas conseguí ocultar mi interés por el brillante objeto, que instalaron en el espacioso dormitorio de los déspotas.

Una hora después de que el furgón y Serenity se hubieran marchado, yo estaba mirando las nubes, vagos caballos sudorosos que se metían mutuamente la cabeza en el trasero mientras surcaban los aires. ¿Llovería?

Candado no se encontraba en su puesto de mando ni en el retrete, de modo que llegué a la conclusión de que había ido a las tiendas para comprar algodón, gasa y otras telas que empleaba en sus labores de costura. El Galán no se había presentado, y ya era demasiado tarde para que lo hiciera. Los cagones estaban ocupados en alguna faena o absortos en sus juegos. Había llegado el momento de asaltar los muros de mi humillación y poner los pies en el suelo en que debía arrodillarme casi a diario, de penetrar en el templo donde dormitaban los déspotas, como un pirata que se apropia de una isla, para apoderarme como un conquistador de los tesoros que ambicionaba. Esta vez no había nadie para reprenderme por la posición de los pies, mi comportamiento, el tono de mi voz o mi actitud. Dominaría esa habitación de secretos, sueños, amor, procreación, riñas nocturnas y conflictos ocultos de los déspotas. Era mi golpe de Estado, la respuesta a mis torturadores. Abriría sus cajones, sus cajas, examinaría sus ropas y joyas y miraría si tenían libritos sucios llenos de secretos obscenos. El imán que se hallaba en el centro de esa intentona era el misterioso objeto brillante. No sólo hacía que superase el miedo, sino que me daba valor para consumar el golpe. Por un instante me sentí tan poderoso como cuando aún hacía de mascota de las parturientas.

Pasé corriendo por al lado del Toshiba, cuya carcasa descolorida me echó una mirada cortés. Mis pies apenas si rozaban los pelos de la alfombra, rígidos a causa de la porquería acumulada. «Vas a seguir cepillando hasta que yo diga basta», oí gruñir a la sombra de Candado. Nunca le había perdonado a la abuela que muriera antes de que Serenity comprase una aspiradora, porque los ahorros se habían ido en los gastos del entierro. Después Serenity siempre se había negado a hacerlo.

Empujé la puerta contra la que me había apoyado mientras escuchaba el plan de Candado para meterme en cintura. Su dormitorio permanecía en penumbra, como si las paredes estuviesen cubiertas de secretos silenciados. La cama vieja se hallaba deshecha y desmontada por completo: los muelles en forma de cono señalaban al techo igual que embudos vacíos. Cuando me senté sobre ellos se oyó un crujido metálico. La cama se parecía al viejo lecho de conquistador de Serenity. Los muelles y el armazón se me clavaban en el trasero. Me levanté y la examiné. La manta, gruesa y áspera, recordaba una piel de serpiente debido a las manchas rojas y pardas. Con el rostro crispado por la tensión, palpé la manta, que chisporroteó debido a la electricidad estática. La mullida almohada, de tacto sedoso, me recordó una marrana en la época de celo, poco antes de que la alcanzara el chorro de semen dirigido con escasa puntería. Sobre esa almohada habían reposado cabezas llenas de fantasías lujuriosas: las de los déspotas cuando lo hacían juntos o, antes, las de los asiáticos que se la habían vendido a aquéllos. Esos pensamientos lascivos, junto con el olor a humedad y madera que impregnaba el aire, hacían que aumentase mi excitación.

Candado tenía una curiosa lamparita de noche: la pantalla era un cono amarillo con lunares negros, en tanto que el pie representaba la figura de una famosa mujer blanca con una sonrisa descarada en los labios carnosos y la falda plisada del vestido levantada por encima de la cintura como si un ventilador le echara aire por abajo. Allí estaba, esa veterana de la pantalla grande, desechada por los asiáticos que se habían marchado, adoptada por los déspotas. Palpé y acaricié su trasero, asombrado por la incongruente obscenidad que suponía su presencia en aquella habitación. Antes de proseguir con mi ronda de exploración le pellizqué rápidamente el culo.

Acerqué la nariz al objeto brillante, colocado en la cabecera de la nueva cama. Me decepcionó su olor acre y aceitoso, a betún. Entonces ya no pude resistir la tentación. Extendí la mano y toqué la superficie reluciente. Era seca y lisa, como me imaginaba que sería la espalda de Lusanani. Cerré los ojos y pasé los dedos por ella, hundiéndolos cada vez más en aberturas imaginarias, pensando en labios luminosos, entreabiertos. Me tendí de espaldas sobre la gruesa almohada y toqué con la mano el extremo del objeto, junto a la pared. La sensación de nadar en una charca oscura, cálida, cubierta de esperma de cerdo, era embriagadora, como si la mujer de la lámpara, Nantongo y Lusanani estuviesen sentadas a la vez sobre mi estómago y me exprimieran los riñones hasta sacar de ellos un líquido espeso. Cuando me volví sobre el vientre vi la caja con las pelucas. La que estaba encima de todo semejaba una gallina empollando los huevos. Los pelos me recordaron el vello pubiano de tía Tiida; pero de cerca la peluca parecía más bien un ciempiés monstruoso compuesto de incontables orugas negras cosidas muy juntas. Giré de nuevo hacia la tabla reluciente y la presión en mis riñones se hizo aún más excitante. ¿Qué había debajo de esa magnificencia refulgente, de esa superficie lisa y seca?

Empecé a raspar con una uña el borde de la tabla. Lo hacía con lentitud, rítmicamente, pero sin obtener resultado alguno. Necesitaba herramientas. Podía valerme de un clavo o de un cuchillo, pero no quería hacerle un arañazo o dejar alguna marca que me delatase, así que tendría que encontrar un modo mejor de usar las uñas. Las clavé en el enchapado, entre la capa de cola y el marco. Se rompió un trozo grande como una uña de pulgar. ¡Debajo de la chapa sólo había más madera! Marrón opaco, con largas vetas. El sudor me corría por la espalda: ¿qué hacer con el trocito roto? Al mismo tiempo sentí una decepción tan profunda que por un instante eclipsó mi pánico.

Lamí el lado encolado del trocito y traté de pegarlo en su sitio. Me pregunté si tendríamos algún adhesivo decente en casa. Había un tubo de cola para reparar las cámaras de las bicicletas. Sentí una pizca de alivio: con eso podría reparar el daño y ocultar mi descubrimiento de que debajo de la superficie reluciente sólo había una anodina opacidad. Temblaba como lo había hecho al pensar que el bebé de Candado caería en el agujero del retrete. Una vez más le había ganado la partida.

Una sensación susurrante, me alzó en vilo. A través de capas de aire caliente densas como la bruma matinal volé en dirección a la seguridad. Pero en ese momento, la palma de una mano enfurecida me golpeó la cara como un chorro de aire hirviente. Dos uñas se clavaron en mi labio inferior, fuera del alcance de mis terribles dientes. Aquello me sorprendió, porque Candado era célebre por sus tirones de oreja. ¿Acaso estaba tan fuera de sí que le resultaba imposible aplicar sus métodos de tortura habituales?

—¿Te das cuenta de lo que has hecho?

Sabía muy bien cómo irritarme: su gimoteo lastimero propio de una cantante *country*, que había copiado de una monja blanca en los días del convento, la misma monja de la que también imitaba los gorgoritos que cada noche hacía piadosamente al entonar el último salmo, me sacaba de quicio. Si alguien iba a martirizarme, prefería que lo hiciese como un hombre, o como una mujer, pero en ningún caso con esos ridículos modales de niñita, que hacían que me sintiese como si me estuviera escupiendo un mocoso de cinco años.

—M... m... mi labio —gemí mientras trataba de controlar mis temores.

—¿Crees que todavía estás en la aldea, donde todo se hace sin pensar?

—N... n... no —contesté, al no encontrar nada mejor que decir, enfadado conmigo mismo por haberme traicionado. En la aldea no se hacía nada sin pensar. Por el contrario, todos se adaptaban a las normas. Era en la ciudad, precisamente, donde la gente hacía muchas cosas de forma alocada, claro que eran demasiado engreídos para reconocerlo y se avergonzaban de afrontarlo. En la aldea, el abuelo y la abuela me habrían explicado que aquel objeto reluciente era una tabla para la cabecera de la cama, de madera chapada y punto. Sin embargo, en aquella selva de pretensión y despotismo, los adultos se comportaban de manera ridícula, no daban ninguna explicación y, al mismo tiempo, creían que el modo en que planteaban las cosas era excelente. Mientras tanto, Candado volvió a retorcerme el labio y me dio una bofetada.

—¿Sabes lo que ha costado esta cama?

Callé. Tenía el labio tumefacto. De la barbilla me goteaba baba mezclada con lágrimas.

—Para que te enteres de una vez: yo no soy tu abuela, y no te malcriaré como lo hizo ella. Voy a enseñarte un poco de decencia, y no pararé hasta que te entre en la cabeza.

—Sí, sí, abuela, digo mamá.

—Estoy harta de tus modales de palurdo. Estoy harta de tu comportamiento despreciable. Estoy harta de tener que avergonzarme siempre de ti, ¿te enteras? —Al final de cada frase me retorcía el labio un poco más. Sus ojos escupían fuego negro, amarillo y rojo—. Y vas a dejar de comer como un buey. Vas a dejar de comer como si mañana no fueran a darte nada, ¿me oyes? ¡Basta, basta, basta!

Aquello era difícil de aguantar: ser rebajado a la condición de un buey tragón era la ofensa final. Yo despreciaba las costumbres alimentarias de los habitantes de la ciudad, sobre todo cuando ocultaban su escasez de alimentos tras una melindrosa respetabilidad. En la aldea comías hasta quedar saciado y a veces incluso te obligabas a comer más, aparte de los trozos de caña de azúcar, los frutos del pan y las papayas que consumías entre comidas. Pero en la ciudad se esperaba que trabajaras como un condenado y pasaras hambre o que comieras lo menos posible, ¡y que encima te sintieras orgulloso de ello! Y si te apetecía un trozo de caña de azúcar o una papaya tenías que comprártela. Mucha gente no se podía permitir comprar fruta por falta de dinero, pero hacían como si no comprar fruta fuera algo fino. Si los habitantes de la ciudad querían deleitarse con sus comidas mezquinas propias de masoquistas, allá ellos, pero si esperaban que yo las considerase una especie de sacramento y las ansiase como la hostia consagrada, podían irse a freír espárragos, porque estaba acostumbrado a cosas mejores. Si los déspotas tenían dificultades para alimentar a su prole era su problema. Que no se hubieran mudado a la ciudad, o que no hubiesen tenido tantos hijos. Pero que esperasen que yo aplaudiera obedientemente la falta de comida era un insulto a mi inteligencia, sobre todo cuando trabajaba muy duro para ayudarles a salir de esa mierda. Como consecuencia de ello, nunca le he perdonado a Candado su lengua afilada, la exageración ponzoñosa de su lenguaje metafórico ni la miopía despótica que le impedía ponerse en el lugar de los demás.

Mientras sobre la pechera de mi camisa seguían cayendo gotas de baba sanguinolenta que se escurrían entre mis dedos, las palabras de Amin se deslizaban por los filtros de mi cerebro hasta llegar a mi conciencia. Amin había exhortado a todos los ciudadanos a llevar la cabeza alta, a sentirse orgullosos y a no permitir que nadie los privara de sus derechos ni atentara contra su dignidad y su autoestima. Amin los había instado a ser fuertes y a que cada uno descollara en su propio terreno. Había dicho que un combate de boxeo siempre debía terminar en nocaut, de modo que quedaran excluidas la parcialidad del árbitro o cualquier duda acerca del vencedor. Urgía a todos a eliminar los obstáculos de la manera que fuese, a triunfar y a mantenerse a la cabeza. Nos había recordado que el eje del poder siempre se desplazaba, y que al final nada permanecía igual, en particular para aquellos que trabajaban duro para obtener lo que ambicionaban. Había dicho que si algunos no habían llegado a ser lo que deseaban se debía a que eran excesivamente apocados, estaban demasiado dispuestos a seguir a los demás, mostraban poca iniciativa y apenas si corrían riesgos. Había asegurado que el suyo no era un gobierno de palabras sino de hechos, un gobierno revolucionario que despertaría las fuerzas dormidas y arrastraría consigo a todo el mundo. Había pedido que cada individuo tomara la iniciativa: los alumnos debían incordiar a los malos profesores hasta que se fueran, los trabajadores debían librarse de los patronos tiránicos, las mujeres divorciarse de los malos maridos, los hijos amargarle la vida a los malos padres. Había pedido también sacrificios para rebelarse y hacerse con el poder, y a los pobres que aprovecharan sus oportunidades, ganasen dinero y disfrutaran de los bienes que producía el país. Uganda, repetía una y otra vez, era un país libre para personas libres en el que todo el mundo podía hacer lo que quisiera.

Yo estaba encadenado, ¿y qué hacía al respecto? Sangraba, lloraba, pedía clemencia y dejaba que siguieran adelante con las injusticias.

Si quería podía darle a Candado un cabezazo en la barbilla y partirle la mandíbula. Si me atrevía podía arrancarle un ojo, romperle la nariz o destrozarle el menisco de una patada. Si tenía el valor necesario, había un montón de cosas que podía hacer para poner fin a mi sufrimiento. Pero, al igual que los blandengues a quienes se refería Amin, no entré en acción. En este caso le tenía miedo a Serenity, que probablemente me asesinara si hería a su mujer. ¿Cómo podía aunar el fuerte estímulo de Amin al valor, la libertad y la fuerza con el peligro inminente de las posibles represalias de Serenity? San Amin, ayúdame. San Amin, reza por mí. San Amin, no me tengas en cuenta la cobardía. San Amin, líbrame de mis temores.

Con toda la atención puesta en Amin, olvidé el dolor. Empecé a sentirme orgulloso de no haber chillado ni haberme meado en los pantalones. A mi manera, mantenía la cabeza erguida.

Amin había dicho que si pierdes injustamente, has de ir a casa, hacer de tripas corazón, entrenarte más duro de lo que nunca lo has hecho, volver al ring y conseguir el mayor nocaut de la historia. Algunos tenían que intentarlo tres o cuatro veces antes de conseguirlo, pero jamás había que abandonar ni resignarse. Yo me mantuve muy callado, en apariencia impasible ante el castigo. Había decidido esperar mi oportunidad.

Finalmente, Candado, harta de que no prestara atención a sus palabras y suplicios, me dejó ir con un último empujón. Estaba cubierto de sangre, como su falda no hacía tanto tiempo, pero me sentía orgulloso. Tenía el labio hinchado e insensible, y aunque me colgaba como la teta de una marrana, lo llevaba como una prueba de mi valor. Amin podía estar orgulloso de mí.

Era lo suficientemente listo para saber que aún debía esperar el auténtico castigo. Limpié la sangre del suelo y abandoné el paraíso de la mujer de la lámpara con la falda levantada, mientras el miedo hacía tictac en mi cabeza como un pequeño mecanismo de relojería.

Serenity llegó a casa procedente del trabajo con la cartera en la mano, los pantalones almidonados cincelando el aire y una expresión ausente en el rostro, como de costumbre. Tras cambiarse, se fue a la gasolinera, mientras a mí me sonaba un gong de miedo en el pecho. Cuando volvió parecía satisfecho; se instaló ante el televisor y empezó a soltar uno de sus monólogos políticos. Entretanto, Candado tejía con aguja de gancho e hilo grueso las cenefas onduladas con que luego hacía sus manteles.

¿Estaría él al corriente de lo que había pasado? ¿Jugaba acaso conmigo, aguardando el momento de caer sobre mí? Su cara no dejaba traslucir nada. Yo entraba y salía de la habitación con paso vacilante y la voz distorsionada de Amin que surgía del altavoz del televisor hacía que me zumbasen los oídos. La atmósfera de la casa era ominosa. Yo no tenía facultades telepáticas para penetrar la opacidad de la confabulación despótica, de modo que me refugié en la cocina en un intento de tranquilizarme con los ruiditos que producía la comida que bullía sobre el fuego. Fue en vano. Ni siquiera Amin podía ayudarme en las circunstancias en que me encontraba. Deseaba que se produjera un fuerte terremoto y que la pagoda se derrumbase con todos dentro. Pronto descubrí, sin embargo, que los terremotos, al igual que las demás catástrofes, sólo ocurrían en aquellos lugares donde no eran bienvenidos, y que no existía deseo u orden capaz de invocarlos.

El tribunal de los dos jueces siempre se reunía después de la oración de la noche, cuando el eco de los gorjeos monjiles de Candado todavía flotaba en torno a las vigas y estábamos a punto de cenar. Eso significaba que la mayoría de los condenados recibía un castigo doble: se iba a la cama sin probar bocado y con la espalda cubierta de los verdugones que producía el látigo de guayabo. A veces te perdonaban el primero de los castigos y podías comer, pero cuando acabas de recorrer, chillando como una perra en celo, todos los rincones de una habitación, la comida no suele saber muy bien.

Mientras el tribunal se tomaba todo el tiempo del mundo para preguntarme si tenía idea de lo que valía una cama auténtica, a continuación elevaba a niveles increíbles el valor sentimental de los bienes recientemente adquiridos y, por fin, deliberaba sobre mi sentencia, se me ocurrió pensar que me había convertido en la víctima propiciatoria de todas las maldiciones que los asiáticos habían echado a los trastos a que se habían visto obligados a renunciar. Esa cama con su cabecera mágica, ¿la habría dejado una familia que, movida por la desesperación, se había ahogado en el lago Victoria, se había envenenado o se había tirado bajo las ruedas de un camión? Quizá las manchas rojas que había visto en una de las patas de la cama fuesen salpicaduras de sangre de una mujer asiática violada por un hatajo de soldados frustrados mientras soltaba insultos. Estaba seguro de que Serenity, con su arrogancia artificial, no había sacrificado ningún gallo grande o una cabra para lavar la sangre de los propietarios anteriores y librarse de sus maldiciones. Sin duda había considerado mera superstición esas medidas preventivas cuyo sentido era calmar el espíritu de quienes habían habitado esa casa antes que ellos. Es probable que yo fuese el chivo expiatorio que debía ofrecerse en sacrificio. Eso explicaría, en cualquier caso, la morbosa fascinación que sentía por esa cabecera de madera contrachapada.

Por otra parte, caí en la cuenta de que un déspota no precisaba las maldiciones de unos asiáticos desposeídos de sus cosas para entregarse a una violencia desmedida. Un déspota hacía lo que hacía porque consideraba que había llegado el momento propicio para ello y había dado rienda suelta a su ira adormecida.

Serenity pegaba con la furia de un leopardo tras la larga persecución de un antílope. Al parecer yo no era el único que lo había sentido venir. Los cagones miraban ansiosamente para ver si la confrontación satisfacía sus enormes expectativas. Serenity me atizaba con uno de sus zapatos de ante. Por un instante me quedé demasiado estupefacto para defenderme de los golpes. Me alcanzaba por arriba y por abajo, por la derecha y por la izquierda, mientras mascullaba:

—Tú te lo has buscado.

Pensé que había llegado mi hora. No tenía miedo de morir, porque la abuela estaba en el otro lado, esperándome. En realidad, lo que de verdad temía era quedar tullido, con un brazo irreparablemente roto, o mal de la cabeza, como el bueno de Santo, o con la espalda lesionada, como el catequista que se había caído del púlpito. En la aldea había un hombre que no podía sentarse ni andar. Un toro le había clavado los cuernos tras lanzarlo por el aire. A mí también me estaban lanzando por el aire, o poco menos, y no me apetecía pasar el resto de mi vida como un inválido y tener que valerme de una cuña cada vez que quería mear o cagar. Para eso prefería morirme.

De modo involuntario, empecé a defenderme. Daba cabezazos contra las espinillas y las rodillas de Serenity y trataba de alcanzarle la ingle. Sus porrazos arreciaron, y el público dejó de soltar risitas tontas. Serenity perdió el control y la paliza se convirtió en una tunda en toda regla, como para que no quedasen dudas, sobre todo a la ejecutora, sobre su condición de déspota. Se trataba de un castigo de demostración. Yo quería que continuara. Con cada golpe me hacía más puro. Constituía un hito en mi vida, un momento histórico, y quería que las cicatrices conservaran encendido durante mucho tiempo el fuego de mi venganza. Me caí una y otra vez, y otra, como el agua que gotea en un vaso a través de un tamiz, mientras el polvillo se queda en éste. Los azotes me trasladaron a las colinas de Mpande Hill, donde en una ocasión había estado a punto de perder un pie entre los radios de una bicicleta fuera de control. Esta vez no iba detrás, sino que era yo quien conducía, y debía mantenerla lejos del barranco. De pronto volví a estar en el fondo del pantano, con mis iguales: subía y bajaba, subía y bajaba, el agua verde me tragaba, y yo intentaba tomar aliento. Mis amigos me llamaron. Me arrastré hasta tierra firme. Se había acabado.

Desperté en la cama, cubierto de morados, y cuando intenté moverme el dolor me lo impidió. El apoyo moral del general Amin era el ungüento que suavizaba mi derrota y se encargaba de que ésta

179

no se convirtiera en llagas gangrenosas de desesperación. Había perdido, y lo que debía hacer era recoger lo que quedaba de mí, entrenarme de firme y volver a presentar combate a los déspotas, en el momento y el lugar que yo eligiera. La guerra estaba oficialmente declarada y la posibilidad de un enfrentamiento inminente me resultaba muy excitante. Candado nunca había ocultado sus armas. Serenity también había enseñado las suyas. Era el turno de que yo mostrase las mías.

Durante tres días me sentí demasiado mal para asistir a clase y apenas si conseguí reprimir las arcadas que me producía el estado de debilidad en que me encontraba. Si bien me dolía todo el cuerpo, no tenía ningún hueso roto. ¿Por qué, entonces, no había ido a la escuela? ¿Por qué estaba en casa, oyendo la exasperante monserga de Candado? ¿Por qué dejaba que me irritara el tono triunfante que detectaba en su voz? Estaba en la gloria, lo ocurrido había sido una confirmación de su poder. Iba canturreando, de buen humor, vociferaba órdenes o trabajaba en la máquina de coser.

Serenity estaba asustado, pero también demasiado cohibido, demasiado emperrado en su despotismo para acercarse a mí y pedirme que lo perdonase. Yo estaba dispuesto a hacerlo al precio de un mísero gesto, porque sabía lo difícil que resultaba para un tirano disculparse o siquiera aparentar que presentaba sus excusas. Sin embargo, no estaba dispuesto a ponérselo en bandeja. Tendría que presentarse ante mí y solicitar mi perdón, de hombre a hombre, por haberme hecho pagar con sangre, lágrimas y cardenales aquella demostración de poder despótico. Como aficionado al boxeo debería saber que, al final del combate, los contendientes se abrazan, por encarnizada o sangrienta que haya sido la pelea, y no porque se aprecien, sino para reconocerle al otro su papel de vencedor o de vencido. Yo estaba dispuesto a admitir que había ganado y perdonarle el que hubiese perdido el control, el que no se hubiera atenido a las reglas y hubiese gritado tanto. Pero no se dejó ver cerca de mi cama. Empezó a llegar tarde del trabajo. No me miraba a los ojos. Comía fuera del alcance de mi vista, del de su ejecutora y de los cagones, oculto tras un descolorido libro de Beckett de tapas

180

rojas. Se escondía y esperaba a Godot. Olvidaba que yo me había apoderado del papel de éste.

A Serenity le gustaban escritores que, como Beckett o Dickens, habían tenido problemas con sus madres, aunque a mí se me escapaba qué esperaba de ellos dada su precaria situación. Detrás de su fortaleza de papel, crispado en su rigidez dictatorial, se lo veía tan arrugado como el propio Beckett de viejo. Parecía protegerse de la plaga que significaba la lengua de Candado, la misma que, durante las confrontaciones nocturnas, había introducido en aquella casa la idea del asesinato. Parecía vacilar al haberse percatado de que por poco no era culpable de un crimen. Parecía preguntarse cuándo y cómo había recobrado el sentido, porque nadie, Candado incluida, había soltado ni un grito de protesta durante su ataque de furia.

Durante mi arresto domiciliario consideré la idea de volver a la aldea para ayudar al abuelo, que debía hacer frente a la edad y la hernia, pero sabía que no lo aprobaría y me haría regresar a la ciudad. ¿Acaso yo no había aprendido nada de sus tribulaciones ni de sus sermones? ¿Lo habían apaleado y arrojado al estercolero para nada? Lo que quería el abuelo era que en la familia hubiese un abogado, y eso, en vistas de que Serenity lo había decepcionado, se había convertido en responsabilidad mía. ¿Acaso no había aprendido que nunca se debía renunciar, que había que saber lamerse las heridas y levantarse con estilo? Me avergonzaba de mí mismo. Además, comprendí que ya no había aldea alguna a la que volver. Llevaba la aldea en mí y así sería durante el resto de mi vida por la sencilla razón de que los años pasados con la abuela eran definitivamente historia.

Con la paliza fresca en la memoria, los cagones obedecían todas las órdenes con la precisión y la docilidad de unos supervivientes que fueran muy conscientes de lo que habría podido ocurrirles. Se cuidaban mucho de tentar el destino o despertar la ira de los dioses dormidos. En un par de ocasiones los pillé hablando de mí, pero no les hice caso. No se me acercaban, como si padeciese de lepra o alguna extraña enfermedad que les recordaba a los déspotas. No podía reprocharles el que les resultara difícil encontrar su camino en el pantano traicionero de la imprevisibilidad despótica.

Candado, por su parte, hacía como si nada hubiera ocurrido. A su modo de ver había saldado las cuentas conmigo. Yo la había condenado a muerte en una ocasión, y ella, a su vez, me había dejado entrever los abismos donde se suponía que moraba la muerte. Lo único que le interesaba era comprobar si yo me había arrepentido. Cuando traté de que se sintiera culpable comportándome como si estuviese demasiado enfermo para cumplir con mis obligaciones de recoger la mierda, dijo:

—Déjate de bromas, muchacho. Entérate de una vez: aquí no estás en casa de tu abuela.

Desde ese momento realicé mis tareas con la fría eficacia de un soldado que estuviera de guardia.

Evitaba a Lusanani como a la peste. La notita que, de camino al pozo, me había metido en el bolsillo rezumaba compasión, justo lo que en ese momento no necesitaba. Me irritaba tanto como sus pezones, que se transparentaban a través de la blusa mojada. Debería haberme felicitado por superar la prueba y salir con vida.

Hice una incursión en la biblioteca de Serenity y pensé pirármelas con el Beckett, pero al final decidí llevarme *La isla del tesoro*, el libro más popular en casa. Lo mantuve escondido durante días a la espera de que se olvidaran de él. Tenía la intención de dárselo a una chica por la que sentía un incipiente interés. Era más joven que yo, estaba en el curso anterior al mío y no me había dado el menor indicio de que le gustaran los piratas, los barcos y las aventuras. Serenity hizo como si no se hubiera dado cuenta de que el libro había desaparecido, pero Candado se entregó a una búsqueda despiadada. Sólo se calmó cuando comprendió que nadie sería tan idiota para entregarse o confesar el «robo». De vez en cuando decía:

—Ya sé quién es el ladrón. Uno de estos días Dios lo cubrirá de oprobio. Lo que se hace al amparo de las sombras será pregonado desde los terrados.

Sabía por experiencia que Candado no se refugiaba en la Divina Providencia ni en las Sagradas Escrituras por pura devoción, sino porque la invadía una amenazadora sensación de derrota. Conservé tranquilamente el libro y esperé la oportunidad de regalarlo. Mientras tanto, un amigo se mostró interesado por él. La decisión de prestárselo fue nefasta. Una amiguita suya, adicta a la lectura, se lo sustrajo, y mi amigo, que esperaba desde hacía tiempo la ocasión de follársela, no se lo reclamó.

En la escuela me ganaba un dinero escribiendo cartas de amor para los chicos mayores, dirigidas a sus supuestas amantes. Era mi afición preferida, porque me ofrecía la oportunidad de investigar hasta qué punto podían incordiar las hormonas y hasta dónde eran capaces de llegar los chicos para calmarlas. También me atreví a meterme en el terreno del chantaje, el engaño y la corrupción, lo que culminó con una carta de amor a Candado.

El procedimiento habitual consistía en que uno de los chicos mayores se dirigiera a mí, por lo general por recomendación de un tercero. Entonces planteaba la cuestión, normalmente con circunloquios, sobre todo si se sentía intimidado por mis capacidades intelectuales. Yo lo escuchaba y él preguntaba entonces si conocía a la chica en cuestión. Seguíamos a la muchacha. Él la elogiaba, aun cuando no lo mereciese, y yo retenía qué era lo que le gustaba tanto de ella. Luego, ya en mi pupitre, escribía una carta en la que hacía hincapié en los puntos fuertes de la muchacha. Si no era notablemente guapa, improvisaba y le atribuía cualidades con las que se quedaría deslumbrada, pero cuidando de no exagerar. A menudo funcionaba. Si se trataba de una chica inteligente, consultaba los libros de poesía de Serenity, extraía un par de versos adecuados y le rompía el corazón con las palabras de algún poeta muerto. Mi mayor fuente de inspiración, sin embargo, era el Antiguo Testamento, y dado que la mayoría de los alumnos no lo había leído, las citas que de él entresacaba resultaban particularmente impresionantes.

Algunos chicos estaban tan trastornados que compraban pañuelos estampados, ropa interior, enaguas, polvos, perfumes y dulces para unas chicas a las que ellos les importaban un bledo. En ocasiones, ellas ni siquiera disimulaban su desdén, pero, al mismo tiempo, no podían resistir la fascinación que les producían los regalitos. Al advertir esto decidí que el amor era una enfermedad de la que había que hacer caso omiso, cuando no padecer con resignación o intentar curarse llevando a cabo las mayores idioteces.

Si una vez entregadas las cartas las muchachas tardaban en responder, los chicos solían preguntarme el motivo de esto, como si yo lo supiese y me negara a colaborar.

—Ve a hablar con ella, suplícale si es necesario —me pedía el interesado—. Dile que no consigo dormir ni soy capaz de hacer nada sin pensar en ella. Asegúrale que le daré todo lo que quiera...

Entonces manipulaba las súplicas y las respuestas, porque quería mantener buenas relaciones con mis clientes. Si una muchacha alegaba que a un chico le apestaba el aliento, que olía fatal o que era mejor que se ahogara para evitarle a las mujeres el tormento de su compañía, le explicaba al objeto de las críticas que los padres de ella la habían amenazado con darle una paliza si se ponía de novia con un compañero de escuela y que la hacían vigilar para asegurarse de que no se acercaba a los chicos. Otra de mis patrañas favoritas era que los padres de la muchacha habían jurado que si quedaba embarazada le harían beber barniz para provocarle un aborto, y que perseguirían a los chicos con un *panga*. Finalmente añadía que la chica estaba enamorada, pero que de momento no veía escapatoria. Generalmente los clientes se tragaban la mentira, al menos por un tiempo.

Cuando dos chicos se peleaban por una muchacha, me embolsaba el dinero de ambos y luego decidía a quién recomendaba. Si la chica no me gustaba, hacía todo lo posible por arreglar una cita para uno de ellos y luego le iba con el cuento al otro candidato.

Para los bravucones tenía mi propio castigo: me quedaba con el dinero o los regalos destinados a sus chicas, se los entregaba a Lusanani, y después le decía al chico que la muchacha aún no estaba convencida del todo, o que ya le daría una respuesta. Si el matón amenazaba con pasar a la acción, le rogaba a Lusanani que le escribiera una carta en la que la chica le pedía, en tono ofensivo, que la dejase en paz.

Todas esas técnicas de manipulación me vinieron muy bien más tarde, cuando entré en el mundo de los negocios. Mientras tanto, hacían de la escuela el lugar más estimulante del mundo, con excepción de la parada de taxis. Aparte de las cartas de amor, los engaños, las promesas, los éxitos y el chantaje, estaba el deporte: fútbol para los chicos, baloncesto para las chicas y atletismo para ambos sexos. Cuando empezaba la temporada de fútbol comenzaban las apuestas y con éstas las peleas entre los perdedores, que se negaban a pagar, y los furiosos ganadores. A menudo se pedía a los chicos mayores que interviniesen y convencieran a los perdedores de que soltaran el dinero. Cuando las hostilidades llegaban demasiado lejos, alguien proponía que se zanjasen las diferencias con una pelea o una lucha en el arenal, donde practicaban los saltadores de longitud. Se acordaba una fecha y, al salir de la escuela, los entusiastas espectadores se colaban por detrás de los edificios de la escuela para presenciar el espectáculo.

Un día en que, por encargo de uno de nuestros chicos atormentados por sus hormonas, me encontraba escribiendo una carta, muy complicada por cierto, dirigida a una estudiante que hacía prácticas de magisterio, se me ocurrió una idea brillante: desquitarme de los déspotas escribiéndole una carta de amor a Candado como si se la enviara el Galán. Se trataba de un plan tan osado que estuve inquieto durante días. Si no lograba dormir por la noche, me iba a escuchar tras la puerta para comprobar si aún discutían por el muchacho. Si no quería pillarme los dedos en mi intento de socavar la armonía conyugal de los déspotas, debía atacar en el momento preciso. No conseguí enterarme de hasta qué punto seguían enemistados: era como si intuyeran que les escuchaba y hubiesen decidido reñir mucho antes o mucho después. El único factor constante en aquel drama era que el Galán seguía viniendo, aunque ya no tan a menudo. Supuse que Candado le había pedido que así lo hiciese para darle a Serenity una falsa sensación de seguridad; pasado un tiempo, las cosas podrían seguir como antes. Las circunstancias eran ideales para mis intenciones. A Serenity no debía de hacerle ninguna gracia la tozudez de su mujer, pero, puesto que por iniciativa de ella la situación había cambiado, al menos en parte, redujo la presión y no hizo caso de las ocasionales visitas del Galán, seguramente en espera de que se viese de nuevo obligado a actuar enérgicamente.

Consulté libros como *El epistolario* y *El modo correcto de escribir cartas*. Este último fue el que me resultó más útil, porque incluía ejemplos de los errores gramaticales y de sintaxis que cometería alguien de la calaña del Galán, que había abandonado sus estudios. Tardé dos meses en redactar la carta, en la que procuré apartarme lo máximo posible de mi primera misiva con aspiraciones literarias. Aún me llevó unos días más convencer al amigo a quien le había dado *La isla del tesoro* de que le pidiera a su hermana, que sabía escribir a máquina, que me la pasase a limpio y la enviara por correo.

A Serenity le bastó una sola mirada al sobre marrón claro dirigido a su mujer para saber que algo iba mal. En primer lugar, desde que se conocían, Candado nunca había recibido una carta mecanografiada, aparte de que no le había avisado que esperase una. En segundo lugar, en el sobre no había ningún sello del gobierno de Uganda o del arzobispado de Kampala. En tercer lugar, le dio mala espina el que las letras de imprenta no fueran uniformemente negras, sino medio negras y medio rojas. ¿Qué desgraciado no era capaz de mover ni un dedo para comprar una cinta nueva para su máquina de escribir? Decidió abrir la carta de inmediato.

Las sospechas de Serenity se confirmaron en cuanto hubo leído la primera línea. ¡El grano de pus con piernas había pasado al ataque! Serenity supuso que Boy había seguido coqueteando todo el tiempo con Candado. El hecho de que su casta mujer hubiera aceptado con notable entusiasmo las pelucas afro que él le había regalado indicaba que había caído presa de la voluptuosidad. De repente veía la aceptación pasiva de la lámpara con la figura de Marilyn bajo otra perspectiva. Con las manos temblorosas, la garganta seca, las axilas sudorosas y picazón en el culo releía una y otra vez la carta.

Querida señora Singer:

¿Cómo capta usted el cosmos en estos días de tanta estática en la atmósfera? Me siento muy honrado de hacerle llegar esta preciosa epístola. Le suplico que recuerde la maravillosa felicidad que compartimos antes de que ese altamente molesto contratiempo se asentara en nuestro cosmos e impidiese la bendita ayuda de éste.

Permítame que estime que usted, al reprimir su tan volcánico amor, entorpece la marcha del cosmos. Me resulta terrible verla en ese estado, para que lo sepa. El que usted ya no reconozca nuestros sentimientos y el fuerte impulso vertical que los conforma, sólo puede producir en nuestro corazón sonidos negativos. Le ruego que recuerde nuestro particular *Cantar de los Cantares*:

Su cuello bienhechor es como una mágica torre de oro.
Su fantástica nariz es como un monumento fonético.
Sus dulces ojos como la miel recuerdan charcos gramaticales
de plata.
Sus magníficos pechos son como globos de amor.
Su cuerpo apasionado es un volcán de jugos ardientes.

Señora Singer, le suplico que recuerde que soy su mejor amigo. Un sabio dijo una vez que debemos procurar tener muchos amigos pero confiar sólo en unos pocos. El sabio también dijo que muchos son los que están casados, pero muy pocos los que se sienten felices. Recuérdelo.

Señora Singer, usted es la reina de mi corazón, y quiero que me proclame su presidente y su comandante en jefe.

Antes de despedirme de usted implorante, sepa que yo, amoroso, prodigioso, peligroso e impresionante, soy enteramente suyo.

Mbaziira *el Grande*

A Serenity todo eso le sonaba. Olía desde lejos los circunloquios, la torpe vanidad y la inmadurez de la ampulosidad postado-
lescente. En sus tiempos, la carta habría ido adornada con corazones rojos y rosados, y habrían echado polvos dentro del sobre.

El apelativo de «señora Singer» le pareció repugnante. Si eso denotaba un rasgo infantil en su, por lo demás, adulta esposa, habría
preferido descubrirlo de otro modo. Sabía de hombres y mujeres
mayores que se acostaban con amantes más jóvenes que ellos y se
rebajaban hasta el punto de comprometer su personalidad y su matrimonio sólo para estar al mismo nivel que éstos. A los jóvenes en
cuestión solía importarles un bledo la posición y la edad de sus parejas, y les ponían apodos cariñosos, y tan infantiles como ridículos,
para ejercer cierto poder sobre ellas. De pronto resultaba que el virus se había introducido en su propia casa. ¿No le había prometido
su mujer que no se acercaría a ese muchacho? ¿Quién habría dejado
que le pagaran por escribir esa estupidez para Boy?

Serenity se sentía engañado, y eso lo ponía furioso. No obstante, su ira no duró mucho, sino que se transformó rápidamente en
pena: él había sido el culpable de que su mujer lo traicionase. ¿Por
qué no había abordado directamente a Boy? ¿Por qué se había creído obligado a actuar como un *gentleman*?

Su desconsuelo fue en aumento al pensar en los «globos de
amor», el «volcán de jugos ardientes» y el «cuerpo apasionado».

Tratándose de alguien tan gazmoño como Candado, Serenity
supuso que sólo se podía hacer uso de tales expresiones en caso de
que ella las hubiera alentado deliberadamente. Sin duda trataba de
retener parte de su juventud perdida o los restos de una adolescencia echada a perder por los castigos que le habían infligido sus padres y las reglas del convento.

Lo que lo hacía todo más penoso era que su mujer, debido a los
innumerables días de continencia, había perjudicado hasta tal punto
la pasión conyugal, que el acto sexual debía planificarse con tanta
antelación como la visita al salón de belleza.

Lamentaba el papel que él había desempeñado en el drama. Debería haber informado de su conducta a Mbale, que había hecho de

mediador matrimonial. Lo había considerado muchas veces, pero no había encontrado las palabras justas, un principio adecuado: «Eh..., *muko*, escucha..., mi vida sexual es... »; o: «Mi mujer se niega a satisfacer mis necesidades en tales y tales días... »; o: «Soy incapaz de convencer a mi mujer de... » Mbale le perdería el respeto a un hombre inepto a la hora de imponer sus derechos conyugales a una mujer con la que se había casado honrosamente. Serenity también sabía que Mbale, un hombre de campo, nunca comprendería que alguien pudiera pasar tanto tiempo sin hacer el amor y no exigir a la esposa sus derechos. Todo el mundo sabía que en el campo no era la mujer sino el hombre quien imponía la ley. Serenity tampoco había sido capaz de desahogarse con Hachi Gimbi porque temía que su amistad se viese afectada.

Serenity se sentía doblemente apenado y enfadado por el hecho de que su mujer hubiese caído en la trampa que ella misma había tendido, ya que estaba claro que ella quería más sexo, pero no sabía exactamente cómo superar las propias trabas sin hacer el ridículo ni perder poder en otros ámbitos. Serenity creía que la reciente obsesión que ella había manifestado con respecto a la poligamia de Hachi Gimbi y las supuestas aventuras amorosas de él mismo, no eran más que una cortina de humo para ocultar sus secretos vergonzantes.

En la tristeza que lo embargaba ocupaba un lugar destacado el hecho de que su madre se hubiera marchado, y el consiguiente sentimiento de abandono. Se acordó de todas las mujeres altas a las que se había acercado para darles la bienvenida a casa, y del oculto temor de que quizá sólo fueran fantasmas disfrazados de mujeres altas. Recordó la manera indulgente con que le habían acariciado la cabeza y le habían hecho saber que su imaginación había vuelto a engañarlo. ¿De dónde había sacado la idea de que su madre había sido una mujer alta? A los tres años todas las mujeres debían de habérselo parecido. Se acordó de la mujer alta que puso fin a su obsesión cuando tenía siete años, y se enfadó mucho. ¿Por qué su padre no había puesto remedio a aquella situación? Estaba enterado de lo que se llevaba entre manos su rival, y aun así había decidido hacer caso omiso. ¿Era posible que la presunción fuese un rasgo de familia?, se preguntó. De repente quiso hacer un montón de cosas a la vez. Deseaba demostrar que podía actuar enérgicamente si quería y era perfectamente capaz de poner fin a semejante problema. No quería perder a su mujer ni que ella se viese obligada a alimentar sola a todos los hijos. Tampoco quería que éstos fuesen criados por otra mujer. Finalmente comprendió que un cornudo casado y con hijos no estaba en condiciones de permitirse un escarmiento que pusiese en peligro a la familia, por lo que tendría que ser una venganza de corta duración.

Serenity pensó en marcharse sin decir nada durante una semana. Podría alojarse en un buen hotel para relajarse y superar la ira y la pena, o visitar a su familia: hacía tiempo que no veía a sus hermanas y sería una buena oportunidad para averiguar cómo les iba.

Se sintió fulminado como un árbol hendido por el rayo: ¡Nakibuka, la tía de su mujer! ¿No había hecho ella todo lo posible por implicarlo en su vida? ¿No la deseaba en lo más hondo de su corazón? ¿Había podido olvidar alguna vez su carácter alegre, su sentido del humor, su feminidad exuberante y su seguridad en sí misma? Las inestables raíces del decoro tradicional lo retenían advirtiéndole que era indecente desear a una pariente de su esposa. Sin embargo, el veneno de los deseos reprimidos habían encontrado un punto frágil entre las capas de decencia hipócrita. La lujuria contenida y el deseo sexual insatisfecho volvieron a florecer al pensar en el seno de una mujer que, tocándolo, había reparado la honra de su virilidad durante su noche de bodas. El sudor le corría por la espalda, el corazón le latía con fuerza, y sintió un fuego encendérsele en las ingles.

La tarde calurosa daba paso lentamente a la noche. Era hora de ir a la reunión de departamento para pasar revista a los asuntos de la semana. Fue el primero en llegar a la sala de juntas. Bebió un vaso de agua y otro y miró por la ventana. ¿Dónde estaban todos? Quería que la maldita reunión terminara cuanto antes, para poder largarse. No sabía con seguridad dónde vivía Nakibuka, y eso le preocupaba. Impaciente, solo y enfadado, abandonó la sala y corrió a su despacho para mirar en la agenda. Esperaba tener sus señas. ¿Y si se había mudado? Perversamente imaginó que Boy estaría haciendo lo mismo: forjando planes, considerando las posibilidades, dudando. ¿Y si ya se encontraba en el puesto de mando, haciendo reír a Candado mientras alababa los globos de amor de ésta y sus charcos de plata? Los accesos de cólera se alternaban con los de tristeza. Pensó en volver a su casa para sorprender al Galán en el puesto de mando y darle una lección, pero decidió no hacerlo, pues era incapaz de decidir qué actitud tomaría en el caso de que, en efecto, lo encontrara. Tenía miedo de perder el control, como le había ocurrido al castigar a su hijo. En nombre de la disciplina a punto había estado de cometer un homicidio, y no había sido una experiencia agradable. Se había jurado a sí mismo que nunca más llegaría tan lejos.

De modo, pues, que iría a ver a Nakibuka, aunque se hubiera mudado, aunque su marido estuviese en casa, aunque no pudiera pasar la noche con ella. Encontró su dirección y se echó a reír, medio enfadado, medio triste. De pronto la poligamia de Hachi Gimbi se le antojó muy poco práctica: ¿de qué le servía a un hombre meter a todas sus mujeres en una sola casa? Cada una merecía su propia casa, porque eso daba al hombre muchas más posibilidades de relajarse y evadirse de las preocupaciones, los cambios de humor y las rarezas de las demás esposas.

Serenity volvió a la sala de juntas. La reunión ya había empezado, pero él estaba allí como quien oye llover. Ya nada podía interesarle ni irritarlo.

Yo fluctuaba entre el éxtasis y el desánimo: aquél porque había sido lo bastante avispado y sereno para vencer a unos contrincantes mayores y más malvados que yo; y éste por el miedo irracional que sentía a que Serenity hubiese descubierto que lo de la carta era cosa mía, y me hiciera algo terrible.

Mientras machacaba cacahuetes en un mortero de madera que, con los años, había adquirido un brillo rojizo, trataba de ponerme en el lugar de Serenity. ¿Cómo habría actuado yo? Sin duda existía la posibilidad de combatir el fuego con fuego, por ejemplo metiéndote en un bolsillo una prenda íntima de mujer, buscándote una amante o negándote por un tiempo a pagar las facturas.

Candado no me parecía la clase de mujer que fuera a salir huyendo; las mujeres que parían tantos hijos rara vez lo hacían. Se jugaría el todo por el todo a fin de descubrir qué ocurría. En cuanto a mí, a pesar de mi aversión hacia esa mujer y de mi participación en el drama, en realidad no quería que se marchase. De una manera muy burda representaba la estabilidad y me proporcionaba, a la vez que un objetivo para mis ataques, una piedra de amolar para aguzar mi ingenio.

Como hijo mayor sabía que mi posición no cambiaría mucho aun en el caso de que Candado se fuese y otra mujer se hiciese cargo de nosotros. Era casi seguro que seguiría realizando las tareas relacionadas con la mierda y tendría que lavar, limpiar, cocinar y traer agua. Pero no permitiría, de ningún modo, que otra mujer me pegase o me obligara a arrodillarme ante ella. ¿Se iría Candado? ¿Estaría contemplando la posibilidad de hacerlo? ¿O todo era fruto de mi imaginación?

En su inopia, Candado semejaba una puerta que colgara de un solo gozne. Se mostraba inquieta e irritable, como un búfalo al que se le hubiese metido una abeja en la oreja. Pensó que por una vez Serenity se había apartado de la rutina y había ido a ver a sus amigos sin pasar primero por casa. Pero no estaba en la gasolinera.

Yo hice como si no me diera cuenta de nada y me recreé con la mirada de pánico que puso cuando le informé de que Serenity todavía no había llegado. Su sentimiento era fácil de comprender: cuando un marido fiable y correcto regresaba tarde del trabajo o directamente no regresaba, algo marchaba mal: o un miembro destacado de la familia se había muerto, con la catástrofe económica que eso comportaba, o había tenido un accidente o lo habían detenido sin justificación. Serenity siempre mantenía a su mujer al corriente de sus planes, y si por algún motivo hubiera tenido que retrasarse se lo habría hecho saber.

Al atardecer, Candado estaba apesadumbrada. Yo luchaba con denuedo contra la desafortunada tendencia a sentir lástima de esa mujer, cuando de hecho había deseado verla sufrir, retorcerse y gemir como una perra en celo.

La segunda noche, Candado se mostraba totalmente abatida. La máscara opalina de su rostro se había transformado en una expresión de profunda tristeza, como la de un adolescente anonadado por un amor no correspondido. Me dirigía miradas de soslayo, casi cómplices, como si estuviese reuniendo coraje para hacerme partícipe de un secreto aterrador. Despertaba una especie de compasión involuntaria, como si fuese una cucaracha pinchada en una tabla de entomólogo. Sorprendido del éxito que habían obtenido, oía resonar en mis oídos expresiones como «amor volcánico» y «ojos dulces como la miel»: en la escuela ablandaban el corazón de las adolescentes y yo me ganaba con ellas un dinero; de pronto ponían en crisis todo un sistema despótico y hacían que una temida autócrata estuviera sobre ascuas. Me apercibí de que escrutaba a Candado para comprobar si yo no había exagerado. Pero ella estaba tan absorta en la abrasadora tormenta de arena de su pesadilla que no merecía la pena observarla. Al escribir esa carta sólo había pensado en Lusanani y en la chica a la que había intentado regalarle *La isla del tesoro*.

Cuando vi a Serenity entrar en el patio con su cartera, sentí que un escalofrío recorría mi columna vertebral. Parecía tranquilo, como si nada le preocupase. Yo ignoraba si había sacado sus propias conclusiones o si, sencillamente había aceptado la situación sin condiciones. Respondió con indiferencia a mi saludo y entró en su estudio. Permanecí a la espera, conteniendo la respiración. Mientras tanto, me di cuenta de que Candado se había erguido, que volvía a haber veneno en la expresión de su cara y que su andar era nuevamente airado. Decidí que había enfocado bien el asunto: esa mujer nunca cambiaría. Quizá mi lucha contra ella no había hecho más que comenzar.

Sin duda había algo en el ambiente que presagiaba una desgracia. La puerta de comunicación estaba cerrada con llave. Serenity no había dejado traslucir nada en ningún momento, y durante la cena se había escondido, satisfecho, detrás de *Godot*. Candado se había pasado toda la noche temblando de furia apenas contenida, por lo que sus gorjeos vespertinos sonaron desafinados. Por primera vez desde que estaban casados se le cayó el plato de sopa de Serenity y farfulló una especie de maldición entre dientes. Desde detrás del muro de papel del libro que leía, Serenity no contrajo ni un músculo. Se hallaba demasiado ocupado pensando en los acontecimientos de los últimos tres días, incluidas dos noches, para reparar en el estado de crispación de su mujer.

A la una me levanté de la cama y apliqué el oído al ojo de la cerradura. Sólo oí murmullos. Me escabullí fuera y me acerqué a la ventana del dormitorio. Los mosquitos zumbaban ansiosos; las mariposas nocturnas chocaban contra las bombillas; una jauría soltaba aullidos lujuriosos. No presté atención a nada, ni a los ladrones ni a los fantasmas ni a los soldados que patrullaban las calles. Se oyeron voces y, por fin, me vi recompensado.

—Si estos días no he venido a casa ha sido por ti.

—¿Por mí? ¿Cómo puedes decir eso?

—Mi primer impulso fue patearte la cabeza.

—¿Qué?

—Has visto la carta. No hace falta que insultes mi inteligencia comportándote como una niña inocente.

—No tengo nada que ver con esa carta.

—¿Un chico te llama «señora Singer», y tú no tienes nada que ver? ¿Que te rebajes al nivel de ese estúpido no significa nada? ¿Engañarme en mi propia casa no significa nada de nada?

La voz de Serenity se había vuelto tan peligrosamente cortante como un carámbano. Candado, consciente de que andaba sobre una capa de hielo extremadamente delgada, echó mano de su inmunidad de déspota y dijo, en un tono bastante quejumbroso:

—¿Por qué no me crees?

—Puedo irme, ya lo sabes. No eres la única mujer del mundo.

Serenity no añadió nada más, ya que no quería revelar el maravilloso secreto de su escapada. La tía de Candado le había obsequiado con las deliciosas atenciones de una amante experta, en su pulcra casita. ¡Qué alivio había supuesto el no tener que darle ninguna explicación, porque ella siempre había sabido que más tarde o más temprano él acabaría en sus brazos! Serenity casi se oía darle las gracias al ex marido de Nakibuka por haberla maltratado, abriéndole así los ojos a una forma más tierna de amor, justamente su especialidad. El hombre solía obligar a Nakibuka a tenderse, tras lo cual le pegaba con una caña de bambú en las nalgas y los muslos.

Serenity y Nakibuka se habían pasado la primera noche charlando. La conversación tomaba los más variados derroteros, pero siempre acababan hablando de ellos mismos y de sus respectivas vidas. No hubo confesiones apresuradas ni intimidades artificiosas que estropearan el encuentro. Serenity no asaltaba un castillo, sino que navegaba por una plácida corriente. Él y Nakibuka se comprendían. Sólo hablaron de la carta del Galán bastante después, y les había hecho reír mucho. El enfado y la tristeza de Serenity se disiparon gracias a la actitud comprensiva de Nakibuka. Él proyectaba la mítica mirada, dulce como la miel, y el cuerpo apasionado a que se aludía en el texto mecanografiado en rojo y negro sobre su chispeante tía política. Para cuando fueron a explorar el cráter volcánico de los jugos ardientes, ambos estaban ebrios de pasión.

—Hay alguien que se propone acabar conmigo —dijo Candado, interrumpiendo los tiernos pensamientos de Serenity.

—¿Es que estás enemistada con tanta gente? ¿O se trata de una antigua amiguita de Mbaziira *el Grande* que trata de librarse de su rival?

—No me gusta ese lenguaje tan rudo.

—Tampoco hay nada de refinado en una mujer mayor que se muere por sangre joven.

Se oyó un crujido procedente del somier sobrecargado de la cama.

—¿Qué haces? —preguntó Serenity, intranquilo—. ¡Devuélveme esa carta! ¡No puedes comerte la prueba! ¿Te has vuelto loca?

Candado tenía suerte de que a su esposo le repugnara la violencia, porque de lo contrario habría acabado con la mandíbula rota. Serenity reprimió su ira y se concentró en Nakibuka. Se había librado de la cruz de una relación sexual monógama; ya no tendría que apagar su sed con la esponja empapada en vinagre que representaba acostarse con su esposa. Entre la fecundidad y la belleza, su mujer había escogido la primera, en tanto que Nakibuka, la última. Después de dos hijos, el cuerpo de ésta todavía era firme, ágil y no había perdido la forma. La deseaba más que nunca. Era lo mejor que le había ocurrido en mucho tiempo.

Yo estaba a punto de marcharme, porque en mi silenciosa guarida los mosquitos me atacaban salvajemente, cuando Candado gritó:

—¿Dónde has estado las últimas dos noches?

Silencio.

—Cuéntame dónde has pasado los últimos días.

Silencio.

—Quiero saber dónde te habías metido.

Los aullidos de los perros que se apareaban sonaban cada vez más cerca. Dos casas más allá se oyeron fuertes jadeos y gemidos, acompañados de gañidos. En algún lugar, que la oscuridad impedía ver, había una veintena de perros a merced de sus hormonas. Eran animales peligrosos. Apenas un par de días antes, un hombre, demasiado borracho para salir huyendo, había sido atacado por una jauría. No esperé ninguna advertencia más. Entré en la casa. Al cabo de largos minutos, mientras trataba de conciliar el sueño, sonaron disparos. Procedentes de la orgía se oyeron unos lamentos frenéticos, y luego todo quedó en silencio.

Candado poseía una inteligencia intuitiva, eso había que reconocerlo, pero le faltaba estilo. Pocos días después me llamó al puesto de mando y me preguntó, sin mirarme, si conocía a alguien que tuviera una máquina de escribir. Al parecer, una amiga suya quería que le pasasen a máquina unos documentos importantes. Simulé que me sorprendía el que me involucrasen en tales asuntos de adultos y contesté que no conocía a nadie tan rico como para ser dueño de semejante aparato. Insinué que quizá Serenity supiera de alguien que tuviese una o conociera a una mecanógrafa. Ella buscó, consternada, unas briznas de paja para cubrir el techo de su desconcierto, y entonces entró una clienta. Me largué.

Días más tarde descubrí que alguien había revuelto mi plumier, mis cuadernos y mi ropa. Al mismo tiempo pensé que hacía tiempo que el Galán no se presentaba en nuestra casa.

Catorce días más tarde descubrí que las pesquisas se habían extendido hasta mi cama y que el colchón estaba fuera de su sitio. Empecé a dejar restos de pegamento y de chicle en el plumier, en la cama y en los rincones de mi cartera.

Hay dos trampas en las que los déspotas caen por naturaleza: dividen a la gente en estereotipos y siempre buscan un chivo expiatorio para todo. Candado no era una excepción. En cuanto sus hijos empezaron a robar dinero y otras cosas en lugar de mearse en la cama, empezó a sugerir que sabía muy bien quién era el delincuente, en otras palabras: yo.

Si había algo que siempre me había parecido detestable, era el robo, en particular a los padres y otros parientes. Pero eso no lo sabía Candado, que siguió sospechando de mí y culpándome. Por supuesto, era yo quien había robado *La isla del tesoro*, pero no lo había hecho con intención de enriquecerme. Lo interesante era que empezaron a desaparecer cada vez más libros, y cuanto con mayor frecuencia ocurría, más a fondo eran registradas mis cosas. Varios cagones no paraban de quejarse de que desaparecían sus plumas, lápices y cuadernos. La verdad era que algunos de ellos extraviaban sus pertenencias en la escuela, al igual que tantos otros niños, pero como tenían miedo del severo castigo que solían recibir por tales pérdidas, me responsabilizaban a mí.

Dado que había crecido rodeado de sacrificios cruentos, decidí inmolarme en agradecimiento a los dioses por haber dejado mi nombre fuera del escándalo de la señora Singer. En el fondo tenía la impresión de que Serenity sospechaba de mí, pero que había decidido no hacer caso porque yo le había dado la oportunidad de ir en pos de la mujer que deseaba. Con mi autoinmolación, también quería dar las gracias a los dioses de Candado por el papel que habían desempeñado en mi victoria. Pero sobre todo pretendía reconquistar a mi ex cuadrilla, a los cagones, que aún me consideraban un híbrido de delincuente y desterrado. Aspiraba a convertirme en su héroe y a que Candado los tratara de manera un poco menos dura.

De modo que insinué por dos veces que yo había robado una pluma. Contenta de que se hubiera descubierto al criminal por la gracia de Dios, Candado me propinó veinte azotes con el látigo de guayabo. Con cada golpe surgían la furia, la frustración y las sospechas del pasado, y si no me hubiera sentido fortalecido por la misión que quería llevar a cabo, habría sufrido graves daños. Sin embargo, me mantuve firme. No grité ni dejé escapar una sola lágrima. Ella trataba de alcanzarme en los lugares más sensibles, y yo me concentraba con estoicismo en mi heroico papel. Los cagones me miraban con admiración, mientras que yo permanecía inexpresivo, con la encallecida arrogancia de un héroe. Yo era su héroe. La sensación resultaba agradable. Volvía a ser el jefe. Convencida de que no derramaría ni una lágrima ni aunque me sacara un ojo, Candado me dejó marchar. Yo andaba con paso vacilante, como un policía que acabara de detener a un criminal que había dado mucha guerra, como Amin después de dejar fuera de combate a un contrincante. Mi actitud sacó de quicio a Candado, que volvió a llamarme y me dio tres golpes terribles en la pantorrilla derecha. Me limité a tambalearme un poco más. Finalmente, me dejó por imposible.

Provisto de los atributos de un delincuente heroico, el ladrón estaba en condiciones de maniobrar mejor. Empecé a disfrutar con el juego y mi contribución a él. El monedero de Candado fue saqueado varias veces. El sentido de la oportunidad para realizar los golpes de mano empezaba a ser espectacular. Cuando ella intentaba tender una trampa, él la humillaba con descaro, de modo que se veía obligado a perseguir a su presa, a trabajar para obtener su botín. Sin duda debía de saber que todos los dioses esperan y aceptan ofrendas. Cuando Candado se escondía debajo de la cama para pillarlo en flagrante delito, no aparecía, y como si quisiera retar aún más a su perseguidora, comenzó a extender su campo de acción al «dinero de los dientes», también llamado «dinero del ratoncito».

Cuando, después de las correspondientes amenazas y los bruscos tirones con los dedos Candado te arrancaba un diente de leche, lo ponías, sanguinolento como estaba, detrás del armario para que se lo llevara el «ratoncito», que dejaba una moneda en su lugar. Ése era el dinero tras el que andaba el ladrón. El hecho irritaba especialmente a Candado, que por dos veces había empleado un hilo de seda para arrancar el diente suelto, con tal rudeza que la víctima sangró mucho y todos temieron que le hubiera dañado la mandíbula. Culpable como se sentía a causa de ello, Candado enloqueció de furia al descubrir que alguien había robado el dinero del «ratoncito». Por respeto a la tradición, tuvo que reponer la suma sustraída. A esto se añadía el que, según había observado, en ambas ocasiones el hurto se había producido en mi ausencia. ¡Alguien estaba insultando su inteligencia! De modo que las cosas de los cagones fueron registradas de inmediato.

El día del juicio se rezaron las acostumbradas oraciones vespertinas y resonaron en la estancia las salmodias de Candado. En pocos minutos íbamos a cenar; pero resultó que dos de los cagones no recibieron su sopa de cacahuetes, en la que abundaban los trozos de bacalao y cuyo aroma nos abrió el apetito de inmediato. Sádica hasta la médula, Candado se había encargado de comprar pescado y cacahuetes de primera calidad, así como hojas de plátano de las mejores para intensificar el sabor. Dimos cuenta del contenido de nuestros platos a un palmo de los cagones condenados, que nos miraban con expresión de miedo en los ojos y con la frente perlada de sudor a causa del sentimiento de culpabilidad que los embargaba. Nos lavamos los dedos sucios en el agua que los dos presuntos delincuentes echaron en unos cuencos pequeños en forma de bidé similares a los que, años más tarde, encontré en un burdel extranjero, y que siempre asociaría con suciedad, jabón, pescado y comida echada a perder. Serenity, sentado en su silla como Poncio Pilatos, se lavó con aire ausente los dedos sin mirar el trozo de jabón azul que le ofrecían ni al cagón tembloroso que lo hacía. Godot, en su gastado volumen rojo, era lo único que existía para él. Y, ¡ay!, la siempre radiante tía de la mujer que cuidaba de aquel rebaño.

Firmemente decidido a protestar y a sabotear la idea de justicia de Candado y su modo de aplicarla, me levanté, sereno, de la mesa. El sadismo calculador del tribunal oficial me producía náuseas. Es probable que sintiera demasiada compasión hacia los reos. En todo caso, yo había contribuido al drama que se desarrollaba y había disfrutado con las jugarretas de éstos. Sólo me atormentaba la latosa pregunta de si no habría debido defenderlos con uñas y dientes. Candado me llamó al orden.

Metió la mano bajo el sofá verde y sacó tres látigos de guayabo gruesos como un dedo, al tiempo que declaraba, en tono bastante pomposo, que había atrapado a los ladrones que habían aterrorizado a toda la familia. Los dos tuvieron que tumbarse, juntos, en el suelo. Serenity, que hasta entonces no había dicho nada y que, de acuerdo con el espíritu de la armonía despótica, no podía decir nada, se refugió tras su *Godot* rojo. Candado zurró a los cagones como un águila hambrienta que atacara a un par de gallinas. En un débil intento de apelar a su Gran Hermano, que anteriormente los había salvado, los dos dirigieron los ojos vidriosos hacia mí, resoplando como locos. Pero mi papel había sido demasiado heroico para repetirlo, y a su edad yo tampoco habría sido capaz de resistir de forma tan prodigiosa. La jauría que aullaba, babeaba y brincaba abandonó el escenario de los apareamientos nocturnos e invadió nuestra casa. El ruido que ocasionaban los animales se vio acentuado por las humanas peticiones de clemencia, las promesas de no volver a pecar y las oraciones al célebre san Judas Tadeo, protector de los desesperados. Uno de los cagones llegó hasta el punto de pedir ayuda al poderoso Serenity, probablemente en nombre de Godot, pero Candado le pegó aún más fuerte, para que quedase claro que no habría mediación alguna, fuera despótica o no.

El general Idi Amin nos había incitado a pelear duro y devolver golpe por golpe, y el que su poder fuera en aumento indicaba que la mayoría del pueblo necesitaba a un redentor, alguien que los protegiese de sí mismos y de sus temores a fin de que estuvieran en condiciones de luchar solos. Tenía que haber gigantes, héroes como yo, que ayudaran a los indefensos. Me llamó la atención lo fácil que era echarse hacia atrás, encogerse de hombros y mirarlo todo como un espectador. Todos se habían encogido de hombros el día en que Serenity me dio una paliza, sin duda porque no habían escuchado a Amin como lo había hecho yo, porque nunca habían bebido de la fuente de heroicidad y sacrificio que el abuelo me había mostrado, porque jamás los habían despertado en medio de la noche para recorrer, junto con la abuela, cinco kilómetros a fin de ayudar a nacer a un niño. Quería elevarme por encima de ellos y encajar los golpes. Me preguntaba qué habría hecho Amin en similares circunstancias. Sin duda se habría interpuesto para salvar a los cagones o, en todo caso, habría distraído a Candado para dejar que las víctimas recobraran el aliento.

Aun más que eso, al general Amin le gustaba enviar mensajes y advertencias a sus enemigos. Advertía a imperialistas, comunistas, racistas, sionistas y a los seguidores de todos ellos que se les había acabado el tiempo. Ya era hora de que alguien le mandara a Candado un mensaje diciéndole que la capacidad de exterminio no era sinónimo de castigo corporal. Además, caí en la cuenta de repente, por primera vez desde que estaba en la ciudad, de que en realidad yo también era un padre para los cagones. De hecho, yo sabía más de esos niños que los propios déspotas. Al lavarlos y al ayudarlos con sus tareas escolares, extorsionarlos y chantajearlos, habíamos establecido una relación de intimidad. Me desvivía por ellos.

Pero ¿no sabían todos acaso que yo era una especie de compadre? ¿No era por todos sabido que yo era el tercer poder en aquella dictadura, que consideraba a Serenity un hermano mayor y a Candado su falsa mujer, a quien había que fastidiar, corregir y maldecir porque era demasiado hipócrita para cambiar?

—Yo les he dado el dinero —anuncié de repente.

—¿Qué? —dijo Serenity con expresión de asombro.

—Yo les he dado el dinero —repetí.

—Han confesado que son los ladrones —apuntó Candado con indiferencia después de darles otro par de fuertes golpes.

Aquello me pilló por sorpresa. Por un instante había olvidado que una de las cosas que mejor se les daba a los déspotas era arrancar confesiones.

—¿Pretendes decir que tú has robado el dinero y se lo has dado a ellos? —preguntó Candado, colérica.

El héroe había tropezado con sus propias tretas.

—No.

El cagón que tenía el corazón más encogido me dirigió una mirada de desconcierto. Candado se olió el sabotaje y quiso demostrar que el heroísmo era sinónimo de cicatrices y de un ego magullado. Se volvió hacia mí torpemente, como un búfalo con una lanza en el culo, y me pegó un latigazo en la espalda.

Di un saltito y me senté. Recibí otros cuatro golpes. Dolía, pero no podía gritar: debía proteger mi imagen. Me atizó otros cuatro latigazos, esta vez en las piernas. Contuve un aullido perruno pensando en los cagones. Por un instante temí haberme meado encima, pero afortunadamente fue una falsa alarma. Yo sonreía. Una vez más había conseguido que ella no triunfara. Furiosa porque el látigo no se cimbreaba a su entera satisfacción, Candado levantó el brazo para azotarme en la espalda, pero se oyó un estallido y cayeron cristales del techo. Le había dado a la lámpara. Serenity montó en cólera: no soportaba que lo molestaran cuando estaba leyendo.

—Ya basta —vociferó sin levantar la vista—. Déjalo ya, Nakibuka...

—¿Cómo? —Candado se volvió hacia Serenity con el látigo todavía en alto.

—¿Qué? —murmuró Serenity. Se había traicionado. Yo lo había oído, y su mujer también.

Candado soltó el látigo. Los cagones podrían testimoniar que habían presenciado un milagro de san Judas Tadeo. Se produjo un silencio sepulcral en la casa. Candado envió a todos a la cama y, nuevo milagro, ni siquiera les pidió a los cagones que le dieran las gracias por disciplinarlos. Esa noche dormí como un lirón. Había conseguido dos fieles partidarios.

Echaba muchísimo de menos al tío Kawayida. Nunca nos visitaba. A veces se encontraba con Serenity en la oficina, después de lo cual se volvía a su casa, en Masaka, a cien kilómetros de distancia. Cuando el éxodo de los asiáticos, se había comprado una camioneta, y criaba pavos. Yo sabía que lo único que podía atraerlo a casa era un combate de boxeo de Muhammad Ali, pero ya hacía tiempo que Ali no peleaba con nadie de renombre y todavía no lo habíamos visto en nuestro apestoso Toshiba. Yo admiraba a Ali porque era mucho más arrogante de lo que yo quería ser y se jactaba en público de sus victorias. Yo prefería que fueran los otros quienes me alabaran. No obstante, se lo habría perdonado todo si, con un combate, hubiera conseguido que el tío Kawayida viniera a vernos. El que no lo hiciese constituía la prueba de que la rivalidad entre su mujer y Candado aún existía. Yo me sentía preocupado por él y su familia. La pequeña ciudad donde vivía estaba en la carretera que iba a Tanzania, y en la región fronteriza de este país con Uganda actuaba una guerrilla contraria a Amin que respondía a las órdenes del dictador anterior, Obote. Amin había conseguido rechazar una ofensiva de la guerrilla, en la que gran número de atacantes habían perdido la vida, pero nunca se sabía qué podía pasar. ¿Y si la guerrilla cruzaba la frontera e invadía la región donde vivía el tío?

A poco que reflexionase en ella, la idea de la lucha guerrillera me impresionaba. Lo que me atraía eran los riesgos, el valor de clavar alfileres en el culo gordo de un déspota. No se me escapaba que lo que hacía con Candado no era ni más ni menos que una guerra de guerrillas. No se trataba en absoluto de terrorismo, como yo lo había llamado una vez. Desde los años pasados en la aldea asociaba esa palabra con perros muertos y hombres convertidos al islam, que temían haber pillado una enfermedad incurable en la polla. «Guerrilla» sonaba mejor.

Decidí invadir el puesto de mando de Candado e inutilizar su máquina de coser. Para empezar, ésta nunca me había reportado ventaja alguna: daba igual que fuese el primero en pedir que le arreglaran la ropa, la mía siempre quedaba para el final. Además, quería herir a Serenity: a mi modo de ver, había salido bien librada con demasiada facilidad. Si mi sabotaje resultaba exitoso, tendría que comprar repuestos nuevos para la máquina. También sabía que el representante de Singer había regresado a Nairobi, Bombay o Londres, lo que significaba que cualquier recambio habría de ser importado. Así podría vengarme y quedarme con un poco de dinero vendiendo las piezas, pero de lo que se trataba era de que Candado comprendiese que la fuerza bruta tenía sus límites. Por otra parte, me resultaba intolerable que los déspotas se quejaran todo el tiempo de Amin: de su régimen, de los pelotones de fusilamiento, de la subida de los precios, de la inestabilidad económica y de la crueldad de los soldados...

En otro lugar estaban ocurriendo cosas que acabarían por relacionarme con una mujer en cuya casa viviría en un período posterior, a través del ojo de la cerradura de cuya habitación atisbaría, en un intento de aplacar mis hormonas sexuales enloquecidas, y a cuyos hijos sin padre trataría de educar. Mientras yo penetraba el puesto de mando, las tropas del general Amin irrumpían en la casa de esa mujer y se la llevaban hacia un destino desconocido.

En la oscuridad me llevé por delante una latita, contuve la respiración y seguí avanzando. El caluroso puesto de mando olía a algodón, lubricante para la Singer y madera. En la oscuridad, la máquina de coser parecía un instrumento de tortura medieval en el que sádicos clérigos castigaban a los pecadores por una causa santa. Experimenté una alegría perversa que compensaba el miedo que me embargaba. «No es tu verdadera madre», me susurraba Lusanani al oído. ¿Qué estaría haciendo ella en ese momento? ¿Nos encontraríamos alguna vez juntos en la oscuridad? Sería delicioso desvelar el secreto de sus enaguas ahí mismo, en el santuario de Candado.

Palpé la ropa en el canasto; se trataba, sobre todo, de prendas femeninas: faldas, blusas y sostenes que había hecho Candado. La cesta cilíndrica de mimbre cuya tapa recordaba una chapa de botella estaba debajo de la mesa que usaba para cortar los patrones, a pocos centímetros del vientre de la Singer. Metí el dedo en un agujerito que estaba resbaladizo a causa del lubricante. En la oscuridad, el acero pulido parecía tener una suavidad poco natural. Saqué la canilla. Al tacto semejaba un limoncito de acero, y la hice rodar en la palma de la mano.

Esa mañana, mientras Candado se preparaba para ocupar su puesto de mando, nos llegó la noticia de que Lwandeka, su hermana menor, tenía problemas con el Ministerio del Interior. Nadie sabía dónde estaba. Candado, que se temía lo peor, partió de inmediato. Durante cuatro días reinó en la casa un ambiente distendido y alegre, y los pájaros cantaron en los árboles cercanos.

De repente todos respiramos aire puro, como si una brisa refrescante se hubiera llevado el habitual olor a muerte. Los cagones se perseguían los unos a los otros, se lanzaban juguetes, se ensuciaban la ropa, gritaban, se insultaban y eran tan traviesos como ratones cuando el gato no está en casa. Yo disfrutaba de mi papel de niñera indulgente o de sustituto de los padres y les dejaba hacer lo que querían, a condición de que no me molestaran ni me pusieran en aprietos. Una hora antes de la que solía llegar Serenity los cagones empezaban a recoger por turnos, para que todo estuviera ordenado cuando se presentara el introvertido tirano. Serenity estaba mucho más relajado que de ordinario, como si acabara de despedirse de una amante. Las arrugas de preocupación de su cara eran menos profundas de lo habitual y parecía querer tranquilizarnos a todos. Nos comunicó que, mientras mantuviéramos el orden, cuidáramos de la casa y fuéramos todos a la escuela, podíamos seguir haciendo lo que nos viniera en gana.

Yo era el subcomandante. Disfrutaba de mi poder y de la oportunidad de imponer mi voluntad. Dirigía mi propia revolución. Al mostrarles a los cagones que había otro modo de hacer las cosas, con palabras y sin látigo, los indisponía contra Candado y el modo de vida a que ésta les tenía acostumbrados. El cagón cagueta, que ahora me seguía como un cachorro, se dedicaba a espiar voluntariamente y me informaba de los que se habían portado mal, mientras yo simulaba tomar nota para no frustrar su iniciativa. Era él quien tenía que vigilar las ollas donde se cocía el guiso, estar atento al ruido de la ebullición y cuidar de que hubiera la cantidad justa de agua, ni mucha, para que no se convirtiera en una sopita, ni poca, para que no se quemara la comida. En caso de emergencia debía llamarme.

Yo dedicaba mi tiempo libre a charlar largo y tendido con Lusanani, quien llegó a entrar en la casa por unos minutos pero se fue sin darme tiempo a invitarla a realizar una visita comentada al puesto de mando. Aquello me decepcionó. Había pensado que el poder mágico de mis sueños la retendría al menos por un rato en el santuario de Candado y quizá la incitara a revelar algunos de los secretos de sus crujientes enaguas. Mientras la miraba me pregunté si el abuelo habría conseguido una muchacha que cuidase de él. Existía un bloqueo informativo que yo no tenía modo de burlar a fin de enterarme de cómo se encontraba.

A Candado los días pasados más allá de las fronteras de su reino le parecieron una eternidad. Fueron cuatro días bajo techo ajeno, cuatro días en que se había visto constreñida por los horarios de otros, obligada a comer la comida de otros, a dormir en lechos improvisados: se le antojaban cuatro eternidades desperdiciadas en el infierno. Las conversaciones de sus parientes le desagradaban por su ligereza y arbitrariedad. Candado estaba aislada en su isla de seriedad e intentaba analizar la tragedia sin la menor concesión al humor, mientras alrededor de ella nadie daba muestras de que le quitara el sueño. Sus hermanos iban a merodear por los arenales y los pantanos de su juventud, una época que Candado prefería no recordar. Después de dar un repaso a los ancianos desdentados, las ropas viejas, las misas dominicales, las pesadas comidas navideñas y las travesuras juveniles, pasaron por fin al único tema que le interesaba:

—Los primeros hijos se crían sin problemas, todo lo contrario de los hijos tardíos; ¿es por culpa de los padres?

—Lwandeka es una típica hija tardía —dijo Mbale por fin—. Se ha aprovechado de la creciente chochez de mamá y papá, y siempre ha creído que el mundo giraba en torno a ella.

—Nos han dicho que la han detenido por mantener correspondencia con saboteadoras alemanas. ¿Por qué lo ha hecho? ¿No sabía que Amin iba en serio? ¿No sabía que era peligroso escribirse con alemanes? —preguntó alguien.

—A aquellos de nosotros que recibieron una buena educación les van bien las cosas —señaló Candado—. En cambio quienes lo tuvieron fácil deben pagar ahora por la libertad de la que disfrutaron en otro tiempo. —Miró a su segunda hermana, Kasawo.

En opinión de Candado, sus hermanas eran unas putas. Para empezar, Lwandeka no había logrado encontrar a nadie que quisiera casarse con ella, y había deshonrado a la familia teniendo hijos ilegítimos. Kasawo, la mayor y más repelente de las dos, no era mucho mejor. Había sido una adolescente revoltosa, se había rebelado contra sus padres y se había fugado con un desalmado que empinaba el codo y le pegaba tanto que una vez casi la mata. El honor que suponía el santo matrimonio también había pasado de largo para ella, que se había convertido en algo a medio camino entre una prostituta de lujo y la eterna amante.

Candado les reprochaba a sus padres que hubieran faltado a sus deberes, sobre todo porque nunca habían castigado a sus hermanas, razón por la cual se tenían merecidas todas las humillaciones que habían sufrido en la vida. En la culminación de su período rebelde, ambas muchachas habían ido contra la voluntad de sus progenitores, volvían a casa a la hora que querían y se negaban a colaborar en las tareas domésticas. Ahora se revolcaban en el pecado como cerdos en la mierda y cometían los mismos errores una y otra vez. Candado consideraba que el que la encerrasen en prisión quizá fuese lo mejor que podía ocurrirle a su hermana Lwandeka, siempre que no la violaran, claro está. La cárcel la curaría de su tendencia a escribirse con mujeres alemanas malcriadas, probablemente putas, que no eran temerosas de Dios e incitaban a la rebeldía.

Candado pasó de nuevo revista a su juventud. ¡Cómo se había desvivido por su familia; había lavado, cocinado y trabajado en el campo para ellos! ¡Se había deslomado haciendo las tareas que ellos se negaban a realizar! ¡Se había rasguñado la piel recogiendo leña en el bosque! ¡Le había dolido el cuello después de cargar sobre la cabeza vasijas y ollas llenas de agua! ¡Y a pesar de ello sus padres siempre se habían puesto de parte de los hijos menores y le habían echado la culpa de los errores que éstos cometían! ¡Cuántas palizas había recibido por pequeñas equivocaciones! ¡La habían abandonado a su suerte cuando se mofaban de ella en la escuela, con la excusa de que eso la haría más fuerte! ¡Y, para colmo, sus padres habían sido tiernos con sus hijos menores!

Candado se percataba de que el papel que le correspondía en aquel drama sería el de proveedora de fondos, y que tendría que gastar gran parte de sus ahorros en el pago del rescate de su hermana. Dos personas con buenos contactos, probablemente enviadas por quienes se habían llevado a Lwandeka, ya estaban averiguando dónde la tenían encerrada. Hacían como si se ocuparan del asunto, en espera de su comisión por el rescate y de las muestras de agradecimiento de todos los miembros de la familia. Halagada por su poder económico, Candado no manifestó abiertamente sus opiniones más radicales acerca de la pérdida de autoridad de sus padres. Ésa fue la razón de que no se diera por aludida cuando Kasawo, devolviendo el golpe, dijo:

—Nadie lo tuvo fácil. Sólo que nosotras fuimos lo bastante valientes para rebelarnos una y otra vez. En eso te hemos superado; tú te atenías, por miedo, a las normas de papá y mamá. Lo gracioso es que ahora todos nosotros somos padres.

—Tú has desheredado a tu hijo mayor porque su padre casi te mata, así que no tienes derecho a hablar —intervino Mbale, el tercero de los hermanos.

—¿Es que tu mujer nunca te ha levantado la mano? Espera que se eche encima de ti con un *panga* en alto, entonces cambiarás de parecer —replicó Kasawo, bastante sosegada, y Mbale se calló.

—Todos estamos un poco desorientados —señaló Candado con tacto—. ¿No sería mejor que nos ocupásemos de averiguar si los hombres a quienes tenemos que dar el dinero del rescate son de fiar?

Aquello aplacó un tanto los ánimos. Candado llevaba la voz cantante, pero no prestaba atención a la cháchara de sus parientes sobre mujeres, sobrinas, sobrinos, tías, tíos... Mentalmente estaba de nuevo en su casa, y por un instante se preguntó si el techo no se habría hundido ya. Tenía que seguir adelante con su vida, coser vestidos y criar a los niños.

Sin embargo, las conversaciones volvían continuamente a su juventud. Kasawo, picada por el comentario de Mbale, se puso de parte de su hermano menor y acusó a aquél y a Candado de haberlos maltratado. Mencionó pellizcos, insultos, huidas aposta cuando por la noche tenían que ir a la fuente en busca de agua o al bosque a recoger leña. Candado tenía unas ganas tremendas de darle un sopapo y obligar a esos dos a rezar un rosario. Ella y Mbale se mantuvieron tranquilos durante la recriminación, y la cólera de la pareja se apaciguó, por lo que se propuso un tema de conversación más trivial. Rieron y toda la casa se agitó bajo el peso de la historia familiar, desenterrada de los pantanos encenagados de sus memorias.

A Candado le irritaba el que no parasen de escarbar en el pasado; como si fuera un terreno de arcilla mojada, lo moldeaban dándole toda clase de formas, le ponían un falso brillo y lo ensalzaban como una especie de siglo de oro de la familia. Para esa gente la comida de antes era más sabrosa, el agua más fresca, y el romanticismo mejor. La ductilidad del pasado y el modo en que le daban forma durante sus conversaciones le repugnaban. Pero, por mor de la armonía, no contradijo sus opiniones y ni sus versiones del pasado. Lo que lamentaba era que se pudiera estar en desacuerdo con otras personas pero que no se les pudiera arrebatar sus fantasías. Le sorprendía lo volátil que era la ira de esa gente, pues incluso cuando hablaban de recuerdos desagradables parecían haber hecho las paces y dado todo por olvidado. No le veían sentido alguno a reñir por tempestades de arena que habían amainado hacía tiempo, y arriesgar con ello su relación actual.

Al tercer día, Candado había llegado a una especie de compromiso con su familia: toleraba su parloteo mientras no esperaran que participase en él de corazón. Le producía un sentimiento de superioridad ver a aquellos mortales revolcarse en el lodo de sus recuerdos. Aún esperaban noticias de la detenida, pero éstas seguían sin llegar. La coraza de su paciencia empezaba a resquebrajarse, y quedó definitivamente pulverizada cuando apareció la única persona a quien prefería no ver: la tía Nakibuka. Una sensación de odio, furia e impotencia se apoderó de ella, que tuvo que hacer un esfuerzo por contenerse. De una u otra forma consiguió ocultar sus emociones bajo un barniz de cortesía.

Por lo general, las muchachas se llevaban bien con la tía que se encargaba de acompañarlas en su noche de bodas, la primera celebración pública de su sexualidad. Estas tías solían recibir grandes muestras de afecto por parte de sus sobrinas, ya que éstas la consideraban el símbolo de su feminidad y de su maternidad y aceptaban de buen grado sus consejos acerca de cómo atar corto a un hombre y manipularlo sin que se diera cuenta. Asimismo, desempeñaban para ellas el papel de abogado, consejero, conspirador y juez. No era extraño oír a una sobrina decir, por ejemplo: «*Nuestro* marido ha hecho esto o aquello», «*nuestro* marido nos amenaza con divorciarse» o «*nuestro* marido va con otra mujer...» El matrimonio de una sobrina era también el matrimonio de la tía elegida, porque ambas deseaban que todo saliera bien.

Candado, sin embargo, no era una sobrina cualquiera: la monja que había en ella nunca moriría. De vez en cuando se escapaba de su tumba para aterrorizar a su otro yo de casada. A la monja que había en ella le daba asco lo ocurrido durante la noche de bodas y se sublevaba contra el falo. El fantasma de la monja le susurraba que una cosa era que tu tía te untase con aceite de mantequilla, y otra muy distinta que fuera testigo de tu desfloración.

El fantasma de la monja no se sentía cómodo en presencia de

Nakibuka. Ésta sabía demasiadas cosas acerca de Candado, de hecho, hasta la había visto desnuda, lo que en sus días conventuales habría sido un verdadero anatema. En aquella época no te mirabas ni siquiera al lavarte o cuando te arrancabas esos pelos diabólicos. El cuerpo era de Cristo y sólo de él. El fantasma de la monja le hacía observar que esa mujer también sabía demasiado acerca de Serenity: ¿no había sido ella la que le había provocado una erección? ¿No lo había visto impotente, temeroso, abatido? ¿No lo había lavado después de que se comportara tan ridículamente en la boda y fuera a bailotear con todos aquellos borrachines y pecadores que le habían vomitado encima?

Lo peor de todo era que aquella mujer había revelado a Serenity secretos de familia, y eso Candado no se lo perdonaría jamás. ¿No le había contado a Serenity todo sobre su juventud, los motes que le habían puesto, los días pasados en el convento, su desesperación cuando la habían expulsado de él, y cómo había pegado a Mbale; todas ellas, cosas que nadie debería saber? ¿Cómo se había atrevido a traicionar de ese modo a la familia? La gente que se iba de la lengua recibía su merecido, y Candado estaba segura de que así iba a ser también en el caso de Nakibuka. También creía que ésta había cerrado un pacto con el diablo y que quería acabar con su matrimonio y su familia.

Nakibuka tardó bastante en darse cuenta de que las cosas no iban demasiado bien entre ella y su sobrina. En su opinión, había hecho un buen trabajo preparando un matrimonio importante (según los criterios de su familia) a una ex monja muy frustrada. Le había costado una enorme paciencia y no pocos halagos, y a cambio esperaba alguna muestra de agradecimiento y afecto. Pero parecía que eso era pedir demasiado. Todas las invitaciones que le había hecho a Candado para que la visitase habían quedado sin respuesta, y en las ocasiones en que había ido a ver a su sobrina, cuando ésta todavía vivía en la aldea, había sido recibida con creciente frialdad. Todos los intentos de mantener una conversación habían chocado contra un muro invisible. Nunca debería haber elegido a Candado como madrina de su hija, pues resultó un desastre. Sólo entonces comprendió Nakibuka que algo iba mal, y decidió dar el caso por perdido. Se consoló con la idea de que el matrimonio de su sobrina tenía una base sólida y que su consejo y su apoyo eran innecesarios.

Pasaron años sin que las dos mujeres se vieran. El matrimonio de Nakibuka empezó a volverse turbulento: su marido quería más descendencia, ella no; no le veía sentido a criar seis hijos sólo para apuntalar una relación que hacía agua. Él empezó a pegarle. Ella dijo insistentemente que, si no le quedaba más remedio que zurrarla, prefería que lo hiciera en la «carne del estado», como llamaban a las nalgas en la escuela. Era el único lugar donde los maestros tenían permitido pegar a los niños, y, aunque su marido no fuera maestro ni ella un alumno, lo prefería así. No quería ni pensar en tener que ir por ahí con un ojo morado, un labio partido o la nariz rota.

Los golpes en la «carne del estado» y su asociación con la escuela, devolvieron a la vida el fantasma adormecido de su amor adolescente y las vagas ideas sobre su platónico desenlace. Lo uno llevó a lo otro: de las cenizas de su enamoramiento platónico surgió la figura del esposo de su sobrina: Serenity. Algo que había comenzado con miradas devoradoras en la casa paterna de aquélla y que había alcanzado su momento culminante cuando le había tocado un hombro durante la noche de bodas, había hecho que Serenity estuviera alegre y le prestase atención cuando ella los visitaba o cuando se veían en reuniones familiares. En una de éstas, con motivo de un entierro, a los que Candado nunca asistía, habían conversado casi una hora, de forma tan febril como espontánea. En esa ocasión, Nakibuka lo había invitado a su casa con la esperanza de que a su marido se le pegaran sus buenos modales, pero Serenity nunca fue.

A diferencia de la época en que iba a la escuela, cuando, en un ataque de euforia adolescente, había escrito cada día al profesor de quien estaba enamorada, e incluso lo había amenazado con suicidarse, en esta ocasión permaneció tranquila. Hasta que los acontecimientos de la noche de bodas empezaron a darle vueltas en la cabeza. Hasta que el recuerdo de ese miembro viril brillando en el calor del dormitorio conyugal le puso la carne de gallina. Hasta que el corazón comenzó a latirle con fuerza cada vez que veía por la calle a alguien que se parecía a Serenity. Hasta que la figura sudorosa de éste empezó a aparecérsele cuando se tendía para recibir los azotes en las nalgas. Entonces chillaba, suplicaba y halagaba el ego de su marido profiriendo fingidos gritos de amor, sofocados por el dolor. Una humedad secreta devolvía en toda su falsedad la imagen de su cara empapada. Sin embargo, su esposo mordía el anzuelo, presa del espejismo del autoengaño. Los meses pasaban volando mientras ella esperaba que Serenity intentara algo. Acudía a todas las reuniones familiares, bodas, entierros y asambleas del clan con la esperanza de dar otra vez satisfacción a sus sentidos con la voz, la presencia y el olor de Serenity. Pero él la evitaba.

El día en que se presentó de improviso en su casa, con la ropa oliéndole al aire del campo, los zapatos cubiertos de polvo, y al fondo el aullido de los perros, Nakibuka apenas consiguió ocultar su excitación: aquello parecía demasiado bueno para tratarse de mera casualidad. Sin embargo, se retiró durante un buen rato a su dormitorio con la intención de calmarse y prepararse para oírlo y suplicarle que lo ayudara a salvar su matrimonio. Si él la rechazaba, estaba decidida a comportarse con dignidad. Sin embargo, cuando se reunió de nuevo con Serenity, la conversación surgió con total naturalidad, y ella no pudo evitar sentirse excitadísima al percatarse de que él no había ido a verla para solicitar su ayuda, sino en pos de sus caricias y su bendición. Ni Nakibuka buscaba un marido ni él una nueva esposa. Ambos buscaban un amante. Dado que el marido de ella no estaba, se hallaban solos; los perros que aullaban constituían un presagio de lo que iba a ocurrir. Ya no había forma de echarse atrás. Ella no renunciaría a Serenity, ni él a ella.

A Nakibuka le tembló un poco la voz a causa de un sentimiento de culpa, pero fue capaz de mirar a los ojos a su sobrina; al fin y al cabo, compartir a un hombre no era tabú. La tensión y la censura que vio en los ojos de Candado eran de esperar. Un tío a quien su sobrino le quitase la mujer sentiría la misma intensa frustración y lamentaría, sin duda que no existiese una prohibición al respecto. Nakibuka estaba convencida de que era la rival de su sobrina, que era mucho más guapa y segura de sí misma que ésta, de modo que podía permitirse ser amable y cordial con ella. Candado, a quien se veía tan miserable como un zapato viejo, fue asediada por las tormentas prematrimoniales y posconventuales que le conferían el aspecto de alguien que cargase sobre los hombros todas las tragedias del mundo. Si no iba con cuidado, pensó Nakibuka, pronto anidarían pájaros en su pelo, bufarían hipopótamos enanos en su barriga y las hienas le meterían el hocico en las axilas.

Nakibuka llegó a la conclusión de que Candado se preocupaba en exceso por todo, que medraba bajo la presión y en la desgracia, y que era demasiado tarde para hacerla cambiar. No había aprendido bien las lecciones, y demasiadas veces reconvenía en público a su marido, por lo que no era de sorprender que éste le hubiese vuelto la espalda. Nakibuka se alegraba de que todo quedara en familia. Si Candado no quería compartir a Serenity, pues que se fuese al infierno.

Candado no habló mucho; prefería ocultar sus emociones y dejar que Nakibuka las adivinara. Se sentía engañada tanto por su esposo como por la puta de su tía, pero a él no se lo había echado en cara, y con ella no tenía sentido reñir. Las veinte horas siguientes fueron tan terribles que la asaltaron las mismas náuseas que había experimentado cuando sor Juan Crisóstomo la había echado del convento. Tenía ganas de retorcerle el pescuezo a esa puta, pero no podía rebajarse tanto. Puso sus sufrimientos a los pies de Jesús, pensando en Judas Iscariote. Debido a la proximidad de esa maldita tía suya, con cada hora que pasaba se sentía más sola y desesperada en medio de ese grupo de parientes que reían y recordaban el pasado embelleciéndolo. Cada minuto la hería como la garra de un águila. Luchaba contra el tiempo con la única arma de que disponía: el recuerdo de su casa, su propia casa, de la que era la soberana suprema; el resto —su familia, las voces, la comida, los sonidos distantes—, se desvanecía en una bruma infinita.

Por la noche, Candado se demoró en la oscuridad y miró las estrellas. De repente se puso a pensar en Mbaziira y la carta a la señora Singer. ¿Era posible que Nakibuka le hubiera hecho esa jugarreta? Pero ¿cómo podría saber nada de Mbaziira? Imposible.

En el autobús, de regreso a casa, Candado no se fijó en nadie. Tampoco había prestado atención a nadie cuando su familia la había despedido en un bosque de manos que saludaban, un brillo de dentaduras sonrientes y una cacofonía de palabras alegres. Por el camino, los vendedores ambulantes, tan molestos como siempre, le ponían las mercancías delante de la nariz, pero ella no veía nada.

Cuando entró en la pagoda, Candado temblaba de excitación, como si acabara de huir de una pandilla de demonios babeantes. La casa olía vagamente a pescado y jabón, pero eso no tenía ninguna importancia: los olores, al igual que las plagas, siempre podían eliminarse. Echó un vistazo en las habitaciones para cerciorarse de que no hubiera desaparecido nada. Todo estaba en orden, y eso le gustó. No había esperado que Serenity lo dejara tan impecable; siempre estaba leyendo y pensando en sus amigotes de la gasolinera. Eso era tener el poder, reflexionó: aun cuando el patrón estuviese fuera, el sistema seguía funcionando. Huyó del cuarto de baño a causa de la peste que despedían los pañales; su olfato reclamaba el olor más refinado del lubricante de la máquina de coser. Ya le parecía oír el agradable ronroneo de la máquina. Le recordaba el traqueteo de un tren, firme en los raíles, imparable, tenaz en su afán por llegar a destino. Ella se sentía un tren. Desafió a Nakibuka a bloquear la vía. La imaginó destrozada bajo las ruedas, tal como se lo merecía cualquier puta que fuese lo bastante suicida para entrometerse en su vida.

Más tranquila ya, gracias a los sonidos y olores familiares de su casa, recordó con alegría la tarea que le esperaba: debía hacer un vestido para una niña que sería bautizada dos días después. Si tenía tiempo, también confeccionaría el vestido para la mujer que, a la semana siguiente, asistiría a una boda, por no mencionar varias prendas que requerirían arreglos. Su vida seguía adelante. La niña tenía preferencia: quizá se metiese a monja, pensó Candado con nostalgia. La vida conventual y los votos solemnes le traerían reminiscencias durante el resto de su vida. «Si te haces monja —le dijo—, te conviertes en una mujer de mujeres, en una sacerdotisa, una diosa, una reina del cielo.»

Si Candado hubiera sido distinta de los demás dictadores y no hubiese padecido las enfermedades que suelen aquejar a éstos, como la de creer que se es infalible y someterlo todo a la propia voluntad, no se habría sentido tan espantosamente mal al observar que faltaba la canilla de la máquina de coser. La Singer no hacía lo que ella quería y permanecía indiferente a sus zalamerías. Quedó perpleja cuando comprendió que no podía hacer nada sin esa cosita que se llamaba canilla, sustraída por sólo Dios sabía qué diablo.

¿Cómo era posible que hubiese desaparecido la canilla? ¡Sólo era la canilla, y no el valioso portagujas o los vestidos o las tijeras! ¡Qué robo tan fríamente calculado! ¡Y qué malvado oportunismo! ¡Qué humillante resultaba por su simplicidad! Por muchas vueltas que le daba no atinaba a comprenderlo. Metió varias veces el índice en el agujero de la canilla; estaba tan vacío como una cueva saqueada. En un par de ocasiones poco faltó para que se hiciese daño en el dedo al pisar involuntariamente el pedal. El agujero seguía vacío.

Revolvió el contenido de todas las cajas, todos los cestos, sacudió todas las piezas de tela y cambió de sitio todos los muebles. Pero la ofensa final, el último antimilagro, siguió mirándola, impasible, a la cara.

Si hubiera entrado un ejército de soldados borrachos o de ladrones armados que le hubiesen ordenado descender de su trono, le hubieran quitado el dinero y la hubiesen obligado a desmontar el portagujas gris, meterlo en una bolsa y entregárselo con un sumiso «gracias por robármelo, señores», lo habría entendido. Entendía muy bien la fuerza bruta y el poder arbitrario, y comprendía sus efectos, pero la astucia taimada, no, sobre todo porque su puesto de mando aún transmitía inviolabilidad. La extracción de la pieza central de su máquina de coser, y la despiadada ofensa que ello implicaba, la enfurecían hasta el punto de que deseaba matar a alguien.

Si Candado hubiese sido una mujer capaz de exteriorizar sus sentimientos con palabras, habría abierto boquetes en el techo, con sus insultos, y habría anegado la habitación con la saliva que habría soltado con cada uno de ellos, pero no era así. Se sentó en su trono profanado y dejó que la invadieran la ira, la tristeza y la frustración, sin tomarse la molestia de enjugarse las lágrimas de impotencia que corrían por su cara. Quería hacer algo terrible, algo enormemente liberador, que le arrancase el sentimiento de debilidad que la paralizaba.

¿Qué bestia, humana o diabólica, sería responsable de semejante saqueo, ocurrido una semana después de que ella hiciera salir a golpes la orina, la mierda y la sangre de dos ladrones? ¿Qué especie de gusanos moraba en el cerebro podrido de ese depredador? ¿Había indiferencia o acaso el deseo de experimentar dolor detrás de aquel acto tan vil? La posibilidad de que ella hubiese traído al mundo un monstruo de esa calaña después de llevarlo nueve meses en su vientre y alimentarlo con la leche de sus pechos la hacía estremecerse.

Como si el curso de esa indagación fuera demasiado doloroso, decidió, por el momento, que el criminal era ajeno a la familia y que se había aprovechado de su ausencia.

Candado nos sometió a un interrogatorio durante horas. La pregunta esencial era: «¿Quiénes de entre vosotros han estado aquí mientras yo me encontraba fuera?» Nos hizo esa pregunta una y otra vez, cada vez formulada de manera distinta y dándole todas las vueltas posibles.

Candado no sabía qué creer cuando oía las respuestas. Por primera vez en su vida de casada se dio cuenta de que tenía delante a un nuevo tipo de niño: después de cientos de latigazos había formado una especie de cagón cobarde y apocado que por miedo sólo contestaba lo que ella quería oír, lo cual obstaculizaba seriamente su investigación.

En el clímax de todo el asunto, cuando ya estaba mareada de tantos relatos contradictorios, pensó que quizás el culpable fuera Mbaziira, alias el Galán. ¿No le había ordenado con aspereza que se mantuviera alejado de ella? ¿No había negado él con vehemencia tener algo que ver con la fatal carta de amor, tal como habría hecho cualquier muchacho culpable? ¿No le había dicho él que sus acusaciones eran infundadas y había dudado de su salud mental? Y, aunque no había amenazado con actuar, al final se había escabullido furtivamente. Tenía un motivo para entrar en el puesto de mando y sabía cómo hacerlo. Además, conocía mejor que nadie los entresijos de éste. Sin embargo, los niños afirmaban que no había pasado por la casa. ¿Acaso había dado el golpe cuando todos estaban fuera?

En pleno desconcierto, de las turbias aguas del espíritu de Candado surgió, como un leviatán, Lusanani. Una mujer casada que se relacionaba con chicos jóvenes debía de tener una mente perversa, sobre todo si su esposo podía ser, por edad, su padre, o incluso su abuelo. En opinión de Candado, la extravagancia era estímulo suficiente para una tendencia delictiva, inestable. ¿No se había enzarzado recientemente Lusanani en una pelea con otra mujer que la había atacado porque desde hacía dos años se negaba a pagar una deuda? El veneno que había soltado ese día había manchado almas inocentes. Al final, la mujer la había acusado de haberse acostado con su marido.

Estaba claro que Lusanani era una ladrona insensible que había engatusado a su hijo para tener acceso a su canilla, a la virginidad de aquél y sabe Dios a qué más. Y su marido le había dado carta blanca para pecar al declarar: «Mis mujeres nunca piden prestado dinero ni otra cosa. Se lo he prohibido.»

Candado no daba crédito a sus oídos; las palabras de Hachi fueron como una enorme cortina de humo que encubrió las siniestras actividades de esa joven ladrona. Cada vez detestaba más a ese personaje barbudo y confiaba menos en él. Estaba segura de que tenía algo que ver con los coqueteos de Serenity con Nakibuka, porque no cabía duda de que a uno acababan por pegársele las costumbres de las personas con las que iba. Todo aquel que se sentara a la mesa con ese empedernido polígamo se encontraba al cabo de un rato con que había adoptado sus polígamos modales. Deseaba que ese hombre y sus cuatro esposas fueran desterrados a algún foso de arena, a un arrabal o, mejor todavía, a una cueva desolada, lejos de todo y de todos, donde sucumbieran junto con su pagana forma de vida.

A mitad de la investigación empecé a concebir esperanzas: sí, Candado había cambiado, o estaba cambiando. Había mostrado un gran dominio de sí misma: no había tocado a nadie y, por primera vez desde que yo tenía memoria, parecía respetar nuestro cuerpo, a pesar de la terrible pena que la embargaba. Podría habernos puesto en fila y pegarnos hasta desollarnos, pero en esta ocasión parecía habérsele encendido otra lucecita en la cabeza, que le hacía ver las cosas claras. ¿Habría manera de volver a meter la canilla disimuladamente en el agujero, de forma que ella no tuviese que sufrir más? Supuse que en los próximos días encontraría algún modo de devolverla, por ejemplo poniéndola en un lugar donde la encontrase alguno de los cagones.

Las pesquisas se interrumpieron porque llegó la buena noticia de que Lwandeka había sido puesta en libertad tras un breve juicio. Sin embargo, Candado, en lugar de alegrarse, se sumió aún más en su melancolía. Era como si su hermana, una vez más, se hubiera librado demasiado fácilmente de sus problemas y no hubiese aprendido nada. Contra toda lógica, en la casa no reinaba un ambiente de alegría porque alguien había escapado de un calvario, sino un ofensivo olor a cadáver.

Candado retomó sus indagaciones en peor estado de ánimo. El autodominio de los últimos días había desaparecido. En su cabeza sonaban los ruidos metálicos de un tren que descarrilaba y se estrellaba.

—¿Ha venido Lusanani?

—Sí —contesté.

—¿Por qué? ¿Para qué?

—Para charlar —respondí en voz baja.

—¿Cuántas veces te he dicho que te mantengas alejado de esa mujer? ¿De qué habéis hablado?, ¿de que tenía que robar la canilla de mi máquina de coser? —Su voz sonaba engañosamente serena, casi fría e indiferente.

—Ella no la ha robado.

—¿Lo has hecho tú, entonces? ¿Quién, si no? Al fin y al cabo, tú eras el amo de la casa, ¿no? ¿O le has dejado ese trabajito sucio a ella? —A punto estuvo de caer de la silla; tenía los músculos tensos como un caballo a punto de saltar un obstáculo—. ¿Quién era responsable de la casa? ¡Contesta!

—Papá —repuse tímidamente con la intención de refrenarla un poco y repartir la culpa en partes algo más manejables, la mayor de ellas para el codéspota.

De repente se alzó ante mí y echándome en la cara su aliento sofocante, comenzó a mascullar:

—Tú, tú, tú, tú, tú, tú... —Para recalcar cada palabra me daba un coscorrón. Fue como si me picoteara la cabeza un cálao. Tuve que esforzarme para no chillar. Eso hizo que volviese a cambiar por completo mis planes. No devolvería la canilla. Nunca conseguiría dominarme como a los cagones. Podía rabiar y vociferar o volverse loca y partirme la nariz o el brazo, pero la canilla, más valiosa aún gracias a la carestía originada por la política de mi padrino, Idi Amin, seguiría oculta. Era mía. Me la había ganado. Si no conseguía encontrar un comprador, me importaba un pito que se la tragaran la mierda y los gusanos del retrete.

—Sí, yo tenía que cuidar de la casa —dije, para calmarla un poco.

Me alegraba de que los asiáticos se hubieran ido y con ellos el último representante de la casa Singer. Esperaba que no hubiera cerca nadie que tuviese una máquina de esa marca y guardase una canilla de repuesto. Ojalá su Singer se cubriera de polvo y se convirtiera en un nido de arañas.

Me alegraba de que Serenity se viera involucrado, pues tendría que buscar una canilla nueva o preguntarle a Hachi Gimbi si conocía a alguien que estuviera en situación de importar esas canillas de Londres u otra ciudad. Claro que eso llevaría tiempo. Estaba encantado.

Candado iba a reventar de impaciencia ante mis ojos. Que empezara otro negocio que la alejase de casa, como vender pescado en el cochambroso mercado de Owino, donde tendría que soportar la peste de vísceras descompuestas, pescado pasado, col podrida y toda clase de porquerías en mal estado, y además sufrir la humillación de competir con otros vendedores que adoraban al diablo y estaban al servicio del dios dinero. En la estación de las lluvias, cuando el mercado se inundaba y el hedor de las mercancías putrefactas se elevaba como un monstruo marino que estuviera ahogándose, por mí ya podría caer en una charca fangosa y rodar hasta los pies de los renegados comerciantes.

Serenity interpretó, como era usual en él, su blandengue papel y se preguntó por qué alguien, con todo lo que había para robar, iba a quedarse sólo con la canilla de una máquina de coser. Prometió que pediría ayuda a Hachi Gimbi para ver de encontrar una nueva.

—Hachi, Hachi, Hachi... —resopló Candado, con el rostro bañado en sudor.

El veneno de la incertidumbre penetraba cada vez más profundamente en ella: ¿quién habría escrito esa carta dirigida a la señora Singer? ¿Quién habría hurtado la valiosa canilla? ¿Se habría acostado Serenity realmente con su tía? ¿Había en verdad alguien dispuesto a arruinarle la vida?

Candado cavilaba y su veneno se extendía por la casa, de modo que todos se sentían cada vez más nerviosos. Estaba sentada en su trono, con el carrete de hilo sobre la Singer, los pies apoyados a medias en el pedal y a medias en el suelo, clavando la gruesa aguja metálica en la labor con la cólera glacial de quien urde un plan siniestro. En el puesto de mando reinaba el silencio tenso de un cementerio espectral. El peligro iba en aumento. Candado registraba despiadadamente mis cosas cada día. Espiaba a Lusanani desde un extremo del patio, pero yo la había puesto sobre aviso para que se mantuviera a cubierto de ella; sólo nos encontrábamos de camino al pozo.

Una tarde, mientras limpiaba la maldita alfombra, metí la mano debajo del sofá verde y ¿qué encontré?: ¡un precioso haz de cinco látigos de guayabo medio secos, recién cortados por los extremos! ¡Ay del ladrón! ¡Ay del paisaje inhóspito del espíritu de Candado! ¡Ay de aquel que se estrellara contra las afiladas rocas de ese paisaje! ¡Qué suerte que yo fuera el verdadero ladrón! Esos previsibles planes de venganza ya no me impresionaban para nada.

Estaba claro que en esta ocasión no esperaría hasta la noche; lo haría de buena mañana, cuando Serenity hubiera marchado al trabajo. El ladrón debería quedarse en casa en lugar de ir a la escuela. Cerraría la puerta con llave y se metería ésta en el bolsillo. Ay del ladrón, que a continuación habría de ver, si es que por entonces aún podía ver, cómo se alzaba el látigo con ira infernal e impulso orgiástico. Sonreí con insolencia, acaricié los látigos como acariciaría a un perro fiel y seguí con mis obligaciones de limpieza. Lo único que me preocupaba era que, en su frustración, Candado adujese una u otra excusa, como una mala nota en la escuela, para azotar a alguno de los cagones indefensos. Esos látigos, ¿eran un indicio de lo predecible que resultaba la déspota, de su tenacidad maternal, de su falibilidad tiránica o de las tres cosas?

Como cada noche, después de las oraciones, Candado comenzó a leer en voz alta el Antiguo Testamento. Empezó por invocar a Dios para que revelara la identidad del ladrón. Cuando Él se negó, ella le suplicó que empleara Su enorme poder, el mismo con que había liberado a Israel de Egipto, para que encontrase la canilla. Observé que, bajo los efectos adormecedores de la religión, se puso a buscar, cada mañana, cada tarde y cada noche, en los lugares más extraños, como si el Todopoderoso en verdad fuera a dejar caer, cual maná metálico, una canilla del cielo sólo para saciar sus ansias de milagros.

Cuanto más intensa era la búsqueda, tanto más perplejo estaba yo por su ciega tenacidad. En un momento dado casi fui presa del pánico. ¿Era posible que mis héroes bíblicos le hubieran revelado en sueños, aunque fuese a grandes rasgos, el lugar donde yo había escondido la canilla? Recordé la fe ciega que, hasta no hacía tanto tiempo, algunas mujeres habían tenido en mí como mascota y cómo algunas de ellas se habían visto recompensadas con un hijo. ¿Y si la fe de Candado era igualmente recompensada?

Empecé a sufrir pesadillas en las que Candado se inclinaba sobre mí con la canilla en una mano y un martillo en la otra.

La déspota endureció su campaña de terror leyéndonos pasajes atemorizadores del Antiguo Testamento y rezando para que el ladrón contrajera la lepra o una enfermedad similar. Yo sabía muy bien lo que le había hecho la lepra a Dedos: sus manos eran poco más que unos repugnantes muñones rosados. ¿Y si los trozos de caña de azúcar que solía darme Dedos estaban llenos de bacterias que sólo necesitaban para activarse las maldiciones y los rezos de Candado? Nos acribillaba con Éxodo, 32, ponía el énfasis en los israelitas que cometieron el pecado de adorar el becerro de oro y se detenía en las tres mil personas que murieron el día en que Dios apaciguó Su ira y en la enfermedad con la que, por añadidura, había castigado a los supervivientes.

Cuando acababa de acostumbrarme a aquel episodio de la Biblia, me regaló los oídos con Josué, 7, que trataba de la codicia de Akán. Leyó los versículos 19 a 22 con gran lentitud: «"Hijo mío, da gloria a Yahvé, Dios de Israel y tribútale alabanza; declárame lo que has hecho, no me lo ocultes." Y Akán respondió a Josué: "En verdad, yo soy el que ha pecado contra Yahvé, Dios de Israel; esto es lo que he hecho: vi entre el botín un hermoso manto de Senaar, doscientos siclos de plata y un lingote de oro de cincuenta siclos de peso, me gustaron y me los guardé. Están escondidos bajo tierra en medio de mi tienda."» Una voz en mi interior me sugirió de pronto que confesase. Pero ¿qué había pasado con el pobre Akán? Pues que lo apresaron y lo llevaron junto con sus hijos e hijas, su buey, su asno y sus ovejas, su tienda y cuanto le pertenecía, incluidos los objetos robados, al valle de Akor, ¡y allí los lapidaron y los quemaron en una hoguera a todos! Sólo entonces se aplacó la cólera del Señor. Traducido a términos actuales, sería necesario desollar la espalda, las piernas, las nalgas y los brazos del ladrón, y romper para ello cinco látigos de guayabo, si se pretendía apaciguar la cólera de Candado. Yo no me chupaba el dedo. En realidad, Candado se perjudicaba a sí misma leyéndonos esos textos pavorosos, porque sólo conseguía que el ladrón se volviera cada vez más inflexible. El general Idi Amin, mi padrino, jamás hablaba de mártires, sino que se limitaba a predicar la autoconservación. Decidí que nunca más decepcionaría al general dejando que esa mujer me azotara por nada o por algo que podía mantener oculto. Se estaba librando, sin duda, una guerra psicológica, y yo era más listo que mi enemiga mortal.

Serenity llevaba a cabo su propia guerra psicológica. Cuando su mujer comenzó a acosar a la familia con espantosas imágenes de plagas, su propia plaga de amor furtivo se afianzó más en él. Cuando Candado empezó a hablar de Akán y su codicia, el propio Serenity se convirtió en Akán, miró los tesoros que Dios había ordenado destruir y, al no lograr reprimir su avidez, apartó algo para sí. Serenity disfrutaba con los relatos sobre gente que libraba batallas personales porque se reconocía en ellos y explicaban su difícil situación. Cuando iba a casa de Nakibuka, comentaban esos horripilantes pasajes bíblicos, reían hasta bien entrada la noche y terminaban pegando un polvo impetuoso. Nunca antes había sabido tan dulce el pecado ni le había proporcionado tan dulce satisfacción. Serenity se abandonaba por completo, con gemidos que salían de lo profundo de su garganta y parecían originarse en el extremo de su columna vertebral. Tras ser educado para temer el poder, sobreestimarlo y desconfiar de él, se sentía liberado de las cadenas de su juventud y de los abismos de su pubertad. Nakibuka no lo necesitaba, no se apoyaba en él, no lo presionaba: sólo le pedía lo que a él le sobraba, y cuanto menos pedía, más febril era la voluntad de dar de Serenity.

Candado no llevaba una venda en los ojos: comprendía que cuando uno está expuesto el tiempo suficiente a una realidad cruel, no importa lo terrible que sea, acaba por acostumbrarse a ella. De pronto dejó de leer relatos de terror y se metió de lleno en las procelosas aguas del salmista. Sacaba a la luz versos que la retrataban como una persona buena y doliente. Esperaba que la sutileza, la autocompasión y una dosis de anticuado sentimentalismo tuvieran éxito donde el despotismo despiadado había fracasado. Convencida de que ver de rodillas a un tirano poderoso bastaba para derretir los corazones y mover las montañas, se sumergía en los salmos balsámicos con una tierna máscara de inocencia en su rostro monjil.

Su actitud resultaba tan penosa como ridícula. ¡Nos cubría de besos babosos después de mortificarnos con historias espeluznantes! ¡Y todo para arrancar una confesión suicida que sería premiada con un castigo inhumano! Su mezquina hipocresía me ponía enfermo, y deseaba haber robado no una sino diez canillas.

> *A ti clamaré, oh Yahvé, fortaleza mía:*
> *no te desentiendas de mí;*
> *no sea yo, ante tu silencio,*
> *semejante a los que bajan a la fosa.*
> *Oye la voz de mis plegarias*
> *cuando clamo a ti,*
> *cuando alzo las manos, oh Yahvé,*
> *hacia el templo de tu santidad.*
> *No me arrebates con los impíos*
> *y los causantes de iniquidad,*
> *que hablan de paz a su vecino*
> *mientras la maldad anida en su corazón.*
> *Dales, Yahvé, conforme a sus acciones*
> *y a la malicia de sus actos.*

¡La perra embustera!

Para recordarle al ladrón que sus nauseabundas oraciones pidiendo la intervención divina no habían modificado su actitud ante el delito, Candado se descolgó con el famoso sabueso san Judas Tadeo, protector y redentor de los desesperados. Ese hombre tenía fama de ayudar tanto a los detectives muertos como a los vivos. Los católicos devotos solían decir cariñosamente de él que era como «un fusil automático». Sólo se necesitaba fe y una novena, y el mago arreglaba matrimonios fracasados, encontraba cadáveres flotando en los ríos, se encargaba de que los pobres se hicieran ricos, curaba la frigidez, la impotencia, la gonorrea y la sífilis, y les regalaba a las mujeres estériles los monitos arrugados y los lechones grasientos con que soñaban.

El truco me conmovió hasta el punto de que me puse a temblar de emoción. Había visto con mis propios ojos a prestidigitadores que hacían desaparecer monedas entre las palmas de las manos y luego las sacaban del cuello de algún espectador. ¿Y si ese tipo era una versión mucho más poderosa de nuestros prestidigitadores de la parada de taxis? Recordaba muy bien que Moisés había pasado las mil y una con los magos egipcios, que conocían todos sus trucos. Lo único que tenía que hacer ese tipo era indicarle a Candado en el transcurso de un sueño, o incluso insinuárselo vagamente, que debía cavar en el jardín, y la canilla volvería a ser suya. Resolví desenterrarla de inmediato y esconderla en otro sitio. Por la mañana despertaba bañado en un sudor frío. Si por la noche sentía picor, me levantaba de inmediato y corría adonde había luz para ver si el santo detective me había hecho pillar la lepra. Si me hería con una cuchilla de afeitar, al cortarme las uñas o al afilar un lápiz, temía que no parara de sangrar hasta que se hubiera formado un río y me hubiesen arrancado una confesión.

Fue mi amigo de *La isla del tesoro* quien vino en mi auxilio. También era católico. Tenía una tía, seguidora fanática de san Judas, que había realizado infinitas peregrinaciones al santuario de éste. Le había rezado cada día, febrilmente. Daba dinero a los pobres. Invitaba a tullidos a su casa. Rezaba hincada hasta que se le formaban callos en las rodillas. Pero hacía diez años que era estéril y había perdido toda esperanza. Estaba muy enfadada con el célebre sabueso. Tenía la sensación de que había abusado de ella. Yo me hacía cargo.

La primera novena pasó sin que ocurriera nada. Candado, cuyo fervor se exacerbó, todavía añadió otros nueve días de oración a san Judas Tadeo. Dejó de buscar mañana, tarde y noche en los lugares más insospechados. El maná metálico que, según esperaba, caería del cielo, estaba enterrado y bien seguro en el jardín, en un lugar sobre el que pasaba cada día. La tercera novena fue para morirse de vergüenza. Los salmos se habían agotado. Candado parecía exhausta. Serenity disfrutaba con el drama. Al principio de las oraciones cotidianas le echaba una mirada indiferente a su mujer, como si le dijera: «¿De qué te preocupas?», y volvía a apartar los ojos. Convencido de que ni siquiera Dios Todopoderoso devolvería el bendito artilugio, Serenity compró dólares en el mercado negro y le pidió a un amigo que importara una canilla para él de la vecina Kenia. Llegó a los noventa días de producido el robo. Candado no cabía en sí de alegría, a pesar del apuro en que la habían puesto los tan obsesivos como infructuosos rezos.

Algunas mujeres cuyos encargos no había terminado a tiempo le echaron una bronca y la acusaron de obstruccionismo. Habían jurado que jamás volverían a confiarle un trabajo, pero aun así algunas sí lo hicieron, y Candado respondió afirmativamente sin recordarles sus duras palabras. El zumbido monótono de la máquina disipó su locura y la calmó. Su tren volvía a estar en la vía correcta y ella se sentía feliz. No obstante, no se me escapaba que todavía era peligrosa: esperaba a que el ladrón cometiese un error que lo hiciera caer en sus mortíferas manos. Que no contase conmigo. La canilla se quedó donde estaba, como un tesoro que esperara la llegada de un barco pirata.

Se acercaba el momento en que yo tendría que ir a otra escuela. No me apetecía asistir a un colegio católico. Quería descubrir qué planes tenía para mí Serenity, el déspota que decidía acerca de la enseñanza. Por supuesto, de nada valdría preguntárselo, porque los tiranos jamás revelaban sus secretos. Lo único que me quedaba por hacer era espiarlo. Encargué a mis cagones leales que fueran su sombra, que escuchasen lo que decía mientras veía la tele e hicieran todo lo posible para sonsacarle la información que yo necesitaba. Esperé semanas durante las cuales les preguntaba cada día si se habían enterado de algo. Había pocas novedades, respondían. Finalmente, una noche, antes de que empezara el telediario, Serenity se puso a hablar de escuelas. El locutor lo interrumpió. De nuevo pasaron varias semanas. Al cabo, uno de los cagones más fieles tuvo suerte. Una tarde había oído hablar a los déspotas en el puesto de mando.

—Lo pondrán en el buen camino —dijo Candado.

—Ofrecen una enseñanza de calidad. Y no tienes ni idea de lo malos que son ahora los centros públicos. Hay alumnos que van a la escuela con cuchillo, alguno incluso con pistola, y amenazan a los profesores y a los directores. Los hijos de los soldados están echando a perder nuestro sistema educativo. Mugezi necesita un ambiente más pacífico.

—A mis padres les encantaría tener un nieto que se hiciera cura. Podría ser párroco o director de un seminario, o a lo mejor obispo —especuló Candado.

—La Iglesia es fabulosamente rica —admitió Serenity—. Un sacerdote listo puede ganar mucho dinero.

—¿Es que no piensas en otra cosa? —le espetó Candado en tono de reproche.

—No quiero que mis hijos se vean en dificultades cuando sean mayores. Deberían conducir coches lujosos, vivir en casas grandes y tener todo lo que no estoy en condiciones de darles.

—Primero han de sobrevivir a los tiempos que corren.

Estuve varios días intranquilo. Durante una semana fui a diario a la cuenca para aplacar mi cólera y mi sentimiento de impotencia, confundiéndome con la muchedumbre. Soñaba con que hubiera un terremoto que acabase con todo. Permanecía atento para ver si oía el suelo temblar anunciando el inminente cataclismo apocalíptico; pero, por desgracia, cuanto llegaba a percibir era el rumor ininterrumpido del tráfico y el eterno griterío de los vendedores ambulantes, los encantadores de serpientes y los charlatanes, lo que me producía un dolor de cabeza infernal.

¿Para qué servía un cura? ¡Y esas vestiduras repugnantes! Sin duda, el celibato no estaba hecho para mí. Ya hacía tiempo que me había decidido que en el futuro tendría tres mujeres, y estaba seguro de que con el sueldo de abogado podría mantenerlas bien. A mi modo de ver, la Iglesia necesitaba gente sin cojones, como los cagones, y no como yo, que estaba dispuesto a seguir el llamamiento que había hecho el general Amin para que cada uno se defendiera a sí mismo. Amin no era partidario de la Iglesia y acusaba al clero de inmiscuirse en la política, como efectivamente había hecho en el pasado, mientras no movía un dedo para acabar con la corrupción dentro de la propia Iglesia.

Yo no estaba dispuesto a cambiar una dictadura por otra. Como abogado también tropezaría, sin duda, con déspotas, pero entonces tendría poder para luchar contra ellos, para propinarles duros golpes y vengarme. Si algo había aprendido después de años con los tiranos era que si ibas a ser víctima, al menos debías vender cara la piel, como sin duda había hecho yo, pero que era mucho mejor ser juez y verdugo de uno mismo.

La dictatorial decisión de enviarme a un seminario se reforzó con la noticia de que el rey Faisal de Arabia Saudí haría en breve una visita oficial a Uganda. De repente, Candado empezó a hablar de su temor de que el país se volviera islámico, con lo cual todas las iglesias encarcelarían a los curas y las monjas, los asesinarían o los obligarían a convertirse al islam, y la poligamia estaría a la orden del día. Estos rumores de islamización eran tan siniestros como el anticomunismo que la Iglesia había difundido en la década de los cincuenta, cuando se temía que los comunistas se hicieran con el poder, cerraran los templos, asesinaran al clero, se casaran con las monjas e impusieran el intercambio de parejas y la propiedad colectiva.

—Primero ha expulsado a los misioneros —señalaba Candado—, luego a los británicos, a los israelíes, a los asiáticos, y ahora está a punto de meter dentro a los árabes, los antiguos traficantes de esclavos que nos llaman renegados. Gadafi vendrá a pasar aquí los fines de semana y procurará que se lleven a cabo las conversiones forzosas. Lo que viene a hacer Faisal es a asegurarse de que Amin agiliza la cosa.

En su opinión, todos los árabes eran traficantes de esclavos y todos los israelíes pertenecían al pueblo cuyas vicisitudes había seguido en las páginas de la Biblia. Los pueblos blancos bendecidos por el Libro estaban en el mismo nivel que los israelíes. A su entender, los blancos eran inofensivos siempre que hicieran lo que Dios les había encomendado: conquistar el mundo y salvarlo del peligro islámico. En cuanto a las razas oscuras, debían limitarse a ofrecer sus esfuerzos y recursos. Por la misma razón, creía que no había nada de malo en la vieja táctica misionera de invasión edulcorada, guerras religiosas e injerencia política.

Serenity se planteaba la situación de manera más inteligente. Para empezar, no confundía a los árabes actuales con los traficantes de esclavos del África oriental ni mezclaba a los israelíes con el pueblo bíblico, al que, dicho sea de paso, no tenía en mucha estima. En lo que se refería a la raza blanca, admiraba sus adelantos tecnológicos y deseaba contar con su mismo poder, pero no le rendía culto ni la veía como la elegida de Dios. De hecho, la idea de un pueblo elegido le parecía bastante absurda. Sabía demasiado bien lo que había ocurrido durante las dos guerras mundiales. Las estúpidas matanzas en las trincheras durante la Primera Guerra Mundial le recordaban los campos de batalla coloniales en el Tercer Mundo. El genocidio a sangre fría de la Segunda Guerra Mundial había hecho que se formase un juicio más escéptico de los blancos. En el terreno personal nunca había superado del todo la impresión que le había causado el que su tío perdiese una pierna a causa de una mina en Birmania, durante la última guerra mundial. El hombre los visitaba dos veces al año, y en esas ocasiones Serenity lo veía lavarse y vendarse el muñón. Después no comía carne durante días. No podía quitarse de la cabeza lo suave que era la piel de lo que quedaba de la pierna de su tío. Además, el que éste ya no hablara le infundía miedo. ¿En qué pensaría? ¿Por qué habría dejado de hablar? ¿Qué vería ante sí al final del día, cuando le zumbaban en los oídos todas las conversaciones de todo el mundo? Eso por no mencionar que el hombre era quien había suscitado en Serenity la aversión por la violencia. Cada vez que advertía que iba a sufrir un acceso de cólera, pensaba en su tío y se contenía. Cuando se hizo adulto, su miedo a la raza blanca aumentó. Creía que podían hacer explotar tranquilamente el continente africano si lo consideraban conveniente. En alguna ocasión había intentado que su mujer cambiara de opinión acerca de los blancos, pero sin éxito. Al igual que Dios, Candado era inasequible desde el punto de vista político.

—No se obliga a nadie a convertirse al islam —dijo Serenity tras lo que le pareció una eternidad.

—Los compran —replicó ella, pensando en el doctor Ssali, el cuñado de su marido—. Les dan coches, empleos, ascensos, todo para que se conviertan.

—La gente elige lo que le parece mejor —sentenció finalmente Serenity.

Decepcionada, Candado se lanzó de nuevo a la búsqueda de niños que comían con voracidad o soplaban sobre la comida para que se enfriara cuanto antes, en lugar de esperar pacientemente, tal como hacía la gente educada o de niños que se comían primero la carne o el pescado o que sorbían la sopa o metían los dedos en ella. Gracias a Dios todo volvía a ser normal.

Mi conclusión era que Candado exacerbaba su campaña contra el islam para apartarme de Lusanani, empresa noble pero vana. Lusanani era mi cómplice. Ya había insinuado que estaba dispuesta a casi todo por mí, algo que no podía decirse de Candado. Yo ya había empezado a maquinar un plan para no tener que ir al seminario y, aunque aún no sabía todavía de qué modo intervendría Lusanani, me ocuparía de que interpretase un papel.

Mientras tanto, yo estaba muy excitado por la inminente visita del rey Faisal, y la admiración que profesaba a mi padrino era cada vez mayor. Había expulsado del país a todos los forasteros, incluidos algunos misioneros insensatos, y se había dirigido al mundo árabe en busca de patrocinio. Qué listo era. Yo había visto en la tele escenas de sus visitas a dirigentes árabes. Todo aquello tenía muy buena pinta. Me moría por ver al rey Faisal.

En la escuela habían cambiado el horario de clases. Todas las mañanas hacíamos gimnasia, atletismo, cantábamos el himno nacional, recitábamos poesías, aprendíamos bailes y desfilábamos al son de la banda de la escuela.

La ciudad se hallaba bajo el hechizo de la visita de estado más importante que había recibido el país: las tiendas se adornaban con banderitas de papel de Uganda y Arabia Saudí. De otros edificios pendían banderas de verdad. Todas las tiendas habían pasado por un lavado de cara y algunas calles fueron adoquinadas de nuevo. El general Amin aparecía a diario en televisión; pronunciaba discursos, supervisaba los trabajos en las carreteras, inauguraba escuelas y hospitales e investía a los funcionarios más dispares. Dio la señal de salida para un rally y participó personalmente con su Citroën Maserati. Era indomable, infatigable e imprescindible como el aire.

Los soldados recibieron uniformes, botas y armas nuevos. Nos los encontrábamos por la calle, de camino a la escuela, firmes como árboles, entregados como comandos suicidas. Cuando pasaba por su lado me sentía orgulloso. Estaban allí por mi bien y por el bien del país. Bastaría con que diese una voz para que corriesen en mi auxilio, jadeando anhelantes igual que fieles bulldogs. Eso me volvía condescendiente y magnánimo, porque, al fin y al cabo, con sólo hacerles una seña los déspotas se verían en apuros.

El día que tenía que llegar el gran hombre estábamos alineados a lo largo de la calle con dos banderitas en la mano: una verde de Arabia Saudí y la otra negra, amarilla y roja de Uganda. Amin sobresalía como un oso en una grúa por encima del rey, que saludaba con la mano, mareado, en todas direcciones. Brillaba un sol débil, y la suave calina que producía nos trasladaba miles de años atrás, a la visión bíblica de Elías: sobre nuestro asfalto se elevaba hacia el cielo un carro triunfal de fuego. Mientras el carro triunfal pasaba por delante, todos parecían decir: «¡Padre, padre, no me abandones!» Lo que recibíamos a cambio era la sonrisa de colegial de Amin y la mano inmóvil del rey, congelada en un gesto de saludo. Tampoco se percibía expresión alguna en la cara de éste, y si la había se perdía entre sus muchas arrugas.

Aquel anciano irradiaba un vago poder. Me recordó a Abraham. Miraba el mundo con la dignidad sublime de alguien muy tranquilo ante la vida y la muerte. De hecho, tenía el aspecto de alguien en quien éstas confluían.

El rey no se detuvo en nuestra escuela; evidentemente, no éramos lo bastante importantes como para detener la vida y la muerte sobre ruedas. En lo que a mí respecta, no me decepcionó. Me sentía como si hubiese sido tocado por su manto. Ya no temía a la muerte en su verdadero sentido. Parecía que hubiese tomado posesión de mí y hubiera acabado con todos mis temores. Si ese hombre quería islamizar Uganda, por mí que lo hiciera. Gadafi, por el contrario, no lo había hecho, posiblemente porque era demasiado impaciente, como esas personas que quieren demostrar demasiadas cosas a la vez. Aquel anciano miraba con los extraños ojos de la eternidad, no necesitaba demostrar nada, y en cada palabra que pronunciaba resonaban los siglos y la fuerza del cielo y la tierra. Yo sucumbí a su encanto porque así lo deseaba. Ésa era la clase que buscaba en la vida. Quería liberar a algunas personas de las fauces de la muerte y condenar a otras a las entrañas del infierno. Soñé durante semanas con el rey Faisal. Fueron sueños inocentes en los que no ocurrían muchas cosas.

Serenity y sus compinches de la gasolinera seguían con gran atención los cambios que se producían en el país. Hablaban de ellos durante horas, buscando el mejor modo de entrar en el futuro.

—Voy a abrir una tienda para mis mujeres —anunció Hachi—. Hagámonos socios. Mi banco lo financia. Han imaginado muchas formas de apoyar a los empresarios. Sólo has de presentar un plan realizable y el banco te presta el dinero. Unamos nuestras fuerzas antes de que sea demasiado tarde.

—No soy un hombre de negocios —repuso Serenity—. Sólo de ver un escaparate se me pone la carne de gallina. —Sus viejos prejuicios aún estaban muy vivos. No había logrado librarse de su miedo a las tiendas y los tenderos.

—El problema que tenéis vosotros, los católicos, es que por naturaleza seguís a los demás —comentó Hachi mientras observaban el tráfico vespertino; de vez en cuando pasaba algún coche con un adhesivo de Arabia Saudí—. Siempre buscáis a alguien a quien seguir, obedecer, para quien trabajar. Os han educado en el respeto a la autoridad y al poder y habéis aprendido a ir sobre seguro. Nosotros los musulmanes somos mercachifles por naturaleza, siempre en busca de una oportunidad, de un resquicio por el que colarse. Éste es un gobierno para hombres de acción; si una casa se incendia, el que vacila muere achicharrado.

La sentencia no causó ninguna impresión en Serenity.

—La gente no cambia de un día para otro —dijo.

—Por primera vez en la historia de este país los musulmanes tienen el control de la situación, y un musulmán está invitando a su hermano católico a cerrar un trato y a salir al encuentro de la prosperidad.

—Yo quiero luchar en mi propio terreno. Me he puesto como meta entrar en el sindicato de funcionarios de Correos. Quiero ser miembro de la directiva, tesorero o algo así. Ésa es mi ambición —confesó Serenity por primera vez.

—¿Quieres que hable en tu favor? —preguntó Hachi, con una sonrisa de complicidad en los labios.

—Si fuera posible —respondió Serenity con cierta reserva—. A un hombre con muchas bocas que alimentar le viene bien cualquier ayuda.

—Conozco a gente que sabrá tocar las teclas adecuadas. No lo olvides; por el momento Amin seguirá en el poder. Los que creen que mañana habrá desaparecido, lo lamentarán.

Serenity sentía un nudo en el estómago. Las quejas paranoides de su mujer le resonaban en los oídos. ¿Qué exigirían a cambio sus benefactores? ¿Su conversión al islam? ¿Que ingresara en el Servicio de Seguridad del Estado? Los servicios de seguridad ya empezaban a infiltrarse en el funcionariado, y Serenity no quería tener arte ni parte en ello. Hubiera deseado interrogar a Hachi sobre los benefactores de que hablaba, pero no consiguió encontrar las palabras adecuadas sin insinuar que Hachi se relacionaba con gente de poco fiar.

—Te lo diré cuando llegue el momento oportuno —repuso, evasivo, sin comprometerse a nada.

—Tranquilo, que no se te pide nada peligroso. Sólo te ayudo

porque eres mi amigo y vecino, un hombre a quien le confiaría mi vida.

Serenity no podía tomarle el pelo, pues Hachi había percibido su cautela.

—Te estoy muy agradecido por tu oferta —dijo—. Cuando haya que votar te avisaré.

—Tú tranquilo, pero no esperes demasiado.

Yo aún tenía un problema acuciante: cómo librarme del seminario. Por dos veces le pedí a Serenity que me autorizara a visitar al abuelo en la aldea. Había concebido el plan de implicar al viejo en el asunto, con la esperanza de que cortase de raíz esa ridícula idea. Sin embargo, en ambas ocasiones Serenity respondió que se lo preguntase a Candado, quien me hizo permanecer diez minutos arrodillado antes de denegar con frialdad mi solicitud. Me sentía furioso e impotente. Tenía dinero, ya que había vendido la canilla robada, pero no podía dejar que se dieran cuenta de mi posición económica. Se me habían acabado las tretas: Junco, el vivo retrato de Estúpido A, me había aconsejado que nunca usara la misma estratagema más de una vez. ¿Qué hacer entonces? Decidí pedirle que me auxiliara.

Mi relación con Junco procedía de mi época de escribidor. Lo había ayudado a redactar un par de cartas a chicas que le gustaban. Dos de ellas habían caído en sus redes, pero nunca me había pagado. Sólo había prometido que me devolvería el favor. Junco era alto y oscuro y tenía un gran poder de persuasión, o al menos eso parecía, aunque más de uno lo dudaba. Nosotros, sus compañeros de clase, lo admirábamos y, al mismo tiempo, le temíamos, porque era norteño, nacido en las áridas llanuras septentrionales de Uganda. De niño había sido abandonado por su padre, un soldado, y había recorrido el largo camino asfaltado hacia Kampala, en el sur, con su madre, que al igual que la de Kawayida vendía tortas y todo lo que caía en sus manos para sobrevivir. ¡Y en qué fornido muchacho se había convertido! Junco rebosaba seguridad en sí mismo, en su caso producto del odio y de un conocimiento demasiado profundo de los aspectos más duros de la sociedad. Tenía formado un juicio sobre casi todo. A quienes procedíamos del centro del país, nos decía a menudo:

—No fueron los británicos los que echaron a perder este país, sino los lameculos de vuestros antepasados, vuestros codiciosos jefes y vuestro rey por vendérselo a Obote.

A la mayoría de nosotros, tan propensos a la lealtad, nos dejaba perplejos el que denostara en público a su paisano Obote.

—Y vendérselo a Obote —añadía— viene a ser lo mismo que vendérselo a Amin. Así que no os quejéis si las cosas van mal. Aceptad vuestro castigo como hombres.

En vista de que no teníamos manera de descubrir de qué lado estaba, manteníamos la boca cerrada.

Durante largo tiempo Junco se ocupó de que los razonamientos políticos del abuelo no pararan de darme vueltas en la cabeza. El hecho de que me los hubiese aprendido de memoria sin comprenderlos de verdad constituía un problema añadido. No estaba en condiciones de analizarlos. En cuanto trataba de desentrañar su significado, se desmenuzaban como papel viejo. Pero poco a poco empecé a plantearme las preguntas correctas: ¿quería decir Junco que si nuestros jefes no hubieran estado divididos por el protestantismo, el catolicismo, el islam y el paganismo, habrían logrado detener la expansión del poder colonial británico y del imperialismo? A principios de siglo, ¿habían sido nuestras tropas más fuertes que las británicas en África oriental? ¿Qué pasaba entonces con el fusil Maxim del capitán Lugard? No, Junco se equivocaba; los británicos habrían venido de todos modos. Los jefes habían tenido una importancia secundaria en el drama que siguió. Me habría gustado plantearle al abuelo algunos de los interrogantes de Junco, y me habría puesto del lado de éste sólo para fastidiar al viejo, pero no me dieron permiso para ir a verlo.

En el terreno sexual también fue Junco quien me educó. Él nos introdujo en el mundo de las revistas pornográficas. Tenía a un tío en el ejército que las entraba de contrabando desde Kenia. Por primera vez en mi vida vi cómo eran las monjas blancas por debajo del hábito. Algunas modelos se parecían tanto a las religiosas de la parroquia de Ndere Hill, que primero pensé que se trataba de sus hermanas o incluso de ellas mismas. La mayoría de las modelos no eran blancas, sino de un marrón dorado, como la masa del bizcocho. Algunas parecían mulatas o mestizas, mezcla de asiáticos y africanos. Teníamos un montón de preguntas que formularle a Junco. ¿Cómo conseguían los redactores de esas revistas a tantas mujeres hermosas? No había entre ellas ninguna que fuera gorda, fea o siquiera poco atractiva. Y ¿cómo habían conseguido que estuvieran dispuestas a posar desnudas, con el trasero apuntando al cielo, como saltamontes, los labios de la vulva rosados y relucientes, y el ojo del culo incitador? ¿Eran personas de verdad o se trataba de muñecas? Qué lástima que el abuelo fuera viejo: ¡si hubiese visto aquello!

Yo era tan privilegiado que podía examinar las revistas cuantas veces quisiera. Otros mirones, menos afortunados, tenían que pagar para ello, con dinero o en especie. Junco también vino con libros como *Todo lo que hay que saber sobre el sexo* o *Manual completo del sexo*. Disfrutaba con nuestras reacciones cuando yo leía pasajes en voz alta, rodeado de caras excitadas. Aparecían palabras intrigantes, como pene, esperma, semen, vulva, vagina, que Junco nos hacía pronunciar en voz alta, pero cuyo significado se negaba a explicar. Tampoco era muy bueno contestando preguntas. Todos queríamos saber la diferencia entre vulva y vagina, esperma y semen, pero él evitaba aclarárnoslo.

También fue Junco quien me contó por qué Candado me había dado una paliza el día de la mancha roja.

—Las madres son unas embaucadoras y te hacen creer que no sangran —dijo entre risas. Yo estaba demasiado enfadado para sonreír siquiera—. Y tendrías que oír los ruidos infantiles que hacen cuando las follan, cómo gimotean. —Soltó una carcajada y me dio una fuerte palmada en el hombro.

Cuando volvimos a unirnos al grupo, dijo:

—A todas vuestras madres las follan cada noche, salvo cuando sangran. Vuestros padres meten su... en las... de vuestras madres.

Nosotros debíamos completar las palabras que faltaban. Alguien quiso saber con exactitud cómo hacían los padres para verter su... en las... de las madres. Otro apuntó que quizás emplearan una cucharilla o un embudo. Junco casi se le echó encima; no podía creer que fuésemos tan ignorantes al respecto.

Junco no temía a los profesores y hallaba un especial placer en incordiar a los miembros femeninos del cuerpo docente. De hecho, así se había ganado el mote de Junco, porque desafiaba a las profesoras diciendo: «Azótame con el junco, zorra.» La primera en recoger el guante lo azotó hasta que empezó a sudar y le salieron manchas húmedas en las axilas y entre los pechos. Finalmente desistió. A Junco le gustaba tenderse en el suelo para recibir los golpes, y cuando se levantaba tenía una erección espectacular. Entonces se quedaba de pie con los brazos en jarras y el pene turgente bajo la bragueta, como una gran rata impaciente. Las profesoras, que aprendieron pronto la lección, comenzaron a enviarlo al director de la escuela o a algún colega masculino.

Me encontré a Junco de camino a la escuela y le expliqué el plan de mis padres de enviarme al seminario. Me dio un golpecito en la espalda y me dijo que no tenía ninguna importancia. En la clase arrancó una hoja de una de las revistas pornográficas, en la que una chica de cabello dorado y ojos azules aparecía sentada a horcajadas en una silla. Luego hizo lo propio con una hoja en blanco de un cuaderno, la dobló por la mitad y trazó un esbozo de la cabeza de la profesora de biología, con el peinado, la nariz y los labios bien remarcados. Pegó el dibujo sobre la cabeza de la chica desnuda, y a continuación pegó la foto en la pizarra.

La profesora fue recibida con un murmullo que se desvaneció al instante. Puso el bolso en una silla, miró la pizarra y tuvo un ataque de nervios.

—¿Quién..., quién..., quién...?

—Yo —dijo Junco con su voz de bajo profundo, desde el fondo del aula.

—¿Por qué?

—¿No le gusta, señorita?

—Quita esa porquería de la pizarra y sal de clase. Y no vuelvas hasta dentro de un mes.

—Prefiero que me dé con el junco, señorita —dijo Junco, tranquilo.

Casi nos morimos de risa; nuestro héroe le enseñaría a la maestra lo que era una erección, nuestra erección. ¡Sería el golpe de gracia! ¡Oh, qué agallas tenía!

—Fuera, he dicho.

—Por favor, señorita, pégueme, pégueme, por favor.

—¡Fuera, fuera, fuera! —chilló la maestra.

—Dame con el junco, zorra.

Gritábamos y golpeábamos los pupitres. Se nos saltaban las lágrimas. Junco era nuestro vengador. ¡Lo que llegamos a disfrutar con la humillación a que fue sometida esa bravucona tetuda! Por lo general no se lo pensaba dos veces cuando quería usar el látigo y hacernos ir a buscar diez cubos de agua, que debíamos echar en la hierba que crecía delante del aula. Pero Junco era intocable.

Con toda la calma del mundo, nuestro héroe se dirigió lentamente a la pizarra, estudió a la maestra, desplegó la foto y salió de clase. ¡Qué efecto tan dramático! Sin embargo, me asaltó una duda: ¿era así como tenía que tratar a Candado?

Al mediodía todos rodeamos a Junco, pero él desdeñó a sus admiradores. Nos indicó a mí y a mi amigo de *La isla del tesoro*, al que todos llamaban Isla, que nos acercáramos. Mientras en el patio resonaban los gritos de los alumnos y por encima de nosotros el sol era una bola de fuego y azufre, atravesamos el campo de fútbol. Dos gradas más abajo estaba el «ring», el foso de arena donde se entrenaban los saltadores de longitud y nuestros matones se desahogaban en enfrentamientos en los que todo estaba permitido. Desaparecimos entre guayabos y plantas de mandioca. Los arbustos susurraban y crujían atizados por el viento seco, y sus hojas picudas nos arañaban las piernas y los brazos desnudos. En el valle, unos árboles gigantescos, cuyas copas parecían los papiros de los pantanos al pie de Mpande Hill, se elevaban una veintena de metros del suelo.

A cierta distancia de los árboles y del sendero cubierto de maleza vimos el cadáver de un hombre con camisa negra, pantalones azules, la cara vuelta hacia el suelo y los brazos extendidos, como si reptara hacia la floresta.

—Quería enseñaros esto —anunció Junco.

¿Dónde estaban las célebres moscas? ¿Por qué yo no tenía miedo? Isla, por el contrario, se meó en los pantalones y se puso a temblar. Al parecer, la muerte de la abuela me había hecho superar esa clase de cosas.

Un poco más allá yacía el cuerpo de una mujer, de espaldas, con el brazo derecho sobre la cara, como si se protegiera los ojos del sol. ¿Dormía? ¿Por qué no había ninguna señal de agonía?

—¿Quién los ha asesinado? —pregunté.

—A lo mejor nuestro amigo —repuso Junco señalando a Isla.

—Yo n... n... no...

—Entonces, ¿quién? —inquirió Junco—. ¿Yo?

Supuse que, después que la maestra lo hubiera echado, se había puesto a vagabundear, había encontrado los cadáveres y se le había ocurrido darnos un buen susto.

Me miró desafiante y se acercó a la mujer. Le levantó la falda con la punta del pie.

—¿Queréis ver su...?

Miró a Isla y lo obligó a completar la frase. El pobre estuvo en un tris de desmayarse. Junco lo agarró por la nuca con firmeza y le empujó la cabeza hacia abajo. Un chorro amarillo, semejante a oro líquido, goteó sobre la hierba.

—Cobarde —masculló Junco mientras soltaba al muchacho—. Estas personas están muertas, y a pesar de eso les tenéis miedo. ¿Cómo es posible? Si no fuerais mis amigos os obligaría a desvestirlas y vestirlas. La lección vuelve a empezar, chicos —añadió, serio.

¿Había contestado a mi pregunta? Por supuesto que no. Yo siempre había preferido a la gente que hablaba claro, y esta vez, como tantas otras, me sentí desconcertado. Ni siquiera comprendía por qué nos había enseñado los cadáveres. Sólo podía imaginarme que quería presumir de que nada le daba miedo. ¿Esperaba de mí que tratara a mis enemigos con la misma audacia? ¿Era eso lo que pretendía?

Lusanani acabó con mi virginidad entre las paredes de la casa en ruinas donde nos habíamos reunido para que le vendiese la canilla de la máquina de coser de Candado. En lugar de contar y repartir el dinero, exploramos mutuamente nuestros cuerpos y extraímos de ellos todo el placer de que fuimos capaces. Aunque por fin había salvado el último obstáculo hacia la edad adulta, me atormentaba el remordimiento: seguía pensando que debería habérselo pedido mucho antes. Para recuperar el tiempo perdido, traté de gozar todo lo posible de ella.

Volvía a estar en mi árbol preferido, impregnado del olor de los frutos del pan en sazón, segregando saliva y enormemente a gusto. Los suspiros de Lusanani sonaban como diez arbustos sacudidos por una tormenta y yo intentaba reconocer en sus gemidos los chillidos de las parturientas de la aldea y la voz terrible de la mujer de la parada de taxis. Mi mayor logro esa tarde fue gozar de la libertad de recorrer su cuerpo y tomar posesión de cada uno de sus rincones durante todo el tiempo que quise. Me manché la cara llevándome sus jugos y oliendo como un fruto del pan madurísimo. Ya era tarde. Candado me preguntó dónde había estado. En el pozo, contesté, con un brillo de satisfacción en los ojos después de mi viaje de exploración sexual. Yo esperaba que hiciera algún comentario sobre mi nuevo perfume, pero no le prestó atención. Ya no era virgen, estaba orgulloso de ello, y procuraba que se me notase. La déspota seguramente desistiría de sus planes en relación con el seminario, porque yo había dejado de ser adecuado para el celibato. Casi me reía de ella en la cara.

Disfrutaba con la nueva sensación de peligro y andaba por todas partes sacando pecho. Ya no temía a Hachi Gimbi, porque estaba en condiciones de hacer lo mismo que él. Ahora quería que Candado nos pillara in fraganti, pero ¿consentiría en ello Lusanani? Pondría en peligro su matrimonio, aunque yo dudaba de que la cosa llegase tan lejos. Ella era más joven y tenía de su parte la fuerza del deseo que despertaba en los hombres. Podía permitirse muchas cosas.

La primera vez que le comuniqué mi plan, Lusanani se negó a participar en él. Le parecía mejor enviarme una carta de amor. Pero

Junco me había advertido que no emplease dos veces el mismo truco. Y además, lo que yo quería era provocar una reacción inmediata. Ella accedió y de nuevo volví a casa oliendo intensamente. Candado vociferó y despotricó, pero evitó un enfrentamiento directo. Yo estaba seguro de haberle ganado por la mano.

El día acordado bañé a todos los cagones, salvo a uno. Anocheció rápidamente, como siempre. Ordené al cagón que no se había lavado que permaneciera en el cuarto de baño. Me fui al extremo del patio. Lusanani se hizo esperar, pero finalmente vino. Nos encontrábamos en el extremo de la finca. Cuando la mayoría de la gente hubo entrado en sus casas, nos colamos en la pagoda; ante nosotros estaban los escalones y, a lo lejos, la ciudad parpadeante. Yo me hallaba de espaldas al lugar por el que vendría Candado. Simulábamos hacer el amor. Hachi pasaría fuera un par de días. Serenity estaba en la gasolinera. Todo marchaba según el plan acordado. Hablamos de las escuelas a las que habíamos ido. Yo soñaba con la universidad y un título de abogado.

—Para entonces me habrás olvidado por completo —susurró ella.

—Nunca —repuse sinceramente—. Te lo prometo.

Estábamos en el pasillito entre las dos pagodas. De repente, Lusanani exclamó: «*Alá aqbar!*» Había recibido un golpe en la cabeza con el extremo de un palo. Candado me hizo a un lado a fin de alcanzarla, pero Lusanani salió pitando. Entonces la déspota se concentró en mí. Llevaba en las manos un palo grueso con el que me atizó en el hombro, en la espalda y en las piernas. Yo sólo procuraba protegerme la cabeza. No me apetecía perder un ojo. Los brazos pronto me quedaron entumecidos a fuerza de mamporros. Traté de patearle el vientre, pero ella me golpeó en la nuca. En esta ocasión, fue la vencedora.

Durante una semana tuve la mano izquierda como anestesiada. Temía que se me resecase. Recé a todos los dioses para que no ocurriera, porque no quería verme obligado a tomar represalias brutales. Por fortuna, mi mano recobró paulatinamente la sensibilidad y al cabo de quince días conseguí levantar de nuevo objetos pesados.

El período en casa de los déspotas había empezado con sangre —la de la abuela— y a punto había estado de terminar con sangre —la mía—. Serenity disuadió a Candado de investigar qué papel había desempeñado Lusanani en el asunto. Le expliqué que todo había sido culpa mía, y también por qué lo había hecho. A esas alturas él estaba más o menos convencido de que yo era el responsable de lo de la carta a la señora Singer y del robo de la canilla. Él y Candado querían librarse de mí. Serenity propuso enviarme a casa de Kasawo, pero a ella no le pareció una buena idea. Sólo faltaban cuarenta días para que empezara el seminario. Finalmente me enviaron a casa de la tía Lwandeka, lo cual fue un alivio para mí.

Tantas contrariedades me tenían agotado. Me sentía viejo y ajado como una bota muy usada. No había tiempo que perder. El seminario era un rodeo que debía tomar lo más rápidamente posible a fin de seguir una formación que me pusiera otra vez en camino de llegar a ser abogado. Aunque esta época no podía llamarse específicamente una explosión, me había permitido vislumbrar aquello a lo que el abuelo se refería cuando afirmaba que el Estado moderno era un polvorín que volaría por los aires en una sucesión de explosiones. Mi deseo oculto era no tener nada que ver con esa conflagración.

CUARTA PARTE

La época del seminario

En el corazón de la autocracia, conocido popularmente como seminario, moraba una serpiente venenosa con tres cabezas: el lavado de cerebro, el desdoblamiento de la personalidad y la vieja dictadura. Estas tres cabezas actuaban como una trinidad infernal: nos machacaban con ideas nuevas a fin de evitar cualquier relación entre nuestros pensamientos, nuestros sentimientos y nuestras acciones, con lo cual se obtendrían seres dóciles que serían de gran utilidad a los miembros del clero que ocupaban los más altos puestos de la jerarquía.

Los seminaristas eran, en teoría, seres bastardos, despreciables a los que se había arrancado del mundo ruin y pecador, para que unos padres espirituales a los que, si Dios quería, pasado el tiempo ayudarían en el santo sacerdocio, los instruyesen en la pureza. Por eso la regla de oro del seminarista era: complacer, obedecer y ser sumiso y leal. Un seminarista tenía que entregar su personalidad y su sexualidad y convertirse voluntariamente en eunuco. Debía dedicarse por entero a su vocación, a cambio de lo cual se le confiarían, el día de su futura consagración, los tesoros del Reino de Dios. En definitiva, era como un aprendiz de puta del templo: se lo confiaba, junto con sus derechos, a la Madre Iglesia, que podía hacer con él lo que le viniera en gana, incluso rechazarlo al instante. Si resistía y superaba todos los obstáculos, recibiría un premio: sería compensado en el más allá por todo aquello a lo que había renunciado en la tierra.

Al igual que la dictadura que acababa de dejar atrás, el seminario era una especie de teatro, porque en él había que intentar sobrevivir aprendiéndose cada vez un papel nuevo e interpretarlo lo mejor posible. Uno tenía que ser más listo que sus superiores y adivinarles el pensamiento, contarles lo que querían oír, poner la cara que querían ver y hacerles de apuntador, porque ellos también interpretaban un papel. Cuanto antes aprendiese uno a actuar bien, más duraba su vida en el seminario y mayores eran las oportunidades de resistir hasta el momento en que los creyentes se arrastraran a sus pies para que los bendijera y los redimiera del mal y de sus pecados.

El seminario se parecía a cualquier otra escuela moderadamente tosca de la década de los setenta y distaba mucho de ser un jardín sagrado lleno de niños obedientes y angelicales, que entre clase y clase examinaban mariposas y recogían flores. Es cierto que no había chicos que llevasen cuchillos de carnicero en la cartera, pero aun así empleaban otras armas, normales, menos mortales, muy certeramente contra los novatos. Muchas noches interminables apenas tuvimos oportunidad de dormir. Había pandillas de matones de segundo curso, dolidos todavía por las heridas sufridas durante el primer año, que nos atacaban apenas anochecía, por lo general después de que se hubieran apagado las luces, y causaban bastantes daños.

Esos ataques no nos pillaban por sorpresa: desde el primer día ya sabíamos que tendríamos problemas con ellos. Para empezar, los chicos fuertes ejercían su recién adquirido poder inventando motes para los novatos o poniéndoles sus propios viejos motes. Les daban patadas, los abucheaban y los llamaban bosquimanos. Y eso no era más que el preludio.

La primera noche, aquellos bravucones vinieron a despertarnos —a los que ya nos habíamos dormido— armados de palos, mazas, cables eléctricos y lo que hubieran encontrado, para continuar con lo que habían estado haciendo durante el día. Al que simulaba dormir le arrojaban agua fría antes de arrancarlo de la cama. Nos distribuyeron en grupitos y nos llevaron al fondo del dormitorio, donde había una plataforma que parecía una tarima alargada (la nave había sido una sala de actos). Allí nos obligaron a arrodillarnos en el suelo y recitar con las manos levantadas el salmo 23: «El Señor es mi pastor... Prepara un banquete para mí...» Ése era el banquete que nuestros maestros habían estado preparando durante un año para nosotros. Nos obligaron a recitar un padrenuestro, un avemaría y algunas oraciones más de pie, sentados, de rodillas, agachados, con las manos levantadas o dando vueltas. Los que no reaccionaban con la rapidez suficiente recibían patadas o bastonazos. Uno vino con un cubo enorme de agua fría y una gran jarra. Se anunció que comenzaría la ceremonia del bautismo. Esperábamos en un extremo de la tarima mientras en el otro ponían una silla. Un chico cubierto con una túnica sacerdotal y tocado con una mitra de papel se sentó en la silla e indicó al chico del cubo que se ubicara a su lado. Era el sumo sacerdote que dirigiría la ceremonia. Apareció otro chico, éste vestido con una sotana, que llevaba en la mano una hoja de papel y nos hacía señas de que nos arrastráramos a los pies del sumo sacerdote. El de la sotana iluminaba la hoja de papel con una linterna, leía un nombre, se dirigía al sumo sacerdote y se lo susurraba al oído. El sumo sacerdote tomaba la jarra que le entregaban y empapaba al elegido mientras pronunciaba las siguientes palabras: «Yo te bautizo en el nombre del Padre, del Hijo y del Espíritu Santo. A partir de ahora te llamarás Rinoceronte —o cualquier otro apodo que se le hubiera ocurrido— Dios te bendiga, hijo mío, puedes irte en paz.» A una indicación del de la sotana, el «bautizado» repetía una vez el mote, daba las gracias al sumo sacerdote y a continuación se arrastraba de nuevo hasta el otro extremo de la tarima.

Los cuatro dormitorios comunes llevaban oficialmente el nombre de sendos santos patronos, pero en esas ocasiones se transformaban en el Vaticano, La Meca, Cabo de Buena Esperanza y Sing-Sing. Yo estaba en Sing-Sing, que era el que tenía peor fama de todos, refugio de truhanes, gamberros y matones, objeto permanente de medidas disciplinarias y antro donde reinaban la suciedad y el abandono. En los cuatro dormitorios se realizó la misma ceremonia de bautismo, aunque en unos resultara peor que en otros. A este respecto, Sing-Sing se llevó la palma, debido a su situación única en el extremo más apartado del recinto escolar, cerca de los retretes, las acacias y el cercado. En Sing-Sing los pendencieros se comportaban de tal manera que los bosquimanos nos preguntábamos por qué los curas lo permitían, pues no cabía duda de que éstos estaban al corriente de las ceremonias de iniciación.

A las dos de la mañana de esa primera noche, cuando acababa de retomar el sueño y el rocío formaba pequeños regueros serpenteantes sobre el techo de cinc, se produjo un nuevo revuelo: volvieron a sacarnos de la cama. En pijama tuvimos que alinearnos en el pasillo, entre dos hileras de camas. Después de comprobar si todos estábamos presentes, nos enviaron a los retretes, diez metros más allá. El momento había sido elegido adrede: soplaba un viento gélido, nubes de tormenta surcaban el cielo y amenazaba lluvia. Estábamos bajo las acacias, sobre un tapiz de hojas secas, temblorosos, aguardando nuestro incierto destino. El rocío que cubría las hojas goteaba sobre nuestras cabezas y borraba los restos de somnolencia de nuestros ojos y el cansancio de nuestros cuerpos.

Los matones, que blandían palos, se colocaron delante y detrás de nosotros y su jefe comenzó a ordenarnos que hiciéramos flexiones, saltos de rana y otros ejercicios gimnásticos. Nos repitieron varias veces que estábamos en sus manos, de modo que cuanto más colaboráramos, mejor. Me olí que esa actitud ocultaba un viejo método de extorsión, pero no dije nada y preferí mirar de qué lado soplaba el viento antes de decidir cómo devolverles el golpe. Los débiles y los patosos, que empezaban a sufrir calambres o ya no podían más, recibían patadas, palos y coscorrones. La sesión de gimnasia fue larga, porque éramos torpes y no estábamos acostumbrados a esas pruebas de resistencia; además, los matones tenían una paciencia rayana en el sadismo y esperaron tranquilamente hasta que todos hubimos sido atizados.

Finalmente, con el pelo y la ropa cubiertos de hojas y barro, nos colocaron en fila y nos ordenaron que nos abriéramos la bragueta. «A cascársela, bosquimanos. Venga, una paja. En cuanto os hayáis corrido podréis iros a la cama.» ¿Cómo conseguir, por el amor de Dios, ni siquiera una erección a medias? Nuestros penes parecían gusanos secos y arrugados, setas blandas o ciempiés enroscados.

A la mañana siguiente, dos bosquimanos lo mandaron todo a paseo; uno de ellos dijo que había venido para ser sacerdote, no delincuente, pero a los curas no les importó. Al fin y al cabo, eran muchos los llamados pero pocos los elegidos, y quien se amaba a sí mismo más que a Dios no merecía la vocación que afirmaba sentir. Después de todo, ¿no se separaba el grano de la paja?, ¿no eran los muertos quienes enterraban a los muertos? Así pues, aprendimos que los barcos que no resistían el embate de la primera tormenta no eran adecuados para el viaje.

La cuarta noche, la locura alcanzó su punto máximo. Alguien me tiró con tal fuerza del brazo izquierdo que me lo disloqué. Solté un alarido. Los chicos fueron presa del pánico y se largaron. Finalmente llamaron al hermano enfermero, quien me prestó los primeros auxilios. Una vez más me asaltó el miedo a que se me paralizara la mano y no pudiese volver a usarla. Me mudé con mis cosas a la enfermería y disfruté de la inmunidad provisional que me proporcionaba exagerando el alcance de la lesión. Por una temporada me hallaría a salvo de la pesadilla de Sing-Sing. Allí, refugiado tras las desnudas paredes azul claro y las ventanas con vistas al bosque, estaba seguro. Nadie se metía conmigo. Nadie me chinchaba ni me obligaba a hacer nada. Dormía cuanto quería. Me libraba de la misa y de cualquier actividad que no me agradase. Por primera vez desde que había llegado, tenía tiempo para pensar.

No me interesaba conocer la identidad del que me había desconyuntado el brazo. Dadas las circunstancias, habría podido ser cualquiera. Los chicos iban a la suya y los profesores miraban para otro lado. A mi modo de ver, les daban demasiada libertad. ¿Qué podía hacer yo? ¿Cómo llegar a los profesores? Por el momento, no me quedaba más remedio que aguantar y esperar la oportunidad de vengarme.

Decidí que debía conseguirme un guardaespaldas, alguien como el Estúpido A o Junco. Me había fijado en un matón desharrapado y alborotador llamado Lwendo. Se lanzaba sobre los novatos, los zurraba, los insultaba, les quitaba las cosas, los obligaba a que cargaran con el agua del baño, les robaba la comida y les ordenaba que le lavaran la ropa el fin de semana. Mi primera apreciación aproximada era que quería que le prestasen atención, que buscaba a alguien que lo hiciera sentir un tipo duro. Decidí dirigirme a él a cambio de protección.

Una tarde lo abordé a él y le ofrecí hacer voluntariamente todo aquello que, en su calidad de alumno de segundo, considerara por debajo de su dignidad. Le prometí que barrería debajo de su cama, le lustraría los zapatos, lavaría y plancharía su ropa y me ocuparía de que no le faltase el agua durante la estación seca.

—¿Te has vuelto loco, bosquimano? —dijo con una risa burlona—. Eres un inválido. ¿Cómo piensas trabajar para mí si apenas puedes limpiarte el culo?

—Mi brazo se cura más deprisa de lo que crees. Ya muevo los dedos. Dentro de una o dos semanas estaré a tu servicio.

—Ve a trabajar para Jesús a cambio de un milagro —me espetó.

—Hablo en serio.

Se hizo el silencio. Había sonado el primer timbre; al cabo de cinco minutos sonaría el segundo, y entonces todos deberíamos estar sentados en clase. Ya pasaban corriendo sombras en pantalones negros y camisa blanca.

—Te he calado —dijo en tono mordaz—. Eres un espía, bosquimano. ¿Quién te envía? ¿El rector o alguno de esos curas puñeteros? ¿Te crees que soy imbécil? Lárgate, bosquimano.

—No soy un chivato ni jamás se me ha ocurrido serlo. Te lo juro por mi brazo dolorido.

—De acuerdo, bosquimano, acepto tu oferta, pero te aviso: si me tomas el pelo te quemaré vivo, ¿entendido? ¿Qué pretendes a cambio?

—Quiero que tus amigos me dejen en paz. Uno de ellos me ha dislocado el brazo y ni siquiera ha tenido la decencia de disculparse. No esperaba que lo hiciese. Pero no quiero que se acerquen a mí.

—Veré qué puedo hacer, bosquimano —repuso con una sonrisa triunfal.

Cuando me dio la espalda, en la que había una gran mancha de sudor, musité:

—Un día de estos dejarás de llamarme bosquimano.

En cuanto Lwendo hubo aceptado espantarme las moscas, empecé a preparar mi liberación. No estaba dispuesto a ser su esclavo durante todo un año. Yo llevaba el chantaje en la sangre; no tardaría en caer en la trampa. Además, no me gustaba y detestaba su compañía. En mi opinión era demasiado pendenciero, mezquino e indiscreto. Mi plan consistía en utilizarlo todo lo posible y luego deshacerme de él.

En la época en que vivía en casa de los déspotas había desarrollado una aversión absoluta hacia el trabajo manual. La afición de Serenity a los libros constituía un ideal para mí. El paso siguiente en el seminario era asegurarme un puesto en la biblioteca, por ejemplo, o en la sacristía, la enfermería o el laboratorio. Tenía que encontrar a un sacerdote al que impresionar con mi simulado entusiasmo, de modo que me recomendase para una de las plazas que yo ambicionaba.

El sacerdote que dirigía la sacristía era demasiado buen actor para caer en las artimañas de un aficionado. Además, tampoco invitaba a confiar en él. Tenía una arruga eterna en el entrecejo, los ojos pequeños y la cara regordeta, y como caminaba inclinado, siempre parecía estar buscando algo: vino de misa, decían los chicos. Era un cascarrabias y opinaba que nos ponían las cosas demasiado fáciles.

Solía proclamar que los seminarios actuales no podían compararse con los de antes, cuando los sacerdotes todavía eran duros de pelar. Al igual que muchos otros chicos, yo lo aborrecía y me mantenía alejado de él.

Más lógico como presa era el padre Kaanders, un misionero holandés jubilado que estaba a cargo de la biblioteca. Ésta distaba mucho de ser popular: la mayoría de los chicos preferían morir a que los vieran con un libro que no fuese de texto en las manos. Por esta razón yo estaba convencido de que si me esforzaba lo suficiente al final conseguiría ganarme al viejo.

Entré en la biblioteca como si me fuese la vida en ello. Siempre era el primero en llegar y el último en marcharme. Recorría poco a poco las estanterías, hojeando un libro al azar de vez en cuando. Le quitaba el polvo, lo abría y hacía como si estuviera absorto en él. Me detenía en una página ilustrada, dejaba volar la imaginación para pasar el rato y esperaba a que Kaanders se fijase en mí. Cuando consideraba que había llegado el momento de devolver el libro a su sitio, lo colocaba con mucho cuidado entre los otros volúmenes. Acto seguido repetía la operación con un ejemplar distinto. Una vez hecho el recorrido por los estantes, me decidía por dos o tres gruesos tomos, los colocaba en el pupitre y mientras simulaba consultarlos me ponía a leer alguno de mis libros favoritos.

Otro día llevaba un cuaderno y, durante la lectura, fingía tomar notas o copiar algún esquema. Intentaba transmitir la sensación de que sacaba el máximo de conocimientos de cada libro. Cada vez que quería escapar de los matones, pensar o dar una cabezada, iba a la biblioteca. Cuando sonaba el timbre me comportaba como si no lo oyera. Permanecía sentado hasta que el padre Kaanders se acercaba a mí, me daba una palmadita en el hombro y a continuación me señalaba el reloj; entonces me mostraba tan asustado como si hubiera visto un fantasma. Sonreía, me disculpaba, volvía a colocar los libros apresurada y ruidosamente en sus estantes, recogía mis cosas y salía volando de la estancia.

Sabía que para asegurarme un puesto en la biblioteca necesitaba más ayuda. Apunté al profesor de literatura. Para muchos, la literatura no era más que una especie de clase de gramática y escritura de nivel un poco más elevado. Yo mismo lo ignoraba todo sobre la literatura, y durante bastante tiempo ni siquiera supe el significado de esa palabra. Aunque buscaba la definición en el diccionario y me la aprendía de memoria, pronto volvía a olvidarla. Sabía muy bien que en este caso no bastaría con ser hipócrita. Aquel sacerdote era la persona más sosegada que hubiera visto nunca. También era la más instruida: un cura graduado en una universidad laica constituía una rareza en aquellos días. Algunos de sus colegas recelaban de él. ¿Por qué alguien que había terminado los estudios y tenía un diploma se había metido a sacerdote en lugar de buscar un buen empleo en la ciudad? Aquel hombre delgado y ascético tenía la extraordinaria facultad de ver a través de la gente, lo que te hacía sentir que lo sabía todo acerca de ti y que era inútil mentir. Por ese motivo, pocos chicos lo elegían como confesor o consejero espiritual; les desagradaban mucho los curas a quienes no podían engañar.

En vistas de que yo sabía que sería inútil intentar tomarle el pelo, decidí desarrollar un interés sincero por su asignatura. Formulaba preguntas y trataba de conseguir que nos revelara el secreto de la literatura. Leí todos los libros que nos indicaba y traté de entender realmente de qué iban. El análisis minucioso no era mi punto fuerte, pero hacía lo que podía y con frecuencia echaba mano de mi diccionario Longman. Uno me puso el mote de el Picha, porque afirmaba que prestaba más atención al diccionario que a mi pene.

Empecé a llamar la atención por las buenas notas que sacaba en una asignatura que todo el mundo consideraba sospechosa. Pero no hacía ningún esfuerzo especial por llamar la atención del profesor. La idea era que fuese él quien diera el primer paso y se acercara a mí. A menudo terminaba los deberes mucho antes de que hubiese que entregarlos, pero aun así esperaba el día en que los recogía. Con el tiempo, esta estrategia daría sus frutos. Aunque ese hecho me alegraba, traté de mostrarme indiferente.

Una tarde, al cabo de dos meses de campaña literaria, Kaanders se aproximó a mí y me dijo:

—Así que te gustan los libros, ¿eh, muchacho?

—En casa hay una biblioteca con muchos volúmenes. Los únicos juguetes que tenemos son libros.

—Los libros no son muy populares aquí, muchacho —dijo, y recorrió con la mirada los estantes fríos, severos—. ¿Te gustaría venir a ayudar, muchacho?

—Sí, padre —contesté, tratando de ocultar mi excitación.

—Eso está muy bien, muchacho.

La costumbre más fastidiosa del padre Kaanders era que llamaba a todo el mundo «muchacho». Quienes peor se lo tomaban eran los propios sacerdotes. Cuando se dirigía al director, decía: «Como te explicaba, muchacho...» En el despacho del tesorero, decía: «¿Cuándo llegarán esos libros que hemos pedido, muchacho?» Sentado a la mesa, se inclinaba hacia el cura que se encargaba de la sacristía y decía: «Muchacho, hoy he celebrado misa en la capilla lateral y no había vino.» O: «¿Quieres pasarme la sal, muchacho?» Los sacerdotes jóvenes, cuyo amor propio era grande como una casa, no se acostumbraban a que les llamara de aquella manera. Cada vez que pronunciaba la palabra, sobre todo cuando había alumnos cerca, miraban al viejo como si quisieran arrearle un sopapo. La expresión de candidez en el arrugado rostro de Kaanders les desconcertaba e irritaba. Por supuesto, él no pretendía molestar a nadie, y mucho menos ofender; entonces, ¿por qué estaba tan obsesionado con esa palabra? Uno de los curas jóvenes intentó corregirlo indicándole que ya no era un muchacho, pero la primera frase que Kaanders pronunció a continuación volvió a empezar con la consabida palabra. Todos rieron, y los alumnos llamaron «muchacho» al cura en cuestión hasta que éste fue trasladado. En un pequeño edificio lleno de escondrijos que lindaba con la cocina y la alacena, vivían dos monjas, a las que Kaanders, para hilaridad de todos, también llamaba «muchacho».

El decrépito cuerpo del anciano sacerdote estaba cubierto de cicatrices como consecuencia de su larga lucha contra los polígamos de la diócesis de Jinja. En lo más duro de la pelea contra el paganismo, la poligamia y la necedad, en las orillas orientales del lago Victoria, infestadas de moscas tse-tse, había contraído la enfermedad del sueño. Tanto ésta como el trastorno nervioso que la siguió fueron convenientemente tratados y curados, pero con los años los residuos que la mosca había dejado en la sangre del padre Kaanders parecieron despertar. El viejo sacerdote se dormía durante la misa, en el aula, en el lavabo, en la biblioteca, en todas partes. Se quedaba roque en medio de una clase de francés. Con regocijo lo observábamos dormir con la cabeza balanceándose peligrosamente, los brazos sobre los muslos y la barbilla contra el pecho, mientras un hilillo de saliva caía de su boca entreabierta. Despertaba tan súbitamente como había quedado traspuesto y decía: «Muchachos, muchachos, esa mosca... ¿Dónde habíamos quedado?»

Durante la misa, en particular si el sermón dominical resultaba largo, volaba hacia el país de los sueños en alas de la mosca. Cuando el sermón terminaba y todos se levantaban, él permanecía sentado con la barbilla contra el pecho y una mancha de saliva en el regazo. Si alguien le daba un ligero codazo para despertarlo, él empezaba a mover los labios musitando algo. Kaanders tenía muy mala memoria para los nombres, salvo que se tratara de los grandes escritores. Sin embargo, aunque apenas recordaba los de sus colegas, sabía perfectamente cómo se llamaba el chico que le limpiaba el despacho.

Debido a su pérdida de memoria, Kaanders era el sacerdote más popular entre los alumnos, en especial entre quienes hacían novillos o no paraban de transgredir las normas. Cada vez que pillaba a alguien, le preguntaba su nombre y, tras anotarlo cuidadosamente, se lo pasaba al rector con el mensaje: «Muchacho, este muchacho ha transgredido las normas, ¡ay estos muchachos!» El rector hacía como si se lo tomara en serio mientras trataba de controlarse para no echarse a reír, porque el nombre, obviamente, era falso. Podía corresponder a un oficial del ejército, un cantante famoso u otros personajes que los chicos se inventaban. Cuando estaba de buen humor, el rector imitaba a Kaanders: «Ah, muchacho, muchacho, he visto al capitán Jonás, a fray Adriga y a sor Pantalón detrás de la verja... Ay, muchacho, ¡qué traviesos son!» Estallaba en carcajadas, golpeaba el escritorio con los puños y daba patadas en el suelo.

En ocasiones, Kaanders sufría una pérdida de memoria tan grave que incluso olvidaba que ya había desayunado. Entonces volvía al comedor y le preguntaba al sacerdote que se encontraba allí: «¿Quién ha tocado mi taza, muchacho? Oh, muchacho, ya nadie tiene respeto hoy en día. ¡Mi taza! Hace veinte años que la utilizo y ahora la ha usado otro que se ha olvidado de lavarla y de devolverla a su sitio. ¡Ay, muchachos, muchachos!» La mayoría de los curas se limitaban a mirarlo, se encogían de hombros, resignados, y lo dejaban por chiflado. Él se paseaba de un lado a otro por la sala, de la pared a la nevera, exclamando: «¡Oh, muchachos, alguien se ha comido también mi queso! Ay, muchachos.»

Lo único que Kaanders no olvidaba ni confundía nunca eran nuestra notas de francés. En eso su cerebro parecía superarse a sí mismo. Descubría cualquier error, por nimio que fuese, lo señalaba en rojo y restaba por él medio punto de la nota. Nos enseñó los siete adjetivos franceses siguientes en forma de cancioncilla, que también se convirtió en su mote: *Bon mauvais méchant bon / grand petit joli gros.*

Si los chicos tenían ganas de una cancioncilla así, todo iba bien, pero si no les apetecía, lo que solía ocurrir antes de los recreos, alteraban aposta el orden de las palabras, con lo que él enrojecía de ira y pateaba el suelo con gesto de frustración.

Cada dos días, cuando la biblioteca abría o cerraba, me preguntaba mi nombre e intentaba asimilarlo durante un par de minutos, separando imperturbable cada sílaba en un intento de retenerlo. Pero había tantos agujeros en el colador de su cerebro que la vez siguiente tenía que preguntarme de nuevo cómo me llamaba. Mi cara sí la recordaba. Eso no era difícil, dado que un día sí y otro no, cuando tenía turno de trabajo, iba a la biblioteca para barrer, colocar los libros devueltos, hacer una lista de aquellos que aún no lo habían sido y seleccionar los ejemplares que debían ser encuadernados de nuevo.

Mientras otros chicos sudaban en el campo, segaban la hierba, fregaban el suelo del refectorio, iban a cazar cucarachas en la antecocina, mataban ratas en la despensa y realizaban mil y una tareas más, yo mimaba los libros de la biblioteca.

Al principio me aburría. Había alcanzado mi objetivo. En realidad, no me gustaban tanto los libros. El polvo me hacía estornudar, lo que me sacaba de quicio, y no aguantaba ver a Kaanders encuadernar un libro destrozado: todas esas medidas, todos esos cortes y encolados, todo ese prensar y frotar insumían tanto tiempo y energía que era para volverse loco. Pero a Kaanders se le humedecían los ojos cuando revisaba el producto del trabajo hecho con sus propias manos. Había infundido nueva vida a un objeto dañado, y con ello había dado la oportunidad a un anónimo buscador de tesoros de sumergirse en aquellos volúmenes restaurados. Era tal la alegría que sentía que se ponía a silbar y acariciaba los libros como si fueran perritos falderos.

Mientras tanto, yo ideaba un plan para librarme de Lwendo. Quería chantajearlo a fin de tenerlo bien agarrado por el cogote. También quería desquitarme de un par de profesores extraordinariamente latosos, pero lo dejaría para más adelante. Estaba convencido de que no podía dedicarme a otros asuntos mientras esa sucia rata de Lwendo se considerara mi amo.

Mucho antes de que me pidieran que ayudase en la biblioteca, Lwendo ya estaba a cargo del suministro de carbón vegetal. Debido a ello era una persona influyente, puesto que la tarde del sábado todos necesitábamos de su servicio para planchar nuestra ropa. Nos reuníamos en su cobertizo, una construcción pequeña de ladrillo rojo con una chimenea cuadrada, que había servido de cocina cuando los seminarios aún eran seminarios y los curas tenían lo que había que tener. Lwendo debía llenar nuestras planchas con brasas. Pero la demanda solía ser mayor que la oferta y la competencia y la discriminación estaban a la orden del día. Primero les tocaba el turno a los estudiantes de segundo curso, luego a sus recomendados. Los bosquimanos que no tenían a nadie que los defendiera recibían las últimas brasas medio apagadas, a menudo poco más que cenizas.

Si se le antojaba gastar una broma, en particular en días lluviosos, cuando era difícil recoger leña suficiente para hacer carbón para todos, Lwendo se marchaba tras abastecer a los de segundo y dejaba que los bosquimanos se disputaran las brasas que quedaban. Con la cara cubierta de sudor y una pala en la mano, se plantaba fuera del cobertizo y observaba la pelea. «Los bosquimanos se matan por un par de brasas, ja, ja, ja...», decía entre risas en compañía de un par de alumnos de segundo que ya habían sido provistos de carbón para la plancha por los novatos, a quienes protegían. Lwendo tuvo suerte de que nadie sufriera nunca quemaduras graves y de que los chicos que iban a dar con su cuerpo a la ceniza ardiente no lo delataran.

A mi guardaespaldas esta ocupación le proporcionaba libertad a la vez que lo ponía en contacto con las monjas que cocinaban para nosotros y para los profesores. Durante las horas de trabajo se lo podía ver en la cocina, charlando con un par de monjas mientras simulaba que se preparaba para su tarea del sábado. Entre visita y visita a la cocina, recogía leña, ramas, muebles viejos o lo que necesitara, o fingiese necesitar, para encender el fuego de los sábados. Lwendo también pasaba mucho tiempo con la cuadrilla de la pocilga, que cuidaba y mataba los cerdos para el consumo de los curas. Los jefes de la banda escondían parte de la carne y la pasaban de contrabando, en cubos, al cobertizo de Lwendo, donde más tarde la asaban y se la zampaban. Todo eso iba contra las normas y estaba penado con una suspensión disciplinaria o la expulsión inmediata, pero nadie se mostraba dispuesto a informar de esos delitos.

Todos eran maestros en difundir rumores. Si alguien quería enterarse de algo bastaba con que se guiase por lo que decían los chismosos. Uno de esos rumores relacionaba a Lwendo con sor Bisonte, una monja pequeña, muy negra, estevada, con los brazos muy gruesos y un trasero tan voluminoso y respingón que, según los más fantasiosos, se podía colocar la Biblia encima de él sin que se cayera. También se relacionaba a la misma monja con el venerable padre Mindi, el prefecto. A mí me interesaba la primera relación. Empecé a seguirle la pista a Lwendo por la noche, con la esperanza de pillarlo hincándole el diente al fruto prohibido. Si no lo conseguía, esperaba, por lo menos, pescarlo en otra situación comprometedora. No tuve éxito. Yo sabía que cada vez que la comida era mala, lo que ocurría a menudo, él iba a la cocina a dar cuenta de las sobras de los curas. Las semanas en que guisaban las monjas con las que no se llevaba bien, se presentaba allí menos a menudo. Yo tenía dos posibilidades: sorprenderlo cuando robaba y asaba la carne de cerdo en su cobertizo, lo que implicaba que tenía que intentar involucrar a un cura, o pillarlo mientras follaba con sor Bisonte u otra monja.

Me llevó ocho semanas descubrirlo. Cada noche, durante la hora de estudio, que empezaba a las nueve, lo seguía. La noche en cuestión no estaba en el aula ni en su cobertizo ni en la biblioteca. De modo que sólo podía estar en el despacho de alguno de los sacerdotes o en la cocina. Hacia las nueve y media fui a ésta y la encontré vacía. Salí y reflexioné sobre la situación. La despensa, una estancia fría y estrecha en la que habían almacenados sacos de maíz en grano, de harina de maíz y de alubias podridas, se hallaba a mi derecha. Por lo general, colgaban de la pesada puerta de madera dos candados en forma de puño. Eché una mirada. La puerta estaba cerrada, pero los candados habían desaparecido. Decidí aventurarme y entré. Era terreno prohibido, salvo para los que contasen con un permiso especial. Yo no necesitaba permiso. Al fin y al cabo era bibliotecario. Siempre me quedaba el recurso de decir que buscaba al padre Kaanders, o que éste me había enviado al padre tesorero, que reinaba en aquel cuchitril inmundo, para preguntarle si había llegado un libro determinado.

El lugar apestaba y la atmósfera era sofocante. Los sacos de arpillera que vi en las altas repisas de madera me recordaron por un instante los sacos de café del abuelo, llenos y listos para enviarlos al tostadero en la cima de Mpande Hill. Al igual que las camas en las celdas de Sing-Sing, estaban apilados contra la pared, por lo que se había formado un ancho pasillo que tenía el aspecto de un túnel largo y oscuro en el interior de una montaña. Me detuve y agucé el oído al tiempo que contenía un ataque de estornudos, temeroso de que descubrieran mi presencia. El silencio era absoluto. Con un extraño chirrido, una rama muerta de un árbol que daba sombra al convento cayó sobre el tejado de chapa ondulada. Me asusté como si alguien me hubiera dado un codazo. Creí oír otros ruidos procedentes de lo profundo del tenebroso túnel. Parecían ratas que chillaran. Quizás hubiese alguien más al acecho. Creí oír olisquear a un perro varias veces. Era un sonido contenido que penetraba hasta la médula de los huesos igual que alfileres o lenguas de fuego. De repente vi ante mí a Lusanani, con el pecho empapado por el agua que goteaba de una jarra, los pezones erectos bajo la blusa de algodón. Estaba presente allí, en la oscuridad, a pesar de que cantaba de modo muy diferente. Su canción de amor era mucho más refinada, embellecida por grititos sincopados y palabras floridas, halagadoras. Ese sonido contenido era auténtico, puro, perentorio y excitante. De puntillas y con el pene repicando agradablemente como una campana, me deslicé hacia el perro husmeador.

Lwendo se estaba follando a la monja con movimientos plenos, certeros, vigorosos. Un insolente rayo de luz por entre las aspas de un ventilador atascado caía sobre los calzones rojos de la monja, arrollados alrededor de unos tobillos musculosos. Unos ojos voluptuosos detectaron mi presencia, y el sollozo monjil que rasgó la oscuridad me hendió la entrepierna con el poder corrosivo del ácido sulfúrico. Lwendo, que se dio perfecta cuenta de que el mal ya estaba hecho, no permitió que le estropearan la diversión. Siguió empujando hasta que se corrió con la desvergüenza satisfecha de un semental. Cuando comprobó que no era un sacerdote, sino yo, su lacayo, rió y trató, entusiasmado, de estrecharme la mano.

Yo había comprado mi libertad y su amistad, y además las raciones que sobraban después de las comidas de los curas durante las semanas en que trabajaba en la cocina la monja agradecida.

Con la excitación, recordé al tío Kawayida, el mago, el seductor, el narrador de cuentos como el del hombre con las tres hermanas. Me habría gustado hablarle del golpe que acababa de dar y de la vida en el seminario, pero apenas si sabíamos nada el uno del otro desde mi marcha de la aldea. ¿Seguiría leyendo libros? No, seguramente estaría demasiado ocupado con sus negocios, su granja de pavos y pollos. ¿Habría olvidado los viejos, buenos tiempos? Creía que no.

Yo ya era al fin un hombre libre. Le di vueltas a la idea de timar a unos cuantos matones, pero las burlas habían disminuido. Decidí concentrarme en personas mayores que yo, los jefes de verdad. Seguía sin encontrar ningún placer en derrotar a gente de mi mismo nivel. Disfrutaba con el desafío que suponía superarme y conseguir victorias, aunque fuese a fuerza de morados. Me había llamado la atención el padre Mindi, el prefecto, y a esas alturas probablemente el único que se follaba a la eficiente sor Bisonte. Ese hombre no sólo apaleaba a los chicos, sino que también los perseguía, se escondía detrás de arbustos, muretes y setos, en todas partes, para pillar a quienes transgredían normas por demás estúpidas, como hablar en el período de silencio o comer entre horas. Conocía todos los caminos secretos que usaban los chicos que hacían novillos y solía ocultarse tras las acacias que crecían junto a Sing-Sing, a la espera de ver llegar a chicos hambrientos con plátanos, mazorcas de maíz, trozos de caña de azúcar o lo que fuera para saciar el hambre. Varios de ellos mostraban disposición para los negocios: aceptaban encargos y suministraban comida a cambio de un beneficio. El padre Mindi perseguía a esos «mercaderes en el templo» con la dedicación de un misionero. Se presentaba a horas intempestivas en los dormitorios para ver si en los armarios habían escondido contrabando o dinero. Oficialmente controlaba todo el dinero de los estudiantes, pero muchos de éstos lo ocultaban en lugares donde pudieran disponer de él cuando quisieran, sin tener que dar explicaciones. Donde más se padecían las investigaciones policiales del padre Mindi era en Sing-Sing. Pero tanto los truhanes como los acaparadores de dinero estaban curados de espantos y no se conformaban. Hacían circular rumores para conducirlo a una pista falsa, y así encubrir sus actividades. Mindi cayó en la trampa unas cuantas veces, hasta que se enteró de que los chicos se burlaban de él por su ingenuidad.

Le echó el guante a un par de bromistas y los castigó con severidad. De un modo u otro se filtraba información sobre sus pesquisas y por dos veces se le adelantaron, con el resultado de que en lugar de pescar a los delincuentes, se encontraba con armarios o maletas vacíos.

El éxito de un prefecto dependía de la imagen que los alumnos tuvieran de él. En el caso del padre Mindi, ésta era fatal, lo que hacía que su conducta fuese aún más violenta.

A menudo me he preguntado por qué ese hombre educado no veía lo ridícula que era su situación. Los chicos alimentados con alubias en mal estado no se saciaban y tenían que intentar de algún modo completar su insuficiente dieta. ¿No habría hecho él lo mismo? ¿No se daba cuenta de que imponía normas absurdas, de que era como el fariseo que exigía el descanso sabático pero no dudaba en rescatar a su asno si éste caía en una zanja aunque fuese sábado? Era muy fácil decir que no se podía probar bocado entre comidas cuando tenías la barriga llena de carne de cerdo, pescado, patatas, verduras y otras de las delicias que les servían a los curas.

Yo también odiaba la falta de autodominio que exhibía ese predicador del autocontrol cuando atrapaba a alguien in fraganti. Si realmente tanto le preocupaba que se observasen esas normas impersonales, establecidas en Roma e importadas a nuestro país por el obispo, debía mostrar él mismo cierta impersonalidad e imparcialidad. Pero era todo lo contrario: gozaba imponiendo castigos a los transgresores, especialmente si causaba dolor. Todo era muy personal. Aunque algunos se le escapaban, aquellos a los que pillaba lo pagaban caro. Eso era lo que significaban para él el orgullo, la ambición, las expectativas y el poder.

En resumen, el padre Mindi era el hombre más odiado del seminario. Se lo conocía como «el lúgubre hombre de la guadaña», y todos rezaban para que sufriera un accidente de coche y tuviese que pasar el resto de sus días en una silla de ruedas, para que se quedara ciego, tuviera cáncer y se contagiara de todas las enfermedades purulentas que existían. La impresión predominante era que con su desaparición las cosas cambiarían drásticamente, porque todos creían que se comportaba como lo hacía adrede. Nadie entendía por qué la comida era tan repugnante, si había campos y, probablemente, también dinero para cultivarlos. Estábamos convencidos de que en su opinión un seminarista sólo llegaría a ser un buen sacerdote si le daban comida en mal estado.

—Debe morir —solían decir los chicos, sobre todo cuando lo veían hacer regates con la pelota en el campo de fútbol. Era amenazadoramente rápido. El dormitorio Vaticano estaba bajo su patrocinio, y, gracias a que quienes lo ocupaban se entrenaban duro y a que él formaba parte del equipo, casi siempre ganaba el campeonato anual. El fin de semana en que esto ocurría, el padre Mindi nos daba carne de cerdo y comida en abundancia.

—No, no, no —contestaban otros—; debe seguir vivo y sufrir eternamente.

—¿Cómo lo haremos?

Existía el acuerdo unánime de que se lo debía dejar a merced de los dioses, que se encargarían de que se rompiera una pierna, sufriese un accidente o alguien le disparara.

El padre Mindi acudía a menudo a mi pensamiento. Lo veía como una especie de hermano de Candado, aquella bruja estreñida. Ambos tenían vocación religiosa. Ambos habían respondido a su llamada. Ella había renunciado a su vocación para convertirse en una madre de verdad; él había perseverado y había acabado por convertirse en un padre simbólico. Ambos creían que cuanto más dura, ruin y alevosamente trataba uno a sus hijos, mejores serían éstos.

Finalmente, me llamó la atención lo limitado que era el padre Mindi en realidad. Con sus angustias monjiles de muchacha campesina, Candado parecía un búfalo afligido por las heridas, apenas capaz de mantener alejados de su lomo purulento a piojos y garcetas. Mindi, por el contrario, estaba repleto de teología, filosofía, latín, italiano, historia de la Iglesia y toda clase de conocimientos, tanto espirituales como no espirituales, adquiridos en seminarios locales y del extranjero. Los cuatro años que había pasado en la Universidad de Urbano, en Roma, habían aguzado su conservadurismo, reforzado sus rasgos más crueles y embotado su capacidad de conmiseración y autoanálisis.

Y a pesar de todo ello teníamos que llamarlo «padre», honrarlo y ponerlo en un pedestal. Si una beca para una universidad extranjera y tantos estudios conducían a ese histrionismo y todas esas cavilaciones, ¿de qué servían? Era un hombre programado para obedecer y ser obedecido. Era un hombre que había sufrido y que ahora hacía sufrir a los otros, a fin de que éstos, a su vez, pudieran hacer sufrir a otros. Ésta era la versión de Mindi de la compensación sacerdotal total en la tierra y de la recompensa total en el más allá. Sus pertenencias materiales, especialmente el coche, formaban parte del trato, constituían una compensación por la vida familiar a la que había renunciado a causa de su vocación. Se jactaba de él, con el convencimiento de que nos animaba a perseverar. Su sueño no difería demasiado del mío de ser abogado, teniendo en cuenta el poder de que gozaba y los rumores que corrían sobre él y sor Bisonte. Lo que me molestaba era el aceite de santidad y predestinación con que lo untaba todo. Mi objetivo era quitarle ese brillo oleoso de modo que quedara al descubierto el núcleo mate, basto.

Volví a padecer de insomnio. Resultaba atemorizador permanecer despierto por la noche, pero también hasta cierto punto excitante: la afluencia de adrenalina lo convertía en una experiencia que mereciera la pena. Dejé Sing-Sing alrededor de las dos de la mañana. Dorobo, el nuevo vigilante nocturno, hacía su ronda o dormía. Era muy alto, muy fuerte, negro como el hollín y letal con su arco y flecha gigantescos. La imagen de ese arco enorme quedó grabada en mi mente y me persiguió mientras me deslizaba de una sombra a otra. Le agradecí al Señor el que nosotros, los africanos, no idolatráramos a los perros: ¡que aterrador habría sido ese hombre si hubiera tenido a su lado a un pastor alemán!

El seminario se hallaba en la cima de una colina y estaba construido alrededor de la capilla central, a la que se accedía desde todos lados. Era fácil andar sin ser visto desde Sing-Sing, en el extremo de la propiedad, hasta la capilla, porque se contaba con la protección de varios árboles y un seto de pinos. Encontré a Dorobo detrás de la capilla, encogido en un rinconcito, roncando ruidosamente mientras cabeceaba su sueñecito ilegal. Mi objetivo se encontraba a la izquierda de la capilla, diez metros más allá. Era un edificio alargado de tejado inclinado, una parte del cual se empleaba como cobertizo para herramientas en tanto que la otra hacía las veces de garaje para los coches de los curas.

Avancé por el sendero de grava hasta el edificio, abrí la puerta lateral con la llave del alumno vigilante y entré. La estancia era larga, fría y estaba repleta de podaderas, azadones, *pangas*, rastrillos, segadoras y sierras mecánicas estropeadas que olían a polvo, aceite y abandono. Levanté un *panga* sin filo y lo sopesé en la mano, recordando al maníaco que había amenazado con decapitar a la abuela. Volví a dejarlo, con cuidado de no mover otras herramientas para no hacer ruido. Fui a la puerta de comunicación.

Los goznes chirriaron y temí que Dorobo lo oyera. Entré en el garaje, donde me asaltó el olor de los coches: una mezcla acre de lubricante, acero y goma. Allí estaban el Peugeot azul de Mindi, el Volkswagen blanco de Kaanders, el Renault beige del rector, un viejo automóvil gris que había dejado abandonado un amigo de éste y, en el rincón más lejano, apoyado contra la pared, un anticuado ciclomotor panzudo, debajo del cual se veía una mancha de aceite.

Estuve algunos minutos refunfuñando y manipulando torpemente hasta que al fin conseguí sentarme, con las manos sudadas, al volante de mi coche. Me acordé de la tía Tiida, mirando muy emperifollada cómo el doctor Ssali trataba de abrir su Peugeot con disimulada excitación mientras los vecinos espiaban semiocultos detrás de las cortinas.

Un tufo a tabaco rancio me hizo volver en mí. Estaba en el coche de un fumador empedernido. Habría podido echar sal en el motor de Mindi, de modo que quedara estropeado para siempre, pero no me parecía necesario. No había ido hasta allí para arrasar con todo, sino para una visita de cortesía. Mi intención era, sobre todo, transmitirle al gran hombre un mensaje discreto pero al mismo tiempo más elocuente que los que solían dejar los seminaristas vengativos. Había comido un par de papayas, que le había comprado a uno de los que hacían novillos, y, combinado con nuestras alubias podridas, la peste que despedían mis heces era terrible. Me tapé la nariz mientras abría la bolsa de plástico. Había elegido el arma de los gamberros de los relatos del tío Kawayida: mierda. Con una paleta ensucié los asientos, el techo, el suelo, el volante, la palanca de cambio, el salpicadero y las esterillas. Cerré la puerta del coche y me concentré en las manillas. Finalmente, dejé la repugnante bolsa de plástico sobre la capota.

A esas alturas la peste en el garaje era insoportable. Huí de aquel olor nauseabundo, cerré la puerta de comunicación lo más suavemente que pude y caminé de puntillas entre los montones de podaderas, palas y *pangas*, consciente en todo momento de mi delicada situación: se me podía oler a un kilómetro de distancia. Fui a los retretes y, en el camino de regreso, me detuve para frotarme con agujas de pino.

Con ese ataque me di cuenta de que empezaba a desvariar. Tuve la intranquilizadora sensación de que estaba perdiendo el tiempo en aquel lugar, que había tomado un camino sin sentido siguiendo una carrera que no me convenía. Necesitaba una especie de ancla de salvación, algo que me mantuviera con los pies en el suelo y que, en cualquier caso, me permitiera concentrarme en el aspecto académico de mi situación. La mayor parte de las clases tenían un buen nivel y los sacerdotes se tomaban en serio las tareas que mandaban. Pero la vida estaba demasiado reglamentada, por lo que cualquier iniciativa que tomásemos resultaba cortada de raíz. Éramos como los pollos del tío Kawayida: encerrados en una jaula, alimentados, vacunados y obligados a seguir un esquema repetido cientos de veces, en el que se ponía el énfasis en las oraciones inútiles y las actividades tediosas.

Me había imaginado que mi jugarreta de pringarlo todo tendría consecuencias extraordinarias. Sin embargo, los profesores fueron típicamente vagos en sus referencias al atentado. «Alguien ha destruido el coche del padre Mindi; alguien ha causado un daño terrible en la propiedad de un miembro del cuerpo docente; alguien se ha comportado de modo muy irrespetuoso con nuestro prefecto», se decía. Pero los detalles salieron finalmente a la luz gracias a los chicos que tuvieron que limpiar la porquería. El padre Mindi los había pescado hablando durante el silencio obligatorio y les había encomendado la horripilante tarea de fregar, enjuagar y secar su profanado símbolo de estatus.

Al final, el propio padre Mindi nos lo contó de modo oficial. Revistió su cólera de maldiciones y amenazas, pronosticando que pasaría algo serio si el responsable no se presentaba en el plazo de tres días. Yo volvía a pisar terreno conocido y apenas podía creer hasta qué punto se parecían los razonamientos de los dictadores. Aquel cuyo amor propio era del tamaño del hígado de un alcohólico, pensaba que el culpable sufriría un colapso sólo con percibir el sagrado olor de su ego. Si ése era el resultado del conservadurismo de la Universidad de Urbano, no le envidiaba la lasaña que había devorado en Italia. Su experiencia con los que hacían novillos debería haberle enseñado que no todos los que incumplían las normas se dejaban impresionar por sus maldiciones mojadas en salsa boloñesa.

El padre Mindi vino a vernos una segunda vez, en esa ocasión cuando nos hallábamos en el refectorio. «¿Qué clase de seminarista hace algo así? ¿Por qué ha venido aquí? ¿Quiere ser sacerdote? ¿Cómo ha entrado aquí? Debéis denunciar a ese individuo por vuestro propio interés. Estoy seguro de que le ha contado algo a alguien, los delincuentes siempre lo hacen. Decídmelo, por favor. Si no se castiga un comportamiento así, todos corremos peligro. Es un individuo capaz de prenderle fuego al seminario.» Yo no estaba muy impresionado; y la mayoría de los chicos, que creían que el padre Mindi se lo merecía, tampoco.

Al día siguiente, el rector nos rogó, murrio como un juez con almorranas, que denunciáramos al culpable. Al igual que Mindi, estaba convencido de que alguien tenía que haber oído, visto u olido algo. Aludió a que posiblemente hubiera alguien que le guardase rencor al prefecto, pero la manera bestial de manifestarlo era impropia de alguien predestinado al altar. A continuación sacó la artillería pesada: «Venid a hablar con nosotros si tenéis algún problema. Siempre estamos a vuestra disposición. Si no fuera por vosotros, nosotros no estaríamos aquí. Somos una gran familia, y si un miembro de la familia está en dificultades, todos lo estamos. Una manzana podrida puede echar a perder toda la cesta, tenedlo presente. Si sabéis algo, decidlo a vuestro consejero espiritual o pasadme una notita, a escondidas, por debajo de la puerta. Os aseguro que nadie será castigado por dar la información precisa. Y si os amenazan, si pretenden que mantengáis la boca cerrada, venid a verme de inmediato y tomaré las medidas necesarias.» Ya había oído todo eso en mi vida anterior. Me dejaba frío.

Cuatro días después del atentado, el padre Mindi, tras una serie de especulaciones, anunció que había pescado a los culpables. El profesorado estaba dividido. Mindi quería echar a los tres delincuentes de inmediato. Otros eran de la opinión de imponerles castigos pero darles la oportunidad de proseguir con su educación. Algunos se mostraban escépticos con el método usado en las pesquisas, porque lo consideraban demasiado fraudulento: alguien comete un delito, se dan nombres de modo anónimo y empiezan a rodar cabezas.

Lwendo y sus compañeros de curso se amotinaron. Fueron contando por ahí que un bosquimano había denunciado a los tres presuntos culpables. Los bosquimanos fueron amenazados y se les aseguró que más tarde o más temprano acabarían por confesar, pues no soportarían la presión. Sólo uno de los tres fue expulsado de la escuela; a los otros se los echó por dos semanas, y ahí acabó todo.

De modo que eso era la justicia. No conseguí, de momento, descubrir quién les había endosado la culpa de la fechoría a los tres gandules. No me importaba. Mi vecino del dormitorio me dijo que a menudo me oía reír en sueños.

Volví a sumirme en la lectura. No me quedaba otro remedio. La vida era ordenada y aburrida. El deporte resultaba pesado y sólo se ponía interesante durante el campeonato anual del seminario.

Las actividades predominantes, eclesiásticas y litúrgicas, eran, por lo general, agobiadoras. Mientras los demás se entregaban por completo al tedio y eran presa de ocasionales ataques de bravura, yo me refugiaba en los libros. El universo secreto que escondían esas cubiertas polvorientas me intrigaba, y los fragmentos emocionantes que encontraba en las obras más insospechadas me cautivaban. Bajo las cubiertas de aspecto más aburrido se escondían guerras, aventuras, asesinatos, amoríos y personajes extraordinarios, continentes enteros por descubrir.

En medio de tanta superchería, pretextos y miedo de que cualquiera de los chivatos que me rodeaban recordase cada palabra que pronunciaba, los libros me ofrecían una vía de escape fiable hacia una realidad más segura y apacible, la de las fantasías e ideas. Muchas de ellas se grababan a fuego en mi mente y se revelaban como demonios que me perseguirían durante toda mi vida.

Al igual que en la mayor parte de las dictaduras, los libros que trataban sobre temas mundanos no eran populares en el seminario; se los consideraba subversivos. Los buenos seminaristas debían recelar de esas lecturas porque eran diabólicas y estaban repletas de maldad. Hacían que empezaras a dudar de tu vocación, de los buenos sacerdotes y de la madre Iglesia. Te volvías arrogante, rebelde y renegado. Contenían promesas de un cielo propio, te estimulaban a que pensaras por tu cuenta y te plantearas preguntas equivocadas.

Recordé la Segunda Guerra Mundial y a los hombres que el abuelo había hecho incorporar a filas. Estuve buscando durante días en los informes referidos a la contienda para tratar de descubrir si decían algo sobre los ugandeses. Lo único que conseguí averiguar fue que en esa guerra habían caído cientos de miles de africanos. No encontré nada que tuviera que ver con Uganda en particular. La matanza de decenas de millones de europeos apenas diecinueve años después de terminada la Primera Guerra Mundial, aparte de los veinte millones que habían sucumbido por la gripe española después del conflicto, arrojaba nueva luz sobre la imagen de la civilización moderna ideal que los curas trataban de vendernos. Esa imagen era tan parcial como el barniz santo con que la Iglesia recubría las matanzas perpetradas por los cruzados y en todas las demás guerras de religión, incluida la nuestra de principios de siglo.

Poco a poco empecé a comprender al padre Kaanders. Había invertido una buena parte de su juventud en combatir la poligamia a fin de mantener una moral que él consideraba universal y crucial, y había salido de ella medio muerto a causa del agotamiento y la enfermedad del sueño. Sólo ante la proximidad de la muerte se había dado cuenta de que sus esfuerzos habían sido estériles, su sacrificio estúpido y el deseo de adelantar el reloj miles de horas, irreal. Sensato como era, había decidido parar el mecanismo de éste y dejar que el tiempo siguiera su curso. Yo haría lo mismo. Recibiría a la muerte con un abrazo intemporal, la miraría a la cara y la convertiría en mi cómplice. Estaba entusiasmado. Durante días no pude pensar en otra cosa que no fuera mi descubrimiento.

Uno de esos días en que me había aislado por completo del mundo, el padre Mindi me sorprendió leyendo durante la hora de oración. El timbre acababa de sonar. Los chicos habían pasado hacía un momento camino de la capilla, y creo que él se moría por castigar a alguien. Yo no me había levantado con la suficiente rapidez ni había dado muestras lo bastante claras de que estaba a punto de hacerlo. Él, por su parte, había dado por concluido el incidente de la mierda y se había dedicado con renovados bríos a espiar y acechar, como si quisiera demostrar que ningún grupito de mocosos conseguiría que perdiese la compostura. Se detuvo, amenazador, delante de mí; la sotana negra hacía que pareciese más alto de lo que era.

Al final de la mañana me presenté para recibir el castigo. Entré en el acogedor despacho del padre Mindi y oí que sonaba, muy baja, una melodía pop. Pensé en sor Bisonte y me pregunté si pondría esa música mientras soltaba gemidos de placer cuando follaba. Todos los muebles estaban impecables y cubiertos de trozos de tela limpios para protegerlos del polvo y las manchas. Tuve que tenderme en el suelo. La moqueta peluda me hacía cosquillas y me recordaba la maldita alfombra de la pagoda.

El padre Mindi me dio tres azotes en la «carne de estado». Pensar en su coche pringado de mierda me insensibilizó. Comprendí que aquel hombre no había aprendido nada. Era el conocimiento en persona, así que no había forma de que aprendiese. Le agradecí el castigo con una expresión dócil, de arrepentimiento. Le brillaban los ojos.

—Muy bien, muchacho. Eres callado, muy humilde y nunca causas problemas. Estoy seguro de que algún día serás un buen sacerdote.

Apenas podía creer lo que estaba oyendo de boca de ese ex alumno de la Universidad de Urbano, pero dije, cortés:

—Gracias, padre.

El tema de conversación predominante seguía siendo la comida: cada vez era peor. El *posho* estaba medio crudo o sencillamente asqueroso, porque se preparaba con harina de maíz agusanada, que se compraba en grandes cantidades y se guardaba durante demasiado tiempo. Las alubias tenían larvas y nos las servían prácticamente crudas, por lo que resultaba imposible digerirlas y nos producían unos gases tremendos. Los profesores no paraban de quejarse de que había chicos groseros que se tiraban pedos en la iglesia, en clase y en los pasillos. Estupendo. Cada vez hacíamos novillos más a menudo, y el precio de las papayas, la caña de azúcar y las tortas ilegales se disparó.

Llegó la sequía, la hierba se marchitó, nuestras reservas de agua corrían peligro y el contrabando de comestibles resultó un poco más fácil. Mientras recorríamos el kilómetro de distancia que separaba el seminario del pozo cargando con cubos, baldes y bidones, los expertos se adentraban en los bosquecillos para encontrarse con los vendedores, que estaban esperándolos. Entraban el contrabando en los recipientes destinados al agua. Otros lo ocultaban y lo recogían de noche o al atardecer, durante la cena o el estudio vespertino. Así cayeron los desafortunados en la trampa que les tendió el padre Mindi.

A dos los echaron del seminario; uno era de Sing-Sing y el otro de La Meca. La expulsión fue acompañada de una sarta de maldiciones dirigidas contra el padre Mindi. Le darían una paliza e incendiarían el garaje para castigar a todos los profesores. Pero a pesar de que estábamos convencidos de que el padre Mindi, prefecto, malversador y torturador, era el responsable de todos nuestros males, no pasó nada.

Puesto que yo no sabía absolutamente nada de las cuestiones económicas del seminario, decidí desanimar al padre Mindi para que no espiara ni siquiera a los que abastecían el mercado negro de comida. Si se mantenía alejado de nosotros —¡ojalá!— lo dejaríamos en paz. Pero aquel hombre era un demonio, y lo guiaba la fuerza ciega de un psicópata. No había otra forma de hacerlo entrar en razones que pagándole con su propia moneda.

Para un bibliotecario espiar a un sacerdote era lo más sencillo del mundo. La biblioteca estaba situada en el extremo del bloque destinado a oficinas. Yo podía recorrer tranquilamente los despachos para ver qué sacerdotes estaban y cuáles no. Tenía acceso a las estancias de todos ellos, incluso detrás de los despachos, porque siempre me quedaba el recurso de decir que buscaba al padre Kaanders. Estaba seguro de que la hora favorita de Mindi para espiar era por la noche, de nueve a diez, cuando todos los seminaristas se encontraban en un aula para el estudio vespertino. Ésa era también la hora más segura para sorprenderlo, pues existían menos probabilidades de que pasara algo imprevisto.

Existía una red de senderos que iba desde los campos de fútbol que había detrás de Sing-Sing hacia los campos cubiertos de maleza, pasaba a través del valle, se adentraba en el bosque, y luego se dirigía hacia la carretera y las aldeas de los alrededores. La carretera conducía, en un sentido, a la diócesis de Jinja, el escenario de las antiguas pesadillas de Kaanders, y en el otro a la archidiócesis de Kampala, a la que pertenecía nuestro seminario. El padre Mindi había trabajado seis años en la archidiócesis antes de ser trasladado. Había tenido menos problemas con los polígamos archidiocesanos, porque, a diferencia de sus tenaces homólogos de la diócesis de Jinja, mantenían la boca cerrada acerca de sus segundas o terceras esposas. A él le habían jugado malas pasadas, sobre todo aquellas mujeres inmorales que, incitadas por su planta y sus habilidades jugando al fútbol, aspiraban abiertamente a sus favores.

Cuando llegaba la estación seca, lo cual era el caso, Mindi siempre salía a disfrutar del fresco de la noche mientras acechaba a sus presas. Estos paseos nocturnos le recordaban su labor parroquial, cuando tenía que levantarse a altas horas para administrar la extremaunción a los moribundos. El padre Mindi estaba muy orgulloso de su vocación y creía firmemente que no podía haber nada más noble. Ya había planificado más o menos los próximos diez años de su carrera. Se quedaría allí otros cuatro años, después de lo cual volvería a la comunidad eclesiástica, se dedicaría a cultivar maíz y judías para la venta, y de ese modo ganaría lo suficiente para llevar una vida desahogada, sin tener que depender de los subsidios de la congregación. En los ratos libres entrenaría al equipo de la parroquia y se encargaría de que, con el tiempo, alcanzara la cima del fútbol interparroquial. Solía fantasear sobre sus *shambas* y la cosecha de maíz y alubias. Soñaba con cosechas fabulosas y pingües ganancias económicas.

Pero en ese momento sus cavilaciones se vieron bruscamente interrumpidas por unos ruidos que procedían de detrás del seto de pinos, a tiro de piedra de las acacias. Oyó un siseo y se preguntó si se trataría de una serpiente. La segunda vez, el siseo sonó humano, intencionado, desafiante. Aquello era nuevo: los que hacían novillos siempre huían de él y trataban de pasar inadvertidos. ¿Quién sería? ¿El vigilante nocturno, al que había abroncado porque por su negligencia habían hecho esa gamberrada en su coche? Sí, incluso lo había amenazado con despedirlo si no dejaba de dormir en lugar de vigilar. El sonido siguiente fue un silbido como esos con que se llama a un chucho. ¡Alguien le silbaba como si fuese un perro! Él no era el perro de nadie. ¡Ni siquiera en Italia lo había sido! Se detuvo y pensó en sorprender al cabrón saltando por encima del seto. Para su asombro, el silbador agitó uno de los pinos, como si pretendiera revelar su escondite. El padre Mindi se acercó al lugar de donde procedía el sonido. Miró por encima del seto para ver qué pasaba y asegurarse de que podía saltar. Percibió el repugnante hedor demasiado tarde.

—¡Oh, Dios! —exclamó cuando le reventó en la cara una bolsa llena de mierda de dos días. El segundo grito, más prolongado, fue ahogado por el ruido de otra bolsa al estrellarse contra él. Tenía la cara cubierta de excrementos, que se deslizaban por el cuello hasta la camisa y el pantalón. Se pasó la mano instintivamente por el rostro, con lo que se ensució aún más. Agarró un puñado de agujas de pino y empezó a frotarse con ellas la cara y la ropa. Rodeó la capilla corriendo como un loco hacia el refectorio, pero al llegar allí descubrió que los depósitos de agua estaban vacíos. Se lanzó colina abajo en dirección a las porquerizas y se lavó como pudo con el agua del abrevadero. La peste no desapareció. Tenía arcadas e hilillos de bilis subían a su boca. Volvió a ascender por la colina y entró a hurtadillas en su dormitorio por la puerta trasera. La pestilencia inundó la habitación. Tomó un vaporizador, se roció de pies a cabeza y empezó a limpiarlo todo a fondo.

El padre Mindi no era el primer dictador que, cegado por su poder indiscutible, había evaluado erróneamente una situación arriesgada. Estaba incapacitado para atravesar la capa de ira despótica y llegar al núcleo del problema. Creía que la gamberrada procedía del odio, pero se equivocaba. Había sido una lección de autodominio y se había llevado a cabo de modo frío y calculador, tal como debía aplicarse un castigo. Pero a Mindi su poder y su testarudez le impedían caer en la cuenta de ello, y dado que la miopía sacerdotal le nublaba la vista, se había vuelto paranoico. Estaba convencido de que un seminarista perturbado se había empeñado en matarlo. Recordó con un sobresalto el envenenamiento de su padre, cuyo cuerpo era negro como el carbón en el momento de morir. Le parecía verlo flotar ante él, y empezó a pensar que quizá la muerte por envenenamiento fuese una maldición que pesaba sobre su familia, echada por algún desconocido. De ser eso cierto, ahora le tocaba el turno a él. La idea lo trastornó. No estaba dispuesto a morir de forma tan miserable. De repente se sintió vulnerable e inseguro, lo cual lo sumió en una terrible depresión y lo volvió aún más desconfiado. Había alguien en su entorno que no sólo se burlaba de él, sino que estaba jugando con él como un gato con un ratón condenado. ¿Cómo podría seguir dando la cara en público? ¿Se habría puesto ya a fanfarronear el criminal? ¡Excrementos! Por primera vez desde que se había ordenado sacerdote tenía la sensación de que llevaba todas las de perder. ¿Cómo enfrentarse a ese enemigo invisible? ¿Cómo contarles a sus cofrades lo que le había ocurrido? ¿Y qué dirían éstos? ¿Acaso estaban formando psicópatas en lugar de sacerdotes?

El padre Mindi se dio de baja por enfermedad un par de días y, finalmente, abandonó el seminario durante una semana. Corrían rumores de que tenía una úlcera de estómago. Rumores posteriores auguraban que había solicitado el traslado.

Cuando volvió tenía muy mala cara y apenas fue capaz de mostrar la más mínima arrogancia con la que soportar el ambiente enrarecido. Odiaba a los chicos. Odiaba el seminario. Odiaba aquello que lo martirizaba en secreto. Los chicos se percataron de que había dejado de perseguirlos y espiarlos. Se decía que había comprado tres perros enormes. Lo más interesante era que, incomprensiblemente, el prefecto abandonaba sus obligaciones. Se trataba de un cambio tan repentino que nadie osaba celebrarlo abiertamente. Imperaba la sensación de que su arrepentimiento era un truco, un ardid para caer por sorpresa sobre los que cometieran alguna infracción. Pero ¿por qué de pronto el padre Mindi se iba tan a menudo de viaje? ¿Por qué pasaba casi todo el tiempo en su despacho cuando estaba en el seminario? ¿Por qué ya no asistía a la misa de la comunidad? Los chicos sospechaban algo. La censura era una norma férrea en el seminario. Abrían y leían las cartas dirigidas a nosotros antes de entregárnoslas, y cuando escribíamos una debíamos dársela en un sobre abierto al rector, que la echaba al correo luego de haberla leído. Sólo se nos permitía escribir cartas los fines de semana, y estaba prohibido enviarlas personalmente.

Una tarde me informaron de que el rector quería hablarme. El corazón me dio un vuelco. ¿Me habrían pillado? ¿Me habría visto alguien cuando cometí la segunda gamberrada? El seminario me importaba un comino, pero no me habría gustado que me echaran a mitad del curso. Quería irme al final, una vez obtenido el certificado estatal. ¿Y si lo que ocurría era que me había escrito Lusanani? En ese caso, ¿qué le diría al rector? ¿A qué mentira ingeniosa debería recurrir para salvarme? Me puse a temblar.

—Pareces asustado —dijo el rector antes de que yo abriera la boca—. ¿Acaso has hecho algo que no está permitido?

—No, padre, pero...

—Pero ¿qué?

Al parecer, el rector tenía ganas de hablar, a pesar del papeleo acumulado sobre el escritorio. También había un montón de cartas abiertas, y me pregunté por qué ese hombre controlaba nuestro correo. ¿Realmente creía que no era adecuado que chicos de nuestra edad se relacionaran con chicas? ¿Realmente creía que los mejores sacerdotes eran los que se mantenían castos? ¿Qué se le pasaría por la cabeza a esa gentuza de Roma para imponer normas semejantes? Y ¿conocían los religiosos de nuestro país las consecuencias de aplicar tales normas sin rechistar? Delante de mí tenía a un hombre de mediana edad, razonablemente agradable y con sentido del humor, que estaba leyendo nuestro correo como si fuese un viejo verde que quisiera satisfacer sus necesidades de un modo barato. Siempre nos contaba historias graciosas, y nos gustaba por eso. De pronto se me ocurrió que quizá sacase sus ideas ingeniosas de nuestra correspondencia.

—¿Tienes algo de que arrepentirte? —inquirió mientras fruncía teatralmente el entrecejo.

—¿No tenemos todos algo de que arrepentirnos? —dije valerosamente—. Ayer le mentí a alguien. Tomé un lápiz nuevo de su pupitre y lo usé sin que él lo supiera. Preguntó quién había robado el lápiz y respondí que no lo sabía. Por la noche lo devolví, pero no pude confesárselo porque se habría puesto furioso.

Me lo estaba inventando todo, pero funcionaba. Era la clase de trolas que contábamos cuando nos confesábamos. Por lo general acordábamos entre nosotros qué cosas confesaríamos: engaños, blasfemias, pequeños hurtos... Yo buscaba una manera de hacerlo caer en la trampa con mi simulada sinceridad.

—¿Qué te parece tu trabajo en la biblioteca?

Aliviado, pero consciente de que eso también era una forma de dirigir la conversación hacia el terreno que me concernía, contesté:

—Me gusta, y desde que lo hago mis notas han mejorado.

—¿Hay algún problema?

—A veces no conseguimos averiguar quién roba nuestros libros.

—¿Ya has hecho todo lo posible para prevenir los robos?

—Lo más desagradable es que algunos chicos roban los libros que otros han tomado en préstamo.

—Imagino que oirás muchas cosas en la biblioteca.

—A veces.

—¿Te has enterado de lo que le ha ocurrido al padre Mindi?

—Sí; estamos aquí para ser sacerdotes, y lo que le han hecho a su coche debería avergonzarnos a todos.

—No me refiero a eso, sino a lo que le ha ocurrido hace poco.

—No. Bueno, sí; he oído que tiene una úlcera de estómago.

—¿No has oído nada de un... ataque?

—No, padre. ¿Qué tipo de ataque?

—¿Has oído hablar a alguien de ello?

—No, todos hablan de que el prefecto tiene una úlcera de estómago y trabaja demasiado.

—No hablo de úlceras de estómago, me refiero a otra clase de ataque físico.

—No, padre, no he oído nada de eso. Los sacerdotes están por encima de esas cosas, ¿no?

—Antes, los que incumplían las normas se jactaban de lo que habían hecho, y así se delataban. ¿Estás seguro de que no has oído a nadie jactarse de que iba a darle una lección al padre Mindi? Sé muy bien que el prefecto no es muy popular entre algunos chicos.

—De verdad que no he oído nada, padre. Pero estoy seguro de que pillarán a los autores, al igual que la otra vez.

Era evidente que al rector mis respuestas le resultaban demasiado escurridizas. También lo era el que yo sabía que él no sabía quién había hecho aquella gamberrada. Le frustraba no poder sonsacar a nadie una confesión.

—Si oyes algo, ven y cuéntamelo. Este tipo de conducta es intolerable. El seminario no puede caer en la anarquía, como ocurre en algunas escuelas laicas. También es por tu propio interés. Si atacan a los sacerdotes, también atacarán a los seminaristas. Y si ataques como ése quedan impunes, ¿qué clase de sacerdotes serán estos chicos más tarde? ¿Quién querrá servir con ellos en la misma parroquia?

Me hubiera gustado decirle que todos los novatos habían sido víctimas durante todo un año de ataques violentos y habían sido obligados a cascársela cada noche mientras los curas dormían y tenían sueños eróticos. Hubiera querido decirle que los ataques a los sacerdotes quizá significaban, sencillamente, que los chicos les pagaban con la misma moneda. Pero era consciente de que no podía decir esas cosas sin que me echaran del seminario. Compadecía a ese hombre porque me subestimaba. Yo no era un chivato.

—Ah, una cosa más —añadió, enseñándome la carta que yo le había enviado a la tía Lwandeka—. ¿Por qué has cerrado esta carta? ¿Contiene algo malicioso?

—No, padre, simplemente lo he olvidado. Debía de estar distraído. Es para mi tía materna. No hay en ella nada malo ni subido de tono.

—¿Lo has olvidado? ¿Olvidas a menudo enviar tus cartas del modo habitual?

—No, padre.

—¿Qué pone en ella?

—Una vez los soldados de Amin detuvieron a mi tía, y eso le provoca pesadillas. Le he puesto en mi carta que le rece una novena a san Judas Tadeo.

—¿Debo abrirla?

—Como le parezca —contesté, tranquilo. Ni siquiera mencionaba al famoso santo, pero corrí el riesgo.

—Bien, puedes irte. Pero si oyes algo, no dudes en venir a decírmelo. Cuento contigo, hijo mío.

—Haré lo que pueda, padre —respondí, con la intención de que le quedase claro que no me impresionaban esas tonterías de «padre» e «hijo».

Estaba muy aliviado. Gracias a Dios no era una carta de Lusanani. ¿Cómo habría podido explicar mi relación con una musulmana en ese lugar tan católico?

Ansiosos de novedades sobre qué le pasaba a nuestro prefecto, los chicos empezaron a acosar a los profesores. Hacían preguntas insinuantes en clase. Los sacerdotes negros, veteranos en trucos como ése, nos dejaban en la incertidumbre. Yo lo interpreté como una muestra de solidaridad para con su colega caído en desgracia. También constituía una especie de venganza, ya que, por supuesto, sabían que el que había castigado al padre Mindi era uno de nosotros.

Fue el padre Kaanders quien nos echó una mano. Después de la habitual tontería del *bon/mauvais/méchant*, y una vez que su mente se hubo aclarado lo suficiente, un par de chicos lo acribillaron a preguntas. Tras alisarse los pocos cabellos que le quedaban, dijo: «Oh, muchachos, muchachos, muchachos..., el padre Mindi se va, muchachos.» Por supuesto, preguntamos adónde se iba. Después de toda una serie de «Oh, muchachos, muchachos», nos contó que lo habían trasladado. Lo que me llamó la atención fue que este hecho parecía intranquilizar al padre Kaanders. Me pregunté si estaría al corriente de lo de la bolsa de mierda y si estaría tratando de descubrir al culpable. Seguimos interrogándolo sobre quién sucedería al prefecto, o al padre «Miindii», como él lo llamaba, pero no quiso decirlo.

De repente, en el seminario no se hablaba de otra cosa que de la marcha inmediata del padre Mindi. Tratamos de sonsacar a los curas negros sobre su sucesor, pero tampoco ellos querían revelar nada ni confirmar los rumores.

Una semana después nos visitó, por sorpresa, el padre provincial. Era un hombre alto, con mucha tripa, nalgas enormes y una manera de andar torpe, con las piernas separadas. Hablaba demasiado deprisa para disimular que ceceaba y tartamudeaba, de modo que resultaba difícil entender lo que decía. A pesar de su habla defectuosa, le gustaba oír su propia voz. Nos soltó un sermón de cincuenta minutos, que escuchamos impasibles y durante el cual el padre Kaanders se durmió. Nos abrumó con las consabidas estupideces sobre nuestra vocación y lo que significaba ser sacerdote, lo especiales que éramos, cómo teníamos que mantener en alto nuestro honor y otras gilipolleces por el estilo. Casi todo estábamos de acuerdo en que hablaba como una cotorra, y apenas si conseguíamos ocultar nuestra irritación por el hecho de que, una vez más, el desayuno había sido incomible —una papilla aguada llena de gusanos acompañada de pan seco—, mientras que los profesores habían disfrutado de manjares cuyo aroma delicioso inundaba los pasillos. La importancia de los visitantes se medía por lo que aparecía en la mesa. Cuando venía el obispo, nos daban lo mejor de lo mejor, porque el gran jefe solía interesarse de lo que nos ponían en el plato. A menudo nos preguntábamos si realmente era tan estúpido para creer que siempre comíamos lo que él veía que comíamos, o si sólo pretendía comprobar si estábamos agradecidos porque, al menos por una vez, no nos daban la bazofia habitual. Pero ese individuo no se había tomado la molestia de averiguar qué comíamos, y por eso a la mayoría de nosotros nos traían sin cuidado sus palabras sabias, ceceantes y tartamudas. La capilla cobró vida por un instante cuando luchó en vano con la palabra «jefe» y cometió un peligroso desliz: «Jezúz ez el jeque, quiero dezir el jeje..., ejem, el jeje de de ezte in... in... inztituto.» Después de eso habló algo más despacio. Para cuando la misa terminó, el ambiente que reinaba era de júbilo.

En ocasiones como ésa, los curas también ponían todo su empeño en hacer las cosas bien, no se daban prisa con la misa, llevaban siempre el hábito, no fumaban en público y trataban de pasar por los religiosos más dóciles y modélicos de toda la diócesis. En el cuartel general de ésta llevaban un expediente de cada clérigo, y todos querían mantenerlo lo más limpio posible, pues cuanto más lo estuviera, mayores serían las oportunidades de obtener un puesto en las mejores parroquias.

El padre provincial se marchó sin que lo advirtiéramos en cuanto hubo terminado la misa. Finalmente nos enteramos de que, en efecto, el padre Mindi sería trasladado. El pez gordo había convocado al personal docente para dar a conocer el nombre del nuevo prefecto, puesto que, por tratarse de un paso que suscitaba bastante controversia, había que encubrirlo de alguna manera. Sólo nos enteramos de que sería un misionero blanco.

Comenzaban las fiestas religiosas y, por primera vez, los chicos se mostraban alegres. Ya no los espiaban, ya no había controles policiales, ya no debían temer a chivatos al acecho. Los que hacían novillos se sentían en la gloria. Los que hacían contrabando se habían trasladado cerca de los campos de fútbol que se extendían detrás de Sing-Sing y traficaban con papayas, caña de azúcar y todo lo imaginable. Eso era, precisamente, lo que yo había pretendido, y me alegraba de haberlo conseguido. Comenzó a tirarse una gran cantidad de comida, y la euforia provocada por los alimentos sabrosos obtenidos de forma ilegal instaba a la rebelión hasta a los más dóciles.

Yo lo presenciaba todo a cierta distancia, preguntándome por qué el vigilante nocturno y los curas hacían la vista gorda. En el apogeo del nuevo frenesí fui testigo, una calurosa tarde, de un acto escandaloso. Alguien se las había ingeniado para conseguir una foto ampliada del padre Mindi y la había clavado en un tronco tras pegarla en un papel marrón. Un grupo de chicos estaba golpeándola, entre insultos, con palos. Me fui cuando de la cara del cura sólo quedaban jirones. La euforia había despertado en mí escrúpulos y aprensiones que desconocía que tuviese. ¿Qué pasaría con todas esas emociones si el nuevo prefecto resultaba un fiasco? Pero no quería adelantarme demasiado a los acontecimientos. Aún debíamos tratar con la imagen cada vez más desdibujada del prefecto anterior, que parecía dormir de día y hacer las maletas por la noche.

El sustituto del padre Mindi fue el padre Gilles Lageau, un misionero francocanadiense oriundo de Quebec. El padre Lageau no se parecía en nada al estereotipo del misionero barbudo y seboso. Era un hombre apuesto, de nariz recta y ojos azules, que mantenía en pie su vanidad con una conciencia nítida de su aspecto físico, su poder, su influencia y su cometido en la vida. Llegó con un bronceado impecable que, aunque no ocultaba su tez sonrosada, casaba bien con su pelo rojizo y el vello dorado de sus brazos carnosos. En su forma de andar se reconocía algo del paso desenvuelto de una estrella de cine americana. La soltura con que se movía podía interpretarse, en buena medida, como una prueba inequívoca de su autoridad, de la que todo seminarista optimista esperaba sacar provecho. Si hubiera llegado con un aspecto lánguido, de aflicción, con los años marcados en la cara, habría decepcionado a mis compañeros. Pero, a causa de la combinación de poder americano y arrogancia francesa que se daba en él, todos lo veían como el remedio contra la apatía que tanto esperaban. Su reputación lo había precedido. Para cuando llegó sabíamos que era un genio de las finanzas y poseía el talento necesario para sacarnos de la pobreza, la apatía, la subalimentación y la depresión en que nos mantenía sumidos el subdesarrollo. Por eso se convirtió en un héroe de inmediato y se esperaba su arribo con excitación, como si de un mesías victorioso se tratase.

Era un hombre notable, y también lo eran las circunstancias en que llegaba. La época de los misioneros blancos había terminado. Casi cien años antes habían fundado, con gran derramamiento de sangre, la Iglesia católica en Uganda. Antes de desaparecer, habían construido en casi todas las diócesis un templo y habían fomentado la creación de un clero local, salvo en la diócesis de Jinja, donde se había mantenido una persistente cultura polígama, que no desterraba a sus descendientes al escabroso interior de los conventos. La

Iglesia autóctona que los blancos habían establecido se expandía con rapidez. Para cuando los misioneros se fueron o se murieron, la Iglesia ya tenía un arzobispo nativo; más tarde tuvo un cardenal, muchos de los obispos y el personal administrativo al completo. El elemento misionero iba mermando lentamente, diezmado por las defunciones y la decadencia de la Iglesia en Europa. Si algo les preocupaba a las organizaciones evangelizadoras era el ascenso de la raza negra en su seno, compuesto anteriormente sólo por blancos. Entre los misioneros conservadores existía el temor de que llegase el día en que la gente de color se hiciera con el poder, porque su mayor campo de acción estaba en África, y en Europa ya no había casi nada que hacer en ese aspecto.

Por entonces, algunas organizaciones evangelizadoras tenían su propio seminario diocesano, los cuales estaban dirigidos, en su totalidad, por sacerdotes nativos, apoyados en ocasiones por un misionero blanco. Cuando uno de éstos se iba, no solía ser sustituido, por la sencilla razón de que no había nadie para sustituirlo. Que un sacerdote nativo fuera reemplazado por un misionero blanco era totalmente insólito. Pero Lageau estaba lejos de ser un hombre corriente.

Que Lageau fuese convertido en el acto en héroe era consecuencia de que nosotros —los seminaristas, los oprimidos— creíamos que aquel blanco nuevo y enérgico sería un auténtico desafío para los sacerdotes negros y los obligaría a revisar por completo el sistema administrativo, económico y litúrgico. Tal como ocurre con todos los héroes, se especulaba intensamente sobre los motivos por los que Lageau venía a nuestro seminario. Algunos pensaban que lo habían enviado como castigo por una falta grave, porque, sostenían, nadie cambiaría las magníficas llanuras de Quebec por nuestras colinas. Otros aseguraban, por el contrario, que Lageau había solicitado el traslado porque deseaba enfrentarse a un reto, como quien se dedica, para halagar su amor propio, a buscar empresas en apuros para salvarlas de la ruina. Según una tercera teoría, Lageau era una especie de defensor del pueblo enviado por Roma y otros patrocinadores para llevar a cabo una investigación sobre la corrupción en la diócesis y en el seminario antes de ordenar los cambios necesarios. También había quienes decían que Lageau era un tipo en busca de aventuras y que en cuanto empezara a aburrirse se marcharía. Lo poco que sabíamos de él era que había trabajado en algunas regiones de Asia y de Latinoamérica y que en esos momentos se hallaba en África. Comoquiera que fuera, Lageau había entrado en escena de una manera teatral y ejercía una influencia dominante en nuestro pequeño mundo.

Finalmente nos enteramos por canales oficiales de que el padre Lageau había sido contratado para que tomara las riendas económicas del seminario. Bailamos y cantamos sobre todo en los espacios que quedaban entre las hileras de camas de los dormitorios. Por todas partes se veían sobacos húmedos a causa de la excitación adolescente ante la perspectiva de comidas fabulosas. Nunca más alubias podridas. Nunca más maíz agusanado. Nunca más arroz medio crudo los domingos. Bienvenidos el *matooke* y la carne. Bienvenidos las batatas y el pescado. Bienvenido el comer opíparamente todos los días. ¿Qué no podría hacer ese rico norteamericano en un país de precios bajos como el nuestro?

La comida era lo más importante en nuestro mundo pequeño y aislado. Comíamos para seguir vivos y aliviar nuestro cuerpo de un exceso de deseos insatisfechos. Nos acostábamos pensando en la comida y ésta era lo primero en que pensábamos al despertar. ¡Cuánto les envidiábamos a los curas sus festines cotidianos y sus banquetes dominicales! Las monjas los preparaban como si les fuera la vida en ello, con toda su pasión reprimida. Mimaban a los curas como mimarían a un amante extraordinario, a alguien a quien quisieran llevar a nuevas cimas de desenfreno erótico excitándolo con delicias picantes que estimularan cada zona de su cuerpo. En esos días, sacerdocio significaba comida exquisita, un objetivo por el que merecía la pena luchar. Era al sentarte a la mesa cuando te dabas cuenta de lo alejadas que estaban las palabras de la realidad: se predicaba mucho acerca de la igualdad, pero sólo eran palabras bonitas que se hundían en la bazofia apestosa de cada día. Aunque debo confesar que a mí no me iba tan mal, pues me había asegurado las sobras de los curas mediante el chantaje, el contraste resultaba excesivo, sobre todo si ocurría que no sobraba nada.

Había épocas en que vivía entre las cubiertas de un libro determinado. Estaba contento de no haber sido egoísta. Podría haberme quedado tranquilamente mano sobre mano y dejar que Mindi siguiera haciendo de las suyas mientras yo me llenaba la panza. Pero me había comportado como si hubiese sido uno de los que más sufrían las consecuencias de la crisis alimentaria. No era nada raro que anduviera por ahí con la sensación de que todo el seminario estaba en deuda conmigo: al fin y al cabo habían sido mis bolsas de mierda las que habían contribuido en gran medida a la llegada del millonario francocanadiense que iba a provocar una revolución. Las cosas buenas, me dije, siempre se presentan cubiertas por una capa de misterio.

El padre Kaanders estaba muy agitado por la llegada del padre Lageau. El macho que había en él asomaba a través de su viejo pellejo cubierto de manchas seniles, y sus ojos apagados empezaron a brillar. Comenzó a andar con paso más vivaz y se subía los pantalones hasta el ombligo, de modo casi llamativo. Era como si hubiese retrocedido en el tiempo, a los días en que trabajaba en la enorme parroquia de la diócesis de Jinja, a orillas del lago Victoria. A pesar de que la gente se mostraba particularmente insensible a las bendiciones del Evangelio, él había elegido esa diócesis. El catolicismo se había metido en un aprieto debido a su insistencia en que cada hombre tuviera sólo una mujer. Cuando visitaba las casas de la gente se encontraba, demasiado a menudo, ante un solo hombre de cincuenta, sesenta o setenta años que se había rodeado de mujeres, la mayor de las cuales estaba en la cincuentena y la más joven aún era adolescente. Kaanders ardía en deseos de entablar una lucha frontal. Consideraba la poligamia una de las consecuencias del subdesarrollo de la diócesis. En las familias en que se practicaba se engendraban muchos hijos cuyo nivel de vida era bajo. Sus oportunidades estaban restringidas por las enfermedades y una mala educación, y quedaban atrapados en el círculo vicioso que consistía en tener varias mujeres, más hijos y más ignorancia. No lograba entender cómo los pocos católicos que quedaban justificaban la poligamia al considerar a Marta y María Magdalena esposas de Jesús. Se negaba a aceptar la opinión de aquellos que señalaban a Abraham, José e incluso al rey Salomón como la flor y nata de los polígamos. Rechazaba todos esos subterfugios y predicaba con todas sus fuerzas contra los males que suponía tener varias esposas a la vez. Señalaba que la diócesis de Jinja era la única de todo el país donde casi no había sacerdotes nativos porque la gente se negaba a cambiar. Llamaba la atención sobre el hecho de que seminaristas que habían sido rechazados por otros obispos buscaran amparo en Jinja, donde se los ordenaba. ¿Acaso la gente de su diócesis no sentía respeto por sí misma? Se negaba a aceptar que la poligamia formara parte de su vida, que se necesitara cierto número de mujeres para llevar un hogar. Rechazaba la idea de que tuvieran tantos hijos a causa de la elevada mortalidad infantil. No le impresionaba el argumento de que la poligamia prevenía la prostitución al dar a toda mujer la oportunidad de casarse. Predicaba, informaba y viajaba hasta caer exhausto. Dirigía una parroquia de veinte kilómetros cuadrados, con malas carreteras, pantanos enormes y pésimas comunicaciones. Aun sí, la cruzaba de un extremo al otro en su ciclomotor, afrontaba tormentas tropicales, puentes que habían sido arrastrados por lluvias torrenciales y visitaba lugares asolados por la enfermedad en los que jamás había puesto el pie ningún blanco. Era una figura conocida y todos lo saludaban cuando lo veían pasar en su moto. Algunos lo llamaban Judía Saltadora en el dialecto local. Judía era sinónimo de testículo. La gente más mordaz aseguraba que sólo tenía un huevo, porque únicamente un hombre al que le faltara un huevo era capaz de oponerse con tal vehemencia a la poligamia considerando que él mismo no estaba casado. Lo recibían con cortesía y a veces incluso le daban una cabra o una gallina, pero todos seguían conservando a sus mujeres a pesar de las amenazas de que acabarían en el infierno. Les interesaban más las escuelas y los hospitales que las bendiciones que pudiera impartirles. Querían una moto como la que él tenía, o una bicicleta o, mejor todavía, un coche con el que llevar sus productos al mercado. Llegó a un compromiso prometiendo que también bautizaría a los hijos ilegítimos, porque de lo contrario no habría podido celebrar ni un solo bautismo en todo el año, y aunque les negaba la comunión y otros sacramentos a aquellos que seguían pecando, pocos eran los que daban muestra de que les importara.

Siempre estaba cansado por el exceso de trabajo. El dolor de riñones lo atormentaba. Se decía que era tan inquieto porque nunca se le había presentado una buena ocasión de retozar con una chica. Empezaron a enviarle jovencitas de quince y dieciséis años que le decían que tenían el diablo en la entrepierna. En su turbación no entendió de inmediato a qué se referían. Pensó que tal vez tuvieran gonorrea o sífilis, y se preguntó a qué edad iniciaban las mujeres su vida sexual. Pero cuando el número de chicas que se quejaban de lo mismo fue en aumento, empezó a sospechar algo. Repartió coscorrones a diestro y siniestro e incluso recurrió al látigo de piel de hipopótamo que usaba con los ladrones. No obstante, seguían presentándose, todas con el diablo en su entrepierna adolescente. Y manifestaban una paciencia infinita. Algunas esperaban desde primera hora de la mañana hasta última hora de la tarde a que regresara el padre. Si no aparecía, volvían a sus casas, en ocasiones distantes muchos kilómetros. Fue por entonces cuando al padre Kaanders le picó la mosca tse-tse. La combinación de agotamiento y enfermedad del sueño lo hizo reflexionar. Estuvo indispuesto durante meses. Lo asaltó la idea desoladora de que en quince años no había logrado nada aparte de las míseras escuelas que había construido, que en la estación de las lluvias volvían a ser arrastradas por los aguaceros. Tuvo una depresión y, cuando se repuso de ella, pidió el traslado al seminario. Desde esa época, su amor por los libros y la vida ordenada sólo se veía perturbado por su creciente pérdida de memoria.

La llegada del padre Lageau lo animó. Le devolvió la energía perdida, y se dispuso a presentar nuevamente batalla a problemas seculares. Con un hombre joven a su lado ya no se sentiría tan solo. Además, era blanco, de modo que tendría a alguien con quien beber una copita de vino y charlar sobre lo que ocurría al otro lado del mundo.

El padre Gilles Lageau tenía el aspecto de Sean Connery en el papel de James Bond. A su lado, Kaanders parecía un pordiosero pidiéndole limosna a un fornido surfista californiano. El viejo, con su pelo estropajoso, su artritis, sus esfínteres flojos y sus dientes cariados, apenas podía seguir al jactancioso norteamericano. Desde el principio quedó claro que si se establecía una relación entre ellos sería por la insistencia de Kaanders al respecto. Observábamos a los dos blancos casi desde un punto de vista antropológico. Estábamos fascinados por los contrastes del mundo occidental, al menos por una temporadita.

El narcisismo, tanto en el caso de los curas como de los seminaristas, encontraba, por lo general, una válvula de escape en un vivo interés por las cosas materiales. Era normal que se analizaran los coches, los vestidos y los muebles hasta el último detalle en cuanto a calidad, marca, precio y durabilidad. Lageau fomentó esta actitud al presumir de su reloj Rado de oro («el campeón de los cronómetros»), del que afirmaba que sólo atrasaba un segundo cada diez años. ¡Qué fiabilidad occidental! ¡Qué precisión occidental! Los bromistas se dedicaron a calcular las montañas de comida que se podrían conseguir, sólo con lo que debía de valer ese reloj, para los doscientos chicos del seminario. Otros trataron de descubrir dónde compraba Lageau las camisas de tonos pastel y los pantalones haciendo juego. Un chico que trabajaba en su despacho reveló, finalmente, que Lageau sólo vestía ropa francesa. Los cinturones caros, los calcetines de cuadros y las sandalias de piel auténtica que llevaba en clase provocaron un gran revuelo. Se cruzaron apuestas sobre si tenía sotana o no, porque él y Kaanders nunca se ponían esa prenda zafia, ni siquiera cuando nos visitaba el obispo.

La aparición repentina de ese hombre resplandeciente en medio de tantas almas afligidas por la pobreza fue un triunfo para los ricos en general. A los ricos se los veneraba de manera sutil, se les inyectaba aposta una dosis de magnanimidad en las venas, y en cuanto a sus defectos, o bien se los eliminaba deliberadamente o bien se pasaban por alto. A poca gente le parecía extraño que un hombre en la cuarentena alardease en público de un reloj, dado que procedía de una región donde tales relojes no constituían nada particular. Imperaba la sensación de que esos defectillos eran como las pulgas de un perro por lo demás sano, fuerte y hermoso.

El interés personal también desempeñaba un importante papel: no se muerde la mano que te da de comer, o que podría hacerlo. Como resultado de ello, solía ponerse la otra mejilla y se mostraba mucha paciencia con la ilusión de un desenlace feliz. ¿Acaso los ríos no corrían en la dirección que ofrecía menos resistencia? Pues aquel poderoso río occidental que fluía entre nosotros se sentiría más inclinado a aliviar nuestras cargas si nos tendíamos plácidamente en sus orillas.

La ignorancia, sin embargo, nos jugaba malas pasadas. Sabíamos muy poco del modo en que se hacía uno rico en Occidente. Casi ninguno de nosotros tenía idea de cómo funcionaba esa mágica maquinaria económica occidental personificada en la figura del padre Lageau. La tónica general consistía en elogiar lo desconocido, de modo que los occidentales, Lageau en este caso, solían ser alabados hasta la náusea. La mayoría de los chicos creía que Dios había enviado al nuevo tesorero para que mediara entre nosotros y los benefactores de Occidente. ¿Qué puertas no sería capaz de abrirnos? ¿Qué sueños personales no podría satisfacer? Los favores imaginarios iban desde dinero suelto para gastos hasta toda clase de artículos de consumo de buena calidad, y, para empezar, comer bien. Sabíamos por experiencia que los sacerdotes que contaban con un benefactor gozaban de un nivel de vida superior al de aquellos que no lo tenían. Poseían un coche decente, dinero en el bolsillo y ropa bonita. Alguna vez hasta iban de vacaciones al extranjero. Por eso, el mágico sistema de compensación total por el abandono de los padres en beneficio de Jesús empezaba a dar señales de su existencia cuando aparecía Lageau con sus ojos azules.

Aún se hicieron durante mucho tiempo conjeturas sobre cuándo comenzaría a notarse la influencia del nuevo prefecto. Los curas se mostraban cautelosos; nosotros, optimistas. ¿No era la paciencia una virtud? Pues nadie se iba a morir por tener un poco más de paciencia. No, no nos moríamos, pero tampoco recogíamos los frutos previstos.

Lageau, sin embargo, nos enseñó pronto su verdadera cara aristocrática: no era en absoluto receptivo a las opiniones, vinieran de quien vinieren. Brotaron lágrimas de pesar, que se derramaron sobre los prometedores sueños hechos añicos. No queríamos rectificar nuestra actitud, como así tampoco renunciar a nuestro sueño ni a nuestro limitado conocimiento de Occidente. Nadie quería admitir que se había equivocado y había abrigado excesivas esperanzas, porque, ¿qué era excesivo para alguien que, como Lageau, se encontraba en el círculo mágico del dinero y el poder? Pero había que afrontar la realidad. Lageau dijo: «Hay gente que cree que en Europa hay minas de dinero.» El guiño que siguió a esta afirmación hizo temblar a más de uno, que sintió un dolor insoportable. Si en Europa no había minas de dinero, ¿dónde demonios las había? ¿En nuestro país, acaso? ¿En Siberia? ¿O en el cielo? ¿No habría podido decir mejor que el problema no era el dinero, sino cómo lo gastabas? El guiño constituía un modo, como descubrimos rápidamente, de convertirnos en sus casi partidarios y sus casi confidentes. Dio una explicación más detallada: «Continuamente se me acercan sacerdotes que mendigan coches, equipos estereofónicos, dinero y bienhechores.» Lo dijo como de pasada. En realidad, se trataba de un condimento con el que pretendía dar sabor al desagradable plato matemático que acababa de servirnos. Dictaba clases de matemáticas. Como no nos reímos, guiñó los ojos, se puso el dedo en la sien y lo movió describiendo círculos, a la espera de la hilaridad general. Nos burlamos de esos curas materialistas, codiciosos y cándidos; pero las carcajadas que siguieron fueron falsas y penosas, porque todos nos dábamos cuenta de que no éramos sus partidarios en absoluto y, en cualquier caso, estábamos riéndonos de nosotros mismos.

Me invadió una sensación de pesadez que no difería demasiado de una flatulencia después de haber comido una ración de alubias en mal estado, y que amenazaba con hacer desaparecer mi vivo interés por ese hombre. Yo llevaba las antenas desplegadas y estaba dispuesto a absorber cuanto me rodeaba como una esponja. Era la primera vez que me encontraba con alguien que lo poseía todo, y me proponía aprender cuanto pudiera. Tenía la sensación de que había llegado antes que Serenity a la meta: me hallaba frente a uno de esos «millonarios» que él sólo encontraba en los libros. Aquél era el primer hombre que me hacía dudar de la idea del poder con la que había crecido. En épocas de crisis siempre había oído llorar a cincuenta bebés, que me recordaban lo especial que era yo o, mejor dicho, había sido. En el seminario siempre me parecía estar en la compañía equivocada: entre los niñitos que la abuela y yo habíamos ayudado a nacer. Era como saber algo que los sacerdotes ignoraban: qué debía hacerse en el momento en que una vida llegaba al mundo. Lageau fue el primer hombre que me hizo tomar conciencia de otra clase de poder, un poder más destructivo que determinaba a distancia la vida de millones de personas. Casi me avergoncé; mi poder anterior había consistido en sangre, líquido amniótico y el olor del nacimiento. Su poder, en cambio, tenía el brillo intenso de la plata y el fulgor del oro. Me asustaba, y su deslumbrante resplandor me pilló por sorpresa.

Pero mi confianza en él pronto se resquebrajó: no soy un hombre de fe. Habían pasado semanas y la comida seguía siendo tan nauseabunda como antes. Me imaginaba que todo nuevo líder que se preciara se presentaría de inmediato con iniciativas, se encargaría de que hubiese cambios, aunque sólo fueran superficiales, y trataría, en definitiva, de ganarse a la gente. Partía de la idea de que, en principio, ningún dictador era peor que su antecesor. Pero Lageau no parecía dispuesto a cambiar nada para bien, lo que me resultó extraño y repulsivo. ¿Dónde estaba el dinero? ¿Había venido con las manos vacías? De ser así, ¿cuál era la diferencia entre él y el padre Mindi?

Justo cuando empezaba a imperar el abatimiento, Lageau pareció comprender la situación y se dignó preguntarnos qué nos parecía el seminario. Casi me avergoncé de poner en duda el talante democrático de aquel hombre. Educado en la tiranía, sin embargo, se me podía perdonar la convicción de que todas las formas de autoridad contenían el germen de la tiranía. Pero me llamó la atención el que mis compañeros no abrieran la boca de inmediato. Levanté la mano, orgulloso del valor de que daba muestra. Me abalancé sobre él.

—*Mens sana in corpore sano* —dije, citando a mi profesor de latín—. Supongo que el tesorero está al corriente de la comida abominable que nos sirven cada día. Las alubias están podridas, por lo que no sólo tienen mal gusto, sino que no alimentan. Las larvas de la harina de maíz han engordado mucho y, en los platos, parecen más gordas todavía. Nos gustaría comer más y más saludablemente. Nos gustaría tener una dieta más variada. Nos gustaría que las monjas se esforzaran algo más en la preparación de nuestras comidas, especialmente los domingos, porque el arroz suele estar medio crudo y contiene piedrecitas. También quisiéramos rogarle al tesorero que regalara una bomba de agua al seminario, para poder bombear el agua a lo alto de la colina cuando llega la estación seca.

Lageau, embutido en un traje azul claro, me miró y entrecerró el ojo izquierdo. De pronto me sentí algo inquieto. A continuación enarcó las cejas como James Bond justo antes de hacer detonar a distancia una bomba pulsando un botón en su reloj de pulsera. El estallido se produjo de inmediato:

—¿Crees acaso que en Europa el dinero crece en los árboles o sale de los grifos? Te diré una cosa: en total, vuestras matrículas sólo significan el ocho por ciento del presupuesto anual. Nosotros pagamos la mayor parte de vuestra educación. Debéis alegraros de que todavía no se hayan impuesto recortes. Yo he venido aquí para intentar alcanzar un compromiso entre el seminario y quienes lo financian y conseguir que no cierre por motivos económicos. Gracias a los recursos europeos estoy en condiciones de decir que no me parece que eso vaya a ocurrir antes de que hayáis acabado vuestros estudios.

Yo estaba temblando. Mis rodillas parecían de goma y tenía los sobacos pegajosos a causa del sudor. Si no hubiera crecido bajo la amenaza de puñetazos y látigos de guayabo por oponerme al poder, aún le habría preguntado por qué se emperifollaba de forma tan llamativa. Europa, sus amigos con dinero y su opulencia nos importaban un pito mientras siguieran dándonos bazofia para comer. Alimentarnos bien era lo mínimo que se esperaba que hiciese. No nos habría importado ir a buscar agua, al fin y al cabo la mayoría de nosotros llevaba haciéndolo toda la vida, pero ¡la comida! Las cosas empezaban a volverse contra Lageau.

La noticia corrió como un reguero de pólvora. Sus intentos de arrancar opiniones en otras clases obtuvieron la indiferencia por respuesta. También había un elemento de sabiduría: nadie respetaba a la gente que hablaba por hablar, sobre todo si fanfarronear formaba parte de su repertorio. Todos comenzaron a considerar a Lageau un vacuo presumido que ni siquiera tenía la decencia de jactarse de algo verdadero, premiándonos con una buena comida. Por lo tanto, la popularidad del nuevo tesorero menguó y Kaanders, con su gloria pasada, recuperó la vieja estima.

Como consecuencia inmediata de las revelaciones de Lageau, me refugié todavía más en la biblioteca. ¿Para qué necesitaba a esa clase de estafadores? Me llamó la atención que el peor aspecto de la dependencia fuera la desagradable compañía que tenías que soportar. De repente surgió, como un leviatán, el general Amin, a quien hacía tiempo que tenía descuidado. Seguía predicando el enriquecimiento. Me di cuenta de la importancia de ganarme mi propio pan. Me alegraba de que todo coincidiese con el deseo del abuelo de que me convirtiera en abogado. Pero quizá no llegara a ser abogado después de todo y me dedicara a criar pollos y pavos, como el tío Kawayida, o a destilar licor, como la tía Lwandeka. Me propuse firmemente no llevar la vida de un sacerdote. Me propuse firmemente vencer la dependencia y todas las humillaciones que van unidas a ella.

Para ser franco, yo era uno de los pocos que despreciaban a Lageau, ya que a pesar de su aparente inutilidad, muchos chicos todavía lo admiraban y respetaban sencillamente porque era más rico que nuestro clero. Se comportaba como una estrella. Poseía la arrogancia y los privilegios por los que muchos seminaristas hacían sufrir en sueños a los creyentes que consideraban inferiores cuando, después de su consagración, los redimían de los pecados.

—Fíjate en nuestros sacerdotes —me dijo Lwendo—. Qué grupito tan penoso, ¿eh? Le piden un coche, le piden que les consiga patrocinadores ricos. ¿No es así?

—Bueno...

—Seguro que le envidian el poder que tiene. Lageau ha reparado los cortacésped que estaban en el cobertizo. El seminario ya no tiene necesidad de contratar electricistas.

—Me da igual cuánto ha de gastar el seminario: mientras la comida sea asquerosa, todo es dinero tirado.

—Trabajo con él. El sistema eléctrico vuelve a estar como nuevo.

—¿Acaso admiras también el modo en que grita a todo el mundo, como si estuviéramos sordos? ¿O es él el sordo? A veces lo oyes a un kilómetro de distancia.

—Nosotros, los chicos, somos lentos y a menudo no reaccionamos con la suficiente rapidez cuando necesita algo. Deberíamos estar más al tanto.

—No me gustan sus modales, y su riqueza menos —dije, con énfasis.

—Tu problema es que eres como él: ambos tenéis demasiado amor propio —sentenció Lwendo.

—No es por mi amor propio, sino porque algunas personas se comportan como auténticos calzonazos. ¿Te has fijado en lo calladitos que están los curas negros cuando Lageau está cerca? Como si tuvieran miedo de hacer algo mal. Son como mujeres que se dejan intimidar por un hombre y luego hacen lo mismo con sus hijos.

Lageau había sustituido a Mindi como santo patrón del dormitorio Vaticano. Jugaba fantásticamente bien al voleibol, y Lwendo me lo hizo notar:

—Fíjate en la forma en que ha insuflado nueva vida al voleibol. Estaba muerto por completo, y ahora es el segundo deporte más popular. ¡Imagínate!

Me gustaba ver un buen partido de voleibol, pero para mí la comida era más importante.

—Escucha, no persigue a nadie, y podemos infringir tantas reglas como queramos.

—Ja, ja, ja —dije sin ambages.

—Pero me pregunto qué le habrá pasado a Mindi. Se ha derrumbado demasiado deprisa. La gente no cambia tan de repente.

—Es que... —Dejé la frase sin acabar y de inmediato añadí—: Quizás alguien lo amenazó con un cuchillo y se asustó tanto que se lo hizo encima. A Lageau puede ocurrirle lo mismo si no deja de fanfarronear como si toda Europa fuese suya.

—Tonterías, nadie puede atacarlo. ¿Dónde encontrarían su punto flaco? Creo que no lo mides con el mismo rasero. Estás resentido porque es un blanco jactancioso, pero ¿me permites que te pregunte dónde estabas cuando Mindi se creía el dueño de todos? —Rió.

—Me escondí detrás del seto y... —Casi se me escapa.

—Esconderte, anda ya, eso no es nada. Parece que eso es lo único que hacemos todo el tiempo.

Lo dejé estar.

Mis pensamientos se dirigieron a casa. Uno de mis fieles cagones me mantenía al corriente de lo que ocurría allí. En sus cartas me hablaba del último capricho de Serenity: Muhammad Ali. Serenity estaba fascinado por el retorno del héroe. En Zaire había tenido lugar «el combate del siglo». Ali volvía a ser campeón del mundo, y Serenity no dejaba de elogiarlo.

Las noches en que Muhammad Alí combatía, Serenity apenas lograba conciliar el sueño. Despertaba después de medianoche, se sentaba en la salita y miraba avances y entrevistas hasta las cuatro, cuando empezaba el combate. Se asombraba de la generosidad y el desparpajo de Alí, pero se preocupaba por su salud. Candado estaba harta de que Serenity no hablase de otra cosa que de boxeo.

Yo había hecho todo lo posible por evitar a Serenity y Candado, pero ciertos acontecimientos que se produjeron en el mundo del catolicismo volvieron a reunirnos. Cuando Lageau se hubo convertido en uno de los protagonistas de nuestro drama, un domingo por la mañana el rector nos dio una noticia que ya había levantado gran revuelo entre todos los católicos del país. Ante los impertérritos seminaristas, la mayoría de los cuales sólo pensaba en la bazofia que había para almorzar, contó que el Papa había proclamado 1975 Año Santo y había instado a todos los católicos del mundo a viajar en peregrinación a Roma y Tierra Santa. El rector, que ya había encontrado a un patrocinador e iría en representación del seminario, explicó que algo semejante sólo ocurría cada veinticinco años aproximadamente. Prometió que durante su peregrinación oraría por nosotros. Como si eso fuera exactamente lo que necesitábamos. En cada parroquia ya se había empezado a hacer un registro de los potenciales peregrinos, y el rector nos rogó que rezáramos por el arzobispo y por todos los que estaban relacionados de algún modo con la organización del peregrinaje, a fin de que éste saliera bien. ¡Fantástico!

Para impedir, en la medida de lo posible, la discriminación, el soborno y las intenciones maliciosas, se había establecido una cuota en cada parroquia. Los ricos de los municipios pobres tenían bastantes probabilidades, porque la mayoría de los campesinos y de los funcionarios no podía pagarse el viaje y no se apuntaba. Serenity sí lo había hecho, y en cuanto a Candado, le habría gustado, pero resultaba que no podía inscribirse más que un miembro de la misma familia en cada municipio. Mbale, su hermano menor, se había inscrito en su aldea natal. Candado tampoco podía anotarse en la parroquia de Ndere Hill, porque no procedía de allí. Los problemas de Candado se agravaban por el hecho de que, aunque al final la autorizaran a ir en la peregrinación, Serenity no tenía dinero para costearle el viaje.

Candado soñaba con ser la primera de la familia en besarle la mano al Papa, salir en la foto con él y tocar, probar, oler y pisar Tierra Santa y la patria del patriarca Abraham, José, la Virgen María y Jesucristo. Quería ser la primera de la familia en respirar el aire que había inspirado a los autores de las Sagradas Escrituras. Pero parecía otra vez que Mbale iba a sabotear sus planes y a echar a perder sus sueños.

El estado de ánimo de Candado se manifestaba en una acritud infame. Tramaba algo, y el hedor de su melancolía llenaba la casa. Se sentía como una canilla atascada en la ranura que debía esperar a que alguien decidiera sacarla. Sufrió graves accesos de asfixia. Tenía miedo de reventar. Recordó las plegarias acerbas que había rezado y los sacrificios que había hecho en la habitación de Mbale después de que la expulsaran del convento. Sentía una propensión a echarse en el suelo helado y arañar éste con los dedos hasta que le sangraban las uñas. No podía encerrarse y retirarse a rezar novenas, porque tenía una familia que cuidar. Se cruzaba de brazos y confiaba sus problemas a Dios. Mientras tanto, repartía azotes con el látigo de guayabo a la menor transgresión de los cagones.

Serenity se hallaba ante un enorme dilema. Por una parte quería ofrecerle una oportunidad a la madre de sus hijos, porque comprendía que la peregrinación significaba mucho para ella. Por otra, quería sorprender a la tía de ésta y hacerle un regalo como nunca había recibido de un amante. Deseaba que volaran juntos a Roma y Jerusalén y tatuar para siempre su nombre en el corazón de ella. Serenity empezó a sufrir de insomnio. Se revolvía en la cama. El ruido que hacían los perros al aparearse lo ponía furioso. Estaba harto de su insolvencia económica y de su impotencia para complacer a la dos mujeres. Se levantaba e iba a consultar a la biblioteca. Releía *Esperando a Godot* preguntándose qué habrían hecho sus personajes en circunstancias similares. Se enfadaba porque Muhammad Alí tenía muchísimo dinero mientras que él, que era su fiel seguidor, estaba en el potro del tormento de la pobreza, incapaz de aprovechar una buena ocasión como aquélla. Serenity pasó semanas sumido en profundas cavilaciones, arrastrándose por la vida con sus sueños seductores por un lado y la repugnante realidad por el otro.

Entretanto, las hermanas de Serenity, Tiida y Nakatu, habían desencadenado una tormenta en la aldea. Indiferentes, por lo general, al catolicismo, no aspiraban a participar en la peregrinación, pero en un intento de aventajar a todas las familias de la aldea, en particular a la familia Stefano, habían decidido que el abuelo debía ir a Roma. Las dos esposas musulmanas habían prometido hacer una aportación al fondo de peregrinaje, al igual que el tío Kawayida, que ganaba mucho dinero con los pavos y los pollos. El abuelo tenía muchas posibilidades de obtener una plaza, porque casi todos en la aldea eran pobres y aún quedaban varias disponibles.

Un año antes aproximadamente, Tiida y el doctor Ssali habían ganado su litigio con el Consejo de Conversión. Como premio habían obtenido un reluciente Peugeot blanco, que lavaban y mimaban a diario. A Tiida le parecía fantástico ir en coche a reuniones importantes, porque se trataba de un vehículo nuevo y elegante, y además el olor del tapizado gris de cuero le daba la vaga sensación de que era tan recia como éste. Un mediodía, en su descanso para comer, el doctor Ssali la llevó a casa de Serenity. Al llegar, ella se apeó embriagada con el olor a cuero y la certeza de que su rival ya no tenía posibilidad alguna. Su tarea consistía en presionar a Serenity para que aportase un donativo a fin de que el abuelo tomara parte en la peregrinación. Habría podido ir a verlo en su despacho, pero había decidido que, dadas las circunstancias, su imponente presencia en la pagoda daría mejores resultados.

Mientras Tiida miraba la pagoda, que le traía a la memoria las escenas caóticas del éxodo de los asiáticos, se sentía orgullosa de que a su familia le hubiera ido bien. Allí estaba Serenity —o Mpanama, como lo llamaban cuando todavía llevaba pantalones cortos e iba detrás de todas las mujeres altas—, en una casa construida por asiáticos, muy distinta de su sombría casa de soltero. Allí estaba, en el centro de la ciudad, disfrutando de su nueva situación y pletórico de ambiciones. Su incorporación al sindicato había constituido una jugada brillante, debía reconocerlo. Cuando eran más jóvenes le preocupaba la posibilidad de que Serenity fuese demasiado pusilánime para triunfar en la vida. Había temido que siguiera pobre, con los pantalones remendados y lleno de deudas, todo porque no parecía lo bastante listo para decidir cómo salir adelante. Pero tras todos esos años, y después de los cambios y vicisitudes por los que había pasado la familia, resultaba evidente que vivía mejor que los Stefano. Allí estaban un padre y su hijo a punto de ir a Roma, por no mencionar que tanto Kawayida como ella tenían coche y Serenity era uno de los dirigentes del sindicato. Los Stefano estaban literalmente fuera de combate. El viejo Stefano luchaba con las secuelas de un derrame cerebral, que le había dejado la mitad izquierda del cuerpo paralizada. La estrella de los descendientes de la familia Stefano ya no brillaba.

La tía Tiida era consciente de que a Serenity no le preocupaban semejantes rivalidades familiares, pero estaba decidida a persuadirlo, apelando a su conciencia, incluso, de que debía hacerle a su padre ese último favor para demostrarle que le estaba agradecido por todo lo que había hecho por él. Le ayudaría a recordar el pedazo de tierra que el viejo le había regalado para construir su casa de soltero y el papel que había desempeñado en la organización de su boda. Creía que tenía a Mpanama a su merced. No había dejado nada librado al azar. Era la razón por la que había ido allí, para debilitar la posición de Candado y arrinconarla en su propia pagoda. Esa muchacha aldeana cuyo hermano había salvado a sus padres del horror de que se les hundiera el tejado, no podía con ella. Tiida la pondría en su sitio. Lo más abajo posible, donde le correspondía estar.

Al igual que muchos que acababan de conseguir un nuevo símbolo de estatus, Tiida creía que el flamante Peugeot la ponía por encima de otra gente. Y era bien cierto que esa muchacha campesina con quien se había casado su hermano no poseía nada comparable al automóvil francés. Tal como estaban las cosas, no parecía muy probable que Serenity, con tanto hijos y responsabilidades, se comprara nunca un coche. Todo ello hacía que Tiida se sintiera superior.

Lo que no sabía, sin embargo, era que Candado no había cambiado un ápice con los años. Todavía llevaba el veneno de la hidra que la hacía indiferente a las cuestiones materiales. Todavía despreciaba profundamente las posesiones adquiridas de manera vergonzosa. Y alguien que cambiaba el prepucio y el sacramento de la confesión por un trozo de metal pintado era indigno a sus ojos. Para ella, el Peugeot se lo habían comprado al diablo, de manera infame, y sus propietarios no merecían que los respetase. Y menos en su propia casa.

Candado recibió a Tiida con una formalidad ofensiva, como si ésta fuese una loca a la que hubiera que tratar con cuidado porque de lo contrario sufriría un ataque psicótico. Interpretó el papel de la aldeana intimidada ante una visitante de sangre real. Impedía que la conversación fluyese dando respuestas breves, de una cortesía exagerada. Se ocultó tras sus tácticas de novia tan correcta como inacce-

sible. Tiida tuvo que esforzarse por buscar un modo de salir del atolladero. No estaba intimidada —pocas veces se lo permitía—, pero se
sentía asediada, confusa, impotente. Entre ella y sus planes se había
interpuesto algo que le impedía manifestar su poder, su carisma, su
capacidad de turbar con bravatas. Candado no era la clase de mujer
que, en circunstancias normales, la aturdiese. Al contrario, solían ser
mujeres más ricas, más elegantes o más jóvenes, incluso más cultas,
las que provocaban que se le acelerase el pulso, y ni siquiera entonces
acostumbraba a dar el brazo a torcer. La invadió la extraña impresión
de que debía pagar por un error —ignoraba cuál— del pasado; pero
ni aun poniendo la mejor voluntad del mundo lograba recordar una
sola vez en que hubiese engañado a la esposa de su hermano. De hecho, era la única de la familia que alguna vez salía en defensa de Candado, por lo general en relación con su fertilidad.

Con el mayor esmero y en el mayor silencio, que tanto la casa
como esa hora del día hacían más opresivos, se sirvieron refrescos.
Tiida miró su vaso y vio flotar en el líquido amarillo trocitos de pulpa de naranja. De pronto se sintió incapaz de llevar a cabo un plan,
de atacar o defenderse. Asimismo, se percató de que su cuñada ni siquiera le había preguntado por sus hijos. ¿Se debía a que Candado
vivía ahora en la ciudad, donde no eran aplicables las normas de cortesía de la aldea y las amas de casa se comportaban como reinas de
pacotilla? ¿O era porque ella, Tiida, se había casado con un musulmán y sus hijos estaban circuncidados, lo cual no contaba con la
aprobación de su católica cuñada? Era la primera vez que alguien la
trataba así, y Tiida estaba furiosa. Se acordó de la enfermera del hospital en que trabajaba su marido, que había intentado socavar su reputación, probablemente porque soñaba con arrebatárselo. Tiida
sólo había hablado con ella una vez del asunto, y poco después se
enteró de que la mujer había pedido el traslado. Se había limitado a
decirle que si en algo valoraba su integridad física se mantuviera alejada del buen doctor. ¿Qué se habría creído esa mujer? ¿Que le cortaría las manos o algo así? Daba igual; lo importante era que había
funcionado. En la presente situación, sin embargo, se comportaba
con torpeza, y su cólera creciente se volvía contra ella.

El aspecto de Tiida, vestida con elegancia, a todas luces aturdida, reafirmó la decisión de Candado de ir a Roma. Le enseñaría a esa mujer que se podía luchar contra la pobreza trabajando de firme, y que la religión católica todavía primaba en aquella sociedad. Les demostraría a esa mujer, y a la mujer de Kawayida, que era perfectamente capaz de defender sus derechos. Quería que Tiida hiciera tabla rasa y se distanciara de las odiosas palabras de la mujer de Kawayida. Quería que se arrepintiera de no haber salido en su defensa enfrentándose a ésta como correspondía a una cuñada decente. Candado recordaba muy bien las palabras de la mujer de Kawayida. Un día en que Tiida y su marido habían ido de visita a casa de aquél en el Peugeot que acababan de entregarles, esa mujer había dicho: «Lástima que Nakkazi no sea lo suficientemente lista para hacer vestidos de plumas de pollo. A mi modo de ver, sería la única manera de que algún día consiguieran comprarse un coche.» La misma mujer se había quejado de que los hermanos de Candado no fueran lo bastante inteligentes para hacer tejas y ladrillos con la mierda de pavo y construirles una cocina decente a sus padres. Ahora Candado esperaba una confesión de parte de Tiida, quien, sin embargo, no tenía ningún deseo de debilitar su precaria posición arrastrándose a los pies de la espantosa mujer de su hermano. No era precisamente orgullo lo que le faltaba. Someterse a una aldeana era demasiado.

Candado dejó claras sus intenciones saliendo de la salita sin darle la espalda después de servir los refrescos. Y cuando los niños volvieron de la escuela les ordenó que se estuvieran bien calladitos y no molestaran bajo ningún concepto a la huésped o les despellejaría la espalda. Se retiró al puesto de mando e hizo zumbar la máquina de coser. Mientras la aguja perforaba la tela, el monótono traqueteo de la Singer y la jubilosa venganza de la dueña de la casa parecían extenderse por cada rincón de ésta. De vez en cuando, Candado entraba en la salita para vigilar a la huésped, tal como se vigila a una serpiente venenosa que se ha enroscado en un bonito jarrón de porcelana. Pronunciaba entonces algunas ridículas palabritas corteses y dejaba que Tiida se tragara su propia frustración.

Para cuando Serenity regresó del trabajo, ya era muy tarde y Tiida estaba profundamente arrepentida de haberlo esperado. Los ojos de ésta, habitualmente claros, aparecían inyectados en sangre. Tenía la frente y la nariz cubiertas de sudor, y hubo de contenerse para no ponerse a insultar a su cuñada a voz en grito. A las cinco, que era la hora en que la televisión comenzaba a emitir, Candado se había dignado a aliviar su soledad encendiendo el pestilente Toshiba. A Tiida le molestaban las vertiginosas películas americanas de dibujos animados y su parloteo nasal, que a sus oídos sonaba como una jerigonza estúpida e incomprensible. Las figuras en blanco y negro iban de aquí para allá, chocaban las unas con las otras, eran atropelladas por coches, volaban por los aires y demás tonterías que tanto gustaban a los niños y a los idiotas. Para aplacar un poco su amarga cólera, Tiida pensó en el doctor Ssali. Deseaba que pasara a recogerla. Deseaba que arrollara con el Peugeot a la mujer de su hermano. Deseaba que fuera lo bastante rico para pagar él solo el viaje del abuelo y ahorrarse así las humillaciones de la zafia de su cuñada. Cuando Serenity llegó a casa estaba tan enfadada que apenas fue capaz de articular palabra, y mucho menos de expresar sus pensamientos con coherencia.

Serenity le propuso a su hermana dar un paseo vespertino. Faltaba poco para que anocheciese. A lo lejos se veía descender una bruma fina que flotaba sobre los edificios y las cimas de las montañas. No pasaron por delante de la gasolinera, porque él no quería presentarla a sus amigos. Serenity explicó que se sentía terriblemente cansado, ya que estaba en mitad de la campaña para el cargo de tesorero del sindicato de empleados de Correos. Habló de las largas reuniones, de las campañas para conseguir votos y de las visitas a los empleados. Dijo que, debido a todas esas actividades, había perdido el sentido de la realidad. Se quejó de insomnio. Expresó el deseo de ganar las elecciones y disponer así de un dinero extra. Estaba enfadado porque alguien le había arrebatado la presidencia; pero, en realidad, no podía quejarse, porque los amigotes de Hachi Gimbi habían tomado cartas en el asunto y tras echar a un musulmán habían apoyado su candidatura al cargo de tesorero.

Serenity siguió hablando y tratando a su hermana con más consideración que nunca. Tiida, que se maravillaba de la oratoria de su hermano menor, quedó atónita al comprobar que por fin había obtenido el reconocimiento largamente esperado. Ya se lo imaginaba como representante de otras personas, un tanto irritable pero eficaz. Antes de que ella pudiera explicar el motivo de su presencia, él le dijo que no estaba en situación de desprenderse ni de un céntimo. Iba a Roma para dar realce a su imagen de dirigente, explicó. Tiida estaba de acuerdo con cada una de sus palabras y se preguntó, afligida, si era una mujer o un perro lo que se había encontrado esa mañana al llegar. Era demasiado mala suerte para tratarse de mera casualidad.

—¿Tu mujer también va? —preguntó en tono cortés, conteniendo la ira.

—Qué más quisiera ella, pero no tiene dinero ni una parroquia donde inscribirse.

—El tema económico nunca ha sido el punto fuerte de su familia. —No pudo evitar chincharlo.

—Pero su hermano menor, mi cuñado, sí que está inscrito —dijo Serenity, orgulloso.

—¿De dónde ha sacado el dinero?

—Volará en alguno de sus cerdos —repuso Serenity entre risas, recordando un chiste acerca de un cerdo volador, pero su hermana no lo captó. Puso cara de disgusto, porque según la religión de su marido los cerdos eran animales impuros. Para ella, los parientes de la mujer de su hermano eran como cerdos: no quería tener nada que ver con ellos.

La exasperante sensación de abatimiento que embargó a Tiida se parecía mucho a la que había experimentado cuando sus vecinos, con ocasión del episodio de las cabezas de perro y las moscas, habían afirmado que la conversión de su marido al islam era una maldición. Se arrepintió de haber ido a ver a su hermano. Las malas noticias la agobiaban, así como la aparente diplomacia y el encanto personal ofendido que había sacrificado inútilmente. Cuando oyó preguntar de nuevo a Serenity cómo habían conseguido hacerse con el Peugeot, sintió que la ira la invadía. Él sólo lo preguntaba para atenuar algo su derrota.

—Cosas del Comité de Conversión —respondió—. Tenían que rodar cabezas y el nuevo miembro despachó los asuntos atrasados durante la euforia que siguió a su nombramiento —añadió, pensando con apatía en Nakatu, quien se había negado a ir con ella probablemente porque las había visto venir.

El resultado de la visita de Tiida fue que volvió a ponerse en evidencia la casi insostenible situación económica en que se encontraba Serenity. ¿De dónde iba a sacar el dinero? En secreto pensaba que quizás Hachi Gimbi aceptara ayudarlo, pero ya había hecho demasiadas cosas por él como para pedírselo. Serenity semejaba una víbora que le ha echado el ojo a un conejo: para tragárselo tenía que desencajar las mandíbulas, soportar el dolor que acompaña la digestión y luego volver a poner las mandíbulas en su sitio. ¿Estaba dispuesto a correr un riesgo tan grande? Serenity creía que sí, pero ¿cómo abordar el tema? Debía sopesar todas las posibles dificultades: ¿y si los amigos de Hachi Gimbi se hartaban de él y le pedían que, como contrapartida, hiciera algo deshonesto, como transferir a una cuenta secreta grandes sumas de dinero del sindicato? Serenity reflexionó en ello durante semanas.

Cuando esos días se reunía con sus amigotes en la gasolinera, se lo veía intranquilo y callado, y reaccionaba a las bromas con lentitud, mostrando, en general, una actitud ausente que empezaba a molestar a aquéllos.

—Nunca me habían dicho que los tesoreros durmieran durante el día y por la noche contaran dinero —se burló Mariko, un amigo protestante que hablaba poco pero siempre ganaba a las cartas. Todos rieron, incluido Serenity.

Hachi Gimbi empezó a hablar de la peregrinación que cinco años antes había hecho a La Meca y Medina. Hablaba con creciente entusiasmo, como si cada frase lo acercara más a la esencia de la peregrinación y a su significado.

—¡La gente era como granitos de arena en una llanura enorme!

—Y todos vestidos de blanco —reflexionó Serenity en voz alta. Se animó un poco por primera vez en semanas. Visualizó la imagen de unos ángeles revoloteando en alguna llanura celestial.

—Cuéntanos cómo es Roma —pidió Hachi Gimbi.

—Me gustaría saberlo —repuso Serenity.

—Háblanos de todas esas mujeres con faldita corta que esperan anhelantes al Papa —siguió Hachi Gimbi con una sonrisa maliciosa.

—¡Venga ya!

—¿Por qué no vas? Así podrías darnos un testimonio de primera mano. Cómprate una cámara y haz unas cuantas bonitas fotos en color para tus amigos —sugirió Hachi con la aprobación de los demás.

—Dinero... —masculló Serenity, provocando la hilaridad general.

—Siempre hay un obstáculo, dinero o lo que sea; pero una peregrinación como ésa sólo se da una vez cada...

—Veinticinco años —dijo Serenity, completando la frase.

—Veinticinco años, sí. La nuestra es cada año. ¿Qué les contarás a tus nietos? ¿Que no pudiste ir porque no tenías dinero? Siempre hay dinero, pero una oportunidad así, sólo cada veinticinco años.

Todos estuvieron de acuerdo en eso.

—Tengo una idea —anunció Hachi Gimbi con los ojos brillantes.

—¿Ah, sí? —Serenity acercó su cabeza a la de Hachi. Estaba claro que no quería que lo que tuviera que decirle transcendiese, pero al otro no le gustaban los secretitos. Él no tenía nada que ocultar, afirmaba siempre.

—Encarga en nombre del sindicato tres mil piezas de tela en la fábrica estatal de Jinja. Luego véndelas en el mercado negro y con el dinero que obtengas viaja con Hachati a Roma —dijo Hachi, aludiendo a Candado. Todos rieron.

—Dinero —susurró Serenity con expresión de tristeza.

—¡Dinero! —exclamó Hachi, irónico.

—Dinero —repitieron al unísono los otros dos amigos.

—Para ir sobre seguro has de pedir cinco mil piezas. Así seguro que no tendrás problemas de dinero. Sólo has de vender la nota de entrega a los comerciantes del mercado negro; ellos se ocuparán de lo demás.

—El Servicio de Seguridad... —comentó Serenity, medio en broma, pero con suspicacia.

—¿El Servicio de Seguridad? —preguntó Hachi como si nunca lo hubiera oído mencionar.

—¿El Servicio de Seguridad? —repitieron los demás.

—Eres un auténtico líder, con verdaderos delirios de grandeza —prosiguió Hachi—. Esos chicos tienen cosas más importantes en que pensar —insistió—. ¡Ja, ja, ja!

Como buen marido y hombre sensato que era, Serenity siempre se lo guardaba todo para sí. Candado, picada por la evidente indiferencia que mostraba hacia ella, lo presionaba para que hiciera algo antes de que fuera demasiado tarde.

—¡Si ni siquiera estás inscrita! —se defendía él mientras se preguntaba, en silencio, si al día siguiente los chicos del Servicio de Seguridad lo sacarían a rastras del despacho y lo meterían en el maletero de un coche para llevarlo a un bosque, un río o una sucia celda.

—Pues haz algo.

—Ya veremos —dijo él.

—Con eso no basta, y lo sabes muy bien.

—Ya veremos —repitió él por enésima vez—. He dicho que ya veremos.

El general Amin jugó bien sus cartas. Sabía que si daba a los católicos acceso total a los dólares subvencionados del Banco de Uganda perdería apoyos políticos de vital importancia. Quería convencerlos de una vez y para siempre de lo importante que era él en sus vidas, y sobre todo en lo relacionado con esa peregrinación. Estableció un sistema de cupos y comenzó con tres. En el primero metió a cinco mil personas a las que, tras entregarles la documentación y los dólares necesarios para viajar, se les dijo que representarían oficialmente al país. Paulatinamente se anunció, a través de canales oficiosos, que había plazas extra para la gente que se las ingeniase para conseguir divisas. Ése era el segundo cupo, firmado por una elite, gente con dinero y relaciones. Pero el representante del gobierno advirtió que, si alguien vendía dólares del Estado en el mercado negro, sería arrestado y privado de su pasaporte. Los católicos se mostraron ofendidos ante la sugerencia de que eran capaces de hacer algo semejante.

Serenity estaba encantado; Candado, deprimida. Los cinco mil elegidos podrían ir sin necesidad de vender hasta la ropa para conseguir divisas. En vista de que él era uno de los cinco mil elegidos, se sentía en el séptimo cielo. Lo había conseguido: había vendido la nota de entrega, se había hecho con dinero en efectivo y los compradores ni lo habían apuntado con pistolas ni lo habían metido en el maletero de un coche. Fue una revelación. En agradecimiento había comprado para Hachi Gimbi una cabra enorme, que casi arrastraba las ubres por el suelo. También pasó todo un fin de semana con Nakibuka. Le compró ropa, así como a sus hijos, pero no explicó de qué modo había conseguido el dinero.

A última hora de una tarde, Serenity subió con otros trescientos cuarenta y nueve pasajeros a bordo de un jumbo de Alitalia. Lo que más le impresionó, según recordaría más tarde, fue la vista del lago Victoria desde el aire: parecía un charco de mercurio de forma elíptica. A la mañana siguiente estaba en Roma, renacido, con la vida transformada. La ciudad rebosaba de gente, y parecía gemir y suspirar bajo el peso de los peregrinos de todo el mundo, los omnipresentes turistas y sus propios habitantes.

Serenity tenía gran interés por las antigüedades, el Coliseo, las casas romanas, los museos y todo lo que daba vida a los personajes históricos que recordaba de las clases de historia de su juventud. El Renacimiento, la Reforma, los primeros años de la Iglesia, el Imperio romano, todo cobraba vida, porque al fin podía relacionarlo con un lugar auténtico que vinculaba el pasado con la actualidad.

Serenity estuvo en la plaza de San Pedro, entre la multitud, lleno de admiración. El anciano Papa le dio un trocito de pan consagrado y él contempló absorto la nariz aguileña y el hermoso aspecto que en nada desmerecían las vagas facciones. Le resultaba difícil creer que una figura tan frágil estuviera a la cabeza de un cuerpo tan monstruoso, gigantesco y poderoso como la Iglesia católica. ¿Qué sabía ese hombre de él? ¿Qué sabía de los católicos de Uganda? ¿Qué sabía de quienes se lo tomaban en serio? ¿Qué había hecho por ellos, además de imponerles sus dogmas? ¡Y, sin embargo, influía en sus vidas como si los conociera personalmente!

Serenity pensó que semejaba un armadillo que dirigiera su enorme organización desde algún lugar bajo tierra y saliera de vez en cuando a la superficie cubierto con una coraza de preceptos para que la gente viese con sus propios ojos que él aún tenía la sartén por el mango. Ricamente vestido y adornado con joyas valiosas, ese armadillo monstruoso parecía haberse arrastrado fuera de la madriguera para mostrarse en todo su esplendor. Hablaba con la calculada lentitud de alguien seguro de recibir una adhesión incondicional y su magnífica coraza brillaba como si hubiese sido lavada con la sangre de un poder imperial. El santo armadillo avanzaba con andares de artrítico, rezumando una indiferencia suprema. Todo en él era contradictorio: por una parte predicaba una sádica negación del cuerpo, mientras que, por otra, iba cubierto de oro. Se movía en el ámbito carente de emociones de los dictadores sacros, de esos que no tienen que preocuparse por el día de mañana y en cuyas manos está el destino de cientos de millones de personas.

Los emisarios de ese santo armadillo habían llegado a Uganda entre finales del siglo XIX y principios del XX, y mientras él dormía en su cama habían perseguido a muerte a los emisarios de otras religiones, se habían involucrado en guerras sanguinarias y habían corrompido la vida política. Ahora, los descendientes de los ugandeses muertos en las guerras de religión se apretujaban en torno a él para besarle el anillo, recibir su bendición y aparecer a su lado en la foto. Todo estaba olvidado y perdonado. Serenity pensó en su mujer. Le molestaba que ese hombre, cuyos principios y dogmas habían marcado la vida de ésta convirtiéndola en una mujer rígida y frígida, no supiera nada ni de ella ni de los problemas que él, como marido, había tenido a causa de su inflexible modo de ver las cosas.

Por la noche, Serenity reflexionaba en la habitación del hotel sobre lo vivido durante el día. Los peregrinos más ricos iban de putas. A uno de ellos le habían robado, otro se perdió y estuvo dando vueltas por la ciudad hasta el amanecer. Las mujeres se hospedaban en un hotel distinto, al que acudían sus parejas para celebrar orgías en las que corría el vino; algunas habían tenido que soportar el acoso de chalados que se hacían pasar por fotógrafos.

Desde la ventana del hotel, Serenity observaba a las putas pregonar su mercancía en plena calle; paraban a los hombres, negociaban, subían y bajaban de los coches, o esperaban a sus clientes con expresión de aburrimiento. Se asombraba de que fuesen caras. No les encontraba atractivo alguno. Ni se le ocurría la posibilidad de malgastar una parte del precioso dinero que había conseguido en el mercado negro en una de esas putas miserables. Deseaba a Nakibuka, que de haber estado con él le habría procurado unos instantes de extraordinario placer. Para ahorrar, sólo comía una vez al día, pero se sentía satisfecho. Parecía alimentarse de sueños, como Jesús en el desierto, rodeado de tentaciones a las que nunca sucumbiría.

Serenity compró algunos recuerdos, pero le robó el corazón una placa de bronce que representaba la leyenda de Rómulo y Remo. La había estado buscando inconscientemente; eso era lo que llevaban en el pico los pájaros negros. En medio estaba la loba, grande, dominante, amenazando a unos intrusos invisibles. Sus tetas hinchadas recordaban alguna clase de fruta extraña. Los ojos estaban velados por la alegría y la excitación de dar de mamar. Los gemelos, desnudos y suaves como cochinillos pelones, succionaban la leche diabólica mientras la loba los protegía doblando el cuerpo.

Era demasiado para un chico a quien su madre había abandonado y que había sido presa de las perrerías de las mujeres que rodeaban a su padre. Aferró la placa como si fueran a intentar arrancársela de las manos en cualquier momento. El comerciante, un viejo bigotudo de ojillos grises, sintió curiosidad. Era el primer cliente del día, y se comportaba de un modo sumamente extraño.

Las langostas roían con todas sus fuerzas el pecho y los intestinos de Serenity, quien casi olvidó que estaba en una concurrida calle secundaria llena de turistas en pantalones cortos y minifalda, que pasaban por su lado como fantasmas de papel. De pronto sintió como si un río de lodo lo arrastrara lejos de esas gentes, de esa ciudad y sus mercancías, de regreso al corazón de la aldea, pasando junto al campanario de la parroquia de Ndere Hill y los pantanos que se extendían al pie de Mpande Hill.

El comerciante prometió que le haría un buen descuento si compraba tres de esas placas. Serenity despertó de repente. Aquel hombre le recordaba al Violinista, y a su memoria acudieron entonces las tetas que éste tenía entre las piernas. Sonaba música de organillo al final de la calle. Recordó que le habría gustado aprender a tocar el violín. El comerciante repitió la oferta, miró fijamente a Serenity tras una amplia sonrisa y ocultó la creciente sensación de desasosiego que lo embargaba. El mensaje de la placa era demasiado personal para que Hachi Gimbi o Nakibuka lo comprendieran. No, sólo quería una, para él mismo.

El resto de la estancia en Roma pasó como en una nebulosa. El tiempo discurría entre momentos lúcidos de conciencia eufórica y un dejarse llevar, aturdido por la marea humana. Las excursiones en autocar, los monumentos, las misas, Lourdes, todo tenía algo de surrealista.

Serenity compró un rosario de un metro de largo con cuentas de madera grandes como tomates. Le parecía tan espantoso como el tintineo que hacía al ritmo de sus pasos. Pero eran muy populares: todos sus compañeros de viaje llevaban uno para que se viera que no eran meros turistas sino peregrinos. Él echaba en falta esa sensación de orgullo y convicción. A su modo de ver, parecían propaganda ambulante del comercio eclesiástico.

En Israel, Serenity volvió en sí. El clima era seco y caluroso, y una neblina arenosa lo cubría todo. Exploró la ciudad fortificada de

Jerusalén, que desde tiempo inmemorial sufría los efectos de la violencia. Se imaginó la destrucción y la reconstrucción, el auge y la decadencia de la ciudad, oscilando a lo largo de los siglos entre «guerra» y paz, hasta la época actual. Se preguntó cómo lograba contener dentro de sus murallas la presión de tanta historia.

Se sumió en el Antiguo Testamento. Recordó las guerras, las luchas intestinas, el liderazgo de Moisés y las muchas pruebas que había tenido que superar. Líder él mismo, aunque fuera de un calibre mucho menor, entendía muy bien la difícil posición de Moisés, atrapado entre la voluntad de Dios y los deseos de los israelitas. Recordó el episodio del becerro de oro y el de las serpientes abrasadoras, y se preguntó por qué Dios había elegido ponerse manos a la obra en un clima tan violento. Era por ello por lo que Serenity valoraba más los rasgos rebeldes de Jesús. Las historias de pobres y desarraigados, víctimas del colonialismo y de la ambición romanos, lo impresionaban. En tiempos de Jesús la gente había necesitado a un líder carismático para destruir la dura roca de la opresión y de la miseria. Creía que se parecía un poco a Jesús, y quería ser mitificado como éste. Le habría gustado que los campesinos de Uganda narrasen historias sobre él y su familia a lo largo de las generaciones. Se le ocurrió que su deseo infantil de hacerse violinista también tenía un elemento mitológico. Había querido ser alguien capaz de sobrevivir a su propio tiempo. Un fantasma, semejante a Jesús, que diseminara su nombre en el arenal del tiempo. Un espíritu libre que inspirara a los extranjeros con las semillas universales de sus propias frutas nativas. Pero ¿qué podía ofrecerles a los campesinos de su aldea y a los habitantes del barrio de su ciudad? ¿Sus logros como tesorero del sindicato? ¿Las hazañas de su padre como jefe? ¿El trabajo de comadrona de su difunta tía? ¿Qué semillas universales había en el fruto del pan llamado Serenity?, se preguntó.

Algunos peregrinos se echaron a llorar cuando llegaron a Tierra Santa. Para los campesinos resultaba abrumador, pues mientras araban el campo, recogían el café o daban de comer a las cabras y los cerdos, jamás se les había pasado por la cabeza que algún día visitarían ese lugar. Todos los poderosos de la tierra habían estado en él y, milagrosamente, ¡allí estaban ellos también! Se asombraron de los avances tecnológicos que permitían a los israelíes cultivar en el desierto. Parecía un milagro de uno de los relatos bíblicos de su juventud. Serenity también encontró admirables semejantes muestras de progreso, pero le llamó la atención que los hombres que eran responsables de ellas hubieran perdido la valiosa capacidad de asombro. Para ellos era tan natural como encontrar judías en una vaina. Sin duda, resultaba muy triste.

Las noches eran frescas y tranquilas, muy diferentes de los días agitados y calurosos a que estaba acostumbrado y que empezaba a echar de menos. Le permitieron retirarse y recobrar la calma. Ya hacía tres semanas que no tocaba a Nakibuka. Sentía que el milagro de su fuego lo quemaba y lo ponía a prueba hasta el final.

La llegada de Serenity al aeropuerto de Entebbe fue un anticlímax. Llevaba colgado del cuello el horrible rosario de un metro de largo, cuyas cuentas de madera traqueaban y cuyos eslabones de hierro tintineaban como la cadena de un perro, y tras descender del avión se encaminó con los demás peregrinos hacia la sala donde se recibían los equipajes. En el primer piso, con vistas a la pista de aterrizaje y el lago plateado que había detrás, esperaban parientes y amigos excitados que saludaban y armaban jolgorio, una mezcla de lamentos, cantos apasionados y nombres gritados a voz en cuello. Serenity devolvió el saludo con expresión de aturdimiento. En casa, estaba de nuevo en casa. Candado, Kawayida, Nakatu y Hachi Gimbi se hallaban entre las personas que lo rodearon para manifestarle su alegría y su alivio. La melancolía en que había permanecido sumido toda la noche en el avión se disipó como una bruma matinal.

El puño pragmático de Idi Amin ya llevaba quince días cerrado, y golpeó a Serenity en plena cara. Durante su ausencia, Amin había dispuesto otras cuatro mil plazas para peregrinos, con un cambio de divisas igualmente ventajoso. Candado llevaba cinco días sin pegar ojo: ¡Mbale había reservado una plaza para ella en su parroquia! Todo había sido tan rápido y repentino que había sentido un miedo visceral a que algo fallara, a que ese inesperado golpe de suerte se frustrara por el motivo que fuese. Temía que Serenity no regresase. En esa época era frecuente que los aviones explotaran o se estrellaran contra las montañas. ¡Pero había vuelto! ¡Sano y salvo! Sin embargo, ¿de dónde sacaría el dinero para su viaje? «Ya veremos, ya veremos», había dicho él. En medio de tanto grito de alegría, Candado permanecía callada y enfurruñada a consecuencia de la impaciencia que la dominaba y del profundo miedo a sufrir una decepción. Una fe ciega la había mantenido en pie ante el sorprendente cambio de actitud de Amin, y ahora contaba con su fe ciega para obtener lo que tanto deseaba. No se atrevía a mirar más allá: el abismo de análisis y especulación era demasiado profundo para arrojarse a él. Por otra parte, el aspecto de Serenity, su Serenity, con ese aire tan distinguido, la llenaba de orgullo. Trató de estar contenta y de que se notara que lo estaba, con la esperanza de que su alegría se viese recompensada. ¿Realmente había estado en Roma? ¿Y en Lourdes? ¿Y en Tierra Santa?

El viaje a casa fue una experiencia dulce y amarga a la vez. Todos hablaban al mismo tiempo. La voz de Hachi Gimbi tronaba, y a Candado le pareció agradable pensar que de pronto hasta los paganos alababan a Dios; era como si las piedras empezasen a gritar. Candado ya no sentía odio hacia ese tipo barbudo, ni hacia Kawayida y su mujer, ni hacia Nakatu, a quien seguía considerando un enigma carente de interés.

En la casa reinaba una estruendosa algarabía. Se hallaba presente una numerosa delegación del sindicato de empleados de Correos, católicos, protestantes, musulmanes y paganos. Habían aprovechado la oportunidad y se habían encargado de organizar la fiesta. Se comportaban como si la pagoda fuese suya. Vociferaban órdenes y servían a manos llenas bebidas y tentempiés. De vez en cuando se lanzaban a cantar a viva voz. Candado hubiera preferido una reunión tranquila, pero esos tíos no sentían ningún respeto por los efectos del desfase horario u otros problemas similares derivados del lujo. Habían ido allí para comer, beber, bailar y dar muestras de su fidelidad al nuevo director. Mientras los tambores redoblaban,

Serenity y Candado recordaron su boda, años atrás. Los festejos alcanzaron pronto su punto culminante y para el anochecer había borrachos gritando y maldiciendo y peleas a puñetazos a las que Serenity no se atrevió a poner fin por miedo a encolerizar a sus sostenedores. Se entregó al alegre bullicio.

De madrugada, Candado decidió plantear su petición. Serenity estaba disgustado por el momento que había elegido, al igual que lo habían contrariado las peticiones poscoitales de Kaziko. No le dejaba el menor margen de maniobra para pasar por alto su ruego y darle una oportunidad a su tía, a quien deseaba terriblemente. Aseguró que pagaría el viaje, sobre todo porque lo haría con dólares del gobierno. Para ponerla a prueba añadió que le pediría prestado el dinero a Hachi Gimbi, pero Candado no se opuso a ello. De hecho, en un momento de desesperación en que había temido que el avión de Serenity se estrellara o fuera secuestrado, ya había pensado en esa posibilidad. Pero todo eso ya era agua pasada. ¡Iba a ir!

Para Candado todo se había arreglado. Partió pocos días antes que Mbale, porque éste aún tenía que arreglar un par de asuntos. En Roma, fue a recogerlo al aeropuerto, le enseñó los lugares que ya había descubierto y lo previno contra ladrones, fotógrafos estafadores y guías de pega que molestaban y robaban a los turistas.

Arriba, en el aire, de camino a la tierra prometida, contemplando las nubes algodonosas esparcidas sobre un campo vacío, se sentía como la Virgen María. Se imaginaba de pie entre esas nubes, con un globo terráqueo en la mano, la mirada dirigida al cielo, en equilibrio entre lo efímero y lo eterno, el cielo y la tierra, la vida y la muerte. Tenía un sitio junto a la ventanilla, y la persona que viajaba a su lado no vio las lágrimas de alegría que corrían silenciosamente por sus mejillas. Candado deseaba que siguieran brotando hasta que le grabasen surcos en la piel. Apartó de su mente los sentimientos negativos sobre su juventud y se concentró en pensamientos de serenidad, paz y virtud. Mientras volaba sobre la algodonosa llanura celestial, se le apareció una viejecita. Era la abuela. Recordó las palabras de Jesús según las cuales había que solucionar los litigios pendientes antes de ofrecer un sacrificio. Susurrando, envió a la atmósfera exterior el enojo y el sentimiento de venganza que la embargaban. Esperaba que la abuela también la hubiera perdonado.

Encerrada herméticamente en ese sarcófago volador que avanzaba a una velocidad de mil kilómetros por hora, Candado descubrió que le resultaba fácil perdonar muchos de los abusos terrenales. Recordó que, en el sueño de la abuela, se había visto frente a un búfalo en un mar de arena. De pronto lo comprendió. La arena eran las nubes y el búfalo gigante era ella. ¡Si hubiese sabido que la vieja no había mascullado más que predicciones! ¡Si hubiera sabido que la vieja había sido un presagio del mayor triunfo de su vida! Pero todo eso era cosa del pasado. En ese momento se dirigía hacia el futuro.

Cuando aterrizaron en Israel, Candado vio la arena y se imaginó que ella era un búfalo poderoso que había llegado procedente de una humilde aldea para cumplir con su destino bíblico. Ella era la virgen que había surgido del lodo y de los matorrales en una aldea sin importancia, con motivo del nacimiento del Hijo de Dios y para la redención de todos. Ella era la Virgen de Nazaret, un lugar del que nadie esperaba nada bueno, pero en el que había pasado su vida el más importante de los hombres antes de dedicarse a Sus prédicas y Sus curaciones. A las puertas de Jerusalén sintió que la inmensa fuerza de la historia bíblica alcanzaba su cénit. Al pisar ese suelo sagrado se sintió colmada por todas las promesas, todos los milagros, todos los sufrimientos y todas las victorias de los israelitas, porque ella era la nueva israelita, con un corazón circuncidado, la personificación del pan de la vida que había llegado de Nazaret. Quería ir a todos los pueblecitos que Jesús había recorrido y hablar con la gente, probar el vino, comer el pan, tocar las palmeras y buscar la esencia del fenómeno que allí se había originado y que había trascendido a todo el mundo. Quería ir a la fuente donde Jesús se había sentado a hablar con la samaritana. Quería ver a la gente, ir por agua y llevar las tinajas sobre la cabeza, como en Uganda. Quería dormir en una tienda y escuchar la música de aquel país. Quería ahondar en lo más profundo de su fe. Quería ir al Gólgota y subir a lo alto de la montaña de las calaveras y sudar como Jesús había sudado. Quería rezar en el lugar de la crucifixión, en el lugar de la ascensión de Jesús. Recordó a la mujer que había sufrido hemorragias durante años. ¡Cuánta fe! Sentía en su interior la fuerza curativa de Jesús.

Tras el regreso, Candado y su hermano celebraron una ceremonia de acción de gracias conjunta en su aldea natal. Mbale, que era catequista y el más dotado de los dos como orador, informó de su peregrinación y de lo que habían experimentado al conocer al Santo Padre y estar en el Vaticano. Trató de explicar cómo se habían sentido entre la muchedumbre en Lourdes, y al ver las montañas y los edificios de Jerusalén. El día terminó con repiqueteo de tambores, bailes y cantos.

Pero todo eso no conseguía mitigar las preocupaciones de Mbale, que para pagarse el viaje había pedido un anticipo sobre la siguiente cosecha. Su garantía era un extenso campo con tomateras sanas. Su mujer y sus hijos habían regado las plantitas durante su ausencia, habían espantado a los monos curiosos y a los pájaros hambrientos. Habían tenido tres cosechas fantásticas, y la del presente año prometía ser aún mejor. Mbale lo veía como un don divino, una especie de contrapartida por todo el trabajo que realizaba en la parroquia. Todo el mundo estaba de acuerdo, incluidos sus enemigos, en que Mbale era el hombre que más trabajaba en el pueblo y alrededores. La familia se levantaba antes de las seis, rezaba sus oraciones, desayunaba y se entregaba a sus tareas, lo que suponía hacer frente al rocío y la niebla. Lloviera o brillase el sol, trabajaban todo el día, con sólo un breve descanso para almorzar, beber algo o chupar un trozo de caña de azúcar. Ese régimen valía tanto para los hombres como para las mujeres. Todos los miembros de la familia de Mbale trabajaban como condenados y estaban de acuerdo en que cada céntimo que arrancaban a la tierra se lo tenían merecido con creces. En la aldea decían que la caña de azúcar de Mbale olía a sudor.

A ello se añadía que Mbale era catequista de la aldea, anunciaba la Buena Nueva, aconsejaba a las parejas de recién casados y preparaba a las personas para el matrimonio y otros sacramentos. Poseía una fe tan firme como una roca y se sentía muy ofendido si a alguien se le ocurría decir que la Virgen María menstruaba o que san José era impotente. Mostrarse escéptico con respecto a la Biblia le parecía inadmisible y le arrancaba advertencias vehementes e incluso, si había bebido cerveza de plátano en exceso, alguna bofetada.

No había romero más orgulloso de su peregrinación que ese tío mío. Contó mil veces todo lo que le había ocurrido, y el rosario de un metro se convirtió en su seña de identidad. Saltaba a la vista que no era un mero campesino que se mataba a trabajar en el campo, sudando bajo los férreos rayos del sol, sino alguien que había conquistado el espacio y había viajado al Vaticano, a Lourdes, a Jerusalén y a un par de lugares más mencionados en la Biblia. Sus sermones dominicales se hicieron legendarios. Si, en el Evangelio, Jesús había ido a Caná, a Cafarnaum o a Jericó, Mbale les decía a sus oyentes: «Cuando estuve en Caná... sentí que la fuerza del Señor me quemaba como fuego. Entonces Dios me encomendó que fuera a casa y predicase ante vosotros, mi pueblo...» Cuando hablaba del Papa, solía decir: «El Santo Padre me ha encomendado que les diga que los ama. Desea que hagan penitencia, porque el fin se acerca...» Pero a los dos meses de su regreso, unas fuertes tempestades hicieron estragos en la aldea y en gran parte del campo.

Al principio, cuando los vientos llegaron susurrando por encima de las montañas, sonaron como el tintineo de muchas cuentas de rosario de madera chocando las unas con las otras. Mbale estaba en la cervecería escuchando una canción que unas mujeres habían compuesto en su honor por haber hecho famosa la aldea gracias a su peregrinación. Los vientos bajaron ululando por la montaña y se adentraron en el pueblo con la furia de cuarenta y dos años de catástrofe latente. Arrancaron el techo de la cervecería, lo depositaron a una distancia de dos campos de fútbol. Desmocharon los árboles que habían sido plantados precisamente para detener el viento y esparcieron sus ramas. Apuntaron más abajo y arrancaron de raíz o partieron por la mitad o en tres trozos bananos y cafetos. Fueron el terror de las viviendas frágiles, abrieron agujeros en las paredes, descuajaron puertas de las bisagras y se las llevaron con destino desconocido. La iglesia parroquial era un edificio sólido. Resistió con todas sus fuerzas. El viento se lanzó contra ella por los cuatro costados, arrojó sobre su techo árboles desarraigados muchos metros más allá y golpeó las puertas con ramas que pasaban volando. Los vientos se lanzaron en picado bajo el tejado con la aviesa intención de llevárselo, como las faldas de la lámpara con la figura de la Monroe, pero lo único que consiguieron arrancar fueron algunos trozos de vigas que acabaron por claudicar. Se lanzaron sobre la anémica escuela, que estaba junto a la iglesia, aplastaron las construcciones viejas, machacaron las letrinas hasta convertirlas en lodo y cubrieron el patio de recreo con los excrementos de la escuela dominical. El agua completó la destrucción y arrastró la cosecha, los caminos, los perros, las ratas, sábanas hechas jirones y todo lo que encontró a su paso. Los míseros restos de las tomateras de Mbale fueron a parar al pozo de la aldea, que quedó embozado.

Nadie estaba tan desconcertado como el peregrino, que se había salvado por los pelos de ser decapitado. Sin embargo, para gran disgusto de él había perdido el rosario. «Dios pone a prueba a los que ama», dijo, tomándoselo con filosofía y preguntándose cómo pagaría a los acreedores.

Candado, la mujer cuyos días acabarían en el bosque cercano, volvió a la aldea para estudiar los daños y ver qué podía hacer.

Las catástrofes naturales que perseguirían a su familia y a su familia política acababan de dejar claras sus intenciones. A diferencia de las langostas, que habían causado estragos en la década de los treinta y de las que los aldeanos casi se habían olvidado, las nuevas catástrofes producirían cicatrices que tardarían siglos en desaparecer.

Para empezar, la gente se entregó a la reconstrucción de la aldea. En cuanto a Mbale, trabajó de sol a sol durante siete años a fin de pagar sus deudas.

En esa época se celebraron en todo el país cantidades ingentes de misas, y si todas las plegarias en petición de que la situación cambiase hubieran sido escuchadas, las catástrofes que estaban por venir jamás habrían llegado. En el seminario, nos sentíamos como si estuviéramos asistiendo a una sola misa interminable. La luz del alba parecía enzarzada en una lucha interminable con las vidrieras emplomadas de la capilla, mientras nosotros permanecíamos atrapados en una obra de teatro que se repetía continuamente. Los seminaristas, con la cabeza hacia atrás en gesto de supremo aburrimiento y murmurando con labios entorpecidos por el sueño, parecían polluelos esperando a que los alimentaran. El rector, que no tenía un rosario de un metro, contaba una y otra vez el relato de su peregrinación: el Vaticano, Jerusalén, Lourdes..., ¿o era la plaza de San Pedro, Jerusalén, Lourdes..., o tal vez una ruta diferente? En esa época, cuando pillaba a alguien que hubiera infringido una norma, lo citaba en su despacho y pronunciaba la sentencia sin ningún interés. La frase «Dame una buena razón» se convirtió tanto en su lema como en su mote. Algunos de sus colegas no lo encontraban lo bastante severo y comentaban entre ellos cuánto le duraría esa locura suya del camino de Damasco.

Mientras tanto, la popularidad de Lageau disminuía, y habíamos encontrado por fin un mote para él: Piel Roja. Aunque era pelirrojo, el apodo se debía en realidad al hecho de que, a pesar de su origen y su evidente riqueza, para nosotros a lo que más se parecía era a un indio en una reserva. Por lo general lo llamábamos, sencillamente, Rojo.

En el punto culminante de esa tormenta en un vaso de agua surgió la cuestión de *Agatha*, que nos tuvo sobre ascuas hasta el final del curso. Nos preguntábamos cuándo decidiría Lageau darnos el golpe de gracia.

El seminario estaba construido sobre una colina, a tres kilómetros de distancia del lago Victoria, el mismo que Serenity había visto cuando voló por primera vez, y en cuya orilla oriental Kaanders había luchado contra la poligamia y había contraído la enfermedad del sueño. El lago ofrecía allí buenas posibilidades para la pesca y la natación. Los pobladores locales lo recorrían en sus canoas de madera provistas de redes, con las que capturaban peces grandes y pequeños; pero a ninguno le gustaba la natación. Aunque una vez al mes a los seminaristas se nos permitía ir a nadar, la idea de tener que caminar tres kilómetros para darse un chapuzón y después regresar con un hambre canina y la perspectiva de una comida miserable, no resultaba muy atractiva para la mayoría. Los únicos que hacían uso de ese privilegio eran los gamberros recalcitrantes, que aprovechaban la ocasión para citarse con sus contactos y, a veces, con sus amiguitas.

Poco a poco Lageau fue convirtiéndose en la personificación de las zambullidas, así como de la navegación. Cuando no tenía ganas de jugar al voleibol, subía a su coche y se iba al lago. Los fines de semana había un par de buenos nadadores a los que les daban permiso para acompañarlo. Fue a ese grupo selecto a quien reveló la inminente llegada de *Agatha*.

La noticia se propagó como el fuego en una choza. Los materialistas lo ponían por las nubes. No veían la hora de que *Agatha* llegase. Alguien sustrajo una foto de la barca, que fue de mano en mano más deprisa que una revista pornográfica en un cuartel. Con una mezcla de admiración, respeto y amarga envidia contemplamos aquel elegante armatoste. El Piel Roja quería transmitir un importante mensaje con esa barca, que ponía a todos en su sitio, incluido el rector y sus historias del Vaticano, Jerusalén, Lourdes... Esa barca, que aún estaba a cientos de kilómetros de nosotros, era una especie de Santo Grial con toda clase de filtros mágicos contra las calamidades nacionales. Los chicos avispados señalaron que, por fin, nuestras comidas estaban a punto de mejorar.

—Ahora pescarán montones de peces grandes; seguro que nos darán un poco.

—Por fin Dios vuelve a acordarse de nosotros —decían los optimistas.

Lageau, que sin duda se sentía en la gloria, adoptó una actitud retraída, poco característica en él, y les dejó el trabajo sucio a los chicos y a algunos curas bocazas. Por mi parte, me mantuve alejado de todo aquello. En aquel momento Kaanders y yo estábamos muy ocupados restaurando los volúmenes viejos: los abríamos, los encolábamos, los poníamos en la prensa, los recortábamos y empezábamos a alucinar con la cola de pescado. Por lo general, a Kaanders las manos le temblaban como si una corriente eléctrica pasara por ellas, pero cuando se dedicaba a encuadernar, entre las montañas de papel, la peligrosa guillotina y los libros desvencijados y desvalidos, demostraba poseer la certeza de un cirujano. Era capaz de trabajar mucho tiempo seguido, saltándose las comidas incluso, y de tan diligente casi parecía un poco trastornado. Siempre guardaba en su gaveta un pedazo de queso, que mordisqueaba como una rata un trozo de jabón, antes de seguir trabajando. Nada podía perturbar su concentración. Trabajamos toda la semana, incluso durante la hora de gimnasia. No paraba de repetir: «Muchacho, tenemos que terminar, muchacho.»

Cuando *Agatha* por fin llegó, semejante a un cisne gigantesco que en el crepúsculo emergiera ante las colinas lejanas como un relámpago blanco en el sombrío aire del atardecer, ya era propiedad de todos. Se trataba de una barca de vela de doce pies de largo, reluciente como una Virgen de alabastro. Mientras los flashes de las cámaras relampagueaban en el crepúsculo, Lageau, fascinado como un inventor al que ayudan a superar el último obstáculo, se ubicó en la proa. Sonreía y brillaba como si quisiera decir que la de cura era la mejor profesión del mundo, como si cada sacerdote que fuera consagrado recibiese un barco. Había tenido que esperar mucho a *Agatha*, y ahora que había llegado se mostraba impaciente como un chiquillo.

Siguieron semanas de expectación. Todos estaban atentos. Un sacerdote africano, famoso por lameculos, llevaba a *Agatha* en su coche al lago, instalaba el motor y esperaba a que Lageau llegase en su coche. A veces, Lageau se hacía acompañar por un par de chicos para que lo ayudaran con la barca. Vestido con pantalones blancos cortos, zapatillas deportivas blancas y una camiseta blanca, Lageau semejaba un tenista despreocupado. Al principio pescaba con caña, luego pasó a usar la red. Primero pescó tilapias, luego unas percas del Nilo enormes, algunas de las cuales llegaban a pesar treinta kilos. Los refrigeradores y congeladores de los padres se llenaron a tope. Pero nuestra dieta siguió consistiendo en alubias podridas, y sólo una vez al mes nos servía un trocito de perca.

Pensé en decirle a Lageau en la cara por qué no nos daban más pescado, pero me contuve. Prefería que lo hiciera otro. No quería dar la impresión de que sólo pensaba en la comida. Y no tuve que esperar demasiado.

Empezaron a producirse con regularidad averías eléctricas. Primero pensamos que se trataba de un problema regional, o nacional, y que la culpa era de la compañía de energía. Pronto, sin embargo, quedó claro que el seminario las sufría mucho más a menudo que el resto de los usuarios. Lageau estaba muy enfadado, porque se veía obligado a usar linternas y, además, tenía que dedicar tiempo a buscar la causa del problema.

Al principio, el saboteador sólo soltaba algunos cables o fusibles. Mientras maldecía entre dientes, el padre Lageau se apresuraba a reparar el desperfecto. A continuación, el saboteador decidió ir más lejos aún y desmanteló una parte de la instalación eléctrica. Lageau casi se volvió loco de frustración. Había noches en que la sección de los curas estaba sumida en una oscuridad total, mientras que la nuestra permanecía iluminada por los fluorescentes. Una semana más tarde todo el colegio estaba a oscuras. El hermano Lageau mandó hacer unas cajas para cubrir los transformadores y guardó la llaves en su despacho. Le enseñaría a aquel cabrón quién era el más listo de los dos, dijo. El cabrón debió de oírlo, y seguramente no le gustó demasiado. Esperó una semana y atacó de nuevo. Aquellos cortes de corriente interrumpían nuestro estudio vespertino, pero tenían una ventaja, y era que podíamos acostarnos antes. De ahí que hubiese pocos seminaristas enfadados con el misterioso personaje, y en todo caso, cualquier enojo que lo tuviese como objeto se desvanecía cuando, después de cada ataque afortunado, Lageau daba orden de vaciar los congeladores, ya que entonces nos poníamos morados de pescado. El saboteador esperaba a que los congeladores estuvieran nuevamente llenos, daba un golpe, y se veían otra vez obligados a servirnos pescado. Mientras tanto, se intentaba por todos los medios atraparlo. Aquel personaje me fascinaba. Quería saber quién era. Su modo de actuar se semejaba mucho al mío. A Serenity también le habría gustado, porque parecía salido de las páginas de un buen libro.

Hubo un cuarto, un quinto y un sexto corte de corriente, por lo que estuvimos un total de veinte días sin luz. En cada ocasión, el rector nos dirigía la palabra y exhortaba al saboteador a interrumpir sus jugarretas. Lo interesante era que no amenazaba con la intervención divina ni nada parecido. Debía de saber que aquel tipo era totalmente indiferente a las cuestiones celestiales. Yo esperaba que el rector me llamara para preguntarme si sabía quién era el responsable de las averías, pero no lo hizo.

Al partir del sexto ataque, algo empezó a cambiar: comenzaron a darnos pescado tres veces al mes. No hubo más cortes.

Mi desinterés por todo aquello que guardase relación con *Agatha* no duró mucho. Una mañana, el padre Lageau descubrió una raya de cinco centímetros de largo en la segunda costilla de *Agatha*. Puesto que llevaba dos días sin ir al lago, sólo podía llegar a una deducción concluyente. Rojo como un tomate, con el copete al estilo Elvis bien erguido, Lageau hizo saber que alguien había atentado contra *Agatha*, y que al hacerlo había mancillado su orgullo y deshonrado su buen nombre. ¿Quién se había atrevido a abusar de ella? ¿Quién la había estigmatizado? ¡Después de todo lo que él había hecho por esos chicos miserables y sus miserables sacerdotes! ¿Qué campesino idiota lo había hecho? ¿Qué pretendía obtener o demostrar con ello? Ni por un instante se le ocurrió que se tratara de un error o un pequeño accidente. Después de lo vivido con el saboteador y los cortes de corriente, Lageau no creía en las casualidades. Todo era intencionado. Y, en lo referente a *Agatha*, no pensaba contenerse. Su paciencia tenía un límite. En el fondo pensaba que las embarcaciones bonitas, al igual que las mujeres bonitas, nunca son violadas por accidente. Ocurría con premeditación. Su coche, sus flores, su persona jamás sufrían ataques. ¿Por qué tenía que ser precisamente la bendita *Agatha*? ¿Quién no sabía que Agatha era el nombre de su madre, de su primera novia y de su mujer ideal? ¿Quién desconocía que Agatha hacía aflorar en él todos sus instintos de protección?

Al igual que mucha gente poderosa que se consideraba invulnerable, Lageau se sentía muy herido y ofendido. Lo carcomía un dolor terrible y creía haber sufrido un más que improbable ataque al corazón. Sentía nacer en su cabeza una migraña destructora, el mismo mal que había torturado a su madre y que durante tantos años había temido heredar. Demasiado rabioso para expresar sus emociones, corrió a encerrarse en su habitación. Tomó un sorbo de whisky. Sintió, aliviado, que el fuego conocido recorría su cuerpo, pero al cabo de un momento el desánimo volvió a apoderarse de él. ¡Oh Dios, era su turno de decir misa! Se cambió con rapidez y corrió a la sacristía.

Una luz dorada bañaba el interior de la capilla. Algunos chicos murmuraban las oraciones previas al ángelus y el oficio divino. La luz dorada igual podría haber sido un relámpago rojo fuego. Llamas era lo único que Lageau veía cuando, esa mañana, había pedido al rector que le dejara decir la misa vespertina.

—Esta semana es mi turno —fue la débil protesta del peregrino.

—Pero es que tengo un mensaje especial para los chicos.

—¿No puede esperar hasta después de la misa y dirigirse a ellos en el refectorio?

—No; debe usted comprender que ésta es una circunstancia especial.

—¡Espiritual! —exclamó el rector, preguntándose si el prefecto había visto una aparición o había tenido alguna clase de experiencia mística. ¡Se había puesto tan colorado de repente!

A pesar de que Lageau se había negado a decir si se trataba de un mensaje espiritual o profano, o ni lo uno ni lo otro, su superior finalmente capituló. ¡Cómo ardían los ojos de aquel hombre!, pensó el rector, asombrado, y al cabo de dos minutos comprendió que el prefecto iba en serio, pues lo oyó pasar al ataque. «¡Animales!» Todos los sacerdotes y todos los chicos lo miraron extrañados. ¡Qué modo más raro de comenzar! Por supuesto, no constituíamos el público adecuado para oír un sermón sobre los derechos de los animales: pegábamos a nuestras vacas o dejábamos que los zagales lo hicieran cuando éstas se apartaban del rebaño; les dábamos con la mano de mortero a los cerdos o les cortábamos el cuello para luego echarlos a la olla; perseguíamos a las ardillas porque se comían nuestros cacahuetes; poníamos trampas a las ratas o las matábamos con veneno; echábamos fuera a los perros pulgueros; teníamos una relación de amor-odio con los monos, y si éstos escapaban a la muerte después de saquear nuestros cultivos, se debía exclusivamente a su astucia. Para nosotros, los animales no eran más que eso, animales; así pues, ¿a qué diablos se refería Lageau? ¿Se había convertido acaso en un defensor de los derechos de los animales, él, que había pescado, matado y comido tantos peces?

—Monos. Monos negros —prosiguió—. Monos sin ningún respeto por la belleza o la propiedad. ¿Cómo ha sido alguien capaz de desfigurar a *Agatha*? ¿Qué le ha hecho a nadie esa preciosidad? ¿Por qué ha tenido alguien que rayar su costilla? ¿Sabéis por qué? Porque todos vosotros sois unos monos. Rezad conmigo durante esta misa por que los simios adquieran una pizca de respeto por las pertenencias del prójimo.

Los curas, que con sus impecables sotanas parecían más altos que farolas, rodeaban el altar detrás de Lageau, como guardaespaldas camuflados, con una expresión inescrutable en el rostro. ¿Eran tan decentes por dentro como hacía suponer su exterior? No había forma de saberlo. Parecían estar por encima de las palabras del administrador. Por supuesto, éste ignoraba cuán materialistas eran en su mayoría y estaba convencido de que nunca se atreverían a tocar siquiera a *Agatha*. Su cara de placidez recordaba a la de la Virgen María, y permanecían tan callados como ésta.

La mayoría de los seminaristas, o por lo menos los que estaban despiertos y habían oído aquella introducción cuanto menos polémica, sufrieron una impresión demasiado fuerte como para reaccionar. Oí que unos pocos pies se movían reflejando enfado, y uno o dos silbidos de protesta. Es probable que yo tampoco estuviera demasiado despierto, porque sólo hacía un día que había dejado de encolar libros, pero no me cabía duda de que la mayoría de nosotros rechazaba el efecto punzante de las palabras de Lageau con una coraza de inercia y respeto por la autoridad. ¿No reaccionaban todos de acuerdo con el modo clásico del buen samaritano? ¿No presentaban la otra mejilla, no dejaban que el otro los escupiera hasta que no le quedase más saliva? ¿No era ésa acaso la última prueba de nuestra fortaleza?

Yo había oído cierta vez que la belleza de *Agatha* sería la perdición de más de uno. ¿Qué había pasado? ¿Me había imitado alguien y la había rayado para averiguar si era de madera o de plástico o de fibra de carbono? ¿No solían los niños clavar un cuchillo en el sofá de sus padres para ver por qué era tan blando? ¿No había arrancado yo mismo una astilla de la cabecera de la cama de los déspotas? ¿Cuántas niñas no les arrancaban los brazos a sus muñecas para ver qué las hacía llorar? ¿Había sido el menosprecio hacia *Agatha* el siguiente paso del saboteador en su campaña de terror? Tuve que esforzarme para no sonreír. Aquel tipo tenía un par de huevos. Yo comprendía muy bien la frustración de Lageau: la persona que lo había puesto en ridículo con los cortes de energía seguía libre. Y ahora alguien, probablemente el mismo individuo, la estaba tomando con *Agatha*. Decidí concederle a Lageau el beneficio de la duda, porque opinaba que alguien le había hecho a la barca esas viles marcas con la intención de enloquecer al pobre Piel Roja.

Toda la misa parecía tener lugar en un submarino, lejos de tierra firme y de la realidad. Habitualmente, durante el oficio matinal los chicos no eran conscientes de lo que pasaba a su alrededor hasta el momento de la comunión. Todo se hacía de forma mecánica, porque la misa era siempre igual. Pero en esta ocasión estaban bien despiertos, como si hubieran recibido un mensaje a través de emisores minúsculos ocultos en el altar. Les asombraba la osadía y la soberbia de Lageau. Por lo general, los blancos no eran tan inconscientes para llamar «monos» a doscientos chicos en sus propias narices sin llevar una pistola en el bolsillo. El colonialista medio se lo pensaría dos veces antes de ir tan lejos, a menos que contase con la protección de un regimiento de fusileros. Pero ese hombre desarmado, lampiño, aniñado, nos restregaba impunemente la mierda por la cara. Así de valientes queríamos ser nosotros: con las mejillas igual de lisas, con la voz igual de tranquila y los huevos bien puestos aunque nuestro aspecto no lo denotase. Tuve ganas de vitorearlo. Ese tío repartía bofetadas entre los curas a los que yo mismo hubiera querido golpear. ¡Era magnífico! Me sentía tremendamente excitado.

Lageau me recordaba a Jesús denostando a los fariseos, llamándolos sepulcros blanqueados llenos de carne putrefacta y toda clase de inmundicias. Sí, señor, ese hombre era, de un modo u otro, la reencarnación de Jesús. Parecía transfigurado. La suave luz caía en sus gafas de montura dorada y se multiplicaba en incontables estrellitas cada vez que movía la cabeza. En ese momento era la personificación misma del poder y la gloria. Si su mano cortaba el aire, el reloj Rado parecía estallar en arcos de oro líquido semejantes a surfistas sobre olas incoloras. Cuando la luz le daba en la boca hacía titilar cada una de sus muelas de oro como una estrella lejana. Era un espectáculo fastuoso. Yo estaba pendiente de sus labios. Notaba que se me aflojaban las piernas porque sin duda me encontraba delante de una persona muy especial. Me sentía atraído tanto por la demostración que hacía de su poder como por quien era.

Veía en él la fuerza del Imperio católico, que avanzaba, vencía, sometía, manipulaba, ordenaba y castigaba. Tenía la oportunidad de experimentar el temor reverencial que sentían los creyentes humildes cuando se hallaban cara a cara con los dioses imperiales. Percibí la inclinación a prosternarme, apretar la barbilla contra el suelo y servir al Imperio y sus dirigentes. Aquel hombre estaba dotado a la vez de los atributos intimidatorios del Banco Mundial y el Fondo Monetario Internacional. Encarnaba las normas implacables que se forjaban en salas doradas y se inmortalizaban en libros dorados con gruesas plumas de oro en lejanas ciudades áureas. Mostraba la actitud intransigente de los omnipotentes cuando atrapaban a su víctima. Aquel hombre, rodeado de oro, se elevaba sobre las vejadas e insolentes repúblicas y ordenaba, intrigaba, usaba y abusaba a placer. Se quitaba el pesado anillo de oro y, tras arrojarlo al suelo, ordenaba que lo recogiesen y le sacaran lustre. Un par de trazos de su pluma de oro en la página dorada le bastaban para duplicar, triplicar o cuadruplicar la carga de alguien o, si por la razón que fuera decidía premiar a un súbdito, aligerarla a la mitad. Ése era el verdadero poder con que yo soñaba. Ése era el verdadero poder que deseaba para mí. Ése era el verdadero poder capaz de protegerme de la visión de niños moribundos, personas demacradas y viejos pestilentes. Ése era el verdadero poder, porque al acostarte por la noche olías el aroma de las rosas y al despertar por la mañana no veías ni una sola cosa que te desagradase. Estaba de rodillas, seguro de que la mayoría de mis compañeros creía que rezaba. Nada más lejos de la verdad. Lo que hacía era adorar el poder en su manifestación más gloriosa, una fuerza que soplaba sobre las montañas como los vientos que asolaron la aldea de Mbale.

Quería permanecer así hasta el final del trimestre, hasta el final del curso, acaso hasta el final de mi vida.

Volví en mí cuando se cantaba el último salmo. ¿O quizá lo hice al advertir que los chicos salían de la capilla? Todo parecía estar cabeza abajo. Noté que, medio en sueños, me había apartado del rebaño. Los mocos me cosquilleaban en la nariz. Sentía la boca seca de tanto tenerla abierta. Ante el desencanto que me produjo el haber recobrado la consciencia, los demonios del poder se retiraron. Empecé a formularme preguntas. ¿No era el modo arbitrario en que Candado ejercía su dominio sobre los más débiles lo que me hacía odiarla tanto? ¿No se comportaba Lageau como ella? De ser así, ¿por qué me tenía como hipnotizado? ¿No estaría adorándolo por el color de su piel o alguna otra manifestación de su ser que se me escapaba? ¿Qué había hecho ese hombre, aparte de desplegar un poder que debía a su procedencia? ¿Acaso había grabado su nombre con diamantes en las páginas de un libro magnífico? ¿Había compuesto una canción con la que había conseguido que alguien olvidara la noción del tiempo? ¿Había inventado una máquina o ideado una fórmula matemática tal que había contribuido al progreso de la humanidad o había puesto remedio al dolor o el despilfarro? No, al menos que yo supiera. Todo era una mascarada. Así como Candado no había inventado la matriz, tampoco Lageau había inventado el dinero ni el conocimiento, ni siquiera el poder. Al igual que la mayoría de nosotros era un trapero que sacaba provecho de las sobras de otros. Su arrogancia excesiva era la farsa culposa de un heredero. Es probable que tuviera dinero, que estuviera en situación de comprar toda una aldea o aun media Uganda, pero en definitiva no era más que un radio de la rueda de la fortuna, un pequeño engranaje en la maquinaria del poder. Y en lo que se refería al color de su piel y a sus privilegios protegidos por armas nucleares: ¿qué había aportado a la solución del viejo problema racial? Nada de nada. Al igual que tanta gente inteligente había caído en la trampa de la defensa o la ostentación de un punto de vista miserable, había descubierto las debilidades de los demás sin descubrir una nueva manera de pensar. En otras palabras: sólo arrojaba cientos de años de vómito filosófico, social, político, etcétera.

Yo estaba decepcionado, y también cansado. Lageau había perdido su fuerza de atracción, al igual que tanta gente que ya no podía enseñarme nada. Un buen día sería más grande que él, y mucho más que Serenity, Candado y otros déspotas cortos de miras. Me sentí mareado, como si mi cuerpo expulsara de una sola vez toda la cola de pescado que había inhalado la semana anterior. A pesar de su formación como misionero, Lageau parecía ignorar varias cosas sobre antropología cultural. Para nosotros, el mono representaba la astucia, la curiosidad y la clase de inteligencia de la que él se enorgullecía. Era un animal que defendía su propio punto de vista y desempeñaba un papel importante en los cincuenta y dos clanes totémicos. Las jóvenes del clan del Mono eran famosas por su vivacidad, osadía, inteligencia y dedicación. Por ejemplo, Lusanani, la mujer que había acabado con mi virginidad, pertenecía a ese clan. El desprecio superficial por los monos, iniciado durante la época de la colonización religiosa, era ridículo, el grito sordo de personas desarraigadas que bailaban al son de melodías ajenas y acababan rompiéndose las piernas. La mayoría de los blancos creía que se anotaba un tanto insultando a los monos, pero no era así: todo lo que conseguían era quedar con el culo al aire.

Aquel hombre no sólo parecía alardear de su propia ignorancia, sino que estaba haciendo el ridículo. No era original en absoluto y elegía el altar para revelar su propia frivolidad. Hacía el mico, sencillamente, imitaba a sus antepasados, los representantes del santo armadillo, que habían librado guerras y envenenado nuestra política con su religión. ¿No había acusado reiteradamente el general Idi Amin a la Iglesia católica de asentarse sobre el asesinato, el terror, la violencia insensata, el genocidio, el robo y otros excesos? La matanza de inocentes y no tan inocentes constituía un viejo recurso que sólo espantaba a los más estúpidos de entre nosotros. Para una Iglesia que veneraba el dolor y el martirio, que enarbolaba la cruz como su estandarte, eso era insignificante, y si Lageau, que al igual que el padre Mindi opinaba que nos daba un ejemplo a seguir, no alcanzaba ni de lejos los niveles psicopáticos de aquélla, ¿dónde estaba lo que supuestamente traía de nuevo? Todo respiraba el aire rancio de los principios a los que Lageau se adhería al llamarnos «monos». Yo no estaba encandilado; estaba furioso.

No hacía tanto que Serenity había estado a punto de matarme pocas horas después de que Candado me torturase, y todo por arrancar un trocito del tamaño de una uña de una cama de segunda mano despreciada y maldecida por unos asiáticos que se marchaban. A partir de entonces dejé de respetar la propiedad ajena. Ya no sentía ninguna consideración hacia *Agatha*. Mi corazón no latiría más deprisa por sus preciosas curvas. Había descendido de la estratosfera de la idealización al rango inferior de un artículo de consumo producido en serie, apenas preservado del deterioro más absoluto gracias a un bonito trabajo de restauración. En Canadá, un alma generosa había pagado por *Agatha*, pero no para que se convirtiera en meadero de los seminaristas entre los que había ido a parar. Quizás hubiese unos pocos chicos convencidos de que *Agatha* era una embarcación flamante que Lageau había comprado con su propio dinero. La realidad era muy distinta. *Agatha* era un trasto viejo, una putita traviesa que cubría su pasado con una fina y reluciente capa de maquillaje.

¿Qué decía todo eso de nosotros los seminaristas y de los sacerdotes a quienes se suponía que debíamos emular? ¿Éramos realmente abortos sin pelotas? ¿Eran aquellos curas semejantes a figuras de cera poco menos que zurullos a los que se respetaba por dinero? Allí estaban, mientras una gorda mosca verdiazul se frotaba las patas en sus caras de benditos, trazaba en ellas líneas curvas como un patinador sobre el hielo y devoraba en la boca con que instantes después devorarían un desayuno nutritivo, mientras a nosotros nos plantaban delante una papilla aguada llena de gusanos. ¿Era por eso por lo que estaban tan callados? A mí ya me resultaba imposible sentir respeto alguno por la mayoría de ellos. ¿Qué habían añadido, aparte del color de su piel, al ministerio del sacerdocio? ¿Qué habían inventado? ¿Habían modificado acaso la visión de la vida y el clero? ¿Se habían resistido al sufrimiento o habían añadido algo, de alguna manera, al conocimiento humano? Que yo supiera, no. Cuando abrían la boca sólo eructaban normas eclesiales podridas, dogmas agusanados y clichés babosos pergeñados en la madriguera del santo armadillo de Roma. Sólo continuaban el apestoso viejo orden: sacerdotes blancos, privilegiados por las armas nucleares, por encima de rústicos y cagones sacerdotes negros, que a su vez estaban por encima de rústicas monjas lameculos, que blandían el cetro sobre la manada de rústicos creyentes formada por hombres, mujeres y niños. Ése era el mísero resultado de cientos de años de dictadura católica, noventa y cinco de los cuales en suelo ugandés. ¡Qué pérdida de tiempo!

Me sentía herido por la reacción de Lwendo ante el incidente. Topé con él junto al depósito de agua. Vertía agua en su pequeño balde de plástico amarillo, en el fondo del cual había una esponja vieja y un trozo de jabón Sunlight. ¡Ay, el jabón Sunlight! A mis ojos asomó una mirada de triunfo cuando recordé los tiempos en que tenía que ir a buscar agua para él y llevársela al cuarto de baño.

—Hay aquí un montón de cabrones que no sienten respeto por la propiedad ajena —dijo—. ¿Sabes lo que ha costado esa barca?

—¡Como si Rojo la hubiera pagado con su dinero! ¿Tienes idea de la clase de historias que se habrá inventado para convencer a sus benefactores? Eso por no mencionar la organización misionera que la ha trasladado aquí. Pero hace ver que lo ha pagado todo de su propio bolsillo. No es un yate ni un velero, sino una simple barquita.

—Aunque fuese una canoa o un barco ballenero, ¡hay que respetarla! Un sacerdote ha de proteger las posesiones de su parroquia. La caridad empieza en el seminario.

—¡Vaya idea tan original!

—No deberían haberla dañado.

—¡Qué sensible eres! ¡Y qué sensible es Rojo, cómo menea su culo de mico! El año que viene ya no tendrá sobre qué sentarse.

—¿Y qué se supone que debería haber hecho? ¿Llamarnos santos?

—Debería haber descubierto a quien lo hizo e imponerle un castigo. Pero ensillarnos con un sentimiento de culpa colectivo, lamiéndose los labios de mico, no, eso ha tenido poco efecto.

—Al menos estarás de acuerdo en que tenía razón para mostrarse enfadado.

—Claro, igual que tiene derecho a maldecir al responsable de los cortes de energía, que aún está libre.

—Suena como si apoyaras a ese cabrón.

—Antes de que empezase a actuar el pescado se pudría en el congelador. Gracias a él, ahora nos dan un poco de vez en cuando —repuse entre risas.

—Oye, no serás el saboteador, ¿verdad? —Sonrió—. A lo mejor debería decirle a Lageau que he pillado al que buscaba.

—Es todo un espectáculo ver al Piel Roja maldiciendo a noventa kilómetros por hora.

—Algún día le echarán el guante a ese cabrón, y entonces lamentará lo que ha hecho.

En cierta manera, la actitud de Lwendo me superaba. Era el mismo individuo que le quitaba cosas a la gente y las usaba sin permiso, el mismo al que sorprendí follando con sor Bisonte, y de pronto defendía los lujos que se daba el padre Lageau. ¿Se había suscrito a la idea de que el poder reside en la fuerza? ¿Significaba eso que la conducta salvaje de Lwendo no había sido más que una forma de conformismo al revés? Su reacción me hacía pensar que acaso yo fuera la única persona que había echado a perder su juventud. ¿Por qué nadie más se sentía estafado? ¿Era posible que hubiera esperado demasiado del padre Lageau y ahora estuviese dando rienda suelta a mi frustración?

Me retiré a la biblioteca. Quería herir a Lageau en su ego, pero ¿qué palabra podía ser más aguda que las flechas monstruosas de Dorobo? Los insultos no eran adecuados, pues sólo confirmarían la idea que Lageau tenía de nosotros. La ironía parecía la mejor manera de navegar sobre las olas hirvientes de la desilusión y el ultraje.

Me apropié de una vestidura que semejaba una sotana del montón que usaban los monaguillos, la escondí detrás de la capilla y más tarde la llevé al trastero donde guardábamos los libros viejos. Nadie advirtió la sustracción. Una sotana era de la mayor importancia para las correrías nocturnas, pues garantizaba que Dorobo no dispararía antes de gritar a pleno pulmón por tres veces. Los novilleros tenían sus propias sotanas y a menudo conseguían engañar a los curas merodeadores. La mayoría de éstos, sin embargo, por la noche no molestaba a nadie que llevase sotana, porque en un par de ocasiones los gamberros les habían arrojado pimienta de cayena a los ojos antes de salir huyendo. El padre Mindi había sido víctima reiteradamente de ese truco, aunque no por eso había dejado de espiar.

Hice un par de ensayos y finalmente un día, hacia las tres de la mañana, di el golpe. *Agatha* estaba en un sitio peligroso, e iluminada por todos lados, por lo que tenía muchas probabilidades de que me pillase un cura insomne o un vigilante. Lo más difícil era el tramo del pasillo al que daban los despachos, que estaban a veinte metros de la capilla, a setenta de las aulas, a diez del refectorio y a trescientos de Sing-Sing. Era una noche oscura como boca de lobo. Empecé mi recorrido en los lavabos y fui por el cobertizo de Lwendo hasta la parte posterior de la capilla, el único lugar dentro del cual titilaba una lucecita. Puesto que en los terrenos del seminario no había perros, seguí mi camino sin temor de ser atacado de repente. Ya había llegado demasiado lejos para echarme atrás, por lo que abandoné valeroso la capilla en dirección al pasillo, abrí la puerta al vestíbulo iluminado y contuve la respiración. ¡Tenía a *Agatha* justo delante de mí! Olía a aceite y su piel de alabastro parecía muy lisa a causa de la luz fluorescente. Si me sorprendían acariciándola me echarían de inmediato de la escuela, pero en ese momento ni se me ocurrió pensar en ello. Estudié los daños que le habían infligido: una rayita dubitativa, tímida, sosa, nada que ver con la raya brutal que me había esperado. Estaba claro que el culpable había actuado movido por la curiosidad; si hubiera habido mala intención, la herida habría sido mucho más profunda.

Saqué un clavo largo de debajo de la sotana, elegí un lugar cerca del centro y empecé a trabajar en el vientre de *Agatha*, a cuatro costillas de la parte superior. Introduje profundamente la punta. Tardé lo que me pareció una eternidad en grabar siete letras y dos signos de exclamación; sin embargo, en realidad terminé pronto. «¡Dios mío!», proclamaba, orgulloso, el vientre de *Agatha*. Yo estaba temblando. Retrocedí hasta la puerta y agucé el oído. Me encaminé con mucho cuidado a la capilla, y de ahí a toda prisa hacia los lavabos.

Esa mañana el padre Lageau sufrió su primer episodio auténtico de migraña. La mitad de su cara y la nuca parecían paralizadas. Estaba demasiado enceguecido por la cólera para pensar. Se retiró a su habitación, más furioso aún por el hecho de que todos vieran la prueba de su humillación. Era una migraña terrible. Sentía náuseas y sufría tal diarrea que le ardía el culo. La luz le hacía daño en los ojos, por lo que se tendió en la oscuridad. «¡Dios mío!», murmuró. El mismo cura que siempre transportaba a *Agatha* al lago fue quien lo llevó al hospital. ¡Qué ironía!

Lageau estaba trastornado, pero no era imbécil. Pocos días después se llevó al cobertizo de Lwendo un fardo de ropa usada que había recibido, destinada a los seminaristas más pobres, vertió gasolina por encima y le acercó una cerilla encendida. La hoguera atrajo a un par de chicos y a algunas monjas, que se acercaron para ver qué ocurría. Lageau estaba delante del cobertizo, en el lugar donde se ponía Lwendo para observar a los chicos pelearse por unas brasas, con la mirada fija en el fuego, sin pronunciar palabra. Cuando las monjas vieron lo que ocurría, se llevaron una mano a la boca, pero no dijeron nada. Los chicos permanecían a una distancia respetuosa del prefecto y susurraban entre sí.

Esa misma noche Lageau se presentó en el refectorio y anunció en tono tranquilo que daría con el criminal aunque para ello tuviera que ir a Marte. En ese momento estaba a dos metros de mi mesa. Todos sabían que había quemado la ropa por venganza, y muchos se preguntaban por qué insistía con lo mismo cuando ya había desahogado su cólera con una hoguera. Yo no era el único que fantaseaba con arrojarle por la cabeza los trozos de repugnante *posho* que teníamos que comer.

El profesor de literatura, que no había asistido a la decisiva «misa de los monos», como la llamábamos, hizo una alusión vaga al suceso clamando en clase, a intervalos irregulares: «¡Dios mío!» Tratamos de sonsacarle su opinión, pero sólo dijo, no sin cierta ironía: «Me reservo mi comentario. Hablar vale plata; callar, oro. Prefiero el oro.» En el seminario se hacían apuestas sobre quién había enviado a Lageau a cagar y había hecho esas marcas provocadoras en su barca. Yo me mantuve al margen. Lwendo trató de hablarme de ello, pero no mostré el menor interés.

La dirección que tomaban las indagaciones de Lageau comenzó a inquietarme. Reunió una muestra de la letra de cada uno y dijo que las introduciría en el ordenador. Me dirigí rápidamente a la biblioteca para ver cómo era un ordenador y el modo en que funcionaba, pero no me enteré de nada. Kaanders advirtió mi repentino interés por la informática y dijo:

—Muchacho, muchacho, el padre Lageau seguro que atrapará a ese gamberro, muchacho.

—Lo que han hecho con *Agatha* es un escándalo, padre.

—Ah, muchacho, muchacho.

—Espero que pillen al criminal —dije, para tirarle de la lengua—. Debe de ser la misma persona que roba libros de la biblioteca.

—Seguro, muchacho, seguro.

Le pregunté a Kaanders de qué modo un ordenador podía servir para descubrir a un delincuente y respondió que estaba programado para señalar las coincidencias en distintos tipos de letras. De modo que debería borrar mi rastro saboteando los intentos de Lageau.

Como ocurre en la mayor parte de las dictaduras, el seminario era un hervidero de rumores y secretos. Al cabo de pocos días, Lwendo vino a decirme que Lageau había pillado al criminal.

—Anoche hubo una reunión del personal, pero los profesores están divididos sobre qué hacer con el delincuente.

—¿Cómo lo han encontrado?

—Alguien ha pasado un papelito por debajo de la puerta de Lageau, y es probable que el ordenador también haya ayudado. Dicen que un par de noches atrás vieron al mismo tipo en el dormitorio con una sotana puesta.

Evidentemente, yo no era el único que odiaba a Lageau. Aquello olía a obra de Pescador, como llamábamos al misterioso responsable de los cortes de energía. Ese personaje me intrigaba cada vez más.

Suponía que se parecía a Junco, siempre dispuesto a provocar a la autoridad. ¿Era posible que Pescador me hubiese visto y estuviese disfrutando tendiéndole otra trampa a Lageau? De ser así, ¿por qué delataba a determinadas personas?

—Parece que sólo se chivan de los matones —repuse con simulada indiferencia.

—Lageau no es Mindi. ¿Los matones, dices? Al fin y al cabo no paran de hacer gamberradas.

Decidí que debía hacer algo cuanto antes. Había muchas posibilidades de que no expulsaran al presunto culpable, pero por el momento contaba con que Lageau estuviera ocupado con un montón de cosas y no vigilase demasiado a *Agatha*.

A la mañana siguiente, el chico fue enviado a su casa. Dijo a sus amigos que acabarían por readmitirlo, ya que era inocente. Yo lo consideraba improbable, porque una expulsión sólo quedaba sin efecto si el que la sufría pertenecía a una familia muy influyente con conexiones en el obispado, lo que no era el caso. Por mi parte, estaba dispuesto a seguir dando guerra.

Esta vez me aseguré de que el vigilante nocturno estuviese durmiendo. Me acerqué al vestíbulo desde el lado del refectorio. El olor de *Agatha* me excitó. *Agatha*. Como una maga que pasa las manos sobre su bola de cristal, despertaba en mí toda clase de imágenes. La veía ante mí en el lago y oía susurrar el viento a su alrededor, por encima del zumbido monótono de su motor. El sonido pareció ir en aumento y llenar todo el pasillo y hacer vibrar el suelo.

Hinqué una rodilla en tierra, listo para dar un golpe en el estómago a cualquier visitante furtivo. Grabé las palabras «Piel Roja» debajo de la frase «¡Dios mío!». Un sudor frío me corría por la espalda y los sobacos. Me levanté de un salto, pues por un instante me pareció que alguien me daba un golpe en el hombro. Falsa alarma.

Aliviado, regresé por el pasillo, dejando atrás el clavo herrumbroso. ¡Lo había conseguido por segunda vez! En esta ocasión pasé por el refectorio y por detrás de las aulas. Los pupitres alineados irradiaban un algo divino. Representaban un mundo completo en sí mismo, con sus propias reglas, sus premios y sus castigos. Observé las acacias a lo lejos. Casi había llegado. Los árboles, los insectos zumbadores, el bosque en la lejanía, todo me recordaba mi aldea, y los pantanos, las montañas, la escuela elemental de Ndere Hill el campanario, las monjas y Santo, el tonto del pueblo.

Vi aparecer los lavabos como estatuas decapitadas. De repente recordé los tres surtidores de gasolina ante los que Serenity se reunía con sus amigos. Rodeé la esquina del último edificio y a punto estuve de chocar con Dorobo. Me pareció que reía, porque vi una línea blanca en la bola negrísima de su cara. Quedé paralizado.

—Buenos días, padre —gruñó.

—Bu... buenos días. —No conseguía recordar cómo se llamaba. Quería halagarlo pronunciando su nombre, pero lo único que se me ocurrió fue «Dorobo», el apodo que le habían puesto los chicos debido a su piel tan negra, y que hacía referencia a una tribu keniana. ¡Qué alto era! Me recordó a uno de esos luchadores americanos enjaulados. Yo mismo me sentí como si estuviera en una jaula de acero y resbalase sobre la estera manchada de sudor y sangre, tratando de imaginar cómo escapar de ese monstruo. Lo único que me quedaba por hacer era esperar a que dijera lo que tuviera que decir y acaso pedir perdón. ¿Qué podría ofrecerle a cambio de su clemencia? Dorobo me sorprendió con una prueba de su humor.

—¿Usted nunca duerme, padre?

—Pues, yo... —Estuve tentado de añadir la expresión altamente paternalista «hijo mío», pero no me atreví. Él estaba en situación de sancionarme por salir sin permiso, robar la sotana, atentar contra *Agatha*... Recordé de pronto a Junco y los cadáveres: ¡cuán grande debió de creerse cuando nos enseñó aquellos cuerpos como si de muñecos se tratara! ¡Cuán poderoso debió de sentirse al empujar la cabeza de Isla hacia el bajo vientre de la mujer! En ese momento percibí que debía de proporcionarle cierto placer sexual. ¿No había levantado por eso la falda de la muerta con el pie? Me alegraba de no haberlo visto. Me alegraba de no haber visto lo que había debajo.

—Usted nunca duerme, padre, ¿eh? —repitió el gigante entre risas.

Quise reír también pero no estaba seguro de sus intenciones.

—Sí, los exámenes me tienen un poco preocupado.

Aún me esperaba un sobresalto mayor.

—Gracias por lo de *Agatha* —dijo, desternillándose.

—Yo...

—Y gracias también por lo de Mindi —añadió.

No me cupo duda entonces de que trataría de hacerme chantaje; pero si lo había sabido siempre, ¿por qué había esperado tanto? ¿Para reunir las pruebas suficientes para presionarme? Seguramente me obligaría a falsificar y sellar documentos para él, como una carta de recomendación, por ejemplo, con el membrete del seminario y la firma del rector. Yo estaba perfectamente capacitado para hacerlo, aunque no sería fácil, por supuesto. Imaginé que aquel hombre había encontrado un empleo mejor, pero que no quería que la dirección se enterase todavía.

—¿Tú me das las gracias a mí? —inquirí, esperando el garrotazo.

—Sí, sí, El padre Mindi era malo. El padre Lageau también lo es... Ja, ja, ja. En cuanto a ti, no eres cobarde como los otros chicos. —Volvió a carcajearse—. Cuando el padre Lageau me pregunta sobre su barca le digo que busco un ladrón, no un escritor, ja, ja... —Se inclinó hacia delante y se dio sendas palmadas en los muslos, muerto de risa.

Empecé a temer que algún cura insomne nos descubriese y quisiera saber qué hacía yo allí.

—Qué astuto eso de buscar ladrones y no escritores. —Por mucho que me esforzaba no conseguía reír.

—Yo también soy escritor —dijo, señalándose el amplio pecho cruzado por la tira del carcaj lleno de flechas—. Yo metí las notas por debajo de las puertas de Mindi y Lageau, ji, ji, ji. —Esta vez no pude evitar reír.

—¿Tú?

—Sí, es lo que se espera de un dorobo.

Solté una carcajada, porque entonces lo entendí todo. Había un grupito de chicos que siempre se burlaban de él con frases como: «Ayer me encontré con un guerrero dorobo», o: «¿Sabías que la madre del padre Mindi era una dorobo?», a lo que el otro respondía: «¡Qué casualidad! El tío del obispo también era un guerrero dorobo.»

Precisamente a esos chicos los habían culpado del atentado contra el coche de Mindi. Nadie sabía quién los había delatado. De modo pues que el vigilante nocturno nos había tomado el pelo a todos. Y debía de ser cierto, porque tanto el padre Mindi como el padre Lageau lo habían querido despedir, pero el rector siempre lo había impedido.

—Ya es tarde, padre. Dormir, dormir... —Imitó unos ronquidos y se perdió en la oscuridad. Seguí sospechando que él era Pescador, el saboteador eléctrico. Un auténtico pescador de hombres. Corrí a los lavabos. Cuando me metí en la cama todavía me castañeteaban los dientes.

Reinó el desconcierto y la incredulidad cuando la mañana reveló que *Agatha* había sido nuevamente ultrajada. El rector nos enseñó el clavo que había dejado tras de sí el gamberro y censuró la acción. El padre Lageau tuvo otro ataque de migraña, tomó unas píldoras y se quedó todo el día en cama. Los profesores, que se pusieron de su lado temerosos de que sus coches y demás posesiones fueran saboteadas, comenzaron a proferir amenazas.

A *Agatha* le dieron una nueva capa de pintura y la dotaron de una alarma sensibilísima de fabricación alemana. Corrió la voz de que Lageau había pedido un ferocísimo perro policía. ¡Como si yo fuera tan loco como para atacar de nuevo a *Agatha*!

El perro llegó cuando yo ya no estaba en el seminario. Años más tarde fue cortado en pedazos por unos soldados gubernamentales que iban en busca de guerrilleros, y asado a la parrilla.

—La alarma de *Agatha* os cuesta un año de comida —dijo el padre Lageau según refirieron sus compañeros de voleibol. Tanto nos daba, porque ya no esperábamos nada de él y nuestra esperanza de mejora se había desvanecido. Ahora los chicos hacían bromas sobre *Agatha* y el perro.

—¿Cómo está *Agatha*? —preguntaba uno durante el desayuno.

—Oh, muy bien —contestaba otro.

—¿Quién es *Agatha*? —inquería un tercero.

—Una putita canadiense de pelo amarillo —contestaba el primero.

—¿Dónde ha pasado la noche?

—Ha engañado a su chulo y éste, en venganza, la ha pinchado con el cuchillo.

—¿Y qué ha hecho al respecto su amiguito?

—Le ha comprado un perro policía.

Por la misma época Candado perdió a sus padres. En el momento en que me hallaba frente a frente con el vigilante nocturno, una gruesa pitón era atacada y expulsada de su madriguera por hormigas legionarias. Trasladó su cuartel general a un campo de batatas abandonado y se ocultó bajo el escaso follaje que quedaba tras el caluroso verano y la primera cosecha. Pocas horas más tarde, la vieja despertó a su marido para la oración matinal, el rosario y un salmo para dar las gracias al Señor por un nuevo día. Llevaban cuarenta años haciendo lo mismo. Les encantaba dirigir una oración al Dios que había envia-

do a sus dos hijos a Roma y a Tierra Santa y los había devuelto sanos
y salvos a casa. La vieja preparó té en el hogar de la cocina y bebió
deprisa una taza. Dejó a su marido en la salita bajo la mirada vigilante de Jesús crucificado y el resto de la Sagrada Familia y fue al jardín.
Todo indicaba que sería un día muy caluroso. La atmósfera era diáfana y en la lejanía podía ver nítidamente el bosque, una parte del cual
mostraba todavía las cicatrices de la tormenta reciente. Gentes sin fe
culpaban a Mbale de ésta, pero ella lo encontraba ridículo y lamentable. Lo que aquellas personas necesitaban era un fundamento: Dios.
Había sido una tormenta muy fuerte, pero no había causado mayores daños en su casa y sus huertos. No creía que esto se debiese a la
colina, que ofrecía protección, sino al Señor. Mbale había salido mal
parado y tenía un montón de deudas, pero eso no podía ser sino bueno, ya que ahora debería trabajar y rezar mucho más. No había nada
que Dios no hiciera si uno se lo pedía con corazón sincero.

La vieja se agachó para arrancar el follaje de los largos tallos de
las batatas, cuando sintió una punzada en la parte baja de la espalda.
Hacía años que le molestaba. Le dedicó el dolor a la Virgen María.
Pasó por encima de las hojas secas, las recogió y las arrojó al fondo
del huerto. Contempló los montones desnudos que habían sobrevivido al viento, la lluvia y las primeras cosechas. Echó mano de una
pala para remover los montones, sacar las últimas batatas y preparar
el terreno para la cosecha siguiente. Sintió una nueva punzada. Pensó en pedirle a uno de sus nietos, probablemente a uno de los hijos
de Mbale, que la ayudase en algunas tareas. Levantó la pala, la hundió en uno de los montones y recogió las batatas una a una. La última cosecha solía ser mediocre, y ésta no era una excepción: los tu-
bérculos eran pequeños y fibrosos.

De pronto notó que algo le rasguñaba el pie derecho, pero no le
prestó atención; seguramente se trataría de una de esas hormigas legionarias rojas que había visto cerca del retrete. Mientras removía la
tierra dio gracias a Dios por los dones que había distribuido entre su
familia; el que sus hijos, por ejemplo, volvieran a casa con las bendiciones del Papa y fotos en que aparecían retratados con éste, era más
de lo que se había atrevido a esperar. Todo el trabajo duro que había

invertido en su educación subía como una nube de incienso hacia las puertas celestiales. ¡Sus propios hijos, los mismos que tenían que ir descalzos a la escuela y a quienes fastidiaban por su pobreza, habían viajado en avión a Tierra Santa! Las bendiciones que Nakkazi había traído constituían una señal de que Dios había perdonado a sus hermanas por haber vivido en pecado y haberse rebelado contra Su voluntad, avergonzando a todos por tener hijos en pecado y desdeñando el sacramento del matrimonio.

El segundo rasguño no lo sintió: el dolor quedó eclipsado por sus pensamientos. Recordó la boda de Nakkazi. Había asistido tanta gente..., parientes, amigos y extraños. Aún podía oír el ruido que hacían los hombres al quitar el tejado viejo y sustituirlo por uno nuevo. Veía a la novia brillar al sol con la piel embadurnada de aceite de mantequilla. Recordaba que se había sentido un poco tensa debido a la presencia de su familia política y que había insistido en rechazar el transporte que ésta le ofrecía. ¡Y justo el día de la boda varios vehículos se averiaron y mucha gente se vio perjudicada por ello! También se acordaba de que le había preocupado la posibilidad de que Nakibuka sembrara discordia: había mirado al novio de manera decididamente morbosa. Gracias a Dios no había ocurrido nada, Nakkazi ya llevaba años felizmente casada y de su boca nunca había salido ni una palabra de crítica hacia su tía. Y ahora, uno de los chicos de Nakkazi sería sacerdote, ¡qué honor! La vieja sentía que ya podía dar por concluida su misión en la tierra.

El tercer rasguño la hizo reaccionar: fue un pinchazo agudo, como si lo causara una espina larga o una aguja grande. Puesto que no quería interrumpir el curso de sus pensamientos, hizo lo que, dadas las circunstancias, era lo más natural: se frotó vigorosamente el pie derecho con el talón del izquierdo para aplastar la hormiga sin mirarla. Pero su talón chocó con algo gordo y blando como una batata podrida. Dio un salto y vio agitarse la cola de la serpiente igual que un trozo de cuerda sucia. El miedo hizo que la cabeza en forma de flecha en su pie adquiriese las proporciones de una calabaza. Jesús, María y José, ¿qué estaba pasando? La vieja se puso a chillar y salió corriendo del huerto. La serpiente seguía prendida a su pie.

Sintió que el veneno penetraba en su torrente circulatorio. Le pesaba la pierna. Se detuvo y retrocedió para recoger la pala. Golpeó la serpiente con ella y al hacerlo a punto estuvo de perder el dedo gordo. Vio a su marido caminar hacia ella, y a los vecinos acercarse. ¿Quién cuidaría de él si le ocurría algo? Debía seguir viva. Los vecinos más rápidos la alcanzaron y le arrancaron la serpiente del pie, la tranquilizaron y la ayudaron lo mejor que pudieron.

De camino al hospital, con el ruido salvaje del viento en los oídos, sucumbió al veneno. Su marido ni siquiera asistió al entierro: la muerte de la vieja desencadenó una tormenta de malaria de diez años de antigüedad, que atacó, saqueó y aterrorizó el núcleo de su ser con una fuerza demoníaca. Al cabo de dos días, su hijo le administró los santos sacramentos, tras lo cual regresó a su casa para arreglar el funeral de su madre. Cuando los primeros dolientes volvían a sus casas, llegó la noticia de que el viejo había muerto.

Yo no asistí a ninguno de los dos entierros: a causa de mi examen tuve que dejar que los muertos se enterraran a sí mismos. Además, debía ayudar al padre Kaanders a recoger los libros de estudio de los chicos que abandonaban el seminario. Fue una semana agitada y llena de ansiedad. Se presentaron algunos voluntarios, pero hacíamos pocos progresos. Revisábamos cada libro a fin de ver que tuviese el sello del seminario y el número de serie. Se echaba en falta un buen número de libros, pero eso no había forma de remediarlo. Kaanders seguía durmiéndose y babeando sobre los libros. En los breves ratos libres de que disponía me hice una carta de suspensión, firmada y con el sello de la biblioteca. También me recomendaba a los mejores colegios que conocía.

Lwendo no comprendió en absoluto por qué lo dejaba. La siguiente vez que nos encontramos él era teniente del ejército. Había habido una guerra de guerrillas y la unidad a la que se había unido cuando lo expulsaron del seminario se había convertido en el ejército nacional.

QUINTA PARTE

1979

La década de los setenta estuvo dominada por hombres que a pesar de sus limitaciones personales alcanzaron cotas vertiginosas de poder antes de que sus carros triunfales se despeñaran. Pienso en Richard Nixon, el presidente Mao, el emperador Bokassa y Elvis Presley. Me recordaban las mariposas nocturnas amarillas que, en la oscuridad, venían volando desde lejos y bailaban alrededor de la linterna de tormenta del abuelo. Hechizadas por la luz, volaban en círculos en torno a aquélla, sin tocarla, evitando los mortales agujeros de ventilación de la parte superior. Pero las más impávidas no lograban resistir la tentación y, al ser aspiradas por éstos morían achicharradas. Otras chocaban contra el vidrio caliente o caían agotadas. Durante años constituyó un dilema para mí la aparente relación que existía entre luz y muerte.

También mi juventud se moría de algún modo: estaba ocupado en mudar mi vieja piel desconsideradamente precoz a la nueva luz de la adultez. Me movía en una dirección nueva, hacia una nueva claridad. Mis ojos empezaron a percibir y descubrir cosas para las que había estado ciego hasta entonces. Mi breve flirteo con Idi Amin había terminado, sofocado bajo el peso asesino de la verdad. Tenía la sensación de haberme curado, al menos en parte, de los efectos de las peleas contra Serenity y Candado. Caí en la cuenta de que todo ese tiempo había contenido mi aversión hacia el modo en que se regían los asuntos nacionales mediante el recurso de defender mi propio y pequeño territorio. Esa muda de mi vieja piel era un proceso doloroso. Me sentía irritable, perdido, encerrado. El futuro no pintaba precisamente bien. Se sucedían sentimientos de alegría y desesperación. Temblaba ante la idea de tener que volver a definirme. Temblaba ante la idea de confrontar mi propio mundillo con el gran mundo exterior. La creencia de que perseguía un espejismo me acompañó mucho tiempo.

Durante las vacaciones escolares siempre había tenido la sensación de que en el seminario estábamos confinados ya en un círculo mágico, ya en un corral de ganado. El mundo exterior era un caos cínico, informe, complicado, donde sólo los más fuertes conseguían mantenerse erguidos. Había que apropiarse de las reglas que hacían girar la sociedad, y para ello era necesario valerse de la observación inteligente y la intuición, algo que el seminario estaba lejos de estimular en sus alumnos. Después de meses de hacer lo que te ordenaban, volvías al mundo de supervivientes despiadados con una sensación malsana de extrañeza e impotencia. Los curas llamaban al mundo «ese foso de los leones», y sin duda lo era en muchos aspectos; pero, además de peligros, el mundo también contenía tentadoras posibilidades de exploración. Se trataba del único lugar donde podías excavar hasta el fondo de tus propios sentimientos y pensamientos, porque desempeñabas en él un papel totalmente diferente de los rutinarios que ofrecía el seminario. El mundo exterior era una escuela durísima, pero bajo las montañas de desperdicios había enterrados granos insustituibles para cocer el pan de la vida.

Siempre pasaba mis vacaciones escolares en casa de la tía Lwandeka. Los déspotas me habían desterrado allí después del incidente del polvo simulado con Lusanani. Al igual que los demás estudiantes, esperaba con ansiedad aquel período del año. Debido a la tarea de recoger todos los libros de la biblioteca al final de cada semestre, solía acabar muy cansado. Los primeros días de vacaciones me sentía sumido en un estado de extrañeza beatífica; trataba de volver a poner los pies en el suelo y recuperar fuerzas. En cierta manera parecía un turista que llegara en la temporada alta y se marchara en cuanto había satisfecho todos sus deseos. Gozaba del anonimato de la vida en una pequeña y decadente ciudad industrial con una larga historia y un futuro incierto. Disfrutaba observando a la gente, que era totalmente distinta de la del restringido círculo de mis compañeros y cuyos relatos me cautivaban. Me encantaba la sensación de formar parte, por un tiempo, de ese grupo de condenados y de probar Sodoma y Gomorra sin correr el riesgo de perecer con ellas. Las descripciones que de la vida urbana solía hacer el tío Kawayida acudían de nuevo a mi memoria. Les sumaba las novedades de las últimas andanzas de Amin —inflación, corrupción, asesinato, demostraciones de poderío militar, violaciones, traición, valor, amor...— y trataba de hacerme una imagen de conjunto. Me hartaba como un oso que se preparara para el invierno.

Por esa época también empecé a darme cuenta de lo fuerte que era el efecto del veneno que la serpiente instilaba en el corazón del sistema imperante en el seminario. El trabajo que realizaban los curas en éste, su aseveración de que nuestra vocación era única, de que éramos muy diferentes de los pecadores del resto del mundo, comenzaba a dar sus frutos. No resultaba fácil participar de lo que pasaba alrededor. La realidad semejaba una caja de Pandora de lealtades en conflicto. Las cabriolas de Amin recordaban una película de dibujos animados. Los cadáveres encontrados en la selva se convertían en personajes que simulaban estar muertos. La escasez de productos de primera necesidad y las privaciones generalizadas eran fenómenos efímeros que desaparecerían en cuanto terminase la película. El estoicismo necesario para sobrellevar todo esto alcanzó un brillo heroico. La condenación que se acercaba adquiría un eco apocalíptico. Eran las últimas penas antes de que llegara el redentor. Aunque esa visión trastornada del mundo surgiera de la necesidad de seguridad, demandaba mucho de quienes la propugnaban. En esencia, yo no era el primero ni el último seminarista doblegado bajo una carga pesada.

Veía a la tía Lwandeka como a un rompecabezas, una persona rota en pedazos que yo debía recomponer ante el fondo casi surrealista de la época, en la que muchas cosas no eran lo que parecían. Para empezar, no oí detalle alguno sobre su secuestro, prisión y liberación. A veces contaba que la habían empujado dentro de un coche, interrogado, amenazado y llevado a juicio. En mi presencia no iba más allá de este vago esbozo. A la tía Kasawo, Candado y los demás adultos les había referido todos los detalles. Yo también quería formar parte de ese club selecto. Si no podía satisfacer mi curiosidad de primera mano, debería recurrir a otras fuentes de información. Me llevó casi dos cursos colocar en su sitio las piezas del rompecabezas.

Al principio de las vacaciones siempre esperaba encontrar alguna prueba, un rumor vago o un fragmento de relato que aportara algo. Mi hallazgo más importante fue una notita escrita en gruesas letras de niña en una hoja arrancada al cuaderno de uno de sus tres hijos. La encontré en el fondo de su maleta, entre las páginas de una pequeña Biblia. Decía: «7/3/73 detensión. cuartel. interogatorio. vibora. ombre grande. cushiyo. general. libertá.»

Cuando leí esa nota por primera vez solté una carcajada. Nunca había visto tantas faltas de ortografía juntas. Habría sido el hazmerreír de su clase. ¡Qué cosas no le habría dicho Junco! Pero se trataba de mi tía materna, la joven campesina que se había rebelado contra sus severos padres católicos y se había negado a terminar la escuela. ¡Qué bonito habría sido que hubiera llevado un diario con todos los detalles jugosos de su cautiverio! Pero, al igual que tantas muchachas rústicas, no conservaba una crónica de su vida. Había escrito esa nota como recordatorio, y yo era consciente de que semejante decisión debía de haberle producido un montón de quebraderos de cabeza. Su escritura infantil me hizo experimentar un sentimiento de protección hacia mi tía. Conocer su secreto, su punto débil, me unía a ella con lazos más fuertes. También sentí que estaba en situación de redimirla.

Añadí los nuevos hechos al simple esbozo con que ya contaba. Ahora sabía que la habían detenido el 7 de marzo, y que la habían conducido a un cuartel, donde un hombre «grande» la había interrogado amenazándola con un cuchillo. Ese hombre la remitió a un general que había determinado el curso de los acontecimientos. Fue llevada a juicio y finalmente puesta el libertad. Pero ¿quién era Vibora? ¿Se trataba de un anagrama? En tal caso, ¿correspondía al nombre de un forastero o al de uno de los matones locales? ¿Era el hombre grande o el general? Quizá no aludiese a ninguno de ellos sino a la alemana autora de la carta que había causado todos los problemas. La tentación de dejar caer el nombre de Vibora para ver cómo reaccionaba la tía era muy grande. Pero resistí heroicamente. No quería que me incluyese en su lista negra. Cuando finalmente caí en la cuenta de que «vibora» no era una persona sino un reptil me enfadé, porque significaba que la tía no había contado lo que había sufrido. Sabía que las víboras y serpientes la aterrorizaban, pero quería saber por qué. ¿Acaso aquel desalmado la había obligado a comer carne de víbora cruda? ¿O a follar con una víbora? ¿Qué significaba todo eso? Tuve la sensación de que me ocultaba un secreto de importancia vital.

Después de su liberación, la tía Lwandeka se metió en política. Algo había cambiado en ella tras ver cara a cara a la muerte durante semanas. Me pregunté si el veneno de la víbora no se le habría subido a la cabeza. Si bien su letra seguía pareciendo infantil, sus años mozos eran cosa del pasado. Su compromiso político había sido mínimo antes de su detención, pero fue en aumento a mediados de la década de los setenta, a medida que se incrementaban las actividades guerrilleras desde Tanzania. En ocasiones me hablaba de ello. Se afilió al Movimiento para la Reforma Nacional, o MRN, como lo llamaba todo el mundo. El MRN era una organización pequeña que formaba parte del movimiento guerrillero asentado en territorio tanzano. Su tarea consistía en realizar pequeñas acciones contra el gobierno, como la voladura de puentes y torres de alta tensión, el ataque a patrullas militares y, en definitiva, cualquier cosa que pusiera en entredicho su poder.

De lo poco que mi tía me contó, deduje que su papel consistía en transmitir información sobre movimientos de tropas locales, controles de carreteras y actividades de figuras claves del régimen a fin de tenerlas siempre localizadas. También pertenecía al grupo que daba refugio a guerrilleros del MRN en lugares secretos, los proveía de documentos de viaje, bonos de impuestos progresivos, tarjetas de identidad, etcétera. Por supuesto, todo ello suponía jugar con fuego. Si volvía a caer en manos de los soldados de Amin, esa vez la violarían y torturarían hasta que suplicase que la mataran, que la liberaran de su sufrimiento. En cualquier caso, yo sabía que lo que le había ocurrido la vez anterior, cuando a las tres de la mañana la habían metido en el maletero de un coche, etcétera, sería una chiquillada en comparación. Desde hacía tiempo no era ningún secreto que el Servicio de Seguridad del Estado, la inteligencia militar y otros servicios análogos se mostraban muy preocupados por lo que bullía en Tanzania. La tía Lwandeka sabía de lo que eran capaces los hombres de Amin, pero les tomaba el pelo. Ya había cruzado e incendiado el último puente: el miedo a la muerte. Por eso, a veces me sentía inseguro. En el seminario nos enseñaban que toda autoridad procedía de Dios; yo no lo creía, pero al mismo tiempo pensaba que había algo de verdad en ello. En ocasiones el rompecabezas que estaba armando parecía adoptar formas diabólicas, y no me gustaba nada.

La primera vez que la tía se vio en dificultades serias fue a consecuencia de una carta enviada por una mujer alemana; coincidió con el abandono que por cuatro días hizo Candado de sus demonios, y como consecuencia del cual yo, que ya tenía en mi poder la canilla de la máquina de coser, hube de cuidar de los cagones. La doctora Wagner había llegado a Uganda con la intención de abrir su propia consulta. Para aclimatarse trabajó un tiempo en un hospital católico, y fue en esa época cuando conoció a la tía Lwandeka, que trabajaba como asistenta en su casa. Más tarde, la doctora Wagner, impresionada por la diligencia de mi tía, concibió el plan de enviarla a la escuela para que mejorara su inglés y luego estuviese en condiciones de cursar estudios secundarios. La tía se mostraba entusiasmada con la idea, y la proximidad de una persona cultivada la motivaba todavía más. Admiraba a la doctora Wagner y se llevaba bien con ella porque era clara respecto de lo que se podía y no se podía hacer y todo se realizaba a una hora fija y de acuerdo con un orden determinado.

La doctora Wagner no se mostró molesta ni nerviosa con el golpe de Estado de 1971: sabía que siempre se necesitarían médicos, cualquiera que fuese el régimen que se hiciera con el poder. El éxodo de los asiáticos la impresionó, pero no dejó que la trastornara: debía seguir siendo profesional. Si acaso, el éxodo la reafirmó en su determinación: su campo de trabajo no hacía sino ampliarse. Todos los pacientes tratados anteriormente por médicos asiáticos quedaban ahora a su cuidado. Aun cuando la crisis económica la preocupaba, en vista de que el hospital misionero en que trabajaba existía desde principios de siglo, no temía por su carrera, si bien empezaba a dudar de la viabilidad de su propia consulta. Entonces la espada de Amin cayó sobre británicos, estadounidenses y alemanes. La autorizaron a quedarse, pero la situación iba de mal en peor. Un día robaron dos ambulancias. Desaparecían miembros del personal que luego no querían confesar dónde habían estado. La doctora Wagner opinaba que alguien en el gobierno pretendía perjudicar al hospital católico porque el arzobispo había criticado el régimen de Amin. El hospital adoptó medidas de seguridad y contrató vigilantes; además, se recomendó al personal que no saliese de noche y se decidió no abrirle la puerta a nadie después del toque de queda. La doctora Wagner creía que aún tenía una posibilidad. No estaba preparada para regresar a Alemania. Su madre había muerto de cáncer y se sentía demasiado aturdida para hacerlo. Entonces recibió la noticia de que tendría que renovar mensualmente su permiso de trabajo. Ahí había gato encerrado. Pensó en ir a Kenia, pero el clima racista que había percibido las dos veces que había pasado las vacaciones allí la hizo desistir. Cuando le dijeron, de modo totalmente inesperado, que debía abandonar el país en veinticuatro horas, pilló una rabieta pero tuvo que marchar a Alemania.

La doctora Wagner tuvo que reescribir varias veces la carta que le envió a su antigua asistenta a fin de diluir el veneno que contenía. Pero se negó a tachar algunas frases, como: «Los soldados del aeropuerto me robaron todo mi dinero. También quisieron quitarme el reloj, pero no se lo di. Les aconsejé que si consideraban que no ganaban lo bastante por aterrorizar a la gente, pidieran aumento de sueldo al general Amin. Uno de ellos trató de golpearme con la culata de su fusil, pero su compañero se lo impidió. Me pregunto cómo aguantas vivir en un entorno así. Ahora has de enfrentarte a ello completamente sola. Trabaja de firme en tu educación y procura obtener tu diploma. Manténme al corriente de lo que haces y acerca del país; si es importante haré circular tus cartas entre amigos e interesados. Cuídate mucho y recuerda: los soldados ugandeses son muy peligrosos...»

Abrir la correspondencia recibida del extranjero estaba a la orden del día, y los subordinados obsecuentes, que querían impresionar a sus despóticos jefes a fin de conseguir sus favores, cayeron sobre la carta de la doctora Wagner como una manada de leonas hambrientas sobre un búfalo gigantesco. Localizar a la tía Lwandeka sólo les llevó un día. Estaba en el hospital de Nsambya, adonde había sido dirigida la carta. Entraron por asalto en la sala del personal subalterno, la arrancaron de la cama, la metieron en el maletero de un coche y la condujeron a los cuarteles de Makindye, a dos kilómetros de distancia.

La tía Lwandeka no se amilanó ante las amenazas. No se le escapaba que el suyo era un caso importante, y que probablemente la llevarían a juicio como ejemplo de la infiltración, el espionaje y la campaña de calumnias llevados a cabo por los alemanes. Apoyaría la afirmación de que misioneros, médicos y otras personas al servicio de la Iglesia espiaban para gobiernos extranjeros. Los que habían arrestado a la tía querían arrancarle una confesión sin dejar rastros físicos visibles, puesto que deberían llevarla ante el juez. Pero ella no confesó. La situación se tornó peligrosamente explosiva. Por lo general conseguían hacer hablar pronto a las mujeres, pero mi tía se negaba a abrir la boca. Encajaba los insultos con una mirada tranquila, casi inexpresiva. El «ombre grande» ordenó a sus hombres que la ataran sobre la mesa, de espaldas. Sacó su cuchillo y la amenazó con él, pero fue inútil. A continuación, de un tambor de hierro extrajo una cobra babeante, la acercó a los pies de su víctima y dejó que la mordiera varias veces. Eso trastornó mucho a mi tía, que se mantuvo consciente gracias a un gran esfuerzo de voluntad, aferrándose a la creencia de que a la serpiente le habían limado los colmillos y no tenía veneno. Gritó aterrorizada, y los hombres rieron y le dieron bofetadas en la cara con arrogancia. La cobra siguió mordiéndola, pero ella se mantuvo firme y no dijo nada. Rabioso, el hombre le metió la serpiente entre las ropas, por el escote. La tía Lwandeka se puso a chillar, desesperada, y a tirar de las cuerdas, mientras los hombres seguían riendo y se palmeaban mutuamente la espalda. Luego se pusieron a bailar alrededor de la mesa, gritando: «¡Amin, ayíii, Amin, yujuuu!» Mi tía creyó por un instante que se desmayaría. El reptil seguía reptando, como si quisiera penetrar hasta lo más profundo de su cuerpo para matarla con su veneno, y no sólo a ella, sino también a sus futuros hijos. Pero cualquier situación, por espantosa que sea, tiene un fin, y aquellos brutos lo sabían. El «ombre grande» le quitó la serpiente de encima, se la acercó por última vez a la cara y le dijo que debía responder a la siguientes preguntas: ¿cómo se llamaba la organización de espionaje para la que trabajaba la doctora Wagner?; ¿entre quiénes reclutaba los espías?; ¿qué tipo de ataque militar preparaba su grupo?; ¿tenía algo que ver con la fracasada invasión guerrillera de 1972?; ¿qué clase de información secreta enviaba mi tía a la espía alemana?; ¿quién más, del personal del hospital, se dedicaba a espiar?; ¿cuánto hacía que existía esa banda de informantes?

La tía Lwandeka se negó a decir nada. Le acercaron el cuchillo a la cara, pero ella mantuvo las mandíbulas apretadas. Sabía que ya no le harían nada, y comenzó a pensar en el modo de sorprenderlos. Cuando percibió que había llegado el momento oportuno, pidió hablar con determinado general famoso. De inmediato.

¿Quién demonios se creía que era?; ¿con quién pensaba que estaba hablando?; ¿cómo podía imaginar siguiera que el general quería oírla?

Mi tía repitió una y otra vez que había trabajado para él, ya había colaborado en la identificación de disidentes y agentes extranjeros.

¿Por qué, por todos los diablos, no lo había dicho antes? Los hombres, confusos, empezaron a sospechar y a sentirse intranquilos. Si uno quería seguir en los servicios secretos, como sabían muy bien el «ombre alto» y sus compinches, no debía molestar a los peces gordos y, sobre todo, tenía que saber cuándo estarse quietecito. Por mucho que el «ombre alto» quisiera darle una lección a aquella mujer, no se le escapaba que si lo que ésta decía era cierto, él estaba cavándose su propia tumba. Así fue como mi tía salió bien librada. Aun cuando el general tardase un tiempo en ponerse en movimiento, sabía que había asustado lo bastante a esos asesinos para que, por el momento, la dejaran en paz. El general dio finalmente orden de que la condujeran a la presencia del juez, ante quien se presentó con un vestido largo floreado que ocultaba las mordeduras hinchadas de la serpiente. El expediente de su caso, sin embargo, fue robado, ocultado o ambas cosas. La carta de la doctora Wagner también desapareció. El juez se mostró enfadado por hacerle perder el tiempo. Al cabo de quince días el asunto aún no se había aclarado. Con la ayuda del dinero de Candado, los hermanos y hermanas de la tía Lwandeka sobornaron a los bribones, que pusieron fin a «la investigación». Una semana después mi tía recuperaba su libertad. Más tarde, el general huyó a Tanzania y se sumó a los refugiados y rebeldes.

Candado y Kasawo mencionaban el incidente una y otra vez para suplicar a la tía que no se metiera en política o colaborara con los disidentes. Kasawo, ella misma víctima de un atentado contra su vida, opinaba que era una experta digna de crédito en el arte de superar las dificultades y esperaba que su hermana menor se tomara en serio sus advertencias y consejos. También creía que las tareas políticas de su hermana menor servían para compensar el que nunca hubiera encontrado a un hombre adecuado para casarse y con el que fundar una familia. Como buena hermana menor, y aún presente el hecho de que había escapado por un pelo de las mandíbulas de la muerte, la tía Lwandeka no defendió su postura y mostró el respeto que sus hermanas mayores esperaban de ella: dejó que hablaran hasta que se cansasen.

—Hemos estado muy intranquilas por ti. Teníamos miedo de que te ocurriera algo terrible. ¿Es que no tienes ningún sentimiento hacia los demás? ¿Cómo se te ocurre, si no, decirnos que no puedes dejar la política?

—Busca a un hombre, cásate con él y funda una familia. —Kasawo dijo su frase favorita con una sonrisa—. Y si no te bastan tus propios hijos, siempre podrás cuidar de los huérfanos.

—Deja de escribir cartas a esos espías extranjeros, hermana —le advirtió Candado, enfadada—. ¿Qué puede hacer por ti esa mujer alemana? Durante el tiempo que pasó aquí no hizo más que usarte; te obligaba a lavar las bragas y las toallas. ¿No bastaba con eso? Ahora ha regresado a su país y se ha desentendido de ti. Ni siquiera sabe por lo que has pasado. ¿Es que no te das cuenta de que no le importa?

—Escucha lo que te dice tu hermana mayor —señaló Kasawo, mirándola fijamente.

—Sé que eres lista, pero también eres inocente. Desde que has renunciado a la fe y has dejado de rezar las cosas te han ido mal —prosiguió Candado, con voz cada vez más fuerte pero sin mover un músculo de la cara. Semejaba una estatua parlante—. El primer hombre educado que apareció en escena nos tomó el pelo a todos y te dejó a ti para casarse con una mujer más culta. ¿Qué ha hecho desde entonces por ti y tu hijo? ¿Qué han hecho otros hombres por ti y por tus hijos? Te matas por ellos como si fueran huérfanos. Ahora te la juegas por unos políticos que te dejarán en la estacada en cuanto hayas hecho lo que quieren. Deja de fiarte de la gente y deposita toda tu confianza en el único que nunca te abandonará: Dios.

La tía Lwandeka encajó la bronca en silencio. Miró a sus hermanas con humildad, pero en cuanto se libró de ellas siguió en lo suyo. No podía volverse atrás. Consideró la posibilidad de irse a Tanzania y unirse a los rebeldes del MRN. Los tres niños podían quedarse con sus respectivos padres. Se puso un par de veces en contacto con el general. Éste sí quería que ella fuera a Tanzania, porque allí necesitaban toda la ayuda posible. Pero un día un amigo íntimo la llevó aparte y le advirtió que no lo apostase todo a una sola carta. Le preguntó qué sabía de combatir. Le preguntó si tenía idea de cuánto duraría aún la lucha. Le preguntó si estaba segura de que el MRN obtendría una buena tajada en el reparto del poder cuando todo hubiera concluido y a ella la recompensarían con un buen empleo. Le preguntó si creía que todos esos grupúsculos guerrilleros que estaban más o menos unidos en la lucha contra Amin seguirían estándolo una vez éste fuese destituido. Le preguntó si de verdad quería sacrificar inútilmente su vida, como si no hubiera alternativa. Y, por fin, le pidió que hiciera testamento, lo firmase y se lo diera.

Esto hizo reaccionar a la tía Lwandeka. Comprendió que era más inteligente seguir luchando desde dentro, pasar información al MRN, dar alojamiento a sus colaboradores hasta que terminaran la tarea que les habían encomendado. Resultó una opción mucho más satisfactoria. No ponía su vida patas arriba ni le exigía separarse de sus hijos. Le ofrecía la oportunidad de llevar las riendas de su existencia.

Después de las caras inexpresivas de los déspotas era casi una revelación estar cerca de alguien con un rostro vívido. En el de la tía Lwandeka podían leerse todas sus emociones. Irradiaba seriedad, inflexibilidad y cólera, pero también ilusión, alegría o tristeza. Fue una verdadera conmoción descubrir lo distinta que era aquella mujer de Candado a pesar de haber salido de la misma matriz católica que ésta. Le hablaba con voz cálida por la mañana, cuando me levantaba, cuando charlaba conmigo por la noche, cuando me preguntaba qué tal había sido mi día. Jugaba con sus hijos y se interesaba por su bienestar. Les contaba cuentos absurdos y les cantaba canciones divertidas. Los tranquilizaba, pero también exigía cierta disciplina.

La tía Lwandeka bañaba personalmente a todos sus hijos, les frotaba enérgicamente la espalda y les examinaba con atención los pies. Los tomaba en sus brazos y dejaba que le vomitaran o cagaran encima cuando estaban enfermos. Si tenían el sarampión, les picaban los ojos o se negaban a comer y no dejaban de llorar, trataba de consolarlos con palabras dulces. No importaba lo cansada que estuviera, siempre se mostraba muy paciente.

Lastrado con la herencia de Candado, decidí luchar para proteger a esos niños de lo que, a mis ojos, era una manera equivocada de educar. Me ocupaba de que realizaran sus tareas escolares y repitiesen las tablas de multiplicar. Los cargaba con ejercicios de ortografía. Los obligaba a fregar los platos y a darse prisa cuando tenían que hacer un recado. Le aconsejaba a la tía Lwandeka que fuese severa con ellos, lo que significaba que debía pegarles y cuidar que no fueran respondones. Le decía que debía exigirles que dejaran de inventarse excusas cuando habían hecho algo mal. Quería que fueran dóciles, obedientes y fiables. Quería que dejaran de jugar a la pelota, de rasgar papeles, de tirarse cosas y perseguirse mutuamente. Me parecía que jugar llevaba a la indolencia, para la que no había lugar en mi lista de virtudes.

Asumí el papel de padre de aquellos bastardos que sólo tenían en común la madre que los había traído al mundo. ¿Dónde estaban sus padres biológicos? ¿No era la tía Lwandeka una especie de puta? ¿No la habrían lapidado los judíos bíblicos? En lo más profundo de mí, la palabra «puta» me inquietaba. Me recordaba las fotos de mujeres desnudas de Junco, con sus labios vaginales abiertos y su mirada provocadora. La tía Lwandeka se acostaba con muchos hombres, pensaba yo, y la mera idea me procuraba una excitación agradable, pero también hacía que me enfadase. Me repugnaba verla hablar con su novio. Me daba náuseas la manera en que lo atendía y reaccionaba ante él, aunque se tratara de asuntos banales como pañales, un niño con fiebre o el sol. Como «hombre de la casa», «papaíto» de los niños y segundo al mando, me sentía ofendido y eclipsado.

No me habría parecido tan mal si la tía hubiese sido fea, gorda y ruin, pero era esbelta, elegante y atractiva. Siempre me recordaba a Lusanani. Cuando sonreía, las encías no le quedaban cruelmente descubiertas, sino perfectamente disimuladas por los labios, justo por encima de los dientes. Me hubiera gustado verla sonreír eternamente. Su sonrisa era el rasgo de su rostro que yo más estimaba, y al que me aferraba cuando la marea se volvía contra ella y taladraba sus viejos sueños.

Empecé a tener fantasías asesinas cuando la veía con su novio. Quería que lo atropellara un coche. Aquel hombre tenía su propia casa, a una distancia notable de la de mi tía. Cada vez que venía traía cosas ricas y se mostraba sumamente amable, pero yo no quería saber nada de él. Deseaba que se volviera impotente, porque sabía que tras engatusarla con regalos se tendía sobre ella, la penetraba con su enorme pene y le arrancaba ruiditos estúpidos. Me lo imaginaba empujando con todas sus fuerzas y metiendo los dedos en cada uno de los agujeros de mi tía. Yo era presa de la cólera y de esa sensación de inutilidad que sufre la gente de bien cuando se encuentra en una situación comprometedora.

La presencia de aquel hombre constituía para mí una amenaza y una humillación. En ocasiones se comportaba como si fuese el padre de los tres pequeños bastardos, y me costaba dominarme cuando se hallaba cerca. Quería que fuera él quien tuviese que dominarse, quien se sintiera inseguro y dudase de su autoestima. Quería verlo caer de su pedestal y romperse las piernas: en caso contrario, sería yo quien lo empujaría. Y para pillarlo desprevenido comencé a espiarlos por el ojo de la cerradura. Fue por entonces cuando los retazos de información que había reunido en la biblioteca empezaron a cobrar vida. Aplicaba el oído contra el ojo de la cerradura y esperaba con ansiedad percibir algún murmullo lujurioso, un suspiro anhelante, un gemido lascivo. Quería comparar la cadencia simple, áspera y efectiva de sor Bisonte y el ronroneo cantarín de Lusanani con el repertorio desconocido de la tía Lwandeka. Me sentía muy trastornado cuando me veía premiado con uno u otro sonido. Se hallaba en juego el celibato. Si ésa era la manera en que un seminarista adquiría su experiencia de la vida sin pecar contra las reglas de la castidad, no cabía duda de que me encontraba en un barco que se hundía. Estaba ahogándome, boqueando en busca de aire. Finalmente dejé de espiarlos, feliz de que no me hubieran descubierto.

Al día siguiente de que él se quedara a dormir, la tía Lwandeka siempre tenía un aspecto radiante y notablemente sereno, al tiempo que manifestaba una cordialidad casi exculpatoria. Yo no me quitaba de la cabeza el episodio en que Jesús dormía en una barca y se desató una tormenta. Después de todo el martilleo y bombeo y gemido parecía que la tormenta hubiera amainado en la tía. El propio señor Matatormentas se mostraba invariablemente desenvuelto, como si no hubiera matado más que una mosca. Mi tía dedicaba entonces mucho tiempo al desayuno, como si tuviera que apaciguarnos a todos. Mientras comíamos, sin embargo, se respiraba un malestar extraño. Era como si hubiera pasado algo malo y todo el mundo supiese quién era el culpable pero nadie hablara de ello a causa de intereses encontrados. En tales ocasiones la tía semejaba un saltimbanqui que hiciera bailar varios sombreros. Después del desayuno se transformaba de amante en madre y agente del MRN, supervisora del mercado, destiladora de bebidas y voluntaria eclesial. ¡Qué actuación! Cuando el señor Matatormentas se marchaba, me ponía a dar saltos de alegría.

Me encantaban los sombreros que se ponía la tía, salvo el de voluntaria eclesial. Su reconciliación con la Iglesia resultaba asombrosa, teniendo en cuenta sus resistencias juveniles y su vida independiente de mujer adulta. Parecía una decisión calculada para fundir una parte de su pasado con su vida actual. Iba al templo cada domingo e ingresó en la Asociación de Mujeres Católicas. En aquella época no se me ocurrió que lo hacía con el fin de obtener información para la guerrilla, porque muchísimos católicos simpatizaban con la causa.

Durante la semana, dedicaba gran parte de su tiempo a su tarea como supervisora del mercado. Mientras resolvía problemas, recaudaba el alquiler de los puestos y mantenía contactos con los funcionarios gubernamentales locales, también realizaba trabajos para el MRN. Intercambiaba información con otros agentes, guerrilleros disfrazados de clientes, supuestos comerciantes y buscadores de favores. A ello se añadía que una vez al mes destilaba ilegalmente licor en la casa de un amigo, en los suburbios. Se trataba de una actividad peligrosa cuya ordinariez me repelía. La comparaba con la encuadernación de libros llevada a cabo por el padre Kaanders y la encontraba repugnante. ¿Por qué corría tales riesgos la tía Lwandeka? ¿No conocía un modo mejor de incrementar sus ingresos? Sólo mucho más tarde, después de mi choque con la soldadesca de la Trinidad Infernal, logré reconciliarme con ello.

Todo iba muy bien por aquel tiempo. Yo disfrutaba de las vacaciones, aun cuando me intranquilizaba si la tía regresaba tarde a casa, por la noche. Me rodeaban toda clase de fantasías. ¿Se le había acabado la buena suerte? ¿La habían pillado las fuerzas de seguridad con documentos del MRN? Pero siempre volvía y se disculpaba por haberme hecho esperar.

Finalmente, mi deseo se hizo realidad. Durante las vacaciones escolares su novio dejó de venir para dormir con ella. Yo lo había hecho caer de su pedestal. No me importaba cuántas veces la tía Lwandeka fuese a su casa, siempre que él se mantuviera alejado de mí.

Durante mis segundas vacaciones vi una foto del famoso general. Estaba entre las páginas de la misma Biblia pequeña donde, evidentemente, mi tía guardaba cosas que estimaba. Yo lo había visto una vez por televisión y tres veces en el periódico. Empecé a pensar que entre ellos había algo más que una común simpatía por los rebeldes. Un militar nunca daba una foto a un ciudadano, salvo que existiesen motivos personales. Aquello me pareció excitante, pero, al tiempo, me repugnaba. ¡De modo que mi tía materna follaba con uno de los dirigentes del país! ¡Qué osadía! La instantánea estaba hecha con una cámara Polaroid, aparato práctico para alguien que, con toda probabilidad, no se atrevía a ir a un estudio fotográfico. Pero ¿por qué la tía Lwandeka la guardaba en su casa? ¿No se trataba de una actitud propia de una chiquilla? Recordé su letra infantil. ¿Estaba mi familia condenada a cruzarse en el camino de los militares? Yo mismo me consumía por la veneración de los ídolos: me habría gustado mucho descubrir qué clase de persona era ese hombre. ¿En qué consistía su secreto? ¿Cómo se sentía trabajando para el gobierno y, al mismo tiempo, simpatizando con la guerrilla?

En vistas de que el señor Matatormentas ya no aparecía por casa, yo me sentía seguro en ella. Ya no había ninguna razón para ser severo con los bastardos. Había empezado a quererlos. Me recordaban a mis viejos cagones, a quienes llevaba mucho tiempo sin ver.

A principios de 1976 volví a la aldea por primera vez en años. Las colinas, los pantanos y los bosques aún eran tan impresionantes como antes. Pero la aldea se había reducido y parecía una isla desierta asediada primero por tormentas, huracanes y erupciones volcánicas y sitiada ahora por piratas. Toda la parte vieja estaba sumida en un abismo de desolación, en tanto que la parte nueva respiraba un bienestar dudoso. Descubrí tabernas en los lugares más insospechados. Del rincón sombrío donde antaño había estado la casa de Dedos, el leproso, salía una estridente música de baile. Había allí una casa nueva, con un tejado de chapa ondulada que relucía al sol, y en la galería unos altavoces enormes. Por mi lado pasaban muchachos forasteros que vestían pantalones acampanados y zapatos con plataforma y lucían peinados afro y joyas llamativas. Andaban con paso vacilante por efecto de las bebidas importadas. Hacían comentarios obscenos hasta un tiempo atrás desconocidos en aquellas zonas rurales. ¿De dónde había salido aquella gente?

De las galerías de algunas de las nuevas casas de ladrillos rojos colgaban letreros llamativos anunciando supermercados, hoteles, restaurantes, casinos, ante las puertas de los cuales había apostadores jóvenes que, sentados ante mesas de colores llamativos, jugaban a las cartas entre el griterío generalizado de los mirones. De las narices de todos ellos salían nubes de nicotina. Fluía el alcohol, que impregnaba los cerebros de ganas de pelea mientras las ingles sufrían los efectos de patadas vigorosas. Fui testigo de una breve riña por una partida de cartas. Éstas volaron por el aire. La mesa perdió las patas. Los muchachos, ebrios y de culo gordo, se pusieron a gritar, y alguien pisó una cara que mordía el polvo. Muy cerca, tres chicos probaban sendas motocicletas Honda de baja cilindrada. Les daban gas y los tubos de escape despedían nubes de humo azul que entraban en los ojos de muchachas eufóricas. Alguien pasó con un sombrero grande, recogiendo dinero para algún campeonato. Me zumbaban los oídos a causa del ruido, como si estuviera involucrado en una pelea. Seguí andando y en la siguiente curva las motocicletas me adelantaron. Me mancharon de barro mientras se dirigían al otro extremo de la aldea, perseguidas por un Honda Civic lleno de chicos ruidosos que tamborileaban con los dedos sobre las ventanillas, los asientos y el techo.

Me adentré a toda prisa en la parte vieja. Los ancianos estaban sentados, con los hombros hundidos y el semblante ensombrecido por la tristeza. Parecía como si las explosiones que el abuelo había predicho ya hubieran empezado y la aldea se viera arrastrada por el torbellino de unos cambios violentos que la partían en fragmentos irreconciliables. La nostalgia que había caracterizado mis años tempranos en la aldea gracias a los relatos del abuelo y la abuela, había desaparecido, borrada por la energía agresiva de los jóvenes contrabandistas y sus cómplices. Un vago temor se apoderaba poco a poco de la aldea.

La casa de Serenity estaba envuelta en una telaraña de decadencia. Las ventanas habían sido selladas por dentro por la acción de las termitas y las hormigas habían arrancado las puertas de sus goznes. El techado aparecía oxidado por las lluvias y el sol perpetuos. Era evidente que a Serenity ya no le interesaba esa casa ni la aldea y estaba dispuesto a dejar que el pasado quedara reducido a escombros. Entré en la casa como lo hacía en otro tiempo, cuando de repente surgía un visitante de la nada. Fui recibido por una atmósfera viciada y caliente, llena de polvo y murciélagos. Abrí con cuidado puertas y ventanas, temeroso de que se cayeran a pedazos. No toqué los rastros de las termitas. Tampoco barrí el suelo; ¿para qué? Observé que el viento se llevaba el polvo hacia las ramas de los árboles. En el rincón de la salita donde Candado acostumbraba guardar su estera había un hormiguero de un metro de alto. En el dormitorio de Serenity, una gran serpiente había mudado la piel bajo la cama de los recuerdos. Ésta se encontraba cubierta de polvo, pero aún se sostenía sobre sus patas gracias a la capa de barniz insecticida. Salí al jardín. Estaba invadido por las malas hierbas, que ocultaban incluso el retrete y el fogón donde yo ponía a hervir el agua para los baños de la tía Tiida. En ese mismo lugar me habían azotado por primera vez mientras la abuela pensaba en el modo de intervenir. El retrete en el que había atisbado los genitales de Candado semejaba una latita de conservas en el puño de un gigante.

La vivienda de la abuela aún presentaba huellas del fuego. La mísera choza que un miembro de la familia había construido justo al lado de la casa vieja estaba abandonada. Al pie del añoso árbol bajo el cual el abuelo y la abuela solían disentir después de los almuerzos, el suelo aparecía tapizado de hojas muertas. Me acerqué al sitio donde se había reunido la muchedumbre la noche del incendio y sentí unas terribles ganas de orinar. Aquél ya no era mi lugar. Tenía que buscar un nuevo centro para mi existencia. Seguí andando, encorvado por el peso del pasado y la brutalidad de todos esos cambios.

La casa del abuelo aún parecía igual de grande e impresionante, pero al contemplarla no pude evitar pensar en un monumento en decadencia. El cafetal luchaba contra las zarzas, el seto contra el muérdago, las terrazas contra la erosión.

El abuelo también había envejecido. Tantos disparos, palizas y cuchilladas, por no mencionar la agitación de su vida política y personal, se habían cobrado un alto precio. Sólo en sus ojos era posible hallar su antigua belicosidad: aún tenía esa mirada abierta, interrogativa. Su sordera había empeorado, sobre todo del oído en que los bandidos lo habían golpeado en 1966. Había que gritar un poco si uno quería que lo entendiera. Mantenía la cabeza inclinada, con el oído bueno vuelto hacia el que le hablaba. Nos alegramos mucho de volver a vernos, y se asombró de lo crecido que yo estaba. No cesó de preguntarme cuándo terminaría mis estudios de Derecho, y yo no dejé de explicarle que aún me quedaba un largo camino por delante.

Visitamos la tumba de la abuela. Él permaneció con la espalda erguida mientras yo intentaba en vano arrancar las malas hierbas, ponía en su lugar las piedras que la naturaleza había movido y enderezaba la cruz, torcida a causa del viento. A ambos nos rondaba la misma pregunta: ¿quién había asesinado a esa mujer? ¿Quién la había juzgado, sentenciado y ejecutado? Recordé todas las criaturas que había ayudado a venir al mundo y todas las hierbas que habíamos recogido en el bosque, en el pantano, en todas partes. Sentí de nuevo que me meaba en los pantalones, lo que resultaba extraño después de todos esos años. Por un instante esperé que el espíritu de aquella anciana se levantara y agitara las hojas de mi árbol favorito. Que hiciera algún milagro. No ocurrió nada. Me había encomendado terminar la tarea que ella había comenzado. Yo sustituiría el líquido amniótico y el moco por la tinta del abogado y la saliva de la oratoria.

Dejamos el cementerio. El cafetal habría podido estar mejor cuidado. Muchos de los árboles necesitaban una poda. El abuelo dependía de jornaleros para mantener los árboles libres de hierbajos y cosechar el café. La *shamba* aún producía lo suficiente para vivir, aunque los tostaderos tardaban muchos meses en pagar y culpaban al gobierno de la demora. El sueño de Serenity parecía haberse hecho realidad: la finca del abuelo ya no producía tantos beneficios como antes. Pero eso no molestaba al anciano. Tampoco él había querido ir a Roma. En esa época apenas viajaba, salvo para asistir a un entierro, a una boda importante o a una gran reunión del clan. Como las tierras de éste habían pasado a otras manos, el abuelo era libre y ya no tenía que vigilarlas. Podía dedicarse a contemplar los vaivenes de la vida política.

Me pidió que lo afeitase. Le llevó un rato encontrar las navajas. Se sentó en su tumbona, las piernas estiradas. La navaja chasqueaba y se cubría de espuma mientas yo la pasaba por encima de surcos y arrugas. En un *mtuba* de corteza gris que se alzaba cerca de nosotros los pajarillos piaban excitados mientras saltaban de rama en rama.

—Serpientes —dijo de pronto el abuelo furioso. Le hice un corte en la barbilla—. Hay una mamba negra en ese árbol. Esto está repleto de mambas negras.

—También de mambas verdes —apunté mientras le enjuagaba la espuma y la sangre.

—Todos esos matorrales están llenos de serpientes. —Hizo un amplio gesto con la mano.

—¿Aún les tiene miedo a las serpientes, abuelo?

—¿Quién no? Claro que les tengo miedo a las serpientes. Mi mayor temor es que una se meta en mi cama y me muerda al sentarme encima de ella.

De pronto recordé que a la madre de Candado la había matado una pitón. No reí.

—Las serpientes han sustituido a la gente que ha abandonado la aldea —añadió.

—¿Quiénes son todos esos recién llegados? —pregunté—. Casi no reconozco a nadie de la aldea.

—Lo que te decía: este lugar está lleno de serpientes. Y la causa de todo es la locura desatada por el contrabando de café.

—¿Cuándo tomaron esta región los contrabandistas?

—Un par de años después de que te fueras. Por suerte, ocurrió cuando ya no estabas aquí.

—¿Cómo ha sido...? Quiero decir...

—En la década de los sesenta tus padres se marcharon a la ciudad para buscar trabajo y llevar una vida mejor. Ahora, los jóvenes vuelven a marchar de la ciudad para unirse a las bandas de contrabandistas de café y dejarse matar por ellas.

—Háblame de ello, abuelo —le pedí, expectante.

—La juventud ha encontrado un modo de ganar dinero rápidamente sin necesidad de estudiar para ello. Pasan el café de contrabando a Kenia por el lago y a cambio les dan dólares americanos. Vuelven cargados de artículos de lujo: tejanos, radios, relojes Oris, pelucas y otras porquerías por el estilo, y se comportan como locos. Han descubierto que esta aldea es un buen lugar para ocultarse y desfogarse sin atraer la atención de las autoridades. El cuartel más cercano está a quince kilómetros de aquí, de modo que no han de temer nada del ejército. A veces, un par de soldados se escapan del cuartel y vienen aquí a pasar el fin de semana, a emborracharse y pelear por las mujeres. A los contrabandistas no les importa. Los jefes han perdido su autoridad y dejan que los jóvenes hagan lo que quieran, aunque se destrocen. Pero en ocasiones los chicos organizan carreras de motos en la aldea vieja y espantan a los niños y a las mujeres. A todos ellos les gusta jugar. El número de los que caen bajo las balas de las patrullas contra el contrabando aumenta por momentos. Otros disparan contra sus propios colegas cuando descubren la cantidad de dinero que corre. Cada día deben ser más temerarios para sobrevivir. Regresan, gastan su dinero como idiotas, se quedan sin un céntimo y vuelven a irse. La mayoría sólo lo consigue un par de veces antes de que los maten. Casi todos los chicos que solían llevar mi café al tostadero han muerto. Lo único que oyes es que el hijo o el nieto de éste o de aquél se ha «ahogado». Ni siquiera se atreven a llamar a la bestia por su nombre.

—¡Qué despilfarro!

—Tú sigue con la cabeza hundida en los libros, hijo mío.

—Es lo único que hago, abuelo.

—Antes te hablaba de explosiones y me mirabas incrédulo. Eras demasiado joven. Pero ahora has de admitir que tenía razón. Las cosas no seguirán como estaban.

—Pero ¿cómo acabará todo?

—Eso tendrás que descubrirlo por ti mismo; ¿no eres abogado?

—Sí, abuelo —repuse con una sonrisa.

—Ya no necesito todo ese café. Es para ti y tus hermanos. Pero tengo la sensación de que no volverás para trabajar la tierra. Ve por el mundo y conquista un lugar para ti. Un abogado importante no ha de atarse a una aldea pequeña, sobre todo cuando está llena de la gente equivocada.

—Gracias, abuelo.

Se me ocurrió preguntarle si compartía la opinión de Junco, para quien fueron nuestros jefes los que llamaron a los británicos e hicieron destruir lo que quedaba del país, pero parecía ensimismado, como si estuviese comunicándose con personas invisibles para mí. Yo ya había obtenido su bendición; ¿qué más quería?

El hogar del abuelo estaba gobernado por una pariente más o menos lejana de nosotros, una jovencita descuidada que dejaba tiradas las cosas en cualquier sitio: teteras en los umbrales, sartenes en el jardín, el cuchillo de cocina sobre la mesa. Cocinaba, barría, lavaba y de vez en cuando trabajaba en la *shamba*. Los fines de semana la ayudaba la madre de la tía Kawayida. También eso me parecía una novedad interesante, pero nuevamente decidí no preguntar qué significaba. Compadecía un tanto a esa mujer. Tenía que trabajar como un caballo para poner orden en lo que la chica había desordenado. Esta última era semianalfabeta, cortés y muy hospitalaria. Cuando trajo té, mi taza mostraba rastros de haber sido lavada deprisa y corriendo, y la del abuelo no parecía mucho más limpia. Dudé si pedirle que volviera a lavar las tazas en un cubo de agua jabonosa, o si cerrar los ojos ante semejante negligencia. La taza olía a pescado. La dejé caer como por accidente simulando que un insecto subía por mi pierna. Cuando quiso llenarla de nuevo le di las gracias y rehusé. Comencé a sospechar que el olfato del abuelo tampoco era el de antes: años atrás habría tomado con unas pinzas cualquier objeto sucio. El abuelo me recordaba al rey Faisal de Arabia Saudí. Aunque no tuviera el aspecto de alguien cuyo poder era absoluto, en completa armonía con la muerte, sí había alcanzado esa fase de desecación propia de la vejez. Su bastón parecía una prolongación del brazo. Me había atizado a menudo con él cuando le hacía burla y trataba de huir. Propuso que diésemos una vuelta por la aldea. Hacía un tiempo espléndido: lucía un sol suave que evaporaba la lluvia del día anterior. El cielo era de un azul brillante, y apenas se veían nubes. Las plantas resplandecían por los chubascos permanentes. El aire olía a tierra y plantas. Era un lugar muy plácido.

El abuelo se puso una trinchera gris, una túnica blanca, zapatillas cómodas y echó mano de su bastón. Iba a exhibirme; yo era su toro premiado. Me sentía orgulloso. Sería el primer abogado oriundo de ese pueblo. Tomamos el sendero que rodeaba la aldea, en dirección a la finca de la familia Stefano. Era todo un campamento, antaño densamente habitado por las familias de los hijos e hijas, que vivían en casas menores alrededor de la casa grande. Yo siempre había sido reacio a ir allí, pues había un patio enorme que me intimidaba por todos los ojos que miraban hacia él. Ahora parecía un campo de fútbol abandonado después del partido, con unas pocas personas aquí y allá en busca de un recuerdo. El señor Stefano, un hombre gordo, estaba paralítico después de sufrir un derrame cerebral. Su enfermedad hacía del lugar una casa de los espíritus. Todo estaba muerto.

—Mi único competidor... —dijo el abuelo—. Qué manera más triste de llegar al final.

Recordé a la tía Tiida y sus esfuerzos por hacer que el abuelo fuese a Roma. ¡En el fondo, qué ridículo era todo!

Quería ver a un par de los niños que la abuela había ayudado a nacer. Quería ir a casa del curtidor, cuyo patio apestaba a las pieles de vaca puestas a secar en bastidores de madera. Era un hombre alto, flaco, que siempre me recordaba al Abraham bíblico. Tenía muchos árboles del pan, mangos y aguacates, pero ningún niño quería comer su fruta debido al hedor del patio. Vivía con su anciana mujer, a la que siempre habíamos llamado Sara. Le pregunté por él al abuelo. Me dijo que aún vivía y seguía curtiendo pieles. A quien también quería ver era al primer amante de Tiida, que la desfloró pero no quiso casarse con ella. Tenía una hija estrafalaria. Estaba sentada en la galería con las rodillas recogidas, sin ropa interior, la cabeza vuelta hacia el camino. Al abuelo no le gustaba aquel hombre, de modo que no le pregunté por él.

El sendero era ancho pero estaba cubierto de baches y piedras. De pronto, el abuelo soltó un grito tras meter en un agujero la pierna que le habían herido de un disparo. Le dije que se sentara un rato, pero no quiso. Con el rostro desencajado, se agachó y se agarró la pierna. Del extremo de la aldea me llegó una música estridente. Era una canción de Boney M, coreada por una multitud. Al cabo de un par de minutos, cuando la canción terminó y comenzó la siguiente, se enderezó, me tomó de la mano, y juntos echamos a andar en dirección a casa. Fin de la excursión.

Yo tenía tiempo de sobra. Trepé a mi árbol del pan favorito y miré hacia Mpande Hill. Parecía flotar sobre unas nubes inmóviles por encima de un estanque cubierto de papiros cuyos tallos semejaban paraguas de un verde pálido. Esa montaña era nuestro Gólgota. Dos o tres ciclistas habían muerto en sus cuestas. Recordé las impresionantes carreras ladera abajo a lo largo de doscientos metros de la pendiente más empinada que existía. La única vez que participé, de paquete de otro, éramos un total de seis. Estábamos arriba, con las ruedas delanteras alineadas, los corredores tensos y concentrados. Abajo, el valle se extendía como una masa verde amarillenta, en tanto que los espectadores semejaban enanos en una llanura gigantesca. Yo iba sentado sobre un saco de yute doblado en cuatro. Ya notaba irritada la parte inferior de los muslos. Mientras me sujetaba a la cintura desnuda, resbaladiza, del corredor, con los ojos fijos en su espalda, no dejaba de preguntarme cómo haría para frenar con los talones descalzos, ya que, por lo general, las bicicletas de carreras no tenían frenos. Descendimos a una velocidad de vértigo por una pendiente que se inclinaba cada vez más. Los árboles y papiros parecían volar a nuestro encuentro. El viento zumbaba en mis oídos y me azotaba la piel. Semejantes a un velo fantasmagórico pasaron por nuestro lado otros dos corredores, y eso que íbamos muy rápido. ¡Qué sensación! La rueda anterior tocó una roca, que comenzó a rodar por la pendiente. El corredor se inclinó hacia delante para aprovechar todas sus fuerzas, de modo que mi cara recibió el azote del viento. Lágrimas, saliva y mocos volaban alrededor de mí en hilillos finos. Se me metieron en la boca un par de insectos, y los escupí contra el viento. La rueda delantera resbaló y un alud de huesos rotos, vísceras arrancadas, días interminables en el hospital, incontables inyecciones, cuñas rebosantes y vendajes sanguinolentos cayó sobre mí: eran los fantasmas de mi miedo. Estaba sentado en el aire, el portapaquetes había desaparecido, me aferré con las manos al pantalón mojado del corredor y un grito desgarrador salió de mi garganta dolorida. Él hizo todo lo posible por evitar una catástrofe, sudando y con todos los músculos tensos. En una maniobra suicida de adelantamiento, uno de nuestros amigos se puso a nuestro lado. Sentí que me daban una fuerte patada en la pierna, gracias a la cual recuperamos el equilibrio. Llegamos los últimos. Vomité sobre la espalda de mi compañero, pero no se quejó. Había chicos que hacían cosas peores, como mearse o cagarse encima. Observé que tenía el talón izquierdo desollado, en tanto que el derecho estaba rojo como el fuego. Cojeaba.

—Agradéceme el que te haya salvado el pie —dijo el chico que me había pateado—. Lo tenías prácticamente metido entre los radios, y entonces no habría podido salvarse, creo yo.

—Su abuelo te habría matado —le dijeron a mi corredor, que se estudiaba estoicamente los talones.

—No lo habría esperado —dijo con una mueca—. Habría llevado al chico al hospital de inmediato y me habría largado.

Todos rieron; yo no. Aún sentía mis piernas como si tuvieran vida propia.

Nunca le hablé al abuelo de aquella carrera. ¿Por qué no organizaban pruebas como ésa los jóvenes contrabandistas? Espantar a los aldeanos no me parecía un desafío tan grande.

Uganda estaba en estado de sitio y se retorcía en el suelo como una lechuza moribunda. Las trompetas de la derrota se disponían a derribar las murallas. El corazón del país era como una granada a la que ya se le hubiera sacado la anilla. Se respiraba su ambiente explosivo. ¿Catástrofe o catarsis?

Al norte, en Sudán, el gobierno islámico de Jartum estaba en guerra con la coalición de rebeldes cristianos y animistas de Yuba; las perspectivas de un alto el fuego parecían, por el momento, escasas. El país era devastado con bombas y fusiles, en tanto que las vulvas de las vírgenes sufrían los efectos de la ablación ritual. De vez en cuando acampaban refugiados sudaneses en nuestra frontera. Todo indicaba que había llegado el momento de saldar una deuda. Al noreste, en el cuerno de África, la guerra del Ogadén hacía estragos tanto entre quienes combatían en las ásperas regiones desérticas como entre quienes no lo hacían. Al este, en Kenia, las mercancías de Uganda se amontonaban en los puertos formando pilas altísimas. Las organizaciones dedicadas al contrabando, que operaban desde

esos puertos y cuyo objetivo era derribar el régimen de Amin para-
lizando la economía del país, basada en el café, florecían como nunca en un clima de odio. Al sur, en Tanzania, se concentraban los partidarios del predecesor del general Amin, Milton Obote, quienes al
tiempo que se preparaban para el gran enfrentamiento llevaban a
cabo arriesgadas incursiones en Uganda. A través de Radio Tanzania, sus dirigentes hacían llamamientos al pueblo ugandés para que
derribara a Amin.

A principios de 1976, los encuentros en la gasolinera ya no eran
tan divertidos como antes. Para Serenity, Hachi y Mariko, su amigo
protestante, estaba claro que al país le esperaban tiempos turbulentos. Para empezar, los del Servicios de Seguridad del Estado se habían vuelto omnipotentes y detenían a quien querían, cuando querían y donde querían. A ello se añadía el que, desde el otro lado de la
frontera, el desterrado dictador Obote, armaba mucho alboroto
con el propósito de derribar a quien lo había depuesto.

El éxodo de ugandeses, que huían al otro lado de la frontera y
que había empezado de forma casi inadvertida con la así llamada
fuga de cerebros, alcanzó su punto culminante, porque los del Servicio de Seguridad se mostraban crecientemente paranoicos y detenían cada vez a más gente sospechosa de apoyar a la proscrita guerrilla. Cuando conseguían cruzar la frontera, algunos de esos
refugiados hablaban de la alarmante situación que se vivía en Uganda, lo cual no le gustaba mucho a Amin. Sus amigos de los servicios
secretos le habían dicho a Hachi Gimbi que temían que el país fuera
atacado. Este temor se vio confirmado cuando llegaron los israelíes
dispuestos a rescatar a sus compatriotas que habían sido secuestrados por combatientes palestinos y llevados a Uganda debido a que
Amin simpatizaba con éstos. El renovado miedo a un ataque se había convertido en una obsesión que aprovechaban los granujas del
ejército y del Servicio de seguridad para sus fines personales.

En esa época, el trío se separaba pronto porque una tarde había
aparecido un Jeep del ejército del que habían saltado varios milita-

res de paisano. Serenity y sus amigos tuvieron que tenderse en el suelo, recibieron unas cuantas patadas y fueron acusados de conspirar contra el gobierno; después, los hombres exigieron que les diesen la recaudación del día. Si Hachi Gimbi no hubiera pronunciado el nombre de un personaje influyente, probablemente la cosa hubiese acabado peor, puesto que había poco dinero en la caja. Los bandidos se contentaron con los relojes de los tres.

Tras ese incidente, Hachi Gimbi se compró un terrenito a cincuenta kilómetros de la ciudad y empezó a construirse una casa. Al principio a Serenity le pareció que su amigo actuaba movido por el miedo y que no era necesario irse tan lejos; pero Hachi lo desengañó:

—Los buenos tiempos han terminado. La ciudad se ha convertido en una cueva de asesinos. Ha llegado el momento de volver al campo.

—¿Por qué? —preguntó Serenity sin ocultar su mal humor.

—La caída de Amin no se producirá de manera ordenada. La situación empeorará. Los asaltos armados irán en aumento, los soldados están cada vez más desesperados, el futuro es sombrío.

—Ya hace dos años que estamos así —comentó Serenity.

—Lo que quiero decir —replicó Hachi, impaciente, casi enfadado—, es: ¡ay de los que estén en medio del fuego cruzado durante los últimos días de Amin! ¡Ay de las familias que no cuenten con un lugar donde refugiarse!

Serenity era consciente de que si la guerra estallaba en ese momento su familia no tenía ningún lugar seguro adonde ir. Aparte de su ruinosa casita de soltero en la aldea, todo el cobijo de que disponía era la pagoda, que pertenecía al Estado.

Serenity se avergonzaba de lo poco previsor que había sido. No le gustaba el campo ni trabajar en él, y por eso había tenido una visión subjetiva del futuro. Pertenecía a la minoría de quienes no encontraban atractiva la idea de convertirse en propietarios de tierras. Asociaba el campo con la gente del clan, que había invadido la casa paterna, y con la incapacidad de su padre para mantenerla a raya. En secreto temía que en cuanto hubiera adquirido un pedazo de tierra su vivienda fuese asediada por toda clase de personas, como la familia de su mujer. Tampoco se olvidaba de lo ocurrido en la casa de su hermana Tiida, donde alguien había dejado vísceras y cabezas de perro, que habían atraído a las moscas, debido a un viejo conflicto por la parcela. Sin duda era cierto que a menudo los dueños de tierras se revelaban como poco honrados y muy codiciosos, y que difícilmente resistían la tentación de vender su propiedad si obtenían un buen precio a cambio. Por otra parte, el número creciente de armas de fuego hacía que los casos de desavenencia se saldaran de un modo fatal o casi fatal. En sus peores pesadillas veía a sus hijos muertos a tiros por los arrendatarios, que querían recuperar sus posesiones. Hasta entonces había pensado que siempre existía la posibilidad de mudarse a otro barrio si la situación se ponía demasiado peligrosa; pero de pronto comprendió que tenía que encontrar un lugar tranquilo, lejos de la ciudad, donde refugiarse si estallaba una campaña de terror o incluso una guerra.

La ciudad era la sede del gobierno, el centro del poder, y si eso significaba que había que defenderla a ultranza o bombardearla hasta arrasarla, seguro que quienes se hubieran quedado en ella morirían. A Serenity, que no se había tomado demasiado a pecho el asalto a la gasolinera, se le puso carne de gallina. Al mismo tiempo, le estaba sumamente agradecido a Hachi Gimbi, a quien veía cada vez más como el hermano mayor que nunca había tenido, y puesto que habían sido vecinos y más tarde amigos por obra de la casualidad, lo consideraba una bendición del cielo.

Serenity comprendió que con la caída de Amin quizá perdiese su puesto en el sindicato e incluso el empleo. Comenzó a pensar seriamente en el futuro.

Mariko encontraba divertidos los planes que urdían sus dos amigos, pues era dueño de varias propiedades en la ciudad así como de vastas extensiones de tierra en diversas regiones del país. Se ofreció a acoger a Serenity y a los suyos en el caso de que estallara una guerra. Serenity le dirigió una sonrisa malévola y en cuanto pudo se puso en contacto con el hombre que le había procurado a Hachi su terrenito y le rogó que le encontrara algo parecido. La época de los albaranes mágicos se había acabado: las fábricas estatales estaban bajo el control del ejército y la mayor parte de ellas se hallaba al borde del abismo a causa de la mala gestión y la corrupción.

Serenity, que no sentía el menor impulso autodestructivo, se adaptó rápidamente a los tiempos. Descubrió una manera más segura de ganar dinero extra: merced a un recorte en los gastos del sindicato consiguió acumular una pequeña fortuna. La incompetencia de su nuevo jefe le servía de gran ayuda al respecto, pero aun así sólo se apropiaba de aquello de lo que podía dar cuenta; así de comedido era. Luego de adquirir un terreno presentó una solicitud de permiso de obras, sobornó a un empleado del catastro para que se lo concedieran lo antes posible, y dos meses más tarde los albañiles empezaban a levantar la casa. Cuando la construcción hubo llegado al nivel de las ventanas, Serenity se dio cuenta de lo magnífico que era tener un techo propio sobre la cabeza.

El año terminó bien y el nuevo comenzó de forma tranquila. No ocurrió nada especial y los tres amigos confiaban en que fuera mejor que el anterior. Hasta que una tarde Hachi llegó con una noticia alarmante.

—Uno de los líderes cristianos más importantes tiene problemas —anunció.

—¿Te refieres al arzobispo católico? —preguntó Serenity. El príncipe de la Iglesia de Roma se había convertido, tras la breve luna de miel que siguió al golpe de Estado, en el enemigo más acérrimo de Amin. Había criticado el asesinato de sacerdotes, entre los que se encontraba el editor de un periódico católico, así como la expulsión de misioneros, la violación de monjas, los asesinatos generalizados, el deterioro del orden público y el abuso de poder por parte del ejército y del Servicio de Seguridad. No sólo corrían rumores de que se estaba preparando un atentado contra su vida, sino que su casa había sido registrada y a él lo tenían vigilado, pero por el momento eso había sido todo, y no se había dejado intimidar.

—No lo sé con certeza —admitió Hachi.

—No puede tratarse del arzobispo anglicano —apuntó Mariko con timidez.

La Iglesia anglicana había mantenido una posición neutral y

nunca se había pronunciado públicamente sobre el modo de gobernar de Amin. Aunque también habían desaparecido miembros destacados de la comunidad protestante, dadas las circunstancias ésta no se había visto tan perjudicada. Los protestantes siempre habían sido bastante pragmáticos en cuestiones de política, y por ello su partido, el Congreso del Pueblo de Uganda, había adquirido poder e independencia. Muchos de los exiliados en Tanzania eran protestantes, y por lo tanto estaban vinculados al CPU, puesto que las dos formaciones políticas más importantes tenían un fondo religioso: el CPU, protestante, y el Partido Democrático, católico. Sin embargo, no existía un nexo directo entre los exiliados protestantes y sus jefes eclesiásticos.

—Según las noticias que llegan últimamente desde Tanzania, da la impresión de que los exiliados dirigidos por Obote y el grupo de presión protestante están tramando algo —explicó Hachi.

—Los exiliados siempre se traen algo entre manos. —Mariko suspiró, intentando mostrarse tranquilo.

—Hablo de infiltración —puntualizó Hachi—. Se murmura que ya han entrado guerrilleros en el país. Algunos de sus jefes cruzan la frontera furtivamente y al regresar se jactan en Radio Tanzania de sus incursiones. Eso significa que hay colaboracionistas a los que aún no hemos atrapado.

—Prefiero no pensar en ello —dijo Mariko, irritado.

—A nadie le gusta hacerlo —observó Serenity.

Política y religión eran las dos caras de una misma moneda: en teoría, los musulmanes apoyaban a Amin, los católicos al Partido Democrático en el exilio y los protestantes al Congreso del Pueblo de Uganda, que se encontraba en estado de hibernación. Como consecuencia de todo ello, los líderes religiosos se consideraban semidioses y dominaban en cuerpo y alma al pueblo, lo que también significaba que, si se ofendía a alguno de ellos o se le llevaba la contraria, había que enfrentarse a la ira de sus seguidores.

—El arzobispo anglicano es intocable. No sólo es arzobispo de Uganda, sino también de Ruanda, Burundi y Boga-Zaire. Se trata de una figura internacional; Amin no se atreverá a tocarlo.

—Además es acholi, y acholis y langis no lo tienen fácil desde que, debido a su relación con Obote, son posibles aliados tribales —señaló Serenity, que ya le había pillado el tranquillo al asunto.

—A mí me parece todo muy triste —dijo Mariko.

—Esta vez no se trata de la religión —aclaró Hachi—, sino de política. Muchos cristianos creen que los musulmanes son inmunes a Amin y que por eso están a salvo. Nadie lo está. Mira, Amin ha creado el Gran Consejo Musulmán para regir los asuntos de esta comunidad, y no ha dudado en echar e incluso mandar asesinar a miembros del mismo si lo ha considerado conveniente. De modo que si tiene intención de mezclarse en asuntos cristianos se debe a que lo considera la única solución para sus problemas políticos. Ten en cuenta que hace casi cien años que se introdujo el cristianismo en este país. Justamente este año la Iglesia celebra el acontecimiento. A Amin y sus verdugos les preocupan las consecuencias que esto pueda tener tanto en el interior como en el extranjero.

—Los exiliados y otros grupos van a aprovechar la ocasión para desestabilizar el país —opinó Serenity.

—Sí —convino Hachi, ceñudo y echando chispas por los ojos.

—Ellos sabrán. Las manos de nuestros dirigentes religiosos están limpias —dijo Mariko con voz áspera, claramente molesto.

—¿Os acordáis de los rumores sobre la islamización? —preguntó Hachi.

—Sí, entonces se decía que Amin declararía Uganda una nación islámica —dijo Mariko, mirando a su amigo musulmán con recelo, como si fuese un espía del gobierno que intentara hacerlo caer en la trampa.

—Ese rumor ha dado lugar a reacciones inesperadas. Ha empujado a numerosísimos cristianos a la iglesia. Y, en vistas de que este año se celebra el centenario protestante, los templos estarán a reventar. Dentro de dos años los católicos celebran el centenario. Esta creciente exaltación religiosa provoca intranquilidad en las altas esferas.

Los tres amigos no tuvieron que esperar mucho para enterarse de que la residencia del arzobispo anglicano había sido registrada en busca de armas. La tensión en el país aumentaba por momentos, sobre todo entre los protestantes. La emisora estatal admitió que, en efecto, el prelado había sido investigado. A eso siguió la noticia de que la Iglesia anglicana había devuelto el golpe enviándole a Amin una carta mordaz, en la que la Iglesia no se responsabilizaba de las actividades antigubernamentales y lamentaba la creciente situación de inseguridad.

Cuando el asunto se hubo enfriado, se anunció sorpresivamente que el líder religioso anglicano, junto con dos ministros de la región natal de Obote, habían sido arrestados bajo la acusación de organizar un complot para asesinar al presidente Amin y provocar el caos en el país.

—Mis peores temores se han hecho realidad —declaró Hachi Gimbi—. Las relaciones entre cristianos y musulmanes no harán sino empeorar. Todos los musulmanes serán medidos con el mismo rasero. No confío en la gentuza que maneja este asunto.

—Pero ¿qué pretende conseguir Amin con eso? —preguntó Mariko con una rabia a todas luces apolítica. Era un protestante moderado que iba a la iglesia con regularidad, respetaba la ley, ayudaba a los necesitados y esperaba que sus buenas obras le garantizaran la seguridad.

—Quiere intimidar a la Iglesia y que la gente esté sobre ascuas —señaló Serenity.

—Si crees que hay serpientes en tu casa, la fumigas. Puede que tu familia tenga que permanecer muchas horas fuera, pero haces lo que debes —sentenció Hachi Gimbi con las manos en alto—. Mucho me temo que nuestros dirigentes también piensan así.

Los tres amigos vieron a los detenidos en el televisor apestoso de Serenity. La pantalla estaba plagada de soldados. Mostraban las armas, perfectamente alineadas, que los conspiradores habían pretendido usar para cometer su atentado. La emisión se realizaba desde el jardín de un hotel famoso, algunas de cuyas habitaciones, de acuerdo con rumores que corrían, se utilizaban como salas de tortura. Las armas, según la información, se habían encontrado cerca de la casa del arzobispo. Habían sido detenidas varias personas, pero esos

tres hombres eran los principales sospechosos. Los militares leye-
ron una carta de Obote en la que se probaba la complicidad de éste.
Al final de la entrevista dijeron que deseaban matar a aquellos tres
hombres. Y, efectivamente, murieron en un accidente de coche
cuando intentaban hacerse con el control del vehículo del ejército
en que los llevaban. De las cuatro personas que iban en el coche, incluido el conductor, sólo sobrevivió éste, aunque sufrió algunas heridas leves.

Al igual que la gran mayoría de la población, los tres amigos le-
yeron entre líneas y se sintieron muy apesadumbrados. La historia
estaba escribiéndose ante la mirada de todos. Se trataba de una experiencia terrible. Ésos fueron algunos de los días más tristes de la
historia del país, no porque antes no hubiesen pasado cosas incluso
más espeluznantes, sino porque eran precisamente esos acontecimientos de menor importancia los que daban la medida de lo podrido que estaba todo.

La tía Lwandeka pasó unos cuantos días confusa. No porque en
términos de política el país hubiera perdido la virginidad —eso ya
había sucedido mucho antes—, sino porque estaba tambaleándose
al borde del abismo y todo el mundo parecía tener una idea clara de
cómo iba a acabar. La lección que debían sacar resultaba obvia: si los
peces gordos estaban en peligro, ¿qué no debían esperar los chicos?

Los tres amigos tuvieron poco más que decir sobre el incidente.
Se pusieron a jugar a las cartas y a hablar de otros temas. Hachi y
Serenity comenzaron a meterles prisa, con más ahínco que antes, a
los albañiles, y al cabo de poco tiempo sus casas estuvieron termina-
das y se mudaron a ellas con sus familias, lejos del ojo del huracán.

El sueño de Candado se hizo realidad cuando dejó la ciudad
para ir a vivir de nuevo al campo. Desde el principio había detesta-
do la ciudad, sus ruidos, sus blasfemias, su desorden. Con la pagoda
había tenido una relación de amor-odio. Al igual que le ocurría con
la cama de soltero de Serenity, experimentaba la sensación de que
estaba contaminada, en este caso por el espíritu pagano de los asiáti-

cos que habían vivido antes en ella. A lo largo de esos años había ansiado algo puro, virginal, a lo que imbuir su propio espíritu. La violencia de la urbe, los secuestros, las violaciones y la inseguridad habían ofendido su sensibilidad de aldeana. El que prácticamente ningún malhechor recibiese el castigo que merecía había estado a punto de hacerle perder la razón. Para ella, la culpa era casi siempre sinónimo de penitencia, pero se había visto inmersa en una situación en la que el pecado quedaba impune.

Durante años había vivido con el miedo de ser violada. Tenía el presentimiento de que tarde o temprano los soldados lo harían. Por eso, cada vez que veía pasar una de esas grandes figuras oscuras se ponía tensa. Si el vehículo en que ella viajaba era obligado a detenerse, sentía que iba a desmayarse. Una vez estuvo a punto de saltar de un taxi cuando un soldado metió la cabeza por la ventanilla para ver mejor a los ocupantes. Estaba sentada al lado de la portezuela. El hombre no le pidió la documentación; de hecho, ni siquiera la vio. Se dirigió a otros pasajeros. Sin embargo, el pánico se apoderó de ella. Comenzó a sudar, se le enrojecieron los ojos y le faltaba el aire. Después de la peregrinación, la angustia había ido en aumento. Candado temía que su virtud estuviese a punto de desaparecer, que su nombre fuera borrado en cualquier momento del libro de los santos. Temía que un grupo de soldados la sometiera a una vejación terrible, que la decapitaran y arrastraran por las calles su cuerpo profanado. Temía las consecuencias que eso tendría para sus hijos. En el punto culminante de su miedo, empezó a dudar. Volvía a sentirse como después del síndrome del águila que caía: purificada. Y eso la llenó de culpa. La purificación le hacía temer que estuviera venciendo el diablo. Ese miedo, sin la purificación que lo acompañaba, la condujo al borde del abismo. Cuando los soldados no le prestaban atención, como solía ocurrir, se preguntaba si no estarían impidiendo que el destino siguiera su curso. Cuando creía que la observaban, temblaba y rezaba para que apartasen de ella aquel cáliz. Sufría en silencio.

Debido a esa confusión que la embargaba, suspiraba por un lugar en el campo. Un lugar inmaculado que pudiera conquistar con su voluntad, un lugar apacible donde rezar y meditar. Se veía a sí misma como una planta del desierto, un cacto, por ejemplo, que resistía la desolación que la rodeaba. Y, cuando ocupó la nueva vivienda, sintió que sus raíces penetraban muy hondo en el suelo y se extendían por la tierra. La virtud triunfaría sobre la decadencia, el cacto prosperaría en la arena del desierto, aunque tuviera que absorber el agua de decenas de kilómetros en torno a él. Al sacerdote local le resultaba imposible ir a bendecir la casa, de modo que en su lugar envió al catequista. Éste roció la morada y el terreno con agua que Candado había traído de Lourdes en una botellita de plástico con la forma de la Virgen María. El rosario de un metro de largo, que estaba colgado en la salita, constituía su talismán contra el mal, y la Biblia encuadernada en piel, su espada y escudo contra el enemigo. Candado tuvo por fin la certeza de estar ocupando una casa para la que estaba destinada desde su nacimiento.

El tamaño de la población era muy adecuado para sus fines. Se trataba de una aldea pequeña, con una sola calle, un dispensario y un mercado. Nadie llamaba la atención, y aunque lo hubiese hecho, habría importado poco. Los niños iban a una buena escuela, a cuatro kilómetros de distancia. Los maestros vigilaban bien a los alumnos e intervenían de inmediato si alguno hacía algo que no estaba permitido. ¿Qué más podía pedirse? A un kilómetro estaba la iglesia parroquial católica, y el sacerdote la visitaba una vez al mes para oír las confesiones y decir misa. El catequista, un hombre muy trabajador de origen ruandés, trataba a su familia con respeto y caridad cristiana. Candado lo estimaba y era generosa con sus seis hijos. Les hacía vestidos y camisas con retales que le sobraban. El sacerdote siempre le adjudicaba un lugar ante el altar, donde Candado, que tenía la sensación de que sólo se dirigía a ella, no se perdía detalle de cuanto hacía y escuchaba atentamente al coro. Constituía todo un espectáculo. Luego ayudaba a preparar el banquete con que se agasajaba al sacerdote. Le encantaba que el catequista la involucrara en esas actividades, así como su nueva posición en la vida. Por fin había encontrado el lugar que le correspondía, y no estaba dispuesta a renunciar a él.

Serenity, por el contrario, siguió siendo un hombre de ciudad. Cambió la pagoda por una casa urbana más pequeña, con un dormitorio, una salita, una cocina y un cuarto de baño. Estaba conectada con otras dos viviendas del mismo tipo, todas rodeadas por un cercado. Sus vecinos eran gente que rondaba la cincuentena y buscaba un poco de tranquilidad en medio del bullicio urbano. Desde su ubicación céntrica, Serenity podía disfrutar del anonimato. Por la noche leía un libro y escuchaba la radio, por lo general la BBC o la Voz de América. De día resolvía los asuntos del sindicato en su despacho o asistía a reuniones. Nunca invitaba a casa a sus compañeros de trabajo. Cuidaba su intimidad. Solía comer en un pequeño restaurante y luego regresaba a su hogar y se hacía un té. Un par de días a la semana Nakibuka le llevaba comidas preparadas con esmero, como si de ese modo pretendiese cortejarlo. Él fluctuaba entre el mundo de los hombres casados y de los solteros, entre su esposa y su amante. El fin de semana subía al autocar e iba a ver a Candado y a los niños, a quienes les llevaba lo que necesitaran. Con una eficacia acentuada por el sentimiento de culpabilidad, cumplía con el deber de mantener a su familia.

En el último trimestre de 1978, por primera vez desempeñó un papel en nuestra historia ese invento diabólico de las matemáticas, el triángulo. Unos años más tarde volvería a aparecer, provisto del fuego y el azufre suficientes para hacer arder todo el país. El primer triángulo mortal fue el Triángulo de Kagera, un pedazo de tierra tanzana de setecientos kilómetros cuadrados limítrofe con Uganda. Los soldados de Amin lo conquistaron en cuestión de horas. En una guerra relámpago tan fulminante como la erupción de un cráter, tanques, aviones de combate Mig y soldados de infantería atacaron a los guardas fronterizos y a los desprevenidos ciudadanos tanzanos y tomaron posesión del Triángulo tras una acción pródiga en homicidios, saqueos e incendios. Los que fueron rápidos y pensaron deprisa consiguieron eludir los durísimos cuernos de aquel búfalo; los que dudaron, murieron. Años después los agresores explicaron que el motivo de la invasión fue la búsqueda de elementos antigubernamentales escondidos en los bosques, matorrales, colinas y ríos tanzanos. La emisora de la guerrilla condenó el ataque y la ocupación entre los crujidos de la estática que llegaban a nuestro escondite detrás del armario.

Sentí que la excitación aumentaba en mí como una fiebre que despertaba los fantasmas del pasado, esos que había encontrado en los estantes polvorientos de la biblioteca del seminario. Oía el chisporroteo de las llamas que aniquilaban las casas, los gritos de lamento de la gente que imploraba por su vida, el estruendo de los cascos de las reses que eran llevadas a los camiones del ejército y el ruido de los enseres de aluminio y plata que entrechocaban en los sacos militares verdes.

Una verborrea, de la misma clase que habíamos oído en la radio durante la luna de miel de Amin, sofocaba los posibles efectos de la anexión con historias vagas y chabacanas cuya intención era sembrar el desconcierto. Las mentiras eran evidentes, pero tranquilizaban a las personas ansiosas. No resultaba fácil desdeñar semejantes fanfarronadas, porque durante los últimos ocho años el régimen de Amin había sobrevivido en gran medida gracias a sus bravatas.

La situación, sin embargo, iba de mal en peor. Los precios subían mientras florecían la especulación y el mercado negro. Los artículos de importación se pudrían en los puertos de Kenia, donde habían sido confiscados hacía meses, o incluso años. La poca gasolina existente iba a parar a manos del ejército, de modo que el transporte público estaba paralizado en todo el país. Ya no había forma de llevar alimentos de las aldeas a la ciudad. Debido a ello la tía Lwandeka comenzó a darnos el odioso *posho*, y si bien hay que reconocer que era mejor que el que nos servían en el seminario, no por ello dejaba de ser *posho*. Puesto que a la gente le resultaba imposible ir a trabajar, muchos hogares empezaron a sufrir privaciones. Las familias numerosas pasaban hambre y por lo general tenían que limitarse a una única, y escasa, comida al día. Gran número de personas murieron a tiros cuando intentaban robar comida en tiendas o almacenes. La situación ahora era sumamente seria; la guerra minaba las energías, engendraba sed de venganza, engendraba chivos expiatorios y creaba un sentimiento de culpa colectivo.

Mientras la gente se volvía loca por las preocupaciones, veía pasar camiones llenos hasta los topes de productos saqueados en el Triángulo, de camino hacia el norte. Los oficiales y soldados que habían participado en la invasión saciaban ahora su hambre con el botín maldito que predecía la condena.

Transcurrieron semanas y el número de camiones en dirección al norte disminuyó. La emisora de la guerrilla nos informó de que el búfalo había emprendido la huida y llevado el monstruo de la guerra a territorio ugandés. Los saqueadores del Triángulo estaban siendo aniquilados. La cacofonía de palabras sanguinarias que se cruzaban los dirigentes de ambos países aumentaba la sensación de peligro. La tragedia nacional que había comenzado ocho años antes dirigida por Idi Amin se acercaba a su fin.

El tío Kawayida nos envió un mensaje navideño en forma de carta escrita con premura: había estallado la guerra en la frontera y tanto las fuerzas armadas tanzanas como las guerrillas ugandesas habían penetrado profundamente en el país. Nos aseguró, sin embargo, que en los territorios «liberados» trataban bien a los civiles y que el único peligro eran los soldados de Amin que se batían en retirada.

Se cerraron las escuelas y los extranjeros que quedaban en el país lo abandonaron, incluido el padre Gilles Lageau, que legó su enorme perro al seminario. En medio del miedo, la desesperación, la malevolencia y una nube de polvo, los soldados y sus familias escapaban hacia el norte en vehículos cargados de muebles desvencijados, cabras asustadas, gallinas medio asfixiadas, mujeres torpes, niños tristes y ancianos somnolientos. ¿Qué le habría ocurrido a Junco? ¿Estaría en el ejército? ¿Habría huido? ¿Se habría llevado sus fotos pornográficas? Todo me recordaba el éxodo de los asiáticos de 1972. En aquellos días había niños pequeños a los costados de la carretera cantando himnos dedicados al general Amin o condenando los delitos de la comunidad asiática, en particular su monopolio económico. Años después nadie cantaba y sólo se oía el traqueteo de los vehículos sobrecargados, pero el mensaje era claro.

El 25 de enero de 1971 todo mi mundo había quedado patas arriba: me privaron de la abuela y mi juventud tomó un rumbo inesperado. Ocho años más tarde observaba con cinismo las fiestas de conmemoración. El 25 de enero de 1979 fue un día tan vil, hosco y amenazador como el hocico de un bulldog. Todo el mundo, fuesen civiles o soldados, estaba nervioso, como si se oyeran las trompetas de la derrota. Estudié las caras de los segundos, esos hombres a los que tanto había admirado el día en que Amin dividió en dos el lago Alberto, y que, en general, habían hecho que me sintiese protegido. Parecían exhaustos y afligidos, como si llevaran un mes comiendo alimentos envenenados. Sabía que entre ellos había hombres que habían cometido crímenes terribles, que habían torturado, mutilado y asesinado a muchas personas; pero ¿cómo separar el grano de la paja?

De pronto Amin aparecía ante mis ojos como un espectro demoníaco que había venido para trastornar a la gente y pudrir el país agudizando sus males. Mi opinión, carente de fundamento, era que las semillas sembradas germinarían y que lo peor aún estaba por venir. Los optimistas afirmaban lo contrario. Lo único que quería la mayoría era la cabeza de Amin en una bandeja.

Recordé la epidemia de gripe española a causa de la cual en 1918, cuando la guerra ya había terminado, murieron casi veinte millones de europeos. Imaginé que entre los soldados de Amin también se extendería alguna clase de epidemia, como cólera o algo así. La tía Lwandeka pensaba de otro modo. Era una optimista radical. Para ella la caída de Amin parecía significarlo todo, el fin de nuestros problemas. Empecé a sospechar que su general le había prometido un futuro de color de rosa.

Como anticipo de lo que nos esperaba, los compañeros rebeldes de la tía sabotearon las líneas de alta tensión, con lo que la ciudad y sus alrededores quedaron a oscuras. Me acordé del saboteador del seminario. El agua escaseaba cada vez más y la ciudad era inhabitable. Los pisos se convirtieron en trampas mortales donde la gente se asfixiaba por el hedor de los lavabos. Junto a las fuentes y los pozos, las riñas estaban a la orden del día.

Una tarde, una serie de explosiones sobresaltó a la población. Esa misma noche, a eso de las nueve, unos soldados aporrearon la puerta de casa. Yo había acostado a los niños y me disponía a escuchar la radio. Los soldados me ordenaron a gritos que abriera de inmediato. Obedecí, y dos de ellos entraron corriendo. Uno se dirigió a los dormitorios. El olor a sudor, botas sucias y mal aliento inundó la casa. Me preguntaron dónde estaba mi padre y respondí que había muerto. Les enseñé mi carnet de identidad. El corazón me dio un vuelco cuando pensé en la foto del general, oculta entre las páginas de la Biblia, bajo el colchón de mi tía. Contuve el aliento cuando uno de los soldados arrancó las sábanas de la cama de ésta. Golpeó el colchón, pero en lugar de levantarlo por el extremo de la cabecera, lo hizo por el de los pies. No descubrió nada. Por un instante pensé que mi carisma había evitado una catástrofe. Otros no tenían tanta suerte. Oí los gritos de aquellos a quienes obligaban a golpes a entregarles el dinero. A un par de casas de distancia de la nuestra detuvieron a dos hombres; tras comprobar que no tenían documentos, los metieron a culatazos en un Jeep. La Operación Guerrilla Oculta avanzaba por las calles derribando puertas y vociferando órdenes.

¿Dónde se había metido mi tía? Estaba furioso. ¿Por qué seguía arriesgando su vida por aquellos rebeldes? ¿Qué le ocurriría si llegaban a encontrar esa estúpida foto del general?

La tía Lwandeka debió de percibir mi cólera aun antes de entrar en casa. Me dirigió una sonrisa inocente, se disculpó y procuró aplacarme. La ciudad estaba llena de rebeldes del MRN, me informó, pero no habían conseguido detener a uno solo, porque todos disponían de los papeles adecuados.

Cuando la radio de la guerrilla calló, nuestras noches cambiaron. ¡Qué importantes habían sido sus emisiones para nosotros al principio! Más tarde se llenaron de disparates grandilocuentes, y poco a poco fueron espaciándose hasta terminar. A partir de entonces el avance de la bestia bélica fue cuestión de cálculo estimativo y rumores sin pies ni cabeza. Yo no me tragaba sin más las historias de mi tía, porque me daba la impresión de que había decidido someter a una terapia tranquilizadora a la persona que cuidaba de sus hijos. El mensaje llegaba mejor a través de los numerosos camiones cargados de soldados sucios y los jefes que pasaban zumbando provistos de largas antenas y de lanzas atadas al radiador, como si apuntaran a un enemigo que estuviera en el cielo. En una ocasión me pareció reconocer el Peugeot del doctor Ssali y la tía Tiida en un convoy militar. La gente que tenía coche le quitaba las ruedas y las escondía. Tiida sin duda habría rechazado semejante medida; por nada del mundo accedería a profanar su carroza. Pero quizá me equivocase. ¿Acaso no se había puesto de parte de su marido en los días más difíciles? También Miss Jabón Sunlight tenía su lado imprevisible. En esas circunstancias Candado habría quitado las ruedas de inmediato. ¡Qué gritos de alegría habría lanzado si el mismísimo diablo o sus secuaces hubieran confiscado el coche de Tiida!

Cada vez había más controles en las carreteras, pero los soldados de Amin se mantenían sorprendentemente inactivos. Ya no llevaban la delantera. Unos cuantos viajeros elegidos al azar tenían que desnudarse para comprobar si mostraban en los hombros las marcas, características de la correa del fusil. Los demás debían pagar una especie de rescate para seguir su camino. Los controles de carretera aparecían y desaparecían como por ensalmo: por la mañana estaban en su lugar, por la tarde desaparecían, y por la noche reaparecían en otro lugar. Semejaba un juego, y en ocasiones yo tenía la sensación de que en efecto lo era.

El flujo de vehículos hacia el norte continuó todavía un poco y luego se detuvo por completo. Al cabo de quince días la carretera estaba desierta. Pensé en el abuelo y en las explosiones que había vaticinado. Me habría gustado ir a verlo, pero el fragor de las bombas hacía que la distancia que nos separaba aumentara por horas. En lo que pareció ser el clímax, se luchó sin interrupción durante dos semanas, dos días, dos pesadillas. La ciudad temblaba hasta los cimientos mientras las detonaciones continuaban y los estómagos vacíos gruñían. Asaltaron el centro de Kampala, el edificio de la Radio

Nacional y el Parlamento. El gobierno de Amin había caído. Era el 11 de abril de 1979.

En nuestra pequeña ciudad se oyeron disparos esporádicos y los últimos soldados del gobierno depuesto emprendieron la retirada. A lo lejos, la línea del frente se desvanecía como un mal sueño. Los «libertadores» llegaron y partieron, empujando a su enemigo cada vez más hacia el norte y el este. Tras ellos dejaron una caja de Pandora llena de antiguos conflictos. La guerra había empezado en los cerebros y en las páginas de los libros de las bibliotecas, y terminó en el mismo ambiente surrealista. Comprendí que la realidad de una contienda era las secuelas que dejaba.

Amin, el hombre que había llegado envuelto en un halo de misterio, desaparecía entre rumores, en dirección a fronteras desconocidas, gritando, desvariando y maldiciendo, sin ser ni un ápice más sabio en lo que a su porvenir se refería. Pero sólo a partir de ese momento su legado empezó a arraigar y a florecer.

La aldea, encerrada entre Mpande Hill y Ndere Hill, fue embestida y pateada cuando el búfalo pasó por ella de camino a sus refugios septentrionales. Los soldados de los cuarteles cercanos se dispersaron por las calles de la parte nueva, como si otra vez tuvieran ganas de juerga. Se llevaron a las mujeres con sus pantalones acampanados, los cuales habían llegado al país en la época de falsa prosperidad, junto con los coches Honda y las motos todoterreno. A quienes aún llevaban tejanos se los tragaron el pantano y los bosques, donde se unieron a los habitantes de la vieja aldea que no estaban dispuestos a correr riesgos. Antes de irse, los soldados dispararon a tontas y a locas contra las casas vacías. En la parroquia de Ndere Hill, una multitud había buscado amparo bajo la cruz. Los soldados de Amin saquearon la casa de los curas, se apropiaron del dinero y los objetos de valor, robaron un pequeño autobús y se llevaron a unas cuantas chicas. Pedían rescate por los secuestrados, y a alguno de ellos le rompieron un brazo. Exigían cantidades cada vez más elevadas. Los sacerdotes negociaron en nombre de los familiares de las víctimas y, por alguna extraña razón, los raptores se apiadaron. Como era costumbre en ellos, al marcharse dispararon al aire. Mientras se iban, vieron a Santo, el loco del pueblo. Parecía estar escribiendo con un dedo en el aire, y evidentemente no tenía ni idea de lo que ocurría. Iba y venía entre dos edificios de la escuela. Le ordenaron que se detuviera, pero no los oyó, o, si los oyó, hizo como si le sangrara la nariz. Uno de los soldados disparó y se echó a reír. No le dio a Santo, pero no volvió a intentarlo. Santo desapareció en una de las aulas y esperó a que llegara su hora favorita para escribir «Kirie eleisón, Kirie eleisón, Christe eleisón» en la pizarra. Luego, como solía hacer en esa época, lo borró.

El cambio de gobierno se resaltó con música militar. De vez en cuando interrumpía el ambiente festivo un locutor que prometía a los oyentes paz y seguridad. La gente despertó y salió al encuentro del nuevo día con la energía de un toro colosal. Se lamentaba y alborotaba. El optimismo contenido se manifestaba con un deslumbrante calidoscopio de emociones. Por todas partes se oía gritar: «Nunca, nunca volveremos a dejarnos gobernar por los fusiles», o: «Hemos pagado el precio más alto y ahora viviremos en paz para siempre.»

Nuestros libertadores, una mezcla de soldados tanzanos y exiliados ugandeses, observaban a la multitud con tranquilidad. Prodigaban la clase de amabilidad desdeñosa que suele reservase para los degenerados. No obstante, la gente se agolpaba en torno a ellos. ¡De qué forma obsequiosa, desvergonzada incluso, se les acercaban los hombres y sobre todo las mujeres! Me consideraba afortunado por haberme ahorrado lo peor de los últimos ocho años y permitirme así observar con regocijo el espectáculo. Los libertadores, que hablaban un suahili elegante y melodioso, eran abrazados, besados, alzados a hombros y abrumados con exageradas muestras de agradecimiento. En las calles atestadas y en los callejones que apestaban a orín todos bailaban y cantaban. Era la manifestación más pura de alegría que había visto nunca, libre de cualquier motivación política o religiosa; me recordaba la del rey David ante el Arca de la Alianza. Soplaban vientos de euforia que más parecían un vendaval anestesiante; también yo me vi arrastrado por ellos. Todo el mundo estaba embriagado por las nuevas posibilidades, las nuevas oportunidades y las nuevas seguridades, y así se veían metidos en las coloridas páginas de sus fantasías secretas. La gente había quedado sin aliento ante tantas expectativas, algo que no le ocurría desde hacía ocho años.

En el mar de júbilo, sin embargo, flotaban islotes silenciosos de miedo reprimido: eran las caras de los ciudadanos del norte, muy oscuras y en ocasiones marcadas con escarificaciones tribales. Se esforzaban por mostrarse alegres, con la esperanza de que al verlos sus compatriotas meridionales no recordaran a sus verdugos, a los asesinos que se habían dado a la fuga. Rezaban para que no les cayeran encima los relucientes *pangas* del desquite. Todas esas manos jubilosas eran muy capaces de mutilar. Todas esas bocas exultantes tenían el poder de condenar a muerte. Pero por el momento la alegría de la multitud era demasiado intensa para envilecerse con sentimientos ruines, y la venganza estaba a buen recaudo bajo la tapa multicolor del entusiasmo.

Sentí que se me aflojaban las piernas. La tía Lwandeka no paraba de dar saltos. Yo estaba pegado a ella y sentía temblar su cuerpo, presa de una alegría febril. Lágrimas de felicidad corrían por sus mejillas, y me hacían cosquillas en la nuca. La fuerza de la multitud parecía alzarme en volandas. De repente pasé a formar parte del monstruo y me vi empujado por el griterío, aturdido por el júbilo, el llanto y la risa. Estaba seguro de que la guerra de las colinas plagadas de armas, los valles infestados de soldados y el aire saturado de pólvora había terminado y nos había fulminado a todos. En un momento dado me aparté de mi tía, pero no fui consciente de ello. Recuerdo que unos hombres ofrecían licor gratis y me animaban a beber. Se trataba de una especie de competición. Los tambores resonaban acompañando las canciones subidas de tono. Me embriagué con las luces. Me mareé, caí y vomité contra una pared. Una mujer que vendía el licor destilado por la tía Lwandeka me invitó a entrar en su casa. Yo sabía que le gustaba, pero ella ya no era una jovencita. Me limpió la cara, la ropa y los zapatos. Tenía unas rodillas preciosas, que brillaban como madera pulida y barnizada. Observé sus dedos. La tía aseguraba que era posible conocer la edad de una mujer por sus dedos. Pero yo no sabía hacerlo. Creía que lo decía porque ella misma tenía unos dedos hermosos, sin arrugas. Cuando la vendedora de licor me condujo hasta el sofá, me sentí vencido por sus magníficas rodillas. La abracé con todas mis fuerzas y me corrí sin bajarme los pantalones. Lo último que oí fueron sus insultos.

Pasaron dos días. Me sentía muy mal. Apenas conciliaba el sueño debido al ruido y los disparos. Pero el estruendo y la melancolía acabaron con la llegada del tío Kawayida a casa de Lwandeka. Significó una gran alegría para mí. Sin embargo, él se mostraba reservado, como si mi presencia no le complaciera demasiado. Llevaba la ropa sucia y los zapatos cubiertos de lodo. Aunque hacía años que no lo veía, me pareció que no había cambiado mucho. Seguía siendo flaco, alto y listo, y su rostro ovalado de ojos muy grandes le confería el aspecto de un tipo astuto y atractivo. Interrumpió mi larga fórmula de bienvenida, lo que indicaba dificultades. ¿Habrían violado los soldados a una de sus mujeres? ¿Habría muerto algún miembro de su familia política en un incendio, una matanza o un accidente? Al fin y al cabo, el señor Kavule, su difunto suegro, había dejado cuarenta hijos, treinta chicas y diez chicos. ¿Le habría ocurrido algo a alguno de ellos?

El peligro se acercaba a casa: ¡el abuelo había desaparecido!

Cuando faltaba una semana para el derrocamiento de Amin, el abuelo había abandonado la aldea para encontrarse con un miembro anciano del clan. El hombre que había pronosticado una explosión nacional creía que ésta aún no se produciría. En la aldea, lejos del escenario de la guerra, todo seguía tranquilo por el momento. Su intención era estar de regreso sin esperar a que cayese la ciudad. Y así lo hizo, tres días antes de que esto ocurriese, tras encontrarse con el anciano del clan y resolver algunos asuntos importantes. La última vez que lo vieron estaba en la cabina de una furgoneta llena hasta los topes que supuestamente lo llevaría derecho a casa.

Yo me sentía muy apenado. Le pedí al tío Kawayida que me dijese qué opinaba, pero él no quería hablar del asunto; esperaría a que llegase Serenity para preparar un minucioso plan de búsqueda. Mientras tanto, me preguntó qué pensaba hacer yo en lo sucesivo y cómo andaba de dinero. Le hablé de la destilería de la tía Lwandeka. Hizo unos cálculos trazando signos con el dedo en la palma de la mano, asintió y dijo que era un buen negocio. ¿Qué me parecería participar en él? Contesté que lo consideraba peligroso. Repuso que eran precisamente los negocios peligrosos los que producían más dinero. Consideré repugnante la propuesta. ¿Cómo podía yo, antiguo bibliotecario del seminario, responsable de que el padre Mindi se hubiese ido así como de los sufrimientos del padre Lageau, y futuro abogado, dedicarme a algo tan vil como destilar licor en un viejo bidón de petróleo sobre una fogata de leña? Yo estaba destinado a tener un empleo honesto con el que ganarme un buen sueldo. Dije que tenía previsto trabajar a tiempo parcial como maestro. Mi tío apretó los labios con gesto de desaprobación que significaba: «Eso no da dinero.» ¿Cuánto tiempo más creía yo que viviría a costa de la tía Lwandeka? No supe qué responder y me sentí profundamente incomprendido. Le pregunté por su granja de pavos y pollos. Dijo que había ganado un montón de dinero porque había enfocado el negocio de una manera original: mientras los demás se habían metido a toda prisa en el comercio al por menor, él había seguido a su aire. Yo quería pedirle consejo en asuntos amorosos. Quería que me hablara de sus escapadas con las hermanas de su esposa. Quería saber qué opinaba de la poligamia. Intenté hallar las palabras adecuadas con que expresar tanto mi excitación como mis verdaderas ansias de conocimiento, pero no lo logré. Como distracción, sin embargo, no estuvo mal. Buscando el modo de plantearle dudas sobre el sexo, le pregunté por su madre. Dijo que se alegraba de que cuidara del abuelo. Pero ¿dónde estaba ahora el abuelo?

Finalmente, llegó Serenity. Estaba claro que se temía lo peor, como si un monstruo hubiera salido de las páginas de su libro favorito para atormentarlo secuestrando primero a su padre y a continuación a su mujer y sus hijos. Yo llevaba mucho tiempo sin verlo, pero parecía que hubiera sido ayer. Los dos hombres se marcharon casi de inmediato. Recorrieron la ciudad en una motocicleta Kawasaki que el tío Kawayida había pedido prestada a un amigo. Aún no se atrevía a usar su furgoneta por miedo a que los libertadores se la confiscaran con fines militares.

Durante varios días perdí la libertad de movimientos. Me sentía como una piedra en el fondo de un río: en torno a mí se agolpaban los acontecimientos. Tenía que cuidar de los niños, porque la tía Lwandeka estaba muy ocupada con las asambleas del MRN y, por lo que supuse, también con el general. Una coalición independiente de exiliados iba a formar un gobierno provisional antes de que se convocaran elecciones. Mi tía era muy optimista y afirmaba que el MRN desempeñaría un papel importantísimo en dicha coalición. Le pregunté si quería meterse en política. Contestó que buscaba el apoyo económico del MRN para poner un pequeño negocio. Estaba claro que aún le tenía apego a su independencia. Corrían rumores de que la coalición era un pretexto para el retorno del antiguo dictador Obote, expatriado en Tanzania durante los años en que Amin había detentado el poder. La tía Lwandeka aseguraba que los rumores eran falsos: Obote no volvería nunca. Había dejado escapar su oportunidad y los exiliados impedirían su regreso. Yo no quedé del todo convencido. Mi tía no tenía ganas de meterse en un análisis objetivo de la situación. Obviamente, ella creía que los tanzanos sólo habían participado en la guerra para ayudar a los ugandeses a derribar a Amin; pero ¿quién tendría que pagar por la guerra? Uganda, por supuesto. ¿Quién iba a ocuparse de ajustar cuentas? Recordé el tratado de Versalles de 1919, firmado para garantizar que Alemania pagara una reparación. ¿Firmaría Uganda un tratado con Tanzania? ¿Constituiría el regreso de Obote la garantía de pago? La tía no permitía que su optimismo se viniera abajo con especulaciones despiadadas. Percibí que a la mujer de la Víbora que había en ella le irritaban las teorías de alguien que no había participado en la lucha ni había sido amenazado con la tortura y la muerte. Ella confiaba en el MRN y en el general cuya foto seguía escondida bajo el colchón. ¿Debía yo procurar que dudase de sus intuiciones?

¿Y si ella sabía algo que yo ignoraba? Me callé. Es probable que la incordiara con esas cuestiones para así olvidar que el abuelo había desaparecido.

Por la misma época llegó la noticia de que la tía Kasawo, que años atrás había sobrevivido a varios intentos de acabar con ella, había sido atacada por hombres uniformados, un eufemismo popular para aludir a los sicarios de Amin. Me dediqué a hacer toda clase de conjeturas. El suceso desvió por un tiempo la atención de la búsqueda del abuelo. El ataque había ocurrido poco antes de la caída de Kampala, lo cual significaba que en ese momento los hombres del depuesto dictador ya habían abandonado la región. Tuve el presentimiento de que la tía Kasawo había sido importunada por nuestros libertadores. Si Amin hubiera estado implicado en el asunto, razonaba yo, se habría sabido, puesto que desde su derrocamiento existía libertad de expresión. El eufemismo denotaba la renuencia de la gente a creer que los libertadores también eran capaces de hacer semejantes cosas, sobre todo en el momento de euforia que se vivía. Esta vez, sin embargo, estaba seguro de que pronto me enteraría de los detalles. Sólo debía esperar la confirmación de mi teoría. Ya había oído rumores de libertadores que «suplicaban» a las mujeres que les dieran satisfacción sexual, y que, en algunos casos, incluso las habían obligado a ello.

Tres mil diez días de opresión, asesinatos, desapariciones misteriosas, secuestros y abusos cometidos en cámaras de tortura tenían que salir de los sótanos de la memoria a la luz de las calles soleadas. Al igual que ocurre con cualquier otra droga, la euforia también había dejado de surtir efecto, y la gente, cuyo síndrome de abstinencia se manifestaba en una terrible sed de venganza, empezaba a buscar chivos expiatorios. La carestía de alimentos no mejoraba la situación, y las noticias estereotipadas de la radio comenzaban a sonar a falso.

Debido a la repentina e increíble ausencia del tirano, y a la hábil desgana de nuestros libertadores a la hora de hacer valer su autoridad, por temor a que se los relacionase con aquellos hombres a los que habían expulsado, se produjo un vacío de poder que empujó a las masas en la peor dirección. De repente, cualquiera que tuviese las agallas suficientes podía convertirse en inquisidor, juez y verdugo. Lejos, en las aldeas, ya habían ardido las casas de los norteños y de algunos musulmanes. La casa de la tía Nakatu y su marido Hachi Ali fue asaltada por una muchedumbre. Los acusaron de ser simpatizantes de Amin y les dijeron que abandonaran la casa o la incendiarían con ellos dentro. Hachi Ali salió, se dirigió a la multitud, explicó su posición y preguntó por qué se volvían contra él. Por fortuna se impuso la voz de la razón. Los mayores convencieron a los exaltados sitiadores de que debían mostrarse compasivos. Hachi Ali les regaló dos cabras. Otros tuvieron menos suerte. Prendieron fuego a sus propiedades y mataron a sus cabras y gallinas. En la aldea, los jóvenes que se había enriquecido con el contrabando se dirigieron a los cuarteles y los saquearon.

Más cerca de casa abrí los ojos y por un instante pensé que estaba soñando. La majestuosa y voraz carretera que se había tragado a los norteños en fuga y a los verdugos de Amin, estaba plagada de gente que acarreaba neveras, camas, piezas de motores, neumáticos nuevos y usados, planchas onduladas de hierro, unas oxidadas y otras relucientes, marcos de ventana, sillones, fardos de tela, cajas de medicamentos, tubos de laboratorio llenos de mercurio, máquinas de escribir, sacos de arroz, azúcar, sal, latas de aceite para cocinar y de gasóleo y muchas cosas más. Hombres con el torso desnudo empujaban motocicletas, furgonetas y coches, algunos con las ruedas pinchadas, que crujían bajo la carga que transportaban. Todo el mundo saqueaba a gran escala: era la primera fase de la purga.

Aquí y allá se veía gente tendida al borde de la carretera, extenuada bajo el peso de una carga ilícitamente adquirida. Resollaban, sudaban, se tiraban pedos y suplicaban por un poco de agua. Mercachifles vestidos de punta en blanco regateaban a voz en cuello con sus compradores potenciales. Trataban de revender rápidamente sus productos a fin de volver a la ciudad y apuntarse otro tanto antes de que los libertadores pusieran fin a ese período de bonanza. Entretanto, éstos, en grupitos o dispersos detrás de unas barricadas ineficaces, observaban con una sonrisa cínica pasar por delante de ellos los bienes del anterior gobierno. Había una lógica perversa en el saqueo: puesto que los depredadores apoyaban a las nuevas y, en la práctica, inexistentes autoridades, sólo se apropiaban de lo que les correspondía, es decir, aquello que previamente había sido usado para oprimirlos. Mientras se mantenían ocupados en esto no resultaban una carga para los libertadores, y en tanto se les permitía saquear se podía contar con ellos para que delataran a los últimos esbirros de Amin, que aún estaban en condiciones de apuñalar por la espalda a los responsables de su destronamiento.

Parecía que los alborotadores supieran que ésa sería la última vez que soldados armados harían la vista gorda mientras ellos vaciaban las tiendas y las oficinas del régimen depuesto. De ahí que aprovecharan al máximo la ocasión.

Las ondas de choque de la liberación recorrían rápidamente la ciudad. La gente se manifestaba por las calles portando pancartas de apoyo al gobierno de coalición, que aún debía formarse. Insultaban a Idi Amin y exigían alimentos, artículos de primera necesidad, paz y democracia. Abanderados a los que les rugía el estómago a causa del hambre o de los alimentos en mal estado que habían robado, reclamaban capitalismo, enseñanza gratuita, viviendas mejores y que se juzgara al ex dictador. Largas filas de estudiantes con el puño en alto recorrían Kampala lanzando gritos de esperanza que expresaban sus sueños y reivindicaciones. Los delincuentes se deslizaban furtivamente en busca de todo aquello de lo que pudieran apoderarse aprovechando el desorden general. Los tenderos reclamaban, con los ojos enrojecidos y la voz ronca, el fin inmediato de los saqueos o una compensación por parte del gobierno.

Los edificios que habían sido incendiados emitían a la atmósfera densas nubes tóxicas. Las fachadas de las tiendas que habían sido destrozadas con camiones y tractores mostraban boquetes que semejaban tumbas profanadas. El pavimento aparecía cubierto de cristales rotos que recordaban el agua verde azulada que corría junto a los bordillos. El camino que habían tomado los saqueadores más vigorosos estaba señalado con rastros de sal, azúcar, fertilizante químico y aceite. Un viento fantasmal que procedía de los muertos y moribundos llenaba el aire de papeles que revoloteaban como si se burlaran de los mirones con informaciones tanto confidenciales como públicas.

Aquí y allá, los cadáveres recientes o de hacía muchos días, que yacían con la cara rígida y la boca tapada por secretos no revelados, segregaban un líquido amarillento rojizo que fluía por los arroyos, los callejones y los umbrales de las casas. Vi heridas limpias hechas con objetos muy afilados; vi miembros arrancados por bombas y balas; vi pedazos de carne, trozos de hueso y grandes manchas de sangre en forma de océanos y continentes.

Bajo el implacable calor y el hedor de carne, desechos y emociones en descomposición, logré alcanzar la parada de taxis, el agujero de donde parecían proceder todos los disturbios que producían aquella crueldad apocalíptica. Los libertadores, que estaban en minoría, disparaban balas como si fueran palomitas y trataban, aparentemente, de impedir el caos, sin dañar su propia imagen ni la enorme confianza que habían conseguido inspirar en el pueblo. De vez en cuando me llegaban retazos del suahili melodioso con que trataban de poner fin a tanta locura.

Yo me encontraba en el borde de la cuenca. De pronto me sentí abrumado y temí por mi seguridad. La cuenca parecía temblar por los cuatro costados debido a los terremotos que yo había soñado cuando acababa de llegar a la ciudad y a las explosiones que el abuelo había pronosticado. Llegaba una fuerte pestilencia desde el mercado de Owino, un olor a podredumbre, ponzoña e ilusiones vanas, tanto del pasado como del presente, una hediondez que generaba más locura y desconcierto. Las meteduras de pata arquitectónicas que formaban la dentadura mellada de la silueta urbana parecían inclinarse hacia delante y caer, como muelas que revelaran obscenamente las raíces sanguinolentas y los huecos que dejaban en la boca. Las ventanas cubiertas de suciedad, los tejados manchados de orín y los muros polvorientos de los edificios de las colinas parecían fundirse en una gigantesca herida purulenta. El contaminado río Nakivubo semejaba una corriente de inmundicias que chorreara desde la mezquita, las catedrales católica y protestante, el edificio del Tribunal Supremo y las viviendas de los generales destronados.

Los transeúntes me empujaron hacia las escaleras que conducían al centro de la cuenca, donde apenas había coches. Se celebraba una audiencia pública. Dos hombres altos, negros como el azabache, vestidos con la panoplia de los miembros del Servicio de Seguridad del Estado —zapatos de plataforma, pantalones de pata de elefante y gafas de sol con cristales de espejo— miraban al jurado. Alguien le arrancó las gafas a uno de ellos y reclamó respeto hacia el tribunal.

—Te conozco —gritó una mujer alta—. Eras de los servicios secretos. Tú y tus compañeros detuvisteis a mi padre. Le rompisteis el cuello y abandonasteis el cadáver en el bosque de Namanve. ¿Te acuerdas?

—¡Deben morir! ¡Deben morir! —bramaba la multitud reunida.

—Amin se ha ido. Ahora, tú y tus compinches tendréis que pagar por lo que habéis hecho —dijo alguien.

—¡Sí, que paguen, que paguen! —chillaba todo el mundo.

El veredicto fue unánime. Los miembros de los servicios secretos, con una larga lista de asesinatos y torturas en su haber, no inspiraban ningún sentimiento de compasión, ni siquiera entre los menos apasionados. El arma más mortífera en esa época de desgobierno era la acusación de colaboracionismo con alguno de los organismos del régimen de Amin destinados a la seguridad. Vi que los portadores de los zapatos de plataforma, que fueron hallados culpables, eran arrojados al suelo mientras les tiraban objetos pesados con la fuerza vengativa de tres mil diez días de sufrimiento. Para cuando tocaron el asfalto ya estaban medio muertos. El círculo se cerró sobre ellos, que quedaron tan aplastados como los *chapatis* que los indios habían introducido en el país.

—Esos cerdos ni siquiera nos pidieron clemencia —dijo alguien que pasó por mi lado. Cuando la tensión se disipó me abrí paso en dirección a otro lugar.

En la calle había retratos pisoteados de Amin, rasgados pero aún reconocibles. En pequeñas hogueras ardían muñecos que representaban al tirano con los miembros mutilados. Cerca del lugar donde yo había presenciado mi primer parto, una pequeña multitud miraba las volutas de humo que se elevaban de un montón de neumáticos en llamas. Distinguí los contornos vagos de cuatro figuras, apergaminadas y retorcidas por la muerte. Los habían pillado cuando trataban de huir en una furgoneta. Habían negado ser secuaces de Amin, pero al examinarlos más de cerca resultó que presentaban marcas de correajes de fusil en los hombros. Casi de inmediato los ataron a los neumáticos y les prendieron fuego.

De pronto me llamaron la atención, como a casi todos los que estaban en la cuenca, unos gritos que salían de un megáfono. El hombre que lo llevaba iba seguido de un grupito de personas extáticas, andrajosas, macilentas, recientemente liberadas de las mazmorras de Nakasero Hill, justo detrás del edificio del Tribunal Supremo. Aquellos esqueletos vivientes bailaban o saludaban agitando ramas, mientras las lágrimas asomaban a sus ojos desorbitados. Dieron una vuelta por la cuenca y fueron vitoreados. Varios comerciantes, todavía impresionados por haberse librado de la muerte, se pusieron a repartir panecillos, bebidas o lo que tuvieran, sin pedir nada a cambio. Otros daban dinero para el viaje de regreso a casa. Casi todos los integrantes de aquel grupo de supervivientes estaban estupefactos y miraban al frente con los ojos vidriosos, como si no se lo pudieran creer. Por el modo en que caminaban se hubiese dicho que seguían encadenados y aturdidos por el hedor de los vómitos y la sangre, de la mierda y la violencia de las cámaras de tortura y las celdas. Ahora debían soportar sobre sus hombros todo el peso de la libertad, y para algunos era excesivo.

De repente me acordé del abuelo. ¿Dónde estaría? ¿Se encontraría herido en alguna fosa, en un edificio o en un bosque, esperando que alguien oyera sus llamadas de auxilio? Por el momento, sus hijos aún no habían encontrado ni su rastro ni el de nadie que estuviese en condiciones de dar alguna pista sobre su paradero. Habían buscado en los depósitos de cadáveres, en los hospitales, en los centros de acogida para refugiados, en los cuarteles militares y en casa de los parientes, pero en vano. Durante las últimas semanas apenas habían dormido, y ya no sabían qué hacer. La tía Lwandeka había pedido a sus compañeros del MRN que buscaran algún rastro del abuelo, pero éstos todavía no habían dado noticias.

Con el acre olor del caucho quemado en la nariz, una frenética curiosidad en la cabeza y el ruido de los disparos de fusil y los gritos de alegría en los oídos me abrí paso entre la multitud. Pasé junto a los restos carbonizados y los retratos mutilados en dirección a las catedrales. Iba a buscar en la catedral católica de Lubaga y, de ser necesario, en la protestante de Namirembe. Había un ambiente sofocante y húmedo y el calor se me pegaba a la piel como una capa de pomada.

En el borde de la cuenca se había reunido otro tribunal. Estaban juzgando a unas personas que presentaban escarificaciones tribales en la cara: rombos, cortes verticales, surcos horizontales y bultos hinchados en la frente, las sienes y las mejillas. Cualquier persona con estas marcas se convertía de inmediato en sospechosa. En el banquillo de los acusados había tres mujeres con cicatrices verticales en las mejillas; eran juzgadas por un par de chicos harapientos lo bastante jóvenes para ser sus hijos. Los espectadores disfrutaban de aquella delegación del poder judicial en manos de la escoria de la sociedad. Mostraban la impávida actitud de un jefe mafioso que estuviera observando a sus subordinados tomar venganza.

Los chicos, con la cabeza infestada de piojos, las ingles de ladillas y el cerebro obnubilado de tanto inhalar cola, disfrutaban de esa clase de poder total que sólo se da en tiempos de guerra.

—Brujas, brujas, brujas —gritaban.

—Quemadlas, freídlas, jodedlas...

Las acusadas se retorcían, suplicaban, mascullaban y gemían en un intento de apelar a las emociones, con los ojos inyectados en sangre, los orificios nasales dilatados, y el rostro desencajado en una expresión que era una mezcla terrible de humildad, desprecio, súplica y arrogancia.

Como si obedeciesen órdenes de un caudillo infalible, los chicos empujaron a las tres mujeres a un rincón. Desgarraron los vestidos empapados, con una navaja de afeitar abrieron cicatrices de cesárea y estrías de embarazo. Se veía el destello del metal y se oía el crujir de los huesos y el gemido bestial de una lucha a vida o muerte. No me quedé a esperar el final.

La catedral católica, que se alzaba en lo alto de la colina, como un Gólgota de calaveras y huesos, estaba repleta de gente que no sabía adónde ir, y que tenía las esperanzas puestas tanto en obtener la redención como en conseguir alimentos. Muchos habían llegado de muy lejos huyendo del avance de las fuerzas tanzanas y el ejército en retirada de Amin. Para esa gente el arzobispo era un héroe, y los pecados del clero poco más que las inevitables pulgas de un perro por lo demás bueno. Aquellos supervivientes no tenían ni la mirada demencial de los cruzados ni la expresión desafiante de los mártires: sólo se sentían asustados, inseguros. Tal vez creyeran que apenas se trataba de un breve respiro en la guerra y que ésta volvería a recrudecer en cuanto estuvieran de regreso en sus casas. Recorrí el lugar en busca del abuelo y repasé incluso la lista de la oficina de administración. No obtuve resultado alguno. Abandoné el templo con sus torres fálicas, sus fogatas para cocinar, sus niños llorosos y sus adultos extraviados y me encaminé hacia la catedral protestante. Era buscar una aguja en un pajar. Ya casi no podía concentrarme en nada. Me sentía tan anonadado como debían de estarlo las demacradas víctimas de la tortura que había visto hacía un rato y tan aturdido como un ratón drogado. Cuando salí, pisé unas prendas de ropa que se secaban al sol sobre la hierba y me fui perseguido por gritos de enfado.

El cuartel general del Alto Consejo Musulmán, que yo asociaba con la conversión del doctor Ssali, era un hervidero de refugiados musulmanes. Todos los que temían las consecuencias de las represalias, permanecían allí, ocultos tras el poderoso escudo del enorme edificio. Creí ver a Lusanani entre las mujeres sin velo. La seguí y la llamé silbando, convencido de que se trataba de ella. Pero era una mujer desconocida que se volvió asustada. Le ofrecí mis excusas. Debería haberme imaginado que Hachi Gimbi, experto en corazonadas, habría llevado a su familia al campo, donde apenas si lo conocían y probablemente no tuviese problemas. Vi muchas caras intranquilas en aquel lugar. Esas gentes estaban realmente atemorizadas. Habían presenciado lo que les había ocurrido a algunos correligionarios acusados de simpatizar con Amin. Pero los dirigentes de la comunidad islámica estaban convencidos de que nadie se atrevería a atacarlos en la gigantesca mezquita. Cuando me fui tenía la abrumadora sensación de que le había fallado al abuelo: no había conseguido encontrarlo.

Empezaba a oscurecer. El sol se ponía deprisa tras un día tan agitado y el orden estaba medianamente restablecido.

La ciudad parecía abandonada, puesto que la mayoría de la gente se había apresurado a regresar a casa debido al toque de queda y para evitar los retenes y al par de idiotas que, al amparo de la oscuridad, todavía iban en busca de víctimas. Todo el mundo sabía que las primeras semanas después de una guerra son más peligrosas que las últimas semanas de ésta, y se comportaba en consecuencia.

Yo estaba exhausto y desquiciado debido a los fracasos de ese día. Deseaba que todo hubiera sido un sueño, volver a insuflar vida en los cadáveres y que el abuelo me oyera llamarlo. Pero, al igual que había ocurrido con la abuela, la realidad tenía sus propias reglas inflexibles que ni siquiera reaccionaban ante los recovecos de las mentes más poderosas. Me sentía tan famélico como si padeciera el hambre de todos los muertos y todos aquellos que a consecuencia de la guerra habían perdido sus cosechas en kilómetros a la redonda. Sin embargo, también sabía que no podía cargar sobre mis hombros con el sufrimiento de tres mil diez días de gobierno de Amin. No resultaba fácil hacer balance: la abuela muerta, el abuelo desaparecido, la tía Lwandeka amenazada y torturada, la tía Kasawo violada por varios soldados... Tenía miedo de que la cosa no acabara ahí.

Había llegado a la orilla donde se estrechaba el río Nakivubo, cuya agua sucia veía, por efecto del hambre y la sed, cristalina. Seguí en dirección al mercado de Owino y pensé en mis fantasías sobre Candado, trabajando entre blasfemias, locura y suciedad. Vi buitres y marabúes posados en los vertederos, saciados, como si se dispusieran a dejar la oficina tras una feliz jornada. El mercado tenía dos partes: una con puestos fijos de cemento y la otra con tenderetes improvisados en los que las mercancías se exponían en el suelo. Era como atravesar una ciudad fantasma cubierta de hollín. Una calle lateral, que descendía de la colina en que estaban emplazadas las catedrales, cortaba los barrios de chabolas y el mercado. Me encaminé hacia ella. Por mi lado pasaban personas apresuradas que más parecían fantasmas. Entonces vi a una mujer que se volvía y se apretaba la nariz, pero no gargajeaba. Imaginé que debía de haber un cadáver cerca, porque nunca se escupe sobre un muerto.

De hecho, al pasar junto al pequeño edificio de oficinas del mercado había visto cuatro cadáveres. El hedor era tan intenso que por un instante pensé que me arrancaría la nariz. Dos de los cuerpos yacían boca arriba, uno sobre el vientre y el cuarto estaba decapitado. Yo era el único espectador, porque nadie se paraba a mirar. La mujer que se había tapado la nariz había seguido su camino. Me disponía a volver a la parada de taxis cuando reparé en el zapato de uno de los muertos. Yo había cepillado y abrillantado ese zapato miles de veces. Conocía exactamente cada uno de sus remiendos. Me agaché para observarlo mejor y la fetidez casi me tumba de espaldas. ¡El hombre tendido boca abajo era el abuelo! Noté que me meaba en los pantalones, pero mi vejiga sólo contenía unas pocas gotas. De repente ya no tenía hambre ni sed. Estaba mareado y confuso, como aquella vez que Candado me había arrojado al suelo de un golpe tras el incidente de la mancha de tinta roja. ¿Por qué Serenity y Kawayida no habían buscado en ese lugar? ¿O lo habían hecho y no habían reconocido a su propio padre?

Me dirigí, aturdido y con paso vacilante a casa de la tía Lwandeka. Ella fue a ver a sus compañeros del MRN, recogió un Jeep y llevó el cuerpo del abuelo al depósito de cadáveres para que lo examinaran. Luego marchó al suburbio donde vivía Serenity. Los dos hermanos estaban tendidos en la cama, agotados tras indagar en vano durante todo el día. Se sintieron aliviados, ya que la busca al fin había terminado, pero también disgustados por no haber encontrado antes al abuelo.

El clan se reunió en la casa del difunto anciano. La última vez que lo habían hecho, al menos en semejante número, había sido con motivo de la boda de Serenity. La tía Nakatu había envejecido y estaba más gorda, pero no parecía que sus recientes penalidades la hubieran afectado. Hachi Ali tenía un aspecto distinguido con su túnica blanca y el casquete ribeteado de oro. Suleiman, el único hijo de su relación conyugal, ya iba a la escuela elemental. La tía Tiida y el doctor Ssali no habían logrado sobreponerse a la pérdida de su querido Peugeot. A pesar de las protestas de mi tía, para quien una familia musulmana como la que ellos formaban debía verse libre de esa clase de agresiones, el coche había sido confiscado por oficiales del ejército de Amin. Lo abandonaron, estropeado, a ciento cincuenta kilómetros de la ciudad. El mecánico del doctor Ssali lo encontró en una zanja al borde de la carretera, con el motor roto. La tía Tiida contaba su triste historia a todo el que quisiera oírla. Por primera vez en años volví a ver a la esposa de Kawayida. Era alta y majestuosa e irradiaba una energía benéfica. Si no hubiese tenido una mandíbula tan prominente ni los pies tan grandes habría sido una mujer hermosa. Había venido con su segunda furgoneta y estaba orgullosa de que ésta fuese de utilidad a los parientes del muerto. El tío Kawayida era el único que conducía, pero por alguna razón su mujer conservaba las llaves del vehículo, que perdía constantemente. En un momento dado todos los presentes estaban ocupados buscándolas. A la esposa del tío Kawayida le gustaba aquel juego. Siempre era ella quien las encontraba, e invariablemente fingía asombrarse.

Los restos mortales del abuelo llegaron dos días después de que todos se hubieran reunido, a causa del minucioso trabajo que tuvieron que realizar con ellos. Me sentía tan apenado como orgulloso de él. Había vivido de acuerdo con sus convicciones, y conocía pocas personas capaces de ello. Me enorgullecía el que le hubiesen pegado y acuchillado y disparado en la pierna. Había combatido y caído en un campo de batalla que él mismo había elegido. Yo no podía dejar de relacionarlo con el día de la Independencia, el estado de excepción de 1966 y la caída de Amin. Para mí constituía una enciclopedia de la historia de nuestro país, y sin sus razonamientos y mis intentos por comprenderlos lo habría ignorado prácticamente todo sobre la política. Él había tenido ambiciones muy concretas en este terreno y lo había pagado con el desmembramiento de su familia. Había predicho las explosiones que habían sacudido la nación y había muerto a causa de ellas. Había llevado una vida de rebelde y expresado libremente sus opiniones, aunque eso significara que lo acuchillasen, lo golpearan y le dispararan. Había sido una isla de franqueza en un mar de conformismo. Todo lo que dijeran de él los demás me daba igual.

El drama desolador de su muerte se intensificó con la ceremonia del afeitado de la cabeza. La tía Tiida, la primera de la aldea en comer pollo y huevos, convirtió ese ritual prosaico en todo un espectáculo. Según la tradición, quienes quedaban huérfanos tenían que rasurarse la cabeza, que debía lucir tan lisa como una bola de billar. Tras ver el pelo de sus hermanos caer a los pies del barbero, Tiida decidió rebelarse. Cuando le llegó el turno, el viejo que empuñaba la navaja ni siquiera levantó la mirada; tendió el brazo y le indicó que se acercara.

—A mí nadie me cortará el pelo —dijo ella.

—¿Qué?

—Ya me ha oído. —Tiida exageró el tono autoritario—. No pienso guardar luto por mi padre con la cabeza calva. Si es necesario, me ensuciaré el pelo o me lo cubriré con algo, pero me niego a que me rapen. A papá le importaban un pito estas cosas.

—Está usted obstaculizando la ceremonia. Venga aquí, terminaré en un momento —indicó el viejo, que contaba con el apoyo de quienes lo rodeaban.

Serenity y Kawayida tenían los ojos enrojecidos por la pena y parecían a punto de estallar. Miraron a su hermana con expresión de furia, esperando que cambiase de idea. Se alzaron voces de protesta. El doctor Ssali, quien sabía que hasta algo tan trivial como la eliminación del prepucio en ocasiones acarreaba desdichas, se adelantó para evitar una pelea. Se llevó aparte a la tía Tiida y habló con ella. Al cabo de un rato mi tía ofrecía, claramente confusa, la cabeza a la navaja de barbero.

La noticia del incidente se extendió con rapidez y sirvió para alimentar la voraz máquina de chismorreos que en su continuo girar hacía soportable el ambiente de tristeza y pesimismo. Otro popular tema de conversación eran los episodios de saqueo que se habían producido en las ciudades y en algunas áreas rurales. Se relataron historias sobre los jóvenes supervivientes que habían asaltado los cuarteles apropiándose de literas, tiendas de campaña, botas, galletas, carne enlatada, refrigeradores, incubadoras y munición. De vez en cuando oíamos explosiones procedentes de la parte de la aldea donde se encontraban. Muchachos sin objetivo alguno en la vida arrojaban balas al fuego y gritaban de júbilo cuando estallaban.

Serenity me miró con una mezcla de envidia e irritación cuando supo que yo había encontrado el cuerpo de su padre. Una vez más, yo había debilitado su posición de primogénito. Se sentía tanto más abatido porque él y Kawayida habían pasado tres veces por el mercado de camino a la catedral. No comprendía cómo no había reparado en los cadáveres, ya que se encontraban cerca del camino. Sus problemas, no obstante, me dejaban frío. Yo sentía mucha curiosidad por su hija mayor, que me llevaba unos pocos años. Me imaginaba que sería toda una mujer, dotada de la gracia de la tía Tiida, el temperamento tranquilo de su propia madre y la ambición del abuelo. Sin embargo, mi esperanza de verla se vio frustrada cuando la tía Nakatu anunció que la chica no asistiría al entierro. Nunca iba a donde pudiera coincidir con Serenity. A esas alturas estaba claro que éste no había desempeñado un gran papel como padre. Yo suponía que la habría ayudado económicamente de vez en cuando, por ejemplo cuando estaba enferma, pero poco más. En mi opinión, no es que la chica le desagradara, sino que, sencillamente, no sabía cómo comportarse con ella ni qué ofrecerle. Al igual que todo hombre criado por lobas, debía de creer que las mujeres tenían la capacidad de estos animales de cuidar de sí mismos, idea confirmada por la independencia de Candado y la seguridad de Nakibuka.

A Kaziko, la madre de la chica, ya me la había encontrado en una ocasión. Era mucho más bonita que Candado. En comparación con ésta había aguantado bien el paso del tiempo y parecía joven para su edad. La encontré simpática. A diferencia de Candado, nunca me había tratado como a un enemigo. Me habría gustado conocerla mejor y ver a su hija, pero no sabía arreglar las cosas para conseguirlo. Nuestra familia se hallaba en pleno proceso de disolución; los lazos que nos unían eran cada vez menos firmes por falta de contacto, una vaga afectación y los caprichos de un catolicismo mal digerido. Si Serenity no se hubiera distanciado de esa mujer, quizás ella hubiese podido enriquecer mi vida. Era receptiva, cariñosa y dulce, llevaba su derrota con elegancia y poseía una cálida fuerza interior que me habría gustado estudiar más de cerca.

El modo en que Candado y Kaziko se evitaban mutuamente resultaba bastante desagradable. Se observaban con atención, separadas por kilómetros de distancia, igual que aves de rapiña. Si Kaziko hubiese caído en una fosa, estaba seguro de que la ex monja no la habría ayudado a salir. En cambio, si la situación hubiese sido la inversa, Kaziko habría salvado a Candado, aunque sólo fuera por el placer vengativo que hubiese supuesto para ella. En mi opinión, aquellas dos mujeres eran distintas caras de una misma moneda: Candado mantenía principios severos, pero no constituía un ejemplo a seguir, y habría aprendido mucho de alguien con buenos sentimientos, como Kaziko. A ésta, en cambio, le habría venido bien un poco de la independencia de Candado. Serenity lo sabía. Pero era demasiado tarde. También sabía que los hijos de Hachi Gimbi contaban con mejores modelos femeninos, porque podían elegir entre personas diferentes, en tanto que los cagones sólo tenían a la huraña Candado. «Al fin y al cabo, es la madre de mis hijos», oí que le decía Serenity a Nakibuka.

Nakibuka también estaba presente. Me pregunté si Serenity se habría sentido alguna vez tan solo a pesar de estar rodeado de mujeres. Sufría calladamente el suplicio de quien padece un ataque agudo de diarrea. Kaziko, Candado y Nakibuka eran como tres piedras en su zapato. Hachi Gimbi habría reunido a las tres mujeres en torno a él, les gustara o no, pero Serenity se encontraba en la cuerda floja y hacía cuanto estaba en su mano para eludir a semejante trío, como si hubiera acordado no hacer caso de ellas en público o esperara salir al paso de los rumores sobre el hecho de que la tía de su mujer fuera su amante.

Yo estaba impresionado por el carisma y la personalidad de Nakibuka. Se comportaba como si ocupase el primer lugar en la trinidad de Serenity. No prestaba atención a los calumniadores y se movía con desenvoltura entre los familiares del difunto. Organizó un grupo que se encargó de cocinar, envió a los niños en busca de agua y vigiló que nadie comiera más que los demás. Había retomado el papel de tía de la novia y se ocupaba tanto de ésta como del novio, al tiempo que daba la bienvenida a parientes e invitados y se aseguraba de que todo fuese sobre ruedas. Había ido por primera vez a esa aldea hacía dieciocho años, y volvía ahora como vencedora. Consultaba directamente a Serenity si necesitaba algo, ayudaba a la tía Tiida cuando era necesario y se movía con total comodidad, como pez en el agua.

Yo no me cansaba de observarla. Me tenía fascinado. Era increíble lo que el amor propio había hecho en ella: miraba a todo el mundo, ya fuesen amigos o enemigos, como si estuviesen a punto de revelar un secreto o de recitar un poema de amor. Se mostraba afectuosa con los deudos y siempre estaba pendiente de dar la bienvenida a un forastero, animar a quien se sentía desalentado, tranquilizar con una sonrisa a aquellos que habían perdido la esperanza. Era tan maravillosa que irritaba incluso a la tía Tiida, que además del Peugeot también había perdido el pelo. ¿Quién se cree que es?, le oí decir a la tía Nakatu. Nakibuka destacaba entre toda aquella gente de luto vencida por la pena, pero habría sido lo mismo si se hubiera encontrado entre un grupo de personas que festejaban algo. Esa mujer tenía algo de coqueta, y ésa era precisamente la razón por la que su marido le había pegado. Seguramente había hecho que se sintiera inseguro, le había recordado demasiado sus propias carencias como mujeriego. En cambio, Nakibuka no provocaba inseguridad ni incomodidad en Serenity, pero tampoco lo ayudaba a librarse de ellas. Ése era el motivo por el cual él se comportaba como lo hacía.

Yo intentaba por todos los medios mantenerme fuera del alcance de Nakibuka, porque no quería que me utilizase como recadero para ir con mensajes a quien fuera, incluidos Serenity y Candado. También me mantenía alejado de ésta, cuya cara de monja agriada le confería un aspecto lamentable. Desaparecía en cuanto se me presentaba la ocasión y sólo regresaba a las horas de comer.

Se había armado mucho alboroto en torno al tema de dónde dormiría cada cual. El tío Kawayida quería que las «mujeres» de Serenity pasaran la noche en la casa de soltero de éste. Nakibuka y Kaziko se instalaron en ella, y la tía Lwandeka se les sumó más tarde. Candado, la esposa oficial y madre de sus doce hijos, se mantuvo firme en su negativa a pisar la casa mientras Nakibuka o Kaziko estuviesen bajo su techo. Apoyado por Tiida, Kawayida intentó negociar con Candado, pero no consiguió nada. Serenity, por su parte, se mantuvo prudentemente alejado. Candado se salió con la suya y durmió en la cama en que había sido desflorada. Nakibuka y Kaziko pasaron la noche fuera, como aliados en una guerra de trincheras que planearan atacar al enemigo al despuntar el día.

Yo dormí al pie del árbol donde el abuelo y la abuela solían echar la siesta. Oí el lamento de los perros en celo, los ronquidos de los hombres dormidos y la llamada de los animales nocturnos. Recordé la noche en que topé con Dorobo, el guardián nocturno y saboteador del suministro eléctrico del seminario. Volví a verlo ante mí, alto como un árbol, ancho como una pared. El padre Gilles Lageau había abandonado el país. El hermano Kaanders había muerto y estaba enterrado en el cementerio del seminario. Lwendo aún deseaba convertirse en sacerdote. Pero ¿dónde estaría Junco? Recordé los dos cadáveres que nos había enseñado; eran bonitos y no olían a nada. Volví a recordar el cuerpo del abuelo tirado junto a la oficina del mercado, y la pestilencia.

El viscoso dedo de la náusea comenzó a hurgarme el estómago, y me produjo arcadas pensar en las balas que lo habían matado. No logré conciliar el sueño. El entierro sería al día siguiente. La tumba estaba cavada y el último clavo listo para ser clavado en el ataúd y cerrar así el pasado. Me sentía intranquilo. Caminé hacia la parte nueva de la aldea. El «restaurante», el hotel y el casino estaban sumidos en una profunda oscuridad. Los jóvenes que arrojaban balas al fuego dormían. El negocio del contrabando de café había acabado tras la caída de Amin. El lugar donde antes se organizaban carreras con coches robados, partidas de cartas y todo el mundo se emborrachaba aparecía cubierto con los plásticos que habían servido para envolver colchones, radios, camisas y otros objetos saqueados del cuartel. Los actos de rapiña habían concluido. En su lugar reinaba la calma más absoluta. La gente parecía esperar que un oráculo le dijera cuál sería el futuro de Uganda sin Amin.

El entierro se realizó a primera hora de la tarde. Aparecieron dos furgonetas amarillas de Correos en las que iban miembros del sindicato de Serenity. Estaba presente Hachi Gimbi, además de otras personas, a la que yo no conocía. Pero el recuerdo más vívido que guardo es el de las idas y venidas de aquellas furgonetas. El resto del día transcurrió como una película llena de imágenes borrosas. Me pregunté si por fin le habrían extraído al abuelo la bala que durante trece años había llevado en la pierna. Quería guardarla como recuerdo. A mi mente acudió el sueño de la abuela sobre el búfalo y el cocodrilo. Me pregunté qué lugar ocupaba yo en el pasado y en el futuro.

Poco a poco la situación política se había tornado algo más clara. El presidente Nyerere, el canoso dirigente de Tanzania, manejaba los hilos. Accedió al poder un gobierno de coalición en el que tenían cabida tanto los antiguos partidos como otras agrupaciones nuevas de contenido más bien vago. Debido a la injerencia de nuestros vecinos tanzanos y a que la lucha por el poder era soterrada, se vivía una situación de tranquilidad. La tía Lwandeka estaba descontenta por las escasas oportunidades que tenían sus compañeros. Había descubierto que el MRN era muy pequeño en comparación con los gigantes que trapicheaban en la escena política. Al general le habían dado un cargo insignificante como adjunto al mando de uno de los grupos responsables de la reparación de los daños en los cuarteles militares y el reclutamiento de soldados. Se hablaba ya de nuevas elecciones. Obote, el viejo amigo de Nyerere, podía presentarse como candidato a la presidencia. Era evidente que Tanzania quería librarse de él y lo utilizaba para reclamar compensaciones por los gastos de guerra. En el interior del país las expectativas eran pocas y crecía el desencanto. La democracia no parecía que fuera a ser un camino de rosas, y ya circulaban rumores sobre una inminente guerra civil. Los relatos que la tía Lwandeka oía de boca de sus compañeros presagiaban un futuro sombrío, en vistas de que la velada lucha por el poder en el seno del gobierno era cada vez más encarnizada. La gente, por su parte, intentaba mejorar el presente para compensar así sus dudas con respecto al futuro. Mientras el gobierno seguía vacilando, en todas partes se constituían asociaciones de padres y cooperativas de enseñanza, y se fundaban escuelas. Quedó claro que deponer a un tirano era una cosa y poner la casa en orden otra muy distinta. Mis reflexiones políticas pasaron a un segundo plano debido a la serie de desgracias que conmovieron a mi familia.

Los libertadores de sexo femenino, que ahora llevaban a cabo la mayor parte de los controles de carreteras, causaron sensación. Yo ya las había visto andar con el trasero embutido en ceñidos pantalones militares, los pechos comprimidos por sostenes verdes y el pelo sobresaliendo de gorras calurosas. Constituían una respuesta directa a las quejas crecientes sobre la actitud de sus camaradas del sexo opuesto. La luna de miel de los libertadores había terminado. Se insistía a diario en la necesidad de eliminar esos controles en vistas de que las tropas liberadoras habían caído en la tentación de cobrar rescates. Ya se hacían planes para que los tanzanos marcharan a casa; pero hasta que ello ocurriese éstos hacían todo lo posible por obtener aquellas cosas que no se encontraban en la Tanzania comunista. Los controles de carreteras se mantenían porque aún merodeaba gente armada con fusiles, que por lo general se requisaban, ya que a veces eran usados en actos de bandidaje.

Para algunos, sin embargo, el empleo de mujeres en esa clase de actividades llegó demasiado tarde. La tía Kasawo fue una de las que sufrieron abusos por parte de los hombres. Kasawo vivía en una pequeña ciudad en un punto estratégico entre Masaka y Kampala. Después de una dura resistencia, la ciudad cayó en manos de los libertadores, que establecieron en ella un campamento base para las tropas que avanzaban hacia la capital. En lo más encarnizado de la lucha se estacionó allí un gran contingente de fuerzas tanzanas que sería devuelto al campamento de Masaka o bien enviado al frente.

La disciplina a que estaban sometidos los soldados era muchísimo más severa que la existente en Uganda, y los castigos aplicados a quienes cometían una transgresión ponían los pelos de punta. Poco después de la toma de la ciudad dos soldados tanzanos habían sido fusilados por violar a una mujer de sesenta años. Los habitantes que fueron testigos de la ejecución no daban crédito a sus ojos. Los oficiales de Amin no habrían movido un dedo contra aquellos hombres; si acaso, los habrían ascendido para fastidiar al pueblo. Desde ese momento la gente perdió el miedo y comenzó a dejar abiertas las puertas de sus casas, ya que no se cometían robos ni atracos. Durante tres meses vivieron en una especie de utopía, y esperaban que la caída del dictador no los afectase.

Antes de que llegaran los tanzanos, la ciudad había estado ocupada por las tropas de Amin; era tanto el temor a éstas que por la noche nadie salía de casa. Las mujeres se ponían muchas prendas, una encima de la otra. Los hombres temían a los soldados, que eran mucho más fornidos que ellos y, además, iban armados. Pero al menos había paz. Por la mañana, la gente miraba los ejercicios militares y oía a los sudorosos soldados jadear y cantar. La tarde transcurría de manera animada mientras los ciudadanos hablaban de sus sueños de futuro y esperaban las noticias sobre el avance de los libertadores. Por la noche se reunían en grupitos, escuchaban la emisora guerrillera, soltaban gritos de entusiasmo cuando se denostaba a Amin, coreaban las canciones populares y comentaban las noticias. Algunos programas se emitían desde la propia ciudad, por ejemplo, entrevistas con sus pobladores sobre la vida en territorio liberado. Algunos oían por primera vez su voz por la radio y se alegraban de la paz existente y las buenas relaciones entre las tropas libertadoras y la población. También visitaban la ciudad importantes personalidades castrenses, para que la gente viese con sus propios ojos cómo eran las personas en cuyas manos estaba el futuro del país. El personal militar realizaba discretas campañas de politización en las que se ponía el énfasis en los proyectos de autoayuda.

Fuera de los cuarteles todo estaba en orden; dentro, los hombres que debían vigilar la pequeña ciudad empezaban a aburrirse. El aburrimiento trajo consigo la introspección. Demonios reprimidos durante largo tiempo comenzaron a llamar a las puertas de la conciencia. El resultado fue que cada vez hubo más soldados convencidos de que no les vendría mal un poco de bebida y sexo para matar el tiempo. A fin de cuentas iban a enviarlos al frente, de modo que quizá fuese ésa su última oportunidad. ¿Acaso no habían arriesgado sus vidas por esas mujeres que producían, vendían y bebían licores? Se estrellaban contra el panel de vidrio que los separaba de aquellas tiernas hembras de culo gordo, para liberar y proteger a las cuales habían llegado desde Tanzania pero de las que no podían gozar sin ser encarcelados, azotados o incluso fusilados, como ya había ocurrido con dos de sus camaradas.

La abstinencia de los siete hermanos ya duraba ciento cincuenta días. Entonces aún eran diez: tres habían caído en la toma de Masaka. Los siete restantes constituían una auténtica unidad y fraguaban sus planes con la paciencia de un tejedor. Formaban una familia, y la familia era más importante que los miembros que la componían. Habían jurado por su vida que si atrapaban a uno de ellos éste no traicionaría a los demás. Cuando todavía eran diez se distribuían en dos grupos de cinco, pero ahora los siete supervivientes iban siempre juntos. Durante un tiempo habían observado que algunos estúpidos se fugaban del cuartel para empinar el codo y echarse un polvo, eran atrapados y arrojados a una celda o devueltos a Masaka o Tanzania. Los siete hermanos habían presenciado el fusilamiento de los dos violadores. ¡Qué pena de chicos! De hecho, ésa había sido la quinta ejecución desde el inicio de la guerra. Pero a ellos no los pillarían, porque no eran, ni de lejos, tan tontos y torpes como los hombres de Amin.

Hacía años que los siete hermanos habían descubierto que una cosa era cantidad y otra muy distinta calidad. Cada año se habían dado por satisfechos con una pequeña cantidad del manjar, que les había bastado, no obstante, para compensar con creces las épocas de vacas flacas. Mientas algunos soldados estúpidos pensaban en varias mujeres a la vez, ellos se contentaban con una sola, un único manjar. Las mujeres devoradas deprisa se iban de la lengua, motivo por el cual luego los hombres eran arrestados y castigados. En cambio, una mujer que servía de festín para siete hermanos lo tenía difícil a la hora de identificar a su agresor por el modo en que iba vestido, por ejemplo. Nunca los habían pillado, y parecía inverosímil que fuese de otro modo en aquella pequeña ciudad.

Cuando una tarde la tía Kasawo quiso probar suerte en el mercado negro, cayó en una trampa minuciosamente preparada. Detrás de una serie de edificios que ofrecían alojamiento a oficiales del ejército, la detuvo un joven de voz amable, vestido con tejanos, una camiseta limpia y un sombrerito de paja. Le ofreció arroz de muy buena calidad, judías y carne de vaca a un precio irresistible.

—¡Vaca de América, *madame*! —exclamó—. Una carne excelente. Arroz de Japón, de grano grueso, lavado, de modo que se puede meter así mismo en la cazuela. Le haré un descuento, *madame*.

A Kasawo le gustó aquel joven apuesto; tenía la piel perfecta, unos dientes muy blancos y su aliento era fresco. Le hacía gracia que la llamasen *madame*; era la primera vez que le sonaba sincero. También le atraía el entusiasmo que mostraba. En su opinión estaba muy bien que los traficantes del mercado negro sonrieran mientras intentaban ganarse un dinero; ella solía hacer lo mismo.

—No he venido a comprar aire —repuso Kasawo con cierta altanería—. Enséñame la mercancía.

—Como desee, *madame*. —Con una sonrisa pícara el joven sacó unas cuantas muestras de su bolsa de rafia—. Muerda estos granos de arroz. ¡Vea esta carne! Todo un toro americano comprimido en una lata. Le aconsejo que la abra con cuidado, para que el toro no la cornee.

A Kasawo no sólo le encantaba el sentido del humor de aquel hombre, sino la calidad de sus productos y el precio que pedía por ellos. Él no habría necesitado añadir nada más, pero, como todas las almas hambrientas, no cabía en sí de felicidad ante la golosina que tenía delante y que casi le estaba suplicando que la devorase. A los hermanos les habían advertido acerca de la arrogancia de las mujeres ugandesas, de modo que estaban asombrados de que una hubiese mordido el anzuelo tan pronto. Kasawo, sin embargo, no era la primera mujer que pasaba por allí. El joven le había echado el ojo a un par antes que a ella, pero un mal presentimiento le aconsejó que no las detuviese.

—Hoy todavía no he vendido nada, *madame*. Dios la ha enviado en respuesta a mis plegarias —dijo mostrando sus luminosos dientes. Kasawo observó que tenía las encías rosadas.

A primera vista parecía la solución a sus problemas. Podía comprar a bajo precio y, por lo tanto, obtener un alto beneficio en la reventa. Le pareció una buena idea establecer con ese hombre una relación fija y eludir así a los demás comerciantes, que no hacían más que esperar la ocasión de acaparar y crear de esa manera una ficticia escasez de alimentos.

—Veamos el resto de las mercancías —pidió Kasawo en tono algo áspero, feliz de que se le presentase esa oportunidad.

—Están ahí dentro —dijo él, señalando uno de los edificios con un dedo largo, hermoso.

—¿Tienes miedo de las redadas del ejército? —preguntó ella con la suficiencia y la complicidad de un colega.

—Usted lo ha dicho, *madame*. Los libertadores nos acusan de vender su carne, pero no se paran a pensar de dónde la sacamos. —Sonrió y luego estalló en carcajadas.

Por primera vez en quince años Kasawo recordó al hijo que había desheredado después de que el padre de éste intentase matarla. Ya debía de ser todo un mozo; pero ¿sería tan agradable, cortés y listo como el joven que en ese momento tenía delante? En el fondo esperaba que no. El padre no se merecía un hijo así, sino un enano respondón. Se detuvo ante el edificio, miró alrededor para comprobar si venía alguien y esperó. El mercado negro se cimentaba en la confianza, y ella confiaba en ese joven, decididamente. Cuando establecía relaciones comerciales arriesgadas, Kasawo se fiaba de su instinto, y éste le decía que todo iba bien. Lo oyó preguntar desde dentro cuántos kilos quería. Le mostró un saco de arroz de cinco kilos y una caja de latas de carne. Kasawo resolvió entrar y asegurarse de que no intentaba engañarla. Dale la mano a un traficante del mercado negro y éste tratará de tomarte el brazo. La tía Kasawo recordó al párroco de su juventud, que siempre advertía a su grey que se cuidasen del diablo.

Estaba pensando en proponerle que se convirtiera en su proveedor fijo, cuando de pronto se vio inmovilizada en un lugar oscuro como una tumba. Le pusieron una zancadilla y le cubrieron la cabeza con un saco. Mientras seguía tratándola de *madame*, el joven le rogaba que no gritase. La arrojaron sobre un saco de dormir. Kasawo comenzó a soltar golpes y patadas. Entonces notó el filo de un cuchillo en el cuello. Entretanto, unas manos procedieron a desnudarla. Estaban perfectamente organizados. Se interrogó a sí misma: ¿Cuántos hombres la han violado? ¿Dos, tres, cuatro o más? No lo sé. Piense, haga una estimación, *madame*. El ejército está en contra de cualquier acto de agresión y castigaremos a todo aquel que usted consiga reconocer. ¿Puede decirnos qué llevaba puesto el hombre que la abordó? Llevaba sombrero, camiseta y tejanos... ¿Algún dato más que nos sirva para identificarlo? No.

Primero fueron una, dos, tres, cuatro, cinco, seis, siete eyaculaciones furiosas, espesas como papilla. Luego uno, dos, tres, cuatro, cinco, seis, siete chorritos menos urgentes y densos. Por fin llegaron uno, dos, tres, cuatro, cinco, seis, siete gruesos goterones aguados. En sesenta y ocho minutos de acción ininterrumpida se vertió medio litro de semen; el cuello del útero fue alcanzando más de dos mil trescientas veces; los pechos sufrieron ciento noventa y cinco pellizcos y el clítoris sólo fue rozado en cinco míseras ocasiones.

Los siete hermanos abandonaron el lugar de los hechos uno a uno. El que había servido de reclamo fue el primero en marchar, para asegurarse una coartada. Llegaron al cuartel justo a tiempo para la revista. La imagen que pasó como un destello por sus mentes fue la rapidísima incursión fronteriza que las tropas de Amin habían realizado un par de meses antes en el Triángulo de Kagera.

Por irónico que parezca, o quizá como consecuencia de una lógica perversa, quien atendió a Kasawo en la segunda parte de su suplicio fue un médico militar. Éste le preguntó también si conocía a sus agresores. Ella respondió que no. Le preguntó qué lengua hablaban. Ella dijo que no conseguía recordarlo. ¿Había visto a alguno de ellos? Sólo se acordaba de un sombrero de paja, una camiseta blanca y unos tejanos. ¿Le habían quitado dinero? No. Se negó a contestar a más preguntas. Ya había decidido que un hechicero famoso exorcizara los demonios de la violación y el trauma y no perder más tiempo en pesquisas humillantes. ¿Cómo llevar la cabeza alta en una ciudad tan pequeña cuando todo el mundo sabía que a una la habían violado siete soldados uno detrás de otro? Tía Kasawo no tenía un pelo de estúpida. Como el párroco solía decir: el silencio es oro.

A los quince días del entierro del abuelo, la tía Kasawo se enjoyó y se puso sus mejores ropas. Una furgoneta amarilla de Correos, al volante de la cual iba Serenity, pasó a recogerla por casa. Primero la llevaron a Kampala y luego al lugar donde Candado había vivido los últimos dos años. Ella miraba a los soldados tanzanos con una sonrisa torcida. Se alegraba de que regresaran a su país, donde esperaba que hubiesen violado a sus hermanas y madres. Después de lo que le había hecho el padre de su hijo, a Kasawo le irritaban el que hubiera caído de nuevo en manos de esa clase de gente. Tenía fantasías de venganza en las que instigaba a algunos de sus viejos amigos soldados contra un par de libertadores, que eran salvajemente azotados. Se preguntó dónde estarían los hombres del ejército de Amin que había conocido. Uno de ellos le había ofrecido dinero a cambio de refugio. Otro la había pedido en matrimonio. Otro más le había pasado toda una noche suplicándole entre lágrimas que lo cruzase a una de las islas del lago Victoria, para ocultarse hasta que finalizara la guerra. A los tres les había comprado toda clase de mercancías, que luego había vendido en el mercado negro hasta que los tanzanos entraron en la ciudad. Suponía que estarían escondidos en el norte de Uganda, en Sudán o quizás en Kenia. La sensación de inmunidad que le había proporcionado la amistad de aquellos hombres le hizo ver cuán bajo había caído. Comprendió que los tiempos habían cambiado y que su mala suerte con el sexo opuesto, que creía superada, aún la perseguía.

Kasawo quedó impresionada por el bungaló de su hermana y la extensión de la parcela en que estaba emplazado. Ella siempre había querido tener una casita para pintarla y decorarla como le viniese en gana. Admiraba mucho la previsión mostrada por Serenity al comprar ese terreno y construir el bungaló antes de que fuera demasiado tarde. Mucha gente que había prosperado con el régimen de Amin languidecía sumida en la pobreza, ya que al creer que éste se mantendría en el poder eternamente, no habían tomado la precaución de ahorrar. Ella también habría podido construirse una casa con el dinero ganado en el mercado negro, pero había postergado el momento de hacerlo hasta que expulsaran a Amin. Ahora se avergonzaba de seguir viviendo en la misma casa que alquilaba desde hacía años.

Kasawo reparó en la placa de Rómulo y Remo. En ese lugar parecía adquirir mayor significado. Sobre la mesa había una botella de plástico con la forma de la Virgen María, con aureola, corazón y nubes incluidos. Envidiaba a su hermana el que hubiese conocido Roma, Lourdes, Jerusalén y todos esos lugares bíblicos. ¡Y pensar que era la misma a la que en su juventud habían llamado Nakaza, Nakaze, Nakazi, Nakazo, Nakazu! Candado sí que había prosperado. No sólo tenía suerte con los hombres, sino también con los hijos y el dinero, decidió Kasawo.

En la casa reinaba un orden tan rígido como en un campamento militar. El patio estaba limpísimo, los niños eran obedientes, no contradecían a su madre y sabían exactamente qué se esperaba de ellos. Uno tras otro se arrodillaron ante su tía materna y le dieron la bienvenida con cortesía. Hacían sus tareas escolares sin molestar a nadie y Kasawo comprobó que sacaban buenas notas, incluso el más tonto. Mientras observaba a su hermana empuñar el cetro, recordó la conversación que habían mantenido sobre la prole años atrás, con ocasión del secuestro de Lwandeka. Candado era una excepción: la edad no había hecho que suavizara un ápice sus medidas disciplinarias. Si su hijo menor gozaba de mayor libertad que el primogénito, en todo caso la diferencia era mínima. Candado todavía usaba el látigo de guayabo de manera cruel y calculada, y el que incumplía las normas era enviado a la cama sin cenar.

Como la propia Kasawo había disfrutado de las ventajas de la lenidad de sus padres y a la edad que tenía el mayor de los cagones ella ya bebía alcohol, volvía tarde a casa y se negaba a llevar cántaros de agua sobre la cabeza para no estropearse el cabello que ella misma moldeaba con unas tenacillas calientes, no salía de su asombro. Hacía mucho tiempo que no era testigo de esa clase de disciplina férrea, y se preguntó cómo conseguía mantenerla su hermana.

En su calidad de huésped, Kasawo no tenía nada que hacer salvo comer y dormir. Quedó agradablemente sorprendida por las habilidades culinarias de los cagones, y si no los hubiera visto pelar plátanos, envolverlos en hojas de plátano y ponerlos al fuego, habría creído que había cocinado su hermana. Los cagones estaban pendientes de sus deseos y le calentaban agua para el baño siempre que quería. Por la tarde daba cortos paseos. Allí no se habían producido saqueos y las tiendas todavía estaban abiertas. Se sintió tentada a entrar en un dispensario y pedir que alguno de los sanitarios le hiciera una revisión rápida. No fue más que una ocurrencia, porque en realidad se sentía bien y el dolor había desaparecido hacía tiempo. A Kasawo le irritaba el suahili melodioso que hablaban los libertadores; le recordaba demasiado al joven que la había hecho caer en la trampa. Le hubiera gustado hacer saltar por los aires el edificio que las fuerzas tanzanas habían requisado para establecer en él su cuartel general.

El mayor cambio en su comportamiento desde que había pasado por aquella dura prueba era que se preocupaba por cualquier nadería y discutía por asuntos triviales. Si, por ejemplo, la comida estaba salada, daba todo el día la lata y se imaginaba que confabulaban contra ella para quitarle el apetito, hacer que se deshidratara y a provocarle úlceras de estómago.

La tía Kasawo repetía tantas veces «por qué tenía que tocarme a mí» que Candado estaba que se subía por las paredes. A raíz de eso la ex monja trataba cada vez con mayor frialdad a su hermana. Eran dos caracteres opuestos que chocaban continuamente. Candado tenía a Dios y su estoicismo católico. En contrapartida, Kasawo era tozuda y airada, poseía una vaga idea de la justicia y consideraba que sus problemas psicológicos se resolverían con la intervención de un exorcista. Candado empleaba el método de dejar primero que su hermana rezongara durante media hora para luego interrumpirla con un torpe «es la voluntad de Dios». Como consecuencia de ello Kasawo acabó por tener la impresión de que su hermana creía que había recibido su merecido. Candado creía que la violación de que había sido víctima Kasawo formaba parte de un plan divino para salvar el alma de ésta. Kasawo, por su parte, sentía que todos la oían pero nadie le prestaba atención, y que su hermana se comportaba como un médico sabihondo que tuviera listo el tratamiento antes de que el paciente abriera la boca. La idea de que su hermana la considerase una conversa en potencia al catolicismo conservador la encolerizaba. Candado se dirigía a ella en el tono condescendiente de un anciano sacerdote, y eso la ponía frenética. Estaba convencida de que Candado se consideraba mucho mejor que ella.

En eso tenía razón. Después de su duodécimo hijo, Candado había eliminado el poquito sexo al que aún se resignaba con la sensación de estar por encima de toda esa gente que aún se dejaba mancillar por el moco diabólico. Se encerró en la coraza de un catolicismo fanático y desde lo alto de su pedestal miraba a todos los que cometían el terrible pecado de la carne. Firmemente instalada en su trono puritano, consideraba que era su obligación condenar a los pecadores, con la esperanza de que se aferraran a la mano salvadora que los condenaba y les daba ejemplo y salieran así del pozo de condenación de sus vidas. Mientras Kasawo relataba la historia de su suplicio y revelaba detalles de la trampa en que había caído, mientras narraba cómo había salido a rastras de aquella cueva de maldad y había quedado tendida medio muerta en la calle, Candado experimentaba una alegría sublime. A sus pies yacía una pecadora desnuda, que abandonaba arrastrándose su pocilga de iniquidad camino de la redención.

Hermana, ¿por qué sigues pecando? ¿Por qué no te has obligado a arrepentirte a tiempo? Dios empezó por poner en tu camino a tu primer esposo, Pangaman. Había suavizado su carácter maligno y lúgubre, y tú dejaste que te susurrara palabritas dulces al oído. Él halagó tu pequeño amor propio y te condujo a la senda tortuosa de la rebelión y la autodestrucción. Te rebelaste contra tus padres. Bebías alcohol. Te volviste intratable. Lucías ostentosamente los vestidos con que Pangaman te atraía a sus redes. Te jactabas de los pecados de la carne que cometíais juntos. Te entregaste a él. Lo adorabas y te hundías cada vez más en la ignominia. Él deshonró tu cuerpo con moco diabólico. Él te cegó con placeres tan pequeños como fugaces. Él engendró en ti un hijo ilegítimo. Él tomó posesión de tu cuerpo y de tu alma. Te convertiste en su esclava. Hacías todo lo que él decía. Finalmente os fugasteis a lo que creías que sería el paraíso. Él aplastó la flor de tu adolescencia con las obligaciones de una esposa y madre, y ante las férreas exigencias de esa nueva vida comenzaste a languidecer. Sucumbías bajo el peso de la educación de un hijo y el cuidado de un hombre al que le importabas un pimiento. Perdiste todo tu encanto porque debías estar a su disposición, y olías a trabajo pesado, leche materna y preocupaciones. Él ya no te susurraba esas palabritas dulces que tanto necesitabas. Te habías convertido en un mueble más, al mismo nivel que las cabras y las gallinas. Le abrías la puerta y lo saludabas con una genuflexión cuando volvía a casa con el cabello cubierto de rocío y el olor rancio de otras mujeres en la piel. En mitad de la noche le calentabas el agua para el baño y te esmerabas en satisfacer todos sus deseos. Aguantabas los golpes que te propinaba cuando preguntabas dónde había estado o le llevabas la contraria. Te desmayabas si se dignaba tocarte y cuando te follaba se lo perdonabas todo. El Señor te ofrecía una salida al volverlo cada vez más ruin, pero rechazaste Su oferta. Preferías adorar el falo de Pangaman que la cruz de Dios. Preferías temblar por la histeria agridulce del placer temporal que por la alegría infinita del amor de Dios.

A pesar de todo ello, el Señor no te ha abandonado: te dio otra oportunidad. Fulminó a Pangaman con una enfermedad terrible. Le quitó su poder mágico bajo una nube de cloroformo. Expuso la debilidad de Pangaman al hacer que le cortaran con un bisturí los intestinos putrefactos y lo cosieran como a un saco de café. Cuando volvió en sí en el hospital, Pangaman tenía los ojos vidriosos y gases en la barriga. Te echaste a temblar ante el repentino poder con que contabas ahora que ese rey tuyo se hallaba al borde de la muerte. Pangaman apareció como lo que realmente era: una cucaracha atravesada por una aguja y pinchada en la pared para una clase de biología. Ahí estaba, como una muela podrida, desarraigado, sanguinolento, contaminado por los dolores infernales que te ha infligido. Sí, ahí estaba: ruin y desamparado, como un gusano enroscado en un zurullo. Te sentiste henchida del poder que tenías sobre él. De un abismo de obediencia y sometimiento servil surgieron en ti sentimientos de venganza. Comenzaste a hablar sin parar, debido a lo cual te pusieron el mote de Cinco Bocas. Como única persona encargada de cuidarlo ejercías una autoridad absoluta. La vida de Pangaman pendía de tu meñique. Lo oías pedir la cuña, pero, sin inmutarte, dejabas que se cagara en la cama, con lo que la pestilencia de su vientre podrido invadía la casa. En la cocina te partías de risa, mientras él se ensuciaba y se consumía víctima de su propia peste. Dejabas transcurrir un buen rato antes de ir a verlo, así que cuando al fin lo hacías tenía el aspecto de una montaña de mierda y hedía como tal. Te alegrabas de que le tiraran los puntos de sutura. Te hubiese gustado que estallaran y que quedara inválido para el resto de sus días. Te encantaba levantarle con ternura simulada las piernas laxas y limpiar la porquería con un esmero burlón, para luego arreglarle la cama con una dedicación mordaz. Exagerabas, porque Dios se encargó de que la herida empezara a ulcerarse, de modo que tardó mucho en sanar. Ahora que su hegemonía estaba rota y su presunción pulverizada, te embaucaba con súplicas y lloriqueos infantiles.

El Señor lo ayudó a salir a rastras de la cama e ir en busca de su *panga*. El Señor lo ayudó a soportar el infernal dolor hasta que sus intestinos estuvieron en un tris de vaciarse. Aguantó el sufrimiento y escondió el *panga* bajo la cama. Tú estabas tan ebria de tu recientemente descubierto poder que ni siquiera caíste en la cuenta de que el *panga* había desaparecido. De nuevo dejaste que se cagara encima. De nuevo dejaste que su propio hedor lo asfixiara lentamente. Pero también entonces el Señor te dio una nueva oportunidad: la cama crujió cuando Pangaman tomó el *panga* y extendió el brazo para cortarte la mano. No acertó. Corriste hacia la puerta, tiraste el cubo de agua y todo quedó mojado. Saliste de la casa y miraste alrededor, enceguecida por la niebla. Dios aún te concedió una oportunidad más: un jadeo desacompasado te advirtió del peligro. Te volviste y a un par de pasos de distancia viste el espectro cubierto de mierda. Saliste corriendo, aterrorizada. Pero Dios todavía no había terminado contigo: sosteniéndose el vientre con una mano y blandiendo el *panga* en la otra, Pangaman fue tras de ti dispuesto a cortarte el brazo.

La noche anterior había llovido, los caminos eran auténticos barrizales y uno debía ir con mucho cuidado para no resbalar y caer. ¿Por qué no resbalaste ni te caíste? ¿Por qué, si habías perdido una de las zapatillas, no resbalaste ni te caíste? Si te hubieras caído, ¿habrías podido levantarte? Allá ibas, colina arriba, colina abajo. Algunas personas madrugadoras contemplaban el espectáculo intrigadas y con sentimientos contradictorios; pensaban que debía de tratarse de uno de tus melodramas habituales. ¿Viste a alguien más mientras corrías en medio de la niebla? No, la muerte había embotado todos tus sentidos a excepción del de supervivencia. Tú, con tu culo gordo, tus enormes pechos y tus muslos pesados, tenías de repente las patas de un ciervo, los pulmones de un búfalo y la tenacidad de un elefante. ¿Te has parado a pensar en ello alguna vez? ¿O creías que ibas a ganar una medalla olímpica? ¿Quién te acompañaba por aquel camino traicionero?

Mientras tropezabas, gimoteabas y sentías que las piedras del camino te herían los dedos de los pies, ¿te preguntaste en algún momento cómo harías para recorrer el kilómetro que todavía te separaba de la carretera? ¿De dónde salió ese coche que te salvó la vida? ¿De dónde salieron esos hombres amables? ¿Por qué no te dijeron, al ver tu camisón de nailon empapado de sudor, que debías irte a casa? ¿Por qué no te dejaron en aquella carretera vacía cuando vieron llegar a Pangaman mientras tú pedías auxilio? ¿No te dieron ganas de reír cuando Pangaman cayó al suelo y se cortó la pantorrilla con el cuchillo? ¿No te alegró verlo sangrar? Dios te había dado un palmada en la espalda, te había redimido, pero ¿le concediste a Él una oportunidad? No. Cuando aquello pasó seguiste con otros hombres, pecadora como antes, y te olvidaste por completo del Señor. Te construiste una nueva vida, desheredaste al hijo de Pangaman y cambiaste tu nombre. Para estar segura de que Pangaman no iría por ti te liaste con soldados de Amin y levantaste un muro artificial de seguridad a tu alrededor. Aquello funcionó mientras Dios permitió que el muro permaneciese en pie. Te dejó deambular por ahí, intocable, entre asesinos, violadores y ladrones, y te sentías inmune. Dios te dio acceso a bienes y dinero, y comenzaste a creerte superior a los demás. Observaste que otras mujeres se morían de miedo ante los esbirros de Amin. Te preguntaste por qué no eran lo suficientemente listas para liarse también con los soldados y así protegerse de cualquiera que pretendiese tocarlas siquiera. Dios te dio otra oportunidad: te perdonó las inmundas manos de los esbirros de Amin, pero no te permitió disfrutar de la liberación. Te envió a los siete hermanos. Te golpeó con el palo del que creías que no podías prescindir. Te sumergió en la misma agua que considerabas elixir de vida. Te arrojó al suelo e hizo que unos desconocidos se mearan en tu garganta. Cuando lo recuerdas aún sientes náuseas. ¿Por qué? Tú misma te has meado en la garganta de Dios y te has limpiado el culo con los planes que Él tenía para ti. La violación ha sido la última señal, la última advertencia antes de la muerte del primogénito. No habrá más langostas, tormentas, ni violadores. Ésta es tu última oportunidad para hacer penitencia y emprender el camino que conduce al Señor.

Frustrada, Kasawo le preguntó a su hermana qué le había hecho a Nakibuka.

A Candado se le demudó el rostro, pero se repuso enseguida. Había encomendado a esa puta a Dios. Nakibuka también recibiría una advertencia y el castigo que se merecía por haber mancillado el sagrado sacramento del matrimonio. Todos estaban advertidos, incluida Lwandeka. Hasta el momento de su detención había creído que era grande, importante e intocable como Babilonia. Dios le había enviado a los esbirros de Amin para que la arrancaran de la satisfacción del pecado. Si se negaba a cambiar, Dios no titubearía en volver a hacerlo. Ella lo había sabido desde el principio: una mujer que mantenía relaciones carnales con más de un hombre era una puta, y las putas que no se arrepentían a tiempo morían lapidadas. No se había atenido a las reglas. Había caído en la trampa una y otra vez. Había engendrado un hijo del pecado, y seguía haciéndolo. El hombre que la había sacado de la casa de su padre no podía tomarla por esposa porque él era estudiante y ella sólo una tonta campesina. Dios le había concedido una oportunidad de encaminar sus pasos hacia Él, pero en lugar de aprovecharla ella no había hecho más que enredarse con otros hombres. Cree que trabajando de voluntaria para la Iglesia la salvará. Cree que las buenas obras compensarán su nefanda existencia. Intenta meter el vino nuevo de la gracia de Dios en los odres miserables de su vida pecadora. Ofende al Señor al destilar licor, un líquido diabólico que hace que los hombres riñan, vayan de putas, peguen a sus mujeres, escupan en la cruz y rehúyan toda responsabilidad. Olvida que aquel que tienta a otros para que caigan en el pecado recibe un castigo mucho mayor. La política no la salvará. La penitencia sí, pero le faltarán escrúpulos para darse cuenta de ello.

Kasawo estaba llorando. Candado percibió la posibilidad de una victoria y la aprovechó.

No haces más que lamentarte de esa violación porque eres una renegada. Lloriqueas porque Amin hizo esto o lo otro, o no hizo esto pero sí lo otro, o no debería haber hecho esto ni lo otro. Éste es un país de llorones y quejicas. Una nación de blasfemos estúpidos que se ponen a gimotear cuando Dios blande su garrote, Idi Amin, para echar a golpes la maldad, la desobediencia, la codicia, el egoísmo y la indecencia, preparándolos así para el advenimiento de la justicia, la virtud y la redención. Al igual que tú, este país no ha escuchado la voz de los profetas ni las advertencias enviadas por Dios.

El hombre blanco, que se creía Dios, vino y sometió nuestra tierra, impuso su ley y su forma de vida y luego se sentó tranquilamente a deleitarse con los frutos de su injusticia. Tenía a los asiáticos para que lo ayudaran a esquilmar el país. Se repartieron la leche y la miel con que Dios había bendecido esta tierra. Establecieron leyes para protegerse de la venganza de los oprimidos. Los asiáticos tenían sed de desquite, y se mostraron contentos de servir al hombre blanco en una asociación sacrílega que parecía destinada a durar eternamente. Construyeron castillos y monumentos cada vez más grandes. Reunieron armas cada vez más mortales. Se jactaban de que esta nación era excepcional: habían invertido en cacahuetes y a cambio habían obtenido sacos de oro. Hacían alarde de su poder político, económico y social. Hasta que Dios decidió que ya estaba bien. Aguijoneó a las personas antes sumisas. Hizo que los colaboradores negros del hombre blanco se volvieran contra éste. Se encargó de que la Segunda Guerra Mundial fuese más mortífera que todas las contiendas anteriores. Envió a ella a hombres negros para que mataran a los blancos y los envenenaran con la sangre de guerras foráneas y orgullo egoísta. Dios derribó al hombre blanco con la espada de éste. Aplastó su enorme reino con el puño. Los hombres blancos empezaron a mirar por encima del hombro cuando iban por la ciudad, sacaban a pasear a sus perros, acudían a sus templos impíos. El hombre blanco ya no era un soberano absoluto. El hombre blanco ya no estaba en la cúspide. El hombre blanco había sido derrotado por las palabras de Jesús: «A quien mucho tenga mucho se le reclamará.» Finalmente dio media vuelta y se largó como un ladrón en la noche.

El codicioso asiático hizo caso omiso de las advertencias de Dios. En 1971, éste alzó una nueva espada que destellaba con el fulgor de una nueva venganza. Al cabo de un año, el asiático sangraba, gemía y se debatía, profundamente acongojado. Dios le quitó su casa, su seguridad, su placidez, azuzando contra él a su antiguo aliado, el hombre blanco. De pronto, ya no era bienvenido en ninguna parte. Lo pateaban de una frontera a otra, como a una pelota sucia. El hombre negro estaba contento: el juicio de Dios lo beneficiaba. Pero en lugar de aprender la lección y entregarse al Señor, lo dio todo por descontado. Se hizo con el botín que el asiático había dejado atrás. Musulmanes y cristianos empezaron, al igual que antes los asiáticos y los blancos, a comer, a beber y a ir con putas. Los castillos que se alzan en la arena nunca resisten una tempestad fuerte. La casa construida sobre la impiedad se vio sacudida por tormentas internas y por la espada vengadora de Dios, Idi Amin, y se derrumbó sobre sus habitantes. Bajo los escombros, los hombres pidieron la salvación, y Dios los escuchó. En 1979 Él apartó la espada; pero en cuanto ésta dejó de destellar los hombres volvieron a caer en sus antiguos vicios. La nación no mostró arrepentimiento ni aprendió nada del pasado. Kasawo, tú y la nación no habéis aprendido nada ni habéis dado muestras de arrepentimiento, y por eso seréis puestos nuevamente a prueba.

No llores, Kasawo; no llores, nación. Dios sólo pone a prueba a aquellos a los que más ama. Mira atrás y verás que a san Bartolomé lo despellejaron vivo, a san Lorenzo lo asaron en la parrilla, a san Juan lo cocieron en aceite hirviendo, a san Erasmo lo abrieron en canal y a los mártires ugandeses los envolvieron en juncos y los quemaron. Dios los amaba a todos, pero no por eso les ahorró sufrimientos. Los hombres de hoy en día hacen como si fueran los primeros y los últimos en probar el amargo cáliz de las pruebas a que Dios nos somete. ¿Por qué tú, Kasawo, y todos los otros lloriqueadores no observáis Tierra Santa, un lugar que he pisado con mi humilde pie y que he tocado con mis humildes dedos? La encontré en llamas y en llamas la dejé. En tiempos de Jesús, las piedras gemían y se lamentaban bajo los pies de los soldados romanos, el filo de cuyas espadas cortaba el aire. En la actualidad, las carreteras y los caminos de Tierra Santa se doblan bajo el peso de las suelas de acero de los guerreros modernos. Tierra Santa todavía es, en muchos aspectos, un escenario bélico, tal como siempre lo ha sido. ¿Podría Dios haber hecho pasar por más pruebas a nuestra nación que al lugar donde nació de Su único Hijo?

Kasawo, el Señor premia a quienes le son fieles. Me ha premiado a mí. Me reveló Su gloria en la basílica de San Pedro. Sentí temblar esos muros impresionantes por un fervor sagrado. Durante la consagración vi descender hileras de palomas blancas que entraban por la ventana dorada que hay detrás del altar y reunirse alrededor de éste. Vi el cáliz papal y las velas fundirse y formar ríos dorados al pie del altar. Dios me ha mostrado todos esos milagros a fin de que tú los creyeras, te mostrases arrepentida y renunciaras a adorar al diablo. Soy tu última advertencia, Kasawo. Ya no habrá más tormentas, violadores ni admoniciones verbales.

—Dios trae la salvación, Dios no deja ninguna plegaria sin respuesta —dijo Candado, y dejó que su hermana pensase que acababa de pasar por una especie de trance.

Kasawo sintió una mezcla de náuseas, compasión y admiración vacilante. Su hermana estaba tan convencida de su probidad que, por muy escéptica que ella fuese, no podía desdeñarlo sencillamente como locura o ilusión. Parecía hallarse tan en armonía con lo divino que era como si hubiese perdido todo contacto con los mortales. Kasawo no había ido allí para dejarse convertir, y el convencimiento de Candado sólo reforzó su propia certeza de que ella estaba en el buen camino. Siempre seguiría adorando a Dios y al diablo. A Kasawo la combinación le funcionaba como a Candado el catolicismo. Toda la desazón que le producían la duda y la culpa había desaparecido, enterrada a los pies del fanatismo de su hermana. Al contrario que ésta, Kasawo nunca vería el mundo en blanco y negro. Los matices grises entre los que había tenido que apañarse desde el principio aparecían de pronto con mayor claridad que nunca. Había descendido a las profundidades del infierno y estaba segura de que lo peor ya había pasado.

Kasawo siempre había considerado los dogmas católicos abstractos e insuficientes, algo que por sí solo no se sostenía. La voluntad de oponerse al mal y el rechazo de la brujería eran, en esencia, demasiado autocomplacientes. Como mujer de negocios no podía permitirse ser indulgente respecto del mal, porque en el mundo en que se movía, plagado de crueles hechiceros y adoradores del diablo, el fuego se combatía con fuego. En el ámbito de los negocios el azar era un sacramento sagrado que se buscaba en las catedrales más imponentes y en las más indeterminadas casas de brujas. Tanto el hombre como la mujer de negocios sobrevivían a la psicosis y la neurosis demostrándoles a sus colegas que estaban bien protegidos y que, si alguien dejaba en su puesto del mercado pájaros muertos o salamandras decapitadas, devolverían el golpe y disiparían el maleficio. Se trataba de un juego psicológico. Kasawo consultaba a hechiceros, quemaba hierbas misteriosas y murmuraba ensalmos. Los domingos iba a la iglesia porque era beneficioso para su imagen, y también porque no podía rechazar de pleno el catolicismo como una forma de engañar al pueblo. Se sentía cómoda con un pie en ambos mundos porque en su interior era plenamente consciente de que Dios y el diablo eran dos caras de la misma moneda, y quería ir sobre seguro.

Pero aún había otro aspecto: en su desesperación, Kasawo había visitado al sacerdote de su parroquia poco después de que la violaran. Quería hablar con alguien neutral. El buen hombre le había recomendado que dejase a sus agresores en manos de Dios y que odiara el pecado pero no a quienes lo cometían. Semejantes ambigüedades la decidieron a acudir a un curandero que estimara las posibilidades de venganza y purificación. Kasawo estaba impaciente por ir cuanto antes y evitar así cargar con ello durante años, como le había ocurrido después de que Pangaman la atacase. Cada vez que miraba a su hermana, no podía evitar pensar que si hubiera seguido los consejos de ésta y del cura habría acabado totalmente loca.

Kasawo tenía la impresión de que le faltaba el aire, como si la casa de su hermana fuera una caja herméticamente cerrada. Sintió la necesidad de salir, dar un paseo y no regresar nunca más. Miró el reloj y se alegró de marchar temprano al día siguiente.

La Kasawo que fue a casa de la tía Lwandeka dos días después de su terapia de renovación no daba la impresión de alguien a quien hubieran violado siete hombres. Rebosaba energía y seguridad en sí misma y hablaba por los codos. Estaba claro que sus días de auto-compasión habían terminado. La dolorosa experiencia por la que había pasado no era más que uno de tantos escollos que había teni-do que salvar. Hablaba mucho de política y expresaba sus dudas so-bre el nuevo gobierno de coalición. Dijo que se alegraba mucho de que los libertadores fueran devueltos a Tanzania.

Mientras charlaba pensé en aquellos siete hombres encima de mi tía y me asombré de la capacidad de recuperación de ésta. También pensé que algunas mujeres africanas merecían una medalla de oro por la manera en que disimulaban el sufrimiento: la idea de orinar durante veinte minutos, gota a gota, como hacían esas mujeres a las que de niñas les habían cerrado la vulva para prevenir las relaciones sexuales antes del matrimonio, me llenaba de admiración. La obser-vé atentamente para ver si montaba una escena, por pequeña que fuese. Pero al atardecer del segundo día de los cuatro que pasaría entre nosotros me convencí de que era sincera. El Vicario General había hecho un milagro.

Yo conocía al hombre a quien llamaban Vicario General. Nadie lo llamaba jamás por su verdadero nombre. Le habían puesto ese mote porque era uno de los escasos curanderos católicos, ya que por lo general eran musulmanes. Lo conocí cuando fui a vivir a casa de la tía Lwandeka. Al principio creí que se trataba del hombre alto y oscuro que la había amenazado con un cuchillo y una «víbora». Más tarde, recordaba más que nada a un cura católico. Poseía mu-chas tierras. Vivía en una casa enorme que se alzaba en lo alto de una colina. Era dueño de un coche nuevo. Conocía a muchas personas influyentes. Tenía una consulta y los modales pomposos de un sa-cerdote engreído. Lo admiraba en secreto porque había desafiado directamente a la Iglesia católica y le había hecho ver que por mu-cho que llevase cien años en el negocio, su doctrina aún dejaba mu-cho que desear en la vida de gran número de personas.

A juzgar por Kasawo, la gente se curaba mediante aquello en lo que creía. La psicología subyacente a la terapia del Vicario consistía en aplicar un tratamiento doloroso a quienes esperaban dolor, mientras que los que querían palabritas amables, sacrificios cruentos, encantamientos y abrazos también obtenían lo que querían. Debido a su vasta experiencia sabía qué terapia debía aplicar antes de que el paciente abriese la boca siquiera.

Cuando Kasawo llegó al cuartel general de ese hombre famoso se sintió un caso especial y esperó, por ello, que la atendiera de inmediato, al fin y al cabo lo había elegido a él tras rechazar el catolicismo dogmático de su hermana. También creía que ese día probablemente fuese la única mujer en la cola que había sobrevivido a una violación colectiva. No creía que hubiese más que unas doce personas esperando delante de ella, y confiaba en que su facilidad de palabra, propia de una vendedora, le abriese las puertas.

Por eso fue una sorpresa para Kasawo caer en la cuenta de que había exagerado sus posibilidades. Cuando se presentó, a eso de las diez, se encontró con una multitud que le recordó la escuela primaria. Algunos debían de haber llegado de madrugada. Incluso le pareció probable que algunos hubieran pasado la noche esperando. La larga fila de personas le recordó a los ciegos, sordos e inválidos que habían recorrido largas distancias para ver a Jesús en la esperanza de que los curara con un milagro. El lugar recordaba a un campus universitario: había un edificio principal, una oficina de inscripciones, una farmacia, varios dormitorios, un quiosco, terrenos de juego para los niños, tendederos, grifos de agua, hileras de retretes y, por supuesto, muchos ayudantes que mantenían el orden. Aquél era el curandero más presuntuoso y organizado que Kasawo hubiera conocido jamás. Se estremeció al pensar que toda esa gente estaba allí por la misma persona. También se sintió orgullosa, porque ese hombre había rescatado la práctica ancestral de la hechicería y la había adaptado a los tiempos modernos.

Kasawo sudaba después de caminar casi trescientos metros pendiente arriba. Se le escurría grasa del cabello, por lo que se enjugaba el cuello y la nuca con un pañuelo. Observó a las mujeres presentes, que iban bien vestidas y superaban ampliamente en número a los hombres. Se le ocurrió que los curanderos irían a la quiebra si las mujeres dejaban de acudir a ellos.

Le molestó que hubiera tanta gente delante de ella. Los niños llorosos y la actitud arrogante de algunas mujeres la irritaban. Distinguió a los incondicionales de los primerizos por su indiferencia. Los que nunca antes habían estado allí miraban nerviosos alrededor para asegurarse de que nadie los veía desde fuera. El sentimiento de culpabilidad que los atenazaba se reflejaba también en el modo en que no paraban de moverse, toser o abrir y cerrar constantemente los ojos, como si su cuerpo se resistiera abiertamente a permanecer en aquel lugar.

Varias de aquellas personas deberían haber estado ingresadas en el hospital, pero esperaban para ello la autorización del gran hombre, el Vicario General de la diócesis del diablo. Hacía al menos cien años que se aplicaba la medicina occidental, pero muchos seguían confiando más en los curanderos que en los médicos. Kasawo lo comprendía. Había muchos médicos codiciosos que exprimían a la gente sin decir la verdad. Era una cuestión de confianza. En lo que a Kasawo respectaba, sabía muy bien cuándo debía consultar a un médico. Al fin y al cabo, un poco de sagacidad nunca está de más, pensó con amargura.

Kasawo sabía por experiencia que la mitad de las personas presentes no había ido allí a causa de problemas físicos, sino en busca de felicidad, éxito, venganza, amor, poder, favores y predicciones. Había mujeres que querían un filtro de amor capaz de conseguir que sus esposos sólo las quisieran a ellas. Otras buscaban algún maleficio para provocar accidentes de coche, enfermedades u otras desgracias a sus rivales. Había mujeres estériles que deseaban desesperadamente un hijo, después de haber suplicado ayuda en todas las iglesias y todos los hospitales; y mujeres fértiles que pretendían tener más hijos para fortalecer su posición en la familia. Había hombres y mujeres a los que atormentaban «voces» que les ordenaban en susurros que fueran desnudos, atacaran a la gente, se sentaran sobre el fuego, subiesen a los tejados o hablaran solos; también los había que querían que alguien perdiese la razón. Había personas con afecciones psicosomáticas y psíquicas, y otras con migraña, cáncer, piernas hinchadas o miembros rotos. Muchos también iban en busca de sí mismos: necesitaban el contacto del gran hombre para acabar con el autoengaño, la autoconmiseración y el dolor de muchos años antes de iniciar una vida mejor. Y, en último lugar, pero no por eso en menor cantidad, estaban los que habían perdido a un ser querido en un bosque impenetrable, un río caudaloso, una celda húmeda o una fosa común. Querían encontrar los restos mortales para que los espíritus errantes consiguieran la tranquilidad mediante un entierro decente y, si era posible, hacérselo pagar al culpable.

Kasawo compadecía a este último grupo, porque todos los asesinos habían conseguido huir o estaban escondidos, y no se había juzgado a nadie.

Mientras observaba pacientemente a toda esa gente, se preguntó si Uganda no sería una nación de cabezas huecas, incautos y mitómanos degenerados. En cualquier caso, el Vicario del diablo era un enigma, pero Kasawo no estaba de acuerdo con su hermana en que Uganda fuese una nación de quejicas. El dolor era auténtico. No se trataba más que de una nación en busca de liderazgo. Ella también necesitaba que la guiaran de vez en cuando. Se preguntó si su fe en personas enigmáticas como el Vicario no sería una búsqueda nostálgica de otro hombre, una resurrección del Pangaman de antes de que ella lo abandonase, del Pangaman que había asumido el mando en todos los aspectos de su vida. La nación, pensó, no precisaba penitencia, sino analizar la situación. Kasawo fantaseaba con un buen hombre que cuidase de ella y al lado del cual envejecer. Creía que después del ritual de purificación le resultaría más fácil encontrarlo.

Kasawo hubo de esperar medio día. Cuando le tocó el turno y entró en la consulta, que tenía las paredes, el techo y el suelo cubiertos de flamante madera roja, se echó a temblar. Se sentía exhausta. El olor dulzón del revestimiento de madera la adormilaba. El hombre que tenía delante parecía grande y autoritario. Sus enormes ojos, custodiados por unas cejas que semejaban ciempiés, la inquietaban todavía más. Las amplias ventanas de la nariz le recordaron las bocas de un doble cañón. Por un instante temió desmayarse. La fuerte personalidad del Vicario le hizo pensar, muy a su pesar, en Pangaman. Aquel hombre era un poder nuevo, una mole humana que se nutría de curanderos viejos y sucios y no se detendría hasta que les hubiera birlado a éstos todos sus clientes. Aquel hombre, con su enorme riqueza y su personalidad imponente, exigía confianza inmediata. Kasawo se sintió como una colegiala.

—Cuéntame toda la historia. —Las palabras fluyeron de la boca del Vicario como golpes de gong cuyas vibraciones se veían acentuadas debido a la roja oscuridad en que se las pronunciaba. Kasawo agradecía aquella penumbra, pues gracias a ella se sentía menos tímida. A diferencia de lo que le había contado al cura párroco, esta vez no redujo a tres el número de violadores, sino que le contó al hombre todo lo que fue capaz de recordar e incluso tuvo la tentación de añadir algunos detalles inventados. Al principio le causó extrañeza oírse hablar en la oscuridad, pero se acostumbró. Para cuando estaba a punto de terminar, las palabras fluían como si tuviesen voluntad propia. En el silencio que siguió se redobló su turbación. El corazón comenzó a latirle con fuerza. Él gruñó y resopló y por fin dijo que todo iría bien. Kasawo experimentó un alivio fenomenal.

El Vicario la envió a los dormitorios, que resultaron ser unas construcciones alargadas con habitaciones para una o dos personas. Había un tenderete donde vendían jabón, cuchillas de afeitar, vendajes, cigarrillos, sal, harina de maíz, té y otros artículos. Detrás del tenderete se podía conseguir comida, té y gachas de avena. Al pensar en éstas Kasawo notó que se le revolvía el estómago. Se apresuró a ir a su habitación.

Había una cama con un colchón de muelles, un armario y una jofaina; mientras miraba el suelo de hormigón se preguntó cuánto costaría todo eso. El Vicario, como otros curanderos modernos, otorgaba crédito a sus clientes, ya que a éstos no se les habría ocurrido engañarlo. Kasawo creía que ese hombre se merecía hasta el último centavo que ganaba: sólo llevaba medio día allí, pero ya se sentía bastante mejor. Mientras esperaba, tendida en la cama, a que anocheciese, se preguntó si ese lugar no sería una especie de asilo al que acudía la gente cuando las cargas del pasado y del presente resultaban demasiado pesadas para sobrellevarlas. Se levantó con un movimiento brusco: la idea de que la violación que había sufrido quizá fuese en realidad producto de la imaginación de un alma enferma la horrorizó. No, no, no. No lo era, no lo era, dijo en voz alta. Se dejó caer de nuevo sobre el lecho, contenta de no estar loca. Recordó a un chico que había visto ese día. Lo habían entrado arrastrándolo con una cuerda. Su padre explicó que estaba poseído por espíritus. Recordó la mirada del chico, inexpresiva, insondable, y aun así carente de carácter, y el modo en que éste había luchado cuando lo desataron. Fueron necesarios tres hombres para inmovilizarlo hasta que llegara el Vicario. Recordó que éste lo tomó de la mano y le dijo unas palabras; luego lo acarició y se lo llevó dentro. El poder, la ternura, la confianza, las muchas caras del Vicario tuvieron a Kasawo ocupada durante un buen rato.

El hombre entró en la habitación de Kasawo. Iba vestido de negro y llevaba una cola de leopardo en la mano. Le indicó que se desnudara, se envolviera en una sábana negra y lo siguiese. Era pasada la medianoche. A excepción de unas pocas bombillas encendidas aquí y allá en los dormitorios, la finca estaba sumida en la oscuridad. Pasaron por un platanar en dirección a un árbol enorme que se elevaba sobre ellos como una torre diabólica. Debajo de aquel monstruo había una gruta, y dentro de ésta tres cuencos de agua fría. Los conjuros surcaron el aire mientras el agua fría de los tres cuencos fluía sobre el cuerpo de Kasawo, que se puso a tiritar. Ramitas de plantas medicinales quedaron pegadas a su piel y sus cabellos.

De vuelta en la habitación, el hombre le indicó que extendiese una estera que estaba enrollada y apoyada contra la pared y se acostara sobre ella. Hacía más de veinte años que Kasawo no se tendía en el suelo para recibir un castigo. Era una sensación rara. Recibió siete golpes propinados con una caña de bambú. Confusa y encogida por el dolor la condujeron de nuevo a la gruta. Se bañó una vez más. Tenía un frío terrible y fue incapaz de retener las lágrimas. Las vestiduras negras conferían al hombre la dimensión esotérica de un fantasma espeluznante que la atemorizaba y tranquilizaba a la vez. Un hombre nacido para ejercer el poder. Un hombre nacido para exorcizar demonios y someter a las mujeres.

En el camino de regreso, Kasawo se dijo que, en efecto, Dios y el diablo eran la misma persona. Incluso usaban métodos similares para luchar contra quienes se oponían a ellos. Hacía muchos años, cuando acababa de conocer a Pangaman, su madre la había llevado a ver al párroco con el pretexto de que iban a comprar rosarios. Kasawo tenía miedo de aquel hombre blanco, y su temor aumentó cuando su madre le contó al cura que la muchacha fornicaba, bebía alcohol y era insolente con su padre. A continuación, la vieja le pidió al cura que expulsara los demonios que atormentaban a su hija. El cura se levantó y pronunció unas palabras en latín. Estaba abstraído y pálido como un muerto. Por fin echó mano de una caña y le pegó. Pero ni siquiera así consiguió separarla de Pangaman.

La segunda vez, su madre la llevó a ver a la madre superiora del convento local. La monja escuchó en silencio, con una expresión triste y aterradora en el rostro tenso. Miró largamente a Kasawo y a continuación rogó a madre e hija que se arrodillaran. Rezó un rosario y una plegaria a la Virgen María. Luego dijo a la madre que se fuera y a la hija que se quedara. Cerró la puerta con llave y se guardó ésta en el bolsillo. Corrió todas las cortinas y ordenó a Kasawo que se desnudara. La muchacha se quitó con torpeza la ropa. La monja le dijo que se tendiera de espaldas, tomó una correa y le pegó doce veces entre las piernas. Kasawo chilló. Nunca había sentido un dolor como aquél.

—Piensa en lo mucho que Jesús sufrió por tus pecados y cállate —masculló la monja—. ¿No te avergüenzas del dolor que le causas al Señor con tu comportamiento?

La monja aplicó el mismo castigo todos los días durante una semana. Pero no funcionó. Poco después, Kasawo se fugaba con Pangaman.

De regreso en su habitación aún tuvo que soportar otros nueve golpes con la caña de bambú. El Vicario le ordenó que se acostara. A Kasawo le molestaban las repeticiones que se daban en su vida, sobre todo porque no sabía obtener de ellas sabiduría alguna. No conseguía poner en orden sus pensamientos. Las ideas se le escapaban como renacuajos en un pantano. Pero las lágrimas y los acontecimientos de ese día tuvieron un efecto adormecedor.

Kasawo despertó bien entrada la tarde. Los ladrillos rojos de la vivienda del Vicario la miraban por la ventana con la seducción de un fuego que se apaga dulcemente. Se asombró del ruido y el ajetreo de la finca, y se preguntó cómo había hecho para dormir con tanto jaleo. Cuando cayó la noche y todo quedó cubierto por un velo negro, fue al tenderete para comprar comida. Hicieron su aparición las mariposas nocturnas. Volaban mareadas alrededor de las luces amarillas. Se sentó a cenar en la cama. Escupió el ala de una mariposa nocturna y tiró la comida.

Mientras esperaba la llegada del hombre, Kasawo pensó en el efecto de la terapia: se lo había contado todo sobre la violación y le había hablado de su vida. Él parecía poner el énfasis en los detalles principales para hacerle revivir el dolor, a fin de que pudiera seguir adelante. El sufrimiento era mayor de lo que ella había esperado, pero así sacaría más provecho de él, pensó. Echó en falta no haber recibido una educación mejor que le permitiera atar los diversos cabos sueltos de su vida. Recordó las confesiones en aquella especie de armario dispuesto a tal efecto. Al principio estaba convencida de que el hombre blanco era Jesús. Temblaba, presa de un temor reverencial, y no se atrevía a decir ninguna mentira. Pero poco a poco comprendió que si el sacerdote en efecto hubiese sido Jesús de Nazaret, nadie habría tenido necesidad de contarle nada. Después empezó a contarle mentirijillas y a saltarse detalles. ¡«Jesús» se lo tragaba todo! Kasawo dejó de sentir miedo y empezó a percibir el aliento a tabaco del hombre. Desde entonces dejó de rezar las oraciones que le imponía como penitencia. El Vicario lo hacía mucho mejor. Guiaba a sus clientes a través de los rituales. Por ser católico, pensó Kasawo, también debía de haber engañado a los sacerdotes. Había que combatir el mal con el mal, solía decir el director de la escuela.

Su maciza figura llenaba el vano de la puerta. Le indicó que lo siguiera hasta la gruta, donde fue sometida de nuevo a un largo baño de agua fría. Jamás en su vida había tiritado tanto. Los dientes le castañeteaban de forma incontrolada cuando volvió a la habitación. Tras la última tanda de azotes, él le indicó que se diera la vuelta. La fría mano del viento penetró en ella y la hizo estremecerse. Tenía tanto frío que sintió una débil tibieza surgir en su interior. Cerró los ojos y se entregó a las distorsionadas sinuosidades de su espíritu. Dio un respingo al advertir de pronto que él la penetraba con su ardiente pene envuelto en látex. Los demonios del pasado resucitaron. Él abrazó la crispada y tensa piel de su yo rejuvenecido con el purgatorio de los peores dolores por los que ella había pasado. Le recordó la crueldad profesional con que los rompehuesos quebraban las piezas óseas mal soldadas para reparar el error. Su espíritu se agitaba, rabioso, entre gritos y lágrimas mientras ella trataba de dominarse. Pensó en Pangaman y en el miedo que éste le había infundido, incluso en el amor que había sentido hacia él. Pensó en su padre, en el párroco y en la monja que le habían pegado, en los soldados de Amin y en sus violadores. Tenía la cara mojada por las lágrimas. Se avergonzó de ello. Él le preguntó si estaba llorando. No podía mentirle a ese último confesor. Kasawo admitió que lloraba. Él rió. Ella se sintió aliviada.

De nuevo en la gruta, él le dijo que llenase un cubo de agua, echó unas hierbas dentro y le indicó que lo llevase sobre la cabeza. En esa ocasión caminaron hasta la carretera. Se detuvieron en el cruce. Ella miró en todas direcciones, tiritando y rezando por que no pasara nadie. Él le ordenó que se desnudara y se bañara mientras pronunciaba las siguientes palabras: «Dejo aquí las violaciones del mundo. Dejo aquí la desgracia del mundo. Dejo aquí el mal. Que el viento se lo lleve al fin de los tiempos.» Él permanecía a cierta distancia, y ella lo oyó murmurar. Volvieron a la finca en silencio. Kasawo se alegró de que esa parte del ritual hubiese concluido. Aún le ardía el cuerpo, pero estaba tranquila. No le importaba que volvieran a azotarla siete veces más. Había cruzado un umbral psíquico. Se sentía invencible, audaz, dispuesta a todo.

Junto a la puerta, él se hizo a un lado para que ella pasara delante. Se quedó en el hueco observándola cómo temblaba, envuelta en la sábana negra. Él parecía envuelto en un halo sagrado.

—Está hecho, muchacha —anunció con voz grave. Se quedó quieto, como si esperara a que se lo agradeciera. Ella cayó de rodillas y le dio las gracias como si no tuviera con que pagarle.

La Kasawo que se levantó era una mujer imbuida de un nuevo fervor. Cuando volvió a visitarnos, dominó todas las conversaciones. La tía Lwandeka pareció impresionada por su presencia. Kasawo no era mi analista política preferida, pero estaba de acuerdo con ella en lo referente a que la marcha de los tanzanos nos beneficiaba a todos. Kasawo aseguró que el dictador Obote regresaría de su exilio. Eso me intranquilizó, porque hasta el momento lo había considerado casi imposible. A la tía Lwandeka tampoco le gustó la noticia. Sintió que su lucha contra Amin, por la que a tantas cosas había renunciado, había resultado inútil. Reaccionó enfadada y dijo que, en ese caso lo más probable era que estallase una guerra de guerrillas.

—Los gobiernos están para luchar contra los rebeldes —señaló Kasawo con satisfacción. Mucho después de que se hubiera ido yo todavía reflexionaba en sus palabras.

A los pocos meses habían desaparecido los controles de carreteras y la mayoría de los tanzanos había regresado a su país. Se formó un nuevo ejército. El toque de queda se iniciaba ahora a las once de la noche y duraba hasta las cinco de la mañana. Se hacían muchas conjeturas acerca de las elecciones, la democracia y el desarrollo: la trinidad mágica.

Yo volvía a sentirme inviolable. Había sobrevivido, sin sufrir un solo rasguño, a los días sombríos. Iría a la universidad a estudiar Derecho. Nunca importuné a las libertadoras que vigilaban los últimos controles de carreteras. Ellas tampoco parecían advertir mi existencia. Seguí moviéndome furtivamente alrededor de ellas; según había oído en las noticias, en tres semanas se habrían ido. Cada dos días visitaba a un amigo, un compañero de estudios que vivía solo. Disfrutaba de nuestras conversaciones, que giraban en torno a tres temas fundamentalmente: política, mujeres y poder. A veces llevaba algo de beber, y a él se le soltaba la lengua y hablaba como si se acercara el fin del mundo. Ambos teníamos la sensación de que cambiar el mundo estaba al alcance de nuestras manos. Hablábamos como si estuviéramos en el Parlamento o en otro foro nacional y nuestras palabras se convirtieran en ley.

Una noche me detuvo una voz procedente de una vieja fábrica que en ocasiones se usaba para llevar a cabo controles sorpresivos, algo que en la zona no ocurría desde hacía cinco días. Me detuve y vi dos ladrillos en el arcén. A veces se usaban neumáticos o bidones viejos de petróleo, lo que fuera. Yo estaba alerta: a esa hora del día no se podía esperar nada bueno de aquellas personas. Para empeorar las cosas, yo no llevaba dinero ni reloj con las que sobornarlas. Se acercaron a mí tres mujeres de uniforme; llevaban el fusil despreocupadamente en la mano, con el cañón hacia abajo. Cada arma tenía tres cargadores sujetos con esparadrapo, lo que sumaba un total de noventa proyectiles. De pronto creí reconocer a la robusta chica a la que una vez le predije que pariría una criatura sin extremidades... Quedé boquiabierto. Tenía su lógica que se hubiera alistado en el ejército para evitar el riesgo de un monstruo semejante, pero ¿cuándo se habría pasado a la guerrilla? ¿Cuándo me habría reconocido? ¿Me habría perseguido? ¿Cuánto tiempo habría esperado este momento? ¿A cuántos hombres habría matado en mi lugar? No podía apartar los ojos de aquella mujer. Quería estar seguro de que se trataba de ella. Intenté atisbar bajo su gorra. ¿Tan poco había cambiado en todos esos años?

No tuve ocasión de concluir con mi reconocimiento. La Trinidad Infernal tomó mi mirada interrogadora por ojeadas de interés, pero ¿quién sería tan insensato para mostrarse interesado por tres mujeres provistas de doscientas setenta balas de alta velocidad? Me acusaron de desacato, falta de colaboración con los procedimientos militares, acciones subversivas, etcétera. Me sentí aturdido por el miedo. ¿Estudiante? Sí. Estudiante de Amin, jijiji. Mientras tanto miré alrededor por si pasaba algún borracho, otro viandante o cualquiera que distrajese a la Trinidad. Ése era el camino que habían tomado los norteños para huir: ¿por qué estaba tan desierto? Tuve que enseñar mi documento de identidad. Nunca me habían obligado a hacer nada semejante en un control. Expliqué mi situación. Les propuse que vinieran a casa si lo consideraban necesario.

—¿Tú vas a enseñarnos cómo debemos hacer nuestro trabajo? —dijo una de ellas, que hasta ese momento había permanecido callada. Me volví hacia ella. Al mismo tiempo me alcanzó un silbido y un calidoscopio de colores infernales. Sentí que se me doblaban las rodillas. Ya estaba tendido en el suelo, boca arriba sobre la grava. Hacía años que no me daban un golpe así. Miré mareado el cielo nocturno. Apenas podía moverme. No sentía dolor, sólo un latido sordo en la cabeza. Desde la posición en que me encontraba, las mujeres parecían muy altas. Por un instante temí, aunque de un modo vago, que me dejaran lisiado a culatazos.

Me arrastraron hasta la vieja fábrica. Traté de recordar los primeros días en el seminario y las sesiones de pajas en mitad de la noche. Traté de pensar en mis campañas contra el padre Mindi y el padre Lageau, y el modo en que me había sorprendido el vigilante nocturno. Recordé los dos cadáveres que nos había enseñado Junco. El abuelo también había estado tendido así, pensé mientras miraba los terribles cañones de los fusiles y las pesadas botas. Me hicieron reaccionar a fuerza de bofetadas. De pronto percibí un tufo a ropa interior y cuerpos sucios. Cerdas, pensé. No. Hienas. ¿Cuándo se habrían bañado por última vez aquellas hienas? ¿Una semana, dos semanas, un mes antes? Para no vomitar en sus genitales me decía a mí mismo que esas mujeres sin duda habrían violado a más de un hombre. Estaba seguro de que éstos se lo callaban. Yo también me lo callaría, aunque me torturasen para arrancarme el secreto. Mientras tanto recopilé algunos hechos irrefutables: pasaron unos veinte minutos antes de que me echaran del edificio. Se sentaron sobre mi cara doscientas veinte veces. Tiraron con fuerza de mi polla en cuarenta ocasiones. Me sobaron brutalmente los huevos unas veinte veces. Me hicieron treinta rasguños en la piel. Me corrí una vez. Resulté con la nariz rota y un chichón en la sien.

Las costillas, seriamente contusionadas, me dolieron durante dos semanas.

Pasé esa noche maldita en casa de mi amigo. A la mañana siguiente le dije a la tía Lwandeka que me habían asaltado unos ladrones. ¿Una nación de quejicas? No, yo nunca lloriqueaba. Siempre me decía que habría podido ser peor. ¡Qué ironía que acabara de estar en casa de Kasawo! Durante unos días pensé que ésta me había pasado sus desgracias. Tonterías. Lo único que logré sacar en claro de todo eso fue que yo había aportado mi granito de arena a la estadística familiar: me habían violado y mis torturadores habían quedado impunes.

Una semana después fueron eliminados todos los controles de carreteras.

En el lapso de un año tuvimos tres gobiernos interinos, el primero de los cuales sólo duró dos meses. El dictador exiliado volvió y ganó las elecciones. Los observadores extranjeros no se ponían de acuerdo sobre si los resultados habían sido amañados o no. Los políticamente ingenuos fueron barridos de la escena. Amin había demostrado que semejante candidez era fatal, y los esperanzados deberían haber sido los primeros en saberlo. Estalló una guerra de guerrillas. El MRN de la tía Lwandeka fue uno de los primeros grupos en sumarse a los rebeldes.

El síndrome de la linterna y las mariposas nocturnas habían hecho acto de presencia una vez más: toda esa luz, toda esa muerte...

SEXTA PARTE

Revelaciones triangulares

Cuando estuve por primera vez en lo alto de la colina donde se encontraba la Universidad de Makerere, con el hospital de Mulago enfrente y al fondo las torres de las dos catedrales y la mezquita, el sueño del abuelo de que me convirtiese en abogado bullía en mi interior. Tuve la sensación de pisar tierra sagrada. El espíritu del abuelo parecía planear sobre esa colina para animar al máximo a una nueva generación en busca de conocimientos. Para muchas familias el sueño de un futuro mejor pasaba por enviar a un hijo a la universidad. Sentí brotar de la tierra unas expectativas comunes que empujaban a todos los candidatos por la estrecha puerta de la enseñanza elitista. El edificio principal de la universidad, que respiraba un aire de altanería, suscitaba la idea de un acceso privilegiado a una corporación preservada. Sentí que me crecían alas con las que entraba volando en el sublime círculo de los elegidos que llegarían muy lejos. Había comenzado la década de los ochenta: los apuros de los años setenta quedaban atrás, o eso se creía entonces. Imperaba la sensación de que lo peor ya había pasado y de que bastaba con tener cerebro para extender los brazos y recoger los frutos del mañana. Contemplé nuevamente las colinas. Esperé, conteniendo el aliento, una señal acerca de lo que me deparaba la vida.

La Universidad de Makerere había dejado atrás la década de los setenta tan cubierta de cicatrices como un superviviente; no había habido progreso ni expansión. Los días en que era territorio sagrado habían pasado hacía tiempo y sólo pervivían en los recuerdos de antiguos alumnos, como mi lacónico profesor de literatura en el seminario. En su calidad de rector de la universidad, el presidente Idi Amin había hecho todo lo posible por imprimirle su sello a la institución. El ejército había tenido que intervenir en varias ocasiones para reprimir desórdenes en el campus. Un rector magnífico, a la sazón seguidor de Obote, no había logrado sobrevivir. Desapareció en los altercados que siguieron a la fracasada invasión de 1972. Muchos profesores habían huido, y, ante las sombrías perspectivas económicas de la década de los ochenta no se habían sentido inclinados a volver. Los que se habían quedado habían tenido que hacer muchas concesiones, tanto en cuanto a su consideración social como al monto de sus ingresos: lo primero, porque en la década de los setenta se había infravalorado mucho la educación; lo último, a causa de la inflación. Muchos profesores tenían varios empleos para llegar a fin de mes. Además, la universidad se veía afectada por una gran carencia de medios docentes. En la cúpula se había implantado una cultura de la corrupción: aquellos cuyo nombramiento se debía a razones políticas hacían cuanto estaba en su mano por obtener el mayor provecho mientras sus benefactores llevasen las riendas. A pesar de estos contratiempos, sin embargo, no había disminuido la aplicación de los estudiantes, que trataban de aprovechar al máximo lo poco que la institución tenía para ofrecerles.

Cuando ingresé en ese templo del saber había tantos estudiantes que resultaba agobiante. Las residencias de estudiantes estaban a rebosar, por lo que se habían habilitado unos estrechos edificios anexos en los que seis estudiantes debían compartir una misma habitación. Sacar las mejores notas en los exámenes finales no garantizaba una plaza en la facultad que uno había elegido. Con los años la competencia había aumentado hasta alcanzar un nivel formidable. Las influencias políticas y los sobornos aceleraban el proceso, pero había que saber a quién dirigirse, y aun así nada aseguraba que el resultado fuese favorable. Al igual que el resto de los esperanzados, yo sólo podía recurrir a los dioses y a los favores del comité de selección. Tanto aquéllos como éste me dejaron en la estacada.

Los miles de estudiantes que habíamos sido convocados en el campus por la radio caímos como una nube de langostas sobre el edificio principal para repasar las interminables listas de los elegidos. Con el alma en vilo repasé las correspondientes a los que aspiraban a entrar en la facultad de Derecho. Me temblaban las piernas ante la idea de convertirme en el primer abogado de la familia. No pudo ser. Mi nombre no aparecía en la lista. Existía, por supuesto, el pobre recurso de los condenados: presentar una apelación. Tampoco funcionó: había demasiadas explicaciones, demasiados tecnicismos, demasiadas razones para dejarme fuera.

Mi primera reacción fue la de renunciar en redondo a la idea de estudiar, pero ¿qué haría entonces? Así sólo conseguiría engañarme a mí mismo. Tenía que seguir puliendo mi intelecto. Finalmente me colocaron en Ciencias Sociales, esa tierra de nadie entre las ciencias naturales y las humanidades.

Estaba condenado a ser maestro —¡igual que Serenity!— y combatir en la retaguardia para conseguir un empleo mejor. Me aborrecía a mí mismo, a la vida, a todo. De algo estaba seguro: no me convertiría en un profesor devoto y entregado. Sería una especie de vigilante de niños. Iría a parar a una mala escuela diurna en la que me dejarían hacer lo que me diese la gana. Existía un buen número de ellas en la ciudad. El gobierno alentaba la fundación de escuelas de enseñanza media para que un número cada vez mayor de estudiantes pudiera asistir a clase cerca de sus casas. Los días en que la mayoría de las escuelas medias eran al mismo tiempo internados, tal como ocurría en mis tiempos, habían pasado.

Una vez que hube establecido mis prioridades, me concentré en hacer dinero y librar mis propias batallas. Aún tenía que superar las secuelas del encuentro con la Trinidad Infernal. Como estudiante universitario externo, que sólo asistía a las clases y hacía uso de la biblioteca, disponía de mucho tiempo y libertad. Al fin y al cabo, estudiar no era una tarea difícil, por lo menos, para mí. Iba a la facultad lo menos posible. Me mantenía alejado de las actividades políticas y de las peleas originadas por la falta de espacio y la mala calidad de la comida, en reclamo de libros y por los excesos a que se entregaban los estudiantes.

El segundo régimen de Obote no acababa de despegar. El partido y su dirigente habían batido un récord: volver al poder a través de las urnas tras haber sido depuestos. Sin embargo fue una victoria cuestionada desde muchos sectores de la sociedad. Los escépticos simpatizaban ahora con las guerrillas que acosaban al nuevo gobierno. Para la época en que los insurgentes se ocultaron en la selva, el norte de Uganda estaba asolado por la hambruna. Camiones del Programa Mundial de Alimentos y la Cruz Roja se dirigían hacia allí por la famosa carretera. Yo los veía pasar en convoyes adornados con banderas. El gobierno hacía todo lo posible por escamotear las noticias sobre la tragedia, lo que se veía facilitado por las actividades guerrilleras en el sur.

El día pertenecía al gobierno y el ejército; la noche, a la guerrilla y sus seguidores. Al ponerse el sol éstos salían de sus escondites y asaltaban cuarteles, destacamentos, controles de carreteras y, de vez en cuando, alguna comisaría de policía. El objetivo de los ataques era obtener armas y provisiones. Los soldados vivían con un temor constante a sufrir ataques y emboscadas. El ejército, la mayoría de cuyos miembros procedía del norte y el este del país, tenía que combatir en circunstancias extrañas, hostiles. Las tropas caían en emboscadas mortales en valles amenazadores, pantanos gigantescos, colinas abandonadas, praderas interminables y bosques densos, y sólo con enormes dificultades conseguían repeler a sus atacantes. La figura geométrica letal, el triángulo, que había aparecido por primera vez en 1978, hizo acto de presencia. El nuestro se llamaba Triángulo de Luwero, unos cientos de kilómetros cuadrados de tierra encerrados por tres lagos: el Victoria en el sur, el Kyoga en el norte y el Alberto en el extremo oeste. El centro estaba formado por una pradera poco poblada salpicada de pantanos de papiros, marismas y bosques impenetrables. El Triángulo de Luwero tenía la estremecedora propiedad de contraerse y expandirse con los movimientos de ataque o repliegue llevados a cabo por la guerrilla. Esta capacidad mágica del Triángulo se veía propiciada por el hecho de que, por una parte, constituía un acceso fácil a Kampala, sede del Parlamento y de los cuarteles grandes, mientras que por la otra, permitía el paso tanto hacia el norte como hacia el oeste de Uganda. En ocasiones el Triángulo se extendía hasta llegar a pocos kilómetros del núcleo de Kampala, y a veces se retraía a su húmedo centro a cientos de kilómetros de distancia de la ciudad. La aldea encerrada entre Mpande Hill y Ndere Hill constituía uno de los muchos lugares en el borde del temido Triángulo. Al principio de sus acciones los guerrilleros decidieron dejarla en paz.

El ejército cometió algunos errores garrafales. Los soldados se atrajeron la furia de la población del Triángulo a causa de la frustración que provocaba en ésta el escaso éxito que obtenían. No pasó mucho tiempo antes de que se culpase a algunos civiles de ayudar a los guerrilleros. Esto no sólo era falso, sino que no eran pocas las personas que consideraban la guerrilla como una amenaza, pero en vista de que el ejército no les daba opción, también ellos se mantenían alejados de él, al igual que quienes sí la apoyaban. Cuando los insurgentes atacaban una base del ejército, lo mejor que podía hacer uno era largarse, porque el ejército medía a todos los que se quedaban con el mismo rasero. Los soldados nunca creían lo que decían los civiles. Así empujaban a la gente en brazos del incipiente movimiento guerrillero, al que se unió en gran número. Los demás debían ir cambiando de sitio en busca de un lugar tranquilo dentro del Triángulo. Gran parte de esa gente se trasladó a las casas de parientes que vivían en regiones situadas fuera del Triángulo, en tanto que el resto probaba suerte en la ciudad, a la que la violencia aún no había llegado.

El número de habitantes de nuestra pequeña población crecía por momentos: cada día llegaba gente en diferentes estados de agotamiento y delgadez, con sus escasas pertenencias envueltas en manteles sucios, sábanas o sacos hechos harapos. Iban encorvados bajo el peso adicional de incontables relatos de valor, supervivencia y crueldad. El carácter de nuestra población sufrió un cambio. El desempleo y los precios de los alimentos comenzaron a subir. Las viejas fábricas abandonadas por los asiáticos, que desde hacía tiempo se pudrían al sol, recibieron un nuevo e inesperado destino como refugio de muchas personas sin hogar. Los precios de los inmuebles subían, y al principio tuve la idea de construir cabañas y alquilarlas. Se podía alquilar prácticamente todo. Se levantaban casas sin autorización del ayuntamiento. Los funcionarios municipales amenazaban vagamente con derribarlas, y de ese modo conseguían pequeños sobornos. Los terratenientes contrataban a gente que cociese ladrillos y levantara construcciones endebles con una techumbre de cañas de papiro o plástico, que ya estaban alquiladas antes de que se les instalaran puertas y ventanas. La mayor parte de esas casuchas carecía de equipamiento sanitario, pero daba igual.

Para la época en que empecé a asistir a las clases había asumido toda la responsabilidad en la destilería de la tía Lwandeka, porque ésta ya no tenía tiempo para dedicarle. Se había entregado por completo a sus actividades para la guerrilla. Era tanto el tiempo que le dedicaba que en ocasiones me parecía que los rebeldes emergerían del Triángulo en cualquier momento para derribar al gobierno.

Al principio, la tía me había cedido a regañadientes la dirección de la destilería, porque no quería que Candado, que aún retumbaba a lo lejos como un volcán caprichoso, se enfureciera. A menudo ocurrían accidentes. Los alambiques estallaban y morían obreros. Casi todos estos accidentes, sin embargo, se producían por negligencia, y la tía no quería tentar a la suerte. Pero yo le aseguré que me haría cargo con mucho gusto. Estaba convencido de que había firmado un pacto con la muerte. Ésta era un monstruo prisionero en el Triángulo, y allí permanecería. La Trinidad Infernal me había dotado de una osadía infinita que rozaba el deseo de autodestrucción, que dirigí hacia la destilería. La explosión demográfica de nuestra pequeña ciudad me vino como anillo al dedo. La gente, acuciada por desgracias extraordinarias, bebía lo que le echasen. No importaba lo malo que fuese el licor, nunca había quejas, y muchos comerciantes al por menor rebajaban nuestra bebida con agua. La destilería Boom-Boom, como la había bautizado yo, hacía buenos negocios.

El proceso de destilación era sumamente sencillo. Compraba sacos de cincuenta kilos de azúcar de palma y vertía el contenido en un barril con cien litros de agua. A continuación añadía el fermento, tapaba la mezcla y la dejaba reposar de siete a diez días, removiendo de vez en cuando para ayudar un poco al proceso. Cuando la solución de azúcar estaba a punto, la trasvasaba al alambique, que para evitar desgracias debía hallarse en condiciones óptimas. Le enroscaba la tapa y fijaba dos serpentines de cobre, sujetos con largas tiras de goma para que no hubiese fugas de vapor cuando se iniciara la destilación. Para enfriarlos y favorecer la condensación, los serpentines de cobre se sumergían en agua. Entonces se calentaba el alambique hasta que la solución hirviese y se evaporara, de modo que saliese aguardiente de aquéllos.

Una vez el proceso estaba en marcha, había tiempo más que suficiente para pensar, charlar, no hacer nada. Eso favorecía el que uno sucumbiese a las más diversas tentaciones. Podías irte veinte minutos, que para cuando volvieses el fuego todavía estaría ardiendo. Precisamente durante estas largas pausas aumentaba la posibilidad de un accidente. En ocasiones las tapas enroscadas se soltaban a causa del calor o los serpentines se embozaban. La mayor parte de los accidentes ocurría cuando un trabajador trataba de reparar algún desperfecto. Yo pasaba el tiempo junto al alambique pensando en mi futuro. En mis fantasías asaba viva a la Trinidad Infernal. Reflexionaba sobre los lugares de mi pasado. Al acabar la jornada regresaba a casa purificado.

Mientras la población aumentaba y con ello se ampliaba el mercado, decidí que la empresa debía crecer. Convencí a la tía de que arrendara un terreno, en el que levanté un cobertizo e instalé una cisterna de hormigón. Adquirí alambiques y serpentines nuevos. Para la mayor parte de las tareas contraté mano de obra barata. Mi tarea consistía en vigilar que nadie robara licor durante el proceso de destilado. Al final del día guardaba los alambiques y los serpentines en el cobertizo y lo cerraba todo bajo llave. También me ocupaba de la venta.

En esa época ganaba en un día lo mismo que un maestro de enseñanza media en un mes. El gobierno había fijado el sueldo de éstos en veinte dólares estadounidenses al mes, calculados según la cotización oficial, mucho más baja que la del mercado negro o *kibanda*. Con ese salario sólo era posible hacer la compra de una semana, lo que significaba que los maestros tenían que buscar otro trabajo o el modo de redondear sus ingresos. En algunas escuelas se ocupaban de esto último las asociaciones de padres, pero era insuficiente. Cuando empecé a dar clases cobraba unos treinta dólares al mes. Para entonces la empresa había crecido tanto que en el mismo período obtenía unos mil dólares de ganancia.

Salía con varias chicas a la vez. Prefería a las adolescentes, porque las mujeres mayores querían hijos para atarte a ellas, y yo todavía no estaba preparado para eso. Lo único que me preocupaba eran las enfermedades venéreas, sobre todo esa nueva y misteriosa que dejaba a la gente en los huesos antes de matarla en medio de charcos de diarrea verde y fiebres infernales. Las chicas eran tan pasajeras en mi vida como las historias que me contaban. Unas afirmaban que habían perdido a toda su familia a manos del gobierno; otras, que los suyos habían sido dispersados por la acción de la guerrilla. Algunas habían visto fusilar a sus padres, hermanos y hermanas, o se habían ocultado entre los matorrales mientras sus parientes y amigos eran eliminados. Afligido por una especie de sentimiento de culpabilidad, creía a todas y, como podía permitírmelo, las ayudaba. Unas utilizaban mi dinero para ayudar a sus familias a pagar el alquiler o comprar ropa o comida. Otras compraban con él bebida u objetos personales. Algunas afirmaban que lo enviaban a parientes que no tenían modo de salir del Triángulo. Yo disfrutaba de mi papel de benefactor generoso y amante mimado a la vez.

Mientras tanto, la situación en el Triángulo de Luwero empeoraba por momentos. El gobierno realizó un montón de compras. Los coreanos, que habían hecho su primera entrada en la vida de Serenity por medio de su Toshiba pestilente, proveyeron al ejército de cohetes *katiusha*, con los que se arrasaban las regiones donde se asentaba la guerrilla. El gobierno se jactó de haber exterminado a los rebeldes, y, en efecto, durante cierto tiempo no se oyó hablar de ellos. Algunos muchachos desempleados que habían previsto unirse a la guerrilla se lo pensaron mejor. La tía Lwandeka tenía miedo. Me dijo que el general estaba enfermo. Yo supuse que lo que estaba era herido. Helicópteros artilleros de fabricación británica colaboraban con los *katiushas* coreanos para limpiar los bosques y praderas. Después, enviaron tropas de infantería para acabar con los focos de resistencia. Estaba en pleno apogeo la política de tierra quemada. Yo no sabía con exactitud qué zonas del Triángulo se habían visto afectadas, porque éste siempre se contraía y expandía igual que un canal de parto.

Cientos de combatientes, o guerrilleros, según el gobierno, fueron transportados a la ciudad y expuestos en las plazas; eran unos espantapájaros flacos, barbudos, andrajosos. Se afirmaba que habían sido abandonados por sus líderes, que habían huido a Europa. Si eso era cierto, se trataba, en todo caso, de uno de los grupos guerrilleros más pequeños; el grupo principal, del que formaba parte el general amigo de mi tía, estaba intacto y se mantenía oculto en algún lugar dentro de los límites del misterioso Triángulo. El ejército incrementó la presión; los políticos estaban felices; la población, intranquila.

Por esa época la tía Lwandeka se salvó por los pelos en dos ocasiones. Un hombre, del que sabíamos que colaboraba con los rebeldes, llegó a nuestra pequeña ciudad a plena luz del día y se ocultó en un bungaló utilizado para ese fin por la gente del MRN. Pero un espía del gobierno lo delató y un montón de soldados vestidos de paisano cercaron la casa y lo conminaron a entregarse. Él se negó y comenzó a disparar a través de la puerta delantera contra los soldados, matando a uno e hiriendo a otro. El bungaló fue bombardeado hasta quedar reducido a escombros. Mi tía lo había abandonado apenas unos minutos antes con un bidón de agua sobre la cabeza.

La segunda vez ocurrió cuando el ejército rodeó el mercado para llevar a cabo una redada. Había allí tres guerrilleros: dos hombres y un chico. Éste fue presa del pánico, porque no tenía documentos. La tía Lwandeka le explicó al oficial que estaba al mando que el chico era su sobrino. El oficial preguntó a varios curiosos si en efecto mi tía decía la verdad. Nadie respondió. Entonces uno de los guerrilleros intervino afirmando que era cierto. No obstante, se llevaron al chico aparte. El oficial quiso saber por qué estaba tan flaco. Mi tía explicó que había huido de la zona de peligro. «Entonces se trata de un guerrillero», decidió aquél. Mi tía lo negó al instante y habló largo y tendido sobre las personas inocentes que se hallaban atrapadas en medio del fuego cruzado y tenían que recorrer cientos de kilómetros antes de llegar a un lugar seguro. Añadió que junto a ella el chico se encontraba a salvo y que, de ser necesario, lo protegería con su propia vida.

—El chico ya no soporta la situación.

—Todo el mundo puede soportar un poco más —replicó el oficial con una sonrisa. La gente que los rodeaba permanecía alerta. Muchos eran de la opinión de que mi tía los ponía en peligro. El oficial, sin embargo, no quería dejar en mal lugar al ejército. No siempre sus miembros se comportaban como asesinos compulsivos. En ocasiones incluso eran muy razonables. Le dio al chico un cachete en la mejilla y le indicó que siguiera su camino.

A mi tía la impresión le duró una semana. Había reclutado al muchacho personalmente, y ni éste ni sus dos compañeros le habían hecho caso cuando les advirtió que ese día sería mejor que no salieran. Necesitaban dinero con urgencia para transportar unas cajas de medicinas que habían robado de un pequeño hospital cerca del límite del Triángulo. Por entonces la tía Lwandeka financiaba un número determinado de actividades guerrilleras con el dinero obtenido de la destilería Boom-Boom. Yo creí que después del susto se tomaría sus actividades con un poco más de calma. Esperanza vana. A los ocho días estaba pasando información y ayudando a guerrilleros que se dirigían a Kampala y a los reclutas que iban de camino a los lugares acordados.

Los que acababan de llegar del Triángulo, expulsados de éste por los *katiushas* y los helicópteros, tranquilizaban a la gente asegurando que la guerrilla seguía viva y se mantenía inactiva como táctica de diversión. Pero el portavoz del gobierno siguió anunciando que los «bandidos», como él llamaba a los guerrilleros, habían sido neutralizados. Como respuesta, los rebeldes derribaron, en algún lugar del corazón del Triángulo, el helicóptero en que viajaban el comandante del ejército y su séquito. La noticia sólo se dio a conocer de forma oficial más de una semana después. El ejército emprendió la huida, terriblemente desmoralizado. Los guerrilleros se incautaron de unos pocos *katiushas* y mataron a varios de los coreanos que manejaban los lanzacohetes. Los restantes mercenarios salieron por piernas. El ejército tenía que apañárselas solo. Los instructores británicos nunca participaban en los combates, de modo que los soldados debían superar sin ayuda de nadie el miedo a la selva, los guerrilleros y la población. La mayor parte del equipamiento militar siguió llegando de Inglaterra, Bélgica, Estados Unidos y la Europa del Este, pero el ejército no sacaba mucho provecho de él; de hecho, sufrió una serie de derrotas humillantes.

Entré como profesor en el Sam Igat Memorial College de Kampala, una escuela de enseñanza media fundada poco tiempo antes que ocupaba dos edificios alargados y otro de dos pisos. La escuela era fruto del ingenio del taimado reverendo Igat, un seguidor de Obote, quien animó a sus compinches políticos para que convenciesen al CARE y otras organizaciones de que financiaran la construcción de la escuela. Todo el tiempo afirmó que quería levantar un monumento en recuerdo de su hijo, víctima a la edad de treinta años, del régimen de Amin. Según ciertos rumores les había contado a sus camaradas que su hijo había muerto al servicio del Congreso del Pueblo de Uganda. Sea como fuere, lo consiguió. Las autoridades, deseosas de que los niños pobres de los arrabales de la capital tuvieran la oportunidad de ir a la escuela, dieron su bendición y subvencionaron el proyecto. Debido a su ubicación favorable, a ocho kilómetros del centro, la escuela atrajo a buenos profesores y alumnos más que suficientes, pero en el aspecto organizativo presentaba serias deficiencias.

Nuestro Reverendo se involucraba al máximo en los asuntos de la escuela a fin de consolidar su posición de fundador y dueño de la misma. Insistía en contratar personalmente a los docentes para asegurarse de que éstos lo hicieran todo de acuerdo con sus ideas. Saboteó durante largo tiempo la constitución de una asociación de padres, porque temía que ésta limitara su poder. Debido a todo ello se daba una situación por demás paradójica, ya que el mismo hombre que afirmaba que la escuela era la obra de toda su vida, entorpecía su buen funcionamiento. Cuando un profesor o director conseguía lo que él consideraba una influencia excesiva, el Reverendo difundía rumores de que el docente en cuestión abusaba sexualmente de los alumnos, era un estafador o pertenecía a un grupo guerrillero. Dado que el ser acusado de esto último equivalía a una sentencia de muerte, muchos profesores se marchaban sin esperar las consecuencias.

Cuando empecé a trabajar en la escuela, ésta se hallaba en una fase bastante confusa, pese a lo cual me gustó. Si bien no existía una asociación de padres y profesores para subir los sueldos y mantenerse ojo avizor, no me importó, como así tampoco el que el salario fuese de sólo treinta dólares. El cuerpo docente estaba dividido. El rector, que acababa de ser contratado, era un pusilánime que hacía la vista gorda con todo. Permitía que el Reverendo se dirigiera a los alumnos y les hablara de su hijo y de sus amigos políticos y de lo que él mismo significaba para su feligresía. Por supuesto, no mencionaba que ésta lo había expulsado de la parroquia por adúltero y por dejar embarazadas a las esposas de varios parroquianos. Pero de todos modos el viejo había descubierto hacía tiempo que la palabra «vergüenza» no figuraba en el diccionario de los políticos. Se comportaba como si las acusaciones fuesen meras calumnias.

Durante mucho tiempo la escuela careció de biblioteca. Los profesores usaban sus propios libros o los pedían prestados a otras escuelas o a algún colega comprensivo. Los escasos libros escolares que había se guardaban en un armario grande. Un buen día corrió la noticia de que los malos tiempos eran cosa del pasado, porque los amigos americanos y canadienses del Reverendo habían enviado a la escuela todos los libros necesarios. Reinó una excitación tremenda, incluso entre los miembros del profesorado, pero todo quedó en nada cuando a primera hora de una mañana llegó un cargamento de libros que se revelaron inútiles: cianotipos acerca de computadoras, que databan de 1940, volúmenes sobre los inicios de la navegación aérea, así como sobre zoología, griego, fauna marina y el ejército americano. El Reverendo pronunció un largo discurso, elogiando con orgullo el cargamento recibido. Reunió a un grupo de alumnos bien vestidos, los exhortó a mostrar su mejor sonrisa y posó con ellos delante de las grandes cajas. «Papel de váter», sentenciaron los profesores cuando vieron los libros. La frase corrió como reguero de pólvora. El Reverendo fue rebautizado como «Reverendo Papel de Váter». Había unos cuatrocientos alumnos en la escuela, la mayoría de los cuales no tenía dinero para comprar los libros de texto necesarios. Se sintieron estafados.

Por lo general, los padres se alegraban de que cerca de sus casas hubiese una escuela que se ocupara de su prole durante el día. Las aulas estaban atestadas porque se aceptaba cuanto niño fuera posible a fin de no decepcionar a sus entusiastas y esforzados progenitores. Había entre los alumnos algunos muy aplicados que habrían llegado lejos de haber asistido a una escuela mejor. Algunos procedían del Triángulo. Al principio ponían mucho empeño, pero finalmente caían en la indolencia.

La elección de un ayudante del director decía mucho acerca de una escuela. El nuestro era un maestro licenciado que ya daba clases en el SIMC, como nosotros la llamábamos, cuando aún era una escuela de enseñanza primaria. Ahora se encargaba de hacerle los trabajos sucios al director. Por ejemplo, abría la escuela y la cerraba, recaudaba el dinero de las matrículas, mantenía el orden, reprendía a los que llegaban tarde, llevaba una parte de la contabilidad y pagaba los sueldos. Controlaba que los alumnos llevaran el escudo de la escuela cosido en el bolsillo de la pechera, en lugar de sujeto con alfileres, como ocurría a menudo. Comprobaba que las chicas no fuesen maquilladas ni lucieran pendientes o peinados prohibidos, como así tampoco las tan en boga uñas postizas. Era un hombre que se tomaba su trabajo muy en serio y quería superarse a sí mismo para justificar la posición que ocupaba.

El director, un tipo corpulento y evasivo, dedicaba la mayor parte de su tiempo a resolver problemas matemáticos con la ayuda de una regla de cálculo. La verdad es que no tenía mucho que hacer, puesto que su ayudante se ocupaba literalmente de todo lo relacionado con la escuela. Muchos días ni siquiera se presentaba y prefería asistir a reuniones en otra parte y resolver asuntos personales en la ciudad. Había ideado un truco para hacer lo que le venía en gana y, al mismo tiempo, dejar claro ante el Reverendo que no representaba una amenaza para éste. Al igual que el hombre invisible, actuaba y se movía de incógnito. A veces estaba en su despacho sin que nadie lo supiera. Debido a su enérgico ayudante podía permitirse llegar tarde, cuando ya todo estaba en marcha. Con respecto a la contabilidad de la escuela, que para la mayoría de las personas era un verdadero caos, adoptaba la misma actitud caballerosa. Era como si el matemático que había en él crease mil trabajos distintos con los que ocupar sus horas solitarias, mientras el tramposo que convivía con aquél intentaba borrar todo rastro de lo que había hecho. En primer lugar, la mayoría de los profesores tenía problemas económicos. Para encontrar una solución, iban a ver al director, le explicaban su situación, y éste decidía qué anticipo darles sobre su sueldo. A continuación pagaba y anotaba el importe en un papelito. Mientras tanto, el ayudante apuntaba el nombre en una lista, que finalmente iba a parar al despacho de aquél. Había tantos de aquellos famosos papelitos que muchos se perdían. La única conclusión que podía extraerse de todo ello era que el rector mantenía ese enrevesado sistema para disimular que metía la mano en la caja, porque nada le impedía contratar a un buen contable o establecer un sistema mejor. Por lo tanto, los profesores más listos siempre se inventaban algún problema: con sus hijos, su mujer, su salud, lo que fuera, y se hacían adelantar todo el dinero posible. En ocasiones, el ayudante remitía el caso al director, quien, puesto que era un hombre amable, no veía razón alguna para negarse a dar su visto bueno, de modo que se añadía otro papelito al montón.

El director me apreciaba porque yo nunca pedía dinero. En algún lugar debía de haber un papelito según el cual me había adelantado determinada cantidad, que por supuesto habría ido a parar a su bolsillo. Cuando me presentaba en su despacho era para solicitarle el día libre, con la excusa de que debía ir al hospital a causa de mis dolores de cabeza, que más tarde se convirtieron en ataques de migraña. Al director no le importaba que un profesor pidiera permiso por enfermedad, siempre que no deseara alguna clase de ayuda económica. De manera que cada vez que tenía un problema que resolver en la ciudad, pedía el día libre. Y siempre me lo daban. Eso significaba, por supuesto, que quienes salían perjudicados eran los alumnos. Pero en nuestra escuela nunca se tenía demasiado en cuenta a los alumnos, y pretender lo contrario era absurdo. En su mayoría los profesores sólo daban clase por el dinero. Muchos de ellos enseñaban al mismo tiempo en otras escuelas o tenían un empleo suplementario en la ciudad. En definitiva, estaban obligados a presentarse en su puesto de trabajo, pero no necesariamente a permanecer en él. A veces pasaban un rato en la sala de profesores, tomando el té y charlando, y al cabo se iban como si hubiesen terminado su jornada. Era un desastre completo, porque a ello debía añadirse que muchos alumnos hacían novillos para ir a buscar agua y venderla, y así obtener un dinero con el que pagar la escuela.

El viejo sistema por el que los inspectores de enseñanza mantenían cierto control había desaparecido en la década de los setenta, y el gobierno estaba demasiado ocupado con la guerrilla para preocuparse por asuntos tan banales como ése. Los sueldos de los docentes se pagaban con tres meses de retraso, y para no caldear aún más los ánimos las autoridades no presionaban al personal.

Lo mejor que hubiera podido hacer por esos chicos y chicas habría sido darles una formación sexual. Al fin y al cabo, nos los habían encomendado antes de que se lanzaran al anchuroso mundo y fundaran una familia. Pero se trataba de un tema tabú. Nuestro mayor problema no era el alcohol o las drogas, sino los embarazos no deseados. Y, por extraño que parezca, la mayoría de los padres pensaba que la educación sexual no haría más que empeorar las cosas.

Casi todos ellos se oponían a que sus hijas tomaran la píldora u obstaculizaran de otro modo el proceso de reproducción. Si alguien intentaba hacer a sus retoños más sabios en ese terreno, se sentían ofendidos. A instancias de estos padres conservadores, el Reverendo se oponía en redondo a que en su escuela se transmitiera «información herética». Habría sido el colmo.

Dadas las circunstancias, lo único que cabía hacer con las chicas embarazadas era echarlas de la escuela, lo cual estaba íntimamente relacionado con la cultura dominante de pudor y ocultamiento. Casi ningún padre hablaba de sexo con sus hijos. Los buenos cristianos no mencionaban esos asuntos. En el pasado había sido costumbre que una tía paterna se llevara aparte a su sobrino o sobrina y lo informara. Pero en vista de que, en la actualidad, las distintas generaciones de una familia ya no vivían en una misma casa, esa tradición se estaba perdiendo. Los jóvenes solían informarse mutuamente. De vez en cuando yo interceptaba notas, recortes de revistas pornográficas o cartitas de amor que iban de mano en mano. No pude evitar recordar a Junco, que había sido como un padre para nosotros y nos había hecho completar oraciones con palabras como «pene» o «vagina». Yo no era tan hipócrita para fingirme enfadado o sorprendido. A menudo pedía a uno de los alumnos que leyera en voz alta una de aquellas cartitas. A continuación preguntaba si alguien quería saber algo más sobre sexo, procreación, anticonceptivos o aborto. De inmediato, todos se ponían alerta. En una ocasión el ayudante del director me llevó aparte y me rogó que no metiera ideas raras en la mente de los jóvenes. Agaché la cabeza, pero no por ello cambié de actitud.

A unos cientos de metros del SIMC había una escuela islámica de enseñanza primaria, fundada para los hijos de los musulmanes del barrio que fueran demasiado pobres para asistir a una institución mejor. Detrás de la escuela había una pequeña mezquita medio en ruinas donde los viernes se bañaban los creyentes. El imán, que impartía lecciones del Corán, vivía cerca de allí y tenía a su cargo

ambos lugares. Con sus tristes paredes de adobe, su techado leproso y el terreno pelado que lo rodeaba, excavado en la durísima roca,
no parecía que nada bueno pudiese surgir de aquel sitio. En comparación con nuestro querido SIMC, y la escuela y la iglesia católicas
que había en la misma colina, tenía un aspecto desolador. Recordaba un banco de arena que fuese a quedar sumergido a la primera tormenta. Durante el recreo, sin embargo, se oían los gritos de alegría
de los niños y se veían ondear, como banderas al viento, sus uniformes rosados. Jugaban y cantaban con la misma intensidad, y memo-
rizaban en voz alta los textos coránicos que el imán escribía en una
vieja pizarra.

Durante las lecciones, el religioso iba de una clase a otra con un
bastón en la mano y el entrecejo fruncido, y pobre del que pillara
haciendo algo prohibido. Los profesores seculares procuraban evitarlo, no porque fuera a pegarles, sino porque no creía en discusiones teóricas sino en el respeto y la disciplina. «Soy un hombre de
acción», solía decir. Cuando un alumno hacía algo mal, se le castigaba al instante. Si pedía perdón, quizá se le rebajase la pena, pero no
por eso salía bien librado. «Enseño carácter, responsabilidad y energía», señalaba antes y después de impartir un castigo.

Fue en medio de esa muchedumbre que brincaba, saltaba a la
cuerda y chillaba que vi por primera vez a Jo Nakabiri. Un amigo,
que enseñaba en esa escuela polvorienta para incrementar un poco
sus ingresos, me propuso una vez que lo acompañara. Me detuve y
la miré. Su cara oscura brillaba al sol como si esa mañana se hubiera
aplicado demasiada crema hidratante. Contemplé sus piernas y su
figura y pensé que muy bien podría haber sido hermana o prima de
Lusanani. Su cintura de avispa y sus prietas nalgas me excitaron.
Noté que se me humedecían los sobacos. Tuve la repentina sensación de que la había visto antes; pero ¿dónde?

Cuando llegamos, estaba gritando a un grupito de niñas; al advertir nuestra presencia bajó la voz, como si la hubiéramos pillado
soltando maldiciones. Entonces observé sus ojos: eran grandes y
cautivadores, llenos de alegría, congoja y misterio. Sentí el imperio-
so deseo de conocerla. Se apartó del corro de niñas con la gracia dis-

tante de la mujer que sabe que están mirándola, y nos saludó. Sin hacer mucho caso de mí, se pusieron a hablar de los bajos sueldos, sus planes frustrados, las próximas vacaciones y temas por el estilo. Ella no parecía sentirse del todo cómoda, como si hablar de asuntos relacionados con la escuela, el imán y los alumnos en presencia de un extraño fuera un abuso de confianza o una forma de autoengaño. Yo no apartaba la vista de ella, aunque en ocasiones, para disimular, la volvía brevemente hacia mi amigo. De pronto se me ocurrió que tenía suficiente dinero para sacar a esa chica de aquella escuela y ofrecerle una vida razonablemente cómoda.

Mi impresión era que no trabajaba allí por el dinero, sino por el prestigio que reportaba; pero ¿quién pagaba entonces sus facturas? El sueldo que recibía con tres meses de retraso alcanzaba a duras penas para cubrir una décima parte de sus gastos mensuales. Probablemente estuviese relacionada con un hombre o viviera aún con sus padres. Si se trataba de una refugiada, lo más seguro era que tuviese un marido en la guerrilla que, en algún lugar del Triángulo, resistía a los elementos, los *katiushas*, los helicópteros y el ejército. La mera idea me perturbó. Esos tipos a menudo volvían sedientos de sangre y terriblemente recelosos de que su mujer se hubiera acostado con todos los hombres de los alrededores, y no se lo pensaban dos veces a la hora de pegarle un tiro en la cabeza a quien fuera. Muchas veces la mujer no decía que estaba casada, y sólo cuando uno la llevaba a su casa descubría al esposo en cuestión de pie en el vano de la puerta, con una expresión de furia letal en el rostro. En cualquier caso, la posibilidad de que ella hubiese enviudado joven tras perder a su marido en el campo de batalla era muy real. Por aquellos días las viudas apetitosas abundaban, y aunque muchas de ellas procedían del Triángulo, no había modo de distinguirlas. Yo no ponía reparos a mantener relaciones con una joven viuda, o con una mujer cuyo marido estaba combatiendo en la selva, siempre que supiera a qué atenerme.

Decidí pedir información a mi amigo acerca de ella. Para eso están los amigos, me dije, aunque se trate de sus propias hermanas. Éste no era el caso; pero vivían en el mismo barrio. Y además él estaba en deuda conmigo, porque yo le había prestado dinero en innumerables ocasiones.

Me contó lo poco que sabía de ella. Sí, había llegado del Triángulo hacía dos años y vivía con su abuela. Había estado casada, pero nadie sabía nada de su marido, ni si tenía hijos. Yo hubiera preferido oír que su marido estaba muerto. Los hombres abandonados a menudo eran tipos peligrosos: primero maltrataban a su esposa y, en cuanto ésta los abandonaba, se daban cuenta de lo que se estaban perdiendo y trataban de recuperarla. Si la mujer se negaba a volver a su lado, solían quedar resentidos y amargados. Algunos enviaban emisarios o las hacían objeto de maleficios, otros las seguían o les escribían cartas amenazadoras. Pero ¿cuál era la otra cara de la moneda? Tal vez la chica no tuviera modales, o fuese libertina y chabacana y el marido se hubiera hartado. Puede que ella deseara recuperar su vida anterior. En tal caso, el hombre estaría esperando en alguna parte, dejando que se cociese un poco más en el caldo de su iniquidad.

Mis esfuerzos por conquistar a Jo duraron varias semanas. Ella rechazaba todos los intentos de mi amigo en mi favor porque, según decía, ya estaba harta de los hombres. Yo no la creía. Si hubiera sido cierto se habría encerrado en un convento, donde se habría flagelado y arrancado con los dedos los diabólicos pelos del pubis, como hacía Candado. Le escribí varias cartas, que devolvió sin abrir. Teniendo en cuenta lo fácil que solía ser ligar con las chicas procedentes del Triángulo, su conducta resultaba irritante. Le rogué a mi amigo que cesara en sus tentativas, pero él no quiso ni oír hablar de ello. Finalmente, cuando yo ya había renunciado a toda esperanza, consiguió que ella me invitara a un concierto que darían los chicos de la escuela.

Yo estaba sentado en un banco, detrás de ella, y la observaba escuchar a los alumnos. Pensé en cómo mi amigo había intercedido por mí asegurando que yo era un hombre decente que no merecía que lo tratasen como a un trapo. Ella había puesto reparos porque sospechaba que yo salía con un montón de chicas, lo que mi amigo negó con vehemencia, porque no sabía nada de mi relación con las mujeres del Triángulo. Le contó a Jo que yo acababa de romper con una chica maleducada y que me apenaba el que ella me rechazase. Jo dijo que no estaba dispuesta a permitir que yo la usara como paso previo para mi siguiente relación, ante lo que mi amigo le juró que mis intenciones para con ella eran perfectamente honestas.

Tras el concierto, Jo tuvo que hablar con algunos padres interesados en saber cómo marchaban los estudios de sus hijos. Yo esperé. Cuando empezó a anochecer, se acercó a mí y fuimos a dar un paseo que nos llevó al SIMC, en cuyo porche nos sentamos. Me contó que su padre había muerto cuando ella todavía era joven. A los diecisiete años había quedado embarazada y tenía una hija, pero no quiso decir dónde estaba. A los diecinueve había ido a la escuela de magisterio y había obtenido el diploma de maestra. Por entonces empezó el conflicto del Triángulo. Su escuela tuvo que cerrar y más tarde fue ocupada por el ejército. Consiguió huir de la región poco antes de que la guerrilla incrementase sus acciones. Añadió que no había querido darme largas, pero que sólo estaba interesada en una relación seria.

Yo le hablé de mí, de la tía Lwandeka, del seminario, la universidad, el SIMC y la destilería Boom-Boom. Antes de que nos diéramos cuenta había caído la noche. Caminamos hacia la calle principal y allí nos despedimos. Desde ese momento nos vimos con regularidad. Dejé de salir con las otras chicas, aunque a un par de ellas seguí ayudándolas económicamente.

Algunos domingos asistíamos juntos a misa en la catedral. Ninguno de los dos era muy piadoso, pero en ocasiones se obtenía allí información acerca de la situación del país, sobre todo con respecto a asuntos que no se mencionaban en el periódico o sólo aparecían de forma incompleta. La Iglesia católica todavía desempeñaba el papel de principal crítico político, tanto del gobierno como de la guerrilla. Después almorzábamos en un buen restaurante y nos sentábamos en una terraza a ver pasar a los viandantes y a los soldados. Le encantaba la cerveza. Tras el quinto botellín se ponía a recitar rimas infantiles y a entonar algunas de las canciones que sus alumnos interpretaban en las representaciones escolares. Yo disfrutaba mucho.

Era como si ambos estuviéramos en busca de un tiempo perdido que habíamos vivido sin ser conscientes de ello y quisiéramos recuperar para analizarlo y retenerlo. Los dos buscábamos algo a lo que aferrarnos en esos tiempos turbulentos.

En tales momentos, la guerra se desvanecía relegada al olvido del Triángulo y los espectros que sufrían y malgastaban su vida en él. Formábamos nuestro propio pequeño mundo, al que sólo permitíamos que accedieran aquellos a quienes queríamos ver. Se negaba la entrada a personas y recuerdos indeseables. Achispados por la cerveza, nos contábamos historias que se evaporaban con nuestra embriaguez y se quedaban en las sábanas sobre las que hacíamos el amor. El mero hecho de acostarnos juntos constituía un acto de guerra, una manifestación de la tensión que dominaba el país. Al tratar de construir algo nuevo y hermoso nos enfrentábamos a poderes malignos y a la destrucción y arrojábamos una cuerda salvavidas a lo que fuese que mereciera ser redimido. Nos endurecíamos para la lucha, para todos los sufrimientos que aún nos esperaban, y procurábamos estar preparados para superar las pruebas más dolorosas. Ambos nos sentíamos huérfanos, personas a las que les habían arrebatado algo muy preciado. Ese vínculo común nos apremiaba a ir en búsqueda de la satisfacción.

Mientras me iba hundiendo cada vez más en las arenas movedizas del amor, me preguntaba cómo habría conseguido nacer su hija, porque aquella mujer tenía entre las piernas una abertura muy estrecha; de hecho, la más estrecha que yo hubiese conocido jamás. ¿Había mentido al decir que era madre y había estado casada? ¿Sería ella una embaucadora y yo su crédula víctima? Casi desde el principio fui consciente de que, al tiempo que disfrutaba de mi paraíso, era testigo de mi propia perdición. Se trataba de una experiencia única e irrepetible. De pronto sentí tristeza y miedo. Si la perdía no me quedarían más que recuerdos. Había ganado el premio gordo sexual. Disfrutaba del dulce suplicio de sus espasmos atroces, pero tenía la impresión de que, inevitablemente, nos separaríamos. La sentía alejarse poco a poco de mí. Las cosas maravillosas no pueden durar mucho, pues de lo contrario nos esclavizan. Tenía que procurar convertirla en mi esclava o renunciar a ella. Por una parte quería encadenarla, ponerle una correa, colgarle un cencerro para saber en todo momento dónde estaba. Por otra, quería dejarla libre para que fuese por el mundo enardeciendo y atormentando con sus tesoros ocultos a cuantos hombres se cruzasen en su camino. Ya me imaginaba a viejos babosos tendidos sobre ella y sufriendo un ataque de corazón. Ya me la imaginaba haciendo perder la cabeza a jóvenes, a los que abandonaba después de que hubiesen dejado por ella a sus esposas o novias. Ya me imaginaba a los pobres yendo como locos tras sus pasos preguntándose qué había fallado y por qué no habían sido capaces de impedir que esa perla volviese al fondo del mar, de donde procedía. Disfrutaba.

Habría podido pedirle fácilmente a Jo que se fuera a vivir conmigo, pero prefería entregarme a un juego atormentador: la dejaba marchar, la esperaba y volvía a recibirla entre mis brazos. Me armaba de valor para cuando la hubiese perdido y tendía trampas a los otros. Cuando se iba, pensaba que jamás la recuperaría. Cuando regresaba, con los olores de la escuela en el pelo y la pasión ardiéndole en las venas, me preguntaba si volvería a marcharse alguna vez. Yo seguía preguntándome cómo habría hecho su marido para soportar la pérdida de esa mujer, esa chica, ese espíritu o lo que fuera. Cuando en medio de la noche su cama, su trinchera o su trampa se convertían en un potro de tortura y voluptuosidad, debía de desearla terriblemente, hasta el punto de ansiar beber su sangre. Sin duda, la abrazaría en sueños, y al despertar se sentiría mareado y frío de soledad. Esperaba no encontrármelo nunca.

Mi trato con Jo me dio una idea de cómo organizaba su vida amorosa el resto de la gente. ¿No había podido convivir el abuelo con los dientes caballunos de la madre de Kawayida? ¿No había aceptado que la madre de Serenity cayera en brazos de otro? ¿No había encajado Serenity las viles jugarretas de su mujer? Y Candado, ¿no había tenido que aceptar el que su marido amase a su propia tía? ¿No estaba la tía Lwandeka enamorada de su misterioso general? ¿No había escondido una foto de él en la Biblia que estaba debajo de su colchón? ¿No seguían confiando mutuamente a pesar de estar separados y no saber nada el uno del otro a veces durante meses? Y ¿no estaba el tío Kawayida prendado de tres hermanas a la vez? Las historias de amor nunca eran perfectas; de hecho, la imperfección formaba parte de ellas. Yo me disponía a enfrentarme a lo peor. En la lucha por encontrarme a mí mismo y liberarme, Jo era una escaramuza, no la batalla decisiva.

A mediados de la década quedó claro que se había llegado a un callejón sin salida en las operaciones militares. Veíamos pasar camiones del ejército, indiferentes como ataúdes sellados, llevando su rígido y azorado cargamento hacia el Triángulo. Veíamos a soldados desastrados regresar de combates de pesadilla con la muerte reflejada en la mirada. Veíamos a oficiales de los servicios secretos, con *walkie-talkies* al cinto y una expresión de miedo en los ojos inyectados en sangre, cruzar tensos la ciudad. Corrían rumores, confirmados por la tía Lwandeka, de que la guerrilla estaba a punto de asaltar la capital. Algunas semanas después, en efecto, atacó un gran cuartel cerca de las catedrales. Puesto que el ejército, a pesar de estar aparentemente alerta, había sido sorprendido, la guerrilla causó muchos daños. En represalia, se llevaron a cabo redadas por toda la ciudad, interrogando y torturando a quienes eran arrestados. Apenas se dio con unos pocos guerrilleros auténticos.

Por esa época empezaron las carreras, o «Juegos Olímpicos», como las llamábamos con escarnio. Los días laborables se difundía de pronto la noticia de que había guerrilleros en la ciudad, y entonces la gente salía corriendo de la oficina o de su tienda hacia su coche, la parada de autobús más cercana o el primer taxi que pasara. El jaleo era aún mayor porque había chismosos que afirmaban que algunos barrios de los arrabales ya estaban sitiados. Una vez me encontré metido en uno de esos ataques de locura colectiva. La gente salía en masa del sucio mercado de Owino, de Kikubo, de Nakasero Hill, de todas partes, en dirección a la parada de taxis, que retumbaba con el griterío las carreras. Me dieron un fuerte empujón en la espalda y a punto estuve de caer, pero por suerte la gente que corría detrás de mí me levantó en vilo. Todo el mundo salía pitando. Altivos encantadores de serpientes, sorprendidos en su sensible dignidad, veían volar las cestas por los aires y a los reptiles pisoteados sobre el asfalto. La mercancía de los vendedores de matarratas se desparramaba por todas partes. Los mercachifles corrían de un lado a otro con cajas de cartón sobre la cabeza. Las furgonetas esquivaban a la gente haciendo unas eses increíbles. En el suelo quedaban zapatos sueltos, bolsas rotas, botones de camisa, panochas de maíz asadas y bocadillos de pan blanco, mientras el enemigo invisible se batía en retirada.

Las hordas de jóvenes desempleados que pasaban el tiempo junto a los autobuses y los taxis sacaron partido de la situación. Acudían al centro de la ciudad para robar bolsos y pasárselo en grande. Formaban grupitos y se quedaban mirando a los hombres y mujeres bien vestidos que bajaban por la colina tambaleándose, jadeando y resoplando. Se concentraban en las mujeres que se daban a la fuga con sus tacones altos, sus neceseres en la mano y la lengua fuera.

—Señora —decía uno—. ¿Su especialidad es el maratón o las pruebas de velocidad?

—El maratón —apuntaba otro.

—¿Cuánto hace que se entrena para el campeonato?

—¿Cada día, o hace flexiones en la cama una, dos o tres veces por semana?

—¿Aspira a ser la primera mujer ugandesa en ganar la medalla de oro?

—Tenga, tome esta toalla, le traerá suerte. No me importa llegar detrás de usted.

Los Juegos solían comenzar después de una falsa alarma. En el fondo, la gente sabía que no había a donde ir, pero le parecía mejor mantenerse en movimiento. Desde el Triángulo uno podía huir a la ciudad, pero si estaba en la ciudad sólo le quedaba su propia casa. Durante unos cuantos meses la alarma sonó con regularidad, pero cuando todos empezaron a hacer caso omiso de ella, dejó de sonar tan súbitamente como había empezado.

Por aquella época la guerrilla empezó a abandonar el Triángulo de Luwero en dirección del lago Alberto, en Uganda occidental. En la ciudad se aseguraba que los rebeldes habían llegado a un acuerdo con el gobierno. Los propios mandos del ejército se mostraban confusos: las tropas sólo habían encontrado en el Triángulo pueblos abandonados que olían a muerte y devastación a causa de los ataques aéreos, las operaciones de limpieza y la fuerza de los elementos. No había nadie contra quien luchar. El vacío en lo que había sido su coto de caza era la última señal de que habían perdido el control de la situación. El estremecedor silencio acentuaba el hecho de que habían dejado escapar a los «bandidos» hacia un lugar donde era casi imposible alcanzarlos. El ejército estaba dividido y la moral de la tropa no tardó en decaer. Algunos soldados llevaban meses sin recibir su paga y estaban hartos de saquear y asesinar. Los compañeros heridos, que yacían en camas de hospital mientras sus piernas, brazos, mandíbulas, orejas y huevos arrancados se pudrían en algún lugar del Triángulo, les demostraban a los que se encontraban más cerca de la línea del frente y a aquellos que esperaban a ser enviados al campo de batalla, que la situación era desesperada.

No mucho después, los rebeldes empezaron a atacar y asediar las pequeñas ciudades del oeste y el este. Mubende, Hoima, Masaka y Mbarara cayeron en sus manos. El país estaba dividido en dos: una parte para la guerrilla y otra para el gobierno. Los guerrilleros establecieron un gobierno provisional. La tía Lwandeka tuvo que vivir cierto tiempo sin nada a lo que agarrarse. Se volvió callada y reflexiva, porque intentaba mantener a raya sus preocupaciones. Temía no volver a ver a su general, porque parecía inevitable que la lucha fuese larga. Trataba de mostrarse alegre, pero en su fuero interno estaba desesperada. Un día me dijo que se iba a Masaka, situada en pleno territorio controlado por la guerrilla. En aquella época aún era posible desplazarse por el país con cierta libertad. Explicó que visitaría al tío Kawayida, pero en realidad su intención era buscar al general. Yo tenía miedo de que cayera en una trampa. Las fuerzas gubernamentales llevaban a cabo controles de carreteras verdaderamente terribles, pero consiguió sobrevivir y volvió a casa. «En el otro lado está todo muy tranquilo. Por la noche no se oyen disparos. La gente no cierra las puertas con llave. No hay nada que temer —contó, excitada—. Pienso regresar cuanto antes.»

Yo estaba asustado y enfadado. Le dije que estaba loca. ¿Cómo se le ocurría tentar de esa manera a su suerte? «Llevo haciéndolo toda la vida», repuso, y se marchó. Pero esta vez los guerrilleros no le permitieron volver a casa. No estaban dispuestos a correr el riesgo de que sus secretos cayeran en manos de las tropas del gobierno, ya fuera voluntariamente o de otro modo. Sospechaban de todos los que iban y venían, aunque se tratara de uno de ellos. La tía Lwandeka dijo que sus hijos la necesitaban, pero los guerrilleros argumentaron que ellos también la necesitaban para organizar a las mujeres en el territorio liberado. Sin embargo, el general ideó un plan para que pudiera escapar. La tía se hizo con una barca y llegó a un puerto cercano a Kampala. Tenía fiebre, pero se sintió tan aliviada de estar nuevamente en casa que no se quejó de nada, ni siquiera de las privaciones sufridas durante el camino.

En el ejército reinaba el desorden. Una facción quería negociar con la guerrilla para poner fin a los combates y formar un gobierno de salvación nacional. Los grupos guerrilleros menores, que se habían quedado en el Triángulo y cuya situación era delicada, decidieron entregar las armas y firmaron unos cuantos papeles. El grupo del oeste, que dominaba la mitad del país, permaneció donde estaba. Hubo bastantes enfrentamientos políticos en la sombra, de los cuales casi no me enteré porque estaba muy ocupado con la destilería Boom-Boom y Jo. El dinero seguía entrando a raudales, lo que me permitía aislarme del mundo.

La guerra que desalojó por segunda vez del poder a Obote y enterró lo que quedaba del ejército en el norte de Uganda y el sur del Sudán llegó por el mismo camino que habían seguido las tropas que derrocaron a Idi Amin. Los guerrilleros tomaron la ruta de Masaka y marcharon sobre Kampala paso a paso, de aldea en aldea. En varias ocasiones las fuerzas gubernamentales intentaron emplear carros de combate para romper las líneas enemigas y recuperar el territorio que había caído en manos de éstos, pero no tuvieron éxito. En el mejor de los casos reconquistaban una zona durante unas semanas, después de lo cual eran expulsados de nuevo. Los soldados ya no estaban motivados, y es bien sabido que nunca se ha ganado una guerra sólo con las armas.

El gobierno, presionado por altos mandos del ejército, trató de negociar. Se proclamó varias veces un alto el fuego, que por un motivo u otro nunca fue cumplido. Mientras tanto, cada vez morían más civiles en los esporádicos combates. El síndrome del Triángulo se extendía. La nación observaba, con la respiración contenida, la marcha de las negociaciones. Cuando se combatió en la población de la tía Kasawo, todo el mundo sabía que era entonces o nunca. La guerrilla jamás se había acercado a menos de veinticinco kilómetros de Kampala. Siguieron semanas de conversaciones durante las cuales uno y otro bando se acusaban mutuamente de no respetar la tregua.

El gobierno y los rebeldes firmaron un nuevo acuerdo, pero al cabo de varias semanas se reanudaron los combates, y el 25 de enero de 1986 Kampala cayó en manos de la guerrilla. Fue casi una repetición de lo ocurrido en 1979, cuando se había instaurado un régimen nuevo mientras las tropas del depuesto gobierno huían hacia el norte y el este. En esa ocasión, sin embargo, la ciudad fue tomada por tropas compuestas por chiquillos. Era asombroso verlos marchar por la ciudad siguiéndole los talones al ejército en retirada.

Anticipándose a una versión actualizada de los actos de pillaje de 1979, los saqueadores acudieron en masa a la ciudad. Se equivocaban. Se vigilaría que no hubiera saqueos y que, a diferencia de lo sucedido en la década de los setenta, no se transgrediera la ley. A los osados se les advertía con disparos al aire, justo por encima de la cabeza. A los que a pesar de ello insistían, se les pegaba un tiro. La noticia de que los guerrilleros iban en serio se difundió rápidamente. Se apostaron centinelas delante de las tiendas, con la orden de abrir fuego si era necesario. Todo el mundo entendió el mensaje, y los saqueadores regresaron a sus casas diciendo que un cambio de gobierno ya no era, ni mucho menos, tan divertido como antes.

En el sur del país se celebraron fiestas, un tanto deslucidas por la tragedia del Triángulo de Luwero; no hubo borracheras salvajes acompañadas del incesante tronar de los tambores. Jo vino a mi casa y pasamos el día especulando sobre lo que ocurriría. ¿Qué nos depararía el futuro? Ella sopesaba la posibilidad de volver al Triángulo para comprobar los daños y ver qué podía salvarse de las ruinas. Yo me preguntaba si la destilería Boom-Boom seguiría existiendo dada la nueva situación.

La tía Lwandeka no cabía en sí de alegría. Me aseguró que jamás volvería a involucrarse con la guerrilla. Estaba contenta de que por fin hubiera llegado la victoria: ya no soportaba las esperas y el sentimiento de angustia. «He vuelto a nacer, he recibido una nueva vida. Eso no te ocurre tres veces.»

Con los acontecimientos de 1971 y 1979 presentes en la memoria, me asaltó el miedo: ¿qué, o, mejor dicho, a quién perdería esta vez? ¿A Jo, a la tía Lwandeka, a otro, quizá? La idea de ir al Triángulo no me atraía: no quería saber qué había pasado con la vieja aldea. Me parecía que, al menos por el momento, me convenía no enterarme. Se estimaba que en el Triángulo habían muerto entre doscientas mil y cuatrocientas mil personas. Prefería que los muertos enterraran a sus muertos.

El cambio más notable se experimentó en el terreno de la seguridad: por la noche uno podía acostarse sin temor de ser asesinado por bandoleros, secuestradores o soldados. Podía viajar y volver tarde a casa. Los controles de carretera eran severos, pero razonables; en ellos no se robaba ni violaba a nadie. El pueblo empezó a confiar cada vez más en el nuevo gobierno. Al principio la gente se conformaba con dormir en paz. Con el tiempo descubrió que no se dormía tan bien con el estómago vacío; además, le preocupaba lo que había ocurrido en el Triángulo, donde habían quedado sus casas, sus familiares, su historia. Los que habían huido a la ciudad querían regresar, los que tenían parientes y amigos allí querían verlos de nuevo. Todo el que viajaba a lo que había sido su ciudad o su aldea volvía deprimido. Los muertos seguían en el lugar donde habían caído, y sus casas habían perdido el tejado, las ventanas y las puertas. Los altares de sus dioses habían sido profanados y un abismo enorme separaba el pasado que habían conocido del presente que debían aceptar.

La recuperación del país se presentaba como una tarea abrumadora. El gobierno prometió ayuda a las zonas catastróficas, pero esa ayuda no llegó. La gente que tenía dinero decidió empezar por su cuenta. Compró materiales para la construcción y los transportó al Triángulo en furgonetas desvencijadas. La mayoría esperaba y sólo iba allí de vez en cuando para realizar trabajos menores, como desbrozar y labrar la tierra con vistas a futuros huertos.

Yo pagaba los viajes de Jo al Triángulo, pero me negaba a acompañarla. Una y otra vez regresaba entristecida. Su antigua escuela era un montón de ruinas. Ella quería participar en la reconstrucción, pero el gobierno no estaba en situación de suministrar los materiales necesarios. Jo se sentía muy deprimida; no atinaba a comprender lo que había ocurrido y al mismo tiempo no conseguía olvidarlo. Hablaba de ello sin parar y responsabilizaba a Obote y Amin, sin olvidarse de los colonialistas y sus representantes locales, a los traficantes de armas y los ugandeses en general. Culpaba al odio, la indiferencia y la deshonestidad de que se hubiese llegado a semejante situación, hasta que yo no podía más y le gritaba que se callara. Sus andanadas de insultos la ayudaban a superar sus frustraciones, pero me ponían nervioso y despertaban en mí sentimientos que prefería que siguieran dormidos.

La tía Lwandeka aún esperaba su recompensa. Iba a menudo a la ciudad para encontrarse con el general, quien se ocupaba de convertir las fuerzas guerrilleras en un ejército regular. Había prometido que la ayudaría a poner un negocio recomendándola al banco para que le concedieran un préstamo a bajo interés. Le pidió que se casara con él. Ella repuso que necesitaba pensárselo; después de su fracaso juvenil con el veterinario nunca había querido contraer matrimonio de nuevo. Él le regaló un anillo. Al principio la tía Lwandeka se sentía cohibida y sus amigas bromeaban acerca de él, pero ella no se inmutó. Le encargaron que crease una asociación de mujeres. Empezó con clubes y reuniones. Trabajaba de firme y yo nunca la había visto tan feliz.

Ya hacía bastante tiempo que me preguntaba qué habría sido de Lwendo. Fui a Kampala y pregunté en la catedral si seguía en el seminario. Lo habían echado. ¿Cuándo? Por la época en que el país se había dividido en dos. Un mes después paró delante del SIMC un Jeep del ejército del cual bajó un soldado que preguntó por mí, pero yo no estaba. Se negó a dejar un recado. Al cabo de otra semana Lwendo se presentó en mi casa. Vestía uniforme militar de faena. Era teniente segundo. Nos abrazamos. Se había enterado de mis señas por un antiguo compañero de escuela. Teníamos mucho que contarnos. La pregunta latente era: ¿venía Lwendo por pura curiosidad o se traía algo entre manos? Se traía algo entre manos. Quería que me uniera a él. ¿En calidad de qué? Como una especie de espía, o de *ombudsman*. Lo miré azorado. Aquello no tenía sentido. Me había ido del seminario para escapar de la dictadura y no estaba dispuesto a meterme con agentes del ejército o del servicio secreto. Me aseguró que trabajaríamos para un solo individuo, un pez gordo del gobierno cuya tarea consistía en luchar contra la corrupción. Me malicié algo relacionado con la religión; en efecto, el hombre había sido sacerdote. Por eso lo habían puesto al frente del Departamento de Rehabilitación y Reconstrucción: los católicos aún tenían fama de honrados; pero ¿dónde encajábamos mi antiguo compinche Lwendo y yo? Me pareció peligroso: ¿cómo reaccionaría la gente a la que acusáramos de corrupción? ¿Trataría de sobornarnos o nos pegarían un tiro? Rehusé su oferta. Ya ganaba bastante dinero; ¿por qué jugarme el pellejo? Cambié de tema. Quería oír la historia de su vida.

Lwendo era huérfano. No conocía a sus padres. Lo había criado un afectuoso matrimonio católico que lo había tratado como a uno más de sus numerosos hijos. Sólo cuando estaba en el seminario se enteró de que no eran sus padres biológicos, pero para entonces ellos ya habían decidido que se haría sacerdote, ayudaría a la gente necesitada y devolvería a Dios una parte de lo que éste había hecho por él. Lwendo siempre lo consideró una mala idea: desde niño había soñado con ser piloto militar. Sus benefactores se revelaron incapaces de aceptar una vanidad tan poco católica. Si se comportaba mal en el seminario era porque así pretendía protestar contra la elección que habían hecho por él sus padres adoptivos y la sensación de que no tenía escapatoria.

Tras mi marcha, él había continuado a pesar de todo. Cuando la guerrilla empezó a actuar, él se encontraba en el seminario mayor, donde la disciplina era mucho más rígida. Pronto se cansó. Empezó a hacer novillos y a coquetear más o menos abiertamente con las chicas cuando lo enviaban a hacer trabajos pastorales. Le llevaba la contraria a los curas. Planteaba preguntas endiabladas sobre la existencia de Dios y pronunciaba discursos políticos. Para conseguir que todos se subieran a la parra, apoyaba al Congreso del Pueblo de Uganda y las acciones del segundo gobierno de Obote en el Triángulo de Luwero. Cuando le preguntaban qué opinaba de los asesinatos, citaba la Biblia: «Toda autoridad procede de Dios.» También remitía a sus interlocutores a los tiempos de las cruzadas, cuando la Iglesia emprendía guerras genocidas. Muchos sacerdotes llegaron a la conclusión de que no tenía vocación. Otros lo defendían y se tomaban su indisciplina como una actitud típicamente adolescente que ya se le pasaría. Le advirtieron que debía cambiar su comportamiento y comportarse respetuosamente con los sacerdotes y abandonar toda actividad política. Se negó en redondo. Encargaron a alguien que lo siguiese. Una noche lo pillaron transgrediendo el toque de queda. Lo echaron del seminario.

Sólo tenía dos posibilidades: volver a su casa, para lo que debía cruzar el lago, o quedarse en territorio liberado. Claro que ¿dónde estaba su casa? ¿Lo recibirían sus padres adoptivos con los brazos abiertos? En caso de que así fuera, ¿qué haría en la turbulenta ciudad? No tenía empleo ni dinero ni expectativas inmediatas. Con la formación teológica que había recibido sólo podía aspirar a un pequeño puesto como profesor subalterno o a algún empleo relacionado con la Iglesia, lo que no le atraía. A través de las historias acerca de la ciudad que llegaban hasta los territorios liberados, se sabía sobre todo que la gente moría como moscas a manos de los desesperados soldados del gobierno. Después de haber conocido la paz y el orden relativos que reinaban en el territorio liberado, no tenía demasiadas ganas de comprobar qué pasaba en el otro lado.

Decidió quedarse y unirse a la guerrilla. Por entonces ya conocía al ex sacerdote, a quien todos llamaban comandante Padre o sencillamente Padre, una figura destacada en el movimiento rebelde que había visitado en dos ocasiones el seminario para hacer proselitismo entre los curas y los alumnos. Lwendo había sido el único de estos últimos que había mostrado interés por su mensaje y había aplaudido a la guerrilla por luchar contra el régimen asesino, un cambio de postura que muchos consideraban, como mínimo, extraño. El ex sacerdote le dio una vieja tarjeta de visita, la única que siempre llevaba encima, ya que nadie se la aceptaba. Lwendo, tipo nada tímido, usó la tarjeta como talismán y fanfarroneó ante sus compañeros de colegio de ser el único previsor de entre ellos.

—Eres un camaleón —le espetaron—. No sabes lo que es la lealtad ni los principios.

—Soy hijo del oscurantismo —repuso él—. Puedo oler de dónde sopla el viento.

Se burlaron de él. A continuación se puso a gritar consignas guerrilleras, con lo que los últimos sacerdotes que opinaban que todavía estaba pasando por la edad del pavo, lo dejaron por imposible. Poco después dijo que si él fuera dirigente de los rebeldes cerraría el seminario y obligaría a los curas y a los seminaristas a alistarse en el ejército para recibir instrucción militar. Antes de unirse a la guerrilla visitó al Padre a fin de hablarle de sus intenciones. El Padre le dio luz verde, pues necesitaba personas en las que confiar, y el bocazas de Lwendo le pareció un instrumento perfecto.

Debido a problemas de transporte, Lwendo llegó al campo de adiestramiento cuando ya era noche cerrada, y un centinela estuvo a punto de abatirlo. Le ordenaron que pusiera las manos en alto y se lo llevaron dentro para interrogarlo. Los guerrilleros permanecían alerta ante los ataques sorpresa de las tropas gubernamentales que todavía resistían, así como ante la infiltración de espías que se hacían pasar por aspirantes a combatiente. Lwendo fue encerrado durante toda la noche en una estancia sucia bajo la vigilancia de dos soldados, porque a esas horas no se podía molestar al Padre, ni aun cuando la causa fuese la presencia de alguien que llevara consigo su talismán. A primera hora de la mañana Lwendo fue liberado. El Padre respondió por él, y lo enviaron de inmediato a iniciar la instrucción. Una vez concluida ésta le tocó hacer guardias y patrullas, y finalmente lo destinaron a una unidad encargada de llevar a cabo operaciones de limpieza contra los últimos soldados del depuesto gobierno, que se habían convertido en salteadores de caminos. Lograron matar a cuatro tras permanecer otros tantos días emboscados. Este hecho no pasó inadvertido. El Padre estaba contento de que su pupilo fuera capaz de enfrentarse a esas tareas. En la charla que mantuvieron, Lwendo hinchó convenientemente su participación en la batida. El Padre valoraba su capacidad de comunicación, que lo diferenciaba de la mayoría de los veteranos del Triángulo, quienes se limitaban a obedecer órdenes y sólo hablaban cuando se les preguntaba. «Cuando esos bandidos abrieron fuego, creí que había llegado mi hora; pero entonces empecé a disparar yo también, y me excité tanto con el sonido de mi propio fusil que todo cambió. Fue una sensación fantástica. Ojalá me hubiese cargado a cincuenta», le explicó al Padre, que le había pedido que le informara en secreto. Por un instante éste pareció dudar, pero no dijo nada sobre el entusiasmo desbordante de su pupilo a la hora de matar. Sabía apreciar un buen relato.

Durante el avance de los guerrilleros sobre Kampala, Lwendo participó en varios combates, aunque siempre en tareas de abastecimiento como cabo furriel. El Padre había hablado en su favor. Esto produjo ciertas acusaciones de favoritismo, pero Lwendo tenía la ventaja de haber recibido una educación escolar superior, mientras que la mayoría de los veteranos, en particular los soldados que aún eran niños y los antiguos campesinos del Triángulo, había asistido, como mucho, hasta el primer año de la escuela secundaria. El movimiento no sólo necesitaba fuerza muscular, sino también cerebros. Él era uno de los reclutas más instruidos, y sus expresiones latinas provocaban mucha envidia.

Non compos mentis, decía con una sonrisa sarcástica refiriéndose a camaradas cuando éstos lo irritaban por algún motivo. Ellos sabían que estaba insultándolos, pero ignoraban exactamente cómo. Hasta que, una vez, alguien se acercó a él por detrás, le puso la bayoneta en la garganta, con lo que se pegó un susto de muerte, y le pidió explicaciones.

Una vez acabada la guerra, el Padre lo envió al Triángulo, a combatir contra las tropas del antiguo gobierno en su huida hacia el norte. No entró mucho en acción, pero lo poco que hizo lo hizo bien. De modo que lo ascendieron a teniente segundo. Su protector le encomendó que vigilara los suministros destinados a la zona devastada: planchas de hierro, cemento, ladrillos, mantas, etcétera. Por la manera en que Lwendo, como cabo furriel, había administrado las municiones y los víveres el Padre creía que podía confiarle una tarea más importante.

La economía se hallaba en ruinas, la inflación era alta, la producción estaba prácticamente paralizada y el mercado negro, en auge, no facilitaba precisamente la planificación económica. Los ex combatientes, acostumbrados a la vida dura y la disciplina de los tiempos de guerra, estaban expuestos a la fascinación del dinero fácil y el enriquecimiento rápido. Muchos consideraban que se lo merecían como premio por haber puesto en juego su vida en el Triángulo y otros lugares para liberar el país.

Lwendo me aseguró que no pensaba permanecer por mucho tiempo en el ejército.

—Detesto estar encerrado en el cuartel. Detesto la falta de libertad, el poder de los mandamases y toda esa instrucción. Quiero largarme cuanto antes, pero con un poco de dinero en el bolsillo. Tengo grandes proyectos para el futuro.

—Eso significa...

—Pretendo reclamar mi parte.

—¿Qué opina el Padre al respecto?

—Él es un pez gordo, yo soy el último mono. Puede despacharme si no le gusta mi *modus operandi*.

—¿Y qué me dices de la envidia de tus compañeros?

—Existe, es cierto, pero eso no me impedirá llevar a cabo mis planes. Cuanto antes obtenga lo que quiero, antes lo dejaré.

—Todo esto me parece demasiado arriesgado. Yo no soy militar. Si algo falla me culparán a mí.

—Eso déjalo en mis manos.

—Pero ya tengo trabajo...

—¡En el que ganas veinte, quizá treinta dólares al mes! Venga, hombre; ¿cuánto más aguantarás en esa profesión de mierda?

—No estoy dispuesto a ir a la cárcel acusado de corromperte, Señor Libertador.

—Te necesito. Desde el momento en que el Padre me metió en el asunto supe que eras la persona adecuada para colaborar conmigo. Busco a alguien en quien confiar, alguien que no me apuñale por la espalda en cuanto me dé la vuelta.

—¿Y si nos pillan?

—Lo más importante es la discreción. No vamos a ponernos a ello así por las buenas, eso te lo aseguro. He cambiado. Soy sistemático, paciente, despierto. No debes preocuparte —añadió en tono grave—. Piensa en tu futuro y ven a verme. No empezaré sin ti.

La tentación era grande: me olía en aquel asunto aventura y atrevimiento, un territorio nuevo; ¡al fin saldaría las cuentas con los capitanes! El aspecto peligroso del asunto tenía algo de magnético; me seducía la posibilidad de derrotar al favorito, de cortar de un solo tajo las tres cabezas de hidra que la Trinidad Infernal había dejado en mi jardín. Estaba harto de dar clases sin la menor expectativa de progreso. La vida de filibustero ejercía la misma atracción que la luz de un farol sobre una polilla. Anhelaba llegar a la cima, pero no en una pequeña destilería donde todos me llamaban jefe, sino en el ancho mundo. Las perspectivas despertaron viejos fantasmas del seminario: echaba de menos la adrenalina que corría por mis venas durante mis incursiones contra el padre Mindi y el padre Lageau. Llevaba años sin hacer algo así. Creía que Lwendo y yo sabríamos defendernos de los agentes de seguridad. Era un juego de inteligencia, y ya imaginaba las estrategias y las acciones que nos conducirían a la victoria.

Al cabo de una semana me olvidé del asunto o, mejor dicho, lo relegué a lo más profundo de mi mente para dejar que madurara antes de empezar a rumiarlo. ¿Habría cambiado realmente Lwendo? ¿Sería menos torpe y más astuto y paciente? ¿Me escucharía en caso de que fuera necesario? Y yo, ¿hasta dónde estaba dispuesto a llegar? La década de los setenta había inculcado en muchos de nosotros el espíritu del todo vale, y la tentación de minar el estúpido sistema burocrático impersonal resultaba enorme. Éramos pequeños dioses y destacábamos ampliamente por encima de esos simplones agentes del gobierno y esos funcionarios de miras estrechas. El impulso de poner a prueba nuestra omnipotencia era irresistible.

Decidí no poner al corriente a la tía Lwandeka de la propuesta de Lwendo. Hacía tiempo me había advertido que nunca se me ocurriera asociarme con militares.

A ella, mientras tanto, las cosas le iban muy bien. El prestigio de su asociación de mujeres era creciente. Por primera vez en muchos años las mujeres se sentían valoradas, comprendidas e involucradas. Mi tía intercedía en las disputas y exponía ante sus superiores las necesidades que le planteaban. Su relación con el general era cada vez más íntima.

Cada fin de semana pasaba a recogerla un coche, que la llevaba a Kampala, donde se reunía con el general y sus amigos y bebía hasta altas horas. Así fue como conoció a un buen número de figurones. Le preguntaban qué pensaban realmente las mujeres del gobierno y cuáles eran sus expectativas. No le sorprendió, porque sabía que mucha de aquella gente estaba rodeada de aduladores y de vez en cuando le gustaba oír una opinión sincera.

El Fondo Monetario Internacional y el Banco Mundial cayeron como buitres sobre los despojos de Uganda. No es que fuesen recién llegados, pues hacía años que oteaban el horizonte e incluso habían hecho acto de presencia durante el régimen anterior. Pero esta vez penetraron con una determinación letal. El clima político era más propicio, y la lista de condiciones que exhibieron tan larga como el Nilo. El gobierno, deseoso de contener la inflación, incentivar la producción e inyectar liquidez en la economía, se esforzó por complacerlos. El FMI lo había reprendido en varias ocasiones. Si las autoridades pretendían obtener dinero, primero tenían que devolver a los asiáticos desterrados los bienes expropiados. De modo que los asiáticos debían regresar, al cabo de quince largos años, para reclamar lo que les habían quitado. El país, sobre todo la capital, era un hervidero de rumores.

Para empezar, la moneda vigente dejó de tener curso legal y fue reemplazada por una distinta. Las escuelas sirvieron de oficinas de cambio y, por una vez, el SIMC ofreció un servicio importante para la comunidad. El Reverendo se ocupó de explicar a todo aquel que quisiera oírlo lo importante que era su escuela. Por la mañana la gente hacía cola delante de uno de los edificios, y cuando le llegaba el turno entregaba el dinero viejo, que por lo general llevaba en grandes bolsas, y recibía el equivalente en la nueva moneda.

Procuré que no me llamasen para colaborar en aquel operativo. Nunca me había gustado el aspecto ni el olor de los billetes viejos, y los nuevos tampoco olían como para que uno se los restregase por la nariz durante días. Sólo fui a la escuela para cambiar el efectivo que tenía en la destilería, y regresé a casa. El plazo previsto para el cambio pasó sin que todos hubieran tenido ocasión de hacerlo. Existía el temor de que la gente se arruinara en ese combate contra la inflación; pero el plazo se prorrogó una semana. Como todo el mundo estaba acostumbrado a manejar grandes cantidades de billetes, resultaba desolador que a uno le dieran pequeñas sumas por los millones que entregaba. La inflación se mantuvo por un tiempo en cero, pero dado que el aumento de la producción no era, ni mucho menos, todo lo espectacular que se esperaba, volvió a dispararse.

Dos semanas después del cambio de dinero me hallaba dando clase cuando me llamó el ayudante del director.

—Hay alguien que te busca; está en mi despacho.

Pensé que se trataría de Lwendo, pero era un hombre enviado por la tía Lwandeka.

—Ha sufrido un accidente —anunció con expresión de tristeza.

—¿Qué clase de accidente? —pregunté mientras se me ponía carne de gallina.

—Eso no lo sé. Sólo me pidió que le dijera que fuese a verla lo antes posible.

Delante de la casa de la tía Lwandeka se había reunido una multitud. Advertí que varias personas estaban muy enfadadas. Resultó que uno de mis empleados de la destilería había sufrido graves quemaduras. Por suerte, aún vivía. La piel de la parte anterior del cuerpo se le había desprendido como si se tratara de un plátano, y tenía el mismo color amarillo. El muy cabrón... Supuestamente, la destilería permanecería cerrada hasta que los precios se estabilizaran tras el cambio de moneda. Pero el hijo de puta lo había hecho a mis espaldas. Había encendido el fuego, se había dormido y no se había dado cuenta de que los serpentines se habían embozado. Lo despertó una explosión tremenda. El alambique había saltado por los aires como un cohete espacial. Eso fue su salvación, pues si hubiese estallado sin elevarse del suelo habría muerto de forma instantánea. No obstante, parte del contenido le había caído encima.

La tía Lwandeka se había ocupado de que lo trasladasen al hospital, y también había asumido la responsabilidad del accidente. Gracias a eso la gente se calmó, pero no del todo. Ella prometió correr con los gastos de la curación y ayudar en cuanto estuviese en su mano. Creyó así que el problema quedaba resuelto. Pero el hermano y el cuñado de la víctima se dirigieron a la destilería, destruyeron todo lo que encontraron y pegaron fuego al cobertizo. Cuando fui a comprobar los daños recordé otro incendio, ocurrido quince años atrás. Decidí allí mismo poner fin al negocio. Lwendo había ganado.

A causa del accidente empecé a pensar en mi relación con Jo. ¿Quién era esa chica? Sólo conocía a un miembro de su familia, su abuela. Una noche, cuando cenábamos, le dije que quería que me presentase a su madre. No pareció gustarle mucho la idea.

—Si vas en serio conmigo, es normal que esa mujer se relacione conmigo, y yo con ella —argumenté.

—Me lo pensaré.

—No hay nada que pensar.

—¿Y cómo he de presentarte, pues?

—Como señor Muwaabi, profesor de enseñanza media y futuro abogado.

—¿Cómo?

Repetí el nombre con una sonrisa pedante. Nunca me hacía llamar Muwaabi. Todo el mundo me conocía por Mugesi, y así era como estaba oficialmente inscrito.

—Entonces me preguntará por tu familia.

Estaba demasiado excitado para percibir el peligroso matiz de su voz. Empecé a hablar del abuelo, de la aldea, de Serenity... De pronto dejó de comer, se llevó la mano a la boca y cerró los ojos. Pensé que se había tragado una espina.

—*Katonda wange*! —exclamó—. ¡Dios mío!

—¿Qué pasa?

—Ya sospechaba yo algo así —dijo—: Ahora me lo has confirmado.

—¿Qué te he confirmado? —pregunté con curiosidad.

—Que somos parientes. Eres mi hermano, o medio hermano, como dicen los ingleses.

—¿De dónde sacas eso?

—Mi padre biológico se llama Muwaabi, procede de la misma aldea que tú y ha estado en la escuela primaria de Ndere. Eres su hijo. ¡Si hasta te pareces a él! Abandonó a mi madre para casarse con una mujer católica, y a partir de eso apenas si se ha ocupado de mí. Por eso siempre digo que mi padre murió. Pero sé que vive y trabaja en la ciudad. He decidido mantenerme alejada de él para siempre.

No conseguí tragar ni un bocado más. Sentí que me hundía en una

enorme fosa llena de animales que aullaban. Miré a Jo con otros ojos.
De pronto la encontré parecida a la tía Tiida. También tenía algo de
Kaziko y, muy lejanamente, algo de la abuela. Es probable que me re-
sultase tan atractiva precisamente a causa de esos rasgos familiares.
Hacía tiempo que había dejado de ser un tradicionalista exógamo de
la línea dura, pero me asaltó la certeza de que nuestra relación se re-
sentiría a causa de ello. Jo ya no era la misma. Esa noche bebimos mucho, pero apenas hablamos, y otro tanto sucedió las noches siguientes. No volví a tocarla. La llama mágica se había apagado.

Un día caí en la cuenta de que se me presentaba una ocasión única para vengarme de Serenity y hacerle pagar el que una vez hubiese
estado a punto de matarme a palos. Tenía que ir a verlo, contarle que
había conocido a una chica con la que quería casarme, y a continuación presentarle a Jo. Sí, eso haría, representaría una comedia. Estaba profundamente apenado porque sabía que nunca volvería a encontrar a una chica como Jo. Ya estaba celoso del hombre que se
convertiría en su esposo.

—¿Quieres hacer algo por mí? —le pedí.

—¿El qué?

—Quiero presentarte a mi..., quiero decir a nuestro padre como
mi prometida.

—¿Por qué?

—Tengo mis razones.

—Imagino que no creerás que voy a casarme contigo, ¿verdad?

—Por supuesto que no —respondí en tono áspero.

—Entonces, ¿qué pretendes conseguir?

—Tengo algunas cuentas pendientes con mi padre.

—¿Y qué pinto yo en todo eso?

Su franqueza me impresionó; era como si tuviese que dar un
examen. Ella hacía todo lo posible por pensar en el futuro; yo me
resistía a abandonar las arenas movedizas del presente y del pasado.

—Tú también tienes algunas cuentas pendientes con él, ¿no?

—¿Por qué habría de cobrárselas así?

—¿No estás enfadada por el modo en que os ha tratado a ti y a
tu madre?

—Claro que sí. Pero quiero hacerlo de otro modo.

—¿Cómo si puede saberse?

—No haciéndole el menor caso, igual que él ha hecho conmigo.

—¿No te gustaría verlo arrastrándose avergonzado a tus pies?

—¿De qué me serviría?

—Pues a mí sí me serviría.

—Olvídalo. No conseguirás nada con eso.

—Y tú, ¿cómo piensas vengarte? —quise saber.

—Casándome con un hombre rico y teniendo una boda magnífica, con una caravana de coches, diez damas de honor, una cola larguísima, un grupo de danza tradicional y un banquete que dure varios días.

¡Qué cursilada! ¿Cómo era posible que se hubiese vuelto tan convencional una chica que había sido maltratada por su padre? Quería hacer rabiar a Serenity de envidia a través de su yerno. ¿Y si a él le importaban un rábano esas cosas? ¿Y si no lo consideraba más que un despilfarro de dinero? Todo sonaba muy superficial. Incluso era probable que Serenity se compadeciera de ella, ya que un hombre capaz de permitirse semejante dispendio seguramente tendría todas las mujeres que quisiera, y la pobre sufriría mucho.

—¿Te gustaría compartir a tu marido con otras esposas? —dije.

Recordé a Lusanani y me pregunté si Jo sería del mismo parecer. ¡Una especie de Hachi Gimbi, con tripa y todo, abusando de esa mujer maravillosa! Ya me lo imaginaba encima de ella, jadeando como una locomotora de vapor. Ya me imaginaba los esfuerzos que tendría que hacer para mantener la polla tiesa en su coño estrechísimo. Me sentí asqueado y furioso a la vez.

—Mientras un hombre me dé libertad para hacer lo que quiera, que él haga lo que le venga en gana.

Me sentí totalmente desconcertado. Ya sólo me quedaba caer en las garras de Lwendo. ¡Qué afortunado era Serenity! ¡Una vez más había conseguido escapar!

Me encontré con Lwendo en la sede del Ministerio para la Reconstrucción, en Kampala Road. Todavía estaba todo revuelto. Había archivadores cubiertos de polvo, unos cuantos muebles destartalados, una vieja máquina de escribir y un teléfono negro que sonaba estridentemente. Me llevó al edificio de Correos y allí, junto a la verja, nos sentamos a hablar.

—No puedes imaginarte lo aliviado que me siento —dijo—. El Padre empezaba a impacientarse y ha estado en un tris de tomar a otro; pero afortunadamente ya podemos ponernos manos a la obra.

—¿Cuál es el paso siguiente? —pregunté—. ¿Me lo presentarás?

—No. Él sólo necesita tus datos personales. Escribe una carta de solicitud de empleo al ministerio, yo se la entregaré. Lo demás déjalo en mis manos.

—¿A quién debemos de presentarnos?

—A cierto funcionario.

—¿Y cuál es nuestra misión?

—Llevar un doble control sobre las licencias de obra, la localización de los terrenos y los materiales pedidos. Luego debemos comprobar que las mercancías realmente se hayan entregado. No te preocupes por lo demás, yo asumo la responsabilidad.

Fuimos a un restaurante de la calle Luwum y pedimos *matooke*, carne y verduras, que acompañamos con cerveza. Me pareció una buena manera de empezar. En el SIMC nunca nos daban de comer. Lwendo me habló de su novia, pero encontré el tema poco interesante. Trabajaba de enfermera en el hospital de Mulago, era mayor que él, y tenían sus más y sus menos.

Después del almuerzo fuimos a comprar papel tamaño folio. La tienda en que lo vendían había pertenecido a unos explotadores asiáticos, de esos a los que ahora había que resarcir de acuerdo con los deseos del FMI. Las paredes estaban desconchadas. Los arrendatarios, que sabían que se hallaban en terreno ajeno, no habían hecho ninguna reparación, y el Consejo de Tutela había hecho la vista gorda, como era habitual. Las chapas oxidadas del techo, el suelo de linóleo rajado y las ventanas cochambrosas completaban el cuadro de decadencia.

Veinte comerciantes aproximadamente compartían la tienda; cada uno ocupaba un pequeño espacio de mostrador, en el que exponía las mercancías que importaba de Dubai, o en ocasiones de Londres. Cuando llegaba un cliente se lo llevaban a la trastienda o a otro almacén, donde guardaban la mercadería. Algunos de esos comerciantes habían ganado bastante dinero, pero a la mayoría lo obtenido con las ventas sólo le alcanzaba para sobrevivir. Y pronto todo sería devuelto a sus propietarios originales. En la ciudad se especulaba mucho sobre el destino de los arrendatarios de esas tienduchas. ¿Qué harían los asiáticos en esta ocasión? La vez anterior habían disfrutado del monopolio del comercio, pero ahora los africanos estaban en condiciones de competir con ellos. La tensión crecía por momentos.

Los industriales fueron los primeros en volver. Los detallistas y los mayoristas los siguieron con prudencia. Yo los veía caminar, pulcramente vestidos, mirando alrededor; trataban de recuperar recuerdos, de retomar el hilo de su pasada vida. Los miembros de la generación siguiente, aquellos que todavía eran niños en la época del éxodo y se habían criado en Inglaterra, parecían menos impresionados. Era evidente que sus padres trataban desesperadamente de insuflar en sus espíritus escépticos confianza en el futuro.

Si uno miraba los edificios de la ciudad, algunos medio en ruinas a causa de las bombas y otros con aspecto de llevar demasiado tiempo sin que nadie cuidara de ellos, no podía evitar preguntarse cómo era posible que hubiese tan diversos intereses en conflicto. Muchos comerciantes habían abrigado la esperanza de que el gobierno no dejara entrar a los asiáticos, porque «todos» habían contribuido al esfuerzo de guerra y habían perdido a parientes y amigos, pero las autoridades estaban más interesadas en el crecimiento a largo plazo, algo que no ocurría con los planes de la mayoría de aquéllos.

Las primeras semanas recorrimos toda la ciudad y visitamos varios lugares que guardaban relación con nuestro trabajo. En la zona industrial estudiamos el sistema de facturación de unos cuantos almacenes. También fuimos a las oficinas de Radio Uganda, donde trabajaba una de nuestros contactos, y a muchos otros sitios.

Para mi tranquilidad, Lwendo decidió ir vestido de paisano: pantalones y camisa verde y zapatos negros. No llevaba arma, y nada nos diferenciaba de los demás viandantes. De vez en cuando pasaba un Jeep del ejército, pero no hacía sonar la sirena ni obligaba a los demás vehículos a apartarse a su paso. Como de costumbre, los taxis iban repletos, y después de años volvían a llevar pasajeros al Triángulo.

Nuestra primera misión importante consistió en comprobar un cargamento de mantas destinado a Nakaseke, un antiguo refugio de la guerrilla en el interior del Triángulo. Tomamos el autobús a Luwero, a unos cuarenta kilómetros de Kampala. A diez kilómetros comenzamos a ver, a los costados de la carretera, tenderetes que exponían hileras ordenadas de calaveras y, detrás, montones de tibias, fémures y demás. Las calaveras ya no tenían mandíbula, muchas de ellas presentaban agujeros hechos por balas o machetes. Lavadas por la lluvia y pulidas por el sol, semejaban juguetes destinados a algún ritual macabro. Pero, ante el telón de fondo de los fantasmales edificios que habían sido profanados, en los que apenas se detectaban signos de vida, asomaban por detrás de las pilas de huesos caras que miraban con curiosidad a los pasajeros del autobús; no resultaba nada agradable. El autobús paraba en todos los pueblos, donde se apeaban una o dos personas, que se dirigían hacia los escombros, a veces con un fardo sobre la cabeza, otras con las manos vacías. El recién llegado andaba por caminos y senderos cubiertos durante cinco años por la maleza, que también crecía en algunos edificios vacíos y trepaba por los tejados, los vanos de las puertas, los marcos de las ventanas y los tragaluces. Al observar a esas personas dirigirse a antiguos asentamientos, ocultos tras los matorrales, me preguntaba qué encontrarían en ellos: ¿más calaveras para las colecciones de los tenderetes? ¿Aldeas borradas de la faz de la tierra? ¿Quizás un par de cosas asociadas a viejos recuerdos?

En las zonas menos afectadas por la guerra se veían tiendas que se habían salvado del saqueo del ejército. Se trataba de puntos estratégicos donde éste había acantonado a sus destacamentos para vigilar el territorio de los alrededores. Estos edificios se habían librado del pillaje porque el ejército se había ido demasiado deprisa o demasiado tarde. En esos lugares la gente era más numerosa y había arrancado aquí y allá las malas hierbas, y al lado de los tenderetes que exponían calaveras había también puestos donde se vendían piñas, papayas, plátanos frescos, caña de azúcar y patatas. La carretera pavimentada atravesaba la selva y los pantanos como una cuchilla gigantesca. Los bordes de la propia carretera estaban destrozados debido al paso de tanques y los camiones del ejército. Allí donde habían caído bombas se veían enormes socavones. El silencio que reinaba en el autobús, interrumpido a veces por un niño que tosía o le preguntaba algo a su madre, era estremecedor. Acentuaba la impresión de que los muertos estaban esperando, muy cerca de allí, a que los encontraran y enterrasen. Al ver la exuberancia de la hierba y el tamaño de los árboles uno no podía evitar pensar que toda esa vegetación estaba abonada con la sangre y la carne de los caídos durante la lucha.

Poco a poco fui convenciéndome de que las secuelas de la contienda resultaban peores que los propios combates, y que era más difícil ganar la paz que la guerra. Los fusiles habían callado para ceder la voz a los lamentos de los espíritus muertos, que se alternaban con los suspiros de los supervivientes, la mayoría de los cuales no aguardaría para reclamar su pedazo de tierra. Pero una sensación de anticlímax, de ausencia de rumbo, subrayaba esas interrupciones del silencio.

Luwero y Nakaseke eran ciudades mellizas, unidas por la acción de la guerrilla y la historia. Para llegar a Nakaseke había que pasar por Luwero. Al comienzo del conflicto vivían en ellas miles de personas, y sus campos fértiles, trabajados por otras decenas de miles, habían producido dinero y bienes. Luwero, que había sobrevivido, mostraba los signos de una población en crecimiento; Nakaseke, la menos afortunada de las mellizas, aún tenía que superar las violaciones, los saqueos y la destrucción. Luwero constituyó una verdadera sorpresa, porque después de todos los tenderetes que exhibían calaveras a lo largo de la carretera, habíamos esperado encontrar una montaña de huesos, y no fue así. Nakaseke, por el contrario, era la materialización de la tragedia, surgiendo en medio de los bosques espesos, los pantanos y las extensas praderas como un mártir con una aureola. Los refugiados que volvían levantaban construcciones provisionales o se alojaban temporalmente en las aldeas cercanas, donde esperaban la ayuda del gobierno para iniciar las difíciles tareas de reconstrucción.

—¡Qué suerte he tenido! —exclamó Lwendo—. ¡Lo que deben de haber luchado y las penalidades que deben de haber sufrido los habitantes de estas regiones pantanosas!

Habíamos llegado desde Luwero en una vieja y sobrecargada camioneta Toyota, y estábamos agotados por el traqueteo. Intenté guardar las distancias; no quería pararme a pensar en las penurias de aquella gente porque no deseaba que me recordasen mi aldea natal. Me consideraba una especie de turista. Había ido allí procedente de la ciudad para comprobar unos cuantos documentos, después de lo cual regresaría sin pérdida de tiempo. Los jefes de la comunidad, que trataban de hacer resurgir la pequeña ciudad de sus cenizas, se habían quedado en ella durante toda la guerra, pero hablaban muy poco de sus experiencias.

—Lo pasado, pasado —le dijo uno a Lwendo, que le había preguntado sobre los hechos recientes.

Nos acompañaron a dar una vuelta por la ciudad, nos enseñaron dónde habían acampado los soldados, dónde habían torturado a la gente y dónde habían colocado las armas el día en que bombardearon a la población por última vez.

—Éramos como la policía de tráfico, que observa y a veces, en caso de peligro, regula la circulación —señaló uno de los líderes.

—Qué mentira —dijo Lwendo más tarde—. La zona de guerra debería haberse llamado Triángulo de Nakaseke en lugar de Triángulo de Luwero.

—Algunos siempre tienen suerte —contesté.

El drama de la guerra había terminado, lo que quedaba era la sobrecogedora tarea de ponerlo en palabras para el porvenir. Lwendo y yo ya habíamos terminado nuestro trabajo, y teníamos prisa por regresar a Kampala. Los muertos de Nakaseke aún tendrían que hacerse compañía mutuamente durante un tiempo.

Mirando las aldeas que pasaban a toda velocidad por el camino de Luwero a Kampala, las calaveras apiladas en los tenderetes, los techados con agujeros enormes e historias ocultas, me sentí eufórico. Mi lugar era la ciudad.

Me alegraba de que nuestra primera misión hubiera salido bien; pero cuando me detuve a pensar en el dinero que nos quedaría, me entristecí: la gente que trabajaba tanto y tenía una responsabilidad tan grande se merecía más. Oficialmente nos pagaban cien dólares al mes, una décima parte de lo que solía ganar con la destilería. Ya veía ante mí esos fardos de mantas nuevas, esas pilas de planchas de hierro, esos almacenes llenos de sacos de cemento. Caí en la cuenta de que volvía a estar en el punto de partida: o ganar dinero de forma ilegal u holgazanear.

Necesité dos días para recuperarme de la experiencia vivida en el Triángulo. Cuando vi allí a la única amiguita con la que tenía previsto seguir saliendo, supuse que se había saltado muchas cosas al hablarme de su vida. Probablemente había visto más muerte y destrucción de lo que era capaz de contar. Yo quería penetrar en su mente y sacar su secreto a la luz. ¿Me lo habría contado todo Jo? No, seguramente su hijita había muerto durante la lucha o la huida, ahogada en un río, pisoteada por los que intentaban escapar o a causa de la fiebre. También era posible que no tuviese ninguna hija y que se lo hubiese imaginado todo, perturbada por tanta matanza. Todos habíamos perdido a algún pariente o conocido, y adaptábamos las historias que contábamos en función de los oyentes. Al igual que los seminaristas y sacerdotes, siempre nos adelantábamos a nuestro público y explicábamos lo que éste quería oír, lo que menos dañaría nuestra imagen o lo que hiciera el relato lo más bonito posible.

Nuestros primeros viajes salieron a pedir de boca: volvimos a Nakaseke y encontramos allí los materiales que habíamos pedido. La gente estaba contenta. Nos felicitaban como si se los hubiéramos suministrado de nuestras propias reservas particulares. Algunos ya habían empezado a arreglar sus casas. Nos emocionamos con el ruido de los martillos, el parloteo de los acalorados albañiles y la esperanza reflejada en los ojos de las mujeres. La gente podía volver a dedicarse a lo que quería y hacer con sus propias fuerzas cosas para sí misma. En general imperaba la sensación de que tanta muerte no había sido en vano, que los supervivientes tenían muchas razones para vivir y que los niños volvían a tener un futuro.

Hacia la quinta misión las cosas empezaron a fallar. Primero viajamos a Kakiri, una pequeña ciudad de camino a Hoima, y a un par de lugares más, y estimamos los daños y las necesidades. Hasta ahí fue bien. El viaje resultó muy agotador y al cabo de un par de semanas nos enteramos de que las mantas y los sacos de cemento habían sido entregados. En la Oficina de Reconstrucción nos enseñaron los papeles. Pero en Kakiri y otros lugares se mostraban bastante reacios a cooperar. Todo indicaba que sólo se había entregado una parte de lo solicitado. Alguien, en esa ciudad medio en ruinas, sabía lo que estaba ocurriendo pero se lo callaba. Teníamos que volver al origen de aquello. En Kampala conseguimos una copia del albarán. Fuimos a Radio Uganda y nuestro contacto llenó los vacíos. Siempre se enteraba de todo antes que nosotros. Me pregunté de qué pandilla de espías formaba parte.

Descubrimos que un camión lleno de suministros había sido revendido a los Kibanda Boys, nuestra versión local de la mafia. Habían empezado a operar a principios de los ochenta con especulaciones monetarias. Luego montaron empresas en Kikuubo, un barrio de almacenes y tiendas que estaba entre la estación de autocares y la calle de Luwum. Extendían sus actividades sin prisa pero sin pausa.

Kikuubo era un hervidero de comerciantes y clientes que se apretujaban en las estrechas callejuelas donde se descargaban camiones Tata llenos hasta los topes. Filas de jóvenes con el torso desnudo acarreaban sacos de cemento, azúcar, sal, piezas de tela y planchas de metal hacia los almacenes que se encontraban detrás de las mugrientas tiendas. Las apariencias engañaban: se trataba de un trajín en toda regla. En lugar de ampliar las tiendas que habían pertenecido a los asiáticos, la mafia había decidido habilitar como comercios los viejos almacenes y garajes. Era más barato y, a juzgar por lo que prosperaba el negocio, no había sido una mala idea. Se trataba de lugares bastante precarios (de hecho apenas había retretes), pero no importaba, pues al fin y al cabo los comerciantes no iban allí de visita, sino para ganar dinero.

Nuestro objetivo era, para emplear un término burocrático, una empresa ilegal, un garaje convertido en tienda. Preguntamos por Oyota y se presentó un tipo alto y gordo con pantalones cortos que mordisqueaba una mazorca de maíz. Lwendo llevaba una pistola. Lo único que yo sabía de ella era que era de gran calibre y estaba cargada. El hombre nos hizo pasar a la trastienda, un cuchitril oscuro donde vimos mucho dinero, incluidos dólares americanos. Lwendo tragó saliva un par de veces; a mí comenzaron a picarme las palmas de las manos.

—Quisiéramos echarle un vistazo a su almacén, señor —dijo Lwendo.

—Nadie tiene permiso para eso.

—Poseemos una orden de registro.

—¿Qué están buscando?

—Eso es asunto nuestro —respondió Lwendo con desenvoltura.

—No pueden entrar así por la buenas en mi tienda y registrar mis mercancías. Telefonearé al servicio de seguridad o a uno de los jefes del barrio.

—La ley está de nuestra parte.

—Nosotros somos la ley; hemos luchado en la guerra; hemos perdido a mucha gente —replicó el hombre, burlón.

En la tienda, seguían atendiendo a los clientes. Oíamos a los porteadores gritándose unos a otros, ruidos de pasos, motores que rugían, voces exaltadas que avisaban a los peatones que fuesen con cuidado. Entraban y salían de la tienda hombres con fajos de billetes. Pedían los artículos en grandes cantidades. Pagaban al contado.

—Yo sí sé lo que estáis buscando —dijo el gordo con aspereza—. Luchasteis en la selva contra el antiguo gobierno, y ahora que habéis llegado al poder os dais cuenta de que se necesita dinero para disfrutar de la victoria.

—Sólo hemos venido para registrar su tienda, señor —insistió Lwendo.

—Comprendo vuestra frustración. Nosotros somos comerciantes que, evidentemente, nunca hemos hecho nada por el país. No hemos luchado. Antes éramos ricos, y ahora lo somos aun más. Y vosotros, que padecisteis hambre y sed y os enfrentasteis cara a cara con la muerte, no tenéis nada. Pero no olvidéis que fuimos nosotros quienes financiamos la guerra.

—Enséñenos las existencias, señor —pidió Lwendo, al que, evidentemente, no le había impresionado el discurso.

El hombre parecía tener todo el tiempo del mundo; quizás esperase a alguien. No daba el brazo a torcer. Por fin nos llevó al almacén, que Lwendo ya conocía porque le habían dado un soplo. Sabía la matrícula del vehículo que había llevado las mercancías y un montón de detalles más. Mientras seguíamos al hombre, sentí escalofríos. ¿Y si escondido en los pasillos había alguien aguardando a atacarnos con un cuchillo, o uno de esos tíos medio desnudos dejaba caer «accidentalmente» sobre nosotros un saco de cemento de cincuenta kilos. El almacén estaba abarrotado de mercancías. Lwendo examinó las mantas en busca de un logotipo casi invisible. La tecnología de que disponían era insuficiente para quitarlo. Muy sagazmente, las mercancías se encontraban al fondo de todo, para llegar a ellas tuvimos que llamar a un par de mozos y pedirles que apartaran varios fardos pesados. Todos sudábamos: los hombres por el esfuerzo, yo a causa de los nervios y Lwendo de excitación. Cuando el gordo comprendió que lo habíamos pillado, echó a los demás y nos hizo una propuesta. Lwendo calculó cuántos dólares podía reportarle aquel asunto.

—Lo mejor es que nos lo llevemos al cuartel de Lubiri para que aclare un par de cuestiones —indicó Lwendo—. Como usted mismo ha dicho, las cosas les han ido demasiado bien los últimos años.

—No, no, por favor —imploró el gordo—. Debe usted comprender que no soy el único propietario de esto.

—Entonces cuéntenos a quién le ha comprado las mercancías.

Me dio la impresión de que aquel hombre, como tantos comerciantes, tenía algunos contactos en el gobierno o el ejército, pero de poca monta, ya que a la mayoría de los oficiales o funcionarios no les gustaba demasiado que los conocieran en los ambientes criminales. El acuerdo solía consistir en que, una vez entregado el género, cada uno se las apañaba por su cuenta, hubiera o no contratiempos. En otro tiempo a ese hombre le habría bastado con una llamada telefónica para hacernos detener como si fuésemos criminales. Ahora todo era diferente. Lwendo pensó en el muro de silencio que había levantado la gente de Kakiri y llegó a la conclusión de que si detenía a ese hombre lo más probable era que las investigaciones se eternizaran. Pidió un par de miles de dólares y se los dieron. Habíamos sobrepasado ciertos límites y ya no podíamos volvernos atrás.

Nunca antes me había sentido tan vulnerable como cuando salimos de ese edificio. Sentía un hormigueo en la espalda. Si alguien tropezaba conmigo esperaba encontrarme con la fría hoja de un cuchillo entre las costillas. Puesto que era la hora del almuerzo había mucha actividad en la calle. Pasaban hombres con cazuelas de carne y pescado para las mujeres que vendían comida a los comerciantes y los trabajadores. ¿Y si alguien volcaba sobre nosotros el hirviente contenido de esas cazuelas y se largaba con nuestro dinero? Dado el caos que nos rodeaba hubiese sido muy fácil. ¿Cómo no se le habría ocurrido a nadie? En la calle Luwum, que por un extremo desembocaba en la parada de taxis y, por el otro, en la mezquita y el estadio de Nakivubo, dijo Lwendo:

—Por eso insistí en trabajar contigo. Nunca puedes hacer tratos como éste con gente en la que no confías por completo. ¿Has reparado en lo fácil que es amenazar a alguien?

Reí y me dio una palmada en la espalda.

—Éste es el principio del fin de mi estancia en el ejército —añadió alegremente.

—Si nuestra suerte continúa —puntualicé con prudencia.

—Continuará, no te preocupes.

Quedó establecido el modelo: denunciaríamos dos de cada tres casos que nos asignaran; en cuanto al tercero, nos embolsaríamos el dinero. ¿Sabría el Padre lo que estábamos haciendo? Nunca me enteré. Pero debió de ser muy cándido para creer que éramos ángeles, sobre todo cuando, según el informe gubernamental, la corrupción en las altas esferas estaba desapareciendo pero aún era habitual en los niveles más bajos. Las brigadas políticas —de las que Lwendo no formaba parte—, a las que se había encomendado luchar contra la corrupción policial, tenían poco éxito. Muchos de sus miembros hacían lo mismo que Lwendo y se llenaban los bolsillos.

No supuso una sorpresa el que, cuando todo iba sobre ruedas, se introdujeran cambios inesperados. Casi todo el personal de la Oficina de Reconstrucción fue trasladado. Contrataron a gente nueva, y nosotros resultamos de los pocos que consiguieron quedarse.

Durante una temporada nuestros «negocios» menguaron. Volvimos a hacer esos viajes fatigosos a lugares ignotos en la trasera de camiones medio destartalados y en autobuses repletos. Uno de los peores nos llevó a Mubende, a cien kilómetros de la ciudad. Los cuarenta primeros kilómetros fueron sobre carreteras pavimentadas, los sesenta últimos sobre caminos que desaparecían cada vez que llovía. En un punto determinado, un camión había derrapado y había quedado atascado en el barro, mientras otro, al tratar de esquivarlo, había ido a parar a las arenas movedizas que se extendían más allá del arcén. La carga del segundo vehículo había sido depositada en el medio de lo que quedaba de carretera, de modo que no podíamos pasar. Tratamos de que nos llevaran de regreso a Mityana, pero era tarde y no había forma de conseguir transporte. Pasamos la noche en el autobús, medio muertos de hambre y frío, esperando una grúa.

El caso que nos ocupaba tenía que ver con la misteriosa desaparición de una partida de planchas de acero. Suponíamos que habían sido vendidas en Mityana que, por ser una pequeña ciudad en rápido crecimiento, atraía a toda clase de gentuza. El Padre se había tomado particularmente a pecho este caso porque conocía bien la región, había trabajado algunos años en ella como sacerdote y durante un corto período había sido representante de la guerrilla en esa ciudad. Insistía en que el asunto se investigara a fondo.

A esas alturas ya sabíamos que era probable que la mafia estuviese implicada. La cantidad de contactos mafiosos en el gobierno y el ejército con actividades similares a las de Lwendo aumentaba sin cesar.

Finalmente seguimos camino hacia Mubende, donde descubrimos que, en efecto, las mercancías habían sido vendidas en Mityana, adonde regresamos a toda prisa. Allí conseguimos detener a dos hombres, quienes, por increíble que parezca, no pidieron clemencia ni nos amenazaron. ¿Cuál era el secreto? ¿Se trataba de puro estoicismo o estaban convencidos de que ya nos ajustarían las cuentas más tarde?

—Esto no me gusta nada —le dije a Lwendo, que encendía un cigarrillo tras otro.

Ahí estábamos, en esa ciudad extraña, en un pequeño restaurante que aún olía a pintura, mientras fuera había gente que se proponía sacarnos de en medio.

—No te inquietes —me tranquilizó, seguro de sí, como si fuera a prueba de balas—. Nadie nos hará daño.

—¿Cómo volveremos?

—En taxi —respondió en tono de suficiencia.

—¿Por qué no usamos un coche del gobierno en estas misiones?

—Porque nos delataría.

Miré hacia fuera: Mityana era una población dinámica. Por todas partes se alzaban construcciones nuevas. Hombres con el torso desnudo subían escaleras llevando artesas de cemento en las manos. Las panzas redondas de las hormigoneras giraban sin parar y las voces de los contratistas sonaban acaloradas e impacientes. Camiones y autobuses, furgonetas repletas de personas y mercancías iban de un lado a otro. Hordas de compradores procedentes de Mubende y los pueblos de los alrededores invadían la ciudad. En el horizonte se divisaba el lago de Wamala. La tranquilidad de sus aguas plateadas no consiguió aplacar mis nervios.

Para llegar a ese lugar había que atravesar bosques espesos y praderas vastísimas. El ejército había perdido allí muchos efectivos. ¿Conseguiríamos nosotros salir sanos y salvos?

—Ánimo, hombre —dijo Lwendo—. Esta vez no podemos dejar escapar a esos cabrones. No faltarán ocasiones de sacar tajada.

—¿Es dinero peligroso?

—De eso se trata: del desafío que implica.

A las tres todo estaba resuelto. En cuanto la policía, que retendría a los hombres hasta que viniera a buscarlos la brigada contra el fraude, nos hubo entregado los papeles, nos dispusimos a marchar. Sabíamos que rodarían algunas cabezas en los comités locales de la Oficina de Reconstrucción, y en la mismísima Kampala. Subimos a un microbús e iniciamos el viaje de regreso a la capital.

Atravesamos bosques tan densos que el follaje ocultaba la luz del sol y pasamos por delante de caseríos con tenderetes de frutas y pequeños edificios en ruinas, algunos de los cuales no hacía tanto que habían sido usados como salas de tortura por el ejército. Nos adentramos en las montañas y descendimos por una pendiente escarpada. A medio camino oímos una explosión muy fuerte. De pronto el microbús volcó y dio varias vueltas de campana hasta que se detuvo al pie de la pendiente. Yo estaba aturdido. Me había golpeado la cabeza contra el respaldo de un asiento y tenía un corte en el brazo izquierdo. A Lwendo le dolían el tórax y la pierna derecha, pero no parecía herido. Algunas personas habían sido alcanzadas por los cristales rotos y se quejaban tiradas en la hierba o llamaban a sus seres queridos. Una de ellas no dejó de dar la lata con su monedero, hasta que cayó al suelo y cerró la boca. Otros se agitaban, cubiertos de sangre, o emitían leves gemidos para hacer saber que seguían con vida.

Yo no tenía miedo, siempre había esperado que ocurriera algo como aquello, y ahora que, efectivamente, había ocurrido, me sentí aliviado. Lwendo, el chófer y unos pocos supervivientes más prestaron los primeros auxilios. Seguí preguntándome si había sido un accidente o un aviso. Un camión que se dirigía a Kampala acudió en nuestra ayuda. Lwendo y yo nos negamos a ser trasladados al hospital. Nos hicimos examinar en una pequeña clínica particular por un médico a quien Lwendo conocía.

—Sólo ha sido un accidente. Si hubiesen tenido malas intenciones habrían acabado con todos.

—A lo mejor querían que pareciera un accidente —señalé.

—No era necesario.

Estuve un par de semanas sin trabajar, durante las cuales traté de explicarme la razón del accidente. ¿Habían disparado contra nosotros o sólo había estallado un neumático? De repente ya no me sentí tan temerario. Se me presentó la posibilidad de trabajar nuevamente para la tía Lwandeka, quien necesitaba que alguien le llevara los negocios: había planeado fabricar aceite de cocina a base de semillas de algodón. El banco ya había dado el visto bueno al proyecto y le había ofrecido un crédito.

Después del accidente, Lwendo comenzó a pedir cada vez más dinero por los sobornos. Se daba cuenta de que aquello no podía durar mucho, al menos si pretendíamos seguir con vida. Yo valoraba su lógica. La codicia y la corrupción no nos necesitaban para nada. Era más sensato dar otro golpe y después dejarlo. También influyó en esta decisión el que la novia de Lwendo lo presionara para que llevase una vida más tranquila. En el fondo, Lwendo no había cambiado nada desde la época de sor Bisonte, y su amiga quería echarle el lazo cuanto antes. De todos modos, si bien era cierto que muchas mujeres se acercaban a nosotros atraídas por el olor del dinero, a causa de nuestra existencia errante Lwendo no había tenido ocasión de intimar con ninguna.

El asunto con el que íbamos a dar nuestro último golpe estaba relacionado con el cemento y era resultado de la ambiciosa promesa del gobierno de reparar todas las carreteras y construir puentes sobre todos los ríos de la región arrasada por la guerra. Para empezar, había que reconstruir aquellos puentes destruidos por la guerrilla. Para esta misión tuve que hacer acopio de todo mi valor, porque debería visitar mi aldea natal, de la que ya sabía que había sido borrada del mapa.

Durante la guerra civil, los guerrilleros habían tendido una emboscada a las fuerzas gubernamentales justo en el lugar adonde había ido a parar el taxista que debía llevar a Candado al hospital de Ndere, en el que nacería yo. En una maniobra de distracción, los guerrilleros atacaron los cuarteles más cercanos. El ejército llevó a cabo operaciones de rastreo, pero sólo consiguió atrapar a algunos civiles, que no sirvieron de mucho, ni aun cuando los torturaron.

Ya en los primeros momentos de la lucha había quedado claro que el ejército nunca tomaba la iniciativa, e incluso cuando parecía hacerlo, sólo se trataba de una reacción a un ataque previo de la guerrilla. En muchos lugares los bombardeos no habían servido de nada. Ninguna redada había dado como resultado la detención de una figura importante del movimiento insurgente. El ejército se desesperaba cada vez más y tenía gran necesidad de un estímulo moral.

Un día, los guerrilleros atacaron un convoy de camiones del ejército cerca de Mpande Hill, después de lo cual se ocultaron entre los matorrales. Lo hicieron varias veces y enviaron informes por radio en los que decían que habían conquistado una zona triangular, cada uno de cuyos lados medía unos doce kilómetros, entre el cuartel de los borrachos, Mpande Hill y Ndere. El ejército, que creía haber interceptado una información vital, hizo planes para realizar una gran ofensiva en la región.

Fueron enviados seis camiones llenos de soldados, al mando de un coronel, así como Jeeps provistos de ametralladoras. Eso fue en la época de los *katiushas*. Cuando todos los vehículos estuvieron en fila a lo largo de un kilómetro en el terreno pantanoso, con Mpande Hill, inaccesible, al fondo, se desató un infierno. Los vehículos de los extremos estallaron y los demás quedaron atrapados sin posibilidad de avanzar ni retroceder; la idea de permanecer muy juntos se reveló catastrófica. Los lanzacohetes volaron por los aires uno tras otro, y los soldados que sobrevivieron a la explosiones recibieron una lluvia de plomo y fuego. El ejército perdió en un solo día doscientos quince soldados en ese lugar funesto, y se produjeron muchos heridos. Los guerrilleros sufrieron pocas víctimas. Acertaron a retirarse a tiempo hacia la selva cercana a través del pantano.

Pocas horas más tarde, mientras los camiones quemados del ejército permanecían volcados en la carretera o en el pantano y los cadáveres se hinchaban al sol o flotaban en el agua, entre los papiros, llegaron helicópteros artillados. Se emplazaron lanzacohetes en las dos colinas y dio comienzo el contraataque. Pero los guerrilleros ya habían huido, pues no querían enfrentamientos directos con unas fuerzas que los superaban en número y armamento. Casi todos los habitantes de la región habían escapado también. Los helicópteros y los *katiushas* arrasaron la zona: cayeron bombas en el bosque, en los ríos, en el valle, en las casas... La temperatura del agua de los pantanos subió hasta el punto de matar peces, ranas, tábanos, mosquitos y achicharrar las cañas de papiro, que adquirieron un espantoso color amarillo; una manada de hipopótamos que habitaba el extremo del río se vio obligada a emigrar. Si no hubieran apuntado tan mal, no habría quedado un solo edificio en pie en un radio de diez kilómetros.

Unos días después, cuando de la selva y las casas en ruinas todavía se elevaban columnas de humo, el ejército llevó a cabo operaciones de limpieza para atrapar a los guerrilleros que hubieran sobrevivido al bombardeo pero no hubiesen logrado huir. Algunos ancianos que se habían negado a marchar, con la esperanza de que, daba su edad, los dejasen en paz, fueron atados con el famoso nudo *kandooya*, un lazo triangular que inmovilizaba los codos. No pudieron proporcionar información alguna, y murieron asesinados. A los civiles que habían resultado heridos durante el bombardeo los arrojaron desde los tejados. Todo lo que podía joderse fue jodido y a continuación asesinado. El ejército se llevó cuanto había quedado en pie, incluidas puertas, ventanas y planchas de hierro onduladas. Así desapareció sin dejar rastro la aldea de mi infancia.

La destrucción alcanzó su punto culminante en la parroquia de

Ndere Hill. Si no hubiera costado tanto llevarse el campanario, lo habrían desmontado íntegramente. Pero no les apetecía pegarse un porrazo contra el suelo de hormigón, como le había ocurrido a su constructor, el difunto padre Roulet-Lule. De modo que dispararon unos cuantos proyectiles contra él hasta que quedó reducido a escombros. Volaron el tejado de la iglesia y vaciaron la rectoría y los edificios escolares, cuyo mobiliario sirvió para alimentar los fuegos de campamentos durante las semanas que duró la ocupación. Como los soldados eran amantes de las parrilladas, buscaron animales para asar. Fue por esa época también cuando saquearon el seminario, y hasta el pastor alemán del padre Lageau acabó sirviendo de almuerzo.

En lo que sería el último día de la operación capturaron a un sacerdote que se había escondido en el bosque. Lo colgaron por los pies, junto con un catequista, de las vigas carbonizadas de la rectoría. Saliva, sangre y masa encefálica gotearon de sus cabezas, hasta que murieron. Después, los pájaros les arrancaron los ojos.

Los bombardeos intensivos siempre iban seguidos de chaparrones. La lluvia, envenenada con la sed de venganza de los muertos, cayó en los pantanos, que se desbordaron, inundando las regiones vecinas. Los cimientos de las casas se hundieron en el terreno anegado. Todo el lodo fue arrastrado en olas hirvientes de furia indómita hacia los pies de Mpande Hill, y con él la historia de mi aldea. El trueno y el rayo destruyeron, junto con la lluvia incesante, lo que aún quedaba de las fincas. Finalmente, el taro cubrió los patios, los cementerios, las ruinas.

Cuando fuimos a comprobar si se necesitaban acueductos para los omnipotentes pantanos de Mpande Hill, mi aldea natal ya no existía, su recuerdo se había convertido en un fango oscuro que bajaba por las laderas de ambas colinas. La casa del abuelo y el cementerio familiar habían desaparecido, al igual que la casa de soltero de Serenity, la espléndida vivienda de Stefano y los «restaurantes», «casinos» y «supermercados» de la aldea nueva. Mi árbol favorito tampoco existía; las bombas lo habían talado. Muy pocos de los antiguos habitantes habían regresado al lugar.

La tía Tiida y la tía Nakatu habían ido para intentar salvar algo como recuerdo de su lugar de nacimiento, pero al constatar con pesadumbre lo perecedero que había resultado aquello que se prometía eterno, habían regresado de inmediato a la seguridad de sus casas. Serenity también había ido para ver con sus propios ojos las consecuencias de la historia y la guerra y si se hallaba en situación de poner alguna clase de remedio. También se había cubierto el rostro con las manos y había huido: el que su vengativo sueño de juventud se hubiera hecho realidad lo llenaba de horror. La casa de sus pesadillas había desaparecido. Las tierras del clan y sus administradores, también. Su misma casa de soltero, con todos los recuerdos de sus conquistas, se había desvanecido. En el camino de regreso pasó por el lugar donde había vivido el Violinista. Apenas fue capaz de reconocer el antiguo el refugio de su infancia. Comprendió de pronto por qué la ciudad y los arrabales rebosaban de gente que, a pesar de las difíciles condiciones de vida, no hacía caso del llamamiento del gobierno de volver a su región natal. Muchos de los miembros de su sindicato pertenecían a esa categoría de personas.

En aquella asolada región resultaba muy fácil robar unos cuantos camiones cargados de cemento destinado a los acueductos. El Comité de Reconstrucción era débil, ya que la población había sido diezmada; muchos de sus miembros eran casi analfabetos, y los que ostentaban la condición de honorarios se perdían en un laberinto de cálculos matemáticos. Según el albarán del almacén se habían enviado diez partidas de cemento. Sólo habían llegado cinco. En el pantano de Mpande Hill se estaban construyendo acueductos con mucho menos cemento del necesario para ello. La manera de operar de los ladrones seguía el viejo patrón, salvo que la codicia del sindicato había aumentado. Aquello me enfurecía, y Lwendo comprendía muy bien por qué.

—Si los pillamos, no tendremos ni un ápice de piedad con ellos —dije.

Al principio se mostró de acuerdo conmigo, pero pronto cayó en la cuenta de que probablemente ésa sería nuestra última ocasión. Al cabo de pocos días me lo dio a entender.

—No exageres. Te estás dejando llevar por las emociones.

—¿Qué quieres decir? Mi aldea ha sido borrada del mapa. ¿Pretendes que permanezca mano sobre mano?

—No me refiero a eso.

—¿A qué, entonces? ¡Maldita sea!

—A que quizá consigamos dar nuestro gran golpe. Sabes muy bien que no podemos seguir con este asunto para siempre. Tal vez no se presente otra oportunidad. La destrucción de la aldea y la desaparición de los camiones es un presagio. Tú eres la aldea. Ella pervivirá en ti y de todos modos, nadie encontrará ese cemento ni echará el guante a los criminales. Es mejor birlar lo máximo posible y largarnos que dejar que cualquier policía se gaste el dinero en bebida y putas.

—No, esta vez no —objeté.

—Sí, esta vez sí —replicó.

Nuestro contacto en Radio Uganda reclamaba una comisión mucho mayor porque, argumentaba, había encontrado ante la puerta de su casa cartas amenazadoras, ratas muertas, lagartos decapitados y otros objetos poco tranquilizadores. Cuando nos hubo indicado a quién debíamos buscar, Lwendo requisó un Jeep y un fusil y nos fuimos a Jinja Road, detrás del edificio de la emisora.

Se trataba de un bungaló fabuloso, oculto tras un seto, con vistas al extenso campo de golf de Kololo Hill. Nuestro hombre estaba en casa; era inteligente, menudo, elegante, y a principios de los ochenta había ganado una fortuna con especulaciones monetarias. Resultaba llamativo lo normales que parecían esos criminales de guante blanco. Aquél habría podido pasar por un profesor del Sam Igat Memorial College. Aunque delgado, era dueño de unos almacenes en Kikuubo y tenía relaciones comerciales en Londres y Dubai.

Nos dio lo que queríamos sin protestar demasiado. Resultó sospechosamente fácil.

Tras recibir el dinero desaparecimos de la circulación por una temporada, durante la cual hice balance de mi situación. Pasara lo que pase, no me apetecía volver al SIMC. Decidí actuar con prudencia y llevarle la contabilidad a la tía Lwandeka mientras reflexionaba acerca de mi futuro. ¿Y si emprendía un viaje? Sí, pero ¿adónde? Al extranjero, por ejemplo; muchos jóvenes marchaban a Inglaterra, Suecia, Estados Unidos o Alemania, en la esperanza de ganar allí dinero suficiente para comprarse una casa y un coche. El truco consistía en solicitar asilo político, porque era el único modo de asegurarse el derecho a quedarse en Occidente. La idea de imitar a esa gente no me seducía, como así tampoco las humillaciones por las que había que pasar en los centros de refugiados. Quizá pudiera ir como turista.

El hombre a quien habíamos extorsionado no era tonto. Fue con el soplo a sus cómplices situados en las altas esferas, y las noticias no tardaron en llegar al Padre. Éste llamó a Lwendo a su despacho y, como un padre a su vástago descarriado, le manifestó su profunda decepción. Dijo que tenía grandes planes para él y que no comprendía por qué había cedido a la tentación de la estafa y la corrupción. Como un hijo pródigo, Lwendo agachó la cabeza con expresión compungida. El Padre, un hombre de pocas palabras que conocía bien la tentación del dinero, añadió que no lo haría encarcelar. En lugar de ello lo trasladaría al norte para que colaborase en las tareas de reconstrucción. En otras palabras: Lwendo era arrancado del paraíso y enviado a la durísima realidad. Pensando ya en la fuga, aceptó el castigo con simulada resignación. Porque, en efecto, era del paraíso de donde lo desterraban. En el sur resultaba fácil olvidar los combates que tenían lugar en el norte, donde los guerrilleros partidarios del depuesto presidente Obote se negaban a aceptar que el ejército hubiera conquistado la parte septentrional del país y aún resistían. Trataban de amotinar a la población, y si no lo conseguían atacaban las aldeas y aterrorizaban a sus habitantes. Buenos conocedores del terreno, se desplazaban por él con rapidez, hacían la mayor cantidad de daño posible y desaparecían antes de que se presentara el ejército. No dejaba de ser irónico que los sureños, después de librar una guerra de guerrillas contra un gobierno dominado por los norteños, se hallaran de pronto en una situación tan precaria. Al igual que los norteños se habían sentido inseguros y temerosos en los pantanos y selvas del sur, los sureños no sabían qué les pasaría en las inhóspitas llanuras infestadas de escurridizos combatientes. No obstante, a diferencia de lo que habían hecho los hombres de Obote, ellos no podían torturar a los civiles, y si se los sorprendía violando o saqueando eran fusilados de inmediato, práctica contra la que protestaban las organizaciones de derechos humanos. El gobierno, sin embargo, seguía en sus trece, y si un soldado se comportaba como lo habían hecho los de Obote en el Triángulo de Luwero, se arriesgaba a que lo condenasen a muerte.

Lwendo se estremecía cuando consideraba los peligros de trabajar en lo que, de hecho, era una zona de guerra. Había tenido suerte en el conflicto anterior, pero ¿seguiría teniéndola en el norte, una región que desconocía y temía? Lo que más miedo le daba era la posibilidad de una emboscada. Se imaginaba a bordo de un Jeep de la Oficina de Reconstrucción; el vehículo pisaría una mina, volaría por los aires y él perdería los brazos y las piernas. La idea de que podía quedar inválido para el resto de su vida lo sumía en la más profunda desesperación.

En su calidad de representante del gobierno tendría que hacer un esfuerzo por acercarse a la gente, pues las autoridades querían ganarse el apoyo de los norteños para que no pareciese que la mayoría de los miembros de las fuerzas de ocupación procedían del sur.

Lwendo me habló de su destierro y me pidió consejo. En mi opinión no lo necesitaba; sólo deseaba oír el eco de su voz en la mía.

—¿Has aceptado ir? —le pregunté.

—Un soldado debe obedecer.

—Pues no tiene que hacerlo si abandona el ejército.

—Me lo estoy rumiando, pero mientras tanto debo hacer como si estuviera disponible para trasladarme al norte.

—Es espantoso, ¿no? —dije intentando sonar gracioso.

—No me gustaría estar entre los chicos que luchan allí. El ejército los trata con extraordinaria severidad porque teme que se venguen en los civiles inocentes. Yo creía que ya me encontraba a salvo de toda esa mierda, y ahora ese cabrón me envía derechito al infierno.

Sacudí la cabeza con expresión de pesadumbre.

—Quiero que hagas algo por mí —añadió, mirándome fijamente. Hacía una semana que no se afeitaba y su aspecto resultaba francamente siniestro.

—¿Sí? —repuse sin demasiada alegría, pensando que me pediría que le pagase por todo el dinero que me había hecho ganar.

—Quisiera que me acompañaras al norte para ayudarme a analizar la situación.

—¿Te has vuelto loco? ¿Quieres verme muerto?

La probabilidad de que una mina se cruzase en el camino de nuestro vehículo era enorme. Antiguos partidarios de Obote, a quienes las privaciones y las ansias de desquite habían hecho aún más crueles, no paraban de atacar a la gente. Repasé mentalmente el mapa del norte de Uganda. Una cosa era saber los nombres de las ciudades y los productos que daba la región, y otra muy distinta conocer de verdad aquella tierra misteriosa. Más allá del lago Kyoga y el Nilo, cada matorral parecía estar lleno de guerrilleros y bandoleros.

—¿Quieres verme muerto? —repetí.

Lwendo rió a carcajadas de un modo extraño. O estaba disfrutando con todo aquello o tenía miedo de que yo lo decepcionara.

—¿Por qué temes tanto a la muerte? —preguntó.

—Llevo años eludiéndola —respondí—, ¿por qué habría de ir ahora a buscarla allí?

—No será para tanto. Casi todo el norte vuelve a estar tranquilo, salvo algunos focos de resistencia. Los combates se reducen a un par de regiones, como ocurría aquí en la década de los ochenta. Por lo demás, la vida transcurre de forma más o menos normal. —Lo decía para tranquilizarse a sí mismo, no a mí. De pronto sentí que no había elección, pero no por una cuestión de lealtad, sino porque de un modo que no atinaba a comprender Lwendo me tenía cautivado. Y la verdad era que no temía a la muerte, sino al dolor que pudiera precederla.

Al cabo de una semana estábamos en camino. No le dije a la tía Lwandeka adónde iba. Ella supuso que nos dirigíamos a alguna zona catastrófica a estimar los daños. Viajamos en un coche del ministerio que formaba parte de un convoy que transportaba provisiones para el norte. Nos habían adjudicado una escolta militar compuesta por cuatro muchachos de unos diecisiete años. Iban armados con fusiles AK-47, los cuales me recordaron mi encuentro nocturno con la Trinidad Infernal. Era la primera vez que asociaba directamente el ataque de que había sido objeto años atrás por parte de ésta con esos instrumentos ubicuos. Miré los cargadores curvos, los cañones estrechos y la lustrosa madera de las culatas, y pensé en el poder que confería apretar el gatillo de semejante arma. El precio era demasiado alto para resultar seductor. Mientras observaba a aquellos muchachos, que tenían la edad de los alumnos del SIMC, me pregunté a cuántas personas habrían liquidado y qué les depararía el futuro. ¿Pensarían en la gente a la que habían matado? ¿Qué efecto tendría este hecho en sus vidas? ¿Se convertirían en asesinos compulsivos? Por su aspecto, debían de considerarse capaces de inutilizar una mina antipersona meándose en ella. ¿Qué significaría todo eso para ellos más adelante? Calculé que en el momento de unirse a la guerrilla debían de tener unos trece años. Habían crecido en el monte. ¿Cómo se habían adaptado a la rutina del cuartel? Disfrutaban del poder que tenían, incluso se jactaban de él. Les habían hecho muchas promesas, pero ¿qué ocurriría si no se cumplían? Temía más a esos soldados niños que a sus camaradas adultos. Éstos parecían sobornables, algo más conscientes de los problemas de la vida: todo era negociable si había algo que ofrecer a cambio. Pero esos chicos tenían pinta de ser adictos a las órdenes.

Pensé en mí mismo a la edad en que esos chicos habían comenzado a combatir, cuando vivía atormentado por el despotismo de Candado y Serenity. Si se hubiera presentado la ocasión o las circunstancias hubiesen sido las adecuadas para enrolarme en el ejército, lo habría hecho. ¿Qué habría sido de mí entonces? Seguramente tendría unos cuantos cadáveres a las espaldas. Debía considerarme afortunado por no haber llegado tan lejos, ya que si hubiese dispuesto del poder suficiente, probablemente habría matado a unas cuantas Candados mientras la verdadera Candado comía, respiraba y criaba a sus cagones en la pagoda. Aunque, pensándolo bien, sí que la habría torturado hasta matarla, disfrutando de cada segundo. Puf...

En nuestro coche no se hablaba mucho. Lwendo quería mantenerse claramente distanciado de aquellos soldados niños, y en su opinión yo debía imitarlo.

—No merece la pena —decía—. En el ejército, si llegado el momento a un amigo tuyo le ordenaran matarte, obedecería sin pensárselo dos veces.

Los demás ocupantes del vehículo también preferían mantenerse callados. Temían al norte tanto como nosotros, y trataban de convencerse de que todo era producto de su imaginación. Nos hallábamos en el Triángulo de Luwero, avanzando por la famosa carretera de Gulu, la ruta de huida de los norteños durante el régimen de Amin y los dos gobiernos de Obote. Nunca había estado en esa región. Me sentía excitado de un modo extraño. Paramos varias veces para mear y comprar plátanos, mazorcas de maíz asadas, batatas y zumo de frutas en los tenderetes que había a los costados de la carretera.

A la altura de Masindi, aproximadamente en el centro del país, donde los viejos reinos meridionales y los pueblos septentrionales entraron en contacto durante los siglos XVII y XVIII, empecé a tener la sensación de que me encontraba en territorio extraño. De hecho, me sentía como un rebelde sureño en alguna misteriosa misión. Hasta allí habían llegado hacia finales de siglo nuestros antepasados para apoyar el régimen colonial británico. En ese momento nos disponíamos a comprobar si el norte y el sur serían capaces de convivir tras todo lo que había ocurrido. El distrito de Lango sólo estaba una llanura, un río más allá. Su hijo más famoso, Milton Obote, había pedido asilo en un país extraño, lejos de todos los problemas que había causado a Uganda. Casi treinta años antes había dejado esa región agreste, se había instalado en el sur como un agresor racial y por medio de un sistema político manipulador, basado en malentendidos, arrogancia y necedad, había conseguido el mayor trofeo: hacerse con el liderazgo de la nación. Ahora había colgado las botas y el fusil y dejado al pueblo librado a su suerte. Me pregunté qué había hecho por los norteños. En realidad, no mucho. Como el criminal curtido que era, se había preocupado sobre todo por alcanzar su propio objetivo.

El omnipresente verde meridional dio paso a una tierra árida, cubierta de ocasionales hierbajos y árboles esmirriados, y, en lo alto, el cielo infinito. Hacía muchísimo calor, y sólo de mirar la tierra yerma uno creía que moriría de sed. El sol caía a plomo concentrando su fuego en la tierra y las gentes. El viento recogía el polvo y lo dispersaba en remolinos en apariencia caprichosos. Aquélla era una tierra en la que había que luchar constantemente por la comida, el agua y la vida.

Vivimos momentos angustiosos cuando uno de los coches del convoy sufrió una avería. No fue nada serio, pero todo el mundo estaba nervioso mientras lo reparaban, como si los salteadores de caminos fueran a aparecer en cualquier momento como surgidos de la nada para atacarnos. De pronto, los soldados niños ya no me parecieron tan seguros de sí mismos. Observé que Lwendo miraba nerviosamente alrededor, como si el lugar estuviese infestado de vampiros.

Por fin llegamos a la ciudad de Lira. Era como si hubiéramos caído del cielo. Aunque parecía alzarse en medio de la nada, no se diferenciaba demasiado de cualquier otra ciudad africana: la misma escasez de servicios, los mismos edificios bajos, el mismo cielo abierto, idéntico caos alegre. En comparación, Kampala, era, con todos sus defectos, un paraíso. Al igual que en cualquier otra zona en guerra, había una presencia constante del ejército, y se nos indicó que no debíamos salir de noche. Los soldados trataban de mostrarse relajados y contener sus tendencias paranoicas. El sentimiento de desamparo e indefensión era abrumador. Después de nuestros bosques y nuestra vegetación exuberante, allí uno se sentía a merced de fuerzas desconocidas, a lo que contribuía la multitud de desplazados que pululaban por las calles de la ciudad. La expresión de cansancio y azoramiento de sus rostros hacía que uno se diera cuenta de que el peligro acechaba, listo para saltar sobre nosotros de un momento a otro.

Una parte de nuestro convoy se adentró en el distrito de Acholi, desde donde se dirigiría a Gulu, su destino final. A la mañana siguiente lo observamos marchar, contentos de no ir con él.

Lwendo desconfiaba de la población local, que debía luchar muy duro para su subsistencia. Los desplazados lo ponían nervioso. Temía que le dispararan, aunque no tenían armas, ni siquiera una lanza o un *panga*. Le inquietaba la posibilidad de que entre ellos hubiese simpatizantes de los rebeldes dispuestos a delatarnos, para riesgo de nuestra vida. Estaba claro que a los soldados no les pagaban por pensar, y Lwendo, que de pronto no paraba de hacerlo, sufría horribles pesadillas. Los funcionarios locales que se dedicaban a la reconstrucción hablaban inglés y compartieron con nosotros la información relacionada con aquellos lugares donde se necesitaba ayuda y la gente era amable y razonable. Les interesaba mantenerse en buenos términos con otros funcionarios por si llegado el caso necesitaban de éstos alguna clase de ayuda. Yo confiaba en ellos; Lwendo no. Por la noche me habló de las trincheras donde había dormido.

—Todo se convertía en un único y enorme coño en el que nos hundíamos con un tirón en la entrepierna.

—¿Qué hacíais entonces? —pregunté con curiosidad. Mi amigo solía ser muy parco en lo que a sus experiencias de soldado se refería.

—Pues follarnos todo lo que tuviese coño —respondió, y soltó una sonora carcajada.

—¿Todo?

—Estás tan salido que crees que te volverás loco —dijo, mordiéndose el labio inferior con expresión pensativa—. La hembra más fea te parece una diosa surgida de un sueño erótico. Algunos eran capaces de tirarse un perro, te lo aseguro.

Reímos. Nos dimos palmaditas mutuamente en los hombros.

—Alguien que no sea soldado nunca podría entenderlo. Estallas en mil pedazos y en cuestión de segundos reúnes todas las piezas de nuevo.

—¿Te producía alguna sensación particular?

—Pues la de haber hecho en un instante un viaje de ida y vuelta al infierno. Un viaje por el tiempo, o algo mágico por el estilo. Me sentía muy importante, un ser... especial.

—Y cuando...

—Oh, entrar en combate era un pálido reflejo de eso. Esperabas, tenías miedo, y entonces llegaba el momento. Es una especie de anticlímax, ¿sabes? y no ves la hora de que se repita: el miedo terrible, ese ardor en las ingles, y la frustración de disparar y dar en el blanco. Pegarle a alguien es mucho más satisfactorio, físicamente, quiero decir. Lo que me ha quedado más grabado es el humo de la pólvora y el fragor de las explosiones.

Bien. ¿Podía preguntarle, dado el rumbo que había tomado la conversación, a cuántas personas había matado y dónde? Advirtió que lo estudiaba disimuladamente y comprendió que estaba evaluándolo, situándolo un poco más arriba o abajo en mi escala mental, comparando sus palabras con las de otros cuyos relatos había oído antes. Se echó a reír a carcajadas. Por un instante creí que me lo diría sin necesidad de que se lo preguntara, pero no fue así, y no conseguí encontrar la manera de planteárselo sin sonar impertinente. También estaba protegiéndome a mí mismo. No quería que, si se enfadaba, me sorprendiese mirándolo y pensando: «Ha matado a muchas personas, podría perder la chaveta y dejarme seco a mí también.»

El viaje de regreso fue menos angustiador, pues en cierto modo el paisaje se nos había hecho familiar. Lwendo ya había decidido abandonar el ejército. Sobornaría a un médico militar y pediría la baja por razones de salud. Tenía antecedentes de trastornos gástricos y hemorroides. Lo primero podía desembocar en una úlcera; lo último, en serias hemorragias que exigían una operación urgente.

Desde el final de la guerra se había extendido una enfermedad misteriosa por la que la gente se quedaba en los huesos antes de morir. A juzgar por el modo en que se manifestaba —fiebre alta, erupciones, ampollas— parecía cosa de brujería. Muchos fueron a consultar al Vicario y otros curanderos. Había comenzado en el suroeste de Uganda, en el apartado distrito de Rakai, a unos cincuenta kilómetros de Masaka. Se decía que era obra de un hechizo realizado por los contrabandistas tanzanos en venganza contra sus homólogos ugandeses, cuando en las décadas de los setenta y ochenta las bandas de traficantes campaban a sus anchas en las regiones pantanosas. Puesto que en el mundo de los negocios abundaban los odios y rencillas, y a falta de una explicación mejor, mucha gente tenía por buena esa teoría; pero ¿qué ocurría entonces con toda la gente que estaba muriendo en la ciudad?

No pasó mucho tiempo antes de que a la enfermedad se le adjudicase un nombre científico, pero nosotros seguimos llamándola «delgadez». Arrojaba nueva luz sobre la creencia según la cual a toda guerra la seguía siempre otra catástrofe. Después de la Primera Guerra Mundial, por ejemplo, se produjo la epidemia de gripe española. La «delgadez» venía a ser nuestra versión de ésta, más cruel si cabe. Consumía lentamente a la gente más productiva y cargaba a los ancianos con la responsabilidad de criar a sus nietos huérfanos. Afectaba el corazón de la sociedad y tensaba al máximo los ya de por sí tirantes lazos familiares. Hacía temblar las ciudades, pues abortaba su desarrollo, y acababa con las esperanzas de las aldeas. Aquéllas experimentaban un dolor imposible de mitigar, en tanto que éstas sentían náuseas debido a la peste de semejante diarrea.

Al principio, la mayoría de las víctimas de la «delgadez» fueron desconocidos, hasta que finalmente una serie de desgracias de una virulencia apocalíptica se cebó en el hogar del tío Kawayida. Todos nos quedamos de piedra, en particular yo, que admiraba a aquel hombre por su capacidad de convertir, como por arte de magia, las cosas más banales en las maravillosas historias que me contaba en mi infancia.

Resultaba curioso que su calvario pareciera estar relacionado con la partida y el regreso de los asiáticos: cuando éstos se marcharon, él se enriqueció; cuando empezaron a volver, él comenzó a irse al traste.

El tío Kawayida fue el primer descendiente del abuelo que tuvo coche. Siempre había poseído instinto para los negocios. De chico vendía plátanos, caña de azúcar, tortitas y huevos duros en la escuela. Cuando había una celebración especial o un campeonato de fútbol o atletismo, llevaba los cacharros de cocina de su madre y ayudaba a ésta a prepararlo todo y venderlo. Sus compañeros de clase le tomaban el pelo y decían que olía a fritanga, pero a él le daba igual: nunca le faltaba dinero.

En resumidas cuentas, había empezado temprano. Cuando Amin llegó al poder, mi tío comprendió que los tiempos iban a cambiar. Vendió su moto —el águila de vientre azul—, le pidió dinero prestado a un amigo y se compró un terreno en Masaka. En la época en que se produjo el éxodo de los asiáticos, recorrió la ciudad en busca de un buen negocio para un hombre de sus aptitudes.

Se conocía a sí mismo y sabía que era capaz de trabajar de firme, siempre que fuese en algo que lo entusiasmara. No se le escapaba que el esfuerzo sería considerable, pero estaba acostumbrado. Buscaba un negocio sencillo, para el que se requiriera una inversión modesta, dirigido al mercado local y con el que se obtuvieran ganancias rápidamente. Se fijó en las tiendas de los asiáticos, y en unas pocas de africanos, y decidió que no tenía ganas de pasarse el día encerrado en un cuchitril mano sobre mano y esperando a que los clientes se dignaran presentarse. Le faltaban, sin embargo, la pericia y el crédito necesarios para mantener abastecida la tienda y estar en condiciones de competir.

Durante sus viajes como revisor de contadores había conocido bien la región. Le impresionaron los asentamientos en los pantanos de Rakai, en particular la pequeña ciudad de Kyotera, que se le antojaba una versión mejorada de su aldea natal. A veces iba allí los fines de semana con algunos amigos, para beber y observar a los camioneros que se detenían camino de Tanzania, Ruanda y Zambia. En ocasiones también se dirigían a Kenia pasando Masaka, Kampala, Jinja, Tororo, Malaba y Mombasa, en la costa del océano Índico. La mayoría de los camioneros eran somalíes o etíopes, hombres delgados, tenaces, que no parecían conscientes de la distancia o el transcurso del tiempo. Semejaban hormigas corriendo de aquí para allá. Pernoctaban en Kyotera, cocinaban, lavaban la ropa, reparaban su vehículo y se ponían nuevamente en marcha. Las mercancías, tanto legales como ilegales, cambiaban de dueño en las fronteras, donde los ugandeses se las vendían a los tanzanos y viceversa.

Debido a que se trataba de una ruta de paso, el tío Kawayida tenía la sensación de que en los pantanos aislados de Kyotera estaba en contacto con el ancho mundo. En los años setenta y ochenta pensó varias veces en asentarse allí y tomar parte en el comercio transfronterizo. Era posible conseguir oro o diamantes procedentes de Zaire o traficar con pescado, ropas, zapatos o joyas; pero en esa época aún no se atrevía a empezar un negocio por su cuenta.

Un día en que regresaba a casa a última hora de la tarde, oyó cloquear a unos pavos en una finca cercana. Le llamó la atención, porque llevaba un tiempo pensando en una granja avícola. Antes de dedicarse a los pollos, probó suerte, pues, con los pavos. Eran las aves domésticas más grandes y estúpidas que conocía. Si se los dejaba sueltos ponían sus huevos en los lugares más insospechados: detrás de un seto o sobre la hierba muy corta, donde ninguna gallina lo haría. Los pavos no sabían cómo proteger sus huevos o a sus pollos. Si uno pretendía ganar dinero con ellos, tenía que encerrarlos en jaulas.

Durante la fiebre de compras que siguió al exilio de los asiáticos, el tío Kawayida adquirió una camioneta a la que su dueño, en un ataque de desesperación, había querido prender fuego. Los amigos de mi tío le dijeron, entre risas, que en la caja sólo cabían dos pavos. Él dejó que rieran. Con su terreno como garantía pidió un préstamo, alquiló un cobertizo, lo llenó de pienso y se marchó a cazar pavos.

Llegado a este punto, apenas si le quedaba dinero, pero le alcanzaba para mantener los bichos vivos durante un año. Instaló comederos y bombillas, de modo que se pasaron el día y la noche comiendo. Mientras estaba en la oficina, su mujer se ocupaba de ellos. Cuando llegaba a casa después del trabajo, limpiaba los comederos, revolvía el serrín para que las cagarrutas se fueran al fondo, daba de comer a los animales y los contemplaba con orgullo.

Para cuando la euforia que siguió a la marcha de los asiáticos se hubo calmado un poco y la gente se peleaba por conseguir una tienda, él vendía pavos. Más tarde, cuando la mayoría de los comerciantes estaban empezando, él ya experimentaba con productos que hacían que las aves aumentaran más rápidamente de peso. Poco después recibió el primer cargamento de pollos.

Los escépticos le advirtieron que los pollitos morían como moscas y eran difíciles de vender, pero él sabía que lo primero solía ocurrir si no se los cuidaba bien o se los vacunaba a tiempo. Cuando llegaron los pollitos pidió un año de excedencia y los vigiló día y noche. Algunos murieron de estreñimiento, pero en cantidad inapreciable. Separó a los debiluchos de los más fuertes y los alimentó uno a uno. Les echaba gotitas de agua en el garguero, les metía el pico en los comederos llenos de pienso y esperaba pacientemente a que tragaran. El niño que había olido a fritanga se convirtió en un hombre que olía a pollitos. Se pasaba tanto tiempo mirándolos que casi le parecía verlos crecer. Le maravillaba comprobar que las alitas se iban cubriendo de plumas y las patitas eran cada día más fuertes. Contra todo pronóstico, para cuando realizó la primera venta aún tenía noventa y cinco pollos de los cien que había comprado.

A partir de ese momento todo fue viento en popa, hasta el punto que amplió su granja avícola. Las paredes temblaban con los graznidos de los pavos, frustrados por no poder cruzar la cerca para atacar a las personas que pasaban. Las jaulas apestaban a mierda de pollo y los cacareos retumbaban en las vigas y el techo de plancha de hierro. Al contrario de lo que todo el mundo creía, el mercado de aves de corral creció cada vez más, porque poca gente se había aventurado a invertir en esa clase de negocio.

Al cabo de cuatro años, cuando muchas tiendas estaban medio vacías porque sus dueños no podían hacer frente a la inestabilidad que aquejaba al comercio minorista, él había renunciado a su empleo y la granja seguía prosperando. Por esa época, los soldados acantonados en las cercanías empezaron a comer cada vez más pollo asado. Mi tío se puso en contacto con el oficial de suministros de los cuarteles, quien le pidió que inflase los precios a fin de que los oficiales disfrutaran del doble placer de embolsarse la diferencia y deleitarse con pollos de calidad. Compró una camioneta nueva y contrató a un empleado para que recogiese las montañas de pienso y repartiera las jaulas llenas de aves. Mientras tanto, él salía en su viejo coche a conseguir más clientes.

En la cima del triunfo, la mujer del tío Kawayida aprovechó la oportunidad que se le presentaba para darle una lección a su vieja enemiga Candado, y durante una visita de tía Tiida pronunció las palabras que se hicieron famosas: «Es una lástima que no sea lo bastante lista para confeccionar vestidos de plumas de pollo. Nosotros se las podríamos entregar gratis a domicilio.»

El tío Kawayida, que conocía las jugarretas de su esposa, protestó.

—Déjame, hombre —dijo ella—. Una mujer trabajadora bien merece desquitarse de vez en cuando.

La tía Tiida, radiante como su lustroso Peugeot nuevo, soltó una carcajada; nunca le había gustado Candado. La sacaba de quicio la gente altanera de baja alcurnia. En otra ocasión, la mujer de Kawayida dijo que sería mejor que Mbale hiciese ladrillos de mierda de gallina, y mi tío Kawayida rió afablemente. Al fin y al cabo, ella era una Kavule, y los Kavule tenían fama de no morderse la lengua ante amigos ni enemigos.

Los viajes para comprar provisiones y vender pollos revelaron otro rasgo del tío Kawayida. De pronto sintió la imperiosa necesi-

dad de reproducirse. Dado que no había tenido hermanos, se sentía
único en su especie y en peligro de extinción. Como si se dispusiera
a imitar a su difunto suegro, perseguía con obsesión febril a las mujeres hermosas de la ciudad. Siempre se había avergonzado de los
dientes caballunos de su madre, y la combinación de una dentadura
perfecta en una cara bonita lo enardecía. Quería multiplicarse con la
ayuda de las mujeres más bellas, como si pretendiera de ese modo
barrer todos los dientes de caballo de la faz de la tierra. Lo primero
que miraba de una mujer cuando la conocía era su boca. Al principio, bastaba con que tuviese una dentadura bonita para que se pusiera cachondo.

Cuando vio por primera vez a su mujer sintió miedo: una mujer
tan hermosa, con unas hermanas tan guapas, seguro que no querría
casarse con un hombre como él, cuya madre tenía dientes caballunos. Se asombró de que ella ni lo mencionara. Siempre que se peleaban esperaba que su mujer lo sacara a relucir pero ella nunca lo hacía.
Era el único tema sobre el que mantenía la boca cerrada. ¡Qué alivio!
A cambio de eso, él le perdonaba muchas cosas. Con los años había
superado su temor y se había concentrado en las mujeres atractivas.
Les enviaba recaderos con presentes, tales como huevos pintados,
pájaros grandes en jaulas multicolores y elogios. Las invitaba a partidos de fútbol. Las mimaba en la esperanza de tener con ellas niños
grandes y sanos. Su camioneta comenzó a verse por todas partes. A
las mujeres no les daba vergüenza que las descubrieran en ella, porque sabían que el tío se jactaba de sus conquistas. Nunca se quejaban de los tejanos, las camisas de algodón y las zapatillas de deporte
que acostumbraba a llevar.

Sus amigotes, que siempre lo acompañaban a los partidos de fútbol, a veces hacían de alcahuetes para él. Lo que a mi tío le gustaba
era invitarlos a casa después del partido para beber algo y charlar.
Cada cual podía contar lo que quisiera. Al cabo de un tiempo aquello se convirtió en una especie de concurso, porque todos querían
ser el mejor narrador. Tomaban los temas de la vida cotidiana, y de
vez en cuando introducían alguna modificación para mantener el
interés. La mujer del tío Kawayida detestaba a esos amigos de su es-

poso, porque le procuraban mujeres y armaban mucho jaleo, pero como su madre le había enseñado que nunca se debe humillar a un hombre en su propia casa, le parecía que no podía prohibirle que los invitara. En lugar de eso, libraba una guerra soterrada preparando comidas de lo más asquerosas, como pollos quemados que aún olían a plumas o sopa tan salada que producía diarrea. Ellos, no obstante, seguían visitando a mi tío porque éste así lo quería, pero ahora tomaban la precaución de haber cenado antes. Conocían su papel: consistía en hacerle sentir a mi tío que era un triunfador, porque el verdadero éxito se medía por las relaciones que uno tenía y lo generoso que se mostraba.

Por otra parte, el ritmo reproductor de mi tío dejaba mucho que desear. Algunos afirmaban que su mujer lo había hechizado. Lo que no consideraban era que él probablemente se relacionara con mujeres con mucha experiencia de la vida que conocían los secretos de beber azulete, tomar grandes dosis de aspirina o meterse radios de bicicleta en el útero, como así también de tomar píldoras anticonceptivas o hierbas suministradas a tal efecto por curanderos como el Vicario. El tío Kawayida nunca lo comprobaba; en ese sentido era un optimista nato. Cada vez estaba convencido de que al fin lo había conseguido. Después de mucho esfuerzo, sólo engendró tres hijas ilegítimas. Al principio, su esposa, que ya le había dado cuatro niñas, se opuso a que aquéllas entraran en su casa, pero pronto comprendió que habría que enviar dinero tanto a esas chiquillas como a sus madres. También se dio cuenta de que si su marido reconocía a las bastardas, ello contribuiría a poner freno a sus actividades extraconyugales. Al final dejaría de acoger en casa a más niños. Estaba segura de que, si actuaba con tacto, conseguiría que cambiase, por eso le pidió que llevase a casa a todas sus hijas. Dos de ellas se presentaron; la madre de la tercera se negó a entregar a su pequeña.

La esposa del tío Kawayida se había criado con muchos hermanos y hermanas, y no le resultó difícil cuidar de semejante prole. Por la mañana se la oía dar a las niñas instrucciones que ella misma había aprendido en su hogar paterno. Se sentía una reina entre sus súbditos. No comprendía a la mujer que no había querido ceder a su hija. ¡Una hija única! Por lo que a ella respectaba, dirigir la palabra a un único niño era como hablar solo. Algo lastimoso. Comprendía que habría sido mucho más complicado si hubiera habido hijos varones, pues como tales, habrían estado llamados a suceder a su padre y heredar sus posesiones, ya que ella no había tenido ninguno. A veces, cuando pensaba en ello, no podía contener las lágrimas. Envidiaba a su mayor enemiga, «la mujer que golpeaba a sus vástagos como si fueran tambores», porque ésta tenía lo que ella ansiaba: hijos varones. La mujer de mi tío los había idealizado tanto que no podía ni imaginarse a sí misma zurrando a uno. A un hijo había que mimarlo y prepararlo para llevar las riendas de su futura casa, cuando fuera un hombre. Sin embargo, por mucho que suplicara a los dioses, los niños varones evitaban su anhelante seno.

En determinado momento empezó a consumirla el miedo de que una de sus hermanas acabara por darle a su marido un descendiente varón. Esas chicas eran poco fiables. Por la noche despertaba bañada en sudor y oía el llanto de un robusto niño recién nacido. Recelaba sobre todo de sus dos hermanas menores, Naaka y Naaki. Tenía ganas de hacerlas espiar, pero no conocía a ningún espía de confianza. Lo mejor sería que se encargase de ello personalmente. Invitó a las dos sospechosas a instalarse en su casa, a fin de asegurarse de que ante su mirada vigilante no cometieran pecado tan atroz. Un hijo varón de alguien ajeno a la familia era mucho más soportable; un hijo de Naaka o Naaki le provocaría una ataque de corazón. Las chicas, que estaban en la inopia más absoluta, no cabían en sí de felicidad: ¡qué hospitalaria y pródiga había resultado su media hermana!

Las mujeres estériles y aquellas que quieren influir en el sexo de sus hijos reciben muchos consejos, que a veces siguen. La esposa del tío Kawayida había oído que la clave quizás estuviese en la dieta. Empezó a comer con el objeto de que su cuerpo fuera más propenso a concebir un varón. Al acostarse pensaba en la comida, y lo mismo hacía al levantarse. Como consecuencia de ello empezó a ensancharse. El cuerpo se le hinchó como a los pavos que criaban. Su cabeza parecía más pequeña y sus piernas debían realizar un esfuerzo cada vez mayor para soportar el peso de su cuerpo. Se le hincharon los tobillos. Empezó a resoplar y a sudar a poco que se moviera, especialmente durante el acto que tenía por fin engendrar un niño. Tomó a una muchacha para que la ayudara, y engordó aún más, porque tenía menos que hacer y seguía comiendo mucho. Al principio la gente creyó que su obesidad era consecuencia de lo bien que marchaba el negocio, pero poco a poco se dio cuenta de que se trataba de una enfermedad.

La mujer de mi tío le rogó a éste que construyese una casa grande para toda la familia. Era un buen modo de invertir el dinero. Empezaron a correr rumores de que algunos soldados de Amin, descontentos, conspiraban para quitarle la vida a Kawayida antes de que la casa estuviese terminada. Pasado un tiempo, esos rumores se revelaron falsos. El tío mantenía a los oficiales contentos y ellos, a su vez, mantenían a sus subordinados alejados de él.

Cuando se hubieron mudado al nuevo hogar, la mujer de mi tío tuvo que superar otro duro golpe: los médicos decían que estaba demasiado gorda para volver a quedar embarazada. Se fue a vivir con los pavos, que con sus cuerpos rechonchos y sus patas delgadas le servían de consuelo. En aquellos días su dormitorio ya no olía a filtros de amor ni a raíz de mandrágora ardiendo sobre trozos de loza. El cielo raso de su casa ya no ocultaba sustancias mágicas compuestas de huesos molidos de león envueltos en corteza de árbol. Lo había probado todo, y nada había funcionado. El humo de las plumas de águila quemadas sólo le había provocado un dolor de cabeza terrible. Se había rasurado el pubis, había tostado el vello en una cacerola rota de arcilla que usaba para beber las infusiones de hierbas, lo había machacado y luego lo había mezclado con caldo de pollo, también sin resultado alguno. Había exprimido naranjas sobre las compresas que empleaba cuando le venía la regla y, tras colar el líquido resultante, lo había agregado al zumo preferido del tío, pero en vano. Antes de instalarse en la casa recientemente construida había llegado a la conclusión de que la maldición era hereditaria —su difunto padre había engendrado treinta hijas— y que lo mejor sería dejar las cosas como estaban, de modo que desistió en sus intentos.

La asaltó, sin embargo, un nuevo motivo de angustia: los trastornos cardíacos que padecían muchos de sus parientes maternos.
Por esa época el tío Kawayida tuvo su primer hijo varón. La madre
era Naaka. Se había marchado de la casa porque ya no soportaba a
su gorda hermana, que siempre estaba encima de ella. Como venganza se había enamorado del tío Kawayida, quien le hizo jurar que
guardaría el secreto, porque temía que su esposa efectivamente
sufriera un ataque al corazón si se enteraba de que había tenido
un hijo.

Mientras tanto, Naaki, que seguía instalada en la nueva casa con
la familia, estaba prendada de mi tío, quien la había cautivado con
sus relatos y su comportamiento franco y generoso. Vivía pendiente de él. Le limpiaba los zapatos y le olía los calcetines. Le plancha-
ba la ropa y le hacía la cama. Lo seguía a todas partes. Le brillaban
los ojos cuando él entraba en la habitación. Mi tío se resistía a sus
encantos e incluso llegó a intentar emparejarla con uno de sus amigos. Pero la chica no se dio por vencida. Había resuelto obsequiarlo
con el mejor regalo que podía ofrecerle: su amor y la promesa de un
hijo varón. Finalmente, él claudicó. Lo hacían entre los pavos, cuando él iba a darles el último pienso del día y ella salía furtivamente de
la casa tras sus pasos. Los pavos machos, que eran unos misóginos
redomados, escarbaban nerviosos el serrín, agitaban las plumas y
glugluteaban al ver y oler a una mujer extraña en su territorio. El tío
y Naaki también hacían el amor en el gallinero, donde los estúpidos
pollos estaban demasiado ocupados comiendo para darse por ente-
rados. Cuando la esposa de Kawayida enviaba a su hermana a un recado, lo hacían en la camioneta o en la casa de un amigo soltero. Por
temor a las habladurías nunca iban a un hotel, pero se amaban en los
vestuarios que había detrás del campo de fútbol, a los que mi tío,
que era uno de los patrocinadores del equipo, tenía libre acceso.
Kawayida dejó de ligar con otras mujeres. Estaba cautivado por las
tres hermanas. Era feliz en su triángulo amoroso. Aquellos encuentros furtivos y las tretas que tenía que emplear para realizarlos le
encantaban. Disfrutaba llevando una doble vida, una con su mujer y
otra con las dos chicas. Tan pronto se sentía preocupado por el so-

plo del corazón de su mujer, como reía y retozaba con Naaki o jugaba con Naaka y su primer hijo. Durante mucho tiempo se consideró el hombre más feliz del mundo.

Cuando quedó embarazada y empezó a sentir náuseas por las mañanas, Naaki riñó con su hermana y se fue de la casa. A la esposa de mi tío no le importó. De hecho, se alegraba de que la muchacha, amenazadoramente bella, se marchara. Ella era la causa de que se encontrase horrible cuando se miraba en el espejo. ¡Cómo la aliviaba el que se largase!

En 1979 llegaron los tanzanos: casi arrasaron Masaka en venganza por las acciones de Amin en su territorio. El tío Kawayida temía por su familia y se preocupaba por su reputación como socio comercial del ejército ugandés; pero pasaron tantas cosas a la vez que nadie tuvo oportunidad de iniciar rencillas por motivos de rencor. Lo dejaron en paz.

A principios de los ochenta la guerrilla hizo acto de presencia en el lejano Triángulo de Luwero. Durante todo ese tiempo el tío Kawayida se benefició de lo mejor de tres mundos: el de su mujer, el de Naaka y el de Naaki. No tenía de qué quejarse. Su comercio iba bien, su esposa se había aceptado a sí misma y él engendraba hijos con dos mujeres jóvenes.

Hacia 1985 los guerrilleros llegaron a la ciudad. Reinaban la paz y la seguridad. Al igual que los soldados de Obote, a quienes también había vendido sus aves, nunca lo molestaron. Hacía tiempo que no iba a la aldea de Kyotera, que se hallaba sumida en una pesadilla espantosa. La gente moría de una extraña enfermedad incurable llamada *muteego*, que tenía el poder de exterminar a familias enteras. Mi tío se alegraba de no haberse dedicado al contrabando y de que no hubiera razón alguna para que los tanzanos lo maldijeran enviándole la *muteego*. Ésta era una enfermedad para estafadores codiciosos. El contrabando siempre había sido muy arriesgado y peligroso a causa de las canalladas que suscitaba. Muchos de quienes lo ejercían terminaban estafando o incluso asesinando a sus propios compañeros. Él tenía la conciencia limpia.

Cuando las primeras víctimas de *muteego* murieron entre diabólicos accesos de fiebre y diarrea verde y cubiertos de pústulas, mucha gente no sintió compasión por ellas. Al fin y al cabo, cada cual cosecha lo que ha sembrado. Los amigos que tenía en Kyotera invitaron a Kawayida al entierro de personas que había conocido. El número de muertos seguía creciendo. Para cuando los guerrilleros llegaron al poder, casi todas las personas de la región pantanosa a orillas del lago Victoria, fueran hombres, mujeres, niños, amantes o recién nacidos, habían enfermado de *muteego*.

—Da igual lo que esos hombres hayan robado, el castigo es excesivo —decían sus amigos estudiando la lista de fallecidos—. Hay que hacer algo.

—No podemos permitirlo.

—El gobierno debería actuar; tendríamos que atacar Tanzania para acabar con los que propagan la *muteego*.

Poco después de que la guerrilla se instalara en el gobierno dio comienzo una campaña contra lo que ahora se llamaba «delgadez». No se trataba de brujería, sino de una enfermedad nueva que se transmitía por contacto sexual y estaba extendiéndose por todo el mundo.

«Sexo seguro», advertía la radio.

«Nada de besuqueos y toqueteos —decía el locutor una y otra vez—. Evitad los contactos sexuales fortuitos.»

Para la pequeña ciudad en que Kawayida se sentía en casa era demasiado tarde. No pasaba día sin que muriese alguien; en las aldeas se sepultaba simultáneamente a varias personas en lugares diferentes. Los entierros se llevaban a cabo a toda prisa. Se habían acabado los elogios fúnebres de otros tiempos. El número de huérfanos creció de forma alarmante. Los padres enterraban a sus hijos e hijas y se enfrentaban a una ancianidad sombría.

Nadie estaba más intranquilo que el tío Kawayida. El retorno de los asiáticos pasó prácticamente inadvertido para él. Los veía en grupitos delante de los viejos edificios, se los encontraba en los vestíbulos de los hoteles a los que vendía pollos y pavos, pero no despertaban ningún recuerdo en él. Igual podrían haber sido los muertos del distrito de Rakai reencarnados en asiáticos. Los tenderos que hacían negocios en fincas que habían pertenecido a éstos expresaban sus preocupaciones y consternación por los alquileres en alza, pero él no se enteraba. Su mundo estaba patas arriba, y no podía evitar pensar en el accidente de moto que había tenido diez años atrás, cuando aún trabajaba como revisor de contadores. Estaba corriendo a ochenta kilómetros por hora, dispuesto a comerse el mundo, y al instante siguiente rodaba por la hierba. Así era como se sentía ahora, rodando. De hecho, desde hacía un tiempo no parecía hacer otra cosa. Esta vez, sin embargo, ocurría a cámara lenta: era amargamente consciente de cada vuelta que daba, pero no podía parar.

Todo había empezado con el tercer hijo de Naaki. Había nacido prematuro, era muy débil y murió de deshidratación tras una fuerte diarrea. Cuando lo enterraron parecía un conejito al que su madre acabara de parir, y su piel era azulada y tan fina como una membrana. El tío Kawayida nunca había visto nada más nauseabundo. Poco después, Naaki, que por entonces tenía veintidós años, y a quien él quería con tanta intensidad como había odiado los dientes caballunos de su madre, empezó a cubrirse de manchas negras. Primero le salieron en los muslos; escocían terriblemente y pronto se extendieron por las piernas, el pecho y la espalda, para a continuación afectarle los brazos. Comenzó a llevar camisas de manga larga y pantalones largos, y a aplicarse una pomada para evitar rascarse. Cada cambio que sufría afectaba profundamente a mi tío, cuyos sentimientos hacia otra persona nunca se habían visto puestos tan a prueba. La dolencia amenazaba con borrar los momentos maravillosos que habían pasado juntos, y con envenenar su amor con dudas, remordimientos y miedo. Atormentada por sus propios temores, Naaki se encerraba en sí misma. Los torturaba el recuerdo de los momentos que habían pasado haciendo el amor entre pavos ruidosos y pollos que no cesaban de picotearles los pies. Ella tomaba todos los brebajes que le prescribían los curanderos, pero era inútil. Su salud seguía empeorando, hasta que, seis meses después, se secó del todo y murió.

Los cuñados del tío Kawayida creían que la muerte de su hermana era culpa de éste. Estaban convencidos de que había vendido pavos en mal estado a sus clientes tanzanos y que había entregado a Naaki los beneficios obtenidos. Hicieron correr el rumor de que mi tío se dedicaba al contrabando y que el negocio de las aves no era más que una tapadera. «Con los pavos no se puede ganar tanto. Ha de haber alguna trampa.» Le prohibieron que asistiera al entierro. Uno de ellos le arrojó papayas podridas y lo maldijo por lo que le había hecho a su hermana.

Pero la calamidad que cayó sobre la familia del difunto Kavule fue mayor de lo que el tío jamás hubiera podido imaginar en sus inmortales relatos. En el término de tres años sucumbieron a la «delgadez» doce de las veintiuna bellezas solteras, y la gente se preguntaba cuántos hombres habrían quedado atrapados en las redes fatales del coito maldito. Cuatro de los diez hijos varones siguieron a sus hermanas a la tumba.

El tío Kawayida estaba destrozado. Era el centro de la atención de todo el mundo: ¿cuándo le tocaría a él? ¿Se arrepentía? ¿Quién cuidaría de sus hijos? Se mantuvo a la altura de las circunstancias en todo momento y continuó haciendo negocios como solía. Jamás había estado más delgado. El demonio de las preocupaciones aterrorizaba su casa con un empeño obsesivo. La mujer de Kawayida acabó por sucumbir a sus engaños: Naaka aún vivía, pero ¿sería ella la decimotercera víctima femenina de la misma familia? Se le metió en la cabeza que también estaba contaminada. ¡Qué injusto le parecía todo! Cuanto más adelgazaba el tío, más lo hacía ella también. La gente afirmaba que le había llegado su turno. Por la noche, los demonios le afilaban su lengua. Kawayida no encontraba reposo: cuando estaba despierto, la muerte lo miraba a los ojos; cuando dormía, los espíritus de los muertos y de aquellos que pronto lo serían perturbaban su sueño.

—Nuestros hijos, ¿ya has pensado en ellos? —rabiaba su mujer, y a continuación lo tachaba de ladrón y asesino. Él no se defendía. Seguía viendo en las paredes la cara de Naaki y la sombra de Naaka. Se sentía poseído alternativamente por la felicidad que había conocido y la pena que ahora lo embargaba. Ni por un instante se compadecía de sí mismo. Sabía que o era inocente o debía purgar por sus pecados.

Naaka, alarmada, advirtió que también ella empezaba a adelgazar. Cuando miraba a sus hijos y a los de su difunta hermana se sentía viva y muerta a la vez. Respetaba demasiado al tío Kawayida para echarle la culpa de una tragedia que afectaba a tantas familias en todo el país, pero su actitud taciturna le partía el corazón. Mi tío se resistía a visitarla, porque juntos parecían dos esqueletos salidos de la tumba. En cambio, buscaba refugio en sus gallineros y cuidaba a los polluelos como a niñitos enfermos. Su mujer había predispuesto a sus hijos contra él. Kawayida podía darles dinero, pero no comprar su lealtad ni su afecto. Se volcó cada vez más en sus aves.

Para mi gran asombro, pasaron los años. Su mujer recuperó la belleza de otro tiempo, aunque en una versión algo más enjuta. Empecé a pensar que el tío era un hombre extraordinariamente afortunado. No lo había consumido el virus, sino la angustia. ¡Y Naaka también seguía viva! Poco a poco, todo el mundo empezó a darse cuenta de que preocuparse era tan malo como la enfermedad misma. Incluso las verdaderas víctimas vivían más porque mantenían alejados a los demonios del miedo. Pero ¿por qué habría sobrevivido Naaka, mientras que Naaki había muerto? ¿Qué explicación daban los médicos a que el tío Kawayida aún estuviera vivo? ¿Habría habido otro hombre metido en el asunto? ¿Era posible que algunas personas presentaran determinada resistencia a la enfermedad? Yo esperaba de todo corazón que la tía Lwandeka, Lwendo, yo y las otras personas a las que conocía tuviéramos ese don especial que nos permitiera sobrevivir a la epidemia.

Entretanto, el negocio del tío ya no marchaba tan bien como antes. Los soldados dejaron de comprar grandes cantidades de pollos, porque el ejército tenía sus propias granjas avícolas. Kawayida se dirigió, pues, a la población en general, a la que animaba a comer sus pollos, cuyas cualidades saltaban a la vista, ya que él mismo había sobrevivido a la enfermedad. Algunos confiaban en él y a otros los persuadía con descuentos especiales. La gente preparaba sopa con las aves, tomaba hasta la última gota y se sentía reanimada. Un nuevo mercado se abría para Kawayida. La gente decía que él y su familia se habían salvado gracias a la sopa de pollo, y que por eso también ellos se salvarían. Él estaba agobiado por el exceso de faena y respirar el serrín de las jaulas empezaba a afectarle los pulmones. Trabajaba más duro que nunca. Su ambición era salvar a todo el distrito de Rakai, además de Kyotera, Masaka y todo el país. Construyó otro cobertizo para sus aves. Estaba tan ocupado que apenas si tenía tiempo para cambiarse de ropa. El médico le advirtió que su salud se estaba resintiendo. «Un buen soldado cae en el campo de batalla», contestó mi tío con una sonrisa. Una tarde se derrumbó de cansancio en una de las jaulas. Los pollos lo rodearon para despertarlo: los comederos estaban casi vacíos, y se lastimaban el pico contra el fondo de madera. Lo arañaron y picotearon, él siguió tendido, inmóvil. Le arrancaron los ojos y le quemaron la piel con su mierda abrasadora, pero todo fue inútil. Su mujer no lo echó en falta de inmediato. Supuso que estaría en casa de Naaka cuidando de sus hijos, que aún lo querían. Más tarde lo encontró en el gallinero, medio enterrado bajo la mierda. Las aves estaban como locas. La habían convertido en una viuda sin hijo.

Yo eché muchísimo de menos al tío Kawayida. Lo había visitado unas cuantas veces durante su época de mayor miseria. Estaba muy impresionado por su valor y tenacidad.

—El humor es el mejor amigo del hombre. Duerme y se levanta contigo —dijo cuando le comenté que me asombraba su capacidad para poner al mal tiempo buena cara.

—¿Por qué no se defiende? —le pregunté—. ¿Por qué deja que su familia política lo trate así?

—Han perdido a su hermana. Tienen derecho a estar enfadados.

—Es muy probable que tuviera a otro hombre —dije con vehemencia.

—No hables mal de los muertos —me advirtió—. La quería mucho, y quiero mucho a sus hermanas. Soy uno de los elegidos que han encontrado el verdadero amor en tres mujeres diferentes, y lo he disfrutado mucho, pero más tarde o más temprano la vida pasa cuentas, muchacho.

—Usted sabrá —repuse a regañadientes.

—Has de hacer lo que quieras en la vida —añadió, apoyando una mano en mi hombro—, pero cuando se acaba, debes aceptarlo. Y no quejarte nunca por el precio que has tenido que pagar.

Lo esperaban unos clientes. Me despidió. Fue la última vez que lo vi. Nueve meses después estaba muerto.

La sopa de pollo no era, por cierto, ningún remedio contra el virus, y tuvimos la prueba de ello de la forma más horrible, peor que los suplicios a que se había visto sometido el tío. Pero antes de eso pasamos por una racha de buena suerte.

Lwendo hizo lo que se había prometido: consiguió que lo licenciaran. Sobornó a un médico militar que escribió una nota según la cual no podía seguir sirviendo en el ejército por motivos de salud. Para festejarlo nos emborrachamos. Durante un mes vagabundeamos por la ciudad disfrutando de nuestra libertad. Nos encontrábamos al mediodía, íbamos a uno de nuestros restaurantes favoritos en Kampala Road, comíamos y bebíamos y contemplábamos el ajetreo de la ciudad.

—Voy a montar un taller de carpintería y a contratar a alguien para que lo lleve, así no tendré que estar siempre allí —dijo—. He de intentar quitarles un poco de dinero a los asiáticos que han regresado. Necesito hacer algo en que emplear el cerebro.

—¿Como qué?

—Mira, la gente que vuelve no siempre tiene los papeles requeridos para reclamar sus propiedades. En los despachos del gobierno reina un caos total, y muchos asiáticos no se atreven ni a pisarlos. Tienen miedo de que los ataquen, pretendan robarles o los engañen, y debo sacar provecho de esa situación. Necesitan a un intermediario que ponga sus papeles en orden y tenga los contactos adecuados. Yo soy esa persona.

—Suena como si fueras a trabajar más que para la Oficina de Reconstrucción.

—Podré elegir a mis clientes —señaló, satisfecho de sí mismo.

—¿Y luego?

—Mira alrededor. ¿Has visto esos cientos de vehículos de los organismos de ayuda al desarrollo? Son como tiburones nadando tras el olor de la sangre. Al país llegan innumerables personas que no saben cómo obtener un permiso de trabajo. Yo puedo arreglarlo, siempre que estén dispuestos a pagar por ello.

Sin duda se trataba de una idea brillante. Con la paz habían llegado al país muchos extranjeros. En la época de Amin apenas se veían blancos por la calle. Durante el segundo gobierno de Obote, éstos empezaron a venir, si bien tímidamente. Ahora, de pronto, estaban por todas partes: turistas con mochila, mujeres blancas con minifalda, hombres con pantalones cortos y botas, grupos en todoterrenos, japoneses luciendo terno. La ciudad estaba repleta de predicadores americanos que se dirigían a multitudes tan excitadas como extasiadas. Animaban el espectáculo con milagros asombrosos en los que los inválidos partían sus muletas por la mitad, los ciegos pisoteaban sus gafas y los sordos —que no tenían nada que romper— se ponían a vociferar como locos con hormigas en el culo. Algunos predicadores prometían vencer la plaga del virus con el poder de Jesús, otros afirmaban que acabarían con todas las enfermedades. Por primera vez se celebraban servicios nocturnos en los que se reunían pentecostalistas y baptistas, que, bajo la mirada vigilante de las videocámaras, oraban y cantaban hasta el amanecer. De pronto, las religiones tradicionales tuvieron que competir con predicadores seglares impecablemente vestidos que, con grandes dosis de efectismo, saltaban, brincaban y rodaban por el suelo. Había empezado la era del teleevangelismo, y los viejos curas, rígidos como enfermos de artritis, estaban intranquilos porque los habían pillado desprevenidos.

Cazafortunas, buscadores de oro, cobre, diamantes, mercurio

rojo (excavado ilegalmente de las torres meteorológicas), pieles de animales, cuernos de rinoceronte, loros de la isla Sese, comerciantes de artículos de mala calidad, gente que vertía sustancias peligrosas, falsificadores de pasaportes y divisas, todos llegaban al país con uno u otro disfraz. África estaba representada por los exuberantes senegaleses, que vestían *bubus* ribeteados con hilo de oro y pantalones anchos y llevaban unos relojes enormes. Compraban mercancías legales e ilegales y cambiaban dólares auténticos y falsos.

Lwendo tenía razón: se podía ganar mucho dinero.

Yo no desempeñaría ningún papel en sus nuevos planes. Para mi gusto, había que viajar demasiado. También sabía que la mayor parte de las oficinas y despachos era un auténtico desastre. Los archivos se hallaban en un estado de desorden absoluto. Los expedientes llevaban años apilados en los rincones. Todo aquel por cuyas manos debían pasar quería recibir algo por la molestia. Así era como funcionaba el sistema. Y tenía su lógica, porque los sueldos eran escandalosamente bajos y todos sabían que los asiáticos habían regresado para enriquecerse. Si uno no quería pagar, como habían hecho algunos asiáticos al principio, podía pasarse semanas en el hotel sin que ocurriese nada. Pero si el dinero pasaba de mano en mano y se invitaba a éste o a aquél a un almuerzo o una cena, los polvorientos expedientes empezaban a moverse después de quince largos años y era posible obtener lo que se quería.

Lwendo me habló de sus aventuras con repatriados asiáticos. A menudo los acompañaba para inspeccionar sus antiguas propiedades. Algunos se echaban a llorar. Otros se enfadaban por el estado ruinoso en que se encontraban sus casas. La mayoría se alegraba, porque ya sabía cómo debía proceder. El método había obrado milagros para los que habían llegado antes que ellos, y aún funcionaba: renovación, aumento de alquiler y desahucio. Poco a poco, la ciudad se lavaba la cara. Los viejos tejados oxidados recibían una capa de brillo. Los viejos refugios de piratas adquirieron de pronto la apariencia de cofres enjoyados. Lo que había llegado tras los pasos de los bandidos se había ido por el mismo camino.

Mientras tanto, el general —a quien sus amigos seguían llamando así a pesar de que su rango en el nuevo ejército era el de comandante— había pedido a la tía Lwandeka oficialmente en matrimonio. Una noche ella me preguntó si debía aceptar su petición. ¿Qué pensaría que iba a responder? Le dije que obrase de acuerdo con lo que en su opinión la haría feliz.

—Ya le he dicho que sí —me informó, radiante.

Durante semanas nuestro ritmo de vida se vio totalmente alterado. La futura boda acaparaba todas nuestras energías. Iba de un lado a otro comprando mil y una cosas, informando a parientes y amigos y resolviendo toda clase de asuntos.

De cocinar, limpiar y cuidar de los niños se ocuparon las vecinas. Allí donde uno mirase veía gente comiendo, bebiendo, cantando, peleando, planchando, entrando y saliendo con cosas. Nos acostábamos muy tarde y nos levantábamos muy temprano. Se convirtió en un acontecimiento mucho más importante de lo que debería haber sido porque se decidió que celebraríamos, al mismo tiempo que la boda, la liberación de los opresores del pasado. La tía Lwandeka se sentía tan feliz que invitó a todo el barrio a la fiesta.

La pareja se casó en la iglesia de Cristo Rey, en Kampala. A la ceremonia asistió todo el mundo, incluidos Mbale, Candado, Kasawo, Serenity y Tiida. Jamás había visto a la tía Lwandeka tan radiante. Gracias al maquillaje y a la alegría que iluminaba su rostro tras el tul parecía muy joven y su piel brillante y más tersa que de costumbre. Oí a Kasawo decir: «¡Quién lo habría imaginado!» Su voz la traicionó: reflejaba una enorme envidia. Tendría que hacerse a la idea de que era la única de las tres hermanas que aún permanecía soltera. Para ella, Pangaman y sus sucesores eran vampiros que le habían chupado la sangre sin concederle el honor de una ceremonia oficial. En sus fantasías no paraba de rechazar peticiones de matrimonio. Pero ningún hombre la había puesto nunca en situación de rechazarlo. Y el hombre con que salía en esos momentos le había dejado bien claro que no pensaba casarse con ella. «Con el dinero que se derrocha en una boda preferiría comprarme una furgoneta o construirme una casa», decía siempre. Ante la boda de Lwandeka había reaccionado con cinismo: «El gobierno afirma que no hay dinero para reconstruir el país, pero cada domingo se casa un militar.» Kasawo tenía la impresión de que su vida amorosa había sido un largo camino lleno de baches, con alguna pequeña loma aquí y allá, pero sin ningún verdadero punto culminante, y no podía evitar sentirse insatisfecha.

Muchos amigos militares del general acudieron a presenciar la ceremonia, y la pareja de novios entró en la iglesia bajo un arco de honor hecho con espadas relucientes. La iglesia estaba llena de luz y música, y el olor a incienso y cuerpos limpios impregnaba el aire.

Lo mejor de la boda fue que la recepción se celebró en el hotel Sheraton. Yo no tenía otra cosa que hacer que divertirme. Me alegraba por la tía. Parecía poseerlo todo: dinero, fama, poder, amor. Había llegado a la ciudad cuando todavía era una niña, y había alcanzado la cumbre luego de no poseer nada y de muchas dificultades. Ahora le bastaba con chascar los dedos para obtener lo que quisiera. A los treinta y seis años, una edad a la que la mayoría de las mujeres no hace otra cosa que lavar pañales, ella acababa de casarse. Y no con cualquiera. El general era un hombre apuesto, amable, influyente. Me recordaba a mi antiguo rector del seminario, y no pude evitar imaginarme que dirigía alguna organización de espionaje a pequeña escala. Constituía un verdadero enigma para mí. Aunque había cortejado a la tía durante mucho tiempo, nunca había llegado a conocerlo. Dado que ella siempre iba a su casa, no nos vimos hasta los preparativos de la boda. «He oído muchas cosas buenas acerca de ti», me dijo en dos ocasiones diferentes. Por lo demás, era como un libro cerrado. Los dos parecían muy felices cuando cortaron el pastel. Mientras repartían los trozos pensé en Jo Nakabiri.

Había mantenido su palabra y se había negado a asistir a la ceremonia. Me apenaba lo que nos había ocurrido. Fantaseaba sobre cómo quedaría vestida de tul. Jo y yo apenas si sabíamos ya cómo tratarnos. Por extraño que parezca, nuestro estrecho vínculo se había debilitado al saber que nos unían lazos de sangre. No la quería como a una hermana ni sentía que lo fuese, y mi prestigio de hermano se hallaba en una situación comprometida para ambos. Yo era tan extraño para ella como el hombre por el que estábamos ligados: su padre. De momento se esforzaba por intentar salvar lo que quedaba de su escuela tras los destrozos producidos por la guerra. Lo último que había oído era que el gobierno había asignado chapa ondulada, cemento y otras cosas necesarias para reconstruirla.

En el banquete de boda comí hasta hartarme. También bebí mucho, en parte para olvidarme de Jo, y en parte para celebrar la felicidad de la tía. Lwendo también se lo pasó en grande. Observé que su novia le lanzaba miradas furtivas; probablemente ya se veía a sí misma a su lado, vestida de tul. Yo dudaba de que mi amigo se casara con ella. Diez años de diferencia son muchos años; pero, dado que su vida amorosa me interesaba muy poco, me abstuve de seguir haciendo conjeturas.

Para escapar del descenso de la emoción que suele producirse después de una boda, volví a callejear, y mis pasos me condujeron, como antes, a la parada de taxis. Descubrí que mi lugar preferido estaba ocupado por tenderetes en los que los vendedores exponían ropitas de bebé, zapatos, bandejas de plástico, bisutería barata, etcétera. Había mucho más ajetreo que antes, más furgonetas, más viajeros, más adivinos, más vendedores de matarratas, pero menos encantadores de serpientes. Éstas y sus amos habían regresado a los remotos rincones del Triángulo de donde procedían.

Fui a la pagoda: estaba restaurada y pintada de color crema. Pensé en Lusanani, en cómo habíamos hecho ver que follábamos y en la paliza que me había dado Candado. Pensé en todas las cosas absurdas que habían ocurrido entre esas paredes, especialmente en la carta de Miss Singer, y me sentí alegre y triste a la vez. ¿Quiénes habrían vivido allí antes de que se instalaran Candado y Serenity? ¿Qué clase de vida llevarían los asiáticos que ahora la habitaban? Parecía como si Serenity, Candado y su prole nunca hubiesen vivido allí. La casa de Hachi Gimbi había corrido la misma suerte: los viejos recuerdos habían quedado ocultos bajo una nueva mano de pintura y toda clase de brillantes objetos decorativos. Los pequeños dragones de adorno de los toldos parecían haber cobrado vida para desentrañar cada misterio del pasado. Seguí caminando.

Me concentré en otro proyecto: la reconstrucción del pequeño cementerio familiar bajo el antiguo árbol del pan donde había pasado tantas horas contemplando Mpande Hill. Compré cemento y contraté a un hombre para que realizara el trabajo. Se habían construido acueductos y los vehículos podían cruzar los pantanos sin hundirse en ellos. Había otros repatriados, pero no conocía a ninguno. Procedían de la parte nueva de la aldea. La vida en ésta resultaba bastante aburrida. El alojamiento era malo y la comida escasa. Mucha gente comía *posho* y alubias mientras esperaba a que llegase el momento de cosechar los *matookes*, las batatas, la mandioca y la cebada. Por la noche, cuando me acostaba, me sentía desarraigado, flotando como un trozo de madera en un lago. Sabía que estaba allí por última vez. Tantas ruinas, tan poca vida... Había asimilado la aldea, su espíritu, y mi tarea consistía en reconstruirla en algún otro lugar. Me alegré cuando las tumbas estuvieron reparadas y el albañil echó agua sobre el cemento para darle brillo. Había llegado la hora de partir.

Durante mi permanencia en la aldea me había enterado de que Santo, el loco del pueblo, había muerto en el transcurso de las operaciones de rastreo. Al viejo curtidor y a su mujer los habían matado cuando huían a un lugar más seguro. El viejo Stefano había fallecido antes de que estallara la lucha y el resto de su familia se había mudado a Jinja y Kampala. El primer amante de la tía Tiida había conseguido sobrevivir, pero a su esposa le habían pegado un tiro en la cabeza. Dedos, el leproso, que se había marchado antes de que comenzara la guerra, aún vivía. Había caído mucha gente en la aldea nueva, pero allí no conocía a nadie. ¿Qué habría sido de todos esos niños que la abuela y yo habíamos ayudado a venir al mundo? ¿Qué habría sido de las parturientas que no paraban de gritar y de las jóvenes y felices madres? ¿Qué se habría hecho de todos ellos?

La vida tomó un rumbo distinto. En la ciudad moría mucha gente de «delgadez». La tía Lwandeka consolaba a quienes habían perdido a sus seres queridos, asistía a los entierros y, de vez en cuando, organizaba el traslado de los restos de personas que iban a ser enterradas en sus aldeas natales. Un día, en el mercado, oí hablar de ella a unas mujeres. Cuando me reconocieron callaron de repente e hicieron como si hablaran de otra persona. «No tiene buen aspecto...», repetía una de ellas, y las demás, cabizbajas, asentían. Sabía a qué se estaban refiriendo, pero me resultaba difícil aceptarlo. ¡Hacía apenas un año que se había casado! Cuando fui a verla me zumbaban los oídos. Aliviado, comprobé que no había cambiado mucho. Su piel era tan suave como siempre. No había adelgazado y parecía de buen humor. No obstante, a la siguiente vez que la visité, llevaba una semana en cama con fiebre.

—No te preocupes por mí —me dijo con una sonrisa—. Ya se me pasará.

¿Tan alarmado me había mostrado? Estaba sentada en la cama, con una bata por encima del camisón y una tacita en la mano. Atisbé una de sus rodillas; tenía aspecto saludable. Me habló de sus planes comerciales, de la asociación de mujeres, de sus hijos. Me pidió que dejara lo que estuviese haciendo y me pusiera al frente de sus negocios. Recordé al hombre que se había quemado al explotar un alambique en la ya cerrada destilería. Se había recuperado y sus amenazas habían quedado en nada, pero yo tenía pocas ganas de volver a trabajar con gente a mi cargo. Quería ser libre de hacer lo que me viniese en gana. Gracias a la pequeña fortuna que había reunido no necesitaba trabajar. Pero tampoco quería decepcionar a mi tía. Me había acogido en su casa en un momento en que yo lo estaba pasando mal; ahora que me necesitaba, ¿no era justo que la ayudase? Teniendo en cuenta que ya no trabajaba en el SIMC, ella no entendía por qué declinaba su oferta. La verdad era que temía que me cayera encima demasiada responsabilidad si llegaba a enfermar hasta el punto de no poder ocuparse de sus negocios. Sin embargo, eso no debía decírselo.

—Ya hablaremos de este asunto cuando se recupere —dije.

—Ya me he recuperado —me aseguró mientras dejaba la taza a un lado. Tendió la mano hacia una carpeta que estaba en la mesita de noche. Sana o no, había mucho trabajo que hacer. Siempre decía que quería dejar la política, pero era evidente que cada vez estaba más metida en ella. ¿Debía recordárselo? Decidí que sería mejor no hacerlo.

Un par de semanas más tarde volví a ir a su casa. La encontré en la cama. En la mejilla derecha tenía una pústula horrorosa, del tamaño de un puño. Estaba desfigurada y atemorizada. Sentí escalofríos. Aquella mujer tan vital parecía encontrarse en un serio apuro. ¿Qué opinaría de todo eso el general? Ya no hablaba de él, lo cual resultaba extraño. Pero ¿no había sido toda su vida una persona independiente? Esta vez nuestra conversación fue embarazosa. Sin duda debía de preguntase qué pensaba yo de su estado. Habló de la fiebre y de que había tenido una parálisis en el cuello, pero que ya había desaparecido.

—Sudo como una condenada —añadió.

—¿Ha ido al médico?

—Sí. Me ha hecho unos análisis de sangre. Ha dicho que no debo preocuparme.

La pústula desapareció tan misteriosamente como había aparecido. Mi tía mejoró y se puso otra vez manos a la obra. La gente hablaba de ella. Había adelgazado un poco, pero tenía buen apetito y pronto volvió a lucir su esbeltez de siempre.

El siguiente ataque le afectó la cintura: lo llamaban «el cinturón de la muerte». Tenía la piel suelta, como si hubiese sufrido una quemadura grave, hasta la mitad del vientre. Se le formaron ampollas y úlceras. Pocas veces había visto algo tan horripilante. Cuando la miraba se me ponía carne de gallina. La avergonzaba tanto encontrarse así, que en lugar de ir al médico se autoprescribía pomadas y píldoras en la esperanza de curar, lo que no ocurrió. Cuando se decidió a consultar al doctor, ya era tarde. Sólo podía aplicarse un tratamiento en las zonas ulcerosas. El dolor le impedía conciliar el sueño, y la ropa se le pegaba a la herida. Así estuvo varias semanas. En esta ocasión adelgazó un poco más que en la anterior. Finalmente experimentó una leve mejoría, y volvió a trabajar. Era como un juego.

La fiebre hizo nuevamente acto de presencia, en esta oportunidad de forma más virulenta. Tenía escalofríos y le castañeteaban los dientes. Las sábanas y el colchón estaban empapados de sudor. Su piel parecía un colador por el que pasaba todo el líquido que bebía. Siguió adelgazando. Comenzó a tener ataques de diarrea y a orinar sangre.

—No debes llorar por mí —me dijo un día—. Cuida bien de ti mismo y de tus hermanos.

Estaba cada vez peor, pero se negaba a ir al hospital. La vergüenza que le producía su pasado volvió a apoderarse de ella. Era una pecadora que estaba pagando su rebeldía y los muchos pasos en falso que había dado. Se sentía tan turbada que apenas si soportaba ver su propia imagen en el espejo. Odiaba el peso de su fama y su influencia. Cuando se encerraba en su dormitorio se le caía el mundo encima. Veía que la gente se reía de ella, la compadecía o se mostraba totalmente indiferente. Se le aparecían todas las personas con las que había colaborado en el mercado y durante la guerra. Sus hermanos no se apartaban de su lado. No soportaba la ignominia de ser el primer miembro de su familia que caía víctima de la epidemia.

El general se la llevó una temporada y contrató a unas enfermeras para que la cuidaran, pero ella se sentía como un pez fuera del agua; quería volver a su propia casa. Una noche al fin la devolvieron a ésta, y nunca más salió. El lugar apestaba a sudor y a mierda, porque mi tía estaba demasiado débil para lavarse. Al mismo tiempo, rehuía toda ayuda. Cuando la poca gente a la que aún deseaba ver la visitaba, echaba perfume por todas partes, quemaba incienso y decía, desde detrás de una cortina, que todo estaba perfectamente. El ardor de sus intestinos y las garras que laceraban su piel no eran nada comparado con el infierno que hervía en su cabeza. No soportaba mirar a sus hijos: sentía que los había estafado, humillado y estigmatizado para siempre. Los oía trastear con las cacerolas y abrir el grifo lo más silenciosamente posible, y se sentía morir de pesar. Ya no preparaba comida para ellos por miedo de que les diera asco o de contagiarles. Quería que tiraran las cacerolas, rompieran las tazas, abrieran del todo los grifos y pusieran la música muy alta. Quería que se mearan y cagaran en su cama y que le vomitaran en el regazo, como antes. Pero los ventiladores no hacían más que remover su propia peste y los niños iban de puntillas, como si un leopardo acechara detrás del armario. La consumía el fuego del remordimiento. En su soledad elegida deseaba haber sido lo bastante convencional y dócil para casarse de joven, llevar una vida sin pena ni gloria y tener una muerte vulgar. Cerraba los ojos y deseaba ser la Virgen María, que ascendía al cielo sin dejar rastro en la tierra. Deseaba con todas sus fuerzas desaparecer de los anales de la ciudad, de la mente de todos aquellos que la conocían. Ya veía su sepultura al lado de la tumba restaurada de sus padres, y le hubiera gustado atravesar el tejado y desvanecerse, dejándolos mudos a todos. Se sentía una estafadora. Los sentimientos de culpabilidad que el cura y sus padres le habían inculcado se apoderaron de ella y comenzaron a quemarla como si se hallara en el mismísimo purgatorio.

La siguiente vez que fui a verla se negó a abrir. Ya había enviado a los niños con sus respectivos padres. Estaba decidida a pasar sus últimos días en soledad. Desde detrás de la puerta me pidió que la comprendiese. Quería que conservara de ella la imagen del pasado.

—Parezco un esqueleto salido de una de esas imágenes infernales del catecismo.

—No me importaría ni aunque pareciera el demonio.

—Nunca he hecho nada a derechas —dijo en tono áspero.

—Ha ayudado a infinidad de gente. Ha luchado por la libertad, por el bien común. Se ha sacrificado usted de muchas maneras. ¿Qué más habría podido hacer?

—Nada de eso tiene la menor importancia.

—Pues precisamente es lo que importa. ¿La oigo bien o está hablando otra persona?

—Quizá me esté volviendo loca, hijo.

—Voy a buscar un hacha para derribar esta puerta. Ya me he

puesto en contacto con su mejor amiga, Teopista. Quiere ayudarla. Primero hemos de llevarla al médico.

Protestó; Teopista procedía de su misma aldea y las familias de ambas eran amigas.

—No tengo intención de ir al médico. No permitiré que toda esa gente me vea.

—¿A usted que más le da? Todos van a morir algún día. La cubriremos con una manta y la llevaremos en coche.

Recordé el episodio de la mancha de tinta roja y el alivio que sentí al pensar que Candado se desangraba. La idea de que la tía Lwandeka rezumaría hasta morir casi me paralizaba. ¿Por qué no les echaba la culpa a otros? Se consideraba responsable de todo. Frente a semejante desdicha, la historia de la familia de mi padre, con tantas muertes violentas, era gloriosa, y mucho más significativa que la destrucción lenta, diabólica, de cuanto ella había sido una vez. Frente a ese deterioro de la belleza, esa supresión de los buenos recuerdos, esa anulación de la fuerza y esa aniquilación de la dignidad en una charca de sufrimiento fútil, cualquier otra muerte resultaría mejor.

Toda la familia estaba trastornada. Se presentó en masa, incluida Candado, que parecía perseguida por su propia profecía. No le cabía ninguna duda de que Dios había hablado por boca de ella, aunque le impresionó la ruina física de su hermana. Kasawo también se mostró afectada, pero le preocupaba más lo que ocurriría con el negocio de Lwandeka. Me interrogó sobre mil y un asuntos. Era evidente que en su opinión yo había saqueado la cuenta bancaria, la caja de caudales y el joyero de mi tía. Me molestaba, pero ya no tenía ganas de defenderme. Quería que esa repugnante situación acabara de una vez, pero debía pasar por ella.

Durante los últimos días, la tía Lwandeka soñaba constantemente con serpientes. Gritaba que su cama estaba llena de ellas y que una muy gruesa se le había metido en la boca y le devoraba las entrañas. Entonces su enfermera la acariciaba y le aseguraba que en la casa no había ninguna serpiente. Era doloroso presenciarlo. La mujer a la que había deseado y espiado, y habría deseado proteger ya no existía; sólo quedaba un esqueleto apenas cubierto por una piel de aspecto gomoso. Sus ojos semejaban dos huevos de perdiz. Su nariz era más pequeña, los labios estaban tensos como cintas elásticas. El cuello había desaparecido y la columna vertebral se había convertido en una serie de protuberancias. Sus brazos y piernas se habían secado. Su rótula recordaba un trozo de piedra que oscilara peligrosamente sobre un terreno azotado por la tormenta. No paraba de decir disparates sobre reptiles, pero cuando recuperaba la conciencia se ponía a contar historias divertidas con una voz áspera y aguda. ¡Se había convertido en un esqueleto sonriente! ¡En una osamenta parlante! Recordé las calaveras que había visto en los tenderetes justo después de la guerra. Habían sido requisadas por funcionarios del gobierno, algunas para enterrarlas, otras para exponerlas en un museo histórico. Pero para mí era como si las hubieran arrojado en la casa de la tía y ésta estuviese luchando por su herencia con la sonrisa demoníaca y torturada de un muerto viviente.

El último día, Teopista me llevó aparte y me rogó que fuera en busca de un sacerdote. Me negué. ¿Para qué? Esa mujer ya había pasado por el purgatorio y el infierno aquí, en la tierra. En cierto modo era como una santa que no necesitaba demostrar su condición de tal. Pero al fin cedí. Mientras tanto, llegó el general con algunos de sus parientes. Parecían vestidos para entrar en combate. El sacerdote no pasó mucho tiempo con ella. Con sus negros ropajes semejaba un cuervo o un gángster que acabara de ejecutar a alguien. El montón de huesos en que se había convertido la tía fue enterrado en el transcurso de una ceremonia multitudinaria. De ésta y los días que siguieron sólo guardo recuerdos inconexos e imágenes borrosas. La tía Lwandeka tenía razón: a nadie se le presenta tres veces la ocasión de rehacer su vida. A ella el virus le había denegado esa tercera oportunidad.

Lwendo acudió en mi ayuda.

—Tienes que ir a algún sitio y olvidarte de todo esto —me instó—. Vete por una larga temporada, a Inglaterra o a América. Puedes permitírtelo.

—No conozco a nadie en esos lugares.

—Hay ugandeses por todas partes. Un par de nuestros antiguos compañeros de escuela viven allí. Hazles una visita.

—No, quiero quedarme.

Le había prometido al general que me ocuparía de resolver los asuntos pendientes de su difunta esposa, y él me había ofrecido un empleo.

—Tienes que marcharte —insistió Lwendo—. Estás más muerto que vivo. Vas tan distraído que un día de éstos te atropellará un coche.

—Venga, no exageres —dije, pero sabía que tenía razón.

De pronto se me ofreció una salida inesperada. Action II, una organización humanitaria holandesa, estaba en dificultades debido a un asunto de pornografía infantil. Un funcionario del gobierno había encontrado material pornográfico en la casa de uno de los colaboradores de la organización, así como fotos de niños huérfanos nadando desnudos en el lago Victoria. El hombre que hizo el descubrimiento llegó a la conclusión de que el cooperante era un pederasta que había viajado a nuestro país para saciar sus perversos apetitos. Opinaba que había que tomar medidas contra Action II. El caso llegó a oídos de Lwendo, que conocía a un par de personas influyentes y empezó a ocuparse de él. Hubo negociaciones serias. El dinero pasó de mano en mano, pero las autoridades estaban decididas a expulsar del país a la organización para dar ejemplo.

Finalmente, la orden de deportación quedó sin efecto. Ese día, Lwendo me invitó a la ciudad. El hombre que llevaba el caso era Junco. Se había vuelto grande, gordo y lento. Bebía mucho. Era funcionario desde hacía un tiempo y había trabajado en varios departamentos.

—¿Ya has estado en el norte? —le pregunté, por decir algo. Nos separaba un abismo, y él no facilitaba las cosas.

—No; hay demasiado alboroto —repuso, lacónico.

—Se puede soportar. Nosotros estuvimos hace un año —intervino Lwendo.

—De modo que habéis visto de dónde procedo, ¿eh? —dijo

Junco, pensativo. Tenía un cargo importante y parecía agobiado por el peso de las responsabilidades. Demasiado trabajo y un sueldo demasiado bajo. La historia de siempre. El poco dinero que podía conseguirse mediante sobornos era para pagar viejas deudas.

—Así es —contesté. Me hubiera gustado recordarle las clases sobre sexo que nos había impartido y las erecciones con que escandalizaba a las profesoras cuando lo azotaban, pero por su aspecto no creí que siguiera interesado en esas cosas. El azote de las profesoras severas se excusó. Su secretario había llamado significativamente a la puerta del despacho.

—Un sinvergüenza muy duro de pelar —comentó Lwendo cuando salimos del edificio—. Casi les arranca las pelotas a esos putos holandeses.

Action II había trabajado durante una temporada en el distrito sureste de Amsterdam, también llamado Bijlmermeer, un enorme gueto en uno de los barrios periféricos de esa magnífica ciudad. Nos contaron que había allí muchos inmigrantes ilegales, entre ellos cierto número de ugandeses. Me ofrecieron un par de direcciones, pero no me interesaba convertirme en un inmigrante ilegal. Quería ir de vacaciones y regresar a mi país.

—Allí encontrarás gente que habla tu propia lengua —me dijo uno de los cooperantes, y se ofreció a organizar el viaje, incluida la carta de invitación necesaria para obtener el visado. Como contrapartida, hacía colectas para ellos durante un par de semanas. Tendría techo y comida gratis. Así quedamos.

Los cooperantes cumplieron con su palabra. Nos necesitábamos mutuamente: ellos querían que Lwendo no se alejase demasiado y yo les sería útil para reunir dinero. La sede de la organización me invitaba a ir a Holanda. Dos meses después estaba en el avión de camino a Amsterdam.

SÉPTIMA PARTE

Locuras del gueto

Subir a un avión fue lo mejor que me había ocurrido en muchos años. Viajé en primera clase, un cebo que mis patrocinadores emplearon para halagar mi amor propio a fin de que recolectase dinero como si el destino de todo el continente africano dependiera de ello. Estudié el líquido ambarino en la botella cuadrada y lamenté que el licor que yo había destilado no hubiera sido lo bastante bueno para exportarlo, ya que en tal caso en ese momento estaría viajando a Europa como hombre de negocios. Por cierto, me hallaba lejos de parecerlo, con mi traje de tela vaquera y mis zapatillas deportivas. Vestía como un rebelde en una misteriosa misión, lo que se aproximaba bastante a la verdad. Sentía que iba a necesitar toda mi experiencia al respecto: ignoraba a qué debería enfrentarme, pero lo haría completamente solo. Habría sido práctico que Lwendo me hubiese acompañado a fin de echarme una mano, pero se había quedado en Uganda para regentar su taller de carpintería, disfrutar de la vida apacible por la que había luchado y esperar la llegada de su primer hijo.

Las siete largas horas que duró el viaje fueron una especie de purgatorio. Tuve la sensación de estar flotando como un espíritu por encima de mi cuerpo ensangrentado y de colgar entre los fragmentos del hombre que había sido y los contornos desdibujados del que quería ser. También constituía una suerte de liberación. Los déspotas, la familia, las guerras, todas las penas y alegrías me abandonaron para hundirse tras el horizonte mellado del pasado, donde quería que descansaran en paz por toda la eternidad. Me sentía in- grávido, mareado por las dimensiones asombrosas de mi nueva li- bertad. El licor penetró en mi cuerpo y acentuó esa sensación ate- rradora de ingravidez y exaltación. Una fuerza mágica se había apoderado de mi cuerpo, y de pronto me creí capaz de cualquier cosa. Cerré los ojos y el último cuarto de siglo se hundió profun- damente en el olvido. Me borré a mí mismo de sus anales, conven- cido de no haber desempeñado ningún papel en él, de que todo era producto de la diabólica imaginación de alguien. Antes de dor- mirme, soñé que el avión estallaba y que ese poquito del pasado que aún llevaba conmigo se esparcía como polvo por encima de las nubes y caía, en forma de lluvia, sobre océanos y países extran- jeros.

Cuando hubo pasado el efecto del alcohol, recobré la concien- cia. Tomé de nuevo posesión de mi cuerpo y miré por la ventanilla. El cielo era oscuro sobre Bruselas, y el aeropuerto se encendió como las luces de un barco en la tormenta. Una bruma bella y me- lancólica envolvía mi nuevo reino. Semejaba una gruta iluminada por mil árboles de navidad en llamas.

Las innumerables almas que deambulaban por la sala de llegadas acentuaban la sensación de irrealidad. Ese mundo extraño era un adversario gigantesco al que tendría que vencer si pretendía obtener lo que planeaba. El peso inmenso de esa tarea hacía que caminase lentamente. Un sudor frío comenzó a correr por mi espalda cuando vi que la multitud se tragaba uno a uno a los pasajeros de mi avión. Traté de descubrir un rostro amable, en la esperanza de aferrarme por unos minutos más al cable deshilachado de la comunión que había tenido lugar en el aparato, pero todos parecían sumidos en sus propios pensamientos y ocupados en mil y un asuntos a la vez. Cegado por la luz, avancé parpadeando por aquella gruta para ver si de los ár- boles de navidad colgaban regalitos, presagios de la salvación que esta- ba buscando. Fui a las tiendas libres de impuestos para echar un vistazo a los relojes, las cámaras y las joyas. Iluminados por una luz blanca tan intensa que parecía magnesio en llamas, los artículos constituían claros ejemplos de una publicidad agresiva y una vida útil muy breve. Para comprar uno solo de esos objetos yo debería haber trabajado cinco años como maestro. Con el rabo entre las piernas, me dirigí a la sala de espera y me senté. Una riada ininterrumpida de personas pasó por delante de mí; el ruido de sus tacones contra el suelo era un canto de alabanza al dios de los viajeros.

El avión que nos llevaría a Amsterdam era pequeño. Despegamos, se hizo de día y una luz fría, que reveló la presencia de cientos de coches, toda una fila de aviones y el laborioso personal del aeropuerto, devoró la bruma que rodeaba a éste.

El espectáculo más memorable de la mañana fue la vista de los pólders: mantos verdes de tierra drenada que semejaban mapas dibujados con precisión. La gruta en que aterricé en esta ocasión superaba en tamaño la del aeropuerto de Bruselas. La bañaba una luz suave y dorada, y presentaba más túneles todavía.

Al otro lado del aeropuerto, donde tuve la sensación de ser escupido del cálido interior de un leviatán a las frías aguas de un mar maldito, me esperaba una pareja de cooperantes de Action II. El hombre tenía ojos pequeños de color verde, la voz suave y las manos grandes y torpes, y llevaba barba. La mujer tenía una cara caballuna, ojos gris ceniza, una naricita respingona y la boca grande. Se mostraban muy entusiasmados con mi llegada y la buena obra que habían hecho. Por un instante pensé que me encontraba en buenas manos. Me preguntaron cómo había ido el viaje, cuál era la situación en Uganda, cómo veía el futuro del país, si creía que sus colegas estarían seguros y un montón de cosas más.

El hombre mantenía los ojos fijos en la carretera y de vez en cuando asentía, con la boca entreabierta, pero no dijo nada. Nos rodeaba un mar de coches y edificios, y las autopistas se hundían en el paisaje y emergían de él. A la fría luz del sol, que no conseguía calentar el viento gélido que atravesaba la ropa como un cuchillo la mantequilla, entramos en Amsterdam.

Me alojaron en un hotelito frente a la Estación Central, por cuya puerta principal vi salir a millares de personas desde mi ventana. Me recordaban las multitudes que pululaban en la parada de taxis de Kampala. Coches, tranvías, autobuses y trenes traqueteaban sin parar, pero el fragor que producían era superado en ocasiones por el rugido de una especie de motocicleta gigantesca. Casas antiguas de fachadas estrechas y frontispicios triangulares montaban guardia a lo largo de los canales.

A la mañana siguiente mi euforia se desvaneció: las moscas habían invadido mi nuevo paraíso. Al igual que el doctor Ssali, el marido de la tía Tiida, a quien esos bichos repugnantes habían atormentado cuando la herida de su circuncisión aún estaba fresca, me dispuse a pelear contra ellas en varios frentes. No me pasaba inadvertido lo irónico que resultaba el que, tras un viaje tan lujoso, no sólo tuviera que enfrentarme a un enjambre de moscas, sino hablar, en mi primer día de trabajo, de lo mucho que éstas atormentaban a mi pueblo. Tan violento anticlímax me afectó los nervios y me provocó diarrea. Mendicidad internacional, saqueo de imagen y explotación necrófila de la peor especie esperaban mi aprobación. Me esperaban también imágenes de niños, más muertos que vivos, con los ojos, la nariz y la ropa cubiertos de moscas. Sus desgarradores gritos de socorro, que semejaban diabólicas auras por encima de sus cabezas, hicieron que se me quitaran todas las ganas de hacer mi nuevo trabajo. Me di cuenta de que estaba temblando y me moría por tomar una copa.

La buena impresión que me había llevado al principio de mis anfitriones se convirtió en lo contrario. La torpeza de su propaganda lo decía todo sobre la organización y la clase de gente a que aquélla estaba dirigida. Me encontraba metido en un grupo de bribones de sangre mucho más fría que la mía y debería repasar y desechar todo lo que sabía hasta el momento. Traté de ponerme en el lugar de sus supuestos benefactores. Si a alguien se le ocurriera molestarme con unas fotos como aquéllas, sobre todo de niños aquejados de estreñimiento que se arrastraban como gallinas, preguntaría de inmediato por qué habían tardado tanto en prestarles ayuda. Pues sí, se trataba de un juego oportunista, y su objetivo no era tanto evitar el sufrimiento como pretender tapar las heridas ulcerosas con unas vendas transparentes de tan empapadas como estaban del pus de la autocomplacencia. Yo había cometido el error de llegar en las postrimerías de una locura solidaria cuyo momento de esplendor había sido en la década de los ochenta, cuando toda clase de organizaciones humanitarias tenían poder de vida y muerte sobre multitudes anónimas e indefensas y hacían todo lo posible por obtener dinero de la indiferencia culposa del Occidente opulento. No sólo los ancianos bienintencionados eran el blanco de esas organizaciones, sino que se extorsionaba a la sociedad en su conjunto con imágenes de niños enfermos cubiertos de mierda y moscas para que soltara un dolar aquí, diez centavos allá. La corrosiva explosión del magnesio del reaganismo y el thatcherismo había dado nuevos bríos a los cárteles de la solidaridad, y el que yo me encontrara bajo sus últimos destellos no le hacía ningún bien a mis ojos ni a mis sentimientos.

Los cárteles y tiburones de la industria de la cooperación habían ido demasiado lejos y se hallaban en una difícil situación. Por culpa de tanto cadáver y mendicidad cubierta de moscas, de tanta apelación rimbombante a la dudosa magnanimidad de los ricos indiferentes, éstos se habían vuelto mucho más indiferentes e insensibles. Algunos tiburones se habían percatado de su error y trataban de introducir un elemento de humanidad en aquel sistema necrófilo de recaudación de fondos. Yo creía que mi anfitrión y sus colegas estaban obligados a enderezar lo que habían torcido, pero no me parecía que fuese de mi incumbencia echarles una mano, ni me sentía inclinado a ello. Negarme a seguirles el juego me producía una maligna satisfacción. Me enseñaron su calendario de actividades, tan lleno como una lata de judías. De acuerdo con su programa, yo debía pronunciar veinte discursos y conceder una docena de entrevistas. Todo me pareció fantástico, e incluso les di las gracias en nombre de la masa sin rostro de los desamparados. Los llamé «buenos samaritanos», y advertí que se ruborizaban, no sé si porque percibieron un dejo de ironía en el tono de mi voz.

Cuando volví a la habitación del hotel hundí la cabeza en la almohada y lloré. ¿Cómo podía alguien pretender que vendiese a la tía Lwandeka de puerta en puerta? No eran las imágenes de los niños enfermos las responsables de que no quisiese tener nada que ver con todo aquello, sino la foto de una mujer joven y demacrada sobre la cual una leyenda, escrita con letras enormes, imploraba, mendigaba ayuda. La mujer aparecía sentada sobre una estera, con el rostro cadavérico levantado hacia la cámara. Sus ojos flotaban en unas órbitas viscosas, y tenía las piernas, flaquísimas, estremecedoramente desnudas. Constituía la imagen perfecta de una lenta e insoportable agonía. Todo el dinero que ese cadáver reportara llegaría a África con cuentagotas y de inmediato sería desviado hacia el pago de la deuda externa. Al continente africano le ocurría lo mismo que a la tía Lwandeka en sus últimos días: el poco alimento que entraba por arriba se escapaba de inmediato por abajo. Ojalá Lwendo hubiese tratado con dureza a aquel cooperante pederasta y les hubiera dado una patada en el culo a todas las demás organizaciones humanitarias. No eran malas personas, al menos si se las comparaba con nuestros asesinos impunes, pero su compañía distaba de ser aconsejable, y yo no la deseaba ni un solo día más.

Esa misma tarde hice la maleta. Fui a una cabina telefónica que había cerca del hotel y marqué un número del gueto. Mientras el aparato sonaba al otro lado del hilo, sentía que el corazón iba a estallarme. Estaba expulsándome a mí mismo de un paraíso hostil. De pronto oí a las moscas, que esperaban mi elocuente discurso para recaudar fondos, salir zumbando de las fotos y chocar entre sí. La imagen de aquellos insectos negros y verdiazules posándose sobre cadáveres, mierda y podredumbre llenó la cabina de un hedor mórbido que me mareó. Por desgracia, no había dejado nada atrás. No había enterrado el pasado en las nubes. Me lo había llevado entero conmigo, exactamente igual que el virus que había acabado con la tía Lwandeka. Me sentía asediado, agobiado, desganado. Me sentía cercado por todos esos rostros blancos que me rodeaban en la calle, en los edificios que se alzaban frente a la Estación Central, en los cafés del Damrak, en todas partes. Quería pisar tierra firme y alejarme para siempre de aquellas moscas horribles. Palpé el dinero que llevaba en el bolsillo. ¿Hasta qué punto uno lo pasaría mal sin un céntimo en una ciudad como aquélla? ¿O si tuviera que sobrevivir en la calle? ¿O si lo recluyeran en un centro de confinamiento hasta que aceptaran o rechazaran su solicitud de asilo político? Mientras reflexionaba acerca de esas cosas, alguien dijo *«Aallo?»* al otro lado del hilo. Y sí, hablaba con el acento lugandés de nuestro pueblo. Estuve a punto de dar un salto de alegría. ¡La Pequeña Uganda, un grupito de ugandeses en el exilio manifestándose en el corazón mismo de la blanca Holanda! Eso debieron de sentir los asiáticos al regresar a Kampala y oír a la gente hablar gujarati o urdu, me dije.

—*Osiibye otya nnyabo?* —pregunté.

—*Bulungi ssebo* —contestó la voz.

¡Qué maravilloso sonaba aquello en el frío aire vespertino! Y ¡qué alivio saber que las direcciones que me había dado Action II existían realmente! El resto de la conversación, que giró en torno a dónde podía alquilar una habitación, se desarrolló como en un sueño, al menos durante un rato. Me imaginaba la cara que pondrían mis anfitriones «cooperantes» cuando descubriesen que me había largado sin insinuarles siquiera que lo que hacían me parecía tan horrible como el modo en que lo hacían. Salí de la cabina sintiendo en la boca el ardiente sabor de la venganza y riendo ante la perspectiva de alojarme con mi propia gente. Las luces de las ventanas y las farolas se reflejaban en las aguas del canal, que discurría delante del hotel semejante a una serpiente a la que hubieran sujetado por los extremos. Yo también había sujetado a mi propia serpiente y me sentía invencible.

El trazado de las vías del metro que recorría el extenso gueto tenía la forma de una Y o de un rosario roto. Era verano y el aspecto de los monstruosos bloques de pisos quedaba suavizado por el exuberante verdor de las plantas de la calle: arbustos en flor, árboles y hierba donde el camino se bifurcaba de la vía férrea. En invierno, los árboles perderían las hojas y semejarían brazos desnudos, en tanto que el cielo se volvería gris como el omnipresente hormigón. Pero era verano y me quedé encantado por todo ese verdor que iluminaba mis primeras impresiones. Bajé del metro con mi maleta y mis bolsas y miré alrededor: los grandes edificios semiocultos, los árboles a lo largo de la calzada pavimentada y las aceras. No parecía demasiado terrible, o al menos no lo era tanto como la palabra «gueto» sugería. Junto a la estación del metro, bajo los viaductos y delante de los edificios había grupitos de adolescentes vestidos con ropa holgada, zapatillas deportivas y gorras de béisbol con la visera hacia atrás; semejaban soldados listos para repeler un ataque. Cuando pasé por su lado se me ocurrió pensar que podrían haber sido alumnos míos en el Sam Igat College; pero ¿alumnos de qué?

Mi objetivo se hallaba a un par de cientos de metros de la estación. Crucé pasajes y túneles cubiertos de grafitos que por la noche se convertirían en un mercado de estupefacientes, y dejé atrás una plaza donde los miércoles se montaba un mercadillo. Vi también un centro comercial y una comisaría de policía instalados en unos edificios bajos en forma de caja. Los colosales bloques estaban agrupados por orden alfabético en medio de vastos parques. Los mayores estaban subdivididos en tres o más alas, dispuestas en semicírculo. Mi vida pronto giraría en torno al Bloque E, una mole que llevaba el nombre de Eekhoorn, «ardilla».

En 1966, para cuando el abuelo había caído en manos de unos canallas y el estado de excepción pasaba por su momento de máxima violencia, habían construido ese gueto, ese Jardín del Edén, para acoger a los antillanos y surinameses procedentes de las antiguas colonias holandesas. Los edificios principales y los garajes estaban comunicados por pasajes cubiertos, había agua corriente y los baños disponían de váter con cadena; en resumen, esas moles eran un prodigio de modernidad. El Jardín estaba subdividido en parques que limitaban con autopistas, vías de metro y puentes, y en los que había plantados grandes arbustos que florecían en primavera y verano. Muy por encima de éstos sobresalían árboles enormes que recordaban los bosques del continente suramericano, de donde procedía la mayoría de los inmigrantes. Al caer el sol en verano se percibía en los senderos el perfume de las flores y se oía piar a los pájaros que se disponían a pasar la noche.

Una vez realizado el sueño, las borrosas figuras de los habitantes de las antiguas colonias deambulaban entre los árboles cargados de frutos prohibidos, sobre la hierba en que reptaba la serpiente que lo envenenaría. Al igual que Dios, el Soñador por obra del cual el Jardín existía, se largó, y la decepción, el aislamiento y el crimen se apoderaron de éste, siguiendo así los dictados del auténtico espíritu del capitalismo *prime-time*. En las oficinas del Soñador había montones de informes sobre la proliferación de actos violentos y el aumento del desempleo y el tráfico de estupefacientes, pero como todo ocurría dentro de los límites del Jardín, no se hacía mucho por remediarlo. Al fin y al cabo, las frescas aguas de los subsidios y la asistencia social seguían fluyendo sobre el mar de fuego, los niños seguían yendo a la escuela y la policía hacía la vista gorda. Había libertad de movimiento desde las antiguas colonias al Jardín y cada cual podía hacer lo que le viniera en gana, como debe ser en una democracia. «Lo tenemos razonablemente bajo control» y «Podría ser peor» eran los lemas pintados en las paredes de la oficina del Soñador. Seguro.

Cuando llegué al gueto vi a hombres, mujeres y niños negros entrar y salir de los colosales edificios y comportarse como cualquier persona normal. Sonreí a mi pesar. Casi todos los dependientes de las tiendas también eran negros, caribeños o africanos, aparte de algún asiático o blanco. Mi nueva residencia había recibido hacía poco una nueva mano de pintura de color marfil, los huecos para los ascensores eran rojos y en general tenía buen aspecto. Los pasillos eran larguísimos, las corrientes de aire terribles y en algunos rincones apestaban a meados. Oficialmente vivían allí ochocientas personas, pero según censos oficiosos sumaban más de mil quinientas. En realidad, nadie sabía con exactitud cuántas eran. La idea del anonimato, la imprecisa ausencia de leyes y un ambiente estimulante que recordaba el Lejano Oeste me gustó. Me sentía invulnerable: allí podían ocurrir cosas muy desagradables, pero no a mí. Había lavado mi ropa en la sangre de guerras encarnizadas, y por eso creía que la inofensiva violencia del gueto no me alcanzaría. Llevaría una existencia tranquila, no sería responsable de nada ni de nadie y, si me aburría, siempre me quedaba el recurso de volver a mi país.

Mi nuevo hogar era un apartamento de cuatro habitaciones en el séptimo piso. Mi patrona, una mujer de treinta y dos años llamada Keema, había abandonado Uganda y su penoso matrimonio en dirección a Kenia, desde donde había tomado un avión rumbo a Holanda, hacía de eso casi diez años, con un visado de turista. Sus viejos amigos la habían ayudado a encontrar trabajo, vivienda y consuelo, y cuando por fin obtuvo un permiso de residencia y un pasaporte holandés, se trajo a sus tres hijos. En el apartamento vivían unas diez personas, que iban y venían sin horario fijo. Cuando llegué ya había seis inquilinos instalados. Alquilé el dormitorio más pequeño, al lado de la salita, justo enfrente del cuarto de baño y del retrete. De noche, la salita también hacía las veces de dormitorio para quienes necesitaran un alojamiento temporal, gente recién llegada, o que se quedaba a dormir después de una fiesta. Si alguna lección había aprendido mi patrona era la de no cerrar nunca la puerta a nadie. Aquel apartamento funcionaba como centro de coordinación para emigrantes de camino a Inglaterra, club de exiliados ugandeses y sala de fiestas en la que se organizaban celebraciones de cumpleaños, comidas de Navidad y toda clase de veladas dudosas, porque allí, en el gueto, a diferencia de lo que ocurría en los barrios de los blancos, donde vivían algunos de los amigos de Keema, no se ponía límite al ruido. Uno podía poner el equipo de música o el televisor a todo volumen. Si al vecino le molestaba, lo único que le quedaba por hacer era organizar él también una fiesta y armar el mayor alboroto posible. La policía nunca intervenía. De hecho, jamás patrullaba las calles del gueto por la noche. En su lugar habían contratado a unos guardias de seguridad que se esforzaban por dejar en paz a los vecinos. Si alguien resultaba atacado por una pandilla o un drogadicto con síndrome de abstinencia, debía apañárselas por su cuenta, pues era improbable que un guardia apareciese para echarle una mano. Por eso muchas personas llevaban navaja.

La casa de Keema gozaba de enorme popularidad. Siempre estaba llena de gente. La cocina permanecía abierta las veinticuatro horas del día y el agua de la cisterna del váter no paraba de correr; el ruido que hacía me recordaba el gluglutear de los pavos del tío

Kawayida. Los niños iban a la escuela y, cuando llegaban a casa, hacían las tareas que les hubiesen mandado y se iban a jugar a la calle. Mi casera no volvía a verlos hasta la noche, porque trabajaba en un invernadero, en las afueras de la ciudad. Solía regresar muy tarde, muerta de cansancio y con un humor de mil demonios, y si descubría que habían roto una taza o hecho alguna trastada, pillaba una rabieta en cierto modo liberadora. Lo curioso era que la mayor parte de los estropicios los hacía su hija mediana, una niña de diez años. Cuando había ocurrido algo, Keema sospechaba automáticamente de ella, y si la niña no reaccionaba lo bastante rápido, su madre le pegaba con un paraguas o le daba un bofetón. Keema sentía debilidad por su único hijo varón, y también el menor. Era testarudo como una mula y le divertía tirarse pedos cuando había visitas, pero ella no se daba por enterada o se inventaba una excusa para justificar la conducta del crío. Yo le tomé un cariño especial al eterno chivo expiatorio, y la niña se aprovechaba de ello. Cuando necesitaba un dinerillo, se ponía a bailar delante de mí, moviendo las caderas como una *rapper* americana que había visto en la televisión, hasta que yo soltaba unas monedas o algún billete. Por supuesto, tenía otras víctimas aparte de mí. En las fiestas se contoneaba alrededor de los hombres con una insistencia que avergonzaba a las mujeres, hasta obtener su recompensa. Extrañamente, Keema nunca la castigaba por esas representaciones provocativas. De hecho, y de un modo bastante perverso, parecían encantarle.

Las primeras semanas fui a menudo al centro de la ciudad, a visitar museos y otros lugares turísticos de los que había oído y leído; pero cuando dejaron de constituir una novedad y me hube familiarizado con los edificios y los ruidos, me quedé en el gueto. En la casa había recuperado mi viejo papel de chacha. Los niños me pedían a menudo que les ayudara con los ejercicios de matemáticas, cosa que hacía, pero pasaban la mayor parte del tiempo ante el televisor, riñendo o discutiendo, en definitiva, disfrutando de su infancia. Me recordaban a los cagones de Candado y Serenity y a los hijos huérfanos de la tía Lwandeka.

Empecé a relacionarme con toda clase de ugandeses. Algunos habían vivido en Suecia, Inglaterra o América antes de ir a parar a Holanda, y como siempre hablaban de esos países se los conocía como el Sueco, el Inglés o el Yanqui. Otros habían huido durante el régimen de terror de Amin, y ya eran ciudadanos holandeses. Conocí mujeres que habían escapado de sus maridos y otras que habían acabado prostituyéndose por necesidad, debido a que su situación de inmigrantes ilegales les impedía encontrar trabajo. Había también antiguos verdugos de Amin y de Obote, que habían enterrado su pasado y tenían una familia normal, incluidos una mujer blanca e hijos mestizos. Junto a gente que había recibido formación universitaria y no conseguían un empleo relacionado con su profesión, vivían rateros y chicos que habían abandonado los estudios. Abundaban los ghaneses y nigerianos que en la década de los setenta se habían hecho pasar por ugandeses y de ese modo habían obtenido asilo político, así como ugendeses que habían simulado ser de Sudán aprovechando la guerra civil que tenía lugar en ese país, ya que Holanda sólo admitía como refugiados a quienes procedían de lugares donde se violaban los derechos humanos. Esas grandes diferencias de origen y medio social creaban un ambiente de recelo generalizado. Nadie hablaba mucho de sí mismo hasta estar seguro de quién era y de dónde venía su interlocutor. Imperaba la sensación de que el gobierno holandés tenía espías por todas partes que vigilaban de cerca a los ugandeses.

Al principio resultaba excitante escuchar esos relatos corregidos y aumentados, sobre todo cuando se referían al modo en que alguien había conseguido el dinero para el pasaporte y el billete de avión, o a las experiencias vividas en Suecia, Inglaterra y América; pero después de oír semana tras semana las mismas historias de boca de gente que iba a casa de Keema para ver la televisión, escuchar música o chismorrear porque se aburría, empecé a hartarme. Casi todos habían emigrado por motivos económicos, y si habían solicitado asilo político se debía a que era el único medio de entrar en el país. En su mayoría habían pasado por la humillación de los campos de refugiados, y si bien mostraban las cicatrices que años de espera en semejante limbo habían dejado en ellos, se sentían pletóricos de energía y optimismo. Buen número de ellos trabajaban como esclavos en invernaderos, granjas, mataderos y demás lugares igualmente inmundos. Llegaban a casa de Keema deslomados tras una dura y larga jornada. No me sorprendía el que acudieran con tanta frecuencia a ese lugar de encuentro preferido por muchos, y poco a poco fui comprendiendo por qué al principio me miraban con desconfianza; al fin y al cabo, ¿quién era yo?, ¿cómo me las apañaba para vivir sin trabajar?, ¿qué estaba buscando allí?, ¿cuál era mi secreto?, ¿se podía confiar en mí?

La intimidad era un privilegio del que yo sólo disfrutaba en contadas ocasiones. Procedentes de la salita llegaban a mi dormitorio conversaciones teñidas de nostalgia, por lo que cuando había gente de visita me resultaba imposible descansar o pensar. En esas ocasiones me veía obligado a sumarme a la reunión y participar en conversaciones que me traían sin cuidado. Las fiestas constituían un martirio. La casa era invadida por treinta o más personas que apestaban a perfume y loción para después del afeitado. Las paredes temblaban con el fragor de la música, el baile, las discusiones y el gorgoteo constante de la cisterna del váter. A Keema todo aquello le parecía muy bien; durante la semana se marchaba de casa a las siete de la mañana y no regresaba hasta doce horas después, de modo que durante el fin de semana quería fiesta, para entretener a sus amigos y mantener sus contactos, pues, según descubrí, le pagaban por acoger gente en su casa. Los preparativos para los festejos duraban un par de días, porque había que organizar la provisión de comida y bebida, ordenar la salita y las otras habitaciones o asar pollos, motivo por el cual había una actividad que recordaba la de una taberna poco antes de la hora de abrir. Se comía temprano, y a continuación empezaba a llegar gente a la que había que atender y proporcionar bebida, música y diversión hasta la madrugada. A veces ocurría que dos mujeres se peleaban por un hombre, o dos hombres por una mujer, y eso, a su vez, era fuente de chismorreos.

El gueto parecía Uganda durante la guerra: de día reinaban la ley y el orden, y por la noche los delincuentes, sus cómplices y sus víctimas. Para hacerme una idea de ambos mundos empecé a rondar las calles a la caída del sol y visitar antros de drogadictos y traficantes de poca monta. A partir de las ocho de la noche los pasajes cubiertos, ciertos rincones y determinados cafés bien conocidos empezaban a cobrar vida. Aparecía un cliente que murmuraba algo, entregaba una cantidad de dinero y recibía un paquetito de plástico. Algunos de ellos no podían esperar: se volvían hacia la pared, abrían el paquetito y esnifaban el polvo que éste contenía.

Los adictos al crack tenían sus propios lugares, a menudo una vivienda deshabitada, donde se acuclillaban, encendían un fuego y calentaban sus cucharillas. Era toda una experiencia ver la expresión de beatitud que aparecía en sus rostros cuando, tras tomar la pipa con dedos temblorosos, aspiraban de ella. Se trataba de una beatitud que penetraba en cada fibra de sus músculos, acariciaba los huesos y se desvanecía. Entonces se relajaban y, boquiabiertos y con los ojos vidriosos, se ponían a bostezar y babear mientras el cuerpo se les encogía como un globo pinchado. Las almas que pasaban por ese purgatorio parecían atormentadas, víctimas de una enfermedad vírica que les produjera tremendos accesos de fiebre. Finalmente, sonámbulos, iban en busca del siguiente chute. Las navajas hacían acto de presencia a menudo, por lo que yo procuraba largarme antes de que me pusieran una delante de las narices.

A lo largo de los pasajes cubiertos había jóvenes con ropas muy holgadas y la gorra hundida hasta los ojos, a un metro de distancia el uno del otro, esperando a los clientes. Semejaban cocodrilos aguardando a que su presa cayera en la emboscada. Y sí, la presa se acercaba a ellos en busca del polvo que los conduciría al éxtasis. Aquéllos eran lugares peligrosos, y lo peor que podía ocurrirle a alguien era que lo atracasen o verse envuelto en una riña. La policía no se presentaba ni por casualidad. Su táctica consistía en llegar cuando lo peor había pasado, o cuando alguno de los contendientes estaba inconsciente o muerto. Si uno iba a la policía para explicar que había recibido amenazas, sólo entraban en acción cuando ya era demasiado tarde. La mayoría de los delincuentes recuperaban la libertad poco después de haber sido detenidos. El peligro y la inseguridad que se respiraban hacían que mis merodeos nocturnos fuesen estremecedoramente excitantes.

La navaja era allí el símbolo de respeto. Los chicos que vestían ropas holgadas solían llevar una en el bolsillo. Se trataba de unos chismes amenazadores cuyas hojas medían tres o cuatro centímetros de ancho. Yo las temía mucho más que a las balas, pero ello no me impedía salir por la noche para observar a los yonquis pinchándose en ascensores averiados o bajo las escaleras, a algunas mujeres chupársela a un tipo o follar con éste por dinero, y a gente que reñía por asuntos de drogas, deudas o por nada.

Lo más asombroso del gueto era que no pasaba día sin que alguien se marchara o llegara a él. Ansioso por tener algún contacto intelectual, me sentaba en la barandilla que había delante del edificio a mirarlos cargar y descargar muebles de las furgonetas. Los yonquis que el domingo por la mañana me encontraba bajo los viaductos o en los pasajes cubiertos en medio de charcos de orina, vómito y babas, parecían haber resucitado y, como si los hubieran provisto de músculos nuevos, arrastraban pesadas camas de matrimonio, armarios con lunas de cristal y maletas repletas. Y mientras contemplaba sus movimientos advertía que se marchitaban lentamente hasta convertirse en zombis chalados que se morían por una dosis.

Poco a poco empecé a tender la mano al África de la diáspora. No resultaba fácil, debido a la barrera lingüística. Además, no trabajaba, no frecuentaba discotecas ni me drogaba. Fui en busca de una biblioteca para sacar unos libros prestados y, quizá, relacionarme con alguien, pero en el barrio no había ninguna. Finalmente le pedí a la traviesa hija de Keema que me enseñara los rudimentos del holandés a cambio de favores y dinero. Reuní un tosco arsenal de expresiones corrientes en esa lengua y esperé a que se presentase mi ocasión. Cuando una noche tropecé con una mujer que huía de una pandilla, me alegré. Mi reacción fue perfecta. Al verla venir hacia mí, dije en un impecable holandés: «Siento haberme retrasado, cariño. Debería haberte recogido en la estación, como te prometí.» Creo que los chicos no tenían realmente malas intenciones, pues en ese caso la habrían atrapado mucho antes. Se limitaban a insultarla y pedirle que les hiciese una mamada. Ella estaba sin aliento y bañada en sudor. Le costó reaccionar, y cuando al fin lo hizo repuso en tono vacilante: «Sí, ¿dónde te habías metido?» Los chicos se detuvieron, nos miraron por un instante y regresaron por donde habían venido. La oscuridad la había salvado de más humillaciones: sus perseguidores no podían verme bien, de modo que ignoraban si iba armado o no. Fue pura casualidad que aprovechase aquella situación.

La mujer me dio las gracias y me invitó a tomar algo en su casa. Se llamaba Eva. Para ponerla a prueba, dije: «Lo siento, es que tengo que ir a un sitio.» Ella insistió, por lo que imaginé que o vivía sola o era madre soltera y no tenía ganas de volver a casa sin compañía de alguien. No me apetecía que dos o tres mocosos que llevaban toda la noche esperando a su madre me recibieran con lloriqueos. Aún teníamos que andar unos cientos de metros por un parque mal iluminado, y la vi mirar con desconfianza hacia los arbustos.

Resultó que no la esperaba nadie. Tenía treinta años y ya empezaba a ensancharse de modo perceptible por delante y por detrás. Me recordó a Kasawo, mi tía materna. Era mulata, pero parecía más blanca que muchas de las mujeres blancas que había visto esa semana. Tenía la cara chata y un pelo sedoso y negrísimo que cubría con una peluca castaña. Se enfrentaba a aquel mundo de calentorros, saqueadores, cocodrilos y desconocidos con una mirada fría, aunque no siempre le daba resultado. Pero tras esa coraza se escondía una sonrisa agradable, invitadora. Me encantó el olor de flores que percibí al entrar en su apartamento. Era muy diferente de la atmósfera sofocante y cargada del piso de Keema.

Eva tenía unos muebles voluminosos, un equipo de música enorme, una gran colección de discos y vídeos, y de las paredes colgaban innumerables fotos de ella y de su familia. Me sentí decepcionado al no encontrar más material de lectura que el listín telefónico, la programación de la televisión y un montón de revistas de modas. Su cuarto de baño estaba repleto de potes de crema, perfumes, polvos, champús, mondadientes, limas para las uñas y otros objetos para la higiene personal cuya utilidad se me escapaba. Yo no salía de mi asombro. En Uganda habría podido abrir una tienda con todo eso. Traté de imaginármela maquillando durante horas ese rostro con que afrontaba sus días.

Nuestros primeros encuentros fueron distendidos. Nos eludíamos y ocultábamos tras banalidades como el tiempo, la vida en el gueto, las drogas, la juventud y la música. Le sorprendió el que yo procediese de Uganda. Había pensado que era jamaicano o estadounidense. Le pregunté si sabía dónde estaba Uganda y se limitó a reír. Yo me mantenía alerta. No la sonsacaba ni trataba de agobiarla con demasiada información. Por lo general hablábamos de ella. Trabajaba en una clínica geriátrica en la parte blanca de Amsterdam, tenía un hijo, dos hermanas y tres hermanos, que vivían en la región del Caribe. Llevaba quince años en Holanda y, en general, se sentía como en casa. Su vida giraba en torno al trabajo, un par de amigos, un club al que asistía muy de vez en cuando, y poca cosa más. Apenas le interesaba lo que ocurría en el resto del mundo o del país. Me sentí bastante decepcionado. ¿Qué podía aprender de ella?

Traté de contarle algo de mí; le hablé de mi educación, de mi experiencia como maestro, de las guerras que había vivido, del Triángulo de Luwero, pero ella no mostró interés alguno. Lo que de verdad le gustaba era la música pop norteamericana. No paraba de hablar de Gregory Hines, Lionel Richie, James Ingram, Michael Jackson, Prince y Aretha Franklin. Mis conocimientos al respecto eran más bien pobres, puesto que se limitaban a algunos artículos leídos en viejas revistas, pero lo único que ella esperaba de mí era que escuchara. Me bombardeó con detalles de la vida privada de los músicos a quienes admiraba. Cuando traté de hablar de literatura, no obtuve ninguna respuesta. También la entusiasmaba Hollywood. Sus conocimientos sobre películas y estrellas de cine eran fenomenales. Sabía exactamente cuándo se había rodado determinado filme, quién era su director y quiénes actuaban en él. Estaba al corriente de los problemas que había habido durante el rodaje y qué estrenos merecían ser un éxito y cuáles estaban destinados al fracaso. Sus películas preferidas eran las comedias románticas, los musicales y las de aventuras. Cuando empezaba con ese tema me entraban ganas de largarme. Pero no terminaba ahí la cosa. Después de las películas se ponía a hablar de desfiles de modas. A mí me importaban un pimiento la ropa, quién la confeccionaba y quién la mostraba en las pasarelas, pero si se ponía a hablar de ello no había modo de pararla. En el fondo tenía la impresión de que ya llegaría mi oportunidad de bombardearla con información sobre lugares, hechos y libros cuya existencia ella desconocía. La dejaría anonadada. Pero la oportunidad nunca se presentó.

Cuando tomábamos unas copas de más, nuestra conversación o, mejor dicho, su monólogo empezaba a ser apasionado. Descubrí que Eva había empezado a beber tras dejar de fumar, y eso, aparte de no beneficiar en nada su figura, la hacía jadear y resollar. En cierta ocasión se lanzó con vehemencia a criticar duramente a los hombres.

—Perros, perros, perros —dijo con el acento de un personaje de Spike Lee.

—¿Y tú que te piensas que eres?

—No dicen más que mentiras.

—Y tú caes en la trampa, y empiezas a mentir también —repliqué, excitado. Era nuestro primer diálogo auténtico.

—Sólo sales en defensa de los de tu clase —me espetó, casi enfadada.

—Me gusta mantener una buena conversación. Los monólogos quedan mejor en el teatro.

—Por lo menos podrías ser tan amable de dejarme terminar.

A las mujeres con las que había salido en Uganda les resultaba difícil hablar de ese modo de sus derrotas y sus victorias. Preferían que los hombres no lo supieran todo acerca de su pasado. A Eva no le importaba; incluso le gustaba. Se sentía, de alguna manera, liberada. Pronto estuvo metida a fondo en el tema y me habló, con ojos resplandecientes, de su ideal: un tío de más de dos metros de estatura que a su lado destacase como una farola. Daba la sensación de estar siempre buscando a alguien así. Para empezar, había comprado una cama gigantesca, y en su armario había dos camisones enormes y un surtido de sandalias tan elegantes como grandes. Cuando yo miraba los carteles de estrellas del pop que cubrían las paredes de su apartamento, comprendía que no se trataba de la cháchara de una borracha, sino que lo decía en serio. Me consideré afortunado de no ser su hombre ideal. Los preparativos que había hecho para recibir a su príncipe azul bastaban para que alguien prudente como yo tuviera la impresión de que estaba bastante desesperada.

Envuelta en un vaho de alcohol me invitó a compartir su cama. Fue una sorpresa. ¿Por qué no aguardaba a conocerme mejor? ¿Acaso no había tíos de dos metros de estatura esperando entre bastidores una oportunidad? Tampoco me sorprendió el que no se me empinase de inmediato. Tenía la cabeza en otro lado. De repente me asaltó la imagen de Jo Nakabiri, y no conseguí arrancarla de mis pensamientos. En lugar de que eso convirtiera a la mujer que estaba a mi lado en una diosa de los sueños eróticos, o, por lo menos, en alguien que me excitara lo bastante para hacerle el amor, sólo me la ponía más floja. Claro está que podría haberme largado, pero en ese caso no volvería a verla nunca más. Eva todavía me intrigaba. Recurrí a un preludio maratoniano y le lamí todo sudor de la nuca, de los brazos y del vientre, incluidas las estrías del embarazo. Le chupé cada pelo de las axilas hasta dejarlos bien secos, con lo que sorbí una cantidad de perfume que me mareó. La puse astutamente a tono con la lengua. Al cabo de media hora se retorcía, sudaba y jadeaba, y rematé la faena. Las mujeres mayores absorben de un modo escandaloso la energía de los hombres más jóvenes. Les lleva su tiempo correrse y no resulta sencillo complacerlas, por lo que protestan si uno no hace bien su trabajo. Con esa lenta sesión yo estaba pagando por toda la comida y la bebida que me había dado. Mi orgasmo resultó ciertamente mediocre, y supe que Eva sería la última mujer mayor con la que tendría algún trato.

Nos veíamos con regularidad, le hacía la compra, le limpiaba la casa, pasaba el aspirador por la moqueta y le sacaba la basura. No había sido mi intención hacer nada de eso, pero constituía un alivio después del ruido y el ajetreo que reinaban en casa de Keema. No conseguí que se interesara por mi país de origen. Uganda era un lugar demasiado insignificante para despertar su interés, y África en general una caja de Pandora llena de horrores y escándalos que más valía dejar cerrada. Cuando trataba de explicarle que un país, un continente, eran más que la suma de sus desgracias, me echaba en cara la ablación del clítoris. Yo había visto un cartel contra esta práctica en una estación de metro, al poco de llegar a Amsterdam. Eva era una de las personas de color que se sentían terriblemente ofendidas por esa infamia propia de un continente al que consideraba la cuna de todas las ignominias. Le habría gustado, me dijo en cierta ocasión, quemar esos carteles junto con las organizaciones responsables de tan escandalosas campañas. Creía que todas las mujeres africanas tenían la vulva cosida y que desde Egipto hasta Suráfrica el continente no presentaba diferencia alguna.

—Sois unos torturadores de mujeres —masculló con su acento de personaje de Spike Lee—, seguro que yo te parecería mucho más atractiva si también me hubieran cortado el clítoris.

—Por supuesto —repuse de inmediato.

Eva no era una mujer a la que pudiera decirle que ni siquiera sabía qué aspecto o qué tacto tenía una vulva mutilada, y que no me interesaba descubrirlo. Me había endilgado la cruz y yo estaba dispuesto a llevarla con una sonrisa.

—En África hay 29.999.996 mujeres a las que les han cortado el clítoris —añadí—. Si tú, tu madre y tus hermanas también hubierais nacido allí serían exactamente treinta millones, ja, ja, ja.

Se echó a reír y nos lo pasamos muy bien.

—Todas esas guerras, todos esos niños muertos, toda esa ignorancia... —dijo en tono quejumbroso. Parecía una actriz decadente de un culebrón malo que acabara de enterarse de que su marido mantenía una relación con una mujer mucho más joven.

—Sí, eso y mucho más, y aun así aguantamos.

Me dirigió una mirada altanera.

—No tenéis televisión, ni MTV, ni CNN. Allí la gente ni siquiera sabe quién es Michael Jackson.

—Es verdad —admití—. Yo me enteré de la existencia de Michael Jackson durante el viaje en avión. —Puse mi mejor expresión de mártir. ¡Me acarició la mejilla! Hasta ese momento había pensado que se daba cuenta de que estaba tomándole el pelo, pero me equivocaba. Hablaba en serio.

—¡Pobrecito!

—Y que lo digas —repuse, conteniendo las ganas de soltar una carcajada. ¿Cómo era posible que la cultura pop fuese para ella algo tan sagrado? Se acercó a su colección de discos y me soltó un sermón interminable sobre sus cantantes predilectos, las fechas en que habían aparecido sus álbumes, quién había escrito las canciones, quiénes tocaban en ellas, cuáles se habían convertido en éxitos de venta y cuáles no, aunque deberían haberlo hecho.

Como yo estaba muy seguro de mí mismo, me parecía divertido representar el papel de bárbaro llamando a las puertas del castillo de Europa, o mejor aún, del palacio de Lady Eva. Pero ¿qué recibía a cambio? Música popular, películas de Hollywood, bebidas alcohólicas, támpax y perfume. No era el botín más estimulante del mundo. Pensé que si Eva hubiese sido hermana del padre Lagean se lo habría hecho pagar mucho más caro. Pero a esa mujer no tenía que demostrarle nada.

Entonces comenzaron sus arrebatos de ira, al principio lentamente, como un viento que cobra cada vez más fuerza hasta convertirse en una tormenta que desarraiga árboles, arranca techos y lo destroza todo a su paso. Yo me esperaba algo así, pero ni por un momento imaginé semejante torbellino. Era obvio que hacía bastante tiempo que se sentía furiosa. Todos sus anteriores amigos habían tenido que pasar por eso, y no lo habían soportado. Ahora me tocaba a mí ayudarla a aliviar su mente atormentada.

En mi calidad de presencia habitual en su casa, recibía un informe completo de lo que le ocurría en el trabajo, incluidos fallos humanos, escándalos y tragedias, que hacían que me alegrara de no haber tenido que poner jamás los pies en un hospital. Los recientes recortes presupuestarios y la reducción continua de personal hacían que la gente trabajara bajo presión y ella montara en cólera. Lo llevaba todo a casa: la orina y la mierda de las personas blancas a las que limpiaba, toda la porquería que les lavaba y toda la comida que le babeaban en el regazo cuando trataba de alimentarlas a pesar de sus dentaduras postizas y sus mandíbulas temblorosas. Cada día era peor. Cuando llegaba a casa estaba a punto de estallar y se desahogaba.

—Odio a esos cabrones. Les retorcería el pescuezo a todos esos ancianos, y a sus hijos y nietos. ¿Qué se habrán creído? ¿Que somos sus esclavos porque trabajamos para ellos? En cuanto creen que les van a entrar ganas de mear, esos putos vejestorios de noventa años ya te llaman. Les quitas los pañales sucios, los pones en el orinal, les limpias el culo arrugado, los vuelves a vestir y ¡aún son capaces de quejarse de que los tratas con rudeza! Soy enfermera diplomada, pero esas puñeteras blancas se creen que soy su criada. Eva, ven aquí, Eva, ve para allá. Eva. Una bruja se queja de que le colocas mal la dentadura, el otro gilipollas protesta porque le atas los cordones de los zapatos demasiado fuerte. Estoy hasta las narices. Y luego todas esas estúpidas enfermeras sin tetas ni culo que van contoneándose por ahí. ¡Como si con eso fueran a ganar un millón de dólares! ¡Se creen la cosa más maravillosa del mundo! ¿Qué le pasa a toda esa gente? ¿No se dan cuenta de que no valen nada?

Al principio le hacía caso e intentaba calmarla, pero cuanto más criticaba a otras mujeres, más me parecía a mí que lo que le pasaba era que se sentía muy insegura. Comprendía que considerase horrible su profesión, pero ¿qué podía hacer yo? Empecé a disfrutar con sus escenitas. Eran teatrales y entretenidas.

Los hombres tampoco se libraban de su lengua afilada.

—Esos blancos hijos de puta se creen que el mundo les pertenece, aunque no tengan un céntimo en el bolsillo. Los viejos te miran como si te hubieran contratado especialmente para chuparles la polla. No tienen ni idea de lo patéticos que son. Los odio. Yo soy más blanca que muchos de ellos, pero no pueden aceptarme como a una igual, y por eso me tratan como a una negra de la selva. Soy fruto de la legítima unión de dos individuos que se amaban, y aun así consiguen que me sienta como si a mi madre la hubiesen violado. Mi madre estuvo casada diez años con un holandés que se murió mientras dormía. Cuando dejó Paramaribo para venir a Holanda e intentó presentarme a la familia de él, una mujer le arrojó una olla de agua a la cara. Nunca se lo he perdonado.

A mí me parecía que si asumía que era en parte negra, no necesitaría tanto maquillaje, sobre todo si se tenía en cuenta que durante el proceso de gestación su nariz se había vuelto un tanto ancha y chata, y las nalgas le sobresalían bastante. Aún no me atrevía a preguntarle si ya había considerado la posibilidad de hacerse rinoplastia o una liposucción para librarse del exceso de grasa. Más tarde me enteré por casualidad de que no era enfermera diplomada; sólo había asistido a un curso de auxiliar de geriatría. En realidad le habría gustado ser cantante y seducir con su voz a millones de personas. A veces imitaba a Aretha, y entonces se le hinchaban las venas, abría los ojos como platos y se desgañitaba sosteniendo las notas con lo que consideraba una técnica respiratoria sensacional. Se ponía a dar vueltas por la habitación con un aerosol en la mano, asintiendo con la cabeza, moviéndose al ritmo de la música y cantando por encima de sus melodías predilectas. Yo me divertía, y ella estaba en el séptimo cielo. Me contó que había cantado para algunos hombres en la cama, en particular para Richie, a quien aún no me había presentado oficialmente. Pero había dejado de hacerlo.

Yo en su lugar no habría contado la historia de esa manera, pero Eva era una mujer moderna que no conocía tabús. Además, el pudor era cosa del pasado, especialmente en un país donde todos los días uno podía ver en televisión anuncios de compresas explicando con toda clase de detalles de por qué había que usar esa marca y no otra.

—Odio a esos putos negros americanos —masculló en tono nasal. Lo que quería decir, en realidad, era que odiaba a aquel negro americano que la había engatusado con toda clase de promesas y después la había dejado plantada. Pero yo dudaba de que lo odiase, porque todavía conservaba sus fotos. Estaba seguro de que aún fantaseaba con él, incluso que lo amaba, y que buscaba tenazmente a un sucesor, ya fuese americano o europeo. El tipo era bien plantado, musculoso y muy levemente negroide. Medía más de dos de estatura y se parecía a Lionel Richie como dos gotas de agua; para reforzar esa impresión, Eva había colgado carteles de este último al lado de las fotos de su antiguo amante. Además, tenía una sonrisa encantadora y el mayor tupé embadurnado con brillantina que hubiese visto en mi vida. A su lado, Eva se sentía una reina.

Se habían conocido en una isla caribeña donde Richie, que afirmaba ser un prometedor baloncestista de los Houston Rockets, estaba al acecho. Sus afirmaciones eran dignas de crédito, a juzgar por las fotos en que aparecía haciendo canastas espectaculares con los brazos extendidos como si estuviese arrancando la luna del cielo. Eva se enamoró tanto de él que pagó todas las facturas. Bastaba con que Richie hiciera un guiño para que ella echase mano de la cartera. Para ser un hombre que afirmaba que en la temporada siguiente ganaría medio millón de dólares, se mostraba poco dispuesto a pagar lo que fuera. No obstante, hablaba sin cesar de una casa de estilo colonial y de una boda por todo lo alto, con palomas y música en vivo, y una luna de miel de ensueño. Eva se lo tragó todo. Como pequeña muestra de esa boda maravillosa, él se lanzó a lo que constituía una de sus especialidades: el sexo oral. Eva aprendió cómo tenía que mamársela y, estimulada por los constantes elogios acerca de lo magnífica que se vería ataviada con un carísimo traje de novia, fue más allá todavía. Al principio le producía arcadas y tos, pero con el tiempo se convirtió en una experta. Luego la aleccionó en el arte del sexo anal. Primero ella se negó, pero unas palabritas cariñosas bastaron para convencerla, y al final incluso empezó a gustarle. Él la follaba por el culo cuantas veces podía. La llamaba la Larry Bird, la Magic Johnson y la Michael Jordan del sexo oral y la sodomía. En vista de que ninguno de esos putos surinameses y antillanos con los que se había acostado hasta entonces le había pedido, ni siquiera en broma, que se casara con ella, no pudo resistirse a ese príncipe azul, cuyo único defecto era su predilección por que se la chupara y hacérselo por detrás.

A pesar de los infinitos enemas y las veces que estuvo a punto de desencajarle la mandíbula a golpes de pene, se lo presentó a su familia, que quedó impresionada. A fin de cuentas, no ocurría todos los días que te pidiera en matrimonio un as en ciernes del baloncesto cubierto de joyas carísimas. La única persona que se mostró temerosamente suspicaz fue el abuelo de Eva, quien consideraba al prometido de ésta sospechosamente escurridizo y pensaba que su nieta iba demasiado deprisa. Pero Eva le tapó la boca. Nunca le había importado mucho el viejo. Richie tenía muchas ganas de conocer al hijo de Eva. Se refería a él como si fuera hijo de los dos, y decía que lo primero que quería enseñarle era jugar al baloncesto, y que lo llevaría a las mejores escuelas de deporte del mundo. Pero el chico vivía con su padre. Eva lo prefería así: no le gustaba parecer mayor ni que su condición de madre restringiera su vida privada. La pareja pasó una semana fantástica con la familia de ella, y Richie les habló de Dallas, donde había nacido, y del estado de Tejas en general. «Todo es muy grande en Tejas; una oruga tiene el tamaño de una serpiente de cascabel», decía una y otra vez, y Eva reía hasta que le dolía el costado.

Antes de ir a Tejas, Eva tenía que resolver algunos asuntos en Holanda. Pagó el billete de avión de Richie. Sus ahorros empezaban a menguar de forma considerable; pero ¿qué importaba? Pronto nadaría en la abundancia. Cuando él vio el gueto, le causó impresión el que «una mujer tan fantástica» viviera en un lugar tan repugnante, entre camellos y toda clase de desechos humanos. A continuación le aseguró una vez más que sus días de miseria habían terminado. «Nena, nena, nena…, Dios nos ha unido y no puedes ni imaginarte el porvenir que nos espera. Oh, sí, nena…» Ella se sintió todavía más enamorada. La melodiosa voz de barítono de Richie la conmovía profundamente. No le importaba mucho Dios, pero debido a la manera afectuosa con que él lo mencionaba, su amor seguía creciendo. Cuando paseaban por los parques del gueto, Eva le pasaba la mano por la cintura y miraba a la gente a la cara. Ante los hombres se comportaba con descaro; ante las mujeres, con altivez.

Las mamadas y las sesiones de sodomía llegaron a su punto álgido. Todo giraba en torno a un clímax vibrante. Se pasaban la noche follando y de día dormían igual que rosas marchitas. Cuando despertaba, Eva iba a comprar bocadillos y bebidas para él. Le llevaba el desayuno a la cama y esperaba solícita su reacción. Cuando cocinaba se esmeraba al máximo. Él ponía sus artes culinarias por las nubes y añadía que pronto tendría un cocinero, así que ya no tendría que hacer todas esas cosas. Mientras ella lo miraba comer, reflexionaba acerca de su vida amorosa; nunca había hecho tanto el amor. Estaba asombrada de su propia resistencia. Temía que la potencia de él la hubiese vuelto insaciable. Tenía orgasmos múltiples y su punto G rezumaba jugos en abundancia en cuanto él lo estimulaba. Lo dejaba en la cama con un esfuerzo sobrehumano y llamaba al trabajo. Mientras hablaba por teléfono se lo imaginaba tendido en el enorme lecho y se sentía muy orgullosa de haberlo pescado. Cuando iba de compras se preguntaba si estaría en casa cuando volviera. Se imaginaba que un incendio ponía fin a su sueño. Se imaginaba que unos yonquis pasados de vueltas entraban en el apartamento y lo mataban a golpes porque él no atinaba a entender qué querían. Se imaginaba que perdía el conocimiento debido a emanaciones de monóxido de carbono. Para tranquilizarse, llamaba a casa y colgaba el auricular en cuanto él contestaba.

El día anterior a que tuviesen que partir rumbo a Houston, y quince días después de que hubieran llegado a Holanda, Eva sufrió el peor golpe de su vida. Richie se había largado y la había dejado sin dinero, sin trabajo y sin techo. Primero creyó que había ido a dar un paseo para despedirse del gueto, pero entonces cayó en la cuenta de que todas las pertenencias de él habían desaparecido. Lo buscó debajo de la cama y detrás del armario. Fue de bloque en bloque para comprobar que no se hubiera equivocado o se hubiera hecho un lío con esos nombres tan raros. Todo resultó inútil. «¡El cabrón me la ha jugado! —se puso a chillar Eva, furiosa—. ¡Debería haberle arrancado la puta polla a dentelladas!»

Sus arrebatos de cólera acababan en comilonas a base de grandes cantidades de pastel de manzana, huevos, sobras del día anterior, albóndigas y patatas fritas con mayonesa. De pronto tuve la sensación de que ya no era bienvenido. Estaba en lo cierto: no tardó en sustituirme. Una noche llamé a su puerta y me abrió un hombre muy alto, corpulento y de piel oscura que me recordó, por un momento, a los soldados de Amin. Tenía un aspecto amenazador similar al de Badja Djola en el papel del asesino Slim en la película *A rage in Harlem*. Me dijo en tono áspero que Eva no estaba, y antes de que me largase después de que me cerrara la puerta en las narices, oí la risa de ella. Me fui con el asqueroso olor de mi sucesor metido en la nariz. Para mi gusto apestaba demasiado a marihuana y a ajo.

Ya no tenía un lugar donde sentarme tranquilo, de modo que empecé a pasear por ahí. La casa de Keema siempre estaba llena de inmigrantes en busca de una personalidad nueva, y tanta alegría y optimismo al hablar de trabajos miserables que en Uganda no me habría detenido ni un segundo a considerar, me angustiaban. Había entre ellos algunos que habían conseguido pasar por las mallas de la red y ahora eran contables o funcionarios o trabajaban en una u otra organización no gubernamental, pero la mayoría realizaba faenas ilegales, y me repugnaban las historias que me contaban, sobre todo cuando mencionaban lo mal que los trataban sus jefes.

Había una pequeña banda, cuyo campo de operaciones era nuestro bloque y sus alrededores, que me fascinaba. Se hacían llamar Dinamita 666, y la policía los conocía porque de vez en cuando cometían pequeños atracos o violaban a alguien. Siempre que se les presentaba la ocasión robaban radiocasetes de los coches y los revendían baratos a fin de pagarse sus costosas zapatillas deportivas, la droga que consumían y las entradas a las discotecas. Todos los miembros de la banda seguían viviendo con sus madres, que regían el hogar con la ayuda de gritos, amenazas y palizas que no surtían el menor efecto. Los chicos consideraban que era su deber de hombres no quejarse ni soltar una lágrima si les pegaba una mujer, por mucho que les doliera, ni cambiar nunca de actitud, por muy a menudo que les zurraran. A dos de ellos les habían quedado sendas cicatrices como consecuencia de esas palizas (a uno de la hebilla de un cinturón; al otro de una lámpara de mesa), y ambos estaban muy orgullosos de esas señales de su heroísmo. Uno de los miembros de la banda había cometido el error, que le iba a costar caro, de soltar un grito en presencia de la banda cuando su madre le pegó en la cara con una zapatilla. Sus amiguitos se lo llevaron aparte y le dieron veinte bastonazos por ser un chivato en potencia. «Si una vieja consigue hacerte llorar, ¿qué ocurrirá cuando la cosa vaya en serio?» Para seguir siendo miembro de Dinamita tuvo que pedir perdón y prometer que nunca más gritaría cuando le pegasen. De vez en cuando, los padres de los cuatro jóvenes delincuentes intentaban hablar con ellos, pero como estaban peleando continuamente con sus ex mujeres, nunca se quedaban mucho tiempo en casa cuando iban a verlos. Dejaban la educación de esos endurecidos hijos en manos de sus endurecidas ex esposas.

La banda tenía su propia base de operaciones: una zona del parque que no quedaba lejos de mi bloque. Allí se reunían a planear sus golpes, a fumar unos porros y, de vez en cuando, a amargarle la vida a alguien. Cuando no estaban de servicio, dejaban a todo el mundo en paz y parecían chicos tan buenos y obedientes como cualquier otro, pero si era hora de volver al trabajo, cambiaban por completo y adoptaban ese aspecto inquietante de quienes deciden sobre la vida y la muerte.

La víctima más famosa de la banda había llegado la semana anterior en un enorme y flamante Volvo conducido por un chófer alto, delgado, de pelo crespo. La maleta de la mujer, grande y cara, estaba cubierta de adhesivos de Lufthansa. La recibió un grupito de mujeres somalíes, etíopes o norteafricanas. La banda observó la escena a corta distancia. La piel de la mujer, que se hallaba en excelentes condiciones porque se la cuidaba con leche de camella, brillaba como el cobre pulido, y poca gente podía creer que ya se acercaba a los sesenta. La buena vida no le había hecho ningún daño: aún se movía con la gracia de un río a través de un bosque. Su reloj, los cuatro brazaletes que lucía y el collar que llevaba al cuello eran de oro. A juzgar por las reverencias que le hacían las mujeres, debía de tratarse de una persona muy influyente. El bloque de pisos se la tragó, y la siguiente vez que la vi el mismo grupito de mujeres se lamentaba en torno a su cuerpo ensangrentado.

La banda la alcanzó entre Ardilla y Elixir, mientras ella daba su cotidiano paseo vespertino. Siempre iba sola, sin amigos ni guardaespaldas, porque quería reflexionar, relajarse, meditar y recuperar fuerzas espirituales. Los chicos ya la habían seguido varias veces, pero en todas ellas había tenido suerte de que viniera gente en la dirección contraria. Los chicos aseguraban que unos demonios árabes protegían a aquella bruja.

—¿Te gustaría follarte a una vieja? —le preguntó el jefe al chico que en una ocasión había gritado al pegarle su madre.

Los demás rieron por lo bajo.

—Nunca me he tirado a una árabe. He oído decir que llevan cuchillas de afeitar metidas en el coño.

Todos rieron a carcajadas.

—Eres un gallina. Venga, dale lo que se merece —lo desafió el jefe.

—¿Por qué te preocupa tanto el que pueda tener una cuchilla de afeitar? Tu picha es tan pequeña que no habrá peligro de que te la corte —se burló otro.

—¿Por qué siempre he de ser yo el que se lo monte con las viejas, eh?

—Porque eres un miedica que se echa a llorar en cuanto su madre lo toca.

—Vete a la mierda.

—De acuerdo, déjalo. No puedo obligarte a que te folles a una vieja si no quieres —dijo el jefe mientras le daba unas palmadas en la espalda—. Sólo quítale el dinero, y las joyas también. Quítale todo ese oro, chico, ¡venga! —Gruñó como un pitbull y le dio un empujoncito en la espalda.

Los demás sonreían. La mujer se acercaba.

—¡Eh, señora! ¿Le apetece echar un polvo? —dijo el chico, que habría podido ser su nieto, moviendo la pelvis para llamar su atención.

Ella lo miró como si fuera una garrapata agarrada al pelo de su camello favorito. Al fondo vio que los otros tres chicos se llevaban una mano a la entrepierna. Estaban entre unos árboles, en el límite del parque. Veinte metros más allá los coches pasaban por la autopista al centro. A unos treinta metros hacia el otro lado había una escuela elemental; la mujer acababa de pasar por delante y le había admirado lo pulcra que estaba. Le había dado una idea: construir una escuela elemental para los niños de su pueblo. Ya los imaginaba corriendo entre gritos por los pasillos. Si se le presentaba la ocasión, le pondría el nombre de su abuela. ¿Por qué no se le habría ocurrido antes? La respuesta quedaría pendiente para siempre. Era última hora de la tarde. Los largos atardeceres de verano aún le fascinaban, porque en su país oscurecía en cuanto se ponía el sol. Le gustaba el modo en que las nubes se teñían de rojo.

—Apártate —le soltó al chico con la tranquila autoridad de quien está acostumbrado a que lo obedezcan de inmediato.

—Te he visto en el vídeo de Michael Jackson, cómo se llama... mierda, venga, saca el dinero.

—Era *Black or white*, no... —gritó su compinche.

—*Remember the fucking time*, tío.

—Eso es, sí. Ibas vestida de reina egipcia: Eddie Murphy era el rey y Michael Jackson tu amante.

—No sé de qué me hablas —dijo ella—. Apártate, haz el favor.

—No te hagas la tonta, tía. Hace una semana llegaste aquí en un enorme Volvo nuevo, seguro que para hacer negocios, puede que de drogas. Nosotros también queremos nuestra parte. Venga, saca la pasta.

—¿Sabes qué? —intervino uno de los chicos—, esta mujer es la madre de esa zorra que aparece en el vídeo, esa modelo..., ¿cómo se llama?... Armani..., Imani, la que está casada con David Bowie. Lo sabemos todo de ti, así que danos de una vez el puto dinero y por hoy te dejaremos en paz.

—Llamaré a mis guardaespaldas —dijo la mujer, muy tranquila, preguntándose por qué los jóvenes europeos eran tan insolentes, en particular con las mujeres.

Uno de los chicos sacó una navaja. La mujer sonrió. No temía los cuchillos, pues éstos la habían elegido antes de que naciera. La habían infibulado en dos ocasiones. La primera lo había hecho una mujer inexperta que no le había cosido bien los labios de la vulva, por lo que al cabo de tres semanas la herida aún estaba abierta. Un año después, cuando tenía trece, repitieron la operación. La víspera de su boda, una mujer de la familia abrió de un corte el agujerito, útil para varios fines. Cuando nació su hijo, volvieron a cortarla para que pasara la cabecita. Después del parto, la cosieron de nuevo. Tras dar a luz a su hija no pudo resistir el impulso de realizar ella misma las ablaciones. Manejaba cuchillos, navajas de afeitar, *pangas*, puñales, vidrios rotos, cualquier cosa que tuviera un borde afilado, y sentía entonces una omnipotencia divina. Estaba convencida de que, de ser necesario, podría hacerle la ablación a una niñita con un machete sin causarle ningún daño. Estaba segura de que lo haría mejor que la mayoría de las mujeres que se dedicaban a eso y ahorrarles a las niñas mucho sufrimiento. En primer lugar se lo hizo a su propia hija. Desde ese momento todo el mundo supo que poseía un talento innato. Era una verdadera artista, una entre un millón. Ninguna de sus clientas tuvo la mínima complicación. Cosía los restos de los labios de la vulva con una espina y, un par de semanas después, parecía que la operación hubiera sido hecha por un cirujano. Las heridas nunca supuraban, a pesar de que no les aplicaba ninguna clase de medicina, ni casera ni moderna. Un par de veces había escupido en una herida porque amenazaba con inflamarse, y al cabo de un par de días estaba perfectamente. Su fama se extendió y llegó finalmente a oídos de los dirigentes del país. De repente se vio lanzada a la fama. La gente la asediaba. La invitaban a los lugares más insospechados. Volaba a países extranjeros para ayudar a familias ricas que habían emigrado. Al principio se negaba a aceptar dinero, pero entonces comenzaron a enviarle a su casa camellos y cabras. Cuando se cansó de tanto animal, decidió aceptar dinero, que siguió amontonándose. Lo prestaba, o se lo daba a familiares y amigos, pero cuanto más hacía esto, más dinero recibía.

En el País de las Mujeres Sin Clítoris ni Labios era la infibuladora particular de la familia de dos dirigentes del gobierno y de muchos ministros y altos funcionarios. Iba en helicóptero a los pueblos alejados. Ella misma tenía un Jeep con tracción en las cuatro ruedas con el que viajaba por cordilleras interminables. Si no hubiera estimado tanto su profesión y su cultura, jamás habría ido al gueto. Pero ni el dinero ni el éxito eran capaces de poner freno a su espíritu nómada. En Nueva York celebraba ceremonias anuales; en Londres y otras ciudades grandes de Inglaterra, los padres la esperaban ansiosos en verano. Esa gira la llevaría a Amsterdam, Rotterdam y otros lugares de nombre impronunciable para ella. Antes de llegar a Holanda había estado en Francfort y Hamburgo. En esta ocasión no iría a Francia, porque habían surgido problemas con sus contactos allí y además las autoridades francesas se oponían a la ablación de clítoris. Sin embargo, eso no constituía un problema, ya que los padres siempre podían enviarle a sus hijas o esperar al año siguiente. No cabía duda de que tenía mucho dinero, pero no para unos sinvergüenzas que apestaban a perfume barato, drogas y alcohol.

Echó un vistazo al reloj y siguió andando. Con ello cometió el último error: mostrar que le importaba un pito pisar el territorio de una banda. Uno de los chicos soltó una maldición y le asestó un navajazo en un brazo. Tras las ventanas de los edificios titilaban las luces. Por la autopista los coches pasaban a toda velocidad. Aparecieron más navajas que la cortaron y desgarraron mientras seguía andando. El lema de su vida era: «Luchar hasta el final.» A pesar del intenso dolor se negó a rendirse o a mostrar siquiera la mínima debilidad. A modo de conjuro pronunció en voz alta la palabra «cuchillo», para distraer del dolor los pensamientos y concentrarse en el modo de escapar, pero los chicos creyeron que los desafiaba a que siguieran hiriéndola.

El cuchillo nunca la había traicionado, excepto cuando había estado en manos inexpertas. ¡Siempre se había portado bien con ella! Por fin entregó las joyas y el bolso, y los chicos dejaron de pincharla. La siguieron con la vista mientras se alejaba. Regresaron al parque para limpiarse y repartirse el botín.

Alguien vio a la moribunda, que se había caído a diez metros de la entrada lateral del bloque, y dio la voz de alarma. La gente se arremolinó en torno al cuerpo. Aparecieron los vigilantes nocturnos, seguidos de un par de las mujeres que habían recibido a la forastera. Yo llegué tarde y encontré a la víctima rodeada de un muro de gente; la sangre corría por entre los pies de ésta y se escurría en el césped que se extendía más allá. Seguí el rastro de sangre, que conducía a la base de operaciones de la banda. Los chicos habían desaparecido. Tuve miedo. ¿Y si la policía los detenía y ellos creían que era yo quien los había denunciado? ¿Y si tenían una pistola? ¿Corría peligro o podía considerarme a salvo? Recordé a los niños soldados que habían expulsado a las tropas de Obote, en particular a los muchachos que nos habían acompañado en nuestro viaje al norte. Los miembros de la banda tenían la misma edad que ellos, y parecían igual de despiadados.

No los detuvieron, ni siquiera para someterlos a un interrogatorio rutinario, pero eso yo entonces no lo sabía. A partir de ese momento empecé a mirar por encima del hombro cuando oscurecía y a evitar los matorrales y los bosquecillos. Me mantuve alejado de los pasajes cubiertos y otros rincones espectrales. Permanecí varias semanas en mi habitación dedicándome a estudiar la lengua holandesa.

Pero no podía quedarme eternamente en casa. El barrio del farolillo rojo me atraía con su resplandor letal, como había atraído a miles antes que a mí. Me sumé a los peregrinos que se dirigían al altar de la industria del sexo. Sólo los ingresos por la venta de vídeos y revistas porno hubiesen bastado para reconstruir todo el Triángulo de Luwero. Había cuchitriles donde podían verse películas y espectáculos de sexo en vivo, dirigidos por macarras de aspecto impecable, trajeados y con zapatos de piel. Hice caso omiso de ellos y me sumé a la multitud que se dirigía hacia las jaulas donde las mujeres se exponían y vendían. Estaban dispuestas en hileras interminables que me hicieron pensar en un mercado de esclavos, donde los hombres examinaban con los dedos los coños de las mujeres y éstas evaluaban los genitales de aquéllos para comprobar si estaban lo bastante bien dotados para merecer cerrar el trato.

La mujer por la que pagué me costó sesenta dólares, dos meses de sueldo en el SIMC. Sentí cierto remordimiento al entregar el dinero a una mariposa nocturna suramericana que había volado nada menos que desde la República Dominicana para experimentar el resplandor letal de aquella pequeña isla, que era el mayor proveedor de putas de Holanda y muchos otros países vecinos. Aparte de dominicanas, había mujeres procedentes de Colombia, Tailandia, la Europa del Este, España... También había algunas africanas y un par de holandesas. Ese choque de culturas perdía toda ironía cuando uno compraba a ciegas, como fue mi caso. Si algo me recordó, fue la hipnótica cabecera de la cama de los déspotas, y de nuevo tuve que pagar por haberme dejado llevar por las apariencias. Encerrada en una jaula iluminada de rojo, diciéndome «vente conmigo» con una expresión agradable, mi putita tenía una apariencia sumamente atractiva. Podría haber sido una de las hermanas del tío Kawayida, o una de esas mestizas que en 1972 habían dejado los asiáticos tras de sí. Esa mezcla de sangres combinada con el crujido de los dólares me dio vértigo. Sentí que estaba a punto de lanzarme a algo especial, al epicentro de algún torbellino cultural, histórico o incluso metafísico. La seguí hacia su garita.

Toda su vida se hallaba en aquel cuarto minúsculo. En uno de los rincones había un gran bolso de piel cubierto de adhesivos de compañías aéreas. Debajo del lavabo vi una especie de deidad suramericana del dinero o la prostitución. Al pie de la imagen había un plato lleno de monedas. Por un instante me sentí tentado de ofrecer algo en sacrificio a cambio de que se me pusiese bien dura. En lugar de bidé había una palangana de plástico, del mismo color azul que la que teníamos en la pagoda. A un par de pasos de la palangana, el altarcito y el bolso vi una mesita con tres fotos colocadas allí aposta: una madre, mi puta, flanqueada por un niño y una niña mulatos. De pronto sentí náuseas: en esa habitación estaban los espíritus de unos críos que vivían a miles de kilómetros de distancia y hacían compañía a su madre mientras ésta se pasaba el día y la noche vendiendo su cuerpo para poder enviarles ropa y pagarles la escuela y los gastos médicos. De vez en cuando, la abuela de los niños recibía una carta de Holanda, quizá con algo de dinero dentro, y enviaba por su parte noticias de sus nietos. Ponerse a follar al lado de aquellas fotos me pareció sencillamente abominable. Tuve ganas de estrangular a la puta y arrojar las fotos al fuego. Quería salir de la maldita jaula, pero la puta ya había usado esa treta con tantos hombres que me pareció una pena despilfarrar dos meses de sueldo. Me desnudé con la misma cólera con que el padre Lageau había pronunciado en su día el sermón de los monos. La puta me miraba como un monaguillo obediente que le explica al sacerdote dónde ha de colgar las vestiduras. Yo no conseguía apartar la vista de los niños, empecé a imaginármelos esperando a mami, que volvía de Europa cargada de regalitos y apestando a semen rancio, lubricante vaginal y dólares sobados. La niña de la foto era bonita, y no resultaba difícil suponer que llamaría la atención de un cazatalentos que, tras asegurarse de que no tuviera cicatrices de cesárea, le ofrecería un empleo como bailarina en un club nocturno europeo. Al cabo de poco tiempo la niña acabaría como su madre, de puta. Yo estaba obsesionado con aquellos niños, pero no me conmovían, porque se trataba, sencillamente, de la culminación de una serie de acontecimientos desafortunados.

En mi aldea, que la guerra había borrado del mapa, los hombres habrían llamado a mi puta un «barreño». Había perdido toda la elasticidad. Era una estafa, como si al cortar un fruto del pan ante el que se nos había hecho la boca agua, descubriéramos que la pulpa era harinosa. Como antiguo ayudante de comadrona sabía lo que había ocurrido: después del nacimiento de los niños que tan compasivamente me miraban desde las fotos, aquella mujer no se había hecho suturar, probablemente para aprovecharse un poco más de su estado. Puesto que no existía un sindicato para puteros, no podía quejarme a nadie, de modo que me limité a levantarme, arrojar el condón y vestirme.

Había aprendido la lección: la prostitución era un comercio en que el envase resultaba mejor que el contenido, y estafar formaba parte del negocio. Lo que más me irritaba era que los hombres blancos que veía salir de las jaulas parecían muy satisfechos, como si hubieran invertido bien su dinero. ¿Cuál era el secreto? Quizás en saber distinguir entre «barreños» y putas útiles, a menos que estuviesen tan bien dotados como cebras o lo suyo fuese la sodomía. Pero entonces me acordé de la Trinidad Infernal y del motivo por el que yo había callado. Tal vez a esos hombres blancos también los hubiesen estafado pero les diera vergüenza admitirlo. Abandoné mosqueado el edificio y no volví al barrio del farolillo rojo hasta dos meses después. Quería estar seguro. Probé con una puta muy rubia y con la piel tan blanca como la de la Virgen María. ¿Se aplicaban demasiado lubricante esas mujeres? No. Era por los malditos consoladores, esos cactos de plástico sobre los que se sentaban cuando se exhibían en aquel desierto iluminado de rojo. Estaba harto de aquellas tumbas pringosas en que los hombres enterraban sus penosos tesoros a cambio de un placer similar al que proporciona una meada. Dejé ese mercado de carne al hombre blanco, que llevaba años contribuyendo al negocio.

La noticia de la muerte de los déspotas me llegó al gueto durante el invierno. Hacía muchísimo frío y el viejo sistema de calefacción apenas si conseguía entibiar la casa de Keema. Nos envolvíamos en ropa gruesa y a aguantar. Pensé que los déspotas también debían de haber tenido un invierno riguroso, pero por lo que a mí respectaba, podían haberse quedado atrapados en la nieve a kilómetros de distancia del pueblo más cercano.

Candado y Serenity eran gente de la década de los setenta, y en los ochenta, con tantas guerras y cambios de gobierno, se habían hecho un lío. Comprendieron que el cáncer no sólo estaba en Amin, y, cuando se vieron obligados a considerar la situación con mayor amplitud de miras, sintieron flaquear su optimismo. A Candado le había parecido muy atractiva la idea de un hombre fuerte que se encargara de que el viento no se llevara el tejado de la casa; al fin y al cabo, ¿no hacía lo mismo el Papa? Pero cuando, tras la marcha de Amin, aumentaron en el seno del gobierno de coalición los asesinatos y las disputas que dieron origen a la vuelta de Obote al poder, una sensación de pesimismo e indiferencia se apoderó de los déspotas.

En el momento de su máxima desesperación Serenity expresó por primera vez en su vida una opinión política. Dijo que Uganda era un país de abismos en el que uno no podía dar un paso sin despeñarse, y que los historiadores habían cometido un error: Abisinia no era la antigua Etiopía, sino la Uganda moderna. Espoleado por accesos periódicos de optimismo, repasaba una y otra vez esta declaración buscando una manera de formularla mejor. Su idea era que la adoptasen los políticos, ya que en su opinión había llegado el momento de rebautizar Uganda y llamarla Abisinia: el país de los abismos.

Serenity temía que salieran a la luz los pasos en falso que había dado en el pasado, como si fuera uno de los genocidas y torturadores que habían huido junto con Amin y Obote. Perdía muchas horas pensando en el modo de borrar sus huellas, en qué les diría a quienes fueran a detenerlo y en qué cosas debía negar. Se le ocurrió escribir sobre sus vivencias, cambiando los nombres de los personajes, en un relato ambientado en el legendario país de Abisinia, pero se echó atrás, pues corría el peligro de que algún astuto sabueso lo descubriera y lo obligase a hacer una confesión sobre el fraude en que se fundaba dicho relato. La otra razón por la que decidió no escribir esa crónica de sus crímenes era que el arranque de la historia no les llegaría a la suela del zapato, en cuanto a tono, ritmo e intensidad dramática, a las novelas que tenía en su estantería. No soportaba la idea de hacer el ridículo ante los lectores informados.

En ocasiones Serenity le había confesado a Nakibuka que le asustaba el futuro. Fue durante los días más duros de la guerra de los rebeldes, cuando la propaganda gubernamental afirmaba que los guerrilleros eran un hatajo de fanáticos comunistas dispuestos a matar a la gente, apoderarse de sus tierras y nacionalizarlo todo. El mensaje sonaba familiar y, como quienes lo difundían no eran los soldados sino hábiles agentes del gobierno, muy plausible. En la década de los sesenta la Iglesia, que participaba activamente en la campaña anticomunista, había llegado a asegurar que los comunistas no dejaban nada sin nacionalizar, ni siquiera las esposas, y que había que emprender contra ellos una guerra santa. En el momento culminante de su desesperación, Serenity apoyó durante un tiempo la propaganda antiinsurgente: la guerra no conducía a nada y moría mucha gente, y la mejor manera de salir del atolladero era sentarse a negociar, o al menos eso pensaba él. En un momento dado ya no le importó: ambos bandos no paraban de matar y la situación iba a peor. Sólo quería que acabaran los combates, y cuando empezaron a correr rumores de que la guerrilla había sido derrotada, se alegró. Pero luego se enteró de que los insurgentes sólo se habían desplazado a Uganda occidental, dividiendo el país en dos. Decidió que aquello ya no había quien lo entendiese. Dejó de escuchar las noticias y de dar importancia a los rumores. Dimitió de su cargo en el sindicato y desapareció de la escena. Siguiendo el consejo de Hachi Gimbi, compró ganado y contrató a un pastor para que se ocupara de él. Candado se encargaba de vigilar a ese hombre y controlar que diera de comer y beber a los animales y que no les robara la leche o la rebajase con agua.

Los fines de semana Hachi Gimbi y Serenity intercambiaban información sobre el estado de sus reses. Dejaron de hablar de política. Hachi Gimbi había abandonado toda actividad en este sentido porque no confiaba en la gente que en ese momento manejaba los hilos. Esperaba a ver de qué lado soplaba el viento. A Serenity no le importaban mucho los animales, sobre todo porque por la noche se escapaban y se comían las cosechas de otros, de modo que tenía que pagar multas y pedirles disculpas a los enfurecidos campesinos. No obstante, sabía que se trataba de una buena inversión.

Hachi Gimbi se había retirado al pueblo donde vivía tras renunciar a su empleo en el banco. Lo que más temía era que lo relacionaran con los famosos servicios secretos de Amin, porque había tenido algunos amigos que formaban parte de ellos. Hachi había llegado a la conclusión de que, dada su condición de musulmán, lo mejor que podía hacer era ocultarse en un pueblo, lejos del bullicio y las tentaciones de la ciudad. Además, el nuevo gobierno surgido del triunfo de la guerrilla era severo y él corría peligro de que por una razón u otra lo señalaran con el dedo. Se hablaba de que existían unidades anticorrupción que perseguían el fraude y el soborno, pero no se decía nada acerca de cuántos años atrás se remontaban en las investigaciones ni de qué harían con los culpables. Esas unidades no sacaron mucho en claro, pero les pegaron un susto de muerte a personas con un pasado sospechoso, como Hachi Gimbi. Los dos hombres observaron juntos cómo se producía el retorno de los asiáticos. Hachi y Serenity estaban asombrados del modo en que la historia se escribía, se borraba y volvía a escribirse. Ambos se sentían ajenos a lo que ocurría en la ciudad, que parecía ocupada por las tropas anteriores a la liberación. Resultaba penoso constatar que la historia no avanzaba sino que consistía en ciclos que se repetían. De todos modos, Hachi Gimbi tenía preocupaciones de tipo personal: le costaba mantener unida a su familia. Lusanani, que todavía era su mujer favorita, se había fugado en dos ocasiones, y él temía que la siguiente vez no volviese. Ella no se acostumbraba al campo y buscaba en secreto un lugar donde vivir en la ciudad.

La desaparición de su aldea natal fue un duro golpe para Serenity. El día en que regresó a la casa de su padre y comprobó que había desaparecido, sintió que con ella había perdido algo vital y que su mundo se tambaleaba. Mientras aquella casa se había mantenido en pie, de modo que podía odiarla a sus anchas, todo había estado en orden; ahora que ya no existía, encontraba terrible el desvanecimiento del pasado, con todos sus asesinatos, bombardeos y actos de pillaje. Cada vez estaba más deprimido, y Nakibuka se esforzaba por alegrarlo. Estaba preocupado por sí mismo y por Candado: el barro en el que, en los momentos difíciles, siempre se le habían hundido los pies, le producía vértigo, y de pronto le dio pánico la idea de perder una pierna, o las dos, como le ocurriera a su tío, que había dejado una en Birmania durante la Segunda Guerra Mundial. Acordarse de ese hombre lavándose el blando muñón le producía asco. Su tío acabó por marcharse un día sin explicar a nadie adónde, para no regresar jamás. Serenity temía sufrir el mismo destino. En cierta ocasión su tío le había dicho que los unía un vínculo particular, pero no aclaró en qué consistía. Lo que lo hacía aún más escalofriante era que ésas fueron las únicas palabras que se le oyeron pronunciar tras su regreso de la guerra. Serenity no lo comentó con nadie. Tras la desaparición de su tío tuvo pesadillas, pero cesaron al cabo de un tiempo. De pronto, después de tantos años, volvían a turbar sus sueños con imágenes aterradoras. Veía a su tío luchar contra los blancos, muy superiores en número, y liquidarlos a todos. Veía a su tío ayudar a sus camaradas, que gritaban ensangrentados. Veía a su tío acribillado a balazos. Lo veía tendido, como si estuviera muerto, y levantarse de repente y llamar a sus compañeros. Veía a su tío vestido de boda pero sin novia, y luego lo veía desvanecerse en una densa neblina. Veía a su tío agradecerle con una sonrisa que le lavara lo que le quedaba de la pierna amputada, y luego lo veía fijar la pierna cubierta de gusanos al muñón y echar a andar alegremente. El hombre se presentaba cada vez con un aspecto distinto, y Serenity no atinaba a comprender por qué lo perseguía. Nakibuka le aseguraba que era porque lo quería, pero no servía de nada. Al despertar se sentía fatal y, a veces, permanecía todo el día sumido en el mismo estado de ánimo.

A Candado la agobiaba una menopausia prematura sumamente molesta. Las terribles hemorragias que habían turbado mis sueños hacía tanto tiempo, cuando se me aparecía como Jesús crucificado, se habían convertido en un hecho habitual en su vida. Minaban sus fuerzas, de modo que casi siempre estaba muerta de cansancio. No se lamentaba de la cruz que debía llevar, pero a medida que transcurrían las semanas ésta era cada vez más pesada. Su mayor temor era desangrarse y que uno de sus propios hijos la encontrase en medio de un charco de sangre. No soportaba la idea de que siquiera uno de ellos la viese en semejante estado. Había tomado precauciones prohibiéndoles que entraran en su dormitorio, que ahora sólo ocupaba ella, puesto que Serenity dormía en otro cuarto. Por la noche se lavaba la ropa y la tendía a secar en su habitación. Seguía siendo la comandante suprema de la casa, pero de alguna manera tenía la sensación de que los días de su gobierno estaban contados. Sólo era una intuición, pero la hacía pensar continuamente en el futuro. Estaba contenta de haber criado bien a todos sus hijos y haber logrado enviarlos a la escuela. En cuanto al resto, se conformaba con dejarlo en manos de Dios.

Los acontecimientos políticos del país la traían sin cuidado: el pueblo de Dios siempre sobreviviría. Se sentía satisfecha de las decisiones que había tomado en la vida y, de tener que volver a empezar, lo habría hecho todo exactamente igual. Los instantes de alivio de que disfrutaba cuando remitía el dolor eran un anticipo de lo que creía que le esperaba en el cielo; los vivía con la intensidad de una mártir que se dispone a morir por su fe. Las noches eran lo más agradable: salía, iba a echar un vistazo a las vacas, aspiraba el olor de las boñigas y las miraba rumiar mientras espantaban las moscas con sus largas colas. Entonces les examinaba las panzas y las ubres buscando marcas. Le ordenaba al pastor que le llevara un montón de bosta y que hiciera un fuego con ella, según decía para mantener alejadas las moscas, pero en realidad lo hacía porque le gustaba. El humo blanco y acre le recordaba el incienso de la iglesia durante la santa misa. Aguardaba junto al cercado, rígida como una estatua, a que el viento se llevara el humo. Respiraba profundamente y se sentía renacer, ardiendo de pies a cabeza, como un relámpago que uniera el cielo con la tierra. En momentos así se sentía el centro del universo, la razón de que las cosas se mantuvieran en su sitio.

Poco después de mi partida a Holanda, Candado decidió hacer una escapada, la primera desde que se había casado. Anhelaba la serenidad de la casa paterna y el consuelo de la iglesia parroquial de su juventud. Mbale quedó impresionado cuando vio lo mal que se encontraba su hermana, en cuyos ojos detectó una expresión insondable de dolor sacro, algo que sólo había visto en las vírgenes italianas. Le recordó los días posteriores a que la expulsaran del convento. ¿Había vuelto para encerrarse en la casa paterna y ayunar hasta la inanición, en un último acceso de locura mística? Ya nadie habitaba la casa, el techado estaba en pésimas condiciones, y Mbale tuvo que solicitar la ayuda de algunos aldeanos para hacerla habitable. Como Candado se negaba a vivir entre las mismas paredes que su hermano, éste envió a una de sus hijas para que cuidara de ella.

Cada mañana, Candado despertaba temprano, iba andando hasta la iglesia, distante cuatro kilómetros, oía misa y recibía la santa comunión. Tomaba el camino que pasaba por detrás de la casa y se internaba entre las colinas, donde, de niña, había buscado saltamontes en marzo y noviembre. Las onduladas colinas, a veces envueltas en la niebla matinal, le recordaban el Gólgota y la pasión de Jesús. Experimentaba una profunda calma cuando recordaba Jerusalén y los lugares por donde Cristo y más tarde ella habían caminado. Le hacía bien sentir la humedad del rocío en las piernas, la hierba bajo los pies y la niebla húmeda rozándole la cara. Aunque la dolencia seguía minándola, no sentía dolor alguno, sino paz, serenidad, el deseo de permanecer eternamente allí. La embargaba un nuevo vigor, una alegría indescriptible, y no atinaba a comprender por qué la gente creía que ella era desgraciada. Cuando Mbale le advertía que era mejor que no tomara el agreste camino que corría entre las colinas, ella se limitaba a sonreír, altiva, y él se callaba. Su hermano dejó de enviarle a una chica para que la acompañara o a alguien que la llevase en bicicleta.

Mbale no era el único en cuya opinión Candado estaba muy cambiada. En la aldea, la gente comentaba que se había vuelto lacónica, que parecía muy vieja, que se comportaba como una monja senil. Comenzó a oír música y voces que parecían surgir de su interior. La gente la veía mirar hacia arriba como si contemplara el vuelo de un ave de rapiña, y se preguntaba qué pasaría por su mente. «Está loca», repetían. Candado no decía nada acerca de la música y las voces. Serenity se había dado cuenta hacía tiempo de que a su esposa le fallaba algo, pero ella se negaba a explicarle qué ocurría, como así también a Mbale y los demás aldeanos. Al cabo de un tiempo todos la dejaron en paz, porque, al fin y al cabo, no le arrojaba piedras a nadie ni comía mariposas o excrementos. Sufría una forma de trastorno mental tolerable.

El volumen y el tono del sonido de la música y las voces habían aumentado paulatinamente, de modo que Candado tenía la impresión de estar atrapada en el ojo de un huracán o en una ruidosa conferencia donde todos hablaran al mismo tiempo a voz en cuello. Cuando la música y las voces se apagaban, rezaba un rosario y se ponía a hacer las tareas de la casa.

Mientras tanto, Mbale había visitado a Kasawo para averiguar qué opinaba del estado de su hermana. Kasawo, a quien le iba bien en su pequeña ciudad y llevaba mucho tiempo sin ver a Candado, fue a la casa paterna para comprobar cómo se encontraba. Su aspecto y su comportamiento no le sorprendieron. Al fin y al cabo, su hermana siempre había vivido encerrada en su propio mundo. Fue Kasawo quien llevó el peso de la conversación, porque Candado no estaba de ánimo para hablar y se mostraba extrañamente ausente. Kasawo se cuidó de no mencionar a su otra hermana, la difunta tía Lwandeka, ni a otras víctimas de la epidemia. Habló exclusivamente de lo bien que vivía. Su negocio marchaba sobre ruedas y tenía a un hombre y se enfrentaba con tesón al futuro. Poco antes de marcharse, a la mañana siguiente, invitó a Candado a que la visitara. Candado se fue a misa sin haber comprendido una palabra de la cháchara de su hermana. Sonrió secamente, casi con malicia, y le brillaron los ojos cuando vio desaparecer el gordo cuerpo de Kasawo en la niebla, en dirección a la carretera para tomar el autocar. Le habría gustado estar en situación de obligarla a acompañarla a la iglesia. ¡Con qué gusto la habría arrastrado por las laderas de las brumosas colinas y luego por los valles cubiertos de rocío, a una velocidad vertiginosa, para finalmente arrojar su cuerpo pecaminoso en la entrada del templo de su juventud! ¡Cuán orgullosa habría estado de ofrecérsela al Señor en bandeja y oírla suplicar perdón a voz en grito! Pero Kasawo ya estaba en camino de regreso a su vida impía y probablemente acabaría como Lwandeka: ¡condenada! Condenada, condenada, condenada... Obsesionada por la única hermana que le quedaba, Candado se perdió por primera vez en las colinas y llegó a la parroquia cuando la misa casi había terminado.

El día de su muerte, Candado, con el cabello prematuramente encanecido, al viento, se fue a intentar descubrir por qué hacía tanto ruido la orquesta que tenía dentro de la cabeza. Oía constantemente chirridos, crujidos, martilleos, golpes y tintineos. Por detrás de esa cacofonía sonaba algo que se parecía a los chillidos de dolor que surgen de una sala de tortura a pleno funcionamiento. Abandonó su habitación de mal humor. Cuando salió al patio y miró hacia el bosque, en la lejanía, un santo temor le hizo doblar las piernas. Ante ella se encontraba el altar de la basílica de San Pedro, por encima del cual planeaban palomas antes de desaparecer de la vista en un arco cegador. Había tantas que todo el cielo estaba blanco.

Al principio había habido una plaga de langostas y, más tarde, después de la peregrinación, una tormenta. Ahora se producía el milagro de las palomas celestiales, llegadas para expulsar el mal de la selva y la aldea. La música fue en aumento hasta convertirse en el fragor de un huracán que quebraba las ramas, arrancaba tejados y hendía los árboles. Era el mismo huracán que había hecho estragos tras la peregrinación de Mbale. De pronto oyó el ruido insoportable de millones de langostas. A continuación, el aire se llenó con los sonidos de violín de las palomas que caían.

Eran cerca de las diez de la mañana. Un sol agradable, desdentado, dorado para la vista y benéfico para la piel, brillaba coqueteando con los sentidos. Los campesinos ya habían doblado la espalda hacia la tierra y las azadas se movían arriba y abajo con un ritmo constante. Trabajaban en la *shamba*, cerca del sendero. Candado los veía, pero ellos no podían distinguirla. De vez en cuando le llegaba la voz de un bebé tendido cerca de los trabajadores, cubierto con un paño, sobre un montoncito de hojas de plátano, y se le aparecía la imagen de sus descendientes. Los campesinos estaban ocupados trabajando la tierra, preparándola para plantar judías, maíz, yuca, patatas, tomates y hortalizas. Los niños ayudaban a sus padres en el huerto o estaban en la escuela.

Candado se encontraba sola en el sendero. Tomó un camino lateral que llevaba hacia la selva y las palomas que caían. Avanzó, aturdida, entre la hierba de taro, que la cubría por completo. Se movía con actitud veneradora, como si se acercara a una tierra sagrada. El taro cedió lugar a hierbas más bajas salpicadas de matorrales en forma de paraguas. El bosque estaba a pocos metros de ella, por lo que el sacro espectáculo se hallaba tentadoramente a su alcance. La inflamaba la sensación de no estar sola. Distraída por las garcetas, no había advertido la presencia del gigantesco búfalo que asustaba a los pájaros cada vez que trataba de librarse de las hormigas que se le metían por los orificios de la nariz y le hacían cosquillas en el cerebro. El búfalo quedó agradablemente sorprendido de encontrársela en su camino. Pocos días antes lo habían herido unos cazadores inexpertos que no habían sido capaces de perseguirlo y rematarlo.

Furioso y estimulado por el descubrimiento de un alma gemela, el búfalo salió disparado en dirección a Candado de debajo del árbol cuya sombra lo ocultaba.

Le dio una cornada y la lanzó por los aires, donde ella dio una voltereta, como los trapecistas coreanos que años antes había visto en el apestoso Toshiba. Los arbustos que cubrían el suelo giraban a una velocidad de vértigo. Cayó de hombros sobre los gigantescos cuernos, con las piernas hacia arriba, como san Pedro en la cruz. El búfalo salió corriendo por entre los árboles, seguido de una bandada de garcetas. Mientras se adentraban en el bosque, Candado sentía que la maleza la golpeaba con sus garras. El follaje era intensamente verde, el perfume que impregnaba el aire, sensual, y su propio cuerpo tan ligero como el ala de un angelito. Estaba de regreso en las nubes, de camino a Roma y Tierra Santa.

Llegaron a un claro de la selva, oscuro debido al muro de árboles gigantescos que ocultaban el sol. El búfalo sacudió de nuevo la cabeza y Candado fue a parar a la hierba húmeda de rocío. El búfalo corrió hasta un extremo del claro y desde allí, a enorme velocidad, hasta el otro lado. El aire, que olía a humedad, vibraba con los golpes de sus pezuñas y el estruendo de su respiración. Todo, el cielo, los árboles, los matorrales, parecía temblar y sacudirse con esa manifestación de violencia. Después de sesenta y tres carrerillas, el búfalo se desmoronó sobre los restos de su compañera y empezó, torpemente, a revolverse en el suelo. Tras un último intento de incorporarse, se derrumbó pesadamente, por agotamiento y a causa de un paro cardíaco, encima de su alma gemela. Las lluvias de noviembre, que los campesinos habían estado esperando ansiosos, empezaron a caer ese mismo día, borrando las huellas y arrastrando los nuevos plantíos. Después de las lluvias llegaron las langostas, y toda la región se puso en movimiento para dar caza a ese manjar volador.

Cuando la chica que ayudaba a Candado en la casa volvió de la escuela, descubrió que aquélla había desaparecido. Comprendió de inmediato que algo iba mal. La chimenea estaba fría, así como la comida que había dejado sobre las piedras del fogón. ¿Se habría caído en algún sitio? ¿Se habría perdido por las colinas? ¿Habría ido a la fuente y se la habría llevado el agua? Ya la echaba de menos. Se había acostumbrado a los hábitos irritantes, severos pero francos, de la anciana. Su rigor no difería mucho del de su padre, pero ella al menos había intentado un acercamiento. Tenía algo triste y amable, y su tozudez resultaba tan extraña como impresionante. Para una joven, la autonomía total de esa mujer era algo desconcertante. Parecía poseer una capacidad ilimitada para la reflexión, la meditación, la plegaria, o lo que fuera que hacía en esos largos períodos de silencio ininterrumpido, cuando permanecía apartada del mundo por completo. Al principio no le había gustado mucho, pero con el tiempo llegó a encontrarla incluso agradable. La chica corrió con lágrimas en los ojos a casa de su padre para avisarle de la ausencia de la tía. Esperaba encontrarla allí, hablando con él o descansando porque se sentía fatigada. Lo deseaba ardientemente. Rogaba a Dios que allí estuviera.

Mbale recibió la noticia con rostro inexpresivo. Sólo la boca ligeramente entreabierta y las arrugas que aparecían en su frente revelaron en parte su emoción. Dio una vuelta por la aldea para preguntar por su hermana. El último lugar al que había ido era la iglesia, pero ni una sola persona la había visto allí en todo el día. Mbale volvió a la aldea por el camino que atravesaba las montañas, donde aún resonaban las voces de los cazadores de langostas. Nadie había reparado en ella, ni ese día ni ningún otro. Muchos creían que había regresado a su aldea hacía tiempo. Mbale organizó una búsqueda a gran escala, pero a ninguno de los que participaron en ella se le ocurrió buscar en la selva. Buscaron en zanjas, pozos y otros lugares con agua, para asegurarse de que no hubiera caído dentro y se hallara pidiendo auxilio.

Mientras tanto, la noticia llegó a Serenity. Cuando se presentó en medio de diluvio tenía el aspecto de un polluelo recién salido de un charco de petróleo. Atormentado por el fracaso con que se había saldado en 1979 la búsqueda de su padre, estaba seguro de que no la encontrarían. La cabeza le bullía de recuerdos de su tío cojo. ¿Acaso era su mujer, y no él, quien debía compartir el destino de éste? Se sintió momentáneamente aliviado. Entonces pensó en sus hijos y decidió jugarse el todo por el todo para encontrar a su esposa. Debía de estar en algún lugar de la aldea. La recordó en los días anteriores a su casamiento. Recordó su primer encuentro. Recordó la boda y los preparativos para el gran día. Había que dar con ella. Sintió un escalofrío ante la magnitud de la tarea. Era consciente de que a una persona que jamás se había perdido sólo un milagro haría posible hallarla. Nakibuka se unió a la búsqueda, pero no logró aportar ninguna idea nueva. Lo peor eran las noches. Agotados y calados hasta los huesos, se sentaban alrededor del fuego con una expresión sombría en el rostro, no como si estuviesen en un velatorio, porque al fin y al cabo aún no habían encontrado el cuerpo, pero tampoco como si estuvieran reunidos celebrando algo. Pasaron los días, que se convirtieron en semanas con la atormentadora lentitud de una vieja máquina de vapor. Cuando el abatimiento alcanzó su punto culminante, alguien propuso explorar la selva. Todos se opusieron con vehemencia. Era imposible que estuviese allí. Pero al día siguiente emprendieron la búsqueda.

No tenían ningún punto de referencia. Los hilos que habían quedado enganchados en los arbustos y las espinas mientras Candado cabalgaba encima del búfalo se los había llevado el agua. Las misteriosas hileras de árboles hicieron temblar a Serenity. La oscuridad, la humedad y los misterios de la selva le hicieron desear volver atrás. Se sentía como alguien que camina al encuentro de su propia muerte.

Nakibuka le apoyó una mano en el hombro y siguieron avanzando arrastrando los pies. Al llegar al claro, todos se callaron, perplejos ante la visión de las filas de gusanos y los enjambres de moscas que salían del gigantesco búfalo. Presentaba unos agujeros enormes en el lomo y el costillar semejaba la ladera excavada de una montaña. Los cazadores explicaron que no habían conseguido rematarlo, pero nadie lo relacionó con Candado. En primer lugar, ésta nunca entraba en la selva. Algunas personas opinaban que el búfalo del que hablaban no era ése, sino uno que habían herido con una lanza siete kilómetros más allá. Razonaban que, si el búfalo herido hubiera querido atacar a alguien por venganza, habría tenido oportunidades suficientes en el lugar, más poblado, donde habían intentado darle caza. La mayoría de los que formaban parte de la partida quisieron regresar de inmediato a la aldea. No veían la utilidad de seguir a lo loco en una zona de la espesura en que se sabía que había trampas para atrapar animales salvajes. Pero Mbale y Nakibuka insistieron en seguir rastreando e indicaron a todos que debían buscar trozos de ropa. Nadie acogió con satisfacción la idea. Todo terminó tras horas de caminata agotadora que no ofreció soluciones ni pruebas. No se encontró ni un solo hilo. Emprendieron el regreso refunfuñando. En el claro, los audaces cazadores se dedicaban a arrastrar los enormes restos del búfalo. Los gusanos les trepaban por las piernas y los brazos y las moscas zumbaban en torno a ellos. Serenity tuvo la sensación de que el hedor dulzón le taladraba la cabeza. En ese instante dijo a los cazadores que pararan con lo que estaban haciendo. Decididamente, era imposible que su mujer, su Candado, se hallara debajo de aquella inmundicia. Desanimó a la gente que gateaba por el suelo en busca del menor rastro.

Se aventuraron diversas teorías. Algunos afirmaban que a Candado debía de habérsela zampado un leopardo y que a esas horas sus huesos roídos se encontraban en las ramas de algún árbol. Otros decían que lo más probable era que una manada de soberbios leones se la hubiese comido enterita y que una jauría de hienas (que como todo el mundo sabía poseían unas mandíbulas poderosas) hubiera dado cuenta de sus huesos. Los había que sostenían la teoría según la cual el río que corría al otro lado de la aldea se la había llevado, en tanto que unos pocos presentían que había caído en una fosa misteriosa.

De regreso en su casa, Serenity se sentía cada vez más deprimido por no haber sido capaz de encontrar a su mujer. Comenzó a obsesionarse con el agua. Recordó el Tíber, en Roma, donde habían vivido Rómulo y Remo. Hablaba sin cesar del agua, de grandes masas de agua. De entre todas las teorías que circulaban en la que más creía era en que a Candado se la había tragado un río. Ante la obsesión de Serenity, Nakibuka lo animaba a viajar con regularidad a las orillas del lago Victoria. Empezaron a ir allí todos los fines de semana y visitaban determinados lugares de pesca, donde observaban a los hombres echar las redes desde las canoas. Se sentaban a escuchar las olas y el viento, mientras cantaban y lloraban. El hecho de que Nakibuka fuera la tía de su esposa ayudaba a Serenity a evocar la imagen de ésta. Empezó a pensar en la Virgen María.

Cuando era joven la había adorado y le había pedido que le hiciera de madre, mucho antes de encontrar a su propia virgen, a su Doncella, su Candado. Para sobrellevar tanta pena unió a las dos doncellas y se sintió cada vez más inclinado a creer que su propia Doncella volvería a él a través del lago. Ella era el cocodrilo que había mencionado su difunta tía. Ella emergería de las profundidades del lago para calmar el dolor de su corazón. Serenity comenzó a sentirse atormentado por los demonios de la religión, a los que había ofrecido resistencia durante casi toda su vida. Torturaban su espíritu, trastornaban sus sueños y se referían de manera insidiosa al prodigioso modo en que había reunido el dinero para pagar la peregrinación, de manera tal que podían justificarse a sí mismos. Nakibuka lo descubría sumido en sus pensamientos, escrudiñando con el alma el horizonte en busca de la Doncella, y le alegraba estar junto a él. Serenity ya no leía libros. La larga espera a Godot había acabado en desencanto. Ninguna ficción extranjera servía para tapar los agujeros que seguían abiertos. El mundo de Serenity se limitaba ahora a la casa, las vacas, el camino y las peregrinaciones al lago.

Hachi Gimbi trataba de animarlo, pero Serenity apenas si hablaba. Permanecía casi todo el tiempo en silencio, como cuando esa mujer misteriosa lo había apartado de sí y lo había curado de su obsesión por las mujeres altas. De vez en cuando observaba a los asiáticos que habían regresado: eran espectros, seres de otro planeta. Ya no los odiaba ni los temía; sencillamente no existían para él. Nakibuka era la única persona que, de alguna manera, aún conseguía penetrar en el interior de Serenity. Se había instalado en la casa de ensueño de Candado. Cuidaba del par de cagones que aún no asistían al internado. Tuvo que jurarle varias veces a su amante que los cuidaría como si fueran sus propios hijos. Así lo hacía, y no le importaba si a los cagones les gustaba o no. No tendrían más remedio que acostumbrarse a ella. Serenity iba al lago día por medio. Nakibuka no podía acompañarlo siempre, pues se lo impedían las obligaciones domésticas. A él no le parecía mal. Sabía que su mujer sólo se le revelaría si estaba a solas. Su reencuentro era algo que no incumbía más que a ellos dos, y estaba convencido de que cada visita al lago sería la última.

Una tarde cayó de pronto en la cuenta de que se había perdido. Empezó a afanarse entre las matas de papiros en dirección a un lugar de pesca al otro lado del lago. A medida que se adentraba en el pantano, las hojas, afiladas como sierras, le hacían cortes en las piernas. Del agua saltaban sanguijuelas, que se le agarraban a la piel y no se soltaban hasta haberse saciado de sangre. En un momento dado, al pisar una piedra resbaladiza, estuvo en un tris de patinar y caer a las aguas profundas. Su destino se revelaba cada vez más lejano. Tenía las ropas empapadas y los zapatos llenos de agua. Los pies se le hundían en el barro. Estaba hambriento. En el horizonte, la gran bola de fuego del sol parecía a punto de caer en el lago y apagarse.

A Serenity le llamó la atención un trozo de madera que flotaba en el agua; no, era una isla deshabitada, imponente en su vejez prehistórica. Estaba de regreso en Roma con Rómulo, Remo y la loba. ¿No eran esas muescas en los bordes de la isla los pezones prominentes de las lobas que lo habían criado en casa de su padre? De repente aquellos bordes se multiplicaron como si muchas lobas con los pezones erguidos y desafiantes flotaran de espaldas en el agua. Casi no podía apartar los ojos del extraño espectáculo. Un destello, o tal vez una ola enorme, lo cubrió por completo enturbiándolo todo.

El colosal cocodrilo lo había alcanzado. Hacía poco que se paseaba por aquel territorio para alardear, ya que un grupito de machos más pequeños había intentado expulsarlo tras una rebelión que él había sabido cortar de raíz. Ahora se dedicaba a rastrear las orillas y volcar una canoa siempre que se le presentaba la ocasión para asegurarse de que era el único dueño y señor del lugar. Ya hacía un mes que no comía decentemente, y esa presa sería una de las cincuenta grandes comidas que haría ese año. No estaba mal para alguien de cincuenta y ocho años de edad, siete metros de largo y muchos cientos de kilos de peso. Abrió las colosales mandíbulas y Serenity vio calidoscopios rosados y rojos entre las olas hirvientes y, por un instante, espuma y agua arremolinándose en torno a él. Mientras desaparecía en las fauces del colosal cocodrilo tres últimas imágenes cruzaron por su mente: un búfalo en putrefacción lleno de agujeros de los que salían hileras de gusanos y enjambres de moscas; su antigua amante, la tía de su esposa perdida, y la misteriosa mujer que de niño le había curado su obsesión por las mujeres altas. En esos postreros segundos supo de pronto dónde estaban los huesos de su esposa; pero, dado que las costumbres occidentales y una negligencia despectiva habían acabado hacía tiempo con la habilidad de los muertos para comunicarse con los vivos a través de los sueños, el descubrimiento de Serenity no abandonó el vientre del cocodrilo, ni siquiera cuando éste murió diez años después.

Hachi Gimbi y Nakibuka, convencidos de que se había ahogado, encargaron a los pescadores que buscaran su cadáver y avisaran a la policía en cuanto lo encontrasen. La tumba de Serenity, sin embargo, sería como la de un soldado desconocido. Nunca encontraron sus restos, y hasta el día de su muerte Gimbi y Nakibuka no acabaron de ponerse de acuerdo acerca del modo en que Serenity había encontrado su fin.

El alquiler y la compra de pasaportes eran habituales en el gueto; la causa residía en que la gente siempre tenía que adoptar una identidad nueva a fin de salir adelante. A mí, en tanto que espectador, esa especie de deporte me intrigaba mucho. No difería mucho de la forma en que Lwendo y yo extorsionábamos a la gente que robaba materiales para las obras de reconstrucción. Se trataba de un medio astuto de socavar un sistema estúpido, corrupto e impersonal, como era el caso de cualquier gobierno. Los falsificadores tenían algo de omnipotentes. Su aspecto era un poco mejor que el de los que iban trampeando en el gueto. En cualquier caso, estaban muy por encima de los camellos que destrozaban la vida de la gente, y un peldaño más arriba que los policías, quienes en su edificio en forma de caja pensaban exclusivamente en su propio pellejo. Eran magos que poseían las llaves de las puertas habitualmente cerradas a la gente pobre, que, por la razón que fuera, había huido de su país. Se regían por sus propias leyes y formaban un minigobierno con el poder de suplantar al gran gobierno sin que se los castigara por ello. Al igual que todos los gobiernos, permanecían alertas y si era necesario recurrían a la violencia para proteger sus intereses. Cuando iba en metro miraba las caras inexpresivas de los pasajeros y me preguntaba cuáles de ellos deberían su presencia allí a ese gobierno clandestino. La policía holandesa no llevaba a cabo comprobaciones de pasaportes al azar, como ocurría en los países vecinos, sino que hacía incursiones en lugares frecuentados por inmigrantes ilegales. Por supuesto, eso les venía de perlas a los falsificadores, y fue así como se les ocurrió alquilar pasaportes a quienes no podían permitirse comprar uno.

Tras la muerte de los déspotas empecé a comprender que, más tarde o más temprano, debería tomar una decisión acerca de qué quería hacer con mi vida. Aún tenía unos miles de dólares, que podía emplear en llevar una existencia austera, o bien invertir en algo. Elegí esto último, abandoné toda prudencia y me puse en contacto con un hombre que traficaba con pasaportes europeos. Era fiable, pero carísimo. Lo llamaban Mierda de Pollo porque a quienes se quejaban de que sus precios eran demasiado altos siempre les decía que no se puede hacer caldo de pollo con la mierda de éste. Se sentía muy satisfecho de sí mismo porque entregaba productos de calidad, a diferencia de los que vendían documentos baratos pero burdos con los que después mucha gente tenía problemas con la policía. Para empezar a integrarme en la comunidad holandesa necesitaba un buen pasaporte. Ya estaba pensando en buscarme un empleo a fin de practicar la lengua y ganar un poco de dinero mientras consideraba qué hacer más adelante. Mierda de Pollo me dio a elegir entre un pasaporte británico, uno americano, uno español y uno portugués. Al cabo de unos pocos meses en el país, gracias al poder del dinero ya se me consideraba apto para convertirme en europeo. Al principio no sabía de qué se trataba, pero poco a poco tomé conciencia de que estaba sucediendo algo. Las grandes potencias que se habían repartido el continente africano en la Conferencia de Berlín de 1884 lo habían hecho sin poner siquiera un pie en él. Yo, en cambio, había llegado a Europa, lo había pagado todo de mi bolsillo y estaba a punto de comprar una ciudadanía. Me daba perfecta cuenta de que lo que me disponía a hacer no era nada extraordinario; sencillamente me sumaba a las hormigas que colaboraban a mantener en pie la economía en un mundo subterráneo. Aún debía hacerle algunas preguntas al hombre que iba a procurarme los papeles: ¿existiría en los archivos de algún país? Por supuesto: para los pasaportes usaba datos reales. ¿Qué debía hacer si la policía me pedía un certificado de nacimiento? No tendría dificultades en conseguirme uno. Primero debía decidirme por una nacionalidad. Elegí la británica.

Al cabo de quince días, mi nueva identidad estaba lista. Cuando fui a recoger los papeles, Mierda de Pollo hizo una pequeña prueba. Me entregó dos pasaportes y me preguntó si era capaz de descubrir cuál había hecho él. No detecté diferencia alguna. Le pagué más de mil dólares por el pasaporte y el certificado de nacimiento. Cuando al fin me metí aquellos documentos en el bolsillo sentí un subidón de adrenalina. Había renacido: mi nuevo nombre era John Kato. Al leer el apellido recordé que cuando en Uganda nacían mellizos, al segundo en venir al mundo solía llamárselo así. En algún lugar de Inglaterra había alguien que ignoraba que tenía un hermano gemelo luchando por abrirse paso en los pólders holandeses.

Para poner a prueba mi nuevo poder como ciudadano del omnipotente Occidente, me dirigí a uno de los cementerios municipales a pedir trabajo. Estaba muy nervioso, pero apelé a mis dotes de actor. Disimulé lo tenso que me sentía con una expresión seria pero entusiasta. Había llegado el momento de interpretar el papel de abogado de mí mismo. El cementerio se encontraba en los límites de la ciudad y era un lugar cercado, con árboles añosos, senderos pavimentados, céspedes perfectamente recortados y tumbas pulcras dispuestas en grupos rectangulares. Todo era muy limpio y apacible allí, entre tantos muertos. Caminé entre los sepulcros y me asombré de la variedad de piedras, de los textos que había en ellas, de las cercas, los pequeños macizos de flores y el ambiente sereno que se respiraba. Había grifos y regaderas verdes para regar las plantas y las flores. Descubrí un lugar donde relajarme y reflexionar. Las negociaciones se llevaron a cabo en inglés. Necesitaban a un hombre de la limpieza que a la vez hiciera de jardinero. ¿Me interesaba? El sueldo era bajo, pero alcanzaba para mis necesidades. Había superado la primera prueba.

Trabajaba con la diligencia fanática de alguien que acaba de ser puesto en libertad. Estaba empeñado en que repararan en mí, en establecer algún contacto que me condujera a cosas más grandes. ¿Lograría tomarles el pelo como había hecho con su paisano el padre Kaanders? Presencié un gran número de entierros: todos muy apacibles, muy decorosos, muy minuciosos, nada de lamentos ni de agitar los brazos, nada de arrancarse los cabellos o hacer rechinar los dientes. Vestidos de negro, los parientes del difunto se reunían en una sala, alguien pronunciaba unas palabritas sobre él, sonaban un par de piezas de música, y, a continuación, iban en silencio detrás del ataúd portado por los hombres de la funeraria, vestidos de negro, a través del cementerio hasta llegar a la tumba. De alguna manera sabía que mi salvación estaba entre los parientes del difunto. Una vez que el ataúd era depositado en la tumba, la gente regresaba por donde había venido, algunos susurrando, la mayoría en silencio, y una vez de vuelta en la sala les daban café y unas galletas antes de que siguieran adelante con sus vidas. Resultaba muy difícil comunicarse con los parientes de los difuntos, incluso con aquellos que sólo visitaban el cementerio para cuidar las flores de las tumbas de sus seres queridos. Cuanto más me acercaba a ese mundo, más alejado de mí parecía estar.

Cuando llevaba dos meses trabajando descubrí que la tarea mejor pagada era la de exhumar cadáveres enterrados hacía mucho tiempo, gente olvidada, el plazo de alquiler de cuya tumba había expirado y cuyos restos se incineraban o volvían a enterrarse en lugares destinados especialmente a tal fin. La jardinería no me gustaba mucho; en comparación con el trabajo agotador de Mbale y la dura existencia de sus hijos, lo encontraba ridículo. La exhumación era una tarea bastante repugnante, pero despertó mi interés. Sentía mucha curiosidad por saber qué aspecto tenían los muertos luego de pasarse diez años o más bajo tierra. Era un trabajo sucio y a menudo más duro que el que hacían los amiguitos de Keema, pero tras una jornada agotadora, por la noche dormía profundamente.

La primera vez que saqué un muerto de su sepultura me sentí lleno de una extraña energía y experimenté una vaga revelación. Al principio me enfrentaba a las tumbas con respeto, pero con el tiempo conocí el placer temerario de los más avezados demoledores. Así como a cierta gente las alturas le producen vértigo, a mí me ocurría que cuanto más hondo cavaba, más unido a la tierra me sentía. Las tumbas se abrían como el cofre del tesoro bajo el hacha del pirata. El legado estaba literalmente corrompido, era extraño, triste, difícil de comprender. Los esqueletos, las calaveras, la ropa descompuesta, los cabellos medio podridos me recordaban el Triángulo de Luwero y las secuelas de la guerra, a la gente que se había unido de tal manera a la tierra que, al final, sólo quedaban las osamentas. A veces encontraba anillos, zapatos rotos o collares, objetos que en su momento habían sido valiosos, habían representado recuerdos, preferencias en los gustos, costumbres. Los colocaba sobre lo que quedaba del propietario y entraban con éste en el crematorio. La combustión de esos restos mortales, de esos recuerdos de vidas anteriores, tocaba algo en mi interior que ardía como el magnesio y señalaba el papel inestimable de la memoria para preservar el pasado.

No sabía nada de aquellas personas, pero la confrontación con su misterioso pasado, cerrado para siempre por la bruma del tiempo, despertaba algo en mi interior. De los trozos más o menos desintegrados, olieran mal o no, que se desprendían, parecía alzarse algo honorable, relacionado con alguien que resurge para contar viejas historias, que todos creían que se había llevado a la tumba. Ya no trabajaba con muertos: a través de ellos devolvía a la vida a todos aquellos que creía haber perdido para siempre. Volvía a los días en que trabajaba en la biblioteca del seminario. Las tumbas eran mis estanterías llenas de secretos polvorientos. Advertí que los relatos se desataban y bullían en mi cabeza, y comencé a preguntarme qué hacer con ellos. La diligencia con que realizaba mi tarea dejaba estupefactos tanto a mis compañeros como a mi jefe. Quizá pensaran que era un tipo morboso y que, de alguna extraña manera, vivía a costa de los muertos, los espíritus de los cuales parecían volverme incansable. Trabajaba mucho más que compañeros que me superaban en fuerza, y los apremiaba hasta que sudaban como corredores de fondo. La mayoría no paraba de protestar por lo pesado y asqueroso que era el trabajo. Yo no compartía sus quejas; estaba ocupado en reconstruir mentalmente la vida, la vida, la muerte y el entierro de nuestras víctimas. A algunos les creaba un pasado glorioso; de otros recordaba que después de tantos años de adversidades, ruina y dolor, la muerte había sido para ellos una liberación. Los había, en fin, para quienes imaginaba una vida gris, ni buena ni mala, ni gloriosa ni sombría, ni dolorosa ni placentera.

Entretanto, también empezaron a ocurrir cosas en otros frentes. Mientras trabajaba en el cementerio conocí a una mujer cuyo espíritu parecía surgir de una de aquellas viejas tumbas, y que infundió nuevos bríos a mi existencia. La fuerza de la chispa que lo desencadenó todo me hizo suponer que había algo fatal en el encuentro. Era un día lluvioso, habíamos hecho un solo entierro y ninguna exhumación. Yo quería pensar un rato con tranquilidad, de modo que me quedé después de la jornada de trabajo con la excusa de echar un vistazo a unos de los aspersores. La encontré arrodillada junto a una tumba reciente. Era una figura solitaria con todo el aspecto de disponerse a hacer volver a la vida a quien fuera que estuviese bajo la losa. Le temblaba el cuerpo a causa de los sollozos. La mayoría de las mujeres blancas se comportaban como un búfalo atrapado en una ciénaga y lloraban a sus muertos con la aparatosidad calculada de un sacerdote durante la misa mayor. Pero ella hacía todo lo contrario, y por un instante recordé a Candado, que cuando la expulsaron del convento arañó con las uñas el suelo de la casa de Mbale.

Mientras me acercaba, eché un vistazo a la lápida: cuarenta y cuatro años había cumplido el difunto, lo que equivalía a la esperanza de vida en la Abisinia de Serenity. Su novio, pensé, y no pude evitar sentirme incómodo. Sí, la vieja historia del hombre mayor que se relaciona con una mujer joven. De repente me asaltó el temor de que mi hallazgo rondara ya la cincuentena y que la vieja historia fuese a la inversa. A cada paso que yo daba, el viento mecía la fragante cabellera que le ocultaba el rostro. Cuando estuve a un metro de distancia, me detuve y esperé a que se volviera. Como no lo hizo, carraspeé y con una leve reverencia, le pregunté si deseaba un poco de agua para las plantas. Aún no había visto su cara. Giró la cabeza hacia mí con un movimiento lento, reticente. Estaba bastante morena, lo que le confería una expresión más penetrante y enérgica, a la vez que provocaba el que su rostro destacase nítidamente contra la cabellera, el vestido que llevaba y el entorno. Al parecer éramos aproximadamente de la misma edad, y advertí que yo estaba tragando saliva con dificultad. ¿Cómo era posible que una mujer como aquélla no estuviese casada o prometida? En cuatro de los dedos, que nunca habían entrado en contacto con la dureza de una azada o la suavidad cautivadora de un mortero, llevaba sendos anillos. ¿Cómo haría para iniciar una conversación con esa consentida mujer mimada, que probablemente tuviese una vocccita diáfana y nasal? El único recuerdo que había conservado de tanto cadáver exhumado era una alianza de oro, y al mirar sus anillos estuve tentado de arrojar mi trofeo a la basura. Para esa clase de gente todo parecía un juego. ¡Nada menos que cuatro anillos a la vez!

Casi me había convencido de que aquella mujer era el fantasma de Candado, reaparecido para atormentarme por última vez, cuando de repente empezó a hablar. El desprecio y la turbación que expresaba mi rostro en ese breve instante le hicieron creer que comprendía su dolor o que compartía sus sentimientos de una manera espectacular. Nada de eso. Por supuesto, me contestó que sí, que podía traer agua para sus plantas. El tono en que lo dijo no era demasiado desdeñoso ni altivo. Incluso podía interpretarse como vagamente amable o indiferente. Por supuesto, yo había conocido a personas que sólo sonreían a aquellos hacia quienes sentían un miedo de muerte. Ella, por el contrario, se dominaba. Se le había corrido el maquillaje, que firmaba en sus mejillas líneas retorcidas como un sendero en el bosque, pero lo que había debajo era, dicho lo más suavemente posible, atractivo. Mi mezcla de holandés chapurreado y buen inglés funcionó. Ahora que tenía un oyente, dejó que su pena fluyera con la sinuosidad de una serpiente que muda la piel. Pensé que quizá se tratara de la habitual confesión liberadora ante un extraño. Sin embargo, reuní algunos datos importantes: tenía el aspecto de esas mujeres a quienes los hombres siempre terminan abandonando. Su padre y dos de sus hermanos habían muerto de cáncer. Estábamos ante la tumba de la víctima más reciente: uno de estos últimos. Me estremecí hasta la médula, pero no me sentí intimidado. Si la enfermedad la rondaba, igual que la peste había minado el cuerpo de la tía Lwandeka, ¿qué me importaba mientras no fuera contagiosa? La muerte me había llevado hasta ese lugar, de modo que también podía sacarme de él. Traté de ponerme en su lugar y comprender cómo se sentía: todos esos muertos, todos esos temores... El soplo de la muerte nos unía con una intensidad aterradora. Al cabo de un par de semanas salíamos juntos. Me despedí del gueto y del ruidoso piso de Keema para mudarme a un amplio apartamento en las afueras de la gran ciudad, parte de cuyos tejados, campanarios y chimeneas veía desde una de las ventanas. En la brumosa lejanía oía la voz clamorosa del gueto, tirando de mí hacia la Pequeña Uganda. Pero en mi fuero interno sabía que había llegado demasiado lejos como para regresar. Además, nunca había considerado que fuese mi verdadera casa.

Me convertí literalmente en propiedad de Magdelein de Meer: yo era la primera persona que ella sentía que le pertenecía de verdad. Varios hombres blancos habían pasado por su vida, pero acabaron desvaneciéndose como fantasmas. Creo que la mayoría de ellos se habían sentido acobardados ante tantos casos de cáncer en la familia, sobre todo los que tenían intención de ser padres. Yo era una fantasía, un sueño que, si se mantenía cuidadosamente congelado, podría conservar y respondería a sus expectativas. Al principio disfruté con mi papel y amplié mi horizonte bajo un nuevo cielo. De algún modo aquella relación suponía una victoria, pero más tarde pasé a considerarla una especie de venganza: venganza contra los déspotas, contra Lageau, contra el mundo blanco, contra el mundo negro, etcétera. No obstante, debido a los hábitos cotidianos de dos personas que intentan vivir juntas, empecé a comprender que no se trataba de una venganza ni de una victoria, sino, sencillamente, de un capítulo de la vida, una barrera psicológica que había superado, que había rascado como la reluciente cabecera de la cama debajo de cuyo barniz resultó que no había más que madera normal y corriente.

Magdelein trabajaba de simple empleada en un banco cercano, pero gastaba el dinero como si cada minuto fuera el último. Me regalaba prendas magníficas con las que me sentía incómodo, y alardeaba de mí. Nunca me ha gustado la ropa formal, los trajes severos ni los zapatos rígidos de piel, pero ahora tenía que ponérmelos si íbamos a una fiesta. En lugares donde los demás iban vestidos de sport, a mí me convertían en una especie de pez tropical: aquello parecía un acuario, pero en lugar de observarlos yo a ellos, ocurría exactamente al revés. A menudo me sentía como un cadáver durante la misa de réquiem: vestido para mis propios funerales. Las intenciones de ella eran buenas; de hecho, se trataba de una mujer bastante idealista. Hacía por mí lo que no habría hecho por ningún hombre blanco, o al menos eso suponía yo. No necesitaba gastar mi sucio dinero, salvo en regalitos y clases de holandés. Ella cocinaba y limpiaba la casa, esto último mejor que aquello. Creo que competía con legendarias mujeres negras, fantasmas invisibles que le robarían el sueño intentando conquistar mi amor por el estómago. Astutamente, no mencioné ni una sola vez a Eva. Cuando la observaba limpiar y cocinar, pensaba que Eva había dejado que todo eso lo hiciera yo. La ironía de la situación me causaba mucha gracia cuando estaba en la bañera. Magdelein tenía un buen plan: mimarme y consentirme hasta que me sintiera obligado a quedarme a su lado. En términos financieros, se trataba de una inversión a largo plazo. Al compararme con mis colegas blancos, me alegraba en secreto; al parecer, sus mujeres no daban golpe.

También me alegraba de otras cosas. Antes de irme a vivir a su casa habíamos tenido que registrarnos en la comisaría de policía local. Presenté mi pasaporte británico y mi certificado de nacimiento. Todo fue sobre ruedas. Magdelein me interrogó y le dije que había nacido en Inglaterra antes de que mis padres emigrasen a Uganda cuando ésta aún era el jardín del Edén. Ella se tragó la historia y yo me sentí satisfecho de mi habilidad como narrador. Le conté que Serenity tenía un alto cargo en la compañía de electricidad y que Candado era maestra (y que estaba que se subía por las paredes a causa de Junco, a quien se le había puesto dura la polla cuando ella lo había azotado con un látigo). Un día, los hombres de Amin detuvieron a Serenity, que fue expulsado de su cargo. Finalmente acabó en un taller de talladura de herramientas, donde trabajó hasta su muerte. Magdelein era muy curiosa y yo procuraba que mis historias fuesen sencillas, para no correr el riesgo de delatarme. No se me escapaba que quizás algún día quisiera visitar mi país pero, puesto que para eso aún faltaba mucho, no me preocupaba. No me había puesto a mentirle deliberadamente; pero una vez hube empezado, se me fue un poco de las manos. Su curiosidad hacía que se me disparase la imaginación, y las fábulas empezaron a surgir solas.

Comenzó a sugerir que yo dejase de trabajar. Probablemente le desagradaran las circunstancias en que nos habíamos conocido. También cabía la posibilidad de que otra enlutada vulnerable me separase de ella. Pero, en el fondo, la idea de que de día abría ataúdes y de noche forzaba el cofre de sus secretos trastornaba la imagen que ella tenía de sí misma. La acercaba demasiado a la muerte.

En cuanto a mí, tenía la sensación de que cada vez me ataba más corto, hasta que mi dependencia de ella fuese total. Por otra parte, me gustaba mi trabajo, sobre todo porque no tenía necesidad de hacerlo. No había dos tumbas iguales; cada una encerraba su propio misterio. El fuego del crematorio me recordaba los días de la destilería y los incendios que habían asolado la Abisinia de Serenity. El fuego tenía algo de espiritual, era un proceso de destilación que desprendía la esencia de mi pasado. Me sentía a gusto en mi trabajo y no veía razón para dejarlo. Además, ¿y si un día se le ocurría echarme de su casa? No tenía ganas de que me pillara por sorpresa y me viese obligado a regresar al gueto. Resistí todos sus intentos de arrebatarme mi independencia. Me irritaba sobre todo que abordase el tema tras un buen polvo. Nunca había dejado que el sexo me atontara hasta el punto de influir en las decisiones que tomaba o afectar mis facultades mentales; jamás me había dejado dominar por nadie, y no iba a empezar ahora. La ternura como forma de soborno siempre me había parecido particularmente repulsiva, porque me recordaba a Candado, que intentaba sonsacar confesiones con salmos babosos.

Mi amor propio se manifestaba cada vez más. A medida que pasaba el tiempo se abrían resquicios en la empalizada que habíamos levantado alrededor de nosotros. Empecé a negarme a llevar traje. En las fiestas, salía en defensa de todo el continente africano, o de toda Uganda, o de toda la raza negra. Rehusaba desempeñar el papel de eterno narrador de las crueldades de Amin, Obote o cualquier otro tirano. Como si fuese una especie de autoproclamado embajador, tenía que dar explicaciones sobre períodos de sequía y hambruna, sobre las crueldades del Fondo Monetario Internacional y el Banco Mundial y demás canallas, y todo ello con una sonrisa. Al fin y al cabo, ¿no eran personas blancas quienes me habían invitado a todas esas fiestas? Cuando iba con Magdelein por la calle empezaban a ponerme nervioso las miradas de reojo de ciertas mujeres mayores, que implicaban que ya sabían de qué iba la cosa. Me ofendían las frías miradas de los hombres blancos, especialmente si procedían de viejos que vivían anclados en un pasado tan inmaculado como polvoriento.

Lo peor, sin embargo, llegaba con el verano: todo el mundo blanco me agobiaba. A menudo era el único negro del hotel, de la playa, del parque. En los lugares más insospechados empezaba a percibir el espíritu de la Trinidad Infernal, que ocultaba hábilmente sus fusiles bajo la ropa. Vislumbraba a Lageau detrás de los mostradores de las recepciones, en los restaurantes, en la playa, soltando el sermón de los monos con finos labios de mico. El taimado veneno del pasado me aguaba el presente al mezclarse con éste. Me repugnaba el aspecto sexual del racismo: había mujeres que al vernos juntos reaccionaban como si yo las deseara a todas a la vez y tuviese que contenerme para no arrancarles la ropa y violarlas en público. Eso contaminaba mis pensamientos y me amargaba, puesto que la mayoría de las mujeres eran demasiado delgadas, paliduchas, planas o viejas para mi gusto. Puede que hubiera hombres a los que pusieran cachondos perdidos, pero no me contaba entre ellos. Yo pensaba sobre todo en libros y en lo difícil que resultaba poner por escrito el meollo del pasado. De pronto me imaginaba que era Lwendo, armado con una ametralladora y con carta blanca para matar sin escrúpulos. Me di cuenta de que el ataúd de mi relación con Magdelein se hallaba abierto de par en par. No estaba dispuesto a sacrificar mi salud mental por una mujer blanca, ni por quien fuera, si a eso íbamos.

El mundo blanco invadió nuestras noches. Al principio habíamos hecho el amor con pasión. Con la entrega que da la energía juvenil, estrangulábamos y quemábamos demonios del pasado. Pensé que a lo mejor podríamos vivir larga y felizmente bajo una campana de cristal en la que el amor fuese un árbol acosado en vano por las tormentas. Pero, en realidad, el amor era una plantita débil, calcinada por el sol y arrastrada por la lluvia. La gráfica de nuestra vida sexual descendió drásticamente. Si estando en la cama me daba por pensar en las fotos pornográficas de Junco, con todas esas vulvas morenas, me mareaba del asco que me producían. Pronto comprendí que Magdelein y yo no nos enfrentábamos juntos al mundo.

Años atrás, en ocasiones había llevado la peor parte ante enemigos más grandes y poderosos, y eso me había enseñado a ser discreto, astuto, escurridizo, reservado. Saber que el enemigo podía atacar de repente, mediante una mirada o un gesto de desaprobación, me desanimaba. La mayoría de mis enemigos eran, física y mentalmente, inferiores a mí. No me divertía luchar contra ellos ni tenderles una emboscada. De pronto, el hombre que había vencido al omnipotente Lageau se sentía inerme. Estaba claro que cuando salía solo todo iba bien y que cuando lo hacíamos juntos era un infierno. Me parecía terrible llamar tanto la atención al lado de Magdelein.

Me parecía terrible no poder descubrir el mundo tranquilamente y soñar con ello una y otra vez. Al igual que Serenity, era consciente de que me habían derrotado; lo único que quedaba ahora era ser capaz de poner fin a esa situación. Al igual que el tío Kawayida, no estaba dispuesto a reñir por ello.

Me lancé como loco a las clases de holandés. Con la misma diligencia me inscribí en el siguiente cursillo de formación. Fui uno de los pocos negros que obtuvo un buen trabajo. Echaba de menos las exhumaciones, pero debía intentar llegar más lejos. Me emplearon en un importante semanario. No era periodista, pero estaba en un lugar donde las palabras podían convertirse en armas. Poco a poco agucé las mías.

Había muchas cosas que no le contaba a Magdelein, por ejemplo las experiencias desagradables que tenía en la ciudad. Llegaba a casa y permanecía callado, contento de librar mi propia lucha. Más tarde descubrí que ella llevaba un diario en el que prácticamente sólo hablaba de mí. Un día le eché una mirada y tuve la tentación de arrojarlo al fuego. Yo vivía al día y las acciones del día anterior no tenían, evidentemente, nada que ver con lo que hacía al día siguiente. La vida era un viaje de búsqueda y el carácter una variable que oscilaba de izquierda a derecha buscando la manera perfecta de pasar el tiempo. Para Magdelein el carácter era algo inalterable, lo que daba equilibrio a la vida, y debía vigilárselo de cerca. Me di cuenta de que una relación entre una meticulosa empleada de banca y un espíritu libre con tendencias piráticas era un viaje lleno de peligros. A ese respecto prefería a Eva, con todos sus rasgos egomaníacos. Mientras un sudor frío corría por mi espalda, leí: «Jay —así me llamaba ella— está cambiado... Jay malhumorado... ¿Está Jay interesado todavía en nosotros?... Hoy Jay se ha puesto leche en el té... Jay ha hablado diez minutos con alguien del gueto. No he entendido nada porque han hablado en su propia lengua, en lugandés. Jay lleva días sin tocarme. ¿Lo atrae algún viejo amor del gueto?... Le he comprado a Jay una corbata de ciento cincuenta florines. Él no ha valorado mi gesto. Ha dicho que era un despilfarro...»

Nos peleamos. Ella me acusó de no prestarle suficiente atención.

Yo la acusé de vigilarme como si fuese una espía. Ella dijo que se negaba a que le dieran lecciones personas cortas de miras e insistió en salir más a menudo, hacer manitas, besarnos en público, para que se enterasen. Me negué. No me gustaban, ni nunca me gustarían, esos gestos íntimos más propios de un anuncio publicitario. Ella puso en duda mis motivos. Le espeté que estaba harto de sus coacciones. Juró que al final ganaría ella. Repliqué que no tenía ningún interés en una victoria pírrica. Salió corriendo de casa y volvió con un paquete de cigarrillos. Encendió uno y se puso a fumarlo con torpeza. Le dije que no me gustaba el humo de cigarrillo y que era perjudicial para su salud y su aliento. Declaró que era libre de hacer lo que le viniera en gana. Me mostré de acuerdo con ella. El daño estaba hecho. Las lágrimas no lograron salvar el abismo. Había decidido irme y ser yo mismo. Magdelein estaba decidida a cambiarme y seguir siendo ella misma. No podía salir bien.

Una maravillosa mañana de primavera, me marché. Ella parecía un cachorrillo que se hubiera caído en un plato de gachas. Yo parecía un amotinado al que hubiesen expulsado del barco.

Volví caminando a la Estación Central, me senté en la calle con las maletas a los pies y observé a la multitud. Brillaba el sol, las palomas revoloteaban a mi alrededor, tres chicos tocaban un par de cancioncillas de rock con sus desvencijados instrumentos. Yo marcaba el compás con el pie. Unos cuantos muchachos medio desnudos miraban conmigo, pasaban muchísimos viajeros, los tranvías traqueteaban. Afluían a la ciudad personas de todas las clases y todas las razas, como hormigas que se dirigieran hacia un destino predeterminado. Mientras permanecía allí sentado empecé a sentirme mareado. La gente parecía andar cabeza abajo, los muertos levantarse de sus tumbas, los vivos meterse en tumbas nuevas. Todo había sido trastrocado: los invasores eran invadidos, los que dividían eran divididos, los atracadores, atracados. La mezcla y diversidad de pueblos resultaba enloquecedora, los puntos de destino y de partida, enigmáticos. Me aferré al abrasador bordillo de la acera para no vomitar ni recibir el vómito de otros. Había hallado una piedra donde posar suavemente la cabeza, una cima mágica formada por los guijarros erráticos de todos los rincones del mundo. Me encontraba de nuevo en mi elemento: contemplando, haciendo planes, esperando el momento justo de dar el golpe. Abisinia ocupaba mi mente, así como mi nuevo punto de apoyo en esa empinada cumbre de la colina. Para los abisinios siempre había sido un trabajo hercúleo conseguir meter un pie, pero una vez dentro no había modo de echarlos. Yo estaba dentro.

Glosario

busuti - prenda femenina típica de Uganda central.

bubu - prenda de vestir holgada usada por los hombres de África occidental.

kandooya - forma de tortura que consiste en atar los brazos de una persona con los codos muy apretados a la espalda.

Katondo mange! - ¡Dios mío!

Kibanda Boys - personajes del hampa de Kampala; mafia.

matooke - plátano para asar.

muko - cuñado.

muteego - sida.

mpanama - hernia.

mtuba - árbol africano.

nagana - enfermedad tropical del ganado.

panga - machete.

posho - pan de harina de maíz.

shamba - plantación.

Osiibye otya, nnyabo? - ¿Cómo está usted, señora?

Bulungi ssebo - Muy bien, señor.

Nota del autor

Todo libro se apoya en muchos otros libros, y el mío no es una excepción. *Uganda now*, de Holger Bernt y Michael Twaddle (Londres, 1988), y *Lust to kill. The rise and fall of Idi Amin*, de Joseph Kamau y Andrew Cohen (Londres, 1979) me han ayudado a recordar, ordenar y encajar los acontecimientos caóticos que yo y muchos de mis conocidos vivimos durante los turbulentos años anteriores y posteriores a la caída de Amin. Las partes quinta y sexta son resultado de ello. Para los pasajes de mi relato sobre los asiáticos he recurrido de forma muy gratificante a *From citizen to refugee*, de Mahmood Mamdani (Londres, 1973).

ÍNDICE